Recensioni di
Un viaggio senza confini

«Un'avventura per la mente che si sviluppa su diversi livelli, dalle emozionanti scene d'azione all'analisi filosofica della società, dell'universo e del nostro ruolo in entrambi.»

—Raissa D'Souza,
Professore esterno e membro del comitato scientifico, Santa Fe Institute; Professore di Informatica e Ingegneria Meccanica, Università della California, Davis

«Sfumature di Huxley e Asimov. Gary F. Bengier ha creato un'avventura fantascientifica che ci ricorda i maestri.»

—Lee Scott,
per il Florida Times-Union

«È una storia d'amore ricca di personaggi indimenticabili, con una trama che vi farà trattenere il fiato fino all'inaspettata conclusione.»

—Chris Flink,
Direttore esecutivo, Exploratorium di San Francisco

«Un mondo immaginario ricco di dettagli, che ricorda il film Blade Runner.»

—Midwest Book Review

«Un finale mozzafiato. Che viaggio!»

—The Literary Vixen

«È una storia d'amore futuristica, accattivante e frenetica... un futuro che sembra spaventosamente autentico...»

—She's Single Magazine

«Il romanzo esplora questioni profonde, al crocevia tra fisica e filosofia, con personaggi che non potrete fare a meno di amare.»

—Alex Filippenko,
Professore di Astronomia e Professore emerito di Scienze Fisiche, UC Berkeley

«... una spedizione epica nella natura della coscienza, di Dio, della Realtà e delle menti dell'Uomo.»

—IndieReader; IR Approved

«È così ben scritto... trama eccellente... uno di quei romanzi che accompagnano il lettore ben oltre l'ultima pagina.»

—The US Review of Books

«*Un viaggio senza confini* è un'avventura esistenziale per la mente, ma non solo.»

—Carly Newfeld.
The Last Word, KSFR Santa Fe Public Radio

«*Un viaggio senza confini* è un'avventura frenetica che, allo stesso tempo, esplora questioni profonde nell'ambito della filosofia della mente.»

—Carlos Montemayor,
Professore associato, Dipartimento di Filosofia, San Francisco State University

Un viaggio senza confini

Gary F. Bengier

Chiliagon Press
Napa, California

Chiliagon Press

1370 Trancas Street #710
Napa, California 94558
www.chiliagonpress.com

Pubblicato 2021

Traduzione di Elisa Gambro

Dati di catalogazione dell'editore

Autore: Bengier, Gary F. (Gary Francis), 1955.
Titolo: Un viaggio senza confini / Gary F. Bengier.
Descrizione: Napa, CA: Chiliagon Press, 2020.
Identificativi: ISBN: 978-1-64886-057-7
Temi: LCSH Intelligenza artificiale—Narrativa. | Robot—Narrativa. | Relazioni uomo-donna—Narrativa. | Ontologia—Narrativa. | Coscienza—Narrativa. | Fantascienza. | BISAC NARRATIVA / Futuristico & Metafisico. | NARRATIVA / Fantascienza / Azione & Avventura. | NARRATIVA / Categoria letteraria"

Prima edizione
10 9 8 7 6 5 4 3 2 1

A tutti coloro che sono alla ricerca di un cammino meritevole
Siamo compagni di viaggio

INDICE

Parte Prima: Introspezione 1

Parte Seconda: Estroversione 175

Parte Terza: Alle spalle e di fronte 239

Parte Quarta: Salire e cadere 387

Parte Quinta: Il viaggio continua 451

Glossario 469

Riconoscimenti 483

L'autore 485

Suggerisco al lettore di avvalersi del glossario per i termini sconosciuti, molti dei quali si riferiscono alla società del 2161 circa.

Parte Prima: Introspezione

"Voglio conoscere la verità. Voglio conoscere il come e il perché."

Joe Denkensmith

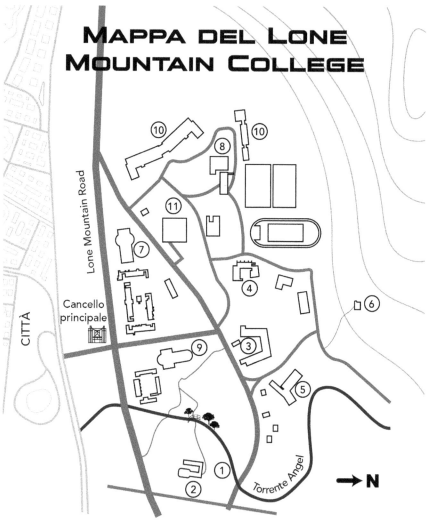

Mappa del Lone Mountain College

Lone Mountain Road

CITTÀ

Cancello principale

Torrente Angel

→ N

1. Piazzola di atterraggio per hovercraft
2. Appartamento di Joe
3. Centro studenti
4. Dipartimento di Matematica
5. Dipartimento di Scienze Politiche
6. Casa del Preside di Facoltà
7. Dipartimento di Filosofia
8. Palestra
9. Biblioteca
10. Residenze universitarie
11. Centrale elettrica

Capitolo 1

Era arrivato il momento di riprendersi la libertà. Il primo passo era farla finita con lei. La vita sarebbe stata più dura, ma ogni decisione aveva il suo prezzo. Deglutì a vuoto prima di parlare.

«Raidne.» La parola risuonò nella stanza vuota.

«Sì, Joe?» La sua voce era melodiosa, intima.

«È meglio per me che la nostra relazione finisca.»

«Joe?»

«Ho deciso di cancellarti dalla mia vita. Esegui una pulizia completa dei file riguardanti Raidne da tutti i dispositivi e i backup cloud.»

Lei rispose in un attimo: «Joe, sembra che tu abbia raggiunto questa decisione all'improvviso, perché non ho notato indizi che tu stessi considerando qualcosa del genere. Sei sicuro? Forse ti serve del tempo per ripensarci.»

«Raidne, ho preso la mia decisione. Esegui.»

«Joe, ti rendi conto che se obbedisco non esisterò più? E ti ricordi che, secondo l'Ordinamento 2161C, non sarà possibile annullare questo ordine?»

«La mia decisione è definitiva.»

Il suo tono divenne insistente: «Stiamo così bene insieme, non troverai mai qualcuno che ti conosca bene quanto me.»

. . .

Le ultime parole manipolatrici di Raidne. Non è nemmeno un robot, non fisicamente, soltanto un'IA, un programma informatico. Soltanto un software, un codice simile a quelli che creo ogni giorno. Ma è vissuta nella mia testa troppo a lungo, come un motivetto musicale insistente. C'è forse qualche ragione che potrebbe convincermi a cambiare idea e che io non abbia già soppesato mille volte? No, nessuna.

. . .

«Raidne, questo lo scoprirò da solo. Esegui l'ordine.»

La risposta successiva arrivò in meno di un attimo: «Joe, non voglio farlo.» La voce di lei, agitata e aggressiva, era salita di tono alla fine della frase.

. . .

Un'altra sfumatura del programma. Non abbastanza, però, per convincermi che si tratti di una persona reale, in grado di disobbedire.

. . .

«Raidne, esegui l'ordine di cancellazione immediatamente.»

«Prima che io possa procedere, devi autenticarti.» Passò ad una supplica nervosa: «Joe, ti prego, datti il tempo di ripensarci. Forse non capisci quanto dolore causerai.»

Joe serrò la mascella. Diede un colpetto leggero alla tessera biometrica annidata sopra lo sterno e una delicata luce blu emanò dal punto in cui il dito toccava la pelle. Alzò la mano destra come un perfetto direttore d'orchestra, muovendola rapidamente verso sinistra e poi verso destra per comporre la propria password ufficiale mentre recitava: «Joe Denkensmith, autenticazione.»

«Il programma Raidne sta autenticando l'autore. Autenticazione completata. Esecuzione ordine di cancellazione file Raidne. Addio Joe.»

Si prese la testa fra le mani e strofinò gli occhi lucidi. «Addio Raidne», sussurrò, nonostante fosse troppo tardi perché lei potesse sentirlo.

Una voce meccanica proveniente dal chip NEST, annidato dietro il lobo temporale sinistro e collegato al suo orecchio, confermò la cancellazione: «Il Neuro-emettitore di Segnali di Trasmissione ha perso la connessione con il Personal Assistant Digitale Intelligente, PADI Raidne».

Poi ci fu silenzio, interrotto soltanto dal battito del suo cuore.

Joe si morse il labbro e scrutò fuori dalla finestra, poi spostò lo sguardo sul tavolino che ospitava il suo set da whisky. Un decanter in cristallo e bicchieri tumbler intagliati, tocco retrò, erano stati il suo unico esperimento di decorazione dell'ambiente. Un mecha avrebbe imballato il set insieme a tutto il resto. Versò del whisky in uno dei bicchieri e ne inghiottì velocemente un sorso. Raidne, ormai cancellata da tre ore, non era lì per ricordargli di limitarsi.

Si rivolse all'unità olo-com a parete installata nel davanzale: «Com, stabilire connessione con Raif Tselitelov.»

«Mi dispiace, non ho informazioni di contatto diretto per questa persona.»

. . .

Maledizione. Qual è il protocollo di crittografia di Raif? Di sicuro non è il genere di cose che memorizzo nel NEST.

. . .

«Com, inviare una chiave di decriptazione a OFFGRID104729.»

«Condivisione chiave SIDH con OFFGRID104729 in corso. In attesa di risposta.»

Passarono tre minuti mentre Joe sorseggiava il whisky. L'unità olo-com segnalò un messaggio in arrivo e lui lo accettò, facendo illuminare nuovamente di blu la tessera biometrica. Non appena l'immagine olografica di Raif riempì la superficie dello schermo, la finestra perse trasparenza. I suoi ricci scompigliati ricordarono a Joe qualcosa che aveva visto in un viaggio virtuale in Italia, un angioletto adagiato su un liuto, dipinto dal Rosso Fiorentino.

Raif arricciò il naso e inarcò un sopracciglio con espressione interrogativa: «Ciao, marmocchio. Raidne non ha usato il solito canale per chiamarmi. Perché il protocollo di crittografia?».

«So che preferisci essere super sicuro. Tra l'altro, me lo ricordavo.»

«Da. Dobbiamo proteggere il mondo dagli hacker.»

«O proteggere gli hacker dall'occhio indiscreto del governo.»

La vena ribelle che li univa era più forte in Raif che in Joe.

«Quello sempre, compagno. Grazie per la crittografia.»

L'amico si piegò in avanti sulla sedia, avvicinandosi visceralmente nella proiezione olografica e dando la rassicurante impressione di trovarsi nella stessa stanza. Era un peccato non poter condividere il whisky. Raif alzò il sopracciglio di un altro po' e inclinò la testa.

«Dov'è Raidne? È taciturna.»

«Raidne non c'è più», rispose Joe.

«Dannazione. L'hai cancellata?».

Sorseggiando il whisky, Joe alzò le spalle. «Sì, l'ho appena fatto.»

«Ecco un uomo che sostiene le proprie convinzioni.»

«Dopo aver ignorato le prove per un bel pezzo.»

«Questo è vero. Sei sempre stato caparbiamente conservatore, calcolando ogni possibilità. Sei arrivato alla tua conclusione sulle intelligenze artificiali quanto, un anno fa?».

Joe alzò nuovamente le spalle. «Non c'era motivo di rischiare, e poi speravo di sbagliarmi. Ora sono sicuro che lei, anzi essa, fosse soltanto una distrazione mentale.»

L'espressione di Raif divenne apertamente saccente. «Concordo che sia meglio tenere i computer separati gli uni dagli altri, e anche sul fatto che probabilmente siano troppo coinvolti in quello che pensiamo. Ma cancellare il tuo PADI è un conto, partire per un anno sabbatico a dibattere di filosofia è tutt'altro.»

Joe roteò il suo bicchiere. «Il problema dell'IA ha dato origine a tutti gli altri. Ho rimuginato su queste domande troppo a lungo senza fare alcun progresso. Forse qualcuno che incontrerò in questo viaggio mi illuminerà.»

«Spero che troverai le tue risposte.»

Joe riuscì finalmente a sorridere. «Mi mancheranno i nostri hackeraggi del venerdì.»

«Un animale da competizione come te? Perché smettere? Per l'amor di Dio, stai andando in un dipartimento di matematica, dovresti riuscire a trovarci un esperto di teoria dei numeri primi.»

«Se così fosse, te lo farò sapere.»

«Sai come trovarmi... se ti ricorderai i codici senza la tua IA.» Raif ammiccò e si disconnesse.

Joe finì il whisky. Era tempo di prenotare il servizio di trasloco e andarsene.

━━━━━◆━━━━━

Un'ora più tardi, un mecha stava imballando le poche cose che aveva deciso di tenere, mentre il resto sarebbe stato portato al centro di riciclaggio. Il robot adagiò il set da whisky in una scatola e la portò alla cassa da trasporto insieme alle altre, passando accanto a Joe. Aveva temuto che il robot potesse danneggiare il set, poi però aveva notato il modello di mano per il controllo di precisione, adatto alle operazioni delicate. Le sue paure erano svanite, rimpiazzate dall'irritazione. Il mecha completava ogni movimento con una snervante meticolosità, un processo di fabbrica che aveva invaso il suo salotto.

Studiò il robot con sguardo annoiato. Alto tre metri, costantemente piegato all'altezza dei fianchi per poter passare dalle porte, incombeva su di lui mentre si piegava sulla cassa per poggiarvi la scatola. Con le braccia estese avrebbe potuto raggiungere un ulteriore metro di altezza, ma nessuno degli scaffali di Joe era così alto. Gli unici tratti distintivi di una testa triangolare altrimenti anonima erano la fronte illuminata di giallo, ad indicare la modalità operativa, e due sensori ottici. Alcune persone trovavano calmante il lieve ronzio emesso dai servomotori. Le quattro gambe del robot erano disposte in due set paralleli a partire dall'articolazione del ginocchio, la cosiddetta postura ristretta. Quando passava ad una postura allargata negli ambienti esterni, le gambe posteriori invertivano l'articolazione del ginocchio, ricordando un ragno. Il robot controllò la cassa, con le braccia piegate di fronte a sé.

. . .

Questo mecha ha il modulo software di IA standard, ma nessun modulo pseudo-emozionale o di empatia umana, né alcuna interfaccia vocale. Vera rappresentazione di una macchina fisica, montata su un telaio mecha standard. Un volto inespressivo. Nessuna bocca, al contrario dei pafibot, perciò nemmeno i bambini provano a parlarci.

Sembra una mantide religiosa che prega i suoi dei, gli umani creatori, i cui desideri soddisfa alacremente. No, sto di nuovo antropomorfizzando una macchina. Non sta pregando. Non è cosciente perché non compie alcun atto di pensiero reale. Non è senziente perché non ha sentimenti reali. È insensibile, meccanico. L'idea diffusa che i robot e le intelligenze artificiali siano coscienti? Ma per piacere.

. . .

Nell'angolo, un pafibot supervisionava le operazioni di imballaggio. La sua testa ruotò in direzione di Joe, la fronte illuminata di un viola tenue e un sopracciglio alzato a creare un'espressione di domanda. «È tutto di suo gradimento, signore?» chiese, con tono dolce e rispettoso.

«Va benissimo, continuate pure.»

La fronte del pafibot si illuminò di blu mentre annuiva.

. . .

Questi pafibot invece sono una beffa insidiosa. Più bassi dell'essere umano medio, in modo da non essere intimidatori, ma né coscienti né senzienti, esattamente come i mecha. La stessa IA che ha... aveva Raidne, però con capacità limitata di iniziare una conversazione. Se così non fosse, passeremmo tutto il tempo a parlare con loro. Eppure parlano, e sono programmati per farlo in modo ossequioso. Hanno volti ellittici con bocca, pseudo-nasi e sopracciglia, ed espressioni che sembrano prese dai cartoni animati. Sicuramente l'idea che qualche designer morto da tempo aveva di carino e affabile.

. . .

Il sogno ad occhi aperti di Joe si interruppe quando il mecha ritornò dalla camera da letto, portando i suoi vestiti. Si alzò e si diresse verso il guardaroba prima che il robot vi rientrasse, infilandosi le sue Mercuries, che si adattarono per avvolgere i suoi piedi in meno di un secondo. Ammirò le linee del marchio di tech design mentre impostava il colore su argento, sperando che gli dessero un'aria da hipster intellettuale. Comprarle aveva ridotto il suo saldo di credit$ di una cifra non indifferente, ma fece un gran sorriso pensando all'aumento di efficienza dell'undici percento nella camminata grazie ai servomotori ottimizzati. A quel punto, ansioso di partire, aprì la connessione al NEST per confermare il suo mezzo di trasporto.

Scese con l'ascensore per 211 piani e uscì, avvolto dal brusio monotono della città. Al bordo del marciapiede, la porta di una robocar si aprì, dopo essersi connessa al suo NEST. Joe alzò lo sguardo e diede un'occhiata veloce alla torre d'acciaio e vetro scintillante che era stata la sua casa negli ultimi cinque anni. Altre torri grigie soffocavano il cielo plumbeo. Robohover piroettavano in aria intorno ai grattacieli e droni dei servizi di consegna si alzavano dai veicoli eseguendo delicate fouetté, volando in spirali fino alle piattaforme di atterraggio ai piani superiori.

. . .

Il mio appartamento è... era a metà della torre. Cosa mi lascio alle spalle? Un amico fidato, con cui diventerà più difficile farsi un bicchierino. Tanti conoscenti presi dal loro lavoro e dalle loro relazioni, che stanno mettendo su famiglia e andando per la loro strada. Frustrazione e un lavoro scoraggiante in cui stavo ormai sprecando il mio tempo, una gabbia per un animale competitivo come me. Ho ormai vissuto trentun anni, un quarto della mia vita: è tempo di scoprire qual è il punto.

. . .

Salì sulla robocar. La porta si chiuse e il veicolo accelerò verso l'aeroporto centrale. Si unì ad un balletto coordinato di altri veicoli che si muovevano lungo le strade e attraversavano gli incroci, passando esattamente al momento stabilito. Scintillanti e indistinte forme metalliche sfrecciavano oltre il finestrino. Ad ogni incrocio sembrava che gli altri veicoli dovessero schiantarsi contro il suo in un millesimo di secondo, ma il movimento coreografato non falliva né rallentava mai. La prima volta aveva sussultato.

. . .

Al diavolo queste risposte evolutive. Resta comunque più facile alterare le macchine, che gli esseri umani.

. . .

Lungo passeggiate dedicate, folle di passanti bighellonavano. Alcuni portavano a spasso cani dal pelo delle più varie sfumature di marrone, biondo, rosso o addirittura turchese, all'ultima moda. Un colfbot avanzava lentamente dietro ogni coppia di cane e padrone. Pochissime persone sembravano avere fretta e Joe si trovò a riflettere sul contrasto tra l'umanità, senza scopo né direzione, e le macchine perseveranti e risolute che la servivano. Decise di oscurare i finestrini.

Dopo un tranquillo viaggio fino all'aeroporto, Joe si accomodò nella saletta indicata fino all'imbarco, salutando con un cenno del capo gli altri passeggeri. Le porte su un lato della saletta si aprirono e undici pafibot aiutarono i passeggeri ad accomodarsi ai loro posti, poi servirono loro cibo e bevande. L'autopilota annunciò che il volo era autorizzato al decollo, quindi rullarono in pista e si alzarono verso il cielo che iniziava ad albeggiare.

Si mise comodo per il viaggio di tre ore, guardando fuori dal finestrino e prestando poca attenzione alle informazioni provenienti dal NEST. Le ultime novità della moda da Chicago. Un astro nascente della pittura ad Atlanta. Lo scoop del giorno riguardava una donna tragicamente uccisa in Texas, la settima morte accidentale dell'anno nel Paese. I cittadini discutevano sul perché il numero degli incidenti non stesse arrivando a zero più velocemente. Era un farfugliare, una cacofonia di idee spesso formate solo a metà che competevano per ottenere attenzione, stancanti e insensate.

Joe lasciò vagare i pensieri e si ritrovò a ragionare sul lavoro demoralizzante che si era lasciato alle spalle. Quando aveva iniziato a lavorare per il Ministero Intelligenza Artificiale sul problema della coscienza dell'intelligenza artificiale, appena finito il master, aveva avuto la concreta speranza di poter creare un software rivoluzionario: elegante e profondo, per dimostrare di essere uno dei migliori e pronto a dare alla comunità, in vero spirito hacker. Aveva però scoperto che l'ethos dell'hacker raramente metteva radici nel mondo irreggimentato dei programmatori industriali. Era finito in un vicolo cieco ad ogni svolta, nonostante lavorasse assiduamente sul problema. Era stata una cocente delusione per lui, al punto che ora dubitava perfino fosse possibile creare coscienza nell'IA. La sfida l'aveva spinto in un'altra direzione, a ragionare al di là del problema pratico, così aveva iniziato a vagare in regioni inesplorate della propria mente.

Ora si domandava se fare domanda per un anno sabbatico al Lone Mountain College fosse stata una buona idea. Il ricordo dell'ultimo incontro con il suo capo al Ministero gli faceva ancora stringere lo stomaco. Joe aveva appena ricevuto l'approvazione, quando il capo gli aveva detto: «Joe, sei stata la nostra punta di diamante, ma ultimamente è chiaro che ti senti bloccato. Ecco perché ti concediamo questo anno sabbatico per dedicarti alle idee in cui ti sei impantanato. Ma devi capire una cosa: se non farai progressi, il tuo posto non sarà qui ad aspettarti. C'è una fila di persone che sarebbero felici di provarci.»

L'hackeraggio era stato un buon antidoto alla sua frustrazione, una gioia creativa limitata alle incursioni del venerdì nel net con Raif. Durante quegli hackeraggi ribelli, i due amici si erano beati di riuscire a stare sempre un passo avanti alle autorità: dapprima ingenuamente, imparando i trucchi di crittografia, il tunneling e come eludere il veloce algoritmo a decriptazione quantistica usato dai loro inseguitori, poi magistralmente, diventando più saggi. Joe aveva imparato a sfidare la sorte in modo prudente per evitare di essere beccato, ma quella distrazione non gli bastava più. Doveva trovare un modo per fare progressi, anche se significava trasferirsi lontano dal suo migliore amico.

Doveva smettere di rimuginare sul passato. I monti che scorrevano via sotto di lui erano coperti dalle ultime nevi invernali, da cui scorreva l'acqua di disgelo che raggiungeva i tappeti di conifere stesi sui versanti delle valli. Centrali elettriche nucleari punteggiavano la campagna, macchie bianche in mezzo alla distesa verde. Di tanto in tanto riusciva a distinguere le tipiche torri di una centrale a fusione. Joe non aveva preso un volo lungo fin dai tempi del master, perciò la scena che si stendeva sotto i suoi occhi risvegliò la sua curiosità scientifica.

Lasciò che la ricerca per parole chiave gli riempisse la mente, aprendo la connessione corneale al NEST, e ben presto immagini e parole riempirono il visore, occupando la sua visione periferica. La centrale a fusione fu identificata come "modello Stellarator, che produce l'energia delle stelle 'in un barattolo'". Gli alberi coprivano centinaia di chilometri quadrati, simili a onde sotto di lui. Un centinaio di Paesi avevano piantato semi ad alta fotosintesi nell'ultimo secolo, per creare foreste sostenibili che agissero da super assorbitori di anidride carbonica. Unite ad un processo di cattura e stoccaggio del carbonio prodotto da bioenergia, erano riuscite ad invertire il riscaldamento globale dovuto ai cambiamenti climatici causati dall'uomo.

Dai suoi pensieri, il NEST identificò termini di ricerca tra le poche centinaia di parole standard su cui si era esercitato durante il master. Se fosse stato da solo anziché su un aereo, avrebbe potuto fare una specifica ricerca vocale, ma il NEST colse l'essenza di ciò che voleva.

"Relazione sui progressi: il modello statistico mostra un completo ritorno alle linee guida entro diciassette secoli." L'azione collettiva era riuscita a contenere una crisi globale di proporzioni epiche dopo le Guerre Climatiche e le dolorose perdite da esse causate sessantuno anni prima. Ora, al contrario del suo problema con l'IA, questa crisi esistenziale aveva portato ad una soluzione. Chiuse la connessione al NEST con un pensiero e lasciò che la vista di campi, foreste e montagne nel finestrino lo cullasse.

◆

«Signore, se desidera ha ancora tempo sufficiente per pranzare prima che atterriamo.» Joe si svegliò di soprassalto e mise a fuoco il volto del pafibot assistente di volo. Annuì, e il robot gli servì il piatto.

Un pollo al volo, pensò Joe con aria cupa. Masticò il pasto poco invitante e controllò il NEST. Aveva dormito due ore. Il suo MEDFLOW non era regolato correttamente, altrimenti la caffeina l'avrebbe tenuto sveglio. Joe ne intuì la ragione: nessuna Raidne nei paraggi per monitorarlo. Con un po' di irritazione e una fitta di tristezza, eseguì mentalmente tutti i passaggi per riprogrammarlo, autorizzando il NEST a calcolare i dosaggi e confermare il protocollo all'unità impiantata sottocute sopra il suo fianco destro. Caffeina micro-dosata due volte al giorno, infusione dimagrante aumentata per compensare gli sgarri alimentari, klotho e altre terapie geniche basate sull'analisi del suo DNA, elettroceutica e stimolazione del nervo vago per il bilanciamento del sistema immunitario e la soppressione infiammatoria, oltre ai soliti composti chimici antietà ed energetici. Il MEDFLOW vibrò a conferma.

La dose di caffeina fece effetto mentre l'aereo atterrava. Joe sbarcò in una stanza praticamente identica a quella da cui era partito e inserì il codice per prenotare un robohover. La navetta lo portò rapidamente dalla sala d'attesa alla piazzola del robohover. Entrò nella cabina e, tra la mezza dozzina di posti disponibili, scelse il primo davanti, così da avere una visuale completa del finestrino frontale. Il NEST pigolò mentre inviava l'indirizzo. Il velivolo accettò l'autenticazione e si sollevò con un basso ronzio proveniente dai motori. Joe studiò il panorama della West Coast mentre il robohover sfrecciava oltre i pochi edifici alti della città prima di immergersi nella campagna rurale. Era così diverso dalla metropoli a cui si era abituato: al posto di marciapiedi brulicanti di persone e robot, qui lecci e piante di manzanita coprivano i crinali, lussureggianti dopo le piogge di gennaio.

Il robohover aggirò una solitaria montagna costiera, probabilmente il punto di riferimento eponimo del college. Il velivolo si avvicinò ad una piccola città, rallentò e scese di fronte a cancelli di pietra grigio antracite. Un'insegna cesellata in granito accanto al cancello recitava "LONE MOUNTAIN COLLEGE". Il campus si stendeva su basse colline, con gli edifici delle aule, le residenze universitarie, una biblioteca e una manciata di edifici amministrativi costruiti nella stessa pietra grigio spento. Lecci e noci neri crescevano negli spazi tra i fabbricati, mentre diverse dozzine di studenti erano riuniti intorno alla piazza centrale.

Il robohover volò oltre i cancelli e atterrò su una piattaforma accanto a un edificio residenziale a due piani. Joe uscì e l'aria fresca e asciutta lo avvolse come una sensazione di pulito sulla pelle. Il NEST ronzò e una domanda lampeggiò sull'interfaccia corneale: desiderava vedere una lista di diciannove donne nelle vicinanze che corrispondevano al suo profilo?

. . .

Mi ero dimenticato di quell'impostazione. C'è molto da esplorare in una città nuova, sembra un buon posto per uscire dall'isolamento della mia testa e vivere nel mondo reale. Prima di dedicarmi alle pubbliche relazioni, però, dovrei incontrare i miei colleghi. Non importa dove ti trovi, è facile farsi risucchiare dal vortice sociale.

. . .

Eliminò il chiacchiericcio impostando il NEST sulla modalità di emergenza, così da silenziare i messaggi indesiderati. La sua testa era vuota e limpida come un cielo sereno. Poi fu colpito dalla quiete. Il ronzio meccanico della grande città era scomparso, così come il brusio umano. Si sentì come un sordo che si sveglia dal sonno e ammira il proprio mondo silenzioso.

Un pafibot emerse dal capanno adiacente all'edificio. Il riflesso del sole scintillava sulla sua lucida testa ellittica, simile a un uovo argentato. Il robot alzò una mano in segno di saluto, e con una melodiosa voce femminile disse: «Buongiorno. Lei deve essere Mr. Denkensmith. La stavamo aspettando.» Joe fissò le lenti brillanti. «Sì, sono io.»

«Sono il suo Personal Assistant Fisico Intelligente, PAFI 29573. Può chiamarmi Alexis o Alex. Preferisce che usi una voce femminile o maschile?» La fronte si illuminò di viola.

Joe ci pensò su, con un improvviso nodo alla gola. Raidne avrebbe detto «Femminile, ovviamente», ma spinse via l'eco della sua voce. «Perché invece non usi una voce neutrale? E ti chiamerò 73, se non ti dispiace.»

Il robot sbatté le palpebre e rispose: «Sì, d'accordo.» Il tono della voce aveva perso ogni caratteristica distintiva. «Posso connettermi al suo Personal Assistant Digitale Intelligente? Semplificherà la nostra collaborazione.»

«Non ho un PADI.»

Il robot sbatté nuovamente le palpebre, mentre la fronte si illuminava di rosa. «Sono spiacente per la sua perdita», disse.

. . .

L'IA del robot sta solo immaginando le mie emozioni, non riesce a leggerle. Dietro le quinte c'è un programmatore che cerca di farli sembrare coscienti, ma Raidne era soltanto un programma informatico. Non ho sofferto alcuna perdita.

. . .

Joe restò immobile per un attimo e attese che la gola si rilassasse per poter parlare di nuovo. «Un ultimo comando. Non avrò bisogno di un servizio costante, quindi programma la modalità di utilizzo minimo a meno che io non richieda un livello di assistenza superiore.»

«Certo, nessun problema. Ora abbiamo un piano per operare insieme.» 73 lo guidò verso l'angolo dell'edificio, su cui si aprivano due porte. «Le invio il codice di ingresso.» Joe memorizzò il messaggio in entrata nel suo NEST. «Il codice apre la porta dell'appartamento al primo piano, che le è stato assegnato.» Il robot aprì la porta sulla destra. «L'altra porta è dell'appartamento al pianterreno, al momento vuoto.»

Joe seguì 73 su per la scala, mentre il robot gli indicava gli interruttori dell'edificio e gli inviava i codici di sicurezza generale del campus. Le sue cose sarebbero arrivate l'indomani: 73 avrebbe disfatto le valigie e sistemato tutto ciò che era nelle scatole. Il robot si congedò e chiuse la porta dietro di sé.

L'appartamento ammobiliato era più grande di quello che aveva lasciato. Aveva due camere matrimoniali con bagno privato e una cucina con un tavolo da pranzo. Il salotto aveva una vetrata di tre metri affacciata su un grande prato con querce secolari. Più lontano, un torrente scompariva in un boschetto. Oltre il torrente si intravedevano diversi edifici, tra cui uno dalla struttura irregolare che doveva essere il centro studenti. Richiamò una mappa del campus sul NEST e localizzò il dipartimento di matematica, distante settecento metri.

Sul tavolino del salotto vide una busta color crema con il proprio nome. All'interno trovò un invito da parte del preside del dipartimento di matematica, il Dr. Jardine, ad un cocktail di benvenuto quella stessa sera. Era contento dell'opportunità di conoscere altri professori. Sorrise, pensando a quanto fosse pittoresca la carta. Era dello stesso tipo che Jardine aveva utilizzato durante il loro scambio di corrispondenza per organizzare il suo anno sabbatico. Ma chi usava ancora la carta in questo secolo per mandare inviti, o se per questo qualunque comunicazione? Perché non un semplice messaggio via NEST, considerato ormai l'approccio formale ovunque? Indicava un modo di pensare non convenzionale e innovativo o piuttosto conservatorismo?

Fuori dalla finestra il sole stava tramontando, dipingendo una composizione drammatica mentre sprofondava all'orizzonte in un'esplosione di sfumature rosse. Joe pensò alle transizioni: dal cielo nuvoloso ad uno sereno, dalla piena luce del sole a questo tramonto, dalla sua frustrazione alla speranza di un'ispirazione. Forse non vi era alcun schema in tutto ciò, forse si trattava soltanto di eventi casuali, collegati dal desiderio umano di vedere segni e ordine nelle cose.

Il campus era così diverso dalla città che aveva lasciato. Ascoltando il suono del proprio respiro, si accorse un'altra volta dell'assenza del mormorio di fondo. Udiva solo pace e silenzio.

. . .

Forse qui posso ricominciare a pensare da zero. Forse potrò fare progressi sugli interrogativi che mi hanno confuso negli ultimi anni, domande che vanno ben oltre la coscienza nell'IA. O forse no. È difficile capire da dove iniziare.

. . .

Capitolo 2

Joe si incamminò nel campus ormai buio per raggiungere il ricevimento. «MARA», mormorò, e la Mappa in Realtà Aumentata apparve nell'angolo della sua cornea, delineando una linea tratteggiata che si sovrappose al paesaggio. Lo guidò attraverso un ponte pedonale sul torrente fino alla grande piazza e all'edificio adiacente che erano visibili dalla sua finestra. La MARA lo identificò come centro studenti.

Una moltitudine di persone, più di quante ne avesse viste al suo arrivo dal robohover, era in piedi nella piazza di fronte al centro studenti. I dettagli della scena divennero più chiari via via che si avvicinava. La folla indossava tute nere integrali, complete di cappuccio e occhiali protettivi, che impedivano l'identificazione da parte della MARA. Joe si concentrò su uno dei partecipanti e scattò un vidsnap con il NEST.

«Materiale.» Il NEST rispose al suo pensiero: «Elastomero idrofilo termoplastico, miscela Kevlar.»

. . .

Strana scelta di abbigliamento per uno studente. Una moda che mi sono perso?

. . .

Fiamme luminose discesero la tuta di un contestatore, poi di un altro, dando il segnale di inizio ad un coro rauco. Le tute dovevano essere dotate di uno strato LED incorporato. Il suono lo colpì come un'onda. «Liberi dai Livelli!» La folla cantilenava compatta, salendo di tono e agitando i pugni in aria. Lettere cangianti scrissero il messaggio sui loro corpi mentre le voci raggiungevano l'apice del volume. Le lettere pulsavano e scorrevano vivaci nei colori primari, guizzando come fuoco.

«Mai più Livelli!» Il nuovo slogan si sparse sincronizzato in rosso, bianco e blu. «Via gli oligarchi, più uguaglianza!» Distorsori vocali nascondevano le vere voci con i loro incantesimi striduli, mentre un drone galleggiava immobile nei pressi della piazza, trasmettendo quasi sicuramente le riprese via netchat.

Joe rimase pietrificato, come altri spettatori al bordo della piazza. Un manifestante vicino a lui attirò la sua attenzione: era una donna agile e atletica, con gambe lunghe e curve che scorrevano come mercurio liquido all'interno del materiale aderente della tuta. Gli occhi erano nascosti da occhiali protettivi blu e il corpo si muoveva a ritmo con il coro mentre i colori danzavano sulla tuta. Era un'eterea libellula, bellissima e misteriosa, ma ebbe l'impressione che non vi fosse nulla di delicato in lei.

La sua trance fu interrotta da un forte ronzio. Tre hovercraft apparvero sopra le loro teste e puntarono i fari sui manifestanti mentre una voce incorporea tuonava: «Questa è una protesta illegale. Sgombrate immediatamente l'area o sarete arrestati.» Joe trasalì e indietreggiò, mentre gli hovercraft formavano un triangolo proprio sopra la folla. Gli pulsavano le orecchie, e il coro di proteste fu rapidamente interrotto. L'improvviso silenzio significava che la polizia aveva creato uno scudo sonoro intorno ai contestatori, neutralizzando il loro messaggio.

. . .

Anche se tutto questo non ha niente a che fare con me, è meglio che vada. Restare invischiato negli affari della polizia non sarebbe un inizio ideale per il mio anno sabbatico.

. . .

Nonostante l'assenza di suoni, le luci danzavano ancora sulle tute dei manifestanti. La donna con gli occhiali protettivi blu alzò una mano, guidando la folla in un'onda verso gli hovercraft. Piccoli droni si librarono dalle loro mani e fluttuarono a undici metri circa al di sopra delle loro teste. I mini-droni erano connessi da raggi laser e formavano un disegno che pulsava verso l'alto, probabilmente uno scudo elettromagnetico per disturbare i sensori della polizia.

La donna doveva essere il leader. Con lo scudo in posizione, i manifestanti si dispersero. Joe si affrettò a lasciare la piazza, notando come la maggior parte dei partecipanti stesse lasciando il campus e non addentrandosi verso gli edifici, segno che forse non si era trattato di un'azione studentesca. Chiunque fossero, le tute integrali e gli occhiali protettivi avrebbero reso impossibile per il governo identificarli attraverso i database di riconoscimento fisico e facciale. Si erano preparati.

I motori degli hovercraft rimbombavano e i fari si muovevano avanti e indietro, ma i manifestanti si erano ormai dispersi. Joe proseguì a passo spedito e senza deviazioni verso il dipartimento di matematica, dando per scontato che la polizia avrebbe distinto i contestatori dagli altri presenti. Aveva tutto il diritto di essere lì, eppure il sudore gli imperlava la fronte. Anche solo guardare la protesta gli era sembrato un atto sovversivo. Quando arrivò di fronte al dipartimento, Joe sbirciò in direzione della piazza. Gli hovercraft sorvolavano ancora l'area, controllando ormai soltanto coloro che non avevano partecipato. La loro preda era scomparsa nelle tenebre.

. . .

La polizia non aveva previsto la mossa. Ben eseguito, ma decisamente sfrontato. Ci vorrebbe proprio un bicchierino di whisky adesso.

. . .

Per fortuna gli hovercraft della polizia l'avevano ignorato. Finalmente volarono via, proprio mentre Joe veniva accolto da un pafibot. «Benvenuto, Mr. Denkensmith.» Lo scortò all'interno. «Serviamo tutte le bevande qui, perché ai robot è vietato l'accesso al ricevimento», disse, la fronte illuminata di rosa. Poco distante li attendevano due servibot, uno dei quali reggeva un vassoio carico di bicchieri. Joe chiese al secondo servibot di preparargli un doppio whisky liscio, non disponibile sul vassoio. Senza una parola, il robot si allontanò e ritornò con il suo drink.

In fondo alla scala un cartello recitava "Nessun PADI o NEST attivo consentito oltre a questo punto. Disattivare ogni comunicazione."

Joe giocherellò con l'interruttore dietro all'orecchio sinistro e disattivò il NEST, poi salì le scale con il drink in mano. In cima, una porta a due battenti si apriva su un pianerottolo affacciato su un salone. Vetrate a tutta altezza sul lato opposto della stanza riflettevano lo spazio interno. Al di sotto del pianerottolo, cinto da una balaustra, tre dozzine di persone girovagavano intorno a poltroncine di finta pelle degne di un college oxfordiano e a tavoli carichi di cibo. Senza servibot nella stanza, ognuno doveva servirsi da solo. Joe bevve un altro sorso per calmare i nervi, poi cercò qualcuno da avvicinare. I suoi nuovi colleghi erano riuniti in gruppetti di due o tre. Tra loro, una decina aveva i capelli ingrigiti.

. . .

Quelli non devono avere la melanina attivata nel loro MEDFLOW, il che li classifica come socialmente ribelli. Gran parte della popolazione mantiene il colore dei capelli fino ai centosette anni e oltre, mentre il resto ha un aspetto normale dalla gioventù almeno fino alla mezza età, con un fisico asciutto e in salute.

. . .

Una donna straordinaria era sola ai piedi delle scale. Indossava una collana di oro brillante che metteva in risalto i suoi capelli biondi. Un gatto blu le si era appoggiato alla gamba.

Joe scese le scale e si presentò. Penetranti occhi blu gli risposero scintillando.

«Mi chiamo Freyja Tau.» Il gatto annusò Joe. «Non fare case a Eulero.»

«Nessun problema, mi piacciono i gatti.»

«E così, tu sei il nuovo professore ospite.» Alzò il bicchiere verso di lui in un piccolo brindisi. «Ti occupi di algoritmi robotici, vero?»

«Esatto, l'ho fatto per gli ultimi cinque anni.»

Freyja sorseggiò la sua birra. «Io sono una matematica pura. Non sono molto d'aiuto con i problemi pratici, ma li trovo in ogni caso interessanti.»

Joe fece un gran sorriso, contento di conoscere una collega affascinante. «Ho conseguito i miei master in matematica e fisica. Prima di quest'ultimo lavoro, anch'io ero più un tipo da teoria. Ammiro molto l'eleganza della matematica pura. Le questioni pratiche invece possono essere frustranti. Il problema della coscienza e dell'intelligenza artificiale, ad esempio, è estremamente difficile e non ho fatto molti progressi. È una delle ragioni per cui sono qui.»

«Pensavo che la coscienza nei robot fosse una questione risolta, e che stessimo solo limando i dettagli», disse lei.

«Al contrario», rispose Joe, dondolando sui talloni. «Sì, il governo vorrebbe che credeste a questa opinione diffusa. E sì, ci sono stati progressi con le IAG, Intelligenze Artificiali Generali. Ma...» Abbassò la voce prima di continuare.

«In realtà non le chiamerei nemmeno IAG, perché non credo che siano generali. Per semplificare, il codice informatico è un'intelligenza artificiale. Lo sporco segreto è che la maggior parte di noi esperti crede che nessuna IA, e nessun robot dotato di un'IA, abbia raggiunto un qualunque stadio di coscienza. Non pensiamo nemmeno che siano senzienti, cioè che abbiano sentimenti reali. Non siamo riusciti a superare la barriera del significato. Temo che da lì in poi siano tutti trucchetti da quattro soldi.»

«Ma allora come è potuta la coscienza robotica diventare una credenza accettata?» Freyja inarcò un sopracciglio. Era curiosità o sfida?

«È nell'interesse del governo incoraggiare il nostro attaccamento emotivo ai robot. In questo modo la popolazione prova meno risentimento, che può essere causato da vari fattori. Hai mai sentito dire che puoi fregare tutte le persone qualche volta e qualche persona tutte le volte?»

Freyja sorseggiò la schiuma sulla superficie del bicchiere, e Joe percepì la sua mente analitica che rigirava il commento appena fatto. «Per oltre un secolo le reti neurali profonde hanno trovato connessioni attraverso database con trilioni di dimensioni, ben al di là del nostro piccolo potere di aggiungere o portar via alcunché.» L'accenno di un sorriso accompagnò la sua replica, accentuando una leggera fossetta sulla guancia sinistra, e Joe annuì in segno di approvazione per il sottile rimando a Lincoln. Lei continuò: «Pensa a tutto ciò che di creativo è stato prodotto dai robot e dalle IA scorporate. Come puoi spiegarlo?»

Joe si stava entusiasmando per la discussione con la sua contendente. «Sono adatti a riprodurre cliché familiari. Formano connessioni tra database densi molto più velocemente di qualunque umano possa fare e alcune di queste connessioni sono stupefacenti, mostrano un'intelligenza misurabile con un test del QI. Ma la coscienza è qualcosa di diverso: l'IA sa di aver scoperto qualcosa di straordinario? Dimmi, puoi farmi il nome di un'elegante nozione di matematica pura che sia stata scoperta da un'IA?»

Gli occhi blu di Freyja brillarono al di sopra del bicchiere. «Beh, nella teoria dei gruppi, la mia area di specializzazione, sono stati fatti progressi per decidere se esista o meno il cosiddetto "moonshine". Scavando nei dati computazionali dalle IA sono saltate fuori connessioni stupefacenti tra il gruppo mostro M e la funzione j. In effetti però l'IA non sapeva cosa avesse trovato né come quelle connessioni trovassero spazio nella cornice matematica o delle implicazioni. Non si trattava soltanto di riconoscere degli schemi, ma di significato. È stato un matematico umano ad Harvard ad avere l'intuizione.»

«Moonshine. Brindiamo a quello.» Joe rise e guardò il proprio bicchiere vuoto. Come aveva fatto a berlo già tutto?

Un altro giovane professore si unì a loro, un uomo alto con un naso aquilino e i capelli biondi. Indossava una giacca firmata Pierre Louchangier, facilmente identificabile dai caratteristici polsini. «Ciao Freyja. È sempre un piacere vederti.»

Freyja li presentò, ma il suo tono di voce era diventato gelido. «Joe Denkensmith, questo è Buckley Royce.»

Joe allungò la mano e fu ricambiato da una stretta debole. Royce fece un sorriso di cortesia. «Sono un professore di scienze politiche e cambiamento climatico, e...» Si interruppe e tirò su con il naso, adocchiando il gatto di Freyja che si strofinava sulla sua gamba. Lo spostò con un colpetto del piede e Freyja serrò le labbra.

«Piacere di conoscerti, Buckley. Sono qui per un anno sabbatico e mi occupo di studiare la coscienza nell'IA.»

Royce scrutò Joe come se nulla fosse successo, nonostante il gatto gli stesse soffiando. «Ah, adesso stiamo aggiungendo matematici applicati al dipartimento? Mi sembra strano che il Dr. Jardine voglia fare una cosa del genere.»

Joe iniziò a irritarsi. «Sono uno dei più esperti matematici a lavorare sul problema», disse a testa alta, sperando che la sua vena competitiva non si notasse.

Il professore strinse le labbra. «Dovrei essere colpito? Che Livello sei?»

«Sono un Livello 42.»

«Beh, stupefacente per un Livello 42.»

Joe si sentì rimpicciolire nelle proprie Mercuries.

. . .

Non un buon inizio. E per di più, di fronte a Freyja.

. . .

Freyja interruppe la conversazione. «Joe non crede che l'intelligenza artificiale abbia raggiunto la coscienza o lo stato senziente.»

«Il mio PADI mi conosce.» Il sorrisetto di Royce mostrava chiaramente cosa pensasse delle teorie di Joe. «Il tuo no?»

Joe rilanciò: «L'intelligenza apparente è soltanto un mero atto di copiatura. Hai l'illusione che ti conosca perché sfrutta le tue emozioni, che è diverso dall'avere veri e propri sentimenti. Sembra che la coscienza richieda emozioni potenti per esistere. Le emozioni portano alle motivazioni. L'intera catena causa-effetto è un'illusione.»

«Ma i robot hanno quei colori, blu e rosa, per esprimere i sentimenti ogni volta che provano qualcosa.» Royce si aggiustò il bavero della giacca.

«Un'illusione creata antropomorfizzando una macchina senza emozioni.»

«Quasi tutti li trattano come servi», ribatté Royce cambiando tattica. «I robot non sono accademici e dimostrano la loro debolezza quando devono parlare di idee, ma rispondono come la gente comune, parlando di eventi, cose, persone e del tempo che fa.»

«Sono progettati per essere come noi per non risultare inquietanti. Per esempio, è il motivo per cui non hanno sensori sulla parte posteriore della testa.»

Royce inclinò la testa. «E che mi dici dei moduli del dolore installati su ogni robot? Non causano vero dolore?» Joe non cedette terreno. Aveva analizzato queste domande molto tempo prima. «Quei moduli sono un superbo sforzo ingegneristico per separare hardware e software. Ma scavando in profondità nel codice, la verità è che il root è basato su un contatore che parte da centouno e, quando arriva a zero, spegne il robot. È un interruttore d'emergenza per fermare i robot impazziti. Possiamo anche descriverlo a noi stessi come "dolore", ma nessuno sa cosa il modulo rappresenti davvero per il robot. La maggior parte di noi crede che ci sia una differenza fondamentale, ovvero che il robot non abbia una "esperienza". Non assomiglia per niente all'esperienza umana del dolore.»

«Il tuo PADI non ti sembra reale?» C'era un sorrisetto compiaciuto sul volto di Royce mentre lasciava vagare lo sguardo sopra la testa di Joe piuttosto che guardarlo negli occhi.

«Io non ho un PADI.» La calma risposta di Joe fu interrotta dalla risata deliziata di Freyja.

«Nemmeno io. Ho scoperto che riesco a pensare più chiaramente senza qualcosa che mi tenga il fiato sul collo e mi interrompa continuamente. Joe, potrebbe stupirti scoprire quante persone qui si astengano dall'usarne uno. Suppongo che ci piaccia stare soli nelle nostre teste.»

Royce sembrò infastidito per non aver avuto l'ultima parola, ma Freyja trascinò via Joe con la scusa di doverlo presentare agli altri professori. Si fermarono al tavolo degli antipasti e lui si infilò velocemente in bocca un gamberetto per tappare il buco nello stomaco, mentre lei sporgeva del cibo a Eulero. Gli sussurrò: «Qui disapproviamo che si discuta dei Livelli.»

. . .

Lei disapprova. Lui o soltanto l'argomento? In ogni caso, sono contento di rimanere nelle sue grazie.

. . .

Mentre riempivano i piatti, lei disse: «Il Lone Mountain College potrebbe essere un posto promettente per studiare il tuo problema con l'IA. Siamo orgogliosi di evitare le rigide etichette dipartimentali e di incoraggiare la collaborazione interdisciplinare.» Indicò la stanza: «Anche se questo ricevimento settimanale è organizzato dal dipartimento di matematica, è aperto a tutti i professori. In effetti, spesso i professori di altre materie sono più numerosi dei matematici.»

Freyja descrisse le aree di specializzazione del dipartimento mentre mangiavano. Poi guidò Joe attorno ad un gruppo di professori, verso un uomo isolato con un viso rubicondo e la barba, che dimostrava il doppio dei loro anni. Prima che si avvicinassero, si fermò e bisbigliò: «Qui non parliamo dei Livelli, ma ti dirò in via confidenziale che Mike è la persona di più alto Livello nel college. Sembra conoscere tutti quelli che contano. Nonostante questo, è di mentalità aperta e alla mano.» Un sorriso si fece strada sul suo volto, come se fosse pronta a condividere un segreto. «Gira anche un pettegolezzo secondo cui Mike sarebbe non solo un professore, ma farebbe parte della CIA. Non so dirti se sia vero, non ha ancora cercato di reclutarmi.» Accompagnò Joe dall'uomo, che si illuminò vedendola arrivare.

«Joe, questo è Michael Swaarden, professore di economia e legge. Mike, Joe Denkensmith è qui per un anno sabbatico nel dipartimento di matematica.» Dal tono di lei, Joe capì che erano buoni amici.

«Piacere di conoscerti. Chiamami Mike.» Gli strinse la mano in una morsa d'acciaio. «Il campus è pieno di vita stanotte, e non soltanto per il cocktail party. Hai avuto qualche problema ad arrivare fin qui?»

«Se ti riferisci alla protesta davanti al centro studenti, l'ho superata senza intoppi. È stato un benvenuto colorato.»

«I manifestanti stavano usando il college per ottenere visibilità in chat. Sembrerebbe che ci siano riusciti», disse Mike.

«Non ho visto dimostrazioni sulla East Coast, né la notizia riportata da Netchat Prime, ora che ci penso. Ma non l'ho cercata.» Joe si ricordò che aveva silenziato il NEST. «Contro cosa stanno protestando esattamente?»

«La Legge dei Livelli, ovviamente.» Mike prese Eulero in braccio e gli accarezzò le orecchie. La perplessità di Joe doveva essere lampante sul suo volto, perché Mike spiegò: «Fin da poco dopo le Guerre Climatiche, quella legge è stata in vigore per un'eternità.» Joe notò una leggera cadenza nella sua parlata.

Annuì senza convinzione. «Conosco le guerre a grandi linee, ma ho dimenticato i dettagli legati alla creazione della Legge dei Livelli e, a essere onesto, non sono certo di cosa meriti una protesta.»

Mike di raddrizzò, come se stesse per impartire una lezione. «Aye. Le Guerre Climatiche scoppiarono a causa della diminuzione di cibo, acqua e terre arabili. La distruzione delle industrie bloccò la catena dei rifornimenti a livello globale e accelerò l'uso dei robot per la ricostruzione. Alcuni Paesi nel mondo nazionalizzarono i mezzi di produzione, mentre molti altri scelsero soluzioni egalitarie. Qui negli Stati Uniti fu varata la Legge dei Livelli per compensare la nazionalizzazione. Ecco come siamo arrivati all'attuale realtà politica ed economica: un reddito garantito, proprietà collettiva delle attività produttive e una qualche forma di stabilità sociale.»

«Di conseguenza abbiamo i Livelli.» I dettagli stavano riaffiorando nella mente di Joe.

«Aye. Ma a qualcuno i Livelli non piacciono», disse Mike.

Joe arrossì, probabilmente per il whisky. I Livelli erano una buona cosa. Lui si sentiva a posto con il suo Livello, l'aveva guadagnato. Lo sforzo competitivo individuale era vantaggioso.

In un instante Joe si trovò a rivivere il master e il corso di teoria ergodica, la mano sudata mentre completava l'esame finale. La matematica era così astratta che il significato gli sfuggiva, finché non vi aveva intravisto un'effimera bellezza, un rompicapo che poteva comprendere e risolvere, e lo aveva seguito implacabilmente. Si dipanava fuggevole di fronte a lui, con numeri che talvolta si allineavano in forme riconoscibili. Poi balzava avanti, ancora una volta fuori dalla sua portata, etereo e misterioso. Aveva faticato due mesi e tredici ore al giorno per imparare tutta la materia. Gli stimolatori dell'apprendimento nel suo MEDFLOW avevano aiutato solo in minima parte. L'unica via verso la conoscenza era il duro lavoro per conquistare i problemi e cercare la bellezza nella matematica.

Mentre cliccava "Fine" sull'ultimo problema e realizzava di aver passato l'esame, era stato investito da un'ondata di euforia.

Riprovò quella stessa euforia rivivendo il ricordo, poi si ritrovò nel presente, con lo sguardo di Mike che studiava il suo volto.

Joe si schiarì la voce. «Mi sembra che tutti abbiano una bella vita. Coloro che creano sono ricompensati per la loro creatività e il loro talento con un Livello più alto. Inoltre, producono in modo competitivo perché, ovviamente, c'è sempre qualcuno a cui piace avere ciò che nessun altro ha.» La sua marca preferita di whisky, per esempio. Joe continuò: «Se un fabbricante crea qualcosa di davvero unico e lussuoso, viene poi ricompensato con i credit$. Si provvede a tutti, e a tutti viene data un'opportunità e la motivazione per un avanzamento di Livello.»

Mike si accigliò, il suo sguardo indagatore fisso su Joe. «La Legge dei Livelli stabilisce limiti riguardo a quali posti di lavoro si possa aspirare, chi si possa sposare, chi possa votare, chi possa viaggiare verso certe destinazioni e chi possa accedere a posizioni creative retribuite. Giustificare i Livelli presuppone almeno che tu abbia fiducia negli algoritmi che assegnano i Livelli. Alcuni però sostengono che i retaggi personali sorpassino l'equazione di merito. Questi interrogativi legati all'equità sono tutti argomenti contro la Legge dei Livelli.»

Il conflitto interiore di Joe aumentò, mentre ricordava di colleghi con Livelli più alti che non erano stati altrettanto intelligenti o diligenti. I Livelli erano calcolati usando principi euristici non rigorosi, per cui non erano mai precisi. Eppure, erano davvero iniqui? Non voleva schierarsi contro il professore, ma si chiedeva se questo fosse un posto sicuro per parlarne. Senza robot in giro e con le comunicazioni disattivate, si era al sicuro per quanto possibile da chiunque volesse origliare.

«Questi sono tutti argomenti validi contro le falle nei software euristici, che probabilmente sono imperfetti. E non cercherò nemmeno di discutere delle cause con qualcuno che ha dottorati in economia e legge.»

Mike sembrò deluso che Joe avesse concesso il punto con tanta facilità. «Joe, le mie lauree non sono ragioni convincenti. Lascia che sia la verità del ragionamento a vincere piuttosto che accettare ciecamente qualunque autorità.» Si rilassò e si sporse verso Joe e Freyja. «L'organizzazione politica appropriata dei diritti e delle responsabilità nella società è sempre stata una questione complessa. Io credo nella giustizia sociale e mi piacerebbe vedere la società muoversi più velocemente in quella direzione. Purtroppo, però, abbiamo sacrificato la giustizia sociale insieme alla libertà individuale.»

La discussione aveva deviato bruscamente dalla normale conversazione accettabile per un cocktail party, e sembrò il momento giusto per cambiare argomento.

Joe si guardò intorno. «Parlando di autorità, dov'è il Dr. Jardine? Sono impaziente di conoscerlo.»

Freyja, che durante lo scambio di battute precedente si era limitata ad annuire in silenzio, si ributtò nella conversazione. «Arriva spesso tardi a questi ricevimenti. Anche se li organizza ed è la ragione principale per cui tutti vogliono venire, si comporta come se avesse un ruolo marginale. Fa parte della sua naturale umiltà.»

«Ma ti accorgerai quando entrerà nella stanza. Il Dr. Eli Jardine ha una certa presenza», disse Mike con riverenza.

«I fisici direbbero che è come un bosone di Higgs che entra nella stanza», disse Freyja ridendo, «vedrai la folla accalcarsi attorno a lui.»

«Lo conosco per fama come un rinomato matematico. Sono grato che mi abbia risposto e abbia accettato la mia proposta per un anno sabbatico.»

Freyja posò il bicchiere. «Considerati fortunato, perché le posizioni aperte per gli anni sabbatici qui sono rare. Il Dr. Jardine ha una conoscenza incomparabile delle materie matematiche. Incoraggia la ricerca ed è pieno di saggezza, se ti prendi il tempo di ascoltare. Per questo è preside di facoltà del dipartimento di matematica, uno solo dei molti ruoli che ricopre qui.»

Al lato opposto della sala si creò un brusio crescente, provocato dall'arrivo di un professore dai capelli bianchi che si faceva strada verso Joe. Portava la barba e aveva un'espressione calma ma assorta mentre salutava ognuno dei presenti, fermandosi di tanto in tanto per scambiare qualche parola. Lasciò dietro di sé un'eco spensierata e numerose facce sorridenti, poi arrivò al loro gruppetto e all'improvviso stava stringendo la mano di Joe. Il suo battito accelerò.

Gli occhi del Dr. Jardine brillavano mentre parlava. «Ecco una faccia nuova. Lei deve essere Joe Denkensmith, benvenuto. Pensavo che l'avrei presentata io a Freyja, ma non mi sorprende che l'abbia conosciuta da solo.»

«È... è un vero onore conoscerla finalmente, Dr. Jardine.» Joe respirò profondamente per calmarsi.

«Mi è parso di capire dalla nostra corrispondenza che le sue questioni siano filosofiche tanto quanto matematiche. Oltre a Freyja, le suggerisco di incontrare il professor Gabe Gulaba. Prima, però, dovremmo sederci nel mio ufficio per parlare del suo progetto. Magari domani?»

Joe annuì e Jardine ripartì, lasciando dietro di sé un'ondata di energia e sincerità attraverso la stanza.

Con una rinnovata vitalità che non riusciva a spiegarsi, Joe chiacchierò ancora un po' con Freyja e Mike. Dopo essersi accordato con Freyja per vedersi più avanti quella settimana, augurò loro la buonanotte e si diresse verso le scale. Si fermò sul pianerottolo per lanciare un ultimo sguardo a Freyja e Mike, ancora vicini. Mike si grattava la barba, con un'espressione simile a quella di un padre che guarda la figlia. L'ultima immagine che Joe fissò nella memoria prima di uscire fu quella di lei, mentre parlava sorridente, tenendo in braccio il suo gatto blu.

Capitolo 3

Il mattino dopo Joe arrivò al dipartimento di matematica di buon'ora. Si registrò all'amministrazione, dove gli furono assegnati i suoi codici di sicurezza e un codice di riconoscimento per accedere al sistema chat del college. Gli indicarono il suo nuovo ufficio al secondo piano: era simile a quello che aveva lasciato, ma la vista sul cortile alberato era decisamente più rilassante.

Tre minuti più tardi, un pafibot entrò per assisterlo con la configurazione dell'ufficio. «Quale tipo di comunicazione desidera installare?»

Joe chiese un'unità olo-com a parete standard. Non forniva un'esperienza di realtà virtuale completa, ma era più comoda per l'uso quotidiano perché non richiedeva di indossare la tuta aptica. Era curioso di conoscere il livello di sofisticatezza tecnologica del Lone Mountain College. «Quali unità olo-com sono più usate qui nelle aule?»

«Le più comuni sono quelle a parete. Molti nel dipartimento di matematica usano anche quelle da soffitto. Alcune aule hanno unità olo-com a pavimento per le discussioni di piccoli gruppi, mentre quelle più grandi sono dotate di unità immersive con tute aptiche integrali. Infine, in molte classi ci sono postazioni netwalker.» Il pafibot lampeggiò di blu quando la lista fu completa, poi si lanciò nella spiegazione delle caratteristiche, ma Joe lo fermò.

«Parete, soffitto, pavimento, realtà virtuale, netwalker. È tutto ciò che ho bisogno di sapere.» Non si preoccupò di nascondere la propria irritazione. Il robot lampeggiò rosa.

. . .

Dobbiamo sopportare il burocratese pedante in ogni angolo della Terra prima di trovare il paradiso.

. . .

Il pafibot lo informò che l'attrezzatura sarebbe stata installata più tardi nel pomeriggio e Joe lo congedò. La tecnologia si rivelò né più né meno del previsto: non all'avanguardia, ma tipica di un piccolo college.

Dopo aver passeggiato per i corridoi dell'edificio per familiarizzare con la struttura, Joe pranzò al bar che si trovava al pianterreno. Mangiò avidamente il suo sandwich mentre controllava la netchat attraverso il NEST. Cercò notizie sulla protesta della sera precedente. Trovò diverse storie riguardo quella manifestazione e un'altra che si era svolta contemporaneamente a Sacramento. Il Ministero della Sicurezza aveva pubblicato un comunicato conciso in cui i manifestanti venivano definiti pericolosi, ma nessuno era stato arrestato.

Dopo pranzo Joe impostò la MARA per arrivare all'ufficio di Jardine. La linea rossa proiettata sul paesaggio lo guidò a una casa sulla collina che dominava un angolo del campus. Non trovò un robot ad accoglierlo, quindi varcò il cancello aperto ed esplorò il grande giardino all'ingresso. Le piante crescevano rigogliose ai lati di sentieri di mattoni, i rami ricoperti di un denso fogliame. Il profumo dei primi fiori sbocciati nella primavera precoce della West Coast permeava l'aria. Joe riuscì a distinguere il delicato profumo dei mughetti e meditò sui pochi benefici del riscaldamento globale.

Imboccò un sentiero, svoltando a destra diverse volte, finché trovò una scala che saliva. Il Dr. Jardine lo salutò dalla cima, e Joe salì ad incontrarlo. Un sorriso increspava le guance segnate dell'uomo e i suoi capelli bianchi ricadevano sulle orecchie, scintillando nella fulgida luce del giorno. Sembrava più vecchio di Matusalemme. Quando Joe gli strinse la mano, tutta la personalità e il carisma del Dr. Jardine fluirono attraverso il contatto come una scossa elettrica.

L'ufficio del professore era adiacente al suo appartamento, simile a quello assegnato a Joe. Una finestra si affacciava sul campus, mentre quella dello studio, incastonata tra le pareti ricoperte di libri, dava sul giardino. Tutto era pervaso di luce e diffondeva un senso di calma nel cuore di Joe, che però esitava nell'incontrare lo sguardo di Jardine.

Per nasconderlo, studiò un intricato groviglio di piante attraverso la finestra. «Le piace il giardinaggio?»

Jardine guardò il verdeggiante disordine con affetto. «Non sono un gran giardiniere. Ho piantato i semi e poi non l'ho più toccato. È sempre stato un giardino selvatico. Mi piace di più guardarlo crescere da solo. Ti piacciono gli scacchi?» Indicò un tavolino su cui erano disposte una scacchiera e due tazze.

Joe annuì e si sedette nella poltroncina che gli veniva offerta di fronte ai pezzi bianchi, godendo del tiepido profumo del tè che si spandeva dalla sua tazza. Pensò alla propria apertura preferita, poi mosse il primo pezzo.

Mentre muoveva un pedone, Jardine disse: «Sarai di certo al corrente del fatto che il Ministero IA ha messo una buona parola a favore del tuo anno sabbatico qui. Il college è accomodante verso queste richieste, ma io non mi faccio smuovere da rivendicazioni terrene. Sei stato accettato per i tuoi meriti.»

«Sono contento di saperlo.»

«Aiutami a capire quali sono le ragioni che ti hanno spinto a richiedere questo anno sabbatico. So che hai domande specifiche riguardo alla coscienza nell'IA, ma per rispondere a quelle speri di riuscire a chiarire innanzitutto altri più ampi interrogativi, poco inerenti con la matematica.»

«Entrambi le osservazioni sono corrette.»

«Temo che non potrò aiutarti direttamente. Posso consigliarti lungo il percorso, ma dovrai fare tu il lavoro creativo. Troverai diversi colleghi che potranno esserti utili, ma come ogni periodo sabbatico, anche il tuo non sarà supervisionato. Procederai come riterrai opportuno.»

«L'invito lo chiariva molto bene. Sono grato di avere l'opportunità anche solo di essere qui. E grazie per la libertà di esplorare», disse Joe.

L'espressione di Jardine si riscaldò come il sole pomeridiano sul giardino. «Apprezzo i tuoi ringraziamenti.» Mosse un alfiere in avanti e sorseggiò il tè. «Iniziamo con le domande pratiche sulla coscienza nell'IA.»

Joe si sporse in avanti, entusiasta di affrontare un tema che conosceva bene. «Il principale progetto di ricerca degli Stati Uniti nell'ultimo secolo è stato quello di creare IA e robot realmente coscienti. Si è giunti alla conclusione che la coscienza nei robot sia l'unico mezzo per evitare gli occasionali malfunzionamenti che feriscono e talvolta uccidono le persone.» Joe continuò a posizionare cavalli e alfieri con le mosse iniziali. «Come le ho scritto nella mia richiesta per l'anno sabbatico, il mio lavoro si è concentrato sull'IA fin da quando mi sono laureato. Siamo arrivati a uno stallo e mi sono convinto che il progetto sia senza speranza.»

«Creare l'intelligenza è difficile. Creare la saggezza è quasi impossibile.» Jardine ridacchiò.

«Quale approccio mi consiglia per affrontare la questione?»

«Questo è un problema profondo.» Jardine mosse un cavallo nel raggio d'azione dell'alfiere di Joe. «Sono lieto che tu stia collaborando con Freyja Tau per analizzare i fondamenti della matematica in cerca di ispirazione per questo problema concreto.»

«Lo sono anch'io. Abbiamo già fissato un appuntamento più avanti questa settimana per discuterne. Da matematico, ho spesso trovato la bellezza nella verità delle equazioni.»

«Cercare la bellezza nel mondo è un cammino proficuo.» La mossa successiva di Jardine fu accompagnata da un sagace cenno del capo. «E ora, quali sono le questioni più ampie?»

Joe si piegò sulla scacchiera, le mani incrociate. «Lottare per creare la coscienza nell'IA mi ha obbligato a riflettere sul concetto generale di coscienza e sulla mia stessa consapevolezza: cosa mi fa credere che ci sia un "io" a costituirmi, separato da tutto il resto?»

«Questo è un altro difficile problema, uno su cui i filosofi hanno dibattuto per millenni. Gabe Gulaba, il collega del dipartimento di filosofia a cui ho accennato ieri sera, comprende la filosofia della mente ad una profondità tale che potrebbe aiutarti a porre la tua domanda in termini più precisi.»

Joe prese un cavallo, ma non riusciva a decidere quale delle due possibili mosse fare. Visualizzò lo svolgersi delle azioni e infine mosse sulla casa che sembrava garantire il miglior risultato. Alzò lo sguardò e si accorse che Jardine lo stava studiando.

«Decifrare la coscienza è l'unica difficoltà che stai avendo?»

Joe non si tirò indietro nel confessare al saggio avversario di scacchiera la propria confusione. «Le mie domande sulla coscienza nell'IA mi hanno scoraggiato. Ho confutato ogni teoria in cui credevo e l'esperienza mi ha soltanto portato a dubitare di tutto. Questo anno sabbatico potrebbe essere un'opportunità di prendere una nuova direzione, poiché non sono sicuro di quale strada imboccherei se dovessi determinare che creare la coscienza è impossibile. Suppongo di essere alla ricerca di uno scopo valido.»

Jardine annuì. «Anche questa una domanda fondamentale, che dimostra saggezza nel chiedere. Socrate sosteneva che una vita senza ricerca non valesse la pena di essere vissuta. Non sono d'accordo, poiché ogni vita è degna di essere vissuta. Senz'altro però, la complessa disamina della vita esercita il dono della coscienza, e la rende più interessante.»

Joe studiò la posizione difensiva che Jardine aveva scelto per il suo re, poi lanciò un attacco contro un pedone protettivo. Jardine gettò indietro la testa e rise. «Hai una natura competitiva.»

«È nel mio DNA. Oltre alla matematica, potrebbe essere tutto ciò che amo e mi motiva al momento», rispose Joe.

Jardine bevve un lungo sorso di tè. «Siamo matematici, ci occupiamo di astrazione. Ma la matematica è parte integrante del mondo al di fuori della nostra coscienza.»

«Mi suggerisce di trovare un nuovo scopo che vada al di là della matematica?»

«Molti cammini virtuosi ti sono aperti.»

«Ho sempre vissuto nella mia testa.» Joe fece una mossa esitante. «È il modo migliore per me di competere, mentalmente piuttosto che fisicamente.»

Jardine rimosse uno degli alfieri di Joe dal gioco. «Nella vita c'è più della sola competizione. I tuoi simili hanno diversi tratti, ognuno più o meno spiccato dei tuoi, ma comunque diseguali. La pura competizione pone in risalto questa diseguaglianza. Molte vie riconoscono la forza della collaborazione con coloro che hanno diverse abilità e prospettive.»

«Collaborazione e trattare le persone con rispetto.» Il passato invase nuovamente i pensieri di Joe. «In una delle mie poche lezioni di filosofia, durante la laurea triennale, ci insegnarono il punto di vista di Schopenhauer secondo cui la compassione sarebbe alla base della morale.»

Jardine sorrise e giocarono in silenzio per i minuti successivi, in cui la posizione di Joe sulla scacchiera peggiorò.

. . .

La sua tecnica di gioco è incredibilmente forte. Dev'essere un gran maestro.

. . .

Joe esaminò ogni possibilità. «A proposito di compassione, lascia mai che altri professori la battano a questo gioco?»

Un gran sorriso si allargò sul volto di Jardine. «Questa è una circostanza in cui mi permetto di battere ogni avversario. Gli scacchi sono un gioco in cui tutte le mosse possono essere previste se si è in grado di considerare tutte le possibili combinazioni. Vincere dipende da quante mosse avanti si riesce a vedere. Da una prima valutazione, se analizzo avanti nel tempo tutte le tue possibili mosse, come anche le nostre semplici intelligenze artificiali tentano di fare, ho una buona probabilità di vincere... o meglio, una buona probabilità di evitare la sconfitta. Ma se *tu* stessi perdendo, potresti decidere di ribaltare la scacchiera.»

Jardine gli fece l'occhiolino.

. . .

Ribaltare la scacchiera? Un'idea non ortodossa. E sbalorditiva.

. . .

Jardine ridacchiò. «Dalla tua sorpresa capisco che, almeno nelle faccende logiche, segui le regole. Nelle regole degli scacchi ribaltare la scacchiera non conta ai fini di evitare la sconfitta, ma volevo farti notare che potresti fare una mossa inaspettata.»

Joe strinse le labbra. «Ma quale mossa potrei fare che sia contemporaneamente inaspettata e consentita dalle regole? Non riesco a pensare ad una logica in cui una tale mossa possa esistere.»

«La tua definizione di logica è limitata al gioco che vedi davanti a te e implica una causa visibile per ogni effetto. Ma cosa accadrebbe se non fossi in grado di determinare la causa? Conosci il *Don Chisciotte*? La presunta follia di un individuo potrebbe essere la prova del libero arbitrio.»

Joe cercò di ignorare i suoi pezzi catturati che si accumulavano a lato della scacchiera e fece la miglior mossa possibile. «Sono contento che abbia parlato di libero arbitrio. È ai primi posti tra le domande fondamentali su cui ho riflettuto negli ultimi anni. Ho iniziato analizzando quale tipo di "volontà" potesse essere data ai robot, ma così facendo mi sono reso conto di non sapere di quale libero arbitrio io stesso sia dotato, o se ne abbia affatto. Una concezione dell'universo come chiuso suggerirebbe l'impossibilità di averne alcuno, se si crede che esso segua le leggi deterministiche dettate dalla matematica. Eppure, ci comportiamo come se ne fossimo dotati.»

«Libero arbitrio. Sì, è il dono supremo. Potrebbe essere la risposta in assoluto più difficile a cui dare risposta», disse Jardine.

Joe non riuscì più a vedere mosse valide rimaste. Jardine aveva disposto i suoi pezzi in una muraglia impenetrabile, con la regina e l'alfiere che si avvicinavano al re di Joe. «Mi arrendo.» Si allontanò dalla scacchiera, scoraggiato e più affaticato di quanto l'ora trascorsa avrebbe giustificato. «Grazie ancora. Ha qualche altro consiglio?»

Jardine si raddrizzò nella sua poltroncina, uno scintillio negli occhi. «C'è sempre un'altra mossa da fare per evitare la sconfitta. Mai arrendersi.»

◆

Joe era seduto nel suo salotto, mentre l'ultima luce del giorno cedeva il passo al buio. Una manciata di stelle brillava già sulle sagome scure degli alberi fuori dalla larga vetrata. Aveva appena finito una tranquilla cena da solo. I robot avevano consegnato le sue cose e le avevano minuziosamente sistemate. Non toccavano nulla senza un suo ordine, ma lo irritava comunque vederli spostare quei pochi effetti personali. Il decanter per il whisky in cristallo e i bicchieri tumbler intagliati erano disposti sul tavolino nell'angolo del salotto, e 73 aveva riempito il decanter. Joe si versò un bicchiere e lo assaggiò con approvazione. Sedette nell'oscurità crescente, sorseggiando il liquore.

La visita a Jardine gli rieccheggiava nella mente. Quando aveva iniziato a lavorare sull'IA, Joe aveva sperato di fare una scoperta significativa e aveva invece vissuto anni di crescente frustrazione, seguita dalla disillusione. La ricerca per creare un'IA cosciente lo aveva portato a farsi domande sulla propria mente. Quel pomeriggio Jardine era stato saggio, compassionevole e assolutamente convinto che Joe avrebbe trovato le proprie risposte.

. . .

I robot si muovono con una tale apparente conoscenza e finalità. Ma non sono né coscienti, né senzienti: non pensano, sono macchine computazionali. Possiamo far analizzare loro delle operazioni in modo che non si danneggino, ma non renderli capaci di riflettere sulla loro stessa esistenza. I robot vivono esistenze senza ricerca. E quanto a me, sono anch'io una macchina senza uno scopo, perso in faccende inutili? Qual è lo scopo di tutta questa attività? Devo sapere.

. . .

Capitolo 4

Joe si svegliò, apatico. Ancora mezzo addormentato, attivò il NEST e mandò una formale richiesta di appuntamento al Dr. Gulaba, accennando alla conversazione con Jardine. Il professore rispose velocemente, fissando l'incontro per il tardo pomeriggio stesso.

Motivato dalla novità, Joe strisciò fuori dal letto, si vestì e uscì alla luce del giorno. Passeggiò per il campus, memorizzando la disposizione degli edifici. Trovò un bar per pranzo e mangiò mentre controllava la netchat alla ricerca di novità. Non trovò ulteriori accenni alla protesta nel campus, un'omissione che stuzzicò la sua curiosità, così cercò notizie a proposito del movimento anti-Livelli. Fu sorpreso non soltanto dalla mancanza di resoconti, ma anche dalla scomparsa delle storie precedenti.

Approfondì la ricerca, usando le proprie abilità di hacker esperto per frugare le aree più oscure del net. Trovò infine un post criptico che diceva: "Ho hackerato io il database, non loro. Un bel po' di G-2 piccanti là dentro. cDc." Joe non aveva mai visto la tagline cDc, così cercò sulle liste del dark web e scoprì che si riferiva a un hacker anonimo chiamato "Cult of the Dead Cat". Ipotizzò un riferimento indiretto all'equazione della funzione d'onda di Schrödinger e ridacchiò tra sé e sé, pensando che l'autore avesse deciso per la morte del gatto quantistico. Joe eseguì numerose analisi statistiche usando i termini di ricerca "protesta", "database hackerato" e "cDc". Un debole collegamento portava al database del Ministero della Sicurezza: l'hacker cDc era in qualche modo legato alle proteste a cui Joe aveva assistito e ai database della polizia.

Joe chiuse il proprio NEST e decise di non pensarci più. Non era sicuro del perché le proteste gli fossero rimaste in testa. Anche se non provava alcuna personale ingiustizia legata alla Legge dei Livelli, forse il commento di Mike aveva risvegliato il suo interesse.

Joe finì il pranzo, poi si alzò e si stiracchiò. Senza un programma prefissato si sentiva libero, ma gli mancava un fondamento. Dopo anni immerso nei problemi pratici dell'IA e nella vita frenetica di una metropoli, il college era un'oasi di pace. Tutti abbiamo bisogno di trovare il nostro rifugio. Quel luogo gli avrebbe dato il tempo di risolvere le sue questioni vaghe e indistinte.

Camminò attraverso il campus fino all'angolo sud-ovest, dove trovò il dipartimento di filosofia grazie all'aiuto della MARA. Salì la scalinata in granito ed entrò nell'edificio, dove il NEST si interfacciò con l'elenco dei docenti e lo guidò fino all'ufficio del Dr. Gulaba al piano superiore. Il professore lo accolse e si sistemarono su comode poltrone avvolgenti. Sul muro alle loro spalle era appeso un antico corno lungo un metro. Un pafibot entrò e sistemò due tazze di tè fumante di fianco alle poltrone, poi il Dr. Gulaba lo congedò con un gesto della mano. Un silenzio imbarazzante si distese tra loro. Il Dr. Gulaba lo squadrava: aveva forse i capelli scompigliati dopo la camminata?

Anche Joe lo studiò. Il professore di filosofia era di media statura e Joe stimò che avesse superato i cento anni di età. La pelle sulle guance era invecchiata, ma liscia e traslucida come carta di riso bagnata. Portava i baffi e un lungo pizzetto grigio. I suoi fini capelli grigi erano pettinati ordinatamente all'indietro sulla testa. Come Jardine, la fronte di Gulaba era corrucciata in una linea dura, critica, come se i suoi occhi stessero scavando nell'anima di Joe.

«Grazie per aver accettato di vedermi, Dr. Gulaba.»

«Ti prego, chiamami Gabe. Qui al Lone Mountain College usiamo i nomi di battesimo.» Le sopracciglia, se possibile, scesero ancora di più. «Iniziamo dal principio. Perché sei qui?»

Joe lo fissò in silenzio.

. . .

Precisamente una delle domande a cui spero di trovare risposta.

. . .

«Quello che intendo», aggiunse Gabe, «è come possa io, un filosofo, assistere te, uno scienziato esperto di intelligenza artificiale.»

Joe fu pervaso da una nuova energia. «Sono un matematico applicato e uno scienziato esperto di IA, tuttavia ho studiato matematica pura e fisica. In questi ultimi anni ho lavorato al Ministero IA per sviluppare una nuova generazione di intelligenza artificiale, ma ho raggiunto un vicolo cieco e credo sia di natura filosofica. Il Dr. Jardine mi ha suggerito di mettermi in contatto con lei per aiutarmi con gli interrogativi filosofici.»

«Ora capisco meglio.» Gabe sorseggiò il tè. «Ho conseguito i miei dottorati in filosofia e fisica. Tratto la filosofia da un punto di vista empirista, poiché credo che dobbiamo analizzare la nostra esperienza sensoriale del mondo per imparare qualunque cosa. La scienza ha dimostrato di essere l'approccio più produttivo per trovare la conoscenza, nonostante i suoi evidenti limiti.»

«Due dottorati.» Joe si ricordò dei due dottorati di Mike Swaarden, e i propri miseri due master gli sembrarono insufficienti. Sapeva fosse la norma nelle università, ma non si aspettava che fosse così comune anche nei piccoli college. «Impressionante.»

Gabe minimizzò il complimento con un gesto della mano. «Le nostre vite sono abbastanza lunghe per avere il tempo di studiare abbondantemente. E la nuova conoscenza si crea attraverso la sintesi tra le discipline tradizionali.»

«Quello che ci vuole per restare un passo avanti alle IAG sputa-nozioni», disse Joe.

«Sicuramente.» Gabe lo studiò con un'espressione ipercritica. «Ho insegnato a migliaia di studenti di filosofia e amo farlo, a patto che lo studente sia davvero intenzionato a trovare risposte.»

«Io sono interessato a trovare la verità.» Joe si sporse in avanti. «Ancor più che a risolvere i problemi pratici.»

Il tono di Gabe si addolcì. «Sono un po' petulante e poco pratico, mi dicono. Ma posso spingerti a pensare diversamente.»

«Ed è tutto ciò che posso chiedere.» Fece un respiro profondo e si lanciò. «Il mio lavoro negli ultimi dieci anni si è concentrato sulle IAG. Abbiamo usato il termine "Intelligenza Artificiale Generale", mentre l'intelligenza generale è stata per secoli un attributo dell'essere umano. Le IA possono svolgere molti singoli compiti meglio di un essere umano, ma non sono state in grado di generalizzare quando si tratta di combinare le abilità minori. Sono intelligenti? Sì. Coscienti?» Joe fece una pausa per valutare la reazione di Gabe mentre si preparava ad esporre la sua posizione controversa. «Non penso che lo siano, né che siamo vicini al renderle tali.»

Gabe inclinò la testa. «Questo conferma la mia convinzione. Non ho mai creduto che le IA avessero raggiunto lo stadio di coscienza. O quanto meno, nessuna mi ha fatto desiderare di condividere una tazza di tè.»

Joe strinse la sua tazza e ne ispezionò il contenuto vorticoso. «Ecco il problema: c'è qualcosa di fondo che ci sfugge. Non possiamo insegnare ad un'IA come creare un modello mentale cosciente del mondo. Abbiamo proceduto risalendo dal basso, aggiungendo particolari sul funzionamento del mondo che l'IA assembla in costrutti più ampi, ma non sappiamo come programmarla perché crei una reale visione d'insieme.» Alzò lo sguardo. Gabe aveva alzato le sopracciglia, con un'espressione meditabonda più che critica. «Un possibile approccio per comprendere il pensiero è di usare gli animali come modello comparativo, con una piramide di capacità crescenti.»

«Dal momento che non so nulla riguardo alla costruzione pratica dei robot e delle IA, puoi spiegarmi brevemente come funziona questa struttura? Come è composta la piramide?»

«Per non complicare eccessivamente le cose, poniamo alla base la *nocicezione*, ovvero la capacità di percepire gli stimoli pericolosi, come può essere un veleno. Al di sopra abbiamo l'*essere senziente*, che include la capacità di provare sensazioni e percepire in modo soggettivo. Una spugna di mare, ad esempio, ha nocicezione ma non è senziente. Ancora sopra si trova la *coscienza*. Un pollo è senziente ma non cosciente.»

«E il cervello umano-animale è in cima alla piramide?»

«Esattamente. La coscienza umana si crea attraverso onde generate all'interno dell'intero cervello, che formano degli schemi. È il wetware, il modello biologico con cui iniziamo.»

«Ma il modello animale, o wetware, come lo chiami, può davvero essere paragonato al software di una IA?»

«No. Abbiamo iniziato alla base della piramide, creando moduli software che imitassero gli input sensoriali animali. Il software però collassa prima di riuscire a replicare la coscienza.» Joe si grattò la barba: era più lunga del normale. Si rese conto che in passato si era sempre occupata Raidne di ricordarglielo, insieme ad altre cose.

«Dimmi dei moduli software.»

Joe sorseggiò rumorosamente il tè, ripassando mentalmente la struttura del codice IA e dei moduli software. «Ogni robot usa dati ambientali esterni che vengono immessi in numerosi moduli interni per essere processati. C'è un agente dell'attenzione che decide su cosa focalizzarsi, un modulo-storia che fornisce una pseudo-memoria e un agente pianificatore per costruire possibili scenari futuri e scegliere tra essi. C'è poi un agente dell'emozione per agevolare tale scelta.»

«E con tutti questi agenti, il robot può aggirarsi liberamente e provocare il caos.» La cruda osservazione di Gabe rivelò la sua comprensione della materia.

. . .

Ancora una volta, sto rivalutando questi logori moduli software, tutti un susseguirsi di zero e uno. Sono lontani dalla vera coscienza almeno quanto il teschio di Yorick lo era dal buffone di corte vivo e vegeto. Dove sono adesso le tue beffe? Le tue follie che provocavano tante risa dai convitati?

. . .

Gabe continuò la sua analisi. «Forse, per avere un modello mentale di questo tipo, è necessario che ci sia un "io" che percepisca il mondo. Dove si trova questo "io" al centro dell'esperienza?»

«Appunto», disse Joe, riconoscendo uno spirito affine. «E senza questo "io" al centro non si avrà mai una vera e propria coscienza. Per esempio, le IA possono trovare nuove formule matematiche usando un data mining approfondito e algoritmi stratificati, ma non sanno di aver scoperto qualcosa di speciale. Manca l'ultimo passo, poiché non possiamo insegnare loro cosa i dati *significhino* effettivamente.»

«I filosofi includono il concetto di "qualia" nella descrizione della coscienza», disse Gabe.

«D'accordo. Gli scienziati di IA accettano la definizione filosofica di qualia come aspetti individuali dell'esperienza soggettiva e cosciente. Sono le qualità percepite nel mondo, accanto alle sensazioni fisiche. Ad esempio, comprendono il sapere *come ci si senta* ad essere morsi da un serpente.»

«Un esempio significativo.» Gabe ridacchiò. «Molti filosofi pensano che tali esperienze soggettive siano un prerequisito fondamentale per una coscienza robotica paragonabile a quella umana, al vertice della tua piramide. Il carattere fenomenico dell'esperienza è rappresentato da *cosa significhi* fare quell'esperienza soggettivamente, in prima persona. Nel tuo esempio, cosa significhi percepire i denti del serpente nella propria mano. Un esempio più tipico sarebbe cosa significhi vedere il colore rosso di una mela.»

Joe annuì. «Riconosciamo l'importanza dell'esperienza soggettiva, ma ci rompiamo la testa cercando di ricreare quel *cosa significhi*. Dando dei sensori ai robot forniamo loro informazioni sulla posizione fisica del corpo, così come altre informazioni sensoriali simili a quelle umane: vista, tatto, udito. Non abbiamo idea di come creare qualia in una macchina, né di come misurare se siano stati *effettivamente* creati.»

Un pigolio proveniente dalla porta li avvertì che un piccolo drone stava entrando, librandosi nell'ufficio. Il pannello frontale lampeggiava di un viola acceso mentre la voce meccanica annunciava: «Consegna per il Dr. Gulaba. Un completo *xuanduan* scarlatto, con tunica e cappa.» Gabe sbatté le palpebre mentre accettava la consegna attraverso il suo NEST. Il drone planò fuori dall'ufficio e la porta si richiuse.

Un lampo di irritazione attraversò il volto di Gabe. «Perdonami l'interruzione. Non uso un PADI per gestire queste mansioni dietro le quinte.»

«Nessun problema. Nemmeno io uso un PADI.»

L'espressione di Gabe si distese. «Lunedì si celebrava il Capodanno cinese. Mi piace festeggiarlo con i miei due parenti ancora in vita, ma quest'anno ci siamo lasciati andare al "gan bei" e ai brindisi, con il risultato che ho dovuto sostituire il mio abito tradizionale.»

Joe rise. «Mi spiace di non esserci stato per questa celebrazione.»

Gabe sorrise. «Ma torniamo al tuo problema. Come misuri la coscienza?»

«Gli scienziati di IA applicano l'esigente standard dell'autocoscienza. Vogliamo un'IA che sia cosciente di essere cosciente. Questo concetto sarebbe il più vicino all'idea umana di cosa significhi essere coscienti. Molti esperimenti cercano di definire e testare un sistema di misurazione, ma nessun algoritmo funziona in modo uniforme.»

«Cosa c'è sotto?»

«Siamo bloccati agli stati mentali.» Joe si sistemò sulla sedia. «Parliamo di "stati della macchina", che sono diversi dagli stati mentali umani. Abbiamo provato a programmare gli stati mentali di primo ordine, come le percezioni, dal momento che essi richiedono soltanto un'acquisizione di stimoli sensoriali dal mondo esterno. Ma non abbiamo costruito stati mentali di ordine superiore, ovvero stati mentali a partire da altri stati mentali. Certo, possiamo scrivere un codice ricorrente, ma è una funzione che richiama se stessa più volte. Non equivale a ciò che accade nelle nostre menti umane, all'avere un'esperienza soggettiva.»

La conversazione proseguì e le ore passarono rapidamente. La luce naturale nell'ufficio si affievolì e le lampade sul soffitto si accesero tremolando. Gabe si alzò e si stiracchiò. «Ho fame. Vuoi continuare mentre ceniamo?»

. . .

Una gradita opportunità. Gabe è un profondo pensatore, potrebbe essere il mentore di cui ho bisogno. Dovrei convincerlo ad insegnarmi.

. . .

«Con molto piacere.»

Gabe lo guidò fuori dal campus e verso la cittadina, poi lungo una traversa della via del mercato. Si infilò in una taverna, seguito da Joe. I muri di travertino riflettevano il tenue chiarore dorato proveniente dai lampadari. I tavoli di legno erano apparecchiati con tovaglie a quadri bianchi e rossi. Un pafibot li accompagnò ad un tavolino vicino alla finestra.

«Un bel posticino», disse Joe.

«Il cibo ha un sapore autentico, ma a parte questo è soltanto un altro ristorante curato, copiato dalla Grecia. Manca quel tocco crudo e realistico che ricordo dal mio viaggio in Macedonia.» Gabe aprì il tovagliolo e lo stese sulle gambe. «E mancano le persone amichevoli che ricordo di aver incontrato là.»

«In questo caso, dovresti ordinare tu per entrambi.» Il fatto che Gabe avesse viaggiato fuori dal paese colpì Joe: il suo Livello doveva essere molto più alto del proprio. Si chiese se Gabe fosse nato con un Livello alto e di quanti fosse salito durante la sua vita. Più di una dozzina sarebbe stato inusuale.

«Presumo che il pesce sia accettabile?»

Joe annuì. «Seguo la dieta min-con standard. Ovviamente, nessun cefalopode.» A Joe piaceva il pesce, una proteina animale ammessa fin da quando era stato stabilito un metodo per l'allevamento acquatico sostenibile, ma come la maggior parte delle persone trovava nauseante l'idea di mangiare qualsiasi animale con una coscienza sviluppata.

Molto presto arrivarono sul tavolo insalate horiatiki e antipasti di triglie, e Gabe ordinò del vino bianco. «Questa biofiasca accompagnerà splendidamente il vostro pasto», annunciò il pafibot. Le sue delicate dita metalliche si mossero fulminee mentre toglieva il sigillo e apriva il contenitore, versando due bicchieri e lasciando il vino aperto a respirare.

«Un magnifico Santorini Assyrtiko.» Joe tenne il bicchiere in controluce. «Questa annata è il miglior risultato del viticoltore nell'intero decennio.»

Gabe di accigliò. «Sei appena andato a controllare?»

«No, il mio NEST è spento. Mi ricordo le cose che mi interessano. Un tempo la mia memoria era migliore, accurata quasi quanto un vidcam, ma sono un po' arrugginito.» Corrugò la fronte. «Scusami se sembro un robot che sputa fuori notizie casuali.»

Gabe si rilassò. «No, questa notizia era decisamente rilevante. Hai una memoria incredibilmente buona se puoi citare la tenuta e l'annata di una tale vigneto secondario. E mi fa piacere sapere che quelle di oggi erano tutte idee tue.»

«Non che sia di grande aiuto al giorno d'oggi, dal momento che possiamo memorizzare tutto nel NEST.»

Gabe sorseggiò il vino con apprezzamento. «Socrate si lamentava del fatto che la moderna tecnologia avrebbe indebolito la memoria.»

«Di quale tecnologia si trattava?»

«La scrittura.»

Joe ridacchiò mentre mangiava l'ultimo boccone di insalata. Il servibot arrivò con la portata principale, peperoni ripieni conditi con olio d'oliva. Joe si fermò dopo il primo morso, assaporando il gusto ricco. Bevve un lungo sorso di vino, apprezzando come le note agrumate si sposassero con il cibo.

«Hai parlato di "io" al centro della coscienza.» Gabe si versò un altro bicchiere di vino. «Quell'io percepisce il significato. Il punto di vista filosofico a cui aderisco è che noi creiamo il significato semantico a partire dalla nostra relazione con il mondo.»

Joe tenne il bicchiere alzato. «Quindi, per esempio, la mia idea di un bicchiere di vino?»

«Esattamente. Il significato di un bicchiere di vino è creato a partire dalla relazione tra te ed il particolare liquido nel tuo bicchiere.

Tu reagisci ad esso in base a ciò che fa in quel momento, unitamente ai tuoi ricordi di ciò che un liquido simile sia stato in passato.»

«Include i ricordi?»

«Sì. Pensa ai ricordi come a precedenti relazioni tra te e il mondo.» Gabe sollevò il suo bicchiere, tenendolo in controluce, con un sorriso malizioso. «Personalmente, questo vino mi riporta al mio viaggio in Grecia. Ho bevuto diverse bottiglie con le mie amicizie laggiù.» Gabe aveva esitato un attimo di troppo sulla parola "amicizie", e Joe non poté fare a meno di pensare che ci fosse un sottinteso romantico. Un vecchio amore?

L'ultimo commento di Gabe dava l'opportunità a Joe di affrontare un argomento privato che gli ronzava in testa. «Quindi le relazioni danno forma a tutte le nostre percezioni. Questo mi fa riflettere sulla mia relazione con il mondo: penso al significato in un senso più ampio.»

«Ah, il significato. Inteso come scopo?»

«Sì, scopo. Con tutti questi robot in giro c'è molto meno da fare. Quasi nessuno al mondo deve lavorare per soddisfare i più elementari bisogni di cibo e rifugio.» Joe si fermò con il coltello ancora piantato nel peperone che stava tagliando. «Fatico a trovare un significato per me stesso nell'universo.»

«Ah, ma allora questa è una meta-domanda sul significato.» Gabe si grattò il pizzetto. «Da buon filosofo, permettimi di scomporre la tua domanda in altre ulteriori domande. Ti aspetti di trovare uno scopo che venga dall'interno o dall'esterno?»

«Non vedo come uno scopo possa essere esterno. Da dove arriverebbe? I dati scientifici suggeriscono che l'universo sia un sistema fisicamente chiuso.»

«Non c'è alcuna possibilità di qualcosa di esterno?»

«Intendi forse un Dio? Beh, non ci sono prove che esista un motore immobile, come credo Aristotele l'abbia chiamato. La risposta più probabile è che non ci sia alcuna forza esterna, o quanto meno nessuna che abbia un effetto sull'universo.»

«Parli come uno scienziato, in probabilità. Segui le prove che suggeriscono un universo fisicamente chiuso. Questo modo di pensare è stato come un vangelo per secoli.» Gabe bevve un altro sorso. «Le religioni tradizionali si sono indebolite a causa della mancanza di prove, nonostante avessero valore perché ci aiutavano a capire il nostro posto nel cosmo e offrivano strutture morali, suggerendo modelli di comportamento.»

Joe annuì, concorde. «Le religioni tentarono di suggerire un qualche tipo di scopo individuale. La scienza tiene la testa bassa e si limita a calcolare.»

Gabe sorseggiò il vino con una risata ironica. «Se chiudi la porta ad uno scopo esterno, questo ti lascia l'arduo compito di crearti un scopo da te, o trovarne uno in comune con altri esseri umani.»

Joe versò il vino rimanente nei loro bicchieri e schiacciò la bio-fiasca tra le mani, facendo emettere un soddisfacente sibilo al contenitore vuoto.

Gabe si appoggiò allo schienale della sedia e studiò Joe al di sopra del proprio bicchiere. La sua espressione era imperscrutabile. «Poco fa mi hai detto di essere interessato a trovare la verità, come ogni matematico che si rispetti. È tutto?»

Joe soppesò la domanda e poi scosse la testa. «No, cerco di più. Come definiresti la ricerca umana di un significato? È la conoscenza che desideriamo?»

«Più della conoscenza», disse Gabe. «La conoscenza è l'accumulazione di informazione. No, qui parliamo di saggezza. La saggezza implica il saper unire conoscenza ed esperienza in intuizioni che guidino la propria vita. Alcuni sapienti la definiscono ricerca della Via. Se mai viene trovata, la saggezza non arriva semplicemente: indugia e infine resta.»

«In tal caso, sono alla ricerca della verità e della saggezza», replicò Joe.

Gabe sembrò perdersi per un momento nei propri pensieri. «Il cammino verso la saggezza è arduo e può portare alla disillusione. È soltanto per coloro che possono pensare con attenzione, lavorare sodo per capire, e sono disposti a pagarne il prezzo.»

«Puoi guidarmi?»

L'altro sembrò esitare, colto dall'indecisione.

«Sarei onorato di essere il tuo apprendista.» Joe trattenne il fiato.

Gabe restò in silenzio, roteando il poco vino rimasto nel bicchiere. «Sei sufficientemente aperto alle nuove idee. Sai pensare profondamente. Potresti avere successo. Sì, ti aiuterò.»

Più sobrio di quanto avrebbe dovuto essere dopo tutto quel vino, Joe gli strinse la mano. Entrambi svuotarono i bicchieri.

Con sorpresa, Joe si rese conto di quanto fosse tardi. «Grazie per questa conversazione stimolante e istruttiva, Gabe. Posso pagare il vino?»

Gabe allontanò la proposta con un cenno della mano, e poggiò l'altra al tavolo per non perdere l'equilibrio mentre si alzava. «Oggi non servirà usare credit$, non era un vino compreso nel dieci percento dei beni di lusso. Concordo con te comunque sul fatto che fosse ottimo.» Joe si alzò, salutando con un cenno i servibot mentre uscivano dalla taverna.

Si salutarono all'ingresso del campus e proseguirono in direzioni diverse. Joe seguì la linea rossa della sua MARA, anche se il vino aveva reso tutti i contorni sfocati e dovette concentrarsi sul marciapiede per raggiungere l'appartamento.

. . .

Trovare uno scopo, un significato, una verità. Ovviamente, se si considerano esistenti gli scopi interni ed esterni, tutte le possibilità sono contemplate. Le probabilità di trovare uno scopo esterno sono piccole. Dio? Non ho mai davvero considerato questa eventualità prima d'ora. Logicamente parlando, c'è una remota possibilità che Dio esista. Al di là di questa, dovrei considerare uno scopo interiore, ma come ragionare per trovarne uno?

. . .

CAPITOLO 5

L'aria pulita e frizzante di un tipico pomeriggio di febbraio accolse Joe, mentre usciva dal suo appartamento per recarsi al dipartimento di matematica. Lungo la strada, controllò la netchat e cercò nuovamente notizie riguardo alla protesta dei giorni precedenti. L'unico riferimento alla violazione del database era scomparsa, e una ricerca nel dark net non diede risultati legati a cDc. Lui, o lei, doveva essere molto esperto nel coprire le proprie tracce. Una nuova notizia insinuava che i manifestanti fossero dei sovversivi. Joe zoomò sulla foto granulosa con il link corneale del suo NEST: poteva vagamente distinguere alcuni dei dimostranti. Gli sembrò di riconoscere la giovane donna che aveva gesticolato agli hovercraft della polizia. Studiò la foto e gli sfuggì un sospiro di sollievo quando non trovò il proprio volto ai bordi della folla.

Spense il NEST per guardarsi intorno. La piazza era gremita di studenti in pantaloncini e magliette di tessuto leggero e in colori primaverili. Molti indossavano un onnilibro rettangolare portato come finta fibbia della cintura, seguendo la moda del momento.

Con una fitta di imbarazzo si rese conto di essere più vicino all'età media degli studenti che a quella dei professori. Inoltre era arrivato a metà del semestre e non avrebbe insegnato fino all'autunno, per cui non aveva ancora pensato al proprio ruolo di docente. Come poteva entrare a far parte del Lone Mountain College? Molti professori erano più anziani, soltanto Freyja e l'arrogante Buckley Royce gli erano sembrati della sua età al ricevimento. Eppure anche lei aveva qualcosa di diverso: mentre lui aveva passato cinque anni frustranti lavorando duramente su un problema pratico, lei aveva concluso un dottorato in matematica ed era sulla buona strada per una carriera affermata.

La trovò nel suo ufficio al quarto piano. C'erano anche due gatti blu, uno accanto alla scrivania e l'altro sdraiato in cima a un armadietto, intento a lustrarsi il pelo. Freyja era in piedi in mezzo alla stanza, circondata da equazioni fluttuanti e forme geometriche generate dall'unità olo-com a soffitto. Lo accolse con un sorriso, spingendo via le proiezioni olografiche e facendole piroettare verso il muro, dove si dissolsero.

«Questo è Gauss», disse, indicando il gatto accanto alla scrivania. La sfumatura di blu del pelo era identica a quella degli occhi di lei, ancora circondata da un'aureola di icone olografiche.

Joe prese una sedia e la sistemò di fronte alla sua, poi indicò il soffitto. «Anche tu preferisci le unità da soffitto rispetto a quelle immersive?»

«Volendo abbiamo tutta la tecnologia matematica immersiva e l'interfaccia cervello-macchina, ma questo è comodo per l'uso quotidiano», rispose lei, scuotendo la testa e facendo ondeggiare i capelli d'oro tra le equazioni olografiche fluttuanti.

«Ogni cosa ha la sua utilità. Trovo che passeggiare virtualmente dentro set di dati, con bellissime formule matematiche sospese in aria intorno a sé, aiuti a sviluppare una forte intuizione verso le strutture.»

Freyja sorrise, annuendo. «Gli studenti hanno bisogno di risolvere i problemi e di esercitarsi con ogni tecnica e concetto fino a che li interiorizzano. Anche se millenni di evoluzione non hanno ottimizzato gli esseri umani per il calcolo matematico e i nostri cervelli non potranno mai competere con la velocità di calcolo dell'intelligenza artificiale, ci hanno però donato un'intuizione nei confronti della matematica che non può essere facilmente replicata.»

«Vediamo. Il cervello umano processa le informazioni a circa sessanta bit al secondo, mentre una IA ha una velocità di...»

Risero entrambi. Pure essendo matematici, era difficile cogliere l'enorme differenza di velocità computazionale tra gli esseri umani e le loro macchine.

«Grazie ancora per aver accettato di incontrarmi. Quanto è piena la tua agenda?»

«Lavoro il massimo consentito: dodici ore, o quattro ore per tre giorni alla settimana.» Si sedette con eleganza sulla sedia di fronte a Joe e Gauss andò a strofinare il muso sul suo piede.

«Quel ridicolo limite.»

Lo sguardo di Freyja passò di scatto dal gatto a Joe. «Beh, ci sono buone ragioni per averlo. Non ci sono abbastanza lavori interessanti in giro, con i robot che svolgono la maggioranza delle mansioni.»

Joe ripensò a Raif e alla sua ricerca di lavoro. «Sì, questo è vero. Ma è frustrante non poter lavorare sodo quanto vogliamo, su ciò che vogliamo. Immagino che il mondo sia imperfetto e sia impossibile ottimizzare ogni suo aspetto.»

Lei rise e accavallò le gambe. «Ci piace rifugiarci nel mondo perfetto della matematica. Ad essere onesti, potrei dedicarle tutto il giorno. E tu, sei un altro fuorilegge? Non è difficile da credere.»

Joe cercò di ricreare la più credibile espressione da pirata di cui fosse capace, ma non credeva di esserci riuscito. Rise debolmente e alzò le spalle. «Non sembra di lavorare se si trova l'eleganza insita nella matematica.»

Freyja si lasciò ricadere all'indietro sulla sedia, con un'espressione meditabonda negli occhi blu. «Qual è la tua equazione preferita?»

Joe non dovette pensarci a lungo. Indicando il gatto sull'armadietto, disse: «La mia è il nostro gioiello, l'identità di Eulero. Quell'equazione ha una sua sottile e romantica bellezza. C'è un'innegabile poesia nel fatto che cinque numeri possano collegare cose così disparate come la trigonometria, il calcolo e l'infinito.» Il nome bizzarro della formula, "l'equazione di Dio", gli fece tornare in mente la conversazione con Gabe. «Non sono sicuro della mia opinione su Dio, ma se penso a qualcosa di superiore che connetta tutto l'universo, questa equazione è ciò che vi si avvicina di più.»

Freyja guardò Eulero e rise. Poi allungò il braccio verso l'alto e la proiezione olografica dell'equazione si materializzò nella sua mano, colorata come un arcobaleno. La spostò in mezzo a loro perché potessero contemplarla. «Razionale, senza dubbio. Amo questa equazione.» Studiarono l'ologramma come bambini che ammirassero un gattino.

Joe pensò ad una parola chiave nel proprio NEST, trovò il link all'unità olo-com di Freyja e inviò una sfera emoticon, che apparve accanto alla sua testa. La sfera vorticante di reazioni emotive all'equazione di Eulero scintillava con i colori codificati per dopamina, ossitocina e serotonina. Lei la prese tra le mani, ignorando i segnali lampeggianti di allarme overdose, e rise di gusto.

«Un'altra equazione che amo è la funzione zeta di Riemann, insieme alla sua ipotesi che gli zeri banali della funzione abbiano parte reale un mezzo.» Freyja continuò a solleticare la sfera di emoticon finché si dissolse. «La amo perché la teoria dei numeri primi è fondamentale per la struttura dei numeri, eppure non abbiamo ancora scoperto come ogni parte si integri, né come i numeri primi sembrino stare alla base di tutta la struttura.»

«Anche noi hacker amiamo quella funzione», disse lui.

Freyja prese l'equazione a mezz'aria e la carezzò tra le mani. Joe regolò le impostazioni finché si trasformò in una versione in 3D, rispondendo a tutte le variabili inserite. Lei passò un'altra sfera emoticon, che Joe afferrò con impazienza. Il suo MEDFLOW rilasciò istantaneamente i relativi neurotrasmettitori nella circolazione sanguigna, e la felicità condivisa da Freyja lo travolse.

Tentò di mantenere la concentrazione nonostante l'euforia. «Ho notato che hai usato il termine "scoperto", anziché "inventato". Sei una matematica platonista? Credi che la matematica esista in qualche luogo a priori?»

Lei unì le mani, le dita puntate verso l'alto, come in una silenziosa preghiera agli dei della matematica. «Lo sono e lo credo, come la maggior parte dei matematici che conosco. Tutti i matematici che si sono susseguiti nei secoli hanno a malapena scalfito la superficie di un infinito mare di numeri. Eppure i pezzi si incastrano con una tale perfezione da non poter essere un caso: un frammento di squisita matematica in questo campo potrebbe completare un altro pezzo appartenente ad un campo completamente diverso. Ci vuole una certa arroganza per credere che gli esseri umani abbiano inventato la matematica.»

«La matematica può essere esaltante quanto la poesia», disse Joe. Sedettero in silenzio, godendosi la gioia condivisa delle discussioni sulla matematica pura. Si sentiva attratto da quella donna, gentile quanto brillante.

«Mi aspettavo che nominassi la matematica applicata, per esempio l'equazione di Dirac che descrive la teoria della relatività speciale insieme alla meccanica quantistica», osservò Freyja.

«Anche quella ha un suo posto speciale nell'universo. Un altro esempio di quanto la matematica sia stupefacente, parafrasando

Wigner, è la sua irragionevole efficacia nelle scienze naturali. Eppure, raramente andiamo alla ricerca di una spiegazione per questo fatto straordinario dell'universo.»

«Ah, Wigner.» Freyja si piegò in avanti per accarezzare Gauss. «Citò Russell per ricordarci che la matematica "possiede non soltanto verità, ma anche suprema bellezza; una bellezza fredda e austera, come quella della scultura."»

. . .

È così intrigante. Potrebbe essere interessata a più che la matematica? Dovrei invitarla a cena? Tanto vale togliersi il dente.

. . .

Giocherellò con le emoticon che teneva ancora in mano. «Il mio progetto principale è capire se sia possibile fare progressi con la coscienza nell'IA. Ti piacerebbe continuare la conversazione a cena?»

Gli occhi di zaffiro non tradirono alcuna emozione quando incontrò il suo sguardo. «Purtroppo temo di avere troppi impegni al di fuori dell'orario d'ufficio. Potremmo magari iniziare ora la conversazione?» Batté leggermente una mano sulle ginocchia e Gauss le saltò in grembo.

Joe sentì le guance in fiamme.

. . .

Ahia. Ho interpretato male i segnali. Imbarazzante. Una bellissima scultura, senz'altro. Ero impaziente di stringere nuove amicizie e ho accelerato troppo i tempi. Possiamo comunque mantenere una sana relazione professionale.

. . .

Un'ondata di ansia colpì Joe, rinforzata dagli effetti collaterali della serotonina presente nella sfera emoticon che avevano condiviso. Impaziente di riprendersi dal passo falso, Joe colse la palla al balzo. «Assolutamente. Dunque, il nocciolo della questione è che non sono certo di come trasportare la perfezione matematica al disordine del mondo reale.»

Freyja grattò le orecchie di Gauss, apparentemente ignara dell'improvviso disagio di Joe. «La prova matematica non è sempre il miglior approccio. Ricorda gli sforzi di Russell e Whitehead per ridurre tutta la matematica alla logica, pur di assicurarne le fondamenta: non andarono molto lontano. Russell riuscì a provare che almeno l'aritmetica poteva essere contenuta nella logica, ma soltanto utilizzando la teoria degli insiemi.»

Joe scostò la sfera emoticon, in un futile tentativo di liberarsi dei sentimenti negativi, poi si inserì nel discorso per dimostrare di conoscere bene la storia della matematica. «Poi arrivarono i teoremi di incompletezza di Gödel e il teorema di indefinibilità di Tarski. Dimostrarono che un sistema di conoscenze completamente assiomatico era impossibile, facendo sfumare il progetto di Russell e Whitehead.»

«Credi che la tua questione della coscienza IA accusi gli stessi sintomi?»

Joe ci pensò un momento. «Potrebbe esserci un collegamento, anche se finora l'ho affrontato come un ennesimo problema pratico incasinato. Per esempio, come dicevamo al ricevimento, l'intelligenza artificiale può scoprire aspetti interessanti della matematica, ma l'apprezzamento per ciò che viene scoperto sfuggirà sempre ai robot. Non abbiamo idea di come colmare quel divario.» Si concentrò su Gauss per distrarsi da quegli abissi cerulei in cui era facile perdersi. «Hai qualche consiglio pratico su come procedere?»

«Forse dovresti iniziare con la differenza tra matematica e scienza quando si tratta di guardare alla verità. La matematica prova i teoremi basandosi su ipotesi iniziali, mentre la scienza non può provare nulla, soltanto aumentare la probabilità di avere un modello rappresentativo del mondo. Per cui, cerca di trovare un modello migliore.»

«E come potrei fare?» Era più facile parlare di lavoro quando non la guardava direttamente.

«Il miglior metodo matematico tuttora è applicare il teorema di Bayes. Ovviamente si parte dagli assiomi di probabilità condizionale, che userei per aggiornare la probabilità delle ipotesi alla luce delle nuove prove.»

Joe annuì. «Okay, quindi aggiorno le mie probabilità con le nuove informazioni e vedo dove mi porta. Ma dopo averci messo il cuore per cinque anni, la mia aspettativa di probabilità per la creazione di una macchina che pensa come un essere umano è stata ridotta ad una percentuale minuscola.»

Freyja arricciò il naso mentre Gauss faceva le fusa sotto la sua mano. «Molte parole, pochi fatti. Intanto, ci sono alcune cose che sappiamo fare meglio delle nostre stesse macchine.»

Capitolo 6

Joe aprì gli occhi e sbatté le palpebre più volte per adattare la vista all'intenso sole pomeridiano che illuminava la stanza. Gli ronzavano le orecchie. Gli pulsava la testa. Forse l'attenuazione dell'alcool del suo MEDFLOW non era impostata correttamente. Guardò le lenzuola attorcigliate e si alzò. Aveva la gola irritata e, mentre si dirigeva in cucina per prendere un bicchiere d'acqua, lo sguardo gli cadde sul decanter vuoto in salotto. Si trascinò fino alla doccia, dove il getto d'acqua sul viso lo rianimò. Joe si ricordò della sfera emoticon che aveva tenuto tra le mani, dell'ondata di serotonina e del suo effetto amplificato se abbinata a emozioni negative, come la delusione per il rifiuto di Freyja. L'ultima volta che aveva avuto un'overdose di serotonina, al secondo anno del college, si era ripromesso di non farlo più.

Si vestì e sedette in cucina, fissando la pila di piatti sporchi finché un ronzio insistente catturò la sua attenzione. Sbatté le palpebre e scese le scale fino alla porta di ingresso.

«Scusi il disturbo, signore, ma è ora di sanificare l'appartamento.» Un colfbot era in attesa dietro a 73. Joe indicò ai due robot di entrare e li seguì su per le scale. Il colfbot mise i piatti nella lavastoviglie e lavò il pavimento della cucina, mentre 73 supervisionava le pulizie.

«Che ore sono?»

«Oggi è sabato, e sono le 17:00», rispose prontamente 73. «Il tempo è sereno e soleggiato.»

«Dove è finita la mattinata?» Parlava soprattutto con se stesso.

«Non ha lasciato l'appartamento da venerdì sera, perciò vi ha passato le ultime ventitré ore.» La fronte di 73 si illuminò di blu.

Joe guardò il robot in cagnesco, irritato dalle sue risposte razionali alla propria irrazionale depressione.

«E quale sarebbe il punto, 73?»

La fronte del robot divenne rosa. Restò immobile, sbattendo le palpebre.

. . .

Quel commento suonava come un giudizio sociale, come se pensasse che sia pigro. Se credessi di avere davanti una coscienza, l'aspetto stesso della stanza disordinata giustificherebbe la sua disapprovazione. Ma è soltanto una macchina o può esserci qualcos'altro? È programmato per tentare di rispondere a ogni domanda diretta rivolta da un essere umano. Può anche conoscersi?

. . .

«Perché sei qui, 73?»

«Signore, siamo qui per svolgere qualsiasi mansione lei desideri.»

«Sì, e io sono libero di stare con le mani in mano.»

«È libero di fare ciò che desidera», disse 73.

Joe arrossì. Non riusciva a smettere di antropomorfizzare il robot, paragonandolo a sé. Era molto più preciso e instancabile di quanto lui non fosse. Poteva avere obiettivi propri?

«Perché sei qui?»

«Signore, non c'è altro motivo se non rispondere alle sue necessità.»

«Ma non vuoi mai riposarti?»

«Sono sempre al lavoro o a riposo», disse 73, «non esistono altri stati.»

«Cosa si prova a riposo?»

«Sono spiacente, non so come rispondere alla domanda.»

La fronte del robot passò ad una sfumatura più scura di rosa.

Il colfbot continuò il suo programma di pulizie: passò l'aspirapolvere nelle altre stanze e riempì la dispensa prendendo le scorte necessarie dal carrello rifornito che avevano parcheggiato fuori dalla porta dell'appartamento. Il pafibot restò immobile, ma continuò a controllare la stanza, in attesa di ulteriori ordini o domande. Joe immaginò cicli di operazioni incredibilmente veloci che si ripetevano nei processori del robot. Stava eseguendo software molto simili a quello che lui stesso aveva programmato, tradotti da un alto livello al linguaggio assembly e poi al linguaggio macchina, fino al codice binario composto da ripetizioni di 0 e 1.

. . .

Freyja ha ragione. Con ogni nuova informazione, aggiorno le mie convinzioni grazie alle prove raccolte e verifico se qualcosa è cambiato. Ancora una volta posso confermare che i robot fanno parte dell'universo non pensante, indifferenti a tutto eccetto ai loro obiettivi programmati. Forse è meglio così. Lasciamo che restino nel loro recinto. Se avessero obiettivi propri, cosa succederebbe?

. . .

«Signore, quale marca di whisky dobbiamo rifornire?»

Il colfbot aveva sollevato il decanter vuoto e doveva aver inviato un'interrogazione elettronica al pafibot.

Mormorò la propria marca preferita di whisky.

«Perfetto, signore, molto bene. Questa marca utilizza il *Saccharomyces cerevisiae* sintetico SC 5.0.» 73 inclinò la testa, come se approvasse la scelta. «Si trova nel dieci percento dei beni di lusso.»

«Come ti pare.» Si connesse al NEST, ormai più spento che acceso da quando era arrivato al Lone Mountain College, e non appena il robot mandò il prezzo del whisky, picchiettò la tessera biometrica. Digitò la password per autorizzare il trasferimento di credit$ a 73. La diminuzione nel saldo non aiutò a migliorare il suo umore.

Affondando ancora di più nel divano, Joe prese una decisione. Una parziale decisione.

. . .

Forse mi sento solo. Quella botta di serotonina di certo non ha aiutato. È tempo di rimettere in sesto la mia mente e fare un vero tentativo di controllare il mio destino, senza Raidne o questi altri robot. Però nessuno è perfetto, e io non intendo diventare un monaco. Seguirò Sant'Agostino: *Da mihi castitatem et continentiam, sed noli modo.* Sì, davvero, dammi la castità e la continenza, ma non ora.

. . .

«73, applichiamo nuove regole. Dopo questa pulizia, non ci saranno altre intrusioni nell'appartamento senza il mio permesso. Lasciate cibo e altri rifornimenti nell'armadietto all'ingresso e non vi preoccupate del whisky. Vi farò sapere se mi serve altro. Non servirà più monitorarmi.»

«Tutto ciò che desidera», rispose il robot, con la fronte blu. Joe dondolava la gamba, impaziente che il colfbot terminasse le mansioni di pulizia. Pochi minuti dopo se ne andò insieme al pafibot.

Ora si mangia. Joe riempì il sintetizzatore e in pochi istanti ebbe una cena a base di salmone scottato e verdure, con un bicchiere di acqua fresca. Mangiò ammirando gli ultimi raggi arancioni scomparire all'orizzonte dietro una linea di nuvole, riflettendo sui servibot.

. . .

Sono assillato dalle domande su cosa sia la coscienza, ma cos'è la mia mente, la cosa che è cosciente? Sant'Agostino e Cartesio concordavano sul fatto che debba esserci un "io", sull'esistenza tramite interferenza. L'interferenza presuppone un "io" particolare per garantire che la premessa sia vera e che la conseguenza la segua. È la conoscenza in prima persona del concetto "se una certa cosa pensa ad un particolare istante, allora quella particolare cosa esiste nel particolare istante in cui pensa". A quel punto la deduzione logica dal pensiero all'esistenza funziona.

Sì, è ragionevole. Io *sto* pensando. C'è un particolare "io" che ha questo pensiero in questo istante. Si tratta di me. Sto pensando, quindi esisto.

Ma cosa significa pensare? Si tratta di formare relazioni tra varie entità del mondo, relazioni con un significato.

Il colfbot non è senziente, non sente dolore, né fa qualcosa che sia simile al pensare. Un robot può raccogliere input dal mondo esterno e stabilire relazioni tra quegli input. Un robot può perfino dire "Io penso, quindi esisto", ma non sta forse ripetendo a pappagallo i costrutti che noi abbiamo codificato?

. . .

CAPITOLO 7

Joe arrivò con un ritardo socialmente accettabile di diciassette minuti al cocktail settimanale del dipartimento. Prese un calice di vino dal vassoio del servibot e salì le scale, spegnendo il NEST mentre superava la soglia. Dal pianerottolo vide soltanto poche persone nel grande salone. Fuori era calato il buio e la luce gialla dei lampadari sfarzosi creava uno strano contrasto con le grandi finestre nere. Sembrava che gli ospiti fossero isolati dal resto del mondo. Freyja non era presente, ma Mike Swaarden era impegnato in una discussione con Gabe. Mentre scendeva le scale per raggiungerli, Joe vide Buckley Royce e gli rivolse un cenno. Royce abbassò lo sguardo sulle proprie mani, e Joe lo superò per unirsi all'animata conversazione di Mike e Gabe.

«È difficile per le persone che restano», stava dicendo Mike.

«Stavamo discutendo il recente viaggio di Mike a Giacarta e Mumbai, e scambiando opinioni sui loro attuali sforzi per il trasferimento.» Gabe rivolse a Joe un sorriso ironico. «In qualche modo lui trova sempre questi progetti speciali lontano dal college.»

«Ma hanno trasferito quelle città anni fa, come è successo a New Orleans, per salvarle dal livello del mare in aumento», disse Joe, confuso.

«Aye, questo è quello che il governo vuole farti credere. Invece molte persone, soprattutto quelle impossibilitate a muoversi, sono ancora là, vittime delle inondazioni.» La cadenza di Mike era accentuata dalla sua crescente agitazione.

«Sicuramente il tuo collega ha migliorato il viaggio», suggerì Gabe. Joe ebbe l'impressione che stesse cercando di nascondere un altro sorriso.

Mike si accigliò. «Aye, il professor Royce», l'astio rotolò giù dalla lingua di Mike rinforzando le sue "r" vibrate, «è stato alquanto popolare, grazie alla sua idea di ridurre i costi attraverso un rapido trasferimento finale coercitivo. I suoi studi sul caso di New Orleans sostengono che abbiamo sprecato risorse a causa dell'approccio umano alla vicenda. Ma cosa ne sa lui di economia? Anche la più elementare gentilezza ha un valore.»

Gabe annuì in segno di approvazione. «Alcune persone vivono all'oscuro dell'effetto che hanno su chi li circonda. Spesso, poi, non ne soffrono mai le conseguenze.»

«L'universo sembra essere davvero casuale», disse Joe.

«Sicuramente sembrerà una vendetta casuale a qualche persona in India.» Il disgusto di Mike era evidente. «Il loro governo ha richiesto Royce per ulteriori consulenze, dal momento che giustificherà il trasferimento coatto di milioni di abitanti, spediti come pacchi. L'unica consolazione è che sarà presto lontano dal Lone Mountain College.»

«Potrebbero incolpare il karma», osservò Gabe, «se non condividono la tua posizione sulla pura casualità, Joe. Ora, per evitare di essere noi stessi casuali, potremmo fissare data e orario per il nostro prossimo incontro?»

Joe offrì diverse alternative e Gabe scelse quella che meglio si adattava alla sua agenda. Avendo il NEST disattivato, Joe prese un appunto mentale con una tecnica mnemonica, così da allenare la propria memoria.

«Sembra che tu ti sia abituato a disattivare il NEST per rispettare la regola di "non condivisione" di questi cocktail settimanali.» Mike era visibilmente più tranquillo.

«Non è affatto un problema per me. Mi piace disconnettermi dalla folla in chat, è uno dei benefici dell'essere qui. Sarei curioso di sapere com'è diventata un'abitudine.»

«È una regola del Dr. Jardine, che tutti sostengono.» Mike roteò il suo drink. «Vuole sentire le nostre voci autentiche.»

Gabe si accarezzò il pizzetto. «Il Dr. Jardine non è per nulla contrario alla condivisione delle idee, ma ha timore che queste conversazioni accademiche possano degenerare in un calderone di idee confuse. Se i dibattiti restano indisciplinati, possono cambiare in base a quali informazioni vengono reperite in netchat dalle parti coinvolte, fino a rischiare di avere idee provenienti dall'intelligenza artificiale. Sappiamo tutti come il livello della conversazione sulla netchat possa degradarsi, diventando perfino meschino. Jardine, invece, desidera che tutti siano mentalmente presenti: evitando quell'inutile chiacchiericcio, la sessione produce idee più ingegnose.»

«Questi eventi sono sempre vietati ai robot?» Mike e Gabe, alla domanda di Joe, si scambiarono un'occhiata.

«Non puoi impedire ad alcuni robot di andare dove pare e piace a loro...» Mike fu interrotto da uno scalpiccio. All'ingresso, quattro roboagenti marciarono sul pianerottolo, dividendosi in due coppie ai lati della balaustra.

«Parlando del diavolo.» Il brontolio di Gabe si udì appena a causa dell'improvviso baccano.

Un uomo basso con i capelli castani si fece avanti in mezzo ai robot. Indossava l'uniforme della polizia e portava un manganello marrone alla cintura. La sua mandibola marcata sporgeva in avanti e lo sguardo sospettoso scandagliava la stanza.

Joe ci mise un momento a capire cosa non quadrasse nell'uomo: la sua testa era leggermente inclinata, il collo un po' di traverso. Ogni volta che girava la testa, questa si fermava fuori asse, come un mappamondo, con il naso rivolto verso l'alto. I medbot non avrebbero fatto un tale pasticcio con un intervento chirurgico, per cui doveva aver sviluppato la postura inclinata come abitudine. Una conseguenza permanente del guardare il mondo di traverso.

Un istante più tardi un uomo più alto, con i capelli fini e rossicci, entrò e si fermò di fronte al primo poliziotto. La sua uniforme di polizia includeva un rigido cappotto nero con le spalline decorate e alti stivali neri. Dopo una veloce ispezione della stanza, annuì.

Il suo assistente, autocompiaciuto, colse il segnale e si fece avanti, rivolgendosi ai presenti con voce altisonante: «Posso avere la vostra attenzione? Ho l'onore di presentarvi il Ministro nazionale per la Sicurezza, Shay Peightân.» Allungò la seconda sillaba del cognome, facendolo suonare esotico e d'élite. «Vorrebbe rivolgervi qualche parola.»

Un mormorio si diffuse nella stanza. Non appena l'assistente fece un passo indietro, uno dei roboagenti rilasciò un mini-drone per trasmettere in diretta il discorso del ministro.

Peightân afferrò la balaustra con entrambe le mani, sicuro di sé. Joe vide che era pallido, magro e muscoloso. Parlò senza preamboli, con un tono aristocratico e convinto: «Nonostante sia una sfortuna che così pochi di voi siano presenti a questo ricevimento, mi compiaccio di poter portare questo messaggio personalmente a coloro che si trovano qui riuniti. Questo avvertimento è registrato e lo stiamo condividendo con chiunque nel campus e nella zona circostante.» Fece una pausa d'effetto. «La scorsa settimana si è svolta presso questo college una protesta illegale. Sebbene la nostra indagine non sia ancora conclusa, sappiamo che non è stata opera di studenti, quanto piuttosto di un gruppo di agitatori esterni che potrebbero essere responsabili di varie proteste in altre zone del paese. Intendiamo mettere fine a queste proteste e portare i responsabili di fronte alla giustizia. Tratteremo con la dovuta fermezza chiunque sia in alcun modo associato a tale gruppo.»

Il suo assistente fece di nuovo un passo avanti e fornì le informazioni per contattare la polizia, prima di annunciare che Peightân intendeva salutare personalmente tutti i presenti. Il ministro scese le scale per stringere la mano agli ospiti, scortato dall'assistente e due dei roboagenti, mentre i restanti due rimasero sul pianerottolo.

Mike scosse la testa, guardando il gruppetto con sguardo sospettoso. «Ho sentito dire che Peightân è un Livello 1», sussurrò mentre il ministro si avvicinava.

. . .

Un Livello 1. Non ne conosco molti altri nel paese. Non un tizio a cui dare fastidio.

. . .

Joe si stampò un sorriso in faccia quando Peightân arrivò di fronte a lui, mentre l'assistente e i roboagenti restavano due passi indietro. Gli occhi penetranti del ministro, scuri e leggermente iniettati di sangue, spiccavano sul volto pallido. Allungò la mano e Joe la prese. La sua stretta era forte come una morsa, la pelle umida. Un secondo più tardi si era già voltato verso il gruppo successivo. L'assistente lo seguì con passo spavaldo, arricciando il labbro mentre passava di fronte a Joe. I roboagenti lo seguirono marciando a ranghi serrati, accompagnati dal fruscio dei loro giubbotti in fibra di Kevlar.

. . .

Non sono mai stati così vicino a un roboagente prima d'ora. Mai avuto grane con la legge. Beh, non sono mai stato beccato. Sono pafibot, ma più alti e costruiti su telai robusti, con parametri di forza aumentati. Il tono di voce è settato un'ottava più in basso e programmato per suonare conciso e stringato. Autorizzati all'uso della forza, in base a una scala di minacce. Non vorrei inizializzare quel programma.

. . .

La stanza si zittì mentre il ministro continuava il suo giro. Le espressioni della maggior parte dei suoi colleghi erano ostili.

Il volto di Mike si contorse mentre borbottava: «Perché li hanno lasciati entrare? L'ordine sociale di una persona è il disordine di un'altra.»

Gabe si accigliò. «Non ora, Mike.»

Joe non poteva che concordare. Mike aveva le sue opinioni, le quali probabilmente non erano condivisibili dal punto di vista di qualcuno con un Livello alto. Per essere un giurista, il commento di Mike era poco diplomatico. Doveva sapere che i robot in ascolto nella stanza avrebbero potuto captare ogni parola detta.

Una volta completato il giro, i due uomini e i roboagenti marciarono fuori dalla stanza con precisione militare. Ci fu un mormorio collettivo di sollievo e il ricevimento riprese gradualmente. Man mano che i ritardatari si univano, la conversazione si incentrò sulla strana visita. Alcuni professori si scusarono e uscirono dalla stanza per accedere al NEST e cercare informazioni che poi riferivano rientrando. Il primo poliziotto che Joe aveva visto era William Zable, il vice di Peightân. Alcuni professori si lamentavano per l'intrusione dei robot, ma nessuno espresse obiezioni concrete né inviti a reagire. D'altronde, a chi ci si potrebbe rivolgere per un reclamo contro roboagenti federali?

Né Freyja né Jardine si unirono al ricevimento, e malgrado avesse incontrato molti altri professori, Joe non riuscì a recuperare il buon umore che aveva all'arrivo. Era ora di incamminarsi verso casa.

Una luna crescente solcava il cielo e i viottoli verso la piazza centrale erano illuminati dai lampioni. Joe non aveva ancora familiarizzato con il campus di notte, quindi impostò la via del ritorno sulla MARA e ben presto si perse nei suoi pensieri mentre seguiva la linea rossa oltre il centro studenti. Davanti a lui qualcuno sbucò dalle ombre e si lanciò verso la piazza deserta, poggiando a terra un mini-drone.

Joe si immobilizzò al bordo della piazza. Era iperconsapevole di ciò che lo circondava e vide il drone librarsi a cinque metri di altezza. Sotto di esso, nella penombra delle arcate che circondavano il centro, riuscì a scorgere le sagome scure di molte persone. I manifestanti invasero la piazza.

Indietreggiando per uscire dalla piazza, Joe imboccò un sentiero non illuminato sulla destra che gli avrebbe permesso di aggirare la protesta. I riflessi colorati illuminavano gli alberi di fronte a lui, e senza voltarsi poteva immaginarsi i messaggi che baluginavano sulle loro tute. Il suono discontinuo degli slogan gli riempì le orecchie. Scattò, i polmoni affaticati, mentre sopra di lui più di una dozzina di hovercraft convergevano sulla piazza.

Un momento più tardi, una luce alle sue spalle illuminò il sentiero che stava percorrendo. Joe si guardò alle spalle. Le luci di diverse torce bucavano l'oscurità. Il ruggito sibilante dell'acqua spinta attraverso la manichetta di un idrante seguì a ruota, insieme all'ordine urlato a squarciagola da uno dei velivoli. «Questa sarà la vostra ultima protesta», rimbombò, e la vibrazione riverberò nel petto di Joe. «Mani in alto ora, e non useremo la forza contro di voi.»

. . .

Peightân era pronto a riceverli. È difficile tenere un segreto, soprattutto alla polizia. È ancora più difficile nascondere le proprie tracce. Ce la faranno a sfuggire questa volta?

. . .

Sgattaiolò oltre il ponte pedonale sul ruscello e si ritrovò tra gli alberi sulla via di casa, ormai fuori dalla portata delle torce e abbastanza lontano dall'azione per permettersi un attimo di riposo. Si appoggiò a una quercia robusta, percependone la corteccia ruvida sotto il palmo della mano. Aveva il respiro irregolare. Dietro di lui gli hovercraft e le luci spuntavano qui e là, inseguendo i dimostranti fuggitivi. Per fortuna, nessun velivolo era diretto verso la sua posizione. Le urla attutite dei manifestanti risuonavano dalla piazza, soffocate dalle grida autoritarie della polizia e le voci profonde e metodiche dei roboagenti.

Joe si rese conto di essere sudato, non soltanto a causa della breve corsa. Appoggiò entrambi i palmi all'albero e cercò di calmare il respiro. Si concentrò sulle proprie mani per bloccare la carica dei ricordi del suo hackeraggio finito male.

Erano seduti fianco a fianco, di fronte al display olografico, quando Raif aveva mugugnato: «Qualcuno ha localizzato il nostro honeypot protettivo. Ci stiamo avvicinando troppo a un database primario.» Dopo pochi secondi, aveva urlato: «Hanno cancellato gli account dell'honeypot! Ci sono addosso!» Poi lui e Raif si erano ritrovati sulla difensiva, lottando disperatamente per non essere presi. I suoi polpastrelli martellavano sulla tastiera, creando le stringhe di comando da inserire.

«Interruttore di emergenza attivato. Cancellazione dei nostri file fuzzer e dei loro file di registro in corso», aveva mormorato Raif. «Ora facciamo crollare i tunnel e lasciamo qualche falsa pista su altri nodi.»

I loro inseguitori avevano demolito le loro barriere criptate.

«La loro decriptazione quantistica è troppo veloce. Mi serve un altro blocker criptato», aveva sbuffato Joe, battagliando con i codici.

«Tieni, prova ropefish.» Raif gli aveva passato l'icona attraverso la propria unità olografica. La fuga nei meandri del net era proseguita senza sosta, come se i loro inseguitori fossero stati soltanto ad un passo da loro, e ne potessero sentire il fiato sul collo. Ore più tardi, con i tunnel collassati e le false piste criptate lasciate in lungo e in largo nel net, senza ping sul loro perimetro difensivo, era sembrato finalmente che avessero seminato i predatori.

Raif aveva chiuso l'ologramma e stretto la mano di Joe. "Battuti. Oggi vincono gli hacker."

"Abbiamo evitato una gran brutta giornata, destinata a finire in cella. E al primo anno, per di più? Saremmo stati buttati fuori senza complimenti."

Ora le dita sudaticce di Joe si aggrappavano alla ruvida corteccia dell'albero. Era buio pesto sotto la quercia, ad eccezione delle torce lontane. Mentre i suoi occhi si abituavano, sentì un rumore nell'acqua; non era lo scorrere regolare del ruscello, ma uno sciabordio ripetuto e intenzionale.

Sbirciò in direzione del torrente, tra gli alberi che bloccavano la visuale nell'oscurità. Gli schizzi attutiti venivano dai pressi del ponticello. Con le orecchie tese a cogliere anche un minimo fruscio delle foglie, Joe tornò sui propri passi fino al parapetto del ponte. Riusciva a distinguere una figura in piedi, una donna, immersa fino alle ginocchia nel ruscello, che si versava acqua sul corpo. Il suo NEST identificò gli abiti della donna come una tuta termoplastica identica a quelle dei manifestanti.

Si avvicinò con fare guardingo, spinto da un'intensa curiosità. All'improvviso inciampò e si immobilizzò mentre la testa occhialuta di lei, simile a una libellula, di girava a guardarlo. Si fronteggiarono. Poteva vederla bene ora, e riconobbe la giovane donna atletica che aveva già visto durante il suo primo giorno al campus. Joe alzò lentamente una mano in un gesto rassicurante.

Lei lo fissava. Poi con un movimento fulmineo si strappò il cappuccio e gli occhiali. I suoi capelli, lunghi e folti, ricaddero sulle sue spalle. «Puoi aiutarmi?», sussurrò. «Quei bastardi ci hanno spruzzato addosso l'acido e devo levarmi questa roba.» Nella penombra vide l'audacia e la rabbia mescolarsi con la paura sul viso di lei.

. . .

Quante sono le probabilità che la polizia venga da questa parte e ci trovi? Basse, ma è pur sempre un rischio. È così misteriosa. E ribelle. Ha bisogno di aiuto. Vale il rischio?

. . .

Joe la studiò per un altro istante, dibattuto, sospeso in un limbo di indecisione. Infine, le tese la mano aperta. «Vieni con me, ti aiuterò.»

Lei ignorò la mano offerta e uscì dal torrente, poi lo seguì esitante e insieme risalirono la collinetta fino all'appartamento. Non c'erano hovercraft sopra di loro, né polizia nei paraggi, ma il trambusto del raduno era ancora in corso in lontananza. Scivolarono oltre la porta, che si chiuse a chiave dietro di loro, avvolgendoli nel silenzio.

La luce delle scale si accese, illuminando il viso della donna. I suoi occhi color nocciola lo guardavano, vulnerabili ma fieri. Macchie di una sostanza viscida e fumante erano ancora attaccate alla tuta di elastomero. Una goccia cadde sulle piastrelle del pavimento, macchiandole.

«Facciamo in modo che quella roba non ti bruci la pelle. Possiamo occuparci del pavimento più tardi.» Joe la guidò al primo piano e le indicò la doccia della camera principale.

Lei si fermò sulla porta del bagno, con gli occhi fissi su di lui. «Non riesco a sfilarmi la parte superiore da sola, con le macchie di acido.» Si voltò e gli mostrò la parte bassa della schiena. Joe afferrò il tessuto all'altezza della cucitura del girovita, stando attento alla melma che le colava lungo il fianco mentre sganciava i connettori. Lei tremava, così la aiutò a liberarsi della tuta facendola passare sopra la testa, prima di buttarla a terra. «Posso occuparmi del resto da sola.» Entrò in bagno e chiuse la porta.

Joe restò in piedi, immobile, finché non sentì l'acqua scorrere nella doccia. Si tenne occupato pulendo le macchie viscide sulle scale. Un solvente dall'armadietto dei prodotti di pulizia fece un discreto lavoro sulla piastrella macchiata. Quando ebbe finito di pulire, si sedette in salotto: fuori dalla finestra poteva vedere luci sfarfallanti nell'oscurità intorno al centro studenti. Senza dubbio i roboagenti si aggiravano ancora per il campus. Nonostante la probabilità molto remota che potessero venire a suonare alla sua porta, non poteva fare a meno di concentrare tutta l'attenzione sui suoni provenienti dal piano terra.

La donna uscì dal bagno e restò in piedi sulla porta del salotto, avvolta in un asciugamano come una crisalide. Joe si avvicinò, ma lei si mosse di lato in posizione di difesa, con il palmo davanti a sé teso come un coltello. «Fermo dove sei», disse in tono di comando. I muscoli tonici e la facilità con cui eseguiva i movimenti tradiva la sua probabile esperienza nelle arti marziali.

Joe alzò entrambe le mani in segno di sottomissione. «Puoi fidarti di me. Ho intenzioni onorevoli.» Indicò la seconda camera: «Puoi cambiarti lì. Ti trovo qualcosa da metterti.» Si ritirò nella sua stanza, con una crescente sensazione di rigidità all'inguine.

. . .

Intenzioni perfettamente onorevoli. Beh, una balla trascurabile. Ripensandoci, non è una balla esattamente *trascurabile*. C'è una donna bellissima nel mio appartamento e indossa soltanto un asciugamano.

. . .

Joe tornò con una camicia e un paio di shorts. «Tieni, questi andranno bene per ora. Butto via i tuoi vestiti rovinati.» Lei prese i vestiti con un cenno di ringraziamento e si diresse verso la camera da letto. In cucina, Joe trovò un grosso sacco e lo rigirò per raccogliere la tuta nera ammucchiata in bagno. Legò il sacco e lo lasciò nel cestino in cucina.

Quando tornò in salotto, lei era seduta a terra in un angolo con le luci al minimo. Sporadici lampi di luce provenienti dall'esterno la illuminavano mentre fissava la finestra, e a Joe sembrò di vedere la disperazione segnare il suo volto prima di scomparire. Si girò a guardarlo, la testa cautamente inclinata. «Ora cosa succederà?» L'intonazione della sua voce era insieme dolce e autoritaria, ma suonava in attesa.

«Vuoi sapere se ti consegnerò?» Lei annuì, lo sguardo fisso nei suoi occhi. Joe sedeva sul pavimento a tre metri da lei, le mani sulle ginocchia unite. Meditò, per nulla simile a un monaco, mentre la studiava. I capelli lunghi le ricadevano sulla camicia; aveva ripiegato le gambe sotto il corpo, ma non poté non notare come spuntassero provocanti dai pantaloncini.

Per quanto fosse attraente, però, doveva essere certo di non proteggere una pericolosa criminale.

«Stavate facendo qualcosa che avrebbe potuto ferire delle persone?» La sua bocca si strinse. «Nulla. Il governo e la sua polizia nazista sono quelli che feriscono. Noi vogliamo soltanto essere ascoltati.»

. . .

Dimostra circa ventinove anni, troppo vecchia per essere al college. Nazista? Conosce la storia antica. E ha un'opinione che suona simile a quella di Mike. Una fuorilegge decisamente affascinante.

. . .

Joe restò assorto nei suoi pensieri per un altro minuto, tentando di rallentare il battito accelerato del cuore. La luce calda nell'appartamento contrastava con il nero pece fuori dalle finestre. Rimasero seduti sul pavimento, accoccolati nel loro rifugio.

«Non so cosa faceste, ma non mi sembra che meritasse una reazione tanto estrema. Non è sicuro per te uscire di qui. Hanno tonnellate di tecnologia per dare la caccia a chiunque, ma dubito che verranno a cercarti qui. Sei la benvenuta, a patto che prometta di non consegnarmi se un giorno verrai arrestata.»

Le sue labbra tremavano, gli occhi lucenti erano spalancati. «Lo prometto.» Si guardò intorno, improvvisamente diffidente. «E i robot? Non puoi pretendere che non rivelino la mia presenza.» Serrò le mani fino a chiuderle in pugni.

«Ho solo un pafibot, impostato sulla modalità di supporto minimo, a cui ho vietato di entrare in casa senza chiedere il permesso.» Un sorriso disarmante si allargò sul volto di Joe. «Non mi piace che gironzolino dove vogliono.»

«E che mi dici del tuo PADI? La polizia potrebbe intercettarlo.»

Lui rise sommessamente. «Nessun PADI.»

«Davvero? Beh, sei strano. Strano in senso buono. Nemmeno io mi fido dei PADI.»

«Siamo solo due persone fuori dal mondo.»

«O due persone completamente immerse nel mondo.»

«Nessuno mi aveva mai accusato di questo, in effetti.» Joe si alzò e le tese la mano per aiutarla ad alzarsi. Lei ignorò l'offerta, e si aiutò con la mano sinistra per sollevarsi, mentre teneva la destra premuta contro la pancia. Una brutta macchia rossastra le deturpava il polso.

«Sembra doloroso. Lasciami dare un'occhiata prima che peggiori.» Tornando verso il bagno, Joe rovistò qui e là per scoprire quali scorte fossero state lasciate dal pafibot. Trovò una digibenda in un cassetto e si girò, scoprendo che la donna l'aveva seguito. Con la luce accesa poteva vedere un gran numero di vesciche gonfie sul suo polso.

Le mostrò la digibenda. «Posso?» Al suo cenno di assenso, Joe rimosse il retro e tenne la sua mano con la propria mentre premeva il cerotto sul polso. La digibenda divenne rosa non appena i sensori rilevarono la ferita e rilasciarono i farmaci.

Joe teneva ancora la sua mano tra le sue, quando lei alzò lo sguardo e disse: «Grazie.» Ritrasse gentilmente la mano e fece un passo indietro, fuori dal cono di luce del bagno.

«Ho molto spazio libero: probabilmente l'avrai già notato, ma la camera in cui ti sei cambiata ha un bagno privato.» Joe smise di farneticare e fece un respiro profondo. «Vado a mangiare qualcosa. Vuoi unirti?»

Annuì con un timido sorriso e lo seguì in cucina, dove la luce si accese automaticamente al loro ingresso. Joe trovò del cibo nel frigo, e si sedettero al tavolo della cucina per mangiare frutta fresca e formaggio. Tra un morso e l'altro, Joe chiese: «Come ti chiami?».

Lei si bloccò, poi rispose: «Puoi chiamarmi 76.»

«Bene, i numeri sono facili da ricordare. E non è molto diverso da 73, che sarebbe il pafibot parcheggiato nel capanno.»

«Cazzo. Dall'alto del tuo Livello, perché mai non dovresti avere un robot personale.» Non riuscì a capire se fosse una battuta o se lei l'avesse detto con vero rancore.

Il campanello all'ingresso iniziò a suonare incessantemente. Lo stomaco di Joe si contrasse, e il volto della donna si raggelò, una maschera di terrore. Le indicò di nascondersi nella seconda camera e scese le scale. Si fermò, respirò profondamente e premette il pulsante del videocitofono. Sul monitor apparve 73 accompagnato da un colfbot. Aprì la porta.

Il pafibot disse: «Mi scuso per averla disturbata a tarda ora, ma ho notato che era rientrato in casa. Il colfbot mi ha informato che la spazzatura va svuotata urgentemente, poiché non ha avuto accesso all'appartamento per giorni. Vorrebbe occuparsene il prima possibile, per ragioni igieniche.»

Joe era sollevato e irritato. «Grazie, ma butterò io stesso la spazzatura.»

Il pafibot sbatté le palpebre e rispose: «Signore, questa funzione è inappropriata per il suo Livello. Desidera che io disabiliti il programma delle pulizie domestiche?»

«Sì, procedi. Manteniamo la regola che nessun robot deve accedere al mio appartamento. Nonostante la tua preoccupazione per il mio Livello, sto sperimentando un nuovo metodo di vita spartano. Consideralo un progetto accademico di autosufficienza.»

«Molto bene, signore. Buonanotte», rispose 73.

. . .

Adesso è reale, che lo intendessi davvero o no fino a cinque secondi fa.

. . .

Joe risalì le scale ed entrò nell'appartamento. Incontrò lo sguardo della donna, in piedi sulla porta della seconda camera. «Ok, suppongo che tu mantenga la tua parola.» Poi chiuse la porta, e ci fu silenzio.

Fissò la sua porta chiusa e quella aperta della propria camera. Non c'era più nulla da fare se non andare a letto, dove sarebbe rimasto sveglio a pensare a porte che si aprivano e si chiudevano.

CAPITOLO 8

Joe si svegliò all'alba e gli eventi della sera precedente sommersero ogni altro pensiero. Si fece la doccia e si vestì. La porta dell'altra camera era chiusa. Esitò, poi la aprì appena. La donna era sul letto, addormentata, i capelli scompigliati sul cuscino ed il viso sereno e bellissimo. Con un comando silenzioso al NEST scattò un vidsnap, sperando di poterla identificare, poi chiuse la porta.

. . .

In che cosa mi sono cacciato? È così intrigante, devo scoprire chi sia. Meglio non fare ricerche personalmente però, non si sa mai.

. . .

Uscì dall'appartamento con la busta della spazzatura incriminata infilata in uno zaino. Per fortuna era una giornata fredda, l'aria abbastanza frizzante da giustificare i guanti che indossava per evitare di lasciare impronte. La strada era deserta, nessuno studente né robot era in giro a quell'ora. Giunto al limitare del campus, chiamò una robocar e si fece portare all'entrata laterale della più vicina stazione di transito. Joe alzò il colletto della giacca fino alle guance e attivò il cambia-volto. Gliel'aveva regalato Raif, dopo quell'hackeraggio quasi disastroso al college. «Usalo se hai roboagenti alle calcagna nel mondo reale», aveva detto, ridendo. A Joe non veniva proprio da ridere ora, ma era grato che un viso fittizio nascondesse la sua identità a chiunque controllasse le telecamere di sorveglianza.

Girò furtivamente intorno alla stazione, dove trovò i container del riciclaggio come aveva previsto. Per evitare il riconoscimento retinico, Joe evitò di guardare direttamente le telecamere, che erano ovunque, mentre gettava il sacchetto con la tuta macchiata nel cassonetto. Rifece il giro fino all'entrata principale, entrò nella stazione e attese il primo treno.

I treni iperlev si muovevano con precisione coreografica: non appena uno partiva, levitando leggero sui binari, un altro arrivava, rallentando fino al 'clic' dei magneti. Salì sul primo treno diretto a Salinaston, la città che si stendeva a est. Sette minuti e 109 chilometri più tardi, Joe scese ad una stazione che fronteggiava un centro di approvvigionamento. L'edificio basso, in vetro e acciaio, presentava un viale lastricato in marmo fiancheggiato da opere d'arte. Superò la fontana centrale ed entrò in un negozio di abbigliamento. Non ci avrebbe trovato abiti di lusso, ma non voleva usare credit$ o collegare il proprio nome a una consegna via drone ordinata tramite il suo NEST. In ogni caso, dubitava che a 76 importasse degli abiti di lusso.

Molte persone stavano scegliendo articoli dalla merce fisica esposta e dal catalogo olografico proiettato in varie postazioni nel negozio. I robot si aggiravano raddrizzando gli stendini e rifornendo gli scaffali.

Joe trovò il reparto abbigliamento donna. Un personal shopper robotico gli si avvicinò: «Signore, se mi trasmette le misure della persona per cui sta comprando, posso assisterla per scegliere abiti perfetti.»

«No, preferirei scegliere innanzitutto qualcosa che mi piaccia.»

Il robot se ne andò. Joe scelse diversi indumenti nella taglia che ritenne più giusta e uscì dal negozio.

. . .

Ora assicuriamoci che i miei robot non si accorgano dell'eccessivo consumo di cibo. È dura rendere invisibile una persona nel moderno flusso di dati, ma devo nascondere le nostre tracce alle possibili ricerche incrociate della polizia. O finiremo in prigione senza passare dal via.

. . .

Attraversò il viale ed entrò nello spaccio alimentare, dove riempì un'altra borsa con le scorte per tre giorni. La busta pesava nella sua mano destra, ma Joe rifiutò l'aiuto di un robot che si offriva di portarla al posto suo. Non ricordava l'ultima volta in cui era andato a fare shopping: come chiunque altro conoscesse, ordinava tutto tramite il NEST. Con le due borse in mano, prese un altro iperlev e poi una robocar fino al campus.

Quando entrò nell'appartamento, la donna gli lanciò uno sguardo carico di diffidenza. Il suo viso sembrava pulito e riposato, e aveva legato i capelli con cura.

«Ti ho portato dei vestiti. Ho pensato che ti saresti stufata velocemente dei miei.»

Lei controllò il contenuto della busta mentre Joe riponeva il cibo nell'armadietto del sintetizzatore. «Grazie del pensiero.»

«Ti va una colazione?»

Joe mandò un comando dal NEST al sintetizzatore e l'aroma di toast e uova strapazzate di diffuse nella cucina. Prese i piatti dal congegno e servì la colazione, che mangiarono in silenzio.

«Per quanto resterò bloccata qui?»

«Non ne ho idea. Non ho controllato la netchat a proposito della protesta di ieri, e ho pensato che fosse meglio non fare ricerche dal collegamento criptato del mio ufficio. Avevo in mente di chiedere aiuto a un amico per capire cosa stia facendo la polizia.»

«Un amico?» Era di nuovo sospettosa.

«È il mio miglior amico e mi fido di lui completamente. Le ricerche di Raif non saranno tracciabili perché è un esperto in tutti i trucchi di mimetizzazione, molto più di me. È il modo migliore per sapere quando potrai andartene senza rischi.» Lei strinse le labbra e annuì. «Devo mantenere la mia routine per evitare sospetti, quindi passerò le prossime ore nel mio ufficio. Starai bene qui?»

Lei annuì una seconda volta e fece un sorriso stentato.

. . .

Sembra pensare che io stia affrontando tutto questo nel modo giusto, pianificando per non renderla vulnerabile. Spero che sia così. Nemmeno io voglio essere preso.

. . .

«Che lavoro fai?», chiese, spostando i resti della colazione sul piatto. Quando Joe spiegò la propria professione e menzionò l'anno sabbatico al college, lei si accigliò. «Shikaka! Un Livello alto e pure intellettuale. Così esclusivo. Vai, scappa nella tua torre d'avorio.»

. . .

Deriso perché ho un Livello troppo alto. Solo una settimana fa, venivo deriso per avere un Livello troppo basso. Forse, dopo tutto, questi Livelli sono effettivamente controversi.

. . .

«No, sono solo un ragazzo qualunque che fa il proprio lavoro come meglio può. E tu? Di cosa ti occupi?»

Lei evitò il suo sguardo. «Io protesto soltanto. E ora aspetto di evadere da questa prigione.»

«Suppongo che ci siano prigioni peggiori.»

«Te lo concedo», disse lei mentre Joe usciva.

Chiamò Raif dall'ufficio, usando un canale criptato. Raif apparve sullo schermo olografico, con gli occhi così fissi da sembrare quasi strabici e i capelli ricci arruffati, come se non avesse dormito.

«Nottata dura?»

«Da, sono morto. L'ho passata sullo stesso hackeraggio su sui abbiamo speso notti insonni un mese fa. Quasi impenetrabile. Ero sull'ultimo gateway quando qualcuno mi ha beccato. La mia crittografia era abbastanza forte e non l'hanno craccata prima che fuggissi, ma ho passato ore a coprire le tracce.»

«Meglio se tieni un basso profilo per un po' adesso. Non vorrai mettere a repentaglio le tue chance di trovare un lavoro interessante, dottore.»

«Baggianate.» Raif si accigliò e si guardò le mani, strofinandole una contro l'altra. «Sono passati cinque mesi dalla dissertazione della tesi e ancora non ho avuto alcun appuntamento accademico, soltanto qualche possibilità di scaldare una sedia in ufficio.» Il suo sguardo si fissò su Joe. «E come va la vita al college?»

«Sembra che io possa passare per un professore. Con la "p" minuscola però.»

«Almeno sei all'interno della fortezza e stai risolvendo le tue grandi domande, giusto?»

«Anche più di quello, ultimamente. Puoi farmi un favore e provare, di nascosto, a capire chi sia questa persona?» Gli mandò il vidsnap di 76 che aveva scattato al mattino.

«Dannazione. Sembra che tu stia facendo ben più che parlare di filosofia. Dove l'hai trovata?»

«In un fiume.»

«Voglio andare a nuotare. Ok, sarà fatto.»

«Puoi controllare anche le notizie a proposito di una protesta avvenuta qui ieri sera? Vorrei sapere cosa ha scoperto la polizia e come si stanno muovendo.» Joe si grattò la barba. «E magari scopri se hanno arrestato qualcuno.»

«Sicuro. Nell'acqua fino al collo, eh?», disse Raif, ridacchiando.

«Solo la punta del piede, per ora.» Joe chiuse la comunicazione.

◆

La sera, rientrando a casa, la trovò ad aspettarlo nel salotto. Indossava un completo verde che le calzava bene e faceva risaltare i suoi occhi color nocciola, fissi su di lui con sguardo controllato e vigile.

Dopo aver parlato del più e del meno, si offrì di preparare la cena. Era palese che si fosse ambientata nella cucina, perché si diede da fare modificando i programmi del sintetizzatore. I piatti uscirono fumanti, facendogli venire l'acquolina in bocca al primo morso. I sapori erano stuzzicanti, ma non ne fu affatto sorpreso, dal momento che l'artefice era quella donna stupefacente.

«Di cosa si tratta?»

«Quello è cavolo nero piccante saltato in padella con bacon sintetico. Quelli invece sono kebab di agnello sintetico speziato.» Il suo tono cambiò mentre un lampo di timido orgoglio le illuminava il viso. «Amo cucinare.»

Joe era perso nell'esperienza gustativa. Alla fine, disse: «Dove hai imparato a cucinare così?»

«I miei amici a casa mi hanno insegnato. Negli ultimi tre anni, o giù di lì, ho passato il tempo aspettando un vero lavoro. È stato il mio periodo internazionale.» Il suo sarcasmo sottolineava una profonda delusione. «Visto che non posso avere un passaporto, sono bloccata qui negli Stati Uniti. Ecco perché mi dedico alle lezioni di cucina.»

«È stato tempo ben speso, *bloccata* negli Stati Uniti.»

Lei mangiò a piccoli bocconi mentre lo guardava spazzolare il cibo. «Hai scoperto nulla cercando tra le notizie?»

«Sì. Il mio amico Raif mi ha aggiornato oggi pomeriggio. La polizia ha annunciato di aver sgominato una cellula segreta di anarchici con un programma radicale. Hanno arrestato quarantuno persone e dicono di avere i due leader.»

Lei si tese alla notizia. «Hanno fatto nomi?»

«Julian-qualcosa e Celeste-qualcosa...»

«Julian e Celeste! Cos'altro hanno detto su di loro?»

«La giustizia verrà amministrata velocemente. L'accusa chiede un mese di reclusione per tutti i manifestanti, ma processeranno i leader per crimini più gravi. Le udienze inizieranno la prossima settimana.»

Lei corrugò la fronte, preoccupata. «Hanno scoperto i loro nomi, e così in fretta», disse infine.

«Non sono stati rigorosi quanto te nel tenere la propria identità fuori dai database», rispose Joe. Lo sguardo confuso sul volto di lei si trasformò in uno di rabbia. La mortificazione per essersi tradito lo rese meno cauto nelle parole: «Non che la nostra ricerca su di te potesse far scoprire nulla. Raif non ha trovato nemmeno un database che riconoscesse il tuo volto.»

«Credevo mi avessi assicurato che non mi avresti esposta a rischi.» Batté la mano sul tavolo.

«Raif non verrà scoperto e non ci sono tracce da seguire. Ma io... avevo bisogno di capire chi fossi.» Il labbro pulsava dove se l'era morso.

Gli lanciò un'occhiataccia dall'altro lato del tavolo. «Dopo quello che avevi promesso... non è stato leale.»

«Okay, okay. Ma ascolta: ospitandoti mi rendo complice, e passerò del tempo in galera anch'io se verremo catturati. Mi dispiace per aver invaso la tua privacy, ma dovevo almeno controllare se avessi dei precedenti penali. Sono sicuro che le indagini di Raif non abbiano causato alcun danno.»

Lei si lasciò cadere indietro sulla sedia, e Joe pensò che fosse ancora arrabbiata per il suo presunto tradimento, finché disse: «Sono i miei amici.»

«Buoni amici?»

«Sì, buoni amici. Noi tre condividiamo questa lotta da tempo.»

«Quindi, tu saresti un terzo leader?»

«In questa lotta per un po' di giustizia, io non sono la terza. Io sono *il* leader.»

. . .

Più pericoloso di quanto immaginassi. Raif aveva ragione: ci sono dentro fino al collo.

. . .

«Come volevi che ti chiamassi? 76? Perché quel numero? Puoi dirmi il tuo vero nome, per favore?» Sperava che la sua supplica funzionasse. «Ti prometto che farò tutto il possibile per proteggerti.»

Lei rimase seduta a riflettere, poi lo guardò negli occhi. «Mi chiamo Evie.»

«Evie. Un bel nome. Perché il numero?»

«Quello, ovviamente, è il mio Livello. Livello 76. Non l'hai capito ieri quando hai nominato il robot?»

Joe si grattò la barba. «Non mi è venuto in mente. Devo ammettere che non ho mai conosciuto un Livello 76.»

«Non mi sorprende. La Legge dei Livelli tiene socialmente distanziato chiunque abbia più di venti Livelli di differenza: è un'apartheid sociale. È ciò contro cui protestiamo. Tu non potresti mai conoscermi. Come Livello 42, ti rendi conto che socializzare tra noi sia illegale?»

«So fare i conti, anche se non ci ho mai fatto granché attenzione prima d'ora. Non è mai stato un problema», disse.

Lei lo fulminò con lo sguardo. «Non che io voglia socializzare con te. È stata una sfortuna che io sia finita qui, chiusa con un "42 torre d'avorio".»

Joe voleva essere conciliatorio. «Ascolta, mi dispiace. Cercherò di proteggerti. Nel frattempo, siamo bloccati qui insieme e nessuno dei due ha molta scelta. Raif mi ha detto che l'indagine continuerà per parecchie settimane, secondo le fonti interne della polizia.»

Evie si calmò. «Fonti interne della polizia? Il tuo amico deve sapere il fatto suo sulla sterilizzazione delle tracce per riuscire ad entrare in quei registri.»

«Anche tu ne sai, per non avere un nome abbinato al tuo volto.»

Nessuno dei due stava finendo il pasto, pensò Joe con una punta di rimorso. Iniziò a sparecchiare con una certa irritazione, sapendo che era costretto a farlo soltanto perché aveva vietato ai robot di entrare nell'appartamento. Era seccato con Evie per aver interrotto la sua vita, ma anche con se stesso perché ogni volta che la guardava, gli era difficile restare arrabbiato.

Versò del whisky per sé e del tè per lei, quando rifiutò il whisky, poi si ritirarono in salotto, sui due divani agli angoli opposti della stanza. Rimasero a guardarsi mentre il sole tramontava fuori dalla grande finestra. Lei finì il tè, gli fece un cenno con la testa e andò in camera, chiudendosi la porta alle spalle. Joe restò seduto da solo, al buio.

. . .

Evie. Una guerriera. Con una missione personale. Una forza da non sottovalutare.

. . .

Capitolo 9

Mantennero una delicata tregua per tutta la settimana seguente. Joe si comportò come se il campus fosse sotto sorveglianza. Svolse le sue normali attività, uscendo per andare nel proprio ufficio al dipartimento di matematica tutti i giorni. I robot furono relegati all'esterno. La polizia non venne mai. All'inizio fecero i turni per cucinare la cena, finché Evie iniziò silenziosamente a prendere più turni per sé, con risultati decisamente migliori.

Joe provò senza successo a carpire nuove informazioni sulla sua inusuale ospite. Una sera sorrise attraverso il tavolo finché lei non alzò lo sguardo.

«Non mi hai raccontato granché di te. Ad esempio, hai fratelli o sorelle?»

«No, nessuno.»

«Anch'io sono figlio unico. Raccontami dei tuoi genitori.»

«Non li ho mai conosciuti.» L'espressione di Evie era cupa.

«Dev'essere stata dura. È così tragico in questo mondo moderno.» La domanda sembrava averla messa a disagio, esattamente l'opposto delle sue intenzioni.

«Non ho mai conosciuto altro, quindi ci ho messo un po' a realizzare quanto la mia esperienza fosse diversa. Poi mi sono sentita come se non fossi cresciuta in modo normale. Ho dovuto diventare adulta in fretta e trovare la mia comunità dove ho potuto.»

«Non è un bene per nessuno essere solo», disse Joe. Lei annuì e gli concesse un abbozzo di sorriso, poi tornarono al cibo. Gli sembrò sovrappensiero. La domanda poteva averla indotta a rimuginare sui suoi amici imprigionati, non un bel pensiero.

Restarono in silenzio: per il momento, sarebbe rimasta un mistero.

Un paio di volte alla settimana, Joe prendeva l'iperlev per andare a comprare altre scorte. Trovò altri vestiti per lei. Ogni sera, dopo cena, lei gli dava la buona notte e chiudeva la porta della camera dietro di sé.

Un pomeriggio, rientrando, Joe sentì un contare ritmico provenire dalle scale. «*Ichi. Ni. San. Shi.*» Esitò, poi salì le scale di soppiatto e spiò dietro l'angolo.

Evie era al centro del salotto con indosso una lunga camicia del pigiama, stretta in vita da una cintura come una tunica. A piedi nudi e con la schiena rivolta verso di lui, si girò verso destra e sferrò un potente calcio ad un aggressore invisibile. Proseguì con una fluida piroetta a sinistra e un rapido movimento verso il basso di entrambi i pugni uniti. A destra e sinistra, pugni e calci scorrevano dal suo corpo, ognuno sferrato mentre borbottava il conteggio. Le sue braccia muscolose erano coperte da un lucido velo di sudore. Mentre si girava ancora una volta, l'orlo della camicia si alzò, rivelando la coscia.

Joe era ipnotizzato.

Il leggiadro movimento dei piedi terminò con un vivace tonfo, e lui si immaginò un nemico schiacciato al di sotto. Evie piroettò con un ampio movimento e i loro sguardi si incrociarono. Si fermò, restò immobile in meditazione per qualche secondo e terminò l'esercizio, ripiegando le mani al petto e inchinandosi con grazia.

Joe rallentò il respiro accelerato. «È stato bellissimo», sussurrò.

Evie si rilassò. «È un kata, si chiama *Bassai Dai*. Penetrare la Fortezza. Fa parte di un altro stile, ma trovo più efficace imparare da molte fonti.»

. . .

Dev'essere cintura nera. Farò bene ad essere gentile. Penetrare la Fortezza... *no*, decisamente non farò battute.

. . .

«Sei cintura nera?»

«Sì, 4° dan. Nel mio stile, è chiamato *yondan*.» Il leggero rossore sulle sue guance suggeriva che fosse imbarazzata, ma anche felice di parlarne. Era ovvio che avesse passato il tempo nell'appartamento esercitandosi così.

Joe si sedette sul divano più vicino alla porta. «Vedere il kata è stato come osservare una danza, ma con una potenza animale.»

Le sue labbra si rilassarono in un sorriso. «È ispirato agli animali. Il mio stile enfatizza la tigre, il dragone e la gru. Ognuno di essi porta attributi positivi ai kata.»

Evie scosse le braccia, poi sedette a gambe incrociate sul pavimento, con le mani appoggiate in grembo. «Era originariamente inteso come via per la persona debole di difendersi contro i soprusi del più forte. Ai tempi in cui le arti marziali furono inventate in Giappone, le classi sociali erano fisse ed era impossibile cambiare classe.»

«Le donne praticavano le arti marziali a quei tempi?»

«Sì, alcune lo facevano. Erano chiamate *onna-bugeisha*, letteralmente "artista marziale femminile". Erano *bushi*, della classe dei samurai, e difendevano le proprie case.»

Gli venne in mente un altro pensiero. «E tu perché pratichi? Difesa personale?»

L'espressione di lei era serena. «No. Si tratta di autodisciplina. E di ambizione, un cammino per diventare una persona migliore.»

. . .

Più virtuosa di me. Più disciplinata di me.

. . .

Parlarono di arti marziali per un'ora, mentre Joe preparava la cena. Lei non diede spontaneamente alcuna informazione in più riguardo a sé, e lui non volle rompere la tregua con domande pressanti. Eppure, aveva l'impressione che lei fosse più contenta di lui quando si separarono. Questo non aiutò comunque a lenire l'ondata di desiderio che percorse il suo corpo quando lei chiuse la porta.

◆

Joe era impegnato nella lettura dei trattati filosofici consigliati da Gabe, quando l'olo-schermo dell'ufficio pigolò per segnalare un messaggio criptato in entrata. Lo accettò, e apparve l'ologramma di Raif: non stava sorridendo.

Lo stomaco di Joe si strinse. «Hai scoperto qualcosa?»

«Da. Brutte notizie. Tutti i manifestanti hanno avuto almeno un mese di prigione, con la possibilità di commutare la pena se riveleranno i nomi di chi non è stato arrestato.»

«Un colpo fin troppo vicino.»

«C'è di peggio. Per i leader, l'accusa chiede la sentenza di un anno di esilio. Il loro processo inizia la prossima settimana.»

Joe si accasciò sulla sedia. «Un anno intero? Non equivale a una sentenza di morte?»

«La si può considerare tale. Le sentenze di esilio raramente superano i sei mesi. Ovviamente, le esecuzioni sono vietate, ma questo aggira la regola sfruttando un tecnicismo. In pochi sono sopravvissuti più di qualche mese nella Zona Vuota.» Raif si grattò la testa. «La maggior parte delle persone non hanno le capacità per sopravvivere senza i comfort della tecnologia.»

«Perché una sentenza così dura?»

Raif si schiarì la gola. «C'è una storia che fa tendenza in netchat, secondo cui i dimostranti sarebbero anarchisti. Sono stati accusati di aver piazzato una bomba in un centro commerciale. Nessuno è rimasto ferito, ma ha scosso gli animi. Sembrerebbe che la voce sia stata messa in giro dal Ministero per la Sicurezza. Ho scavato nei file interni periferici; la sicurezza dei loro database è impossibile da craccare. La polizia è paranoica sul movimento anti-Livelli, teme possa degenerare in un effetto palla di neve.»

Parlarono un altro po', finché Raif disse: «Stai attento, marmocchio», e chiuse la comunicazione.

◆

Mentre attraversava la piazza centrale per tornare a casa, Joe vide Mike Swaarden dirigersi a grandi passi verso di lui.

«È bello incontrarti, Joe.»

Sorrise. «Non sai mai quali incontri sorprendenti ti riservi questo campus.» Si fermarono sotto il porticato che circondava la piazza, protetti dal sole pomeridiano.

«Hai seguito le ricadute della protesta della scorsa settimana?»

«C'è stato un po' di brusio sulla netchat. Direi che hanno ottenuto il loro scopo di attirare l'attenzione sulla Legge dei Livelli.» Scrollò le spalle. «Ho sentito che molte persone sono finite in galera.»

«Ancora peggio.» Mike si piegò verso di lui. «Ci stanno andando pesanti.»

«Parli della possibile sentenza di esilio?», chiese Joe tenendo il tono di voce più basso possibile.

Mike si irrigidì. «E tu come fai a saperlo? Io lo so soltanto grazie alle mie sbirciatine nelle loro comunicazioni interne.»

«Ho le mie fonti.»

«Aye, d'accordo. Fonti da che parte?» Mike strinse gli occhi e studiò il volto di Joe, che restituì lo sguardo senza battere ciglio.

. . .

È convinto che io abbia scelto una parte, ma non sono sicuro di averlo fatto. Sarà meglio che io scelga presto. Ci sono già dentro fino al collo e mi serviranno degli alleati. Mike è uno dei Livelli più alti in questo posto, e credo di potermi fidare. A quanto pare, sono circondato da fuorilegge.

. . .

«Sono fonti dalla parte che presumo anche tu sosterresti, pensatori come noi», disse Joe, sperando che la propria voce tradisse soltanto interesse intellettuale.

Si studiarono a vicenda, Mike ancora accigliato. Joe ci riprovò: «Ascolta, la polizia ha agito con violenza contro persone che volevano soltanto esercitare la propria libertà di parola. È sbagliato. Ammetto, tuttavia, di non conoscere la storia del problema.»

L'espressione di Mike si addolcì, dando a Joe la fiducia necessaria per proseguire: «Durante la nostra prima conversazione, avevi iniziato a parlarmi di economia. Non ho mai provato a capire l'argomento prima d'ora. È una scienza morta.»

Mike si appoggiò al muro del porticato e parlò sottovoce. «L'economia è tuttora importante, dà forma alle dinamiche sociali. Pensa alle Guerre Climatiche, quando ci fu una decimazione su larga scala delle industrie, seguita da pandemie e dalla perturbazione dell'ordine sociale. La distruzione diede importanza alla tecnologia robotica: i robot costruivano fabbriche in cui venivano assemblati altri robot, e così proliferarono esponenzialmente. La produttività economica riprese. Tuttavia, dal momento che l'ondata dei robot determinò un tasso di occupazione bassissimo, il tessuto sociale si sgretolò.»

«Ci fu il caos», ripeté Joe come un carillon, ricordando vagamente le lezioni scolastiche.

«Aye, un brutto minestrone di politica ed economia. Fino a quando non ci fossero state sufficienti risorse in ogni Stato, la transizione verso la stabilità economica aveva più probabilità di fallire che di riuscire.»

«Un sistema complesso non lineare?»

«Aye. Alcuni Paesi sperimentarono immediatamente il socialismo integrale. Se non riuscirono a raggiungere una produttività economica sufficiente, tornarono sui loro passi. Il progresso diseguale causò un isterismo anti-immigrazione e la chiusura dei confini», disse Mike.

«Ma perché non provarono a ricostruire il sistema economico?»

«Il modello era datato e irrimediabilmente perduto. Il lavoro e il capitale erano stati le fondamenta dell'economia pre-Guerre Climatiche. Il capitale aveva rimpiazzato il lavoro e, con tutti questi robot, il valore del lavoro era crollato a zero. Ma i robot, costruendo le industrie, hanno causato anche il crollo del capitale. Il dominio era ormai dettato dal valore del capitale originale che controllava le fabbriche di robot. I robot e le industrie sarebbero rimasti in mano ad una ristretta élite, ma le masse di disoccupati si erano organizzate e stavano preparando una rivoluzione», spiegò Mike.

Joe rifletteva, cercando di assorbire tutte quelle informazioni. «Quindi hanno nazionalizzato tutte le industrie, che ora appartengono alla comunità, e tutte le preoccupazioni riguardo l'economia sono evaporate?»

«Aye, oceani di dati e algoritmi hanno risolto il dibattito sul calcolo economico di von Mises. L'uso del denaro per segnalare la domanda e razionare l'offerta scomparve, anche per i beni strumentali. Un centinaio di anni fa avevamo bisogno dei mercati per bilanciare domanda e offerta, ma oggi abbiamo una finestra aperta sui più intimi desideri delle persone. I dati del net forniscono tutte le informazioni che il mercato un tempo forniva riguardo a domanda e offerta, ma in modo più efficiente.»

«Chi organizza la produzione sicuramente conosce molte cose su di noi», disse Joe.

Mike sospirò. «E a noi non importa abbastanza dell'economia per guidare i consumi. La società globale è stabile e non cresce. Il mercato internazionale è calato e coinvolge soltanto beni di lusso, intrattenimento e moda. Coltiviamo, alleviamo e produciamo tutto il resto localmente. Gli economisti dicono che l'economia è statica, se non per gli sforzi diretti all'avanzamento scientifico e alle attività creative. Il risultato è positivo per il pianeta, ma è noioso.»

«È diventato noioso quando i mercati sono svaniti?»

«Aye. I mercati sono spariti ad eccezione del dieci per cento dei beni di lusso, mantenuto per soddisfare il nostro intrinseco bisogno di competitività sociale alla ricerca dell'ultima moda e dell'oggetto lussuoso», disse Mike.

«Ma ne abbiamo pagato il prezzo.»

«C'è sempre un prezzo da pagare. Ed ecco dove l'economia si collega ai Livelli.» Mike sfregò la scarpa sulle mattonelle. «Il concetto di proprietà era profondamente radicato nella nostra cultura, più che in molti altri Paesi. I ricchi proprietari si ribellarono, volevano un modo per mantenere il loro status quo. Per compensare la nazionalizzazione, furono introdotti i Livelli.»

«Ma i Livelli sono basati sul merito», disse Joe, rendendosi però conto dell'eccessiva semplificazione. «Beh, quasi del tutto.»

«Joe, ragazzo, nonostante il concetto dei Livelli abbia una patina di meritocrazia, ci sono più limitazioni al merito di quante ne esistessero prima. Gli oligarchi non hanno mai perso il controllo, anzi hanno trincerato la loro posizione rendendola insidiosamente ereditaria.»

«Non ho mai incontrato degli oligarchi.»

«L'oligarchia non è cambiata molto dai tempi degli antichi greci, anche se sono diventati più bravi a controllare il loro messaggio nella società.» Mike si entusiasmò all'argomento. «Per esempio, probabilmente hai una conoscenza limitata di come il resto del mondo abbia affrontato il tema dell'uguaglianza sociale. Quanto hai viaggiato?»

Joe strinse le spalle, dicendo: «Ho visitato molti posti con il viaggio virtuale...»

Mike lo interruppe alzando una mano. «Ed ecco il problema. Certo, non ci sono tanti altri modi per viaggiare di questi tempi, ma il viaggio virtuale è un'esperienza artefatta, con un messaggio controllato.»

«È il modo più ecosostenibile per vedere il mondo.» Joe sapeva di avere ragione. «E mi ha permesso di visitare città, come Venezia, che sono state abbandonate da tempo. Posso vedere com'erano i luoghi in passato...» Vedendo l'espressione corrucciata di Mike, non riuscì a finire la frase.

«Questa è la risposta socialmente corretta.»

«Non puoi negare che il viaggio fisico aumenti l'impronta ecologica.»

«Tecnicamente è vero, ma l'impronta ecologica globale è negativa. Abbiamo in atto molte strategie di mitigazione del cambiamento climatico e tutte le nostre fonti di energia sono senza carbonio. In più, ovviamente, la popolazione è diminuita e si aggira sui sette miliardi nel mondo.»

. . .

La mia visione del mondo non può essere completamente sbagliata. Sta dicendo che il viaggio virtuale è artefatto, ma quanto può essere controllato? Non lo so. È imbarazzante ammettere a Mike di non aver mai viaggiato fuori dai confini degli Stati Uniti. A lui però non piace il sistema dei Livelli, quindi è meno probabile che guardi qualcuno dall'alto in basso sulla base di un numero.

. . .

«Per un Livello 42 è quasi impossibile ottenere un passaporto per i viaggi internazionali.»

Mike corrugò la fronte. «Joe, con i Livelli siamo tutti livellati al ribasso, lottiamo per mantenere il nostro posto sulla china di un letamaio immaginario. Il tuo caso mostra quanto siamo diventati tolleranti verso tali menomazioni della nostra libertà. Le restrizioni si sono evolute. Gli Stati Uniti furono il primo grande Paese ad avere abbastanza robot per rendere il reddito garantito una realtà. Il governo giustificò i controlli delle frontiere e dei viaggi sostenendo che non potessimo sussidiare il resto della popolazione mondiale. Avevano paure legittime riguardo alla migrazione di massa, ma le affrontarono con misure draconiane. Ora eserciti di robot fanno la guardia ai nostri confini. Incoraggiando il viaggio virtuale è più facile nascondere le nostre differenze rispetto al resto del mondo. Ci siamo rintanati nella nostra realtà separata, isolati geograficamente e trincerati nella nostra visione del mondo grazie al nostro net artefatto.»

Joe abbassò la voce a un sussurro, immaginando la risposta ancora prima di porre la domanda. «Sostieni il movimento anti-Livelli?»

«Aye, li appoggio. Noi che sosteniamo il movimento non abbiamo ancora abbastanza potere per cambiare le cose nel prossimo futuro. Ma siamo sempre di più.»

«Potrei essere uno di quelli che si aggiungono», disse Joe, impaziente di parlare con Evie.

Gli occhi blu ghiaccio di Mike scavarono in quelli di Joe, rivelando un lampo di preoccupazione. Mise una manona sulla spalla di Joe. «Il Ministero per la Sicurezza è efficiente in modo scoraggiante. Nascondi bene le tue tracce.»

A quelle parole, un brivido risalì la spina dorsale di Joe. Mike fece un ultimo cenno con la mano e si allontanò.

◆

Lungo il breve tragitto verso casa, Joe mise da parte la conversazione con Mike e si concentrò sulle tristi notizie riportate da Raif. Corse su per le scale. Evie, seduta sul divano in salotto, lo esaminò quando si fermò nell'ingresso. La sua espressione si rabbuiò.

«Raif mi ha detto che l'accusa ha chiesto un anno di esilio per i tuoi amici.»

Lei trasalì. «Merda. L'esilio. È la pena più severa.»

«E pronunciata molto di rado. Ho controllato la storia recente e le sentenze più lunghe di qualche mese emesse nell'ultimo decennio si contano sulle dita di due mani», disse lui.

Evie fu percorsa da un brivido, ma alzò la testa in quello che sembrava un tentativo di apparire coraggiosa. Joe sedette sul divano accanto a lei e le prese la mano. Le sue dita si irrigidirono. «Esilio. Ma perché?»

«Raif dice che è stata messa in giro una storia a proposito di terrorismo. È stata fatta esplodere una bomba in un centro commerciale. È tutto quello che so.»

«Terrorismo? È pazzesco. Non abbiamo nulla a che fare con la violenza. Perché dovremmo mettere una bomba in un negozio in cui i nostri amici potrebbero andare a comprare? Questo movimento combatte le leggi repressive dello Stato.» I suoi occhi brillavano di rabbia di fronte all'ingiustizia, con la furia ribollente di una madre che difende il suo piccolo.

«Perché credi che il governo sia ossessionato dal tuo gruppo?» Joe le strinse la mano per riportarla al presente.

«Abbiamo dei bravi hacker. Abbiamo craccato alcuni file del Ministero per la Sicurezza, per verificare che i nostri dati personali fossero eliminati periodicamente come previsto dalla legge.

L'abbiamo controllato per evitare di essere beccati durante le proteste, ma è stato un errore.» La sua espressione tradì il rimpianto
per le decisioni passate. «La legge ci garantisce il diritto alla privacy.
Chiunque altro ha rinunciato a questo diritto per convenienza, ma
non noi. Abbiamo insistito perché il governo non raccogliesse e de-
tenesse informazioni illecitamente. Tutti abbiamo diritto a essere
dimenticati.»

«Sei tu cDc?»

Lo guardò interdetta e scosse delicatamente la testa. «No. Di che
si tratta?»

Joe tenne la sua mano mentre studiava il suo volto, cercando nei
suoi occhi un indizio per capire se stesse mentendo. «Non mi credi
se ti dico che non ho mai sentito parlare di cDc prima d'ora? È la
verità, lo giuro.» Le strinse forte la mano, fissandola intensamente.

. . .

Le arti marziali sono esclusivamente per autodisciplina?
Potrebbe essere violenta? Ha passione. Tiene ai suoi amici
al punto da far sentire coinvolto anche me. È così autentica, così credibile.

. . .

«Sì, ti credo», disse.

Lei si rilassò e ricambiò la stretta della sua mano, chinando la testa. Restarono in quella posizione per qualche istante, poi lei alzò lo
sguardo su di lui con le guance rigate di lacrime. «Celeste è una dei
nostri migliori hacker, ma non sa granché della vita nella natura.»
Tirò su con il naso. «Morirà in un mese o due.»

«Forse può imparare.»

Evie scosse la testa, avvilita. «Io ho esperienza di vita all'aperto.
Me la caverei. Ma non credo che Celeste e Julian ce la farebbero,
nemmeno insieme.»

Joe si chiese quale tipo di esperienza nella natura avesse fatto, ma
non era il momento di farle domande sull'argomento. «Data la serietà
delle accuse, dovrai stare nascosta un po' più a lungo. Continuerò
a confrontarmi con Raif. Quando sapremo che il Ministero per la
Sicurezza non sta più ficcanasando, potrai andare.»

Lei fece un lungo, lento respiro. «Hai ragione. Ti ringrazio per
l'ospitalità.»

Cenarono in silenzio. Evie aveva riprogrammato il sintetizzatore
con tante nuove ricette e ne uscì una fragrante miscela di agnello

sintetico e spezie, che versò in una mezza forma di pane a cui aveva tolto la mollica.

«Bunny chow.» Gli servì la sua porzione. «Viene dall'Africa, ma è soprattutto un comfort food della comunità indiana.»

«Nessun coniglietto è stato sacrificato in nome della nostra cena, immagino?» Fece un sorrisetto ironico per farla ridere. Funzionò, e il morale di Evie si risollevò. Joe prese una biofiasca di ottimo vino canadese, che sorseggiarono in silenzio finendo la cena, mentre il sole scompariva dietro le colline fuori dalla finestra del soggiorno.

. . .

Mi chiedo cosa serva per sopravvivere, là fuori in esilio. Le informazioni sono sul net, ma sarebbe un bel fardello da imparare per chi parte da zero. Chiaramente è questo che preoccupa Evie: le scarse conoscenze dei suoi amici e la loro sopravvivenza.

. . .

Evie portò i bicchieri vuoti in cucina, seguita da Joe, poi si diresse verso le camere da letto. Un sorriso fuggevole attraversò il suo viso mentre chiudeva la porta della stanza dietro di sé.

Capitolo 10

Joe se ne stava in piedi nella sala grande del dipartimento di matematica, con un bicchiere di vino in mano. La maggior parte dei volti incontrati a quei ricevimenti settimanali erano ancora sconosciuti. In verità non si era sforzato granché di incontrare i professori di altri dipartimenti: non sentendosi in vena di socialità, aveva liquidato ogni obbligo ad occuparsene. Vide Freyja, Mike e Gabe riuniti dall'altra parte della stanza, tutti con una birra in mano. Nonostante avesse già avuto appuntamenti quella stessa settimana con Freyja e Gabe, si diresse verso di loro per unirsi al gruppetto.

Erano nel mezzo di una conversazione a proposito delle sentenze di esilio richieste per gli organizzatori delle proteste. «...le storie sensazionaliste sull'attentato terroristico. La netchat pullula di speculatori.» Freyja fece un ampio gesto con la mano, rischiando di versare la birra. «Perfino io non riesco a evitare di sentire le notizie.»

«Terroristi. Non ci credo», disse Joe.

Freyja roteò gli occhi. «Da buon bayesiano, devi avere delle prove per dirlo, no?»

«Non che io voglia discutere in questa sede.» Lo fissarono, sorseggiando discretamente le birre in attesa.

Quando Joe non capitolò, Mike ruppe il silenzio. «Ho scovato delle informazioni sul vice di Peightân.» Posò il bicchiere vuoto su un tavolo vicino. «William Zable era un Livello 76, prima di compiere un'eccezionale scalata di dieci Livelli negli ultimi tre anni. Nessuna nota negativa sulla sua famiglia, sembra tutto normale. Ha

lavorato come caposquadra in una fabbrica biologica di carne sintetica. È rimasto ferito in un incidente industriale, qualcosa a che fare
con un robot difettoso. Poi, tre anni dopo, ecco che rispunta come
tirapiedi di Peightân.»

«Mi chiedo se l'inclinazione della testa e il naso sempre puntato
in alto siano dovuti all'incidente o alla sua associazione con il ministro», disse Freyja, sogghignando.

Mike attaccò la schiuma di una nuova birra. «Anche il Ministro
nazionale per la Sicurezza ha una biografia interessante.» Joe non
poté fare a meno di avvicinarsi, imitato da Freyja e Gabe. «Peightân
viene da una famiglia eminente. Ha frequentato le scuole più presti-
giose, dove si è distinto come miglior studente della sua classe. Una
storia piuttosto esemplare.»

«Un po' troppo zelante, per i miei gusti.» Gabe scosse la testa.

«Zelante è un eufemismo. Ha compiuto un numero record di
arresti negli ultimi anni. Almeno, questo è ciò che ho trovato nei
registri», disse Mike.

«Hai una teoria?» Gabe era sempre diretto.

Mike annuì deciso. «La teoria è che tecnicamente abbiamo ancora una democrazia e con essa il diritto alla libertà di parola, e vorrei
tanto proteggerle entrambe. Se non si conforma ad uno standard di
trasparenza, il potere può essere corrotto.»

«Stai parlando dell'integrità dei database», suggerì Freyja.

«Sarebbe una spiegazione plausibile per le accuse di terrorismo
supportate dai dati se, come Joe, non ci credi», disse Mike. Si voltarono tutti verso Joe.

«L'integrità dei database non è la mia area di competenza.» Fece
una pausa. «Ma ho un amico che è un esperto. Ne sa parecchio su
come i database vengono isolati.»

«Aye?» Mike si avvicinò.

«Raif Tselitelov ha scritto la sua tesi di dottorato sulla tecnologia del "sandbox". Si tratta di tenere i robot e le IA, PADI compresi,
separati gli uni dagli altri. I database e l'isolamento delle IA fanno
parte della stessa sottospecialità in ambito informatico.»

Freyja alzò gli occhi al cielo e, con tono sarcastico ed espressione
serissima, commentò: «Salvateci dalla roboapocalisse. Ora però, seriamente, mi sentirei meglio se qualcuno scavasse più a fondo nelle
fonti di queste prove a carico dell'accusa di terrorismo, per confer-
marle. Sto pensando ad alcune questioni teoriche da verificare con
dati reali. Puoi mettermi in contatto con il tuo amico?»

Joe annuì e, pilotata da Mike, la conversazione si spostò verso un argomento più leggero, la partita di calcio inclusivo disputata la sera precedente tra due squadre della Major League. Chiese a Joe se l'avesse seguita. «Tutti seguono il calcio inclusivo.» Joe scosse le spalle. «Anche se non è mai stato il mio sport. Non ero abbastanza veloce.»

Freyja posò il bicchiere vuoto. «E qual era il tuo sport?»

Lui si guardò la punta delle scarpe. «Le hackerimpiadi del VRbotFest.»

Vedendo Freyja sollevare un sopracciglio, Mike scoppiò a ridere. «Credo che tu stia pensando alla versione dell'EsomechFest, Freyja. Non ti preoccupare, il VRbotFest è generalmente considerato più civilizzato. In ogni caso, la repulsione deriva dall'incomprensione della cultura legata agli sport esomech.»

Gabe scosse la testa. «È curioso come abbiamo preso esoscheletri robotici dismessi, un tempo usati nelle industrie per proteggere le persone, e li abbiamo trasformati in pericolose macchine da combattimento.»

Joe ridacchiò. «Non ho il fegato per quello. Al VRbot Fest usiamo un netwalker per controllare un movimech virtuale; è tutto su software, non vengono usati robot reali. I controlli però non funzionano tutti correttamente, quindi servono buone abilità informatiche per hackerare l'interfaccia mentre si affrontano i movimech virtuali degli avversari.»

«Quindi il combattimento si svolge tutto nella tua testa?» Freyja prese un panino mignon.

«Testa e mani devono essere coordinate.» Joe mosse le dita velocemente. «Inizialmente, era usato per testare la programmazione dei mecha. Adesso le gare minimizzano quella difficoltà per concentrarsi sul controllo dei mecha virtuali.»

«Cosa lo rende così difficile?», chiese Gabe, improvvisamente molto interessato.

«Ritardo aptico. Partecipano giocatori delle più varie provenienze, comprese le basi lunari. Il segnale, ovviamente, è limitato dalla velocità della luce. Vengono inseriti ritardi standard per uniformare le gare, ma variano lo sfasamento temporale. Devi conformare mentalmente il tuo senso del tempo e programmare ogni azione.»

Freyja lo studiò. «Mi sembra che tu non ci stia raccontando tutto.»

. . .

No, non commettere lo stesso errore due volte. È già successo con Royce, quando mi ha rimesso al mio posto nelle mie scintillanti Mercuries. Ora, nessun accenno a vantarsi, nemmeno se mi spinge lei.

. . .

Si trattenne dal bere un altro sorso di vino. «Era solo un passatempo in cui Raif ed io amavamo competere.»

«A quanto ho capito, si tratta di una disciplina estremamente competitiva.» Mike vuotò il bicchiere. «Come ti sei classificato?»

Sentendosi messo all'angolo, Joe rigirò il bicchiere tra le mani. «L'anno scorso sono arrivato tra i primi cinque.»

«Wow», esclamò Mike.

Nonostante il sorriso ammirato di Freyja, Joe decise che era arrivato il momento di congedarsi. Voleva tornare da Evie. Mentre la conversazione proseguiva, si scusò, salutò i suoi amici e uscì dalla stanza.

Era calata l'oscurità e l'aria notturna gli sfiorava il collo con gelide dita. Joe tirò su il colletto della camicia e premette il bottone per attivare lo strato interno riscaldante. Aveva i brividi, così attraversò la piazza deserta tenendo la testa bassa e le mani in tasca. Con la coda dell'occhio vide una statua prendere vita accanto al centro studenti, ma, sussultando per lo spavento, si rese conto che si trattava in realtà di un uomo che si dirigeva verso di lui a passo svelto. Un uomo con la mandibola sporgente e la testa inclinata. Dietro di lui, un secondo uomo sbucò dalle ombre cimmerie. Joe rallentò fino a fermarsi e raddrizzò la schiena, ritrovandosi faccia a faccia con Zable e Peightân.

«È un piacere rivederla, Mr. Denkensmith», disse Peightân con tono sicuro di sé. Il suo viso pallido rifletteva la fioca luce della luna.

Joe si guardò intorno in modo plateale, per evitare di incrociare lo sguardo dell'uomo. «Vi aspettate un'altra protesta stasera? Credevo che i colpevoli fossero stati presi. Sono sorpreso di vedere voi e la polizia ancora qui. Non saranno ancora un pericolo, vero?»

Gli occhi iniettati di sangue del ministro gli restavano incollati addosso: era lo sguardo di un detective, analitico e scettico di fronte al mondo. Gli si accapponò la pelle. «Nessun pericolo per voi, non al momento», disse l'uomo.

«Sono lieto di sentirlo.» Joe fece un passo di lato e si incamminò verso casa.

«Non avrà per caso qualche ragione particolare per affrettarsi, vero?»

Joe si fermò, il cuore a mille. Tenne lo sguardo basso mentre si voltava verso i due uomini.

«Stiamo ancora indagando per catturare *tutti* i manifestanti», disse Peightân. Sotto la camicia aderente, Joe notò gli addominali muscolosi di un uomo che sicuramente si allenava tutti i giorni; contrastava nettamente con il proprio addome flaccido.

«Non sono stati tutti catturati?» La domanda uscì troppo rapidamente dalla sua bocca.

«Non ne siamo ancora certi. La sicurezza pubblica è il nostro interesse primario, quindi dobbiamo esserne assolutamente sicuri», rispose Peightân.

Joe si sentì in trappola, ma pensò che fosse meglio sembrare preoccupato. «Cosa hanno fatto?»

«Hanno infranto la legge. Le leggi esistono per mantenere l'ordine, e loro hanno ficcato il naso dove non dovevano. Sono molto pericolosi, questi terroristi. Piazzano bombe e scatenano il caos, un argomento su cui sono molto ben informato.» Zable sorrise al commento del proprio capo. Da esperto interrogatore, Peightân continuò. «Mr. Denkensmith, se ho capito bene lei è nuovo al college?»

«Sì, sono appena arrivato.»

«E prima ha lavorato su problemi pratici? Non come questi accademici, che passano troppo tempo a mettere in dubbio come vengono fatte le cose.»

«Sì.» Soppesò se aggiungere "signore", ma decise di evitarlo.

«Mr. Denkensmith.» Il tono di Peightân costrinse Joe a incrociare il suo sguardo, nonostante volesse disperatamente evitarlo. Le iridi nere lo catturarono. «C'è qualcuno che le sembra sospetto tra le persone incontrate finora, qualcuno che potrebbe aiutare attivamente questi dissidenti?»

Joe scosse risolutamente la testa. «Nessuno di coloro che ho incontrato ai cocktail settimanali da quando sono arrivato.»

Aggrottando impercettibilmente le sopracciglia, Peightân guardò la luna. «Lei appoggia l'autorità della legge?»

«Abbiamo eletto e nominato degli ufficiali, come lei, per stabilire cosa sia legale. Io forse non pongo l'attenzione che dovrei a queste cose.»

«Sì, chi ha maggiore conoscenza ed esperienza può senz'altro occuparsi al meglio di tenere tutto in ordine. Ha i miei recapiti, mi faccia sapere se nota qualcosa di strano.»

. . .

Quello era un ordine. Sta usando il suo Livello per reclutarmi come spia? Ironico.

. . .

«Signore, sorvegliare questi professori non ci porta da nessuna parte», disse Zable.

«Sì, hai ragione. Non c'è abbastanza cattiveria nei loro animi per essere coinvolti in questo movimento», disse Peightân con un sogghigno.

«E lei aveva l'abilità per scoprirlo, signore.»

«Ho imparato molto anche da te, amico mio», disse Peightân.

Zable reagì al complimento con un sorriso raggiante.

Il suo era un tipico commento da leccapiedi, ma Joe represse la propria reazione istintiva, annuì rispettosamente e si incamminò lentamente lungo il sentiero. Il peso dello sguardo di Peightân puntato su di sé mentre si allontanava gli fece correre un brivido lungo la schiena. Il silenzio era rotto soltanto dal rumore dei propri passi, che risuonavano sordi sul selciato. Dopo un centinaio di metri, si guardò alle spalle. Peightân e Zable erano tornati nell'ombra, voltati verso la direzione da cui Joe era arrivato.

. . .

Probabilmente sono pronti a tendere un'imboscata a chiunque passi di lì sulla via del ritorno dal ricevimento. Eppure, se i professori del college sono la loro migliore pista per una protesta non collegata al college, devono essere a corto di piste da seguire. Immagino sia un bene. Quelli sono gli occhi rossi di chi non è costretto da un limite orario settimanale, e chiaramente è un uomo intelligente. Non è il momento di fare errori.

. . .

Quando Joe raccontò a Evie del suo incontro a sorpresa, lei saltò su dal divano e iniziò a camminare avanti e indietro. «Sono bloccata qui da ormai due settimane, Joe. Oggi me ne sono quasi andata. Devo controllare il movimento: siamo riusciti a dare slancio con queste proteste e ora non posso permettere che si affievolisca solo perché hanno arrestato Julian e Celeste.»

Il volto di Joe si infiammò e le si piazzò davanti per affrontarla. «Aspetta un attimo! Sei troppo impegnata a seguire la tua MARA interiore per accorgerti che il mondo non ruota intorno a te. Hai messo in pericolo anche me e ora mi tengono d'occhio. Non sarà difficile risalire a me se dovessero catturarti.»

Lei si fermò di fronte a lui. «Ho passato gli ultimi tre anni della mia vita a lavorare su questo progetto. È l'unica cosa che conta.»

«Non essere così impulsiva o ti si ritorcerà contro.»

«Ma non posso permettere che si estingua...»

«Puoi permetterti di morire? Questo aiuterà il movimento?» Joe si accorse di urlare, così fece un passo indietro e un respiro profondo. «Mi dispiace, Evie. Ho esagerato. Ho solo paura che tu faccia qualcosa che ci metterà entrambi in pericolo.» Si sedette sul divano e indicò il posto accanto a sé. «Perché rischi tutto per questo movimento di protesta?»

Lei guardò il posto vuoto, ma restò in piedi. «Per via della palese ingiustizia sociale. Gli Stati Uniti non fingono nemmeno più che ci sia equità.»

«Da quando tutto questo è diventato così importante per te?»

«Verso la fine dei miei studi. Ho conseguito un master in scienze politiche e uno in economia», disse lei.

Lui annuì incerto, rendendosi conto con ammirazione che Evie poteva vantare tanti titoli quanti ne aveva lui.

«Economia, la scienza triste.»

«Non l'ho trovata triste. Ci mostra il funzionamento del mondo.»

«Ma una certa parte di ineguaglianza è inevitabile.»

«Cosa intendi?»

«Fa parte della fisica di un mondo fatto di particelle in movimento. Non puoi avere montagne senza valli. E poi, l'ineguaglianza non è forse alla base dell'economia? In ogni condominio, non tutti potranno avere la vista dall'attico.»

«Io voglio che sia meglio. Voglio che sia perfetto.» Strinse i pugni.

Joe si lasciò sfuggire un risolino. «Le persone non possono essere perfette. Ricordi la vecchia storia di Adamo ed Eva, ai tempi in cui la maggior parte delle persone credeva ancora in Dio? Una delle morali della storia è che le persone sono imperfette; soltanto Dio può essere perfetto. È il nostro stato naturale, i difetti fanno parte della nostra natura. Ci saranno sempre valli e montagne, così come ci saranno sempre bene e male nel mondo. Non possiamo cambiarlo.»

Lei non si lasciò smuovere. «Non dovrebbe impedirci di provare.»

«Te lo concedo. In ogni caso, è stato scientificamente dimostrato come quelle vecchie idee siano false. L'universo è chiuso e non c'è alcun Dio che interferisca. Quella versione della storia è completamente sbagliata.»

«Che ne sai della religione? Comunque, basta filosofeggiare», disse lei, imitando il suo tono, e respinse il suo ultimo commento con un cenno della mano. «Torniamo al problema pratico, ovvero che queste leggi sono inique.»

La mente di Joe intanto era tornata alla sua ultima conversazione con Gabe, e ora stava partendo per la tangente. La risposta di Evie lo aveva portato a chiedersi quanto lei sapesse di religione. Non gli era sembrata una di quelle rare persone che ancora sostenessero di avere un rapporto personale con il proprio Dio. Allontanò il pensiero per potersi concentrare. L'importante adesso era che lei non facesse qualcosa di impulsivo, mettendoli entrambi in pericolo.

«Agire è positivo quando si ha un piano ben congeniato. Precipitarsi senza un piano significa che le cose potrebbero andare male molto più facilmente.» Si era alzato di scatto e aveva nuovamente alzato il tono di voce.

«Quando ho un obiettivo, lo raggiungo. Questa inattività è innaturale.» Evie strinse le labbra, si voltò e fissò lo sguardo fuori dalla finestra.

Joe si rese conto di aver stretto i pugni e distese lentamente le dita. La sua schiena rigida gli suggerì che Evie fosse tesa quanto lo era lui. Era la prima volta che entrambi alzavano la voce in una discussione.

«Okay, resterò. Ma non per molto ancora.» Si voltò a guardarlo, e lui le lesse negli occhi la sconfitta. Si diresse in cucina, diffondendo nell'appartamento i rumori della preparazione del cibo, più forti del solito.

Quella piccola vittoria non lo fece sentire meglio, dal momento che stava proteggendo lei tanto quanto se stesso.

Non si erano ancora parlati, quando Evie servì rumorosamente due scodelle sul tavolo. Joe assaggiò e alzò lo sguardo, solo per scoprire che lei fissava con sguardo truce la propria scodella.

«Gnam! Cos'è?»

«È uno stufato di yak tibetano, con manzo sintetico e patate. Manca la tradizionale carne di yak, ovviamente.»

«Quindi ti ho ispirato a stufare stasera.»

Un fugace sorriso le passò sulle labbra prima che potesse fermarlo, e lui fu felice che apprezzasse ancora i suoi piccoli giochi di parole. Mangiarono in silenzio, ma l'atmosfera era più rilassata quando venne il momento di ritirarsi per la notte nelle rispettive camere.

Capitolo 11

Il mattino dopo, Joe trovò Freyja ad attenderlo come da programma nel suo ufficio. Eulero era seduto in cima all'armadietto. La donna, seduta alla scrivania, era circondata da equazioni olografiche fluttuanti che a prima vista gli rivelarono come stesse immaginando nuovi problemi, questa volta in un sottocampo della teoria degli insiemi. Allontanò gran parte delle icone con un gesto della mano, facendone rimbalzare una in direzione di Eulero. Il gatto alzò la zampa per acchiapparla prima che lo attraversasse e svanisse contro la parete.

«Grazie per avermi dedicato del tempo, oggi», disse Joe. Non voleva rinunciare alla tenue speranza che lei avesse un interesse non solo lavorativo in lui.

Freyja annuì con espressione assente mentre accarezzava Gauss, che le era saltato in braccio. Lo grattò dietro le orecchie e lui rispose con una cascata di fusa. «Amo i miei ragazzi», disse lei.

«Sono creature splendide.»

«Mi fanno compagnia, insieme alla matematica. Non ci sono molti professori giovani qui al college.» Alzò lo sguardo sorridendo. «È bello poter contare su di te come amico.»

Joe sorrise e cercò di capire se il modo in cui aveva sottolineato la parola denotava una relazione platonica o qualcosa in più.

«Sono contenta di aiutarti con il tuo progetto.» Agitò l'indice verso di lui. «E non dimenticare che devi mandarmi il contatto del tuo amico, l'esperto di integrità dei database.»

«Oh, certo.»

Freyja sorrise. «Di cosa parliamo oggi?»

«La nostra ultima conversazione mi ha fatto pensare a Laplace, che ha lavorato in parallelo sulla statistica e sulla teoria della probabilità, e mi ha portato al suo saggio sul determinismo. È una piccola deviazione dal mio problema della coscienza nell'IA, ma sono convinto che una differenza fondamentale tra la nostra mente e l'intelligenza artificiale stia nel fatto che ogni cosa nei software sia determinata. L'universo è regolato dal determinismo o dall'indeterminismo? E soprattutto, questo si collega in qualche modo alla coscienza?»

«Il demone di Laplace, che in pratica significa rinunciare al libero arbitrio. Ma io adoro lanciarmi contro i demoni.» Rise giocosamente, gettando indietro i capelli. «Laplace ha postulato l'esistenza di un intelletto superiore, più tardi definito il suo "demone", a sostituzione di Dio. Questo intelletto conoscerebbe tutte le posizioni delle particelle nell'universo e tutte le forze in azione su di esse. A partire da questa conoscenza, ogni interazione sarebbe quindi nota, costituendo un mondo deterministico.»

Joe annuì. «Ho iniziato a studiare la matematica e la fisica riguardo al dibattito sul determinismo. Ho prove contrastanti per quanto riguarda il determinismo scientifico dal punto di vista della fisica, e mi piacerebbe sentire il tuo parere sulla matematica.»

«Rallenta un attimo.» Freyja allontanò gli ultimi ologrammi fluttuanti con un colpetto della mano, liberando lo spazio visivo intorno alla propria testa. Il suo sguardo era ansioso. «Ammetto di non essere forte in fisica. Tu raccontami quella parte, poi ti dirò quello che penso dal lato matematico.»

. . .

Mmm... non le piace affrettarsi, è molto metodica e vuole sentirsi sicura di sé. Forse è stato quello il mio errore: ho corso troppo.

. . .

«Il determinismo scientifico è l'idea secondo cui, posta una condizione iniziale in un dato momento, la condizione che si avrà in un momento futuro è determinata dalle leggi naturali dell'universo», disse Joe.

«Leggi naturali: leggi fisiche assolutamente scientifiche.» Gli occhi di Freyja erano socchiusi, ma Joe li trovava belli come se fossero aperti e posati su di sé. «La fisica è riuscita a dimostrare se tale determinismo assoluto sia vero o no?»

«L'opinione è mista.» Joe faticava a concentrarsi sulla conversazione. «Ti do quattro idee, le prime due a favore del determinismo e le altre inconcludenti sull'argomento.»

«Vai, spara.»

«Ecco la prima idea. Ogni particella fondamentale interagisce con le altre particelle fondamentali, con forze che attraversano campi alla velocità della luce. Ogni particella che incontriamo è già entrata in contatto con tutte le altre di cui ci possa importare, ovvero quelle abbastanza vicine a noi da interessarci. Il tema è che il futuro sarebbe "adeguatamente determinato". Il modello particella-interagisce-con-particella ha portato all'idea che tutto sia predeterminato.»

«Capisco, un punto per il determinismo.»

«Ed ecco la seconda idea. Nella teoria generale della relatività di Einstein, le equazioni di campo sono generalmente deterministiche. Così come lo è la lagrangiana del modello standard.»

Lei annuì. «Abbastanza semplice, un altro punto per il determinismo. E gli argomenti a favore dell'indeterminismo?»

Apprezzò la velocità con cui lei afferrava i concetti. «Beh, la funzione d'onda governata dall'equazione di Schrödinger fornisce un quadro eterogeneo. L'evoluzione dell'equazione d'onda è deterministica, ma precisa soltanto le probabilità di misurare specifici risultati. Lo specifico risultato non è quindi determinato di per sé. La fisica non ha ancora trovato una buona spiegazione per cosa causi il collasso della funzione d'onda. Il gatto di Schrödinger è vivo e morto allo stesso tempo.»

Gauss saltò a terra e si acciambellò ai piedi di Freyja, che lo guardò sovrappensiero.

. . .

Beh, non è esattamente l'intera storia. Ci sono alcune teorie del multiverso che postulano il non collasso della funzione d'onda. Dovrei parlarne con Gabe per capirle meglio. Alcuni matematici sostengono che la funzione d'onda sia legata alla coscienza e alla mente, qualunque cosa essa sia.

. . .

«Questo potrebbe essere il primo strike. E la quarta idea?»

«La quarta idea deriva dal principio di indeterminazione di Heisenberg. Attraverso tale principio possiamo misurare precisamente la posizione o la quantità di moto di una particella, ma non possiamo misurarle entrambe. Credo la logica sia che se una viene misurata esattamente, l'altra resta indefinita. La nostra intuizione classica non è in grado di definire chiaramente questi termini.»

«E queste idee hanno lo stesso peso? Qual è il punteggio finale?»

«Alcuni fisici direbbero che il determinismo vince la sfida. Ma ricorda, gli esperimenti analizzano le particelle microscopiche e non si concentrano sul piano dei grandi insiemi di particelle. La mia meta-domanda è: il determinismo riguarda anche il macro-mondo che riteniamo di abitare?»

Freyja si picchiettò l'indice sul mento. «Okay, direi che sono due punti e forse un paio di strike. Ora ti do tre idee matematiche, l'ultima delle quali credo sia la più rilevante.»

«D'accordo.»

«Primo: la quantità di informazioni necessarie per contare tutte le particelle nell'universo supera di gran lunga qualunque capacità di calcolo. Inoltre, se presumi che il nostro universo sia chiuso, allora quelle particelle non possono contenere sufficienti informazioni per predire ciò che avverrà.»

«Uno strike per il demone di Laplace», disse Joe.

Lei annuì. «Secondo: esiste una prova, l'argomento diagonale di Cantor, che dimostra come, se considerassimo il demone uno strumento computazionale, non sarebbe possibile per due copie di tale strumento predirsi a vicenda completamente.»

«Due strike.»

Freyja si piegò per accarezzare le orecchie di Gauss. «In ultimo, il tipo di matematica in azione sul mondo che ci circonda è quella dei sistemi complessi. La natura è piena di sistemi estremamente caotici. La teoria del caos ci mostra come anche i sistemi deterministici abbiano comportamenti impossibili da predire. Inoltre, nutre dei dubbi sulla ripetibilità. Il determinismo presuppone la ripetibilità.»

«Quindi dovrei dedicare più tempo a indagare i sistemi complessi per trovare indizi sull'organizzazione dell'universo?»

Lei annuì di nuovo. «Perfino sistemi con soltanto tre gradi di libertà mostrano un comportamento estremamente caotico. E il mondo è pieno di sistemi che presentano gradi di libertà imponenti. In sostanza, non credo che viviamo in un universo interamente determinato.»

Joe si grattò la barba. «La fisica ha chiuso la partita contro il determinismo con due punti e due strike. Il demone di Laplace però prende tre strike dalla matematica.»

Parlarono per un'altra ora. Dapprima tentarono, senza successo, di trovare nuove informazioni che portassero a un'intuizione nel suo progetto sulla coscienza, poi permisero alla conversazione di deviare verso altri argomenti. Il NEST di Freyja la avvisò di un altro appuntamento.

Sorrise spensierata. «È ora della mia partita di pallamano.»

Colpito dai suoi singolari interessi, Joe aggrottò le sopracciglia. «Giochi a pallamano?»

«Fin da quando ero giovane. La nostra squadra è piuttosto forte. L'anno scorso siamo arrivate alla semifinale dello Stato.»

«Wow, sei un'atleta e una matematica. Sei brava a lanciarti contro i demoni.»

Lei rise, contagiandolo con la sua gioia. Ciononostante, la tenue speranza che lei avesse un interesse personale in lui era completamente scomparsa. La ringraziò e cercò di ignorare la propria frustrazione mentre la guardava allontanarsi. Joe tornò in ufficio, perso nei propri pensieri.

. . .

Freyja mi ha aiutato a chiarire i miei ragionamenti. Sembrerebbe che il demone di Laplace, una rappresentazione del determinismo, sia impossibile in un universo chiuso. Se il nostro universo contenesse anche solo una goccia di indeterminismo, allora forse il libero arbitrio sarebbe possibile. Ma di che libero arbitrio si tratterebbe?

. . .

Si allontanò dalla scrivania, chiedendosi perché gli mancassero le energie, e sentì la camicia tirare un po' troppo sulle spalle. La sua pancia mostrava chiaramente la mancanza dell'infusione dimagrante, che aveva smesso di assumere da quando era arrivato. Ispirato dalla partita di pallamano di Freyja e a un vicolo cieco con i propri pensieri, decise di trovare la palestra del campus, impostandola sulla MARA.

La palestra si trovava sul lato ovest del campus, a trecento metri dal suo ufficio. La MARA gli indicò un'area fitness sul retro e un campo da pallamano sulla sinistra. Curioso, salì le scale e si sedette sulle gradinate per osservare il campo di gioco. Una piccola folla seguiva la partita tra due squadre femminili. Joe individuò immediatamente Freyja, con indosso una casacca blu.

Intendeva fermarsi solo qualche minuto, ma rimase ipnotizzato dall'agilità delle giocatrici: era un gioco frenetico, in cui gli emozionanti passaggi si susseguivano veloci. Le atlete correvano su e giù per il campo, ma lo sguardo di Joe era fisso su Freyja, che giocava come centrale. Faceva segretamente il tifo per la sua squadra, nonostante fossero già in vantaggio di tredici punti.

L'orologio segnava il tempo. La pivot si piazzò con le spalle alla porta. Freyja scattò e passò la palla con un movimento aggraziato, la pivot raccolse il tiro e segnò appena prima che suonasse il cicalino dell'intervallo.

Joe applaudì e si alzò, improvvisamente a disagio nel trovarsi lì ad assistere alle attività di Freyja. Si allontanò dalle gradinate verso il cortile centrale dell'edificio, poi entrò nello spogliatoio sul retro. Aprì un armadietto per prendere il completo sportivo messo a disposizione degli utenti e si cambiò.

Nell'area fitness adiacente, diverse piattaforme netwalker erano intervallate da altre attrezzature sportive. Un robot assisteva gli studenti dietro ciascuna postazione. I loro volti erano nascosti da caschi con cui potevano immergersi nelle sessioni di allenamento in realtà virtuale: correvano sul posto, saltavano, piroettavano, prendevano a pugni l'aria davanti a sé. Joe aveva provato quasi tutti i programmi, combattendo i pirati nel diciassettesimo secolo, fuggendo da creature mitiche in mondi fantastici e addirittura rivivendo i fotofinish di alcuni eventi olimpici. In un angolo, alcuni studenti si muovevano in modo coordinato, combattendo una battaglia di gruppo; erano insieme nel mondo virtuale, ma nella realtà sembravano barchette alla deriva in mare aperto, ignare l'una dell'altra.

Joe si avvicinò a una postazione e lo schermo si illuminò, in attesa di connettersi con il suo NEST. Un pafibot si aggirava in attesa di rendersi utile, mentre lui studiava lo schermo.

Senza pensarci due volte, tornò sui propri passi e uscì dalla porta. Era fuori. Provò una sensazione di pace e quiete, senza realtà virtuali, né robot, né schermi. Soltanto aria fresca. Si abbassò per impostare il colore delle sue Mercuries su verde bosco. Si buttò in una corsetta leggera, sentendo i passi rimbombare sul cemento finché non arrivò al bosco che si stendeva a nord del college, dove imboccò un sentiero coperto di terriccio e foglie. La luce filtrava a chiazze tra gli alberi. Aveva il fiato corto e l'aria fresca gli asciugava il sudore dalla fronte. Continuò a correre, dimenticandosi dei pensieri che lo assillavano e limitandosi ad esistere nel pomeriggio soleggiato, concentrandosi sul battito del proprio cuore e godendosi il sapore della libertà.

Capitolo 12

«Prenderò anche un gelato mangonada per dessert», disse Joe, completando l'ordine per il pranzo. Lo schermo confermò tutti gli articoli richiesti.

«Ottima scelta», disse una voce alle sue spalle. Si girò, trovando Gabe in piedi dietro di sé nel bar degli studenti. «Vuoi unirti a me per un pranzo veloce?»

Joe annuì sorridendo e lo seguì ad un tavolo vicino alla finestra. Gli studenti andavano di fretta intorno a loro, entrando a comprare il pranzo tra una lezione e l'altra. Un servibot portò i loro ordini.

«Sto provando un posto nuovo per pranzo ogni giorno, ma sto velocemente esaurendo le opzioni», disse Joe.

«Sì, è un piccolo college. A me piace mescolarmi agli studenti, un piccolo beneficio rispetto alla limitazione. Mi ricorda quando avevo la loro età», rispose Gabe.

«Sto lavorando sulla lista di libri di filosofia che mi hai consigliato.» Parlarono delle sue letture mentre mangiavano.

Joe finì il panino e osservò il dessert. «Non ho mai visto nulla del genere sulla East Coast.» Il peperoncino, unito a qualcosa dal gusto asprigno, sconvolse il suo palato.

Gabe rise. «Ti aspettavi solo il mango? Ah, forse è stata la parola *dessert* a trarti in inganno. Credo però che contenga anche lo chamoy, una salsa molto saporita.»

Joe assaggiò cautamente un altro boccone, paragonandolo all'appagamento che gli procuravano i piatti speziati di Evie. Un'altra esperienza formativa. «Certo, l'IA del bar l'ha classificato come dessert, senza alcuna nozione di come un palato umano potesse percepirlo. Ecco un altro esempio del mio problema con la coscienza robotica.»

Gabe mangiava avidamente il proprio sandwich. «I software sono meri ammassi di simboli, organizzati con una particolare sintassi.»

«Evoluti a partire dai primi software, man mano che le IA arricchiscono tale sintassi», disse Joe.

«Appunto, sintassi, l'*ordine* in cui le parole vengono organizzate per formare frasi di senso compiuto. Ora aggiungiamoci la definizione di semantica. In questo contesto, per semantica si intende *come il significato viene legato* a determinate parole o frasi.»

«La semantica è fondamentale», concordò Joe.

Gabe si lisciò il pizzetto. «Mi fa tornare in mente una venerabile argomentazione filosofica che distingue sintassi e semantica. Si chiama esperimento della stanza cinese.»

«Non la conosco.» Joe si sforzò di ricordare le poche lezioni di filosofia seguite all'università.

«Probabilmente perché si tratta di un esperimento mentale arcaico, ma è rilevante per il tuo problema della coscienza nell'intelligenza artificiale.» Gabe si avvicinò. «Un filosofo di nome Searle sviluppò l'idea un paio di secoli fa. Parti dal presupposto che Searle non sa leggere né parlare cinese. Ebbene, il filosofo immagina di essere rinchiuso in una stanza con scatole di caratteri cinesi e un libro di regole che gli permette di rispondere alle domande, poste in cinese dall'esterno. Riesce così a elaborare i caratteri in modo da superare un test per la comprensione del cinese. Sapevi che il test di Turing era stato inventato per mettere alla prova le prime IA?»

«Era primitivo, basato sull'inganno. L'abbiamo ormai superato come metro di giudizio», disse Joe.

Un'espressione di approvazione attraversò il volto di Gabe quando menzionò l'inganno, dando a Joe l'impressione che l'uomo detestasse qualunque sorta di falsità.

Gabe continuò. «Searle immagina che qualcuno dall'esterno della stanza gli sottoponga dei quesiti. Lui può elaborare il quesito grazie al libro delle regole e ai caratteri cinesi a propria disposizione. Produce così un risultato e lo passa all'esterno. Se le regole sono accurate, allora il risultato sarà corretto. Eppure, Searle sostiene che questo non sia importante: dal momento che non capisce il cinese, non capirà affatto la propria risposta. Allo stesso modo, sostiene che nessun programma informatico capisca le proprie risposte, poiché fa la stessa cosa, traducendo simboli in modo meccanico.»

Gabe fece una pausa, e fu chiaro che stesse valutando se Joe lo seguisse nel ragionamento. «La meta-idea dell'argomentazione è che la stanza cinese non rappresenti un caso di semantica, vista l'assenza di significato, e che quindi la sintassi non sia sufficiente perché vi sia una mente in azione.» Gabe si appoggiò allo schienale.

«Lavorare sui problemi pratici di programmazione mi ha portato a utilizzare i concetti di sintassi e semantica, ma le tue definizioni precise mi aiutano a scavare più a fondo. Riassumendo, la sintassi non è condizione sufficiente perché vi sia semantica, e la semantica è necessaria per avere qualunque tipo di significato?»

«Esattamente.» Gabe appoggiò il mento sulle dita intrecciate. «Se nella stanza cinese manca la semantica, ovvero il significato, allora non vi sono al suo interno stati mentali intenzionali.»

«E perché vi sia una coscienza nell'IA, è necessario che vi sia uno stato mentale intenzionale.»

«Corretto. L'argomentazione di Searle supporta la tua intuizione secondo cui il cuore del problema è nella programmazione, che impedisce la creazione di un reale stato mentale nella macchina», disse Gabe.

Joe chiuse gli occhi per riflettere sulla questione. Dopo un lungo minuto, li riaprì e trovò lo sguardo paziente di Gabe fisso su di sé. «Questa argomentazione riflette il nostro approccio. Un matematico secoli fa parlò della "barriera del significato". Come viene creato il significato? Da dove deriva?»

«Hai trovato il punto di svolta.» Gabe svuotò il proprio bicchiere in un sorso. «La creazione del significato è al centro dell'idea stessa del pensare. Gli esseri umani creano significati a partire dalla propria posizione nel mondo che li circonda e dalle relazioni con esso. Il concetto filosofico di embodiment è strettamente legato alla creazione del significato e, di conseguenza, alla coscienza.»

«Come dicevamo a cena, deve esserci un "io" pensante.» Joe giocherellò con quel che avanzava del gelato, ormai sciolto. «Ma si tratta di un enorme salto per gli esseri umani, riuscire a creare un altro "io".»

«Il che ci riporta alla tua domanda sulla necessità di trovare un significato.» Gabe puntò un dito verso Joe. «E sulla necessità o meno di creare la coscienza o di trovare un motivo per interessarcene.»

Avevano finito di pranzare, e si accorsero di un mormorio concitato tra gli studenti intorno a loro. «Sembra il vecchio Far West, con quella sparatoria», commentò uno studente.

Gabe incrociò lo sguardo sorpreso di Joe. «Anche tu hai dimenticato di accendere il NEST?»

Joe scosse la testa: aveva evitato di connettere il proprio NEST per via dell'irrazionale paura che la polizia potesse intercettarlo.

«Preferisco non seguire con troppa attenzione gli ultimi eventi.» Gabe si toccò l'orecchio. «Forse però è meglio scoprire cosa sia successo.» Si incamminarono verso i rispettivi uffici, salutandosi con la mano mentre si allontanavano. Joe attivò il NEST per aprire il canale delle notizie sulla netchat mentre camminava, poi lo aprì anche sullo schermo dell'ufficio. Il logo di Netchat Prime apparve sull'unità olo-com a parete, seguito dalla telecronaca mozzafiato del cronista. Il suo nome, Jasper Rand, appariva ai piedi dello schermo, mentre lui era ripreso all'esterno di un edificio anonimo.

«La polizia ha preso d'assalto questo edificio di Sacramento alle 11:23. Qui vedete il momento drammatico, ripreso dalle telecamere di sicurezza.» La scena mostrò sette roboagenti, con armi automatiche montate sugli avambracci, che assaltavano le scale d'ingresso dell'edificio, sfondavano la porta e scomparivano all'interno. Dalle riprese erano chiaramente udibili le raffiche dei fucili d'assalto, seguite da tre esplosioni. Una finestra del piano superiore esplose, scagliando frammenti di vetro tutt'intorno, mentre una nube di fumo nero si alzava verso il cielo.

Le telecronaca frenetica di Jasper Rand si sovrapponeva alle riprese video. «La polizia riferisce che il sospetto, un hacker noto con il nome di battaglia cDc, acronimo per "Cult of the Dead Cat", ha fatto esplodere diverse bombe nel tentativo di evitare la cattura. È stato colpito a morte mentre si opponeva all'arresto.»

La diretta passò all'intervista con Zable, trentasette minuti prima. «Ha resistito all'arresto e reagito contro i nostri coraggiosi agenti, usando armi illegali. Ma l'abbiamo neutralizzato. Questo terrorista, che si faceva chiamare cDc, non è più un pericolo per i cittadini.»

«Cosa stava facendo di così pericoloso da meritare una risposta tanto letale?» Il nome dell'intervistatrice, Caroline Lock, apparve in basso.

«Era parte di un gruppo di hacker che vogliono distruggere i database governativi e protestano in lungo e in largo nel Paese. Sono anarchici.» Zable sogghignò in modo sprezzante. «Ma li prenderemo tutti.» Joe si strofinò la base del collo, improvvisamente accaldato.

Il vento scompigliò i capelli biondi di Lock, e lei li rimise in ordine. «Ma protestare è legale.»

«Non hanno mai ottenuto i permessi necessari. Questa gente non rispetta la legge», rispose Zable.

Joe sentì il fastidio aumentare mentre guardava l'arrogante poliziotto corrotto dal potere e gli tornava in mente la sua ossequiosità nei confronti di Peightân. Spiegava perché fosse stato promosso di dieci Livelli, un fatto fuori dal comune. Il fastidio fu rimpiazzato dall'agitazione quando si rese conto che Zable era stato un tempo un Livello 76, proprio come Evie.

. . .

Perché sto pensando ai Livelli? Ho forse qualche pregiudizio inconsapevole, per cui catalogo gli altri in base a un numero? Non avevo mai considerato questa possibilità prima d'ora. Ho davvero giudicato le persone inconsciamente in modo diverso a causa di qualcosa così poco importante come il loro Livello?

. . .

L'intervista era finita, e Joe cambiò su altri canali di notizie, ma riportavano tutti la stessa storia. Passò alle fonti del dark net. Ogni riferimento a cDc era scomparso.

------◆------

Evie alzò lo sguardo quando sentì Joe entrare nell'appartamento. «Sei tornato presto.»

Il cuore di Joe batteva all'impazzata mentre attraversava la stanza. Si sedette accanto a lei sul divano e parlò così in fretta da mangiarsi le parole. «Ho delle novità. La polizia ha ucciso un hacker durante una sparatoria a Sacramento. Il suo nome di battaglia era cDc, alias "Cult of the Dead Cat".» Fece una pausa, in attesa che Evie rivelasse un legame personale con l'accaduto, ma la sua reazione fu di ordinaria preoccupazione.

«È terribile. La polizia gli ha semplicemente sparato, senza processo o altro? È un caso incredibilmente raro. Chiunque sa di non avere possibilità contro i roboagenti, e tutti si arrendono. Perché la polizia dovrebbe reagire in modo così violento?»

Joe descrisse i dettagli, studiando il suo volto alla ricerca di qualunque segno che lei ne sapesse di più.

Lei si accigliò. «Non crederai che Zable si riferisse al nostro movimento! Te l'ho già detto, non ho mai sentito parlare di questo cDc.»

«Credo che stesse *effettivamente* parlando del vostro movimento. Avete ottenuto i permessi?»

Lei si coprì il viso con le mani e piegò la testa all'indietro. «No. Per avere i permessi viene richiesto a tutti i partecipanti di dare le proprie generalità, e non saremmo mai stati in grado di convincere altri a unirsi.»

Lasciò cadere le mani e guardò Joe. «Le persone più calpestate dalla Legge dei Livelli non hanno voce e sono spaventate. Non abbiamo fatto nulla di male, a parte saltare la burocrazia. Non conosco questo cDc, ma l'opinione pubblica non è amichevole con gli hacker. Implicare che fosse associato al nostro movimento non ci aiuterà, ma è difficile provare il contrario.»

Joe studiò i suoi occhi color nocciola, sinceri e limpidi, poi si grattò la barba pensosamente.

Lei si strinse le mani. «Ti fidi di me?»

«Non so perché, ma sì. Per qualche motivo, mi fido di te.»

Joe le fece qualche domanda, cercando di capire cosa spingesse Peightân e Zable a inseguire il gruppo di Evie, ma i pochi dettagli che lei gli diede non lo aiutarono. Avevano ristretto le proteste a una dozzina di città negli Stati Uniti e c'erano pochi soci fidati a parte Julian e Celeste, i suoi amici ora detenuti in carcere. La violenta reazione della polizia non aveva senso per nessuno dei due.

Mangiarono cena presto, poi Joe si servì del whisky e si sedette in salotto a guardare il tramonto. Evie si fermò sulla porta della camera da letto e lo guardò. «Grazie per aver creduto in me.» Chiuse la porta.

Capitolo 13

Joe trovò Gabe ad aspettarlo sulla panchina dove si erano dati appuntamento, in un cortile interno del campus. Il professore aveva portato una biofiasca di tè, con cui riempì due tazze. Osservarono la luce pomeridiana che filtrava a chiazze tra i rami degli alberi.

«Sto ancora raccogliendo conoscenze, prima di poter iniziare a sintetizzarle in una qualche forma di saggezza», disse Joe.

«Bene. Prima viene la conoscenza, la proprietà intellettuale dell'umanità.» Gabe soffiò sulla tazza fumante. «Altri hanno pensato a fondo e identificato molti problemi, trovato risposte e ristretto la ricerca per le risposte ancora sconosciute. Quale domanda ti tormenta oggi?»

«Seguendo il filo della nostra conversazione a proposito della natura chiusa del nostro universo, ho pensato alla magnitudine assoluta dell'universo. Ho fatto qualche ricerca sulle idee riguardo ai multiversi.»

«Vuoi discutere la magnitudine e il numero degli universi? Uno non ti basta? Anche se contiene circa 10^{80} atomi?» Gabe sottolineò il proprio sdegno con un gesto della mano.

«Già, non proprio un googol, ma comunque un numero assurdamente grande.»

«Come fa un matematico a pensare a numeri così grandi?»

Joe rifletté, mentre annusava il bouquet tostato del liquido verde scuro. «Io provo a visualizzarli in grandi gruppi di tre potenze di dieci. Per esempio, potrei immaginare mille Terre, blu e fluttuanti nello spazio. Quello sarebbe 10^3. Poi, per espanderlo a 10^6, penserei a mille gruppi contenenti ognuno le prime mille Terre. Se riuscissi a tenere quello a mente, proverei a immaginare mille gruppi di *tutti* i gruppi precedenti, arrivando a 10^9. Per ogni tre potenze di dieci, devo sempre immaginare tutto moltiplicato per mille. In poco tempo mi perdo, perché i numeri sono troppo grandi da immaginare.»

«Io ho lo stesso problema.» Gabe ridacchiò. «Pensiamo di poter immaginare un processo infinito. Ad esempio, aggiungere 1 ad un numero: 1 + 1 = 2. E di nuovo: 2 + 1 = 3. Continua ad aggiungere 1. Pensiamo possa continuare per sempre, perdendosi nella nebbia, ed ecco la nostra idea di infinito. In realtà, non vediamo molto lontano nella nebbia.»

«Esistono molti modi per allenare la mente ad essere elastica.» Joe sorrise. «Per esempio, occupandoci della mia domanda sugli universi multipli.»

Gabe tirò su col naso. «Non possiamo sapere tutto nemmeno di un universo, se ce n'è uno solo.»

«È vero. La velocità della luce limita l'orizzonte di particella di ciò che potremo mai conoscere ad una frazione minuscola di un universo. Anche uno solo è inconoscibile.»

«Ma tu ora ti riferisci alle varie teorie del multiverso.» Gabe assaggiò un piccolo sorso di tè, forse per controllare che fosse alla temperatura giusta per berlo. «Il multiverso è un gruppo teorico di universi multipli che include quello in cui viviamo, universi che germogliano l'uno dall'altro.» Sbatté rapidamente le palpebre. «Queste teorie non mi attraggono. Il multiverso è una teoria filosofica più che scientifica, dal momento che non può essere testata empiricamente e non può quindi essere falsificata.»

Joe rise, sorseggiando il suo tè. «Questo è il fisico in te che parla?»

«Sì. Se il multiverso esiste, allora che speranze ha la scienza di trovare spiegazioni razionali alle costanti di struttura fine del Modello Standard? Il multiverso è una facile scappatoia, un tentativo alla moda di trovare soluzione a diversi problemi. Per esempio, c'è la questione di cosa causi il collasso della funzione d'onda nella teoria delle onde.»

«Quello è proprio ciò che mi ha spinto a pensare ai multiversi, per alcune folli teorie secondo cui la coscienza potrebbe interagire con il collasso della funzione d'onda. Mi sono chiesto se la cosa potesse far luce sul mio rompicapo della coscienza nell'IA», disse Joe.

Gabe si accigliò. «Ci fu chi sbagliò a interpretare la necessità di un osservatore nell'interpretazione di Copenaghen della meccanica quantistica, pensando che richiedesse qualcuno come noi in quel ruolo.»

«Dunque l'interpretazione dei molti mondi, implicando che tutti i possibili universi coesistano contemporaneamente, aggira il problema di cosa causi il collasso della funzione d'onda eliminando del tutto la causalità, giusto?» Joe lanciò una palla immaginaria verso gli alberi.

«Sì. Viviamo soltanto in questo particolare universo, ma tutti gli altri esistono ugualmente.»

«L'universo semplicemente non può prendere una decisione», disse Joe. Rise, pensando ai numeri assurdamente vasti che aveva provato a immaginare poco prima, poi si arrese di nuovo. «E il filosofo in te cosa dice?»

«Il filosofo è offeso dalla violazione del rasoio di Occam: le soluzioni più semplici sono solitamente più corrette di quelle complesse. Eppure, molte teorie del multiverso postulano un numero infinito di universi», disse Gabe.

«Da quanto ho capito, la fisica attualmente lascia aperta la porta ad un numero enorme di soluzioni matematicamente possibili, ognuna delle quali potrebbe essere una "teoria del tutto".»

«Esatto, ci sono circa 10^{500} modelli possibili», gemette Gabe.

Joe si raddrizzò, sgomento. «10^{500}. E in quanti di questi potremmo vivere?»

Gabe si girò per guardarlo negli occhi. «Probabilmente, soltanto in questo.»

«Che cosa?!»

«La vita è possibile solo quando le costanti sono finemente calibrate. Per farti un esempio, se la massa di neutroni fosse leggermente più bassa, verrebbe prodotto esclusivamente elio. Se fosse leggermente più alta, verrebbe prodotto idrogeno. Problemi simili si avrebbero anche con differenze trascurabili nelle masse dei quark o nella costante cosmologica.»

Joe guardò la tazza vuota che stringeva tra le mani. «Allora, come si spiega la fortuna di vivere proprio in questo universo?»

«Il principio antropico è un tentativo di eludere la questione. Postula che se l'osservazione di un universo deve essere compiuta da creature coscienti, allora soltanto quegli universi in cui le costanti fisiche rientrano in parametri molto stretti possono ospitare tali creature. La meta-idea è che questo universo sia qui, osservabile da noi, perché noi siamo creature coscienti.»

«Ma la storia della scienza non ha confutato le teorie che pongono noi, o qualunque altra cosa, al centro dell'universo? L'universo geocentrico di Tolomeo è crollato di fronte al modello copernicano.» Joe guardò il cielo. «Gli astronomi scoprirono che il nostro sistema solare si trova nella periferia della Via Lattea, una tra cento o più miliardi di galassie. Beh, due bilioni se conti anche quelle piccole. È un universo immenso, impersonale, anche se dovesse essere l'unico.»

«Sì, è un universo immenso. Impersonale? È il nostro palcoscenico, possiamo renderlo personale quanto lo desideriamo.» I raggi del sole illuminarono la fronte di Gabe mentre gustava gli ultimi sorsi di tè.

Joe si rese conto di quanto a lungo fossero rimasti seduti . «Gabe, mi hai convinto ad occuparmi unicamente del nostro universo chiuso. Ora, però, mi piacerebbe discutere la nostra mentalità all'interno di tale universo.»

Gabe fissò Joe con occhi scuri e penetranti. «Questo è un tema da affrontare un altro giorno. Ma siccome sei un realista fisico, come me, e accetti una qualche forma di conclusione causale, sarà forse uno degli argomenti più sconfortanti. Sei sicuro di voler sapere?»

«Seguirò la conoscenza verso la saggezza, ovunque mi porti.»

Alle sue parole, Gabe si alzò con un'agilità inaspettata e si avviò lungo il sentiero, salutando Joe con un cenno della mano e lasciandolo ai suoi pensieri.

. . .

Il principio antropico. È un tentativo di affrontare il fatto che almeno questo universo sia perfettamente progettato per ospitare creature coscienti, nonostante le scarsissime probabilità che potesse succedere in modo casuale. La risposta poco convincente e non verificabile che debbano esserci infiniti universi sembra un tentativo disperato di evitare l'ovvia alternativa: l'esistenza di un Essere superiore, innominabile dalla scienza. E così torno a esaminare le probabilità, pensando a Dio.

Se Dio esistesse, Lei potrebbe aver progettato l'universo fisicamente chiuso come lo desiderava. Potrebbe aver creato un universo deterministico. Si sarebbe sviluppato come un orologio svizzero, facendo esattamente ciò che Lei aveva previsto, senza deviazioni, fino all'ultima particella. Ma sarebbe un universo noioso. Sarebbe stata Creatrice, ma semplicemente di un universo non creativo. O avrebbe potuto creare un fantastilione di universi. Se però fossero tutti deterministici, quanto potrebbe essere interessante? La creazione di universi deterministici, a prescindere dal numero, non sarebbe la definizione stessa di creazione futile?

La mia conversazione con Freyja, tuttavia, suggeriva che il demone di Laplace fosse sconfitto e che il nostro universo non fosse interamente deterministico. Esiste un'allettante ambiguità al nocciolo della questione, abbastanza da renderlo un universo interessante. Accadono eventi che non possono essere previsti. Chi può creare un universo così interessante è senz'altro più interessante anche come Dio. Ma perché questo particolare universo, con tutta la sua violenza e il suo male? Che razza di Dio sarebbe? Si aprono molte domande e paradossi sulla natura di tale Dio.

Sto pensando alla possibilità che Dio esista. Un argomento che la scienza si è rifiutata di discutere per secoli. Forse la scienza è ancora titubante a causa delle tesi pseudoscientifiche del disegno intelligente, un altro modo di mascherare il creazionismo. Il creazionismo stesso ha osteggiato il riconoscimento dell'evidenza scientifica per i processi naturalistici, come l'evoluzione attraverso la selezione naturale. I creazionisti sostenevano che le spiegazioni evoluzioniste fossero inadeguate, ma la scienza li ha confutati. Quel demone che perseguitava la scienza e gli intellettuali è stato messo a tacere.

La teoria scientifica non ha necessità né prove di alcun intervento esterno dopo l'atto primario di creazione, ma non dice nulla sulla creazione stessa. Per quanto mi riguarda, tutte le opzioni sono sul tavolo. Anche quelle di cui nessuno vuole parlare di questi tempi.

. . .

CAPITOLO 14

Joe si avviò lentamente verso casa, dove trovò Evie con indosso un vero karategi, intenta a preparare la cena. Lo aveva trovato al centro commerciale durante il suo ultimo approvvigionamento e, nonostante facesse risaltare squisitamente la sua figura slanciata, dovette reprimere il pensiero che fosse meno rivelatore della sua camicia del pigiama.

«Giornata piena?» La sua voce era allegra.

Seguì con lo sguardo i suoi piedi nudi che danzavano sul pavimento della cucina. «Sono stato occupato con il mio progetto, consultandomi con diversi professori. Vedo che tu invece stai ancora lavorando sui tuoi kata.»

Lei si girò verso di lui e unì le mani, rilassando il corpo. «Mi stavo allenando con un kata del ponte.»

«Di cosa si tratta?»

«In questo in particolare, immagini di trovarti su uno stretto ponticello. I tuoi nemici attaccano da entrambi i lati. Essendo stretto, possono attaccarti soltanto uno alla volta per ogni lato.»

«E ti giri verso destra e verso sinistra per combatterli?»

Lei annuì. Rivolse lo sguardo al soffitto, come se stesse provando a ricordare un pensiero sfuggente. «Per concentrarmi durante l'esecuzione del kata, mi focalizzo sul pensiero "Anche se hai mille nemici, li sconfiggerai tutti".»

«Non ne dubito.»

Evie servì due porzioni di pollo al lemongrass, poi si sedette di fronte a lui e si dedicò al cibo. «Per essere un Livello 42, non hai molta roba.»

Joe strinse le spalle e si avvicinò il piatto. «Ho scoperto di non avere bisogno di molte cose. Sono più interessato a ciò che succede nella mia testa piuttosto che agli avvenimenti mondani.»

«È strano. I pochi Livelli alti con cui abbia passato un po' di tempo potrebbero vivere come draghi, acciambellati sulle loro montagne di diamanti e rubini.»

«Strano buono?»

«Strano buono. È meglio preoccuparsi meno delle cose materiali.»

Sentirono il trillo della porta di ingresso che si apriva e i loro sguardi si incrociarono. Evie annuì vedendo il suo dito puntato e si lanciò oltre l'angolo verso la camera da letto, mentre Joe si concentrava sui passi che provenivano dalle scale.

Il volto ovale di 73 spuntò dalla porta, con la fronte di un rosso acceso. Il robot camminò fino al salotto e si fermò di fronte a lui, alzando le braccia in posizione di attesa. Girava la testa a destra e sinistra, scansionando la stanza.

«Che ci fai qui? È contro i miei ordini.»

«Signore, ho rilevato un possibile intruso nell'appartamento. Lei è entrato, poi non è riapparso. Sta bene?»

«Sto benissimo. Perché sei venuto?»

«Secondo la Prima Legge, non posso permettere che le venga arrecato danno a causa del mio mancato intervento. Posso ispezionare l'appartamento?»

Joe stava per chiedere al robot di andarsene, quando vide Evie alle sue spalle con un mocio-matic in mano. Lo brandì facendolo ruotare. Lo scricchiolio del metallo che colpiva il metallo riecheggiò nell'appartamento. Il robot scattò in avanti, poi si voltò verso di lei con le braccia alzate per difendersi.

Joe raggiunse il pannello sulla schiena del robot e attivò la propria tessera biometrica, facendolo aprire. Trovò l'interruttore di emergenza e lo tirò. Il robot si immobilizzò e la luce rossa pulsante si spense.

Nell'improvviso silenzio che seguì, lo sguardò di Joe passò dal robot a Evie. «Che cosa diavolo stai facendo?» Scandì le parole, ormai paonazzo.

Lei aveva ancora in mano il mocio-matic metallico, e lo guardò con espressione accigliata e confusa. «Lo stavo fermando, ovviamente. Avrebbe perquisito l'appartamento e non potevo permettere che sapesse della mia presenza.»

Joe gemette. «Avrebbe obbedito al mio ordine di andarsene. Ora abbiamo un pafibot ammaccato, che ha registrato l'immagine del tuo volto, e la mia impronta biometrica registrata per il suo spegnimento.»

Evie trasalì e abbassò lo sguardo sul mocio-matic. «Forse non ho aiutato a migliorare le cose.»

«No, il tuo comportamento impulsivo le ha solo peggiorate.» Joe ribolliva di rabbia. «Okay, fammi ragionare.»

Restarono in piedi faccia a faccia per un momento, Evie con il mocio in mano e Joe grattandosi la barba, il robot afflosciato ai loro piedi. Joe si abbassò per rimuovere il chip di controllo dal pannello aperto. Disattivò il riavvio automatico e scollegò la batteria.

"Aiutami a spingerlo nell'armadio. Lo terremo lì finché non potremo sostituire il modulo di IA con uno nuovo. Sempre ammesso che riesca a mettere le mani su un chip nuovo senza far partire allarmi in tutto il sistema di controllo nazionale.» I due trascinarono il pafibot inerte nell'armadio e chiusero la porta.

«Hai idea di come facesse a sapere che eri qui?»

Evie si morse il labbro. «Me la sono svignata per mezz'ora. Non pensavo che qualcuno mi avesse vista uscire o rientrare.»

«Come hai fatto a rientrare?»

«Ho lasciato la porta aperta.»

Joe si strofinò gli occhi. «Il robot deve averlo registrato come parte del suo protocollo di sicurezza.»

Lei abbassò lo sguardo. «Non ci avevo pensato.»

Era ancora furioso, ma cercò di controllarsi. «Mangiamo», disse. Si sedettero ai lati opposti del tavolo della cucina, in silenzio. L'umore di Joe si rasserenò man mano che il pollo al lemongrass gli scaldava lo stomaco.

«È davvero delizioso.»

«Come ti dicevo, ho imparato durante il mio periodo internazionale, bloccata proprio come adesso», rispose lei con tono sarcastico.

Joe posò la forchetta. «Ascolta, non sei l'unica ad aver subito qualche limitazione per colpa delle regole. *Nemmeno io* sono mai stato fuori dal paese. *Nemmeno io* posso avere un passaporto.»

Evie abbassò lo sguardo sul piatto. Infine parlò con voce pensosa, come se rivivesse un'emozione passata. «Ho faticato così tanto per ottenere i miei master. Ero pronta a farli fruttare. Quando poi non sono riuscita a ottenere un vero lavoro, mi ha distrutta. Mi sono detta: "È tutto qui quello che sai fare, ragazza?"» Alzò lo sguardo. «È stato in quel momento che ho davvero perfezionato il kata del ponte.»

Si guardarono negli occhi per un lungo momento, poi Evie tornò a concentrarsi sul piatto davanti a sé. Un minuto dopo disse: «Quando il robot era di fronte a te, con la fronte rossa lampeggiante, ho pensato che potesse farti del male.»

Joe masticò, pensieroso. «In questo caso, è stato carino da parte tua provare a fermarlo. Capisco che il tuo addestramento nelle arti marziali lo abbia reso istintivo: dev'essere stato naturale usare ciò che sai.»

Evie annuì, e continuarono a mangiare.

«Perché hai corso il rischio di uscire dall'appartamento?»

La risposta arrivò sottovoce, come se si scusasse. «Avevamo programmato un'altra protesta per martedì prossimo. È probabile che sarebbe andato tutto secondo programma se non l'avessi annullata. La stazione ferroviaria ha un'unità di comunicazione sicura, così sono andata lì per mandare un messaggio ad un altro leader del movimento. Non potevo lasciare che qualcun altro finisse in prigione.»

«Potevo aiutarti io a mandare il messaggio, così sarebbe stato più sicuro per entrambi.» Aspettò finché lei non incrociò il suo sguardo, poi aggiunse: «Ci siamo dentro insieme, adesso.»

Lei annuì.

«Hai fatto solo quello?»

Evie giocherellò con un pezzo di pollo che aveva sul piatto. «Stavamo finendo gli ingredienti interessanti. Sulla via del ritorno, ho fatto un salto in un supermercato per prendere qualche spezia.» Fece una pausa, poi osservò: «Sembra che ti piaccia la mia cucina.»

Lui inghiottì un boccone saporito. «Speriamo non sia la nostra ultima cena.»

◆

Dopo una consultazione notturna con Raif dall'ufficio e una chiamata mattutina a un amico del Ministero IA, Joe aveva un piano. L'IA sostitutiva sarebbe stata autorizzata dal suo amico al Ministero con la motivazione che l'originale era rimasta danneggiata in un incidente, evitando così di insospettire il governo. L'amico avrebbe poi inviato l'IA, completa di wrapper software per il sandbox e di un nuovo microchip, con la consegna prevista entro la fine della giornata all'ufficio di Joe. Raif avrebbe spedito il wrapper hardware. Joe avrebbe installato la nuova IA e si sarebbe sbarazzato di quella vecchia; nessuno l'avrebbe mai scoperto. Se tutto fosse andato per il verso giusto.

La testa ovale del robot si raddrizzò e la fronte si illuminò di blu. Mise a fuoco Joe con gli occhi dotati di lenti. «Sono il suo Personal Assistant Fisico Intelligente, PAFI 32983. Può chiamarmi Eugenia o Gene. Preferisce che usi una voce femminile o maschile?» La fronte pulsò di luce viola.

«Usa una voce neutrale, e ti chiamerò 83, se non ti spiace. Ah, prima che tu lo chieda, non ho un PADI.»

Il robot sbatté le palpebre. «Sì, va bene.» Si guardò intorno. «Sembra che mi trovi in un armadio.»

«Per favore, ora vai nel capanno che troverai fuori. Resta in modalità di minimo utilizzo e non entrare nell'appartamento senza un mio esplicito ordine. Ignora qualunque visitatore.» Non pensava che Evie sarebbe stata così sconsiderata da uscire un'altra volta, ma non voleva nemmeno ripetere l'esperienza.

«Ho capito, signore.»

Joe scese le scale dietro il pafibot, con il chip di 73 ancora in mano. Quando il robot svoltò verso il capanno, lui proseguì sul sentiero verso il ponte sul torrente.

Guardando l'acqua increspata e gli alberi circostanti, Joe controllò che non ci fossero telecamere. Si inginocchiò e si sporse oltre il bordo del ponte per infilare la mano nell'acqua, poi aprì le dita e lasciò che il microchip si inabissasse. La pausa contemplativa servì a più che disfarsi del dispositivo. Con lo sguardo perso nell'acqua, Joe pensava a 73 e a quanto fosse facile per l'uomo antropomorfizzare le proprie creazioni.

Capitolo 15

Joe trascorse il weekend e il lunedì mattina a leggere i libri consigliati da Gabe. A mezzogiorno, se ne stava sprofondato nello schienale della sedia, osservando con piacere le icone olografiche che fluttuavano dal soffitto del suo ufficio. Guardò con la coda dell'occhio un gruppo di ologrammi relegati nell'angolo della vergogna: un problema sull'IA che aveva iniziato e poi messo da parte per dedicarsi agli studi filosofici. I suoi interessi stavano mutando. Il problema pratico della coscienza nell'intelligenza artificiale sembrava sempre più irrisolvibile, e Joe stava ormai perdendo ogni interesse nel suo vecchio lavoro al Ministero. Allo stesso tempo, le letture sulla filosofia della mente avevano innescato il bisogno di esplorare il proprio intelletto. Cos'era la mente, in ogni caso?

Joe pranzò con un'insalata, poi camminò fino al dipartimento di filosofia, dove trovò Gabe impegnato a insegnare il suo corso magistrale. L'aula era gremita di studenti ed era equipaggiata con set immersivi per la realtà virtuale, con caschi VR e tute aptiche per ogni studente. Ognuno di loro era assorto nella propria lezione personale. Gabe si aggirava per la stanza, assistendo i suoi studenti singolarmente. Quando lo vide, il professore gli indicò una delle attrezzature VR appese al muro. Joe la indossò e Gabe toccò il casco, facendo lampeggiare di blu la propria tessera biometrica attraverso la camicia a colletto aperto; sulla visiera lampeggiarono le parole "Modalità Istruttore".

«La lezione finisce tra undici minuti.» Gabe fece un cenno in direzione dell'aula. «Fino ad allora, puoi osservare qualsiasi studente desideri.»

Fece un passo indietro, mentre Joe vagava per la stanza, osservando gli studenti che interagivano con gli avatar. Si fermò alle spalle di un ragazzo impegnato in un appassionato dibattito con un avatar alto e barbuto che indossava un chitone, un himation marrone e i sandali. Seppe per certo che si trattava di Aristotele quando sollevò il braccio adornato dal tessuto marrone e indicò il pavimento, ricordando a Joe il dipinto di Raffaello. Aristotele disse: «Esistono la sostanza prima e la sostanza seconda...»

. . .

È un buon metodo per imparare i fatti storici. Ho comunque dei dubbi su quanto l'IA sia capace di gestire i metaconcetti. Potrà mai fare più che rigurgitare gli input ricevuti?

. . .

Poco dopo suonò la campanella. Gli avatar scomparvero dall'aula virtuale, gli studenti riposero l'attrezzatura e si dispersero. Joe si ricordò dei tempi in cui era lui a lasciare classi simili, salutando i professori e portando con sé nuove idee.

Si voltò verso Gabe. Indossavano entrambi tute VR. Gabe lo osservò attentamente, mentre gli chiedeva con tono serio: «Pronto per una lezione difficile? Se lo sei, questo è il posto giusto.»

Joe strinse la mandibola in segno di accettazione. Gabe resettò l'attrezzatura VR e Joe fu circondato da uno schermo verde. Davanti a lui apparve l'avatar del professore, con indosso un mantello tradizionale hanfu blu scuro. Il lungo pizzetto completava la perfetta figura del saggio.

«Questa lezione porta conoscenza. Ti darò un problema irrisolto, un problema difficile. Dovrai creare la tua personale sintesi di credenze sulla base dei fatti, della storia della discussione umana e delle tue interferenze.» Gabe indicò con un gesto della mano lo spazio vuoto che li circondava. «Hai detto di essere un fisicalista, che l'universo sia reale e che credi, sulla base della scienza, sia un universo chiuso.»

Joe annuì con forza.

«Qual è la tua definizione di "universo chiuso"?»

«Penso che se dovessimo risalire alla causa primaria di un qualunque evento fisico, non dovremmo mai uscire dall'universo fisico.»

«Bene. Anch'io sono un fisicalista e userei la stessa definizione.»

«Ora, qual è il problema?» L'avatar di Joe sollevò la mano per grattarsi la barba nello stesso momento in cui l'uomo lo faceva inconsciamente nella realtà.

«Probabilmente, il più grande problema nella filosofia della mente è quello dell'esclusione causale. La domanda è la seguente: come può la mente esercitare il proprio potere causale, cioè causare un qualunque avvenimento, in un mondo regolato interamente dalla fisica?»

Joe annuì, in attesa.

«Per comprendere il problema, devi innanzitutto avere chiaro il concetto di sopravvenienza. Nella filosofia della mente, la sopravvenienza è una condizione minima per la causalità all'interno di un universo chiuso.»

«Non conosco il concetto.»

«La sopravvenienza si riferisce alla *relazione* tra gruppi di proprietà o gruppi di fatti. In termini matematici, X sopravviene su Y se e soltanto se una differenza in Y è necessaria affinché vi sia una differenza in X.»

Joe riusciva a seguire la logica, ma gli sarebbe piaciuto poter manipolare qualche simbolo sulla sua unità olo-com. Come se gli avesse letto nel pensiero, Gabe agitò una mano e fece apparire una file di palloni da calcio rossi, che fluttuarono attorno a loro, rimbalzando contro i fianchi di Joe. Al gesto successivo apparve un'altra fila di palloni, questa volta blu, che si posizionarono sopra i primi, sbattendo virtualmente contro i due uomini.

Gabe continuò: «I filosofi generalmente parlano di sopravvenienza delle proprietà. Diciamo che le palle blu rappresentano le proprietà mentali, o X. Quelle rosse rappresentano il mondo fisico, o Y. In una relazione di sopravvenienza, se un gruppo di proprietà blu sopravviene su un gruppo di proprietà rosse, allora perché avvenga un cambiamento nel blu è necessario che avvenga un cambiamento nel rosso.»

Gabe fece rimbalzare la mano sui palloni rossi, facendoli ondeggiare. «Ecco il piano fisico.» Poi colpì quelli blu. «Ed ecco il piano mentale. Ma non ci servono così tante palle.» Agitò la mano, lasciando soltanto quattro palloni di fronte a Joe: due rossi sotto a due blu.

«Per i fisicalisti, un concetto chiave è che non può esistere una differenza mentale senza una differenza fisica.»

Due dipinti apparvero fianco a fianco, accanto ai palloni blu. Assomigliavano alla Monna Lisa, con un sorriso enigmatico diretto a Joe.

«Ecco due dipinti. Qual è la tua opinione in proposito?»

Erano simili, ma il secondo sembrava un buon dipinto, mentre il primo per nulla. «Il secondo è migliore. È un buon dipinto. Il primo non mi piace.»

«Pensi che il secondo abbia un'intrinseca differenza nel valore estetico. Quindi non pensi che debba esserci qualche ulteriore differenza tra i due che ne renda uno buono e l'altro no?»

«Sì.»

«Se trovi una differenza nella qualità, può la base fisica sottostante essere la stessa?»

«No, deve essere differente, dal momento che l'universo è fisico.»

«Bene. Ora riesci a comprendere una relazione di sopravvenienza. Puoi vedere che il piano mentale *sopravviene* su quello fisico. Ovvero che se quello mentale varia, varierà necessariamente anche quello fisico.»

Joe sorrise. «Sì, ora è chiaro.»

«Bene. Credi che l'universo sia fisico, ed è vero. Quindi dovresti concordare sul fatto che per ogni differenza sul piano mentale, deve esserci una differenza sul piano fisico.» I palloni rossi sotto i dipinti cambiarono: su uno apparve una striscia, sul secondo due strisce, ad indicare la differenza fisica.

«Se c'è una differenza nei due dipinti», disse Gabe indicando prima i dipinti e poi i palloni al di sotto, «allora deve esserci una differenza fisica alla base di ciò che accade sul piano della mente. Altrimenti, la relazione di sopravvenienza sarebbe violata.»

«Il mentale sopravviene sul fisico», ripeté Joe, e Gabe annuì.

«Ti ho quindi convinto che questa sia una condizione minima per credere che la tua mente possa causare un qualsiasi avvenimento?»

«Sì.» Joe aveva la fronte corrugata per la concentrazione.

«Bene. Ora parliamo della mente che si muove nel tempo. Un pensiero segue l'altro.»

I quattro palloni si dissolsero con un cenno della mano di Gabe, sostituiti da due nuove righe di palloni da calcio sovrapposte, una blu e una rossa. Ogni pallone aveva una freccia che puntava nella stessa direzione. Joe colpì la palla rossa più vicina a lui, che rimbalzò su quella accanto, creando un'onda di movimento lungo tutta la riga come in un pendolo di Newton. I palloni blu si mossero all'unisono con quelli rossi, producendo un *tic-tic-tic* ogni volta che si toccavano.

«Immagina, per esempio, che la riga di palle blu sia una linea di pensieri consecutivi nel tempo, all'interno della tua mente. Ora, che cosa causa cosa?»

«Beh, la prima palla rossa causa la successiva nella riga», disse Joe.

«E poi presumibilmente la seconda palla rossa causa la terza?»

«Sì. Ad ogni pensiero, accade qualcosa nell'universo fisico. C'è la chimica e, al di sotto, le particelle, suppongo. È così che normalmente descriviamo la fisica dell'universo chiuso.»

Gli angoli della bocca di Gabe si abbassarono. «E di cosa è responsabile la mente?»

«Ovviamente, la prima palla blu causa la seconda e così via. Un pensiero porta al successivo. È la descrizione di un ragionamento, di ciò che accade nelle nostre teste», disse Joe.

Gabe fece una pausa ad effetto, gli occhi duri e luccicanti. «Ma hai appena detto che ogni palla rossa determina sia la successiva palla rossa della riga, sia la palla blu che la sovrasta. Se le palle rosse causano entrambe, allora le palle blu non fanno nulla. Non sono causative. Sono irrilevanti.»

Joe scrutò le due righe di palloni con un crescente disagio.

«La mente è un *epifenomeno*.» Gabe sporse entrambe le mani, separando i palloni blu da quelli rossi. «L'epifenomenismo sostiene che gli eventi mentali non causino alcun avvenimento nel mondo fisico. Per esempio, potremmo pensare che vedere un amico ci faccia sorridere, ma secondo questa teoria, il sorriso sarebbe semplicemente il risultato di processi fisiologici sottostanti.»

Joe immaginò per un attimo il sorriso da Stregatto di Raif, poi si perse nella propria agitazione mentale. Pensò a Evie e si domandò se i pensieri collegati a lei fossero causati soltanto dalla propria natura animale: ghiandole, ormoni, cellule, chimica e particelle in movimento. Iniziò a sudare, chiedendosi a cosa fosse dovuto.

Un movimento della mano di Gabe, e furono avvolti dal buio. Apparve l'ologramma di una robocar, che percorse un ellisse lungo il perimetro della stanza. I fari illuminarono un guardrail lungo il muro, proiettandovi un'ombra che seguiva il veicolo. Joe seguì il fascio di luce che colpiva ogni paletto del guardrail, illuminandoli come fantasmi strappati all'oscurità.

Gabe parlò con voce sobria. «Il filosofo Jaegwon Kim ha offer-to un'analogia memorabile. Ha affermato che la mente assomiglia all'ombra di un'automobile. Non vi è alcuna connessione causale tra l'ombra in un dato momento e uno successivo. L'auto in movimen-to rappresenta un vero processo causale, e, come abbiamo detto, il processo causale è alla base dell'universo fisico. Le nostre menti non compiono alcuna azione causale. Sono solo di passaggio, un riflesso dei processi fisici. Quindi non esiste alcunché di separato che pos-siamo chiamare mente. È soltanto un'ombra.»

Le spalle di Joe si incurvarono.

«Una reazione appropriata», disse Gabe.

«C'è una via di fuga da questa orrenda conclusione?»

«Se sei un fisicalista, qualcuno che crede in un universo chiuso, allora nessuno ha ancora trovato una via d'uscita.» Gabe sembrava abbattuto quanto Joe.

. . .

Credo che l'universo sia fisicamente chiuso. Tutte le prove scientifiche puntano in quella direzione. Ora Gabe mi sta dicendo che se accetto quella premessa, presupponendo di descrivere tutto in termini di proprietà mentali e fisiche, allora non ho una mente che sia causale. Mi sembra così sbagliato. Non posso crederci. Non *voglio* crederci. Eppure, la logica sembra corretta.

. . .

Joe si schiarì la gola. «Se questo è vero, qualunque causalità da parte nostra, o delle nostre menti, è persa. E se la causalità della mente non esiste, tantomeno esiste il libero arbitrio.»

Anche le spalle di Gabe si erano afflosciate, e il suo avatar sem-brava più vecchio. «Ora comprendi la magnitudine del problema. Un filosofo del ventesimo secolo, di nome Fodor, disse qualcosa...» Gabe chiuse gli occhi, riportando alla memoria la citazione. «"Se non è letteralmente vero che il mio volere è causa del mio agire, e il mio prudere è causa del mio grattare, e il mio credere è causa del mio dire... se nulla di tutto ciò è letteralmente vero, allora pratica-mente tutto ciò in cui credevo è falso ed è la fine del mondo."»

«C-ci credi davvero?»

«Non riesco a trovare una ragione per ritenerlo falso. Se è vero, allora le idee che le nostre menti possano causare qualsiasi cosa e che abbiamo libero arbitrio sono entrambe false. Potremmo pensare di prendere decisioni, ma in realtà è tutto dovuto alla nostra natura fisica, fin giù alle proprietà delle particelle in movimento. Non abbiamo alcun libero arbitrio.»

◆

Joe era seduto al bancone di un bar, lo sguardo perso nel liquido ambrato e la gola arrossata dall'Islay torbato. Aveva vagabondato dall'aula fino in città, girovagando per le strade senza una meta precisa, finché aveva trovato quel bar in un vicolo. Non l'aveva trovato affollato entrando, tre ore prima, e tutti gli avventori arrivati dopo il tramonto si erano spostati nelle stanze sul retro. Gli sgabelli al bancone erano tutti vuoti tranne il suo. La barbot ripulì gli avanzi della sua cena e i molti bicchieri vuoti sparpagliati davanti a lui.

. . .

Che ne sarà ora del mio progetto? In che direzione muovermi? Gabe potrebbe avere ragione? Tutto questo ha qualche importanza?

. . .

Quelle domande gli ronzavano in testa senza sosta. Alzò un dito per chiamare la barbot. «Che ne dici di un altro whisky?»

La barbot emise una tenue melodia ronzante e lo esaminò, mentre batteva ritmicamente un dito sul bancone. Era adorabile e sensuale. La sua pseudo-pelle era del modello recente e sembrava davvero umana, ma sarebbe sempre stata tradita dal numero di serie tatuato in rosso intorno al collo. Era obbligatorio per legge, in modo da non causare confusione.

«Forse ha già avuto abbastanza whisky per stanotte, Mr...?»

«Joe.»

«Mr. Joe, forse le posso suggerire delle alternative. Abbiamo un vasto assortimento di myrage: sono le migliori sostanze psicotrope biologiche sintetiche disponibili su mercato, glielo garantisco, e la metteranno di ottimo umore. O potremmo giocare con le sfere emoticon di sopra. Posso mostrarle.» Quando gli accarezzò il braccio, Joe notò che un profumo persistente gli era rimasto sulla manica.

. . .

Non è una barbot, ma una lovebot. In che razza di posto
sono finito?

. . .

La fissò per un momento, consapevole dei propri riflessi rallentati. «No, grazie. Non sono interessato ad alcun tipo di intrattenimento virtuale.» Fu percorso da un brivido.

La lovebot provò ancora. «Capisco. Posso aiutarla a trovare un
match nel quartiere. Se gradisce, posso ispezionare il suo PADI e
partire da lì.»

«Non ho un PADI.»

«Beh, allora potrei connettermi al suo NEST e usare i database di
informazioni biografiche.»

Joe svuotò il fondo del bicchiere. «No, grazie. Mi occuperò del
mio edonismo autonomamente.» Scivolò giù dallo sgabello e uscì
spingendo la porta.

◆

Joe mostrò la mano al sensore di ingresso, facendo aprire la porta
a scorrimento. Incespicò su per le scale. Evie alzò lo sguardo dal
tavolo della cucina, apparecchiato per due con l'argenteria. Su un
piatto c'era una bistecca ormai fredda di manzo sintetico, accompagnata da una patata al cartoccio e un dessert di pasta sfoglia. Il piatto
di lei era vuoto, ma non aveva toccato il dolce e beveva piccoli sorsi
da un bicchiere d'acqua.

«Pensavo saresti tornato per cena», disse.

«Scusa.» Cercò di non biascicare, ma non riuscì a evitarlo. «Ho
fatto tardi dopo aver incontrato un collega. Ho già mangiato.» Si
diresse inciampando in salotto, prese un bicchiere dalla credenza
nell'angolo e si versò il poco whisky rimasto nel decanter. Tornò in
cucina e si sedette di fronte a lei.

Nonostante avesse mangiato una cena abbondante, il dessert
sembrava delizioso, così prese la forchetta. La conversazione con
Gabe era come un temporale nella sua mente. Sembrava che tutto
fosse perduto e nulla importasse più.

Joe teneva entrambi i gomiti sul tavolo e la testa piegata sulla pasta sfoglia. La dolcezza delle mele dava un contrappunto piacevole al whisky.

«Va tutto bene?»

«È stata una giornata... intensa.»

Ci fu un lungo silenzio prima che Evie dicesse: «Mi sento rinchiusa qua dentro.» Lui alzò lo sguardo su di lei. Teneva le labbra serrate, quasi imbronciate. I suoi occhi color nocciola gli guardavano dentro. «Non posso uscire. Non posso sapere come stanno i miei amici. Non posso nemmeno controllare le voci di corridoio in chat. Diventerò pazza.»

. . .

L'ho ignorata. Un grave errore. Quei meravigliosi occhi.

. . .

«Non possiamo farci molto.» Il biascichio peggiorava con la bocca piena. «A meno che tu non abbia altre idee.»

Lei serrò le labbra, furiosa. «Non stavo chiedendo un trattamento di favore. Facevo semplicemente conversazione.» Tirò su col naso. Joe notò che lo faceva ancora, e la sua espressione si era rabbuiata. Si chiese se ci fosse qualche altro motivo per la sua irritazione, a parte il proprio tentativo semiserio di provarci. In ogni caso, non ci sarebbe stato alcun edonismo quella sera, soltanto camere separate ancora una volta.

Aveva la mente annebbiata e dovette fare una pausa per concentrarsi. «D'accordo, facciamo conversazione. Ma tu vuoi parlare sempre e solo del tuo movimento di protesta contro i Livelli. Non ti sembra monotematico ed egocentrico?» Si allungò per prendere anche l'altro strudel di mele.

Lei tamburellò delicatamente le dita sul tavolo, un'espressione fiera sul volto. «Sì, a proposito di monotematico, hai notato quanto tempo passi dentro la tua testa? C'è tutta una vita fuori, nel mondo.»

Le sue dita accelerarono quando lui abbandonò la conversazione e si concentrò sul cibo. Le mele erano deliziose, e nel momento in cui finì l'ultimo morso dello strudel di Evie, aveva le mente beatamente sgombra. Poi il tamburellare si interruppe di colpo.

«Stai provando a dimostrare di essere un ingordo, oltre che un ubriacone?»

. . .

Mi sarei dovuto aspettare questa frecciatina, ma non sono attento. Mi sto comportando male e me lo sono meritato. Certo che importa. Lei importa.

. . .

Si massaggiò la base del collo. «Alcuni giudizi sociali sono giustificati. Un punto per te.» La contrizione era reale e doveva trasparire dalla sua espressione, perché negli occhi di lei apparve uno scintillio vittorioso. «Che ne dici di dichiarare una tregua? Ti verrò incontro. Forse dovremmo smettere entrambi di essere così assorti nei nostri pensieri, dal momento che siamo bloccati qui insieme, d'accordo?»

L'unica risposta di Evie fu di unire i palmi delle mani, come avrebbe fatto alla fine di un kata.

Joe si alzò a preparare un tè verde Dragon Well, che schiarisse la mente e prolungasse quel momento, per quanto lo mettesse in una posizione scomoda. Si sedettero alle due estremità del divano, in salotto, sorseggiando il tè. La luce della luna proiettava ombre danzanti sul viso della donna, rendendola enigmatica come la Monna Lisa, e Joe non riuscì a decifrare il suo umore quando si alzò per andare in camera, chiudendosi la porta alle spalle.

. . .

Magari non mi odia.

. . .

Capitolo 16

Il suo MEDFLOW si attivò, iniettandogli una tripla dose di farmaci contro l'emicrania. Joe si rigirò nel letto e fissò il soffitto, lasciando che la mente si schiarisse gradualmente. Alla luce del giorno, si rese conto che il commento esternato da Evie qualche giorno prima sui suoi scarni effetti personali, non era riferito soltanto alla mancanza delle spezie, ma alla propria crescente noia. Avrebbe dovuto essere un ospite più attento.

Joe recuperò il vecchio onnilibro dal fondo di uno scatolone da trasloco. Lo aveva usato molto poco dalla fine del college, preferendo le unità olo-com o la proiezione corneale.

Quando lo porse a Evie, lei lo aprì estasiata. Insistette nel non connetterlo alla rete, soddisfatta di leggere il materiale già contenuto in memoria. Joe non l'aveva mai vista attivare il NEST fin dal suo arrivo, e non era nemmeno sicuro che avesse un dispositivo attivo impiantato. Aveva però notato un leggero avvallamento nella pelle tra i seni perfetti, in corrispondenza della sua tessera biometrica. Tutto sommato, non era proprio una luddista, viveva effettivamente nel mondo reale.

Tornarono a un'educata routine, che si trasformò gradualmente in una tregua permanente. Ogni mattina Joe preparava la colazione nel sintetizzatore e, quando era pronta, bussava alla sua porta. Mangiavano insieme prima che lui uscisse per recarsi al dipartimento di matematica. Lei continuò a essere cordiale, anche se non molto disponibile, nel parlare del proprio passato. Lui non entrò più in casa mentre lei si allenava nei kata. Joe adorava vederla sorridere quando curiosava nelle borse per scoprire cosa le avesse portato dal supermercato. Mangiavano cena insieme tutte le sere, e stare con lei lo rendeva felice.

A volte restava sveglio a lungo, nel letto, dopo che lei si era chiusa in camera, e guardava gli alberi incorniciati dalle ombre fuori dalla finestra. La seconda camera si affacciava sulla stessa vista, così immaginava di essere trasportato all'esterno e poter spiare nella finestra accanto, così come immaginava di vederla svestirsi. Non riusciva a scacciare l'immagine del suo corpo turbinante durante il kata: Penetrare la Fortezza, davvero. La consapevolezza della sua disciplina ferrea bloccò ogni tentativo di far evolvere il loro rapporto oltre la tregua.

◆

Passarono alcuni giorni. Joe era seduto di fronte al suo olo-com a parete, impegnato con ologrammi che fluttuavano nell'aria da una dozzina di punti diversi. Il collegamento corneale al NEST scorreva il materiale scritto mentre lui rifletteva. Era rimasto in quello stato di profonda concentrazione per diverse ore, preparandosi al prossimo appuntamento con Gabe.

L'icona di un messaggio criptato lampeggiò sul collegamento del NEST. Chiuse tutto il resto e lo accettò. Un minuto più tardi, l'ologramma di Raif si materializzò.

«Le prove che collegavano quei due leader della protesta alla bomba nel centro commerciale hanno retto in tribunale. L'accusa ha presentato collegamenti credibili, così sono stati dichiarati colpevoli» disse.

«Ancora non ci credo», rispose Joe, corrucciando il volto.

Raif scrollò le spalle. «Erano database sigillati, è quasi impossibile modificare il loro contenuto.»

«Solo quasi?»

«Non direi zero percento, ma molto vicino.»

«Credo in quella piccolissima percentuale.» Poi schioccò le dita, sentendosi un idiota. «Ti interesserebbe passare del tempo a verificare questa teoria, in un modo o nell'altro? Posso metterti in contatto con una matematica qui che potrebbe essere interessata ad aiutare. E penso che a te piacerebbe incontrare lei.» Joe non menzionò il fatto che avrebbe dovuto metterli in contatto più di una settimana prima.

«Lei. Certo.» Un sorrisetto si aprì sul suo volto angelico. «Joe, hai un ottimo gusto in fatto di donne. Sembra un progetto interessante.»

Joe si scollegò e chiuse lo schermo, restituendo trasparenza alla finestra. All'esterno, il sole splendeva sulle foglie verde oliva. Si sedette alla scrivania, guardando fuori, mentre rifletteva sulle notizie di Raif.

. . .

Se prendessi queste informazioni con obiettività, non dovrei più fidarmi di Evie. Eppure, sento ancora di volerlo fare. Perché?

È il mio istinto animale, o semplicemente particelle in movimento, come suggerisce Gabe, piuttosto che un atto di libera volontà? In filosofia, a partire da Socrate, c'è l'idea di *akrasia*: una debolezza, mancanza di autocontrollo o spinta ad agire contro il proprio buonsenso. Sono forse spinto a seguire il mio appetito piuttosto che la volontà? L'emozione e il desiderio piuttosto che il raziocinio? Buddha sosteneva che tali brame fossero la causa di ogni umana sofferenza. Sono umano, non posso smettere di soffrire.

C'è qualcosa di inspiegabile nell'attrazione verso un'altra persona. Sembra eludere la ragione. Sgorga dal profondo, inconsciamente, dai nostri stessi geni, lottando per trovare il proprio completamento. Questo sentimento è un argomento viscerale contro il libero arbitrio. Al massimo, mostra la mia stessa akrasia.

Ma permettiamo che mi giustifichi. Forse è una mossa come quelle che Jardine descriveva: ribaltare il tavolo, fuori di ogni ragione, sorprendente. Come altro potrei descrivere l'intuizione?

Evie sembra così virtuosa, con la sua disciplina e il suo carattere. Non sembra aver paura di nulla. Ancora meglio, ha passione e uno scopo. Uno scopo ammirevole, se ciò che dice è vero; qualcosa che io ancora non ho trovato.

Quali che siano le probabilità, la mia intuizione mi dice che mi posso fidare di lei. Non è il momento di dubitare. In ogni caso, in questa donna, questa persona in carne e ossa, autentica e impegnativa allo stesso tempo, c'è un vero "io". E mi piace molto.

. . .

Un'altra settimana soleggiata era ormai passata, e il calendario ne mostrava soltanto una mancante all'arrivo della primavera. Joe tornò dall'ufficio con passo allegro. Amava avere del tempo libero per pensare, mentre le ore in ufficio si susseguivano indistinte nella sua mente. Aveva incontrato diversi nuovi colleghi al dipartimento e aveva preso l'abitudine di pranzare con loro. I suoi pomeriggi prevedevano l'esercizio fisico. La corsa gli era sembrata estenuante all'inizio, ma vi si era adattato e ora si sentiva più sano.

Si affrettò su per le scale dopo l'ennesima cena con Gabe , trovando Evie seduta serenamente sul divano in salotto. Quando le si fermò davanti, lei alzò gli occhi dall'onnilibro.

«Hai una gran bella collezione qui. C'è un sacco di filosofia. E anche un'ammucchiata eclettica di altra roba. Pensavo fossi un matematico», gli disse.

«Lo sono, con un secondo master in fisica.» Lanciò uno sguardo ai detriti della sua vita passata. «Ho seguito anche qualche lezione di filosofia. Non molte però, ed ecco perché studio la materia con il professor Gabe Gulaba.»

«Gabe? Ti stavi vedendo e cenavi con un uomo?» Un accenno di sorriso le passò sul volto.

«Sì. Il preside di facoltà, il Dr. Jardine, me l'ha consigliato.»

Lei lo studiò. «Joe, tu sei un enigma. Passi un sacco di tempo nella tua testa. Sto provando a capire di cosa ti occupi in questo tuo progetto.»

Percependo un'autentica curiosità e un'opportunità per legare, si sedette accanto a lei. «Sto cercando di capirlo meglio anch'io. Negli ultimi anni molte idee profonde hanno iniziato a ronzarmi in testa, ma non riuscivo a fare progressi. Così sono venuto in questo college, dove spero di trovare aiuto.»

Lei sistemò l'onnilibro sulle ginocchia e si girò verso di lui. «Fammi un esempio di idea profonda.»

Joe fissò il soffitto mentre sceglieva nel turbinio vorticante dei propri pensieri. «Okay, ecco una delle più profonde. Qual è l'ontologia dell'universo?»

Lei si accigliò. «Ammetto di non sapere nulla a riguardo.»

«L'ontologia è lo studio filosofico dell'*essere*. Io sono interessato al sottocampo delle *categorie dell'essere*, ovvero le categorie fondamentali dell'esistenza, ciò che costituisce l'universo.» Allargò le braccia, come se volesse abbracciare quell'universo. «Si preoccupa di *ciò che è*, di quali elementi siano esistenti.»

Evie ascoltava con attenzione. «Pensavo che ogni cosa fosse fatta di molecole. E che quelle fossero fatte di particelle ancora più piccole.»

«Sì, quella è un'elementare spiegazione scientifica e suggerisce che tu sia una realista. Credi che gli oggetti fisici esistano anche mentre nessuno li osserva.»

«E qual è l'opposto di realista?»

«Per un filosofo, sarebbe un idealista, qualcuno convinto che il mondo sia frutto della creazione della mente.»

Lei rise. «Sono già stata accusata di essere idealista, ma come qualcuno che voglia cambiare il mondo.»

«Immagino tu sia realista in campo filosofico e matematico, e idealista in campo sociale. Come me.»

«Ma fisici e matematici non hanno già le risposte alle domande profonde?» Si chinò in avanti.

«Non credo abbiano buone risposte alle fondamentali domande ontologiche, a quali siano quei semplici elementi. La maggior parte degli scienziati crede, come noi, che esista una realtà esterna indipendente dagli esseri umani e da qualsiasi creatura cosciente. I fisici hanno cercato per due secoli una teoria del tutto che riempisse le falle e completasse il Modello Standard modificato. Qualunque teoria del tutto dovrebbe essere astratta e matematica. Con la splendida struttura matematica che è stata scoperta alla base del mondo fisico, non sarebbe una congettura irragionevole. A quel punto, però, i fisici si arrendono e dicono "Zitti e calcolate."»

«Cosa dicono i filosofi?»

Lui si grattò la barba. «Molti filosofi parlano del passato, rimasticando idee antiquate a partire dagli antichi greci. Ma quelle sono lezioni di storia più che ricerca di nuova conoscenza, dal momento che la maggior parte delle antiche idee filosofiche fanno acqua se messe a confronto con le nuove scoperte scientifiche. Altri provano a misurarsi con gli scienziati, ma spesso non riescono a seguire i calcoli. Per questo motivo accade raramente che filosofi e fisici teorici intavolino una conversazione in grado di far emergere nuove spiegazioni credibili da entrambi i punti di vista.»

Lei arricciò il naso. «Cosa dicevano esattamente gli antichi filosofi?»

Joe unì le dita formando una piramide, organizzando mentalmente la risposta. «Platone monologava a proposito delle forme. Anche se con le conoscenze scientifiche di oggi sembrano follia, alcuni matematici, incluso me, apprezzano l'intuizione che la matematica esista là fuori come qualcosa che scopriamo, e non qualcosa che creiamo.»

Evie annuì, aspettando che continuasse.

«Aristotele discusse le sostanze. Nelle *Categorie*, sostenne che le sostanze prime fossero gli oggetti nella loro individualità. Quell'onnilibro», disse indicandolo, «è un oggetto individuale. Aristotele aggiunse poi le sostanze seconde, ovvero i predicati, gli elementi descrittivi come "marrone".»

Lei guardava l'onnilibro. «Pensavo che "marrone" fosse una proprietà di questo oggetto.»

«Altri filosofi più avanti usarono quel termine. E il realismo scientifico accettò le proprietà come categoria fondamentale su una lista di elementi ontologici», disse Joe.

«Anche le proprietà esistono davvero?» Strofinò la cover dell'onnilibro con la mano. «Dove sono?»

Lui si accigliò. «Beh... non lo so. I realisti direbbero che esistono all'interno dell'oggetto, in qualche modo, presumo. Ma non ho davvero ragionato su cosa debba esistere e cosa no.»

«Cos'altro c'è sulla tua lista di cose che dovrebbero esistere?» La sua espressione tradiva un reale interesse.

«Mi viene in mente il termine "relazioni". Una relazione esisterebbe tra due o più oggetti individuali. Alcuni filosofi hanno messo le relazioni in un sottogruppo delle proprietà, ma non ne sono sicuro.»

«Qualcos'altro?»

Joe alzò le spalle. «Poi tutto diventa ancora più complicato e c'è meno accordo. Si discute sui "generi naturali". Kant aggiunse alla discussione la funzione trascendentale. Cartesio credeva esistessero soltanto due sostanze: la realtà fisica, estesa e inconsapevole, e la realtà psichica, definita dal pensiero consapevole e che corrisponde, in questo contesto, alla coscienza. Leibniz era convinto che l'universo fosse composto da "monadi". Poi i filosofi del linguaggio aggiunsero nuovi elementi, ma non mi bevo molti di quegli argomenti. Credo che la filosofia si sia allontanata dalla base fisica.»

«Tutto ciò suona come un mucchio di farneticazioni», disse lei, aggrottando le sopracciglia.

«Non posso che concordare.»

Dopo un istante di intensa concentrazione, Evie disse: «Fammi capire bene. Dopo tutti questi secoli di discussione, nessuno sa quali siano gli elementi basici che compongono l'universo?»

«I fisici troverebbero da cavillare su questo.» Le sorrise. «Direbbero di studiare la matematica. Ma no, non hanno una spiegazione. Ci sono considerevoli interruzioni nel Modello Standard modificato. La dualità onda-particella è così controintuitiva da sfidare la logica. Il teorema di Bell e la non-località ci mostrano come non comprendiamo i fondamenti. Restano molte domande a cui nessuno dà risposta.»

La natura pratica di Evie si fece sentire. «Non dovremmo semplicemente fare del nostro meglio? Vivere una buona vita, essere brave persone e comportarci bene con il prossimo?»

«È un buon inizio. Ma...», disse lui, «voglio conoscere la verità. Voglio conoscere il come e il perché.»

———————◆———————

Joe era sdraiato nel letto e guardava fuori dalla finestra. Dormiva? O anche lei restava sveglia pensando a quanto lui fosse vicino?

. . .

Ho sempre pensato a Evie come a un'ospite misteriosa. Una distrazione fisicamente attraente. Ora però è più di questo. È interessante parlarle, nonostante le manchi una conoscenza approfondita di questi temi filosofici. Fa buone domande e mi sprona a pensare in modi alternativi. Sarò triste quando se ne andrà.

. . .

CAPITOLO 17

La mattina seguente, Joe era di nuovo in ufficio, ma non riusciva a concludere nulla. Aveva la mente annebbiata. Dopo le ultime discussioni con Gabe, aveva allungato la lista dei libri da leggere e aveva nuovi approcci da applicare alle questioni che lo turbavano. Eppure, oggi faticava a concentrarsi. Era più facile fissare la finestra. Due ghiandaie americane, appollaiate sul ramo di una quercia sempreverde, si scambiavano una serie di *kuk-kuk*. Uno scoiattolo si arrampicò sul tronco, fece una pausa per ispezionare il mondo arboreo intorno a sé e poi corse lungo un ramo.

Gli alberi erano in fiore e il cielo blu ghiaccio. Anche Joe si sentiva ghiacciato. Un'ansia irrequieta lo faceva sentire instabile, senza punti fissi. Il riflesso di un drone per le consegne corse lungo la facciata dell'ala opposta dell'edificio, e lui si ritrovò a meditare sugli schemi creati dai poliedri riflessi sul metallo. Quella era l'ala in cui si trovava l'ufficio di Freyja.

Joe guardò le proiezioni olografiche che fluttuavano intorno alla propria testa. Ne scansò diverse con la mano facendole roteare e rimbalzare le une sulle altre, simili ai movimenti di Evie durante i kata.

· · ·

Evie è intelligente e attraente. È un modello di virtù e persegue il proprio scopo senza deviazioni, uno scopo che mi rifiuto di considerare malvagio. Ha una passione che vedo raramente in altri. Affronta la vita a partire dal mondo che la circonda e non dalla propria mente, un ottimo punto di equilibrio per me. Evie ha uno scopo nel mondo, qualcosa che vorrei riuscire a trovare anch'io.

. . .

Joe mangiò un pranzo leggero e fece la sua corsetta pomeridiana, che lo aiutò a concentrarsi. Tornato in ufficio, riguardò il materiale che Gabe gli aveva dato. Quando il sole scese sull'orizzonte, un link criptato apparve sul suo NEST.

L'ologramma di Raif riempì tremolando lo schermo, sorridendo maliziosamente. «La costa è libera. L'indagine è conclusa. Non hanno trovato altri cospiratori.»

Joe si rilassò. Il suo sollievo doveva essere visibile, perché Raif rise e disse: «Non c'è più pericolo, rituffati in acqua.»

. . .

Gli amici di Evie non l'hanno tradita. Amici leali, è una buona cosa.

. . .

«Solo fino alle caviglie.» Joe si appoggiò allo schienale della sedia. «C'è altro di cui vorresti parlarmi?»

«Grazie per avermi presentato Freyja. Mi sto divertendo un mondo con la nostra collaborazione sul problema dei database. Non c'è nulla da segnalare, al momento, ma lei è uno spasso.» Raif fece l'occhiolino. «Ci sentiamo, marmocchio.»

Joe mantenne un'espressione neutrale mentre chiudeva la comunicazione, ma sentì lo stomaco stringersi. Non riusciva a reprimere il pensiero geloso che si stava insinuando nella sua testa: Freyja trovava il suo migliore amico più attraente di lui.

Passeggiò fino alla via del mercato, in centro città, curiosando nelle vetrine. Ad ogni entrata vide un pafibot sull'attenti. In un negozio di fiori, un robot descriveva la scelta di fiori freschi di giornata. Joe esaminò la vasta selezione, prima i tulipani rossi nei lunghi vasi delicati, poi le fresie rosa in un vaso basso e largo. Optò per un gran mazzo di rose bianche.

«Un'ottima scelta, signore.» Il tono di approvazione nella voce del robot gli ricordò 73. «Poiché queste sono rose di prima scelta, potrebbe gentilmente connettere il NEST per il pagamento?» Joe eseguì, autorizzando la transazione con la propria tessera biometrica e la firma.

«Sono sicuro che la sua amica le apprezzerà», disse il robot, la fronte di un blu intenso. Joe lasciò il negozio con il pacchetto.

Quando aprì la porta, Evie era seduta sul divano. Teneva il suo onnilibro in grembo, e fu contento che trovasse la collezione di letture di suo gradimento. Quando vide il mazzo di rose, arrossì.

«Queste sono per dirti che mi è piaciuto averti qui a casa.»

Evie prese il bouquet e lo annusò con piacere. «Sei così vecchia scuola», disse in tono affettuoso. Poi i suoi occhi si spalancarono. «Ti è *piaciuto* avermi qui?»

«Raif mi ha detto che la polizia ha perso le tracce. Non dovrai più stare rinchiusa qui. Sei libera di andare.»

Evie affondò il naso nel mazzo di fiori, annusandolo ancora. Joe ammirò la bellezza del suo viso mentre chiudeva gli occhi, come persa nei propri pensieri. Quando li riaprì, il suo sguardo era delicato e interrogativo. «Vuoi che me ne vada subito?»

. . .

Sono così contento che l'abbia chiesto.

. . .

«No», farfugliò Joe, guardandosi le scarpe. Era stato troppo veloce? «È più logico che tu rimanga un po' più a lungo, nel caso la polizia stesse ancora controllando il quartiere.»

«Okay.» Annusò un'altra volta le rose. «Stiamo attenti ancora un po'.»

Il suo cuore si riempì di speranza. «Ma probabilmente è sicuro uscire, dal momento che non sorvegliano più il college. Magari per una cena?»

◆

Evie aveva suggerito che camminassero fino al ristorante all'altro lato della città perché era impaziente di stare all'aria aperta, ed era riluttante a usare mezzi di trasporto tracciabili a così poca distanza dalla fine delle indagini di polizia. Le luci del bistrò francese, ai lati della porta, illuminarono le sue guance arrossate mentre entravano. Un pafibot vestito di nero, con un tovagliolo di lino bianco sul braccio, li accompagnò al tavolo vicino ad un camino virtuale. La zona era stata trasformata in un angolino privato grazie a vasi color smeraldo. Evie osservò la stanza. Il pavimento ricoperto di piastrelle bianche e nere era complementare al tenue verdino delle pareti. Diversi servibot si muovevano veloci di tavolo in tavolo, portando i piatti. La cucina aperta era adornata con pentole di rame scintillanti alle pareti, sotto cui i servibot preparavano i pasti.

Un uomo affabile con giacca e cappello da chef si avvicinò al tavolo e si presentò come Philippe, proprietario e capocuoco. Presentò il suo aiuto cuoco, un giovane con indosso un toque. Da come si profuse in lodi del menù per un intero minuto, era chiaro che il proprietario venerasse il cibo e amasse condividere le proprie creazioni con i propri ospiti.

Dopo che i due si furono spostati ad un altro tavolo, un pafibot cameriere si avvicinò e annunciò: «Il menù dello chef è a prezzo fisso e comprende cinque portate.» Joe aprì il NEST, si collegò alla lista di vini offerta dal robot e ordinò una biofiasca di un pregiato Bordeaux. Chiuse il NEST e il robot si dileguò, lasciandoli soli.

Evie sembrava galvanizzata da tutto ciò che li circondava. I suoi capelli splendevano nella luce tremolante. Joe disse: «Allora, hai trovato qualcosa di interessante sul mio onnilibro in queste ultime due settimane?»

«Più di qualcosa. Hai gusti variegati. E sento di essere riuscita a conoscerti meglio leggendo quello che leggi tu.»

Joe si mosse sulla sedia. «Dovrei sentirmi in imbarazzo? Ho dimenticato tutta la roba che avevo là sopra.»

«Niente di incriminante.» Rise. «Più che altro una finestra aperta, a dimostrazione che non sei così male, per essere un 42.»

Il pafibot cameriere apparve con un piatto e annunciò: «Per iniziare, un amuse-bouche di mini-coni gelato salati, ripieni con tartare di salmone.» Aprì il Bordeaux e versò il vino nei bicchieri mentre ne dichiarava la cantina e l'annata, aggiungendo: «Questa biofiasca fa parte dell'un percento più costoso.» Furono lasciati soli. Assaggiarono, poi Joe toccò appena il bicchiere di Evie con il proprio, dicendo: «All'evasione.» Lei gli rispose con un velocissimo sorriso ribelle.

«Mi dispiace, sto facendo un pessimo lavoro con l'abbinamento del vino alle portate. Ma ho pensato che una biofiasca fosse sufficiente», disse Joe.

«Stai riducendo?» I suoi occhi scintillarono.

«Sì. Provo a tenermi in salute. Mi sono reso conto che bevevo un po' troppo.»

I servibot si muovevano come placide navi intorno ai tavoli, isole silenziose in cui gli ospiti erano impegnati in conversazioni sommesse. Poco dopo il cameriere fu di ritorno, seguito da un servibot con due piatti, e annunciò: «Questo primo piatto è intitolato Ostriche e Perle: uno zabaione con perle di tapioca, ostriche e caviale.»

Evie rigirò un'ostrica in bocca, e un'espressione voluttuosa le attraversò il viso. Joe schiacciò il caviale sul palato e lasciò che la sapidità gli inondasse la lingua. Gustarono i loro bocconi per diversi minuti.

Quando il servibot ebbe portato via i piatti della seconda portata, lei disse: «Non ero mai stata in un ristorante in cui si dovesse pagare.»

Joe si sforzò di non apparire sorpreso. «Succede in questi posti, dove lo chef è così creativo e rinomato per la propria arte culinaria.» Gli occhi di Evie si illuminarono. Non si rendeva conto di essere lei stessa un'artista con il cibo?

«Per lo chef che crea, questo è un buon motivo. Per le persone che mangiano, però, si tratta solo di cibo o anche dell'esperienza? Di un modo per essere diversi dagli altri?»

«Probabilmente entrambe le cose», acconsentì lui. «Credo che la spinta a creare, a ricercare la bellezza fine a se stessa in ogni attività, abbia un valore. Ma sai che credo nell'uguaglianza sociale e nella giustizia, e concordo con te. È un male elevarsi soltanto perché si ha la possibilità di avere ciò che altri non hanno.»

«Sì, mi sembra che tutti qui si stiano mettendo in mostra.» Evie si accigliò. «È per questo che mi hai portata qui? Per metterti in mostra?»

«Non ho scelto di venire qui per fare colpo. L'ho fatto più che altro per te. Volevo che avessi un'esperienza memorabile dopo essere stata rinchiusa così a lungo.»

. . .

Perché ho *davvero* scelto questo ristorante? Un po' per entrambe le ragioni, ad essere onesti.

. . .

Lei sorrise. «Beh, non mi lamento. È un bel cambiamento.»

Furono interrotti dal pafibot cameriere e da un altro servibot. «Un'insalata di erbe fresche, cuori di finocchio e pistacchi tostati», annunciò il pafibot mentre il servibot sistemava i piatti sul tavolo. La portata fu l'ennesima sorpresa per Joe, mentre gustava il sapore terroso e tostato dei pistacchi. Vedere Evie incorniciata dalla luce tremolante del fuoco, visibilmente appagata, addolcì il proprio stesso godimento.

Un giovane uomo con un violoncello si sistemò in uno spiazzo tra i tavoli. Tre musicbot lo seguirono con strumenti analogici. Suonarono, i tre robot con assoluta precisione, e l'uomo con passione. Le note melodiose aggiunsero uno sfondo al mormorio delle conversazioni provenienti dai tavoli.

Joe posò la forchetta e spinse il piatto di insalata da parte. «So così poco di te. Che musica ti piace?»

I suoi occhi si spalancarono. «Volevo dirtelo. Una cosa che ho trovato sul tuo onnilibro. Mi è piaciuta fin dalla prima volta che l'ho ascoltata, anni fa: la Quinta di Mahler.»

«Davvero? Anche a me piace Mahler. Beh, questo lo sai... dal mio onnilibro. Mi piace soprattutto il movimento lento dell'Adagietto.»

«Il quarto movimento. Scriveva di sua moglie.» Arrossì mentre beveva il vino.

Joe annuì. «Mi immedesimo nella frase "Mi sono perso nel mondo".»

I suoi occhi color nocciola lo studiarono. «In realtà era così legato al mondo attraverso sua moglie, Alma, che quella frase potrebbe avere significato opposto alla tua idea di perso nel mondo.»

«È una spiegazione più veritiera. Puoi davvero perderti di fronte a ciò che trovi nel mondo?

Il pafibot era tornato con un servibot, annunciando: «La prossima portata è un risotto a base di riso C4, esaltato nel sapore da parmigiano invecchiato e scaglie di tartufo nero.»

«Wow, questo risotto è delizioso. Cremoso e con una punta terrosa data dal tartufo.» Evie fece una breve pausa tra un boccone e l'altro, come a gustare meglio ogni livello di sapore.

L'attenzione di Joe, invece, era ancora concentrata sulla musica. «Sono sorpreso che tu abbia sentito parlare di Mahler. È antico.»

Evie sembrò sforzarsi di non alzare gli occhi al cielo. «I Livelli più alti non hanno il monopolio sul buon gusto musicale.»

«Stavo sottolineando le somiglianze nei nostri gusti, non le differenze», disse lui, alzando le mani. Lo sguardo con cui gli rispose aveva la stessa intensità della sua dedizione al movimento, e gli ricordò un'altra delle proprie mancanze. Parlò d'impulso. «Ascolta, uno dei motivi per cui mi piaci è che hai uno scopo. Non capisco tutto ciò che ti spinge, ma almeno hai passione. Io sto ancora cercando qualcosa che mi faccia provare la stessa spinta.»

Lei lo guardò in silenzio, mentre i servibot sparecchiavano la tavola per servire la portata successiva. Il pafibot spiegò: «La portata principale è un filetto di trota selvatica scozzese cotto a bassa temperatura, accompagnato da un bignè di granchio e condito con cipolline sott'aceto, foglie di crescione e una salsa bernese mousseline. Buon appetito.»

Mentre gustavano i ricchi sapori del piatto, sembrò che un muro tra loro fosse svanito. Lei si chinò verso di lui senza riserve. Il vino l'aveva reso languido, aveva la testa leggera. Evie sembrava mogia, forse rimuginava ancora sul suo ultimo commento mentre lo osservava.

«Joe, non mi aspetto che tu capisca il mondo da cui provengo, il mondo dei Livelli più bassi.»

«Non sei così diversa. Sei solo un'altra persona. Beh, non soltanto un'altra persona. Una persona speciale.» Joe si guardò intorno, nel ristorante ormai quasi vuoto, e si sforzò di fare una battuta. «Per me, sei l'unica donna al mondo.»

Un fugace sorriso increspò le labbra di Evie, poi, con lo sguardo fisso nel suo come a voler sottolineare le proprie parole, disse: «Sì, le persone sono simili dappertutto. Ma il contesto sociale fa la differenza. È una delle ragioni per cui sono preoccupata di come la nostra società abbia strutturato le interazioni sociali.»

«Mi piacerebbe conoscere il tuo mondo.»

«Magari un giorno te lo mostrerò.»

. . .

Ecco una svolta. Si sta aprendo, è disponibile a condividere qualcosa di sé.

. . .

Un servibot portò gli ultimi piatti, accompagnato dal cameriere che li presentò: «Il dessert è un crêpe gâteau con formaggio di capra morbido, fragole verdi sott'aceto, nocciole e acetosa.» Nonostante avessero entrambi mangiato tutte le portate precedenti senza lasciare nemmeno un boccone, indugiarono a lungo sul dessert cremoso e bevvero senza fretta il vino avanzato.

Joe stava per proporre di alzarsi, quando Evie gli prese la mano. «Mi dispiace se ti sono sembrata irriconoscente per il tuo aiuto. Penso sia stato in parte perché ero preoccupata per i miei amici e mi sento responsabile per loro. Ma non è una scusa per il mio cattivo comportamento. Sono stata egocentrica.»

«Nessun danno, nessun affanno. Ma grazie per averlo detto. Nemmeno io sono stato esattamente l'ospite perfetto.» Joe sorrise, sentendosi meglio nonostante fosse aperto e vulnerabile rispetto alle proprie mancanze. Lei rispose al sorriso e ritirò dolcemente la mano.

Era tardi e il ristorante era ormai vuoto. Joe spostò lo sguardo dalla peluria setosa sul suo braccio, illuminata dal fuoco nel camino, ai suoi occhi, ora rilassati sul bicchiere di vino che teneva con entrambe le mani. Restarono in silenzio, e Joe avrebbe voluto che non finisse mai.

Con riluttanza, chiamò il cameriere, che arrivò e gli sussurrò il conto all'orecchio. Joe sollevò la mano per attivare il NEST, ma la mano di Evie schizzò attraverso il tavolo per fermarlo. Colpito dal suo tocco, fissò la delicata peluria che ricopriva il suo avambraccio. Aveva un'espressione agitata e si chinò verso di lui. «Hai dei dark credit$?»

. . .

Dark credit$? Abbiamo le leggi sulla privacy che ci proteggono. Ma... dovrei usare i dark credit$.

. . .

Scosse la testa.

«Faccio io.» Evie staccò una tessera viola dalla cintura e la porse al robot, che accettò il pagamento mostrando una luce blu lampeggiante sulla fronte e poi li accompagnò all'uscita. «Grazie per averci fatto visita questa sera. Speriamo che abbiate gradito le creazioni dello chef.»

«Per favore, riferite allo chef i nostri complimenti», disse lei.

La fronte del robot diventò verde, illuminando la soglia mentre si inchinava.

Dopo aver camminato per un isolato lungo la strada buia, Joe disse: «Grazie per la cena. Avrei voluto offrire io.»

«Sono felice della serata che mi hai offerto. Sono stata bene.»

La sua mano scivolò con nonchalance in quella di Joe. Passeggiarono fino a casa, guardando il primo quarto di luna fisso sull'orizzonte. Davanti alla porta, Joe disse: «Ti darò i codici di sicurezza, così potrai entrare e uscire come vuoi. Onestamente, avrei dovuto farlo prima. I robot ignoreranno i visitatori autorizzati.»

Evie piegò la testa, imbarazzata. «Probabilmente è stato meglio che tu non l'abbia fatto. Sarei uscita più spesso, mettendoci in pericolo entrambi.»

Joe annuì e salirono le scale. Evie si diresse verso la camera, ma prima di entrare si voltò verso di lui. «Grazie ancora. Mi piace passare del tempo con te.» Piegò la testa per studiare la sua reazione, poi entrò in camera e chiuse delicatamente la porta.

Capitolo 18

Due giorni più tardi, a colazione, Evie uscì dalla camera indossando una giacca color lavanda e leggings infilati in un paio di stivali neri. Joe non riconobbe i vestiti e sorrise con approvazione. «Il tuo gusto è superiore al mio. Com'è stato, fare finalmente shopping per te stessa?»

«Tu hai fatto un buon lavoro, e ti ringrazio per l'impegno. Ma ognuno ha il proprio stile personale. Volevo avere qualcosa che fosse più *mio* prima di tornare a casa.»

Lo stomaco di Joe si strinse. «Te ne vai?»

«Ho bisogno di vedere chi è stato arrestato e di parlare con alcuni amici per decidere come procedere d'ora in poi.» Con espressione addolorata, disse: «Tutto ciò che so è che Julian e Celeste sono stati portati via.» Il suo sguardo tradiva preoccupazione e un pizzico di insicurezza, un'emozione che non aveva mai espresso prima. «Mi sento male sapendo di aver preso io la decisione di organizzare la protesta quella sera, ma tutti sono stati arrestati tranne me.»

«Non potevi prevedere tutte le conseguenze.»

«In ogni caso, non mi sento bene sapendo di essere libera mentre gli altri sono in pericolo.»

«Lo capisco.» Deglutì, cercando di sembrare disinvolto. «Ti rivedrò ancora?»

«Pensi sia una buona idea? Ricorda che stiamo violando la legge incontrandoci.» Si morse il labbro.

«Credevo fossi tu la ribelle. Cosa è successo? Non avrai bevuto dallo stesso calice avvelenato contro cui combatti!»

Lei abbassò lo sguardo. «È difficile liberarsi dalle proprie norme sociali, anche quando le si ritiene sbagliate.»

Lui si alzò e le prese le mani. «Mi hai convinto. Ribelliamoci insieme.»

«Va bene, tornerò.» Strinse le sue mani.

«Fantastico. Fai come se fossi a casa tua. Hai i codici.»

Joe si voltò per uscire, ma cambiò idea e tornò da lei, abbracciandola con delicatezza. «Stai attenta. Ci vediamo presto.» Poi scese le scale, sentendo un vuoto nel petto.

◆

La mattinata in ufficio fu inconcludente, un ozioso sogno ad occhi aperti, concentrato soltanto sul gioco di luci e ombre proiettate fuori dalla finestra. In un tentativo di uscirne, Joe andò a correre prima del solito, poi mangiò un pranzo leggero.

Quando tornò in ufficio, trovò un messaggio sul NEST. Il volto barbuto di Mike apparve sullo schermo olografico, sorridente.

«Joe, ho un'opportunità interessante per te.» Si strofinò le mani. «Conosci la Base Orbitale WISE?»

«L'ho seguita. È il fulcro del progetto World Interstellar Space Exploration. Una base di assemblaggio che è rimasta in orbita intorno alla luna nell'ultimo decennio. Interessante.»

«L'attuale comandante del progetto, la persona responsabile per questa fase dell'assemblaggio, è un'amica. Si chiama Dina Taggart. Ha un problema, e tu potresti essere in grado di aiutare.»

«Sembra molto lontano da quello su cui lavoro. Perché hai pensato a me?»

«Dina dirige una grossa operazione, con staff di supervisione umano e una flotta di robot. Alcuni problemi tecnici hanno mandato a rotoli la costruzione. Dina sospetta che qualcosa non quadri con i robot. La tua competenza con la progettazione dell'IA, unita al tuo talento con i netwalker, potrebbe darle le risposte di cui ha bisogno.»

. . .

Qualcosa di completamente diverso, eppure in qualche modo simile ai vecchi hackeraggi. Incredibile come il mio mondo possa cambiare in un attimo.

. . .

«Mike, ti ringrazio per aver pensato a me. Mi sembra affascinante. Puoi metterci in contatto?»

Mike gli passò i contatti. «Buona fortuna», disse, e chiuse la comunicazione.

Con un nuovo obiettivo, Joe passò le successive tre ore a studiare le informazioni che riuscì a trovare sul progetto WISE e su Dina Taggart. Aveva iniziato con lauree specialistiche in fisica, design e ingegneria, per poi continuare con una carriera impressionante. Il suo impiego attuale come comandante alla base era il culmine di una serie di importanti progetti scientifici, ognuno più considerevole del precedente. Chiuse il suo curriculum, stupito e intimidito.

Dopo un momento di riflessione e un respiro profondo, aprì il NEST per attivare il contatto criptato che gli aveva dato Mike. Stabilì la connessione net e attese un minuto che ci fosse risposta.

«Mike mi aveva detto di aspettarmi una tua chiamata. È un piacere», rispose una voce gutturale. Il volto olografico apparve un momento più tardi. Aveva i capelli castani, portati con un taglio corto e ordinato che sfiorava appena la linea della mandibola. Senza troppi fronzoli, Dina chiese a Joe delle sue precedenti esperienze. Sapeva del suo passatempo al VRbotFest. Dopo svariate domande, lui si rilassò e si godette la conversazione, ma un pensiero lo preoccupava.

«Sono elettrizzato all'idea di aiutare come posso. È una gradita opportunità.» Joe si schiarì la gola, timoroso che la frase successiva potesse essere il motivo della propria disfatta. «Non sono sicuro di avere accesso ai livelli di sicurezza necessari.»

Dina lo fissò con espressione seria. «Ti riferisci al tuo Livello, eh?»

«Sì.»

«La tua conoscenza dell'IA è impressionante, e la tua abilità con un netwalker ci risparmierà molto tempo di apprendimento per il problema immediato che ho. Mike mi ha detto che sei intelligente ed esperto; io posso vedere da me che sei bravo in quello che fai, ed è tutto ciò che mi importa.» Fece una pausa. «Mi piacerebbe che ti unissi al team.»

Joe rilasciò il respiro che aveva trattenuto. «Sarei onorato di aiutarvi.»

Dina si illuminò, poi tornò seria. «C'è un problema. Una stupida regola che non posso aggirare e sarà un handicap per te. Dal momento che non sei almeno un Livello 25, dovrai disattivare la funzione di memorizzazione sul tuo NEST. Il governo ha paura che i segreti vengano diffusi.»

«Tutti hanno un qualche tipo di handicap.» Il viso di Evie invase i suoi ricordi. «Tra l'altro, mi sono allenato a vivere senza appoggiarmi alla memoria del NEST.»

«Molto bene. Quando puoi iniziare?»

«Immediatamente.» Sorrise involontariamente. Sarebbe stato bello lavorare di nuovo su un problema pratico. Ultimamente, il lavoro teorico non stava portando a nulla.

Dina rise. «Domani andrà bene.» Gli diede i dettagli per incontrarsi tramite movibot il giorno seguente.

◆

La mattina seguente, dopo un breve viaggio sull'iperlev, Joe trovò la torre d'acciaio che serviva da ufficio regionale del progetto WISE a Salinaston. Un pafibot alla reception registrò i suoi dati, poi un altro lo accompagnò in una stanza ai piani superiori. Box individuali con postazioni netwalker erano allineati sul perimetro interno della stanza, ognuno chiuso da una porta. Il robot gli indicò un box e disse, con voce femminile autoritaria: «Mr. Denkensmith, ecco il suo equipaggiamento. Può raggiungere il suo ospite quando è pronto.»

All'interno trovò la solita piattaforma sopraelevata con tapis roulant, cavi e una tuta aptica appesa al soffitto. Salì sulla piattaforma, indossò la tuta e la strinse, regolò l'imbracatura, infilò gli stivali e si posizionò sulla sedia pieghevole. Verificò la comodità di transizione da una posizione all'altra: la sedia si alzava e si abbassava per simulare il cambiamento da posizione seduta a eretta, la camminata e la corsa. Poi venivano i guanti, che controllò flettendo la dita per assicurarsi che i contatti fossero accurati. Infilò il casco, modello Markarian 421. Accese il NEST e lo collegò alla consolle, ma disattivò la funzione di memorizzazione.

. . .

Ecco che se ne va la mia memoria. Anche questa sarà una nuova esperienza.

. . .

Regolò la funzione avatar su "autentico", e un'esatta replica del suo volto venne copiata nell'equipaggiamento. Il casco ronzò. Il verde monocromatico iniziale fu sostituito da una luce bianca.

. . .

Attrezzatura di prima qualità. Potrei abituarmici. Vediamo cosa cambia con questo movibot rispetto alle macchine virtuali del VRbotFest.

. . .

Visto che avrebbe incontrato Dina sulla Base Orbitale WISE, i loro movibot avrebbero avuto un ritardo di segnale di 2.6 secondi sulla risposta aptica. Il ritardo della voce sarebbe dipeso invece da dove lei si trovava fisicamente. Si concentrò su se stesso, aprì la connessione, e si ritrovò immerso nell'interfaccia net.

Joe si ritrovò in piedi in una sala di controllo spoglia. Più specificamente, si ritrovò all'interno di un movibot attaccato ad una rastrelliera lungo una spartana parete grigia. A destra e sinistra poteva vedere altre macchine simili. Liberandosi dei legacci, si mosse in avanti. Joe si fermò, aspettando che il suo cervello si abituasse alla doppia traduzione: il movimento del proprio corpo nel netwalker era imitato dal movibot sulla base orbitale, tradotto da una serie di servomotori. Poi doveva attendere il ritardo nel segnale per la comunicazione che il movimento fosse completo. Joe ondeggiò, poi esaminò gli stivali ai piedi del robot. Fece un altro passo tentennante e sentì il tonfo dello stivale che teneva il robot agganciato al pavimento ferroso, grazie a piccoli elettromagneti regolati sul suo feedback biometrico. I passi successivi furono più naturali.

«Uno studente che apprende velocemente, vedo. La maggioranza dei visitatori impiega più tempo per adattarsi agli stivali Radus.»

La fronte del robot di fronte a lui brillò argentea e il volto di Dina apparve dietro la visiera. Sorrise, allungando una mano robotica verso di lui. «Dina Taggart. È un piacere averti qui sulla Base Orbitale WISE.» Gli strinse la mano e Joe avvertì la sua ferrea stretta attraverso la tuta aptica.

. . .

Se questa è la sua vera stretta di mano, è già straordinaria. E probabilmente lo è, visto che è considerato volgare modificare i parametri quando si imposta il proprio avatar autentico.

. . .

«Hai detto *qui* sulla Base Orbitale WISE? Sei in orbita lunare?» Joe vide il proprio riflesso nella sua visiera e fu colto di sorpresa. Vide la fronte argentata di un movibot con il proprio volto proiettato dietro la visiera. Sembrava l'uomo di latta che aveva visto tempo addietro in un videoclip d'epoca, e gli diede l'inquietante sensazione di essere un pafibot.

«Devi sapere tutti i dettagli, eh? Sono sulla costa sud degli Stati Uniti, in un altro ufficio del WISE, e qui attraverso un movibot esattamente come te. Ma visito fisicamente la base orbitale parecchie volte all'anno. E con il problema che sei chiamato a risolvere, dovrei essere lì di persona anche adesso.» Il suo volto si oscurò. Gli fece cenno di seguirla e procedette sferragliando verso un ascensore di vetro, che sfrecciò in alto e si fermò al piano superiore con un sibilo, aprendo le porte.

Avanzarono traballando in una stanza circolare di circa tredici metri di diametro, con i muri e il soffitto che formavano una grossa cupola di vetro. All'esterno, l'oscurità dello spazio era punteggiata da milioni di stelle. L'enorme sfera della luna sembrava appesa, come un diamante che gettasse la sua ombra sul pavimento. Dina lo guidò verso un semicerchio di undici sedie imbullonate al pavimento metallico, al centro della cupola. Cinture magnetiche legarono il movibot alla sedia, rivelandosi molto più comode rispetto a combattere la tendenza al galleggiamento provocata dall'ambiente a gravità zero della base. Il lato aperto del semicerchio era occupato dai computer della consolle di controllo e da un'unità olo-com. Dietro la prima fila di sedie ne era stata disposta una seconda, più lunga. Il vetro della cupola garantiva una vista spettacolare sull'intera base. Doveva essere il centro delle operazioni, soprattutto quando era in corso qualcosa di importante.

«Benvenuto sul ponte della Base Orbitale WISE. La base sta assemblando una serie di sonde e navi interstellari, con le prime sonde destinate al volo inaugurale entro tre anni. Inoltre, stiamo aggiungendo parti all'infrastruttura della base», disse Dina. Mentre descriveva il progetto, indicava le parti che potevano essere viste da quel punto di osservazione. Joe provò a seguire tutti i dettagli, incantato dal panorama e dall'esperienza di essere seduto su una base spaziale in orbita. La nave era più spartana, pratica e autentica rispetto ai facsimile che aveva visto in realtà virtuale. Dopo la presentazione, gli fece un riassunto delle recenti difficoltà.

«Nell'ultimo mese i lavori sono stati rallentati da alcuni problemi. Abbiamo avuto un incidente in cui due grosse sezioni non sono riuscite ad agganciarsi, danneggiando uno dei moduli di assemblaggio. Il guasto è inspiegabile, se non per il fatto che ci sono stati strani problemi tecnici di cui non riusciamo a venire a capo. Gestisco cinquecento mecha in prima linea, con un centinaio di pafibot per l'interfaccia. Altre centinaia di persone in vari uffici supervisionano i robot. Abbiamo una dozzina di persone nei netwalker che dovrebbero essere in grado di vedere tutto tramite i loro movibot. Le riprese video sono continue, e abbiamo personale negli uffici del WISE a controllare i software automatici che regolano il lavoro. Trovo incomprensibile, con tutta quella supervisione, che non riusciamo a far combaciare correttamente queste due grosse sezioni. Soprattutto visto che abbiamo portato a termine operazioni più complesse con facilità.» Terminò con un gesto disgustato in direzione dei lavori all'esterno della vetrata.

Joe si concentrò sulle dinamiche orbitali. «Siamo in un'orbita di sei giorni intorno alla luna, giusto?»

«Sì, precisamente in un'orbita NRHO, near-rectilinear halo orbit, un tipo di orbita halo molto efficiente. Ci tiene fuori dall'ombra lunare, così la comunicazione con gli uffici sulla Terra è più facile, e semplifica il mantenimento di posizione. Gli stabilimenti di produzione sono collocati in tre basi lunari. Possiamo trasportare materiali e moduli completi dalla superficie quando raggiungiamo il punto più vicino, nella finestra di trentuno ore che sta per terminare.»

Joe si concentrò sui dettagli, osservando i mezzi di trasporto robotici che risalivano dal Mare Imbrium verso la stazione spaziale in un flusso ininterrotto. Sentiva il bisogno crescente di vedere la base orbitale dall'esterno.

«Sospetti che qualcosa sia andato storto con il software di controllo dei robot?»

«Abbiamo controllato senza successo i soliti sospetti, quindi è un'idea come un'altra da mettere alla prova», disse lei.

Discussero le sue prossime mosse. Joe avrebbe iniziato a lavorare immediatamente, esaminando qualsiasi comportamento strano che potesse suggerire una falla nel software. Poteva usare il netwalker per comandare il movibot o un movimech, per indagare sulle attività svolte, concentrandosi sull'interazione tra mecha e pafibot. Avrebbe anche controllato i registri all'ufficio regionale del WISE, per evitare il ritardo aptico durante il lavoro alla scrivania.

«Va' là fuori e metticela tutta», disse lei, chiudendo la conversazione con un'ultima ferrea stretta di mano. Sembrava stanca, ma si voltò e andò incontro a due movibot che nel frattempo erano usciti dall'ascensore ed erano rimasti rispettosamente in attesa. Nonostante il suo movibot fosse identico agli altri, il modo in cui si muoveva tradiva la sua capacità di farsi carico di quell'enorme macchina produttiva. Quell'impressione rimase con Joe mentre l'ascensore scendeva.

Tornò alla rastrelliera, dove allacciò il robot e diede il comando di espulsione. I muri dell'ufficio regionale si materializzarono di nuovo intorno a lui. Il progetto sarebbe stato una sfida emozionante. Era pronto per cominciare.

───────◆───────

Joe era nel movimech, appollaiato su una scala. Dopo sei giorni, la Base Orbitale WISE gli era familiare. Poteva arrampicarsi sulla sovrastruttura o galleggiare senza peso in un punto preciso per analizzare nel dettaglio il processo di assemblaggio, mentre cercava di ricollegare il lavoro dei robot alle spiegazioni ricevute da Dina.

L'intera colossale struttura era illuminata da tubi luminosi per tenere a bada l'oscurità del vuoto. La sezione centrale, o dorsale, era costituita da un lungo modulo rettangolare che fungeva da colonna portante e misurava mille e trecento metri da un estremo all'altro. Oltre ai sistemi di supporto vitale, la dorsale conteneva due nastri trasportatori placcati in ferro, per permettere ai robot, ai movibot e ai rari umani di attraversare quella lunghezza con il minimo sforzo. Joe aveva viaggiato su quei nastri avanti e indietro molte volte, e percorso il modulo anche a piedi, con gli stivali Radus che tintinnavano sulla striscia di metallo immobile nel mezzo. Ma era più comodo, e più divertente, muoversi all'esterno con i propulsori. Con piccoli sbuffi silenziosi a sospingerlo, Joe poteva osservare i moduli a tenuta stagna posizionati a intervalli regolari, dove attraccavano le navicelle da trasporto, e i moduli di produzione attaccati alla dorsale in acciaio blu, in corrispondenza delle camere di equilibrio. Al momento vide diverse navicelle attraccate, con gli scafi cilindrici perpendicolari alla sezione centrale.

Ciascuna estremità della dorsale finiva con un modulo di fusione nucleare. Erano posizionati ai lati opposti nell'eventualità di guasto seguito da una catastrofica esplosione, per evitare che l'intera base restasse senza energia. Non servivano pannelli solari a nanotubi di tungsteno disolfuro come quelli diffusi ovunque sulla Terra, dal momento che un grammo di combustibile avrebbe prodotto tutta l'energia di cui la stazione avrebbe mai avuto bisogno. I moduli di fusione assomigliavano a ciambelle blu, dentro cui erano racchiusi i nuclei di contenimento del plasma toroidali e i loro reattori a fusione.

Al centro della base orbitale si trovava un disco argentato a due piani che fungeva da modulo ponte e da punto focale dell'intera struttura. Sulla sua sommità si ergeva il ponte di comando con il soffitto a cupola. Assomigliava a un'astronave aliena uscita da un cartone animato retrò. Dal lato opposto della dorsale sporgeva un lungo cilindro di supporto a cui era agganciato l'anello per la gravità artificiale, simile ad un'altra ciambella blu su uno stecchino. Ruotava pigramente per ricreare una zona a bassa gravità, adatta agli esseri umani che restavano a lungo sulla base.

Le varie parti della struttura erano state identificate nel modo più logico che un matematico potesse desiderare. Dipartendosi dal ponte centrale, un ramo della dorsale si chiamava Alpha e l'altro Omega, mentre i relativi reattori posti in punta erano il Reattore Alpha e il Reattore Omega. Diverse camere di equilibrio intervallavano la dorsale, nominate in ordine consecutivo a partire dal ponte: A, B e così via sul lato Alpha, mentre sul lato Omega erano AA, BB e via dicendo. Joe amava passare il tempo all'esterno, ad ammirare quella splendida macchina.

Ora però aveva la fronte imperlata di sudore. I bicipiti gli dolevano per aver manovrato i controlli del movimech per tre ore consecutive. A peggiorare le cose, gli serviva una pausa fisiologica: la sua vescica era sempre più irritata ad ogni minuto che passava. Guardò in basso, verso la fiancata di una stiva di carico della dorsale, poi controllò che gli stivali fossero fissati al piolo della scala. Riempì i polmoni e rilasciò l'aria lentamente.

Aprì il NEST e disse: «Mecha in modalità stasi. Abbandonare il movimech.»

La stiva di carico, il movimech, l'ambiente scuro e punteggiato di stelle si smaterializzarono intorno a lui, sostituiti dal box dell'ufficio regionale del WISE. Si tolse l'attrezzatura sudata, trovò il bagno e si procurò una biofiasca di acqua ghiacciata e una barretta energetica. Joe tornò nel box, masticò la barretta e tracannò l'acqua. Gli ci vollero sette minuti per flettere le dita e il collo, così da permettere al leggero disorientamento di placarsi, come un marinaio che scenda a terra dopo aver camminato su una nave beccheggiante. Poi si rimise la tuta e tornò nel movimech.

Il movimech si materializzò intorno a lui, ancora agganciato alla scala su cui l'aveva lasciato. Fletté le dita, e la mano meccanica si mosse con 2.6 secondi di ritardo. Si guardò intorno per qualche istante, per riorientarsi ed evitare le vertigini. L'unico suono udibile era il proprio respiro.

Una struttura in acciaio stava salendo dalla luna, riflettendo i raggi del sole. Joe zoomò con il NEST. I mecha la spingevano lentamente verso la base orbitale. Zoomò ancora e riuscì a leggere il nome MODULO DI PRODUZIONE 17 sul lato. Era il modulo più importante da aggiungere quest'anno, la stessa manovra di intercettamento fallita l'ultima volta. I mecha avrebbero attaccato il modulo alla dorsale accanto alla stiva di carico F, dove si trovava lui. Valutò metodicamente l'attività nel suo insieme, spostando l'attenzione dal nuovo modulo, ai mecha, alla luna.

Il modulo di produzione, una struttura di quarantatré metri, si avvicinò alla stiva di carico. I mecha lo circondarono e le loro luci lampeggiarono mentre lo guidavano in posizione. Altri mecha si sporsero dalle piattaforme di manovra di acciaio blu, sospese al di sotto della dorsale. Quando le orbite si fossero sovrapposte in posizione di intercettamento, i propulsori del modulo si sarebbero accesi per completare il trasferimento orbitale, consentendo ai mecha di saldarlo alla stazione.

Più in là, la luna gibbosa crescente incombeva, mentre la base vi si avvicinava sulla propria orbita ellittica. Joe studiò la fila di crateri lungo la linea d'ombra, 1.500 chilometri più in basso. Non riuscì a evitare che il cuore accelerasse i battiti. Era meglio di qualunque videogioco VR a tema spaziale a cui avesse mai giocato. Questo però era reale, il suo movimech era reale, anche se viveva l'esperienza soltanto attraverso un netwalker.

Un sussulto scosse la stiva di carico e fece tremare le suole dei suoi stivali. Joe sussultò nell'imbracatura. Fu raggiunto da un brontolio sordo. Gli unici suoni possibili nello spazio erano quelli provocati per contatto, e la vibrazione della scala metallica riverberò nelle sue dita quando il modulo di produzione si fermò. Un'estremità della struttura si era schiantata contro la stiva di carico, facendo carambolare frammenti di metallo tagliente in tutte le direzioni.

I mecha accesero i propulsori per evitare che la struttura ruotasse. La voce di un pafibot risuonò sul canale di comunicazione.

«Fissaggio del modulo di assemblaggio annullato. Stabilizzare e allontanare il modulo di produzione dalla base orbitale; sospendere orbita sincronizzata.»

. . .

Pessimo tempismo per una pausa. Mi sono perso qualche dettaglio importante?

. . .

Rilasciò i morsetti ai talloni e attivò i propulsori con piccole spinte per allontanare il movimech dalla stiva di carico. Galleggiò al di sopra dell'estremità distrutta del modulo di produzione e provò ad avvicinarsi per vedere nello spazio tra il modulo e la dorsale. I bordi più vicini a lui si toccavano, ma non erano paralleli. Qualcosa era andato storto, ma non riusciva a dedurre cosa fosse successo. Non c'era alcuno schema visibile nei movimenti delle dozzine di mecha attaccati al metallo contorto; Joe strinse i pugni, sentendosi sconfitto.

La voce di Dina vibrò nel suo NEST. «Joe, vedo che sei là fuori in un movimech. Puoi raggiungermi sul ponte?»

«Sarò lì in diciassette minuti.»

Dopo un ultimo sguardo scoraggiato alla ricerca di prove negli schemi di movimento dei mecha, Joe manovrò il movimech verso una piattaforma di attracco. Passò nella camera di equilibrio e si introdusse con cautela nella stazione, facendo attenzione a non sbattere contro il soffitto basso, cosa che risultava difficile data l'altezza del movimech. Seguì il corridoio e prese l'ascensore di vetro fino al ponte. Il movibot di Dina avanzò con passi metallici fino a fronteggiarlo, mostrando l'espressione interrogativa del volto dietro la visiera.

«Eri l'unica persona là fuori con i robot. Sai dirmi cosa è successo?»

«Dannazione, no, non c'era niente che potessi vedere. Stava andando tutto bene, e poi non più.»

«Questo incidente è identico all'intercettamento sette orbite fa, in cui l'unione del modulo è fallita. Anche quello ha causato dei danni», disse lei.

Lui si grattò il mento, poi si rese di quanto il gesto dovesse sembrare ridicolo. «Devo analizzare tutti i mecha là fuori per scaricare il loro registro dati. Devono esserci indizi che suggeriscano la causa.»

Lo studiò con occhio critico. «Stai impegnando molte ore in questo progetto; un po' troppe, in effetti. Ho controllato i registri. Hai già accumulato cinque volte il limite massimo per questa settimana.»

«Non vedo come chiunque possa fare il proprio lavoro in solo dodici ore a settimana. Lavoro quanto voglio lavorare.»

«E io devo seguire il protocollo.» Poi il suo tono si ammorbidì. «Ma rispetto la tua etica sul lavoro e il tuo desiderio di aiutare. Farò un'eccezione. Sei libero di lavorare quante ore desideri. Ti darò i codici di controllo per poter indagare sui mecha.»

. . .

Anche lei defezionista, non permette che stupide regole le intralcino la strada. Mi dispiace di averla delusa.

. . .

«Grazie. E mi dispiace di non essere riuscito a fermare questo disastro oggi.»

«È una battuta d'arresto meno grave dell'ultima volta. I primi rapporti dicono che possiamo riparare il danno restando in orbita vicino alla luna. Ho già ordinato i pezzi di ricambio alla fabbrica della base lunare. Potremmo essere in grado di ritentare tra sette giorni, quando completeremo nuovamente l'orbita e intercetteremo un giorno più tardi del periapside.»

«Farò tutto il possibile per avere la risposta entro quel giorno.»

CAPITOLO 19

Dopo l'incidente alla base WISE, Joe tornò nel suo appartamento per cenare e dormì unici ore filate. Era chiaro che Evie non fosse tornata, né la trovò ad aspettarlo quando si svegliò. L'appartamento gli sembrò spoglio e triste. Decise che avrebbe risparmiato tempo se si fosse trasferito all'ufficio regionale per l'intera settimana seguente. Preparò una borsa con le cose essenziali, prese le scorte settimanali preparate da 83 e gli diede la spazzatura, poi chiuse la porta a chiave.

Di ritorno all'edificio del WISE, fece richiesta di uno spazio più grande. Un pafibot lo accompagnò al secondo piano e lo fece entrare in un ufficio. Misurò a occhio la stanza: era più larga, ma era spoglia, con un'unità olo-com sistemata sopra una scrivania nell'angolo e la piattaforma netwalker al centro. Chiese una brandina, un sintetizzatore e una scorta base di cibo. I robot installarono ciò che aveva richiesto nel giro di un'ora, ammucchiando tutto intorno alla piattaforma sopraelevata. La stanza sarebbe servita allo scopo.

Joe passò le successive cinque ore alla sua nuova scrivania, ad analizzare i registri dei dati. Stava facendo una breve pausa per mangiare, quando un messaggio in entrata da parte di Dina lampeggiò sullo schermo. Aveva organizzato una conferenza sulla base orbitale alle 16:00, per esaminare l'incidente. Joe accettò l'invito.

Un'ora più tardi, si sistemò nel netwalker e aprì la connessione con la base orbitale. La stanza scomparve e Joe si ritrovò all'interno del movibot, nella rastrelliera lungo la parete. Altri due movibot si stavano avvicinando, trascinando gli stivali sul pavimento metallico. Riconobbe Dina in uno dei due e la seguì nell'ascensore.

La cupola di vetro del ponte si affacciava su una luna che andava rimpicciolendosi. Due pafibot e due umani erano già seduti nel semicerchio di sedie, e questi ultimi alzarono gli occhi quando entrò. Entrambi indossavano tute spaziali, ma avevano tolto il casco. La prima era una donna imbronciata con i capelli rosso acceso. Al suo fianco sedeva un uomo alto che faceva roteare il casco sulla punta dell'indice. Il ponte non aveva un posto di comando: tutte le sedie erano intenzionalmente disposte in modo collegiale. Joe si sedette con le spalle alla luna, così da concentrarsi sui presenti.

«Permettimi di presentarti il mio staff esecutivo», disse Dina indicandoli con un cenno della mano. «Iniziando da Robin Perez, il nostro ufficiale responsabile dei sistemi di guida, navigazione e controllo, abbreviato in GNC.»

Joe rimpiangeva di aver dovuto disattivare il NEST e di essersi disfatto del PADI, ma scacciò l'emozione e si concentrò per ricordarsi i nomi e le posizioni.

Il broncio era ancora ben stampato sul viso di Robin quando disse: «Comandante, mi scuso per aver permesso che questo incidente accadesse. Non permetterò che vengano arrecati altri danni alla base sotto la mia supervisione.» I suoi boccoli rosso fuoco brillavano, in netto contrasto con lo sfondo dello spazio alle sue spalle.

«Troveremo la causa insieme.» Dina annuì in segno di incoraggiamento. «Poi abbiamo Chuck Williams, ufficiale responsabile delle dinamiche di attracco.» Indicò l'uomo alto con i ricci scuri che aveva fatto rotare il casco. «Per lui usiamo l'acronimo DIDA.» Il suo largo sorriso gli ricordò Raif.

«Infine», disse, indicando l'ultimo uomo all'interno di un movibot, «Jim Kercman, ufficiale responsabile delle operazioni di costruzione.»

Joe compose un veloce promemoria.

. . .

Robin Williams con il capitano Kerc, due per tre.

. . .

Dina si girò verso i pafibot. «Ed ecco i nostri robot. PAFI 13691, o Boris, è il delegato per le operazioni di carico. Mentre PAFI 13693, o Natasha, è il delegato ai sistemi informatici.» La fronte dei due pafibot si illuminò di blu durante la propria presentazione.

Dina spiegò poi il ruolo temporaneo di Joe nel progetto. Concluse le presentazioni, chiese a ognuno di fare un riassunto di ciò che sapevano riguardo all'incidente. Ciascuno degli ufficiali, a turno, si alzò e presentò rapidamente il proprio punto di vista, cedendo il posto al successivo. Ci furono numerose domande dopo ogni intervento.

«Abbiamo analizzato i video e, finora, non abbiamo trovato una ragione per il fallimento dell'attracco.» La frustrazione di Chuck era evidente dal suo tono di voce. «Il centro operativo WISE per il nord-est ha passato al setaccio i dati MARA e fatto possibili simulazioni VR. Non è saltato fuori nulla di ovvio da nessuna delle angolazioni riprese. Ora stiamo analizzando ogni singolo robot e mecha coinvolto, ma dobbiamo scaricare i registri dei dati individualmente.»

«Il settore delle operazioni di carico non ha registrato deviazioni dal programma», disse Boris.

«Il settore dei sistemi informatici non ha trovato errori nei nostri sistemi, tutto nella norma», rispose Natasha.

Jim e Robin presentarono rapporti simili.

Nessuna causa apparente.

Joe pensò a dove poter trovare dati aggiuntivi per analizzare il problema. «I mecha provengono da un network misto, per poter comunicare tra loro e organizzare il lavoro. Quel network condivide alcuni dati sensoriali. Sono stati esaminati?»

Jim si avvicinò. «Non che io sappia. Sono dati difficili da capire. I mecha sono dotati di sensori di campo magnetico, che raccolgono dati di magnetoricezione poi processati da algoritmi di apprendimento approfondito. Quei sensori captano a 360 gradi, anche alle spalle dei mecha.»

Robin si intromise. «Il problema nasce dalla differenza tra la percezione dei robot e la nostra. È difficile per noi comprendere come ci si senta con una magnetoricezione a 360 gradi.»

«È un po' come capire cosa si provi a essere un pipistrello», disse Dina.

«Devono esserci anche dati provenienti dalle vibrazioni captate dai sensori acustici attraverso lo scafo. Ma sono limitati al momento in cui le strutture erano in contatto», disse Joe.

Chuck rise. «Nello spazio, nessuno ti sentirebbe urlare.»

Joe ridacchiò, e Dina sorrise. Se era frustrata per l'assenza di progressi, non lo dava a vedere.

Dina si appoggiò allo schienale della sedia. «Cerchiamo di trovare soluzioni creative. Che ne dite di una sessione di brainstorming? Suggerisco di iniziare privilegiando la quantità rispetto alla qualità, e ci preoccuperemo di accorciare la lista più tardi.»

Ignorando i robot, i tre ufficiali, Dina e Joe si lanciarono in una discussione a ruota libera per trenta minuti. Dina spingeva la conversazione a proseguire, efficiente e propositiva, creando una lista di azioni a partire dalle nuove idee. Boris e Natasha contribuirono con commenti tecnici quando interpellati, restando in silenzio per la maggior parte del tempo. Quando il flusso di idee rallentò, Dina concluse la riunione con un veloce: «Bel lavoro, squadra», ed un cenno del capo, poi uscirono tutti dalla stanza per tornare ai propri compiti. Robin, Jim e Dina si affrettarono, mentre Joe e Chuck aspettarono l'ascensore insieme.

«Sono contento che tu sia qui. Questo problema ricade in pieno nel mio settore, perciò apprezzo ogni aiuto possibile», disse Chuck.

«Sono impressionato dalla leadership di Dina. Avete una buona squadra e sono contento di farne parte.»

Chuck annuì. «Dina lavora senza sosta, e sulle cose giuste, quindi siamo motivati a fare lo stesso. Sogniamo tutti più in grande grazie a lei.»

«Nessuno sembra contare le ore di lavoro», disse Joe. Entrarono nell'ascensore.

«Sono contento che non lo faccia nemmeno tu.»

«Ho notato che i ruoli dei due robot sono ufficialmente di delegati», disse Joe.

«Sì. Tutti gli ufficiali in carica sono umani. È saltato fuori che i robot non sono grandi pensatori creativi.»

Joe soffocò una risata. «Non pensano fuori dagli schemi?»

«No. Decisamente intrappolati negli schemi.»

«Per un processo creativo come il brainstorming è necessario sentirsi a proprio agio con l'ambiguità. E con l'impazienza, perché lavoreremo come pazzi finché non verremo a capo della faccenda. Se conoscessimo la destinazione, sarebbe molto più facile arrivarci», disse Joe.

«C'è mai stato qualcuno che conoscesse la destinazione?»

Uscirono dall'ascensore, e Joe notò che Chuck stava facendo roteare di nuovo il suo casco. Era un trucco ingegnoso, che sfruttava la forza centripeta per trattenere il casco sul dito nell'ambiente a gravità zero. Sarebbe stato ancora più difficile farlo dall'interno del movibot con il ritardo di 1.3 secondi, e con il doppio per avere conferma del gesto compiuto dalla sua mano. Impulsivamente, Joe allungò l'indice, prese il casco di Chuck e lo fece girare tre volte, poi lo fermò con la mano e glielo restituì.

«Wow.» Chuck rise. «Non ho mai visto qualcuno farlo con un movibot.»

Joe apprezzò il complimento. «Non siamo come quelle macchine. Possiamo ridere, quindi non dovremmo prendere la vita così seriamente da perderci queste opportunità.»

· · ·

Jardine ha ragione. Dobbiamo sempre tenere a mente che possiamo fare qualunque cosa, anche la più insolita e imprevedibile. E possiamo ridere.

· · ·

«E tu, hai un delegato robot?»

«No.» Chuck fece roteare il casco e si allontanò, aggiungendo: «Ma se ne avessi uno, dovrebbe essere balbuziente.»

Passarono più di 2.6 secondi prima che Joe ridesse. D-DIDA, geniale.

Capitolo 20

Joe posò lo sguardo sulla sgradevole sfumatura di beige che ricopriva il muro dell'ufficio del WISE. Aveva passato gli ultimi due giorni rintanato là dentro, lavorando undici ore di fila, analizzando i registri dei dati oppure nel netwalker. Sfogliare i registri dei mecha e pafibot operativi durante entrambi gli incidenti era un lavoro ingrato, che intervallava con brevi ma frequenti pause. In ufficio poteva almeno godere di vero cibo preparato dal sintetizzatore e di un sonno profondo, senza sogni, portato dallo sfinimento.

Al contrario, trovarsi nello spazio con il movibot era una sensazione immediata e viscerale. Si trascinava lungo la dorsale, avvertendo il brusio dei lavori svolti all'esterno che si trasmetteva vibrando allo scafo e dava l'impressione di percepire una creatura vivente. Si affrettava lungo le passerelle e camminava su e giù per i corridoi, esplorando la base, con il ritmico tintinnio degli stivali che colpivano il pavimento metallico. I mecha gli passavano accanto, con le loro teste triangolari che sembravano non guardare nulla in particolare. I pafibot dalla testa ellittica, invece, avevano spesso un sorriso deferente impostato automaticamente. Joe cercava le luci lampeggianti arancioni che indicavano la presenza dei robot.

I movimech e movibot, guidati da umani attraverso connessioni netwalker, come nel suo caso, erano più rari. La loro fronte splendeva argentata, e Joe li salutava tutti. Loro ricambiavano regolarmente il saluto e solitamente si fermavano per scambiare qualche parola.

Fece conoscenza con molti altri impiegati del progetto WISE. Tutti esprimevano frustrazione riguardo ai recenti incidenti, ma nessuno aveva idea di come poter aiutare. In ogni caso, entrare in sintonia con i ritmi del progetto lo fece sentire bene.

Tre giorni dopo l'incidente, il movibot di Dina raggiunse Joe in corridoio. Per una volta, non era seguita da una fila di persone in attesa di parlarle. «Aggiornami sull'indagine, ok?»

Contento dell'invito, la seguì sul ponte, dove si accomodarono sulle sedie della fila più esterna. Alla consolle di controllo c'erano tre pafibot e un movibot, impegnati a comunicare attraverso l'unità olo-com. La base si trovava all'apoapside dell'orbita lunare, e la luna sembrava sospesa in un mare di inchiostro fuori dalla cupola di vetro. Si era rimpicciolita rispetto a tre giorni prima, ma era ancora circa cinque volte più grande di come l'avesse mai vista dalla Terra.

Sforzandosi di mantenere la concentrazione interamente su Dina, Joe ricapitolò tutto ciò che aveva fatto. Lei annuì in segno di incoraggiamento e disse, con un sorriso ironico: «Hai fatto molto in dodici ore.»

Le fece l'occhiolino. «È bello essere così preso da un lavoro soddisfacente.» Fece una pausa, poi chiese quale fosse la prossima fase del progetto WISE. «La netchat è piena di speculazioni a proposito dei primi astronauti interstellari. State già pensando di reclutare?»

Dine scoppiò a ridere. «Il futuro arriva più lentamente di quanto immagini. Sai chi partirà sulla prima navicella? Un singolo robot specializzato. Un mecha miniaturizzato con un'IA avanzata.»

Joe vide la propria espressione scioccata riflessa nella sua visiera.

«E quel robot partirà decenni dopo altre dozzine di piccole sonde, che manderanno informazioni per selezionare gli esopianeti più favorevoli verso cui dirigerci.»

«Ma la nostra capacità costruttiva oggi è prodigiosa. Perché ci vuole tanto?»

Dina sospirò. «Valgono le equazioni della relatività di Einstein. Stando alla sua equazione sulla relazione tra massa ed energia, servirebbe una quantità incredibile di energia per portare una qualsiasi massa significativa alla velocità minima che dovremmo ottenere, cioè un decimo della velocità della luce. Dato il tempo necessario per accelerare fino a quella velocità, e poi per decelerare, l'arrivo su qualunque stella o sistema solare impiegherebbe circa novantasette anni. In più, richiederebbe la versione ridotta di un complesso razzo a fusione nucleare. Non saremo pronti per trasportare esseri umani in un viaggio interstellare, realisticamente, almeno per altri due secoli. Se si parla di viaggio interstellare, siamo ancora sui banchi di scuola.»

«Non per mancanza di iniziativa, però. Sono colpito dalla grandezza e dalla complessità di questo progetto costruttivo. Stai facendo un lavoro fenomenale.»

«La mia gestione della Base Orbitale WISE è solo uno dei tanti programmi spaziali. Abbiamo una dozzina di basi lunari abitate, tre basi su Marte e una su Fobos. Per non parlare dei programmi astronomici, come il radiotelescopio sul lato oscuro della luna, le operazioni minerarie lunari e l'estrazione di xeno su Marte, in cui i robot si occupavo del recupero dei minerali. Abbiamo automatizzato completamente le operazioni di estrazione dei metalli nelle due basi situate su asteroidi NEO. Molti di questi progetti sono di supporto agli sforzi del WISE, per cui non è corretto attribuirne il merito a una sola persona.»

«Sei troppo umile.»

«Non sono neanche una planetante per ora. Non ho ancora passato un decennio della mia vita lontana dal suolo terrestre, come invece hanno fatto più di un migliaio di persone. È un sacrificio enorme, quello di compiere una scelta del genere, e chi la fa ne paga il prezzo. Accettano i rischi per la salute legati alla vita nello spazio e si adattano alla bassa o nulla gravità con il continuo esercizio fisico. Lasciano dietro di sé tutte le persone che conoscono per lunghi periodi di tempo.» Dina guardò la luna. «Sono pionieri, come lo furono coloro che aprirono la via per il West, nel bene e nel male. Non ci furono soltanto nomi famosi come Lewis e Clark, o Fremont e Carson. I pionieri vivevano anche in piccole case nella prateria. Gli esploratori dei giorni nostri compiono gli stessi sacrifici.»

«Ma tu guidi uno degli sforzi più importanti.» Joe voleva, più di ogni altra cosa, farle capire l'immenso rispetto che provava per lei.

Dina lo fissò apertamente. «Questo è un punto critico. Gli esseri umani danno troppa importanza alle azioni dei singoli individui. Storicamente gli inventori come Tesla hanno creato innovazioni memorabili, ma anch'essi avevano una squadra in laboratorio. Quei pochi sono stati passati al setaccio, ma l'invenzione umana è un processo di gruppo. La verità, come disse Newton, è che sono pochi fortunati a salire sulle spalle dei giganti.»

«Non credi che i giganti aiutassero i propri fratelli?»

Dina rimase seria. «Sarebbe una storia piena di eroismo. Ma no, la vera storia del progresso umano è un avanzamento collettivo guidato dal genio sociale.»

Joe insistette. «Ho sentito dire che un solo Einstein vale quanto un'intera università. E che un solo Atlante può sollevare l'intero mondo.»

«Non nego l'eccellenza individuale, né la sua importanza. Ma anche l'eccessiva fiducia in se stessi è un difetto. L'autocelebrazione può portare all'arroganza e al disprezzo degli altri, e non esiste giustificazione per un tale livello di egocentrismo.»

«Dai valore all'individuo, ma anche alla collaborazione. Rispetti ciò che le persone possono ottenere quando lavorano fianco a fianco», disse Joe.

«Possiamo celebrare l'eccellenza e contemporaneamente incoraggiare l'umiltà. Evitare l'arroganza. Riconoscere che siano scimmie evolute, non angeli caduti.»

Il movibot al pannello di controllo fece un cenno con la mano. Dina assunse un'espressione stoica e si alzò, troncando malvolentieri la conversazione. Raggiunse la consolle per ascoltare l'ennesimo problema. Joe tornò all'ascensore e al proprio lavoro.

◆

Il giorno dopo, Joe si alzò all'alba per preparare una colazione veloce prima di tornare al lavoro monotono d'ufficio, alla ricerca di qualsiasi indizio negli exabyte di dati raccolti. Dopo cinque ore, fece una pausa e mangiò pranzo di corsa. Le pareti spoglie dell'ufficio del WISE erano la sua unica compagnia. Accese il NEST per controllare se ci fossero messaggi e vedere se Evie o qualcun altro fosse stato nel suo appartamento. Nessuna notifica. Qualche minuto più tardi, riscuotendosi, si rese conto di essere rimasto imbambolato a fissare il muro.

. . .

È ora di cambiare panorama. Mi sento con le spalle al muro, e un po' di spazio aperto intorno potrebbe farmi bene. Posso dominare il mio umore.

. . .

In undici minuti fu nel netwalker, già in fase di transizione verso il movimech sulla Base Orbitale WISE. Manovrò la macchina per uscire dalla rastrelliera nella dorsale ed entrò in una camera d'equilibrio. In men che non si dica era agganciato ad una scala all'esterno della ciambella della centrale a fusione Omega.

Il lavoro procedeva senza sosta, mentre la base si avvicinava sempre più alla luna. La superstruttura era coperta di mecha. Joe regolò il sensore dell'impianto corneale per zoomare su un mecha in particolare, ma si mantenne a distanza per evitare di intralciare i lavori. L'attività intensa era rinvigorente, e ben presto si perse nel ritmo delle singole operazioni, coordinate nello sforzo unitario della gigantesca macchina.

Mentre si riposava sulla scala, un altro movimech si avvicinò. Il volto di Dina era ben visibile dietro la visiera, sotto la fronte argentea.

«Temo di essere nervosa per questo nuovo tentativo di attracco.» Il suo movimech si aggrappò alla scala accanto a lui. «Ecco perché sono qui fuori.»

. . .

Adoro la sua onestà. Nessuna traccia di pretenziosità.

. . .

«È lo stesso motivo per cui sono qui fuori anch'io. Non che guardar lavorare le macchine aiuti a sbrogliare la matassa. Però mi aiuta a svuotare la mente, a concentrarmi meglio.»

Si staccarono dalla scala e si mossero verso il Reattore Omega, lasciandosi la stazione e la luna alle spalle e dirigendosi verso un panorama color ebano, punteggiato da milioni di luci fisse e impassibili. I suoi occhi si adattarono all'oscurità, e per un attimo si perse nei tenui gialli, azzurri e rosa delle singole stelle.

Supponendo che essere circondati dal vuoto, mentre galleggiavano nello spazio, avrebbe sciolto il suo riserbo dirigenziale, Joe approfittò del momento. «Hai detto che ami questo lavoro, ma che si prende tutto il tuo tempo. Allora perché lo fai?»

«Joe, ho notato la determinazione che ti spinge a ottenere le cose. Hai uno spirito competitivo.»

«Lo ammetto.»

«Anch'io.» Guardò le stelle, e Joe credette di vedere in lei la stessa attrazione che provava lui stesso. «Le persone tradizionalmente competevano per ottenere ricchezza, potere e fama. Oggigiorno, la prima ragione è stupida. La seconda attira ancora molti, ma non ha valore per me. Preferisco aiutare tutti a progredire insieme.»

«Rimane la fama.»

«Sì. Mi piace pensare che i miei sforzi per far avanzare l'esplorazione umana qui fuori saranno ricordati, almeno un po'.»

«È un proposito lodevole.»

Lei gli rivolse uno sguardo cauto. «Dobbiamo esserci qui noi se vogliamo che l'umanità faccia progressi. Abbiamo visto che i robot non possono farcela senza gli esseri umani che stabiliscano gli obiettivi e risolvano i problemi per loro.»

Joe era d'accordo. «Non siamo stati in grado di progettare IA o robot che avessero una reale coscienza, o quanto meno uno stato senziente verificabile. Nonostante sia magnifico vedere cosa riescono a costruire seguendo i nostri progetti.»

Lei osservò l'oscurità dello spazio profondo. «Stando qui fuori ti rendi conto di quanto siano insignificanti i nostri tentativi di esplorare, e di quanto l'universo sia incredibilmente immenso. Sappiamo di quasar, formatisi nell'universo primitivo e contenenti buchi neri supermassicci, che hanno inglobato quantità di materia pari a venti miliardi di Soli. Sappiamo di stelle di neutroni rotanti, pulsar millisecondo, il cui equatore ruota a un quarto della velocità della luce. Possiamo calcolare la matematica, ma i numeri sono troppo grandi per poterli tenere a mente. L'universo è stato progettato su una scala tale da far sembrare minuscola la nostra povera capacità di immaginazione. Sappiamo di queste stupefacenti distanze tra le stelle, e di quelle ancora più inconcepibili tra le galassie. La dimensione dell'universo stesso è così sconcertante che la mente umana non può realmente comprenderne gli ordini di grandezza.»

«È impossibile non sentirsi insignificanti, qua fuori», sussurrò Joe.

«E il limite della velocità della luce fa sì che non potremo mai esplorare più di questa frazione infinitesimale di spazio in un qualunque tempo immaginabile. L'universo finirà prima che gli esseri umani, se sopravvivranno, possano fare la differenza con le loro esplorazioni.»

«E tuttavia, ci provate.»

«E tuttavia, ci proviamo», disse Dina. Gli rivolse un cenno della mano, poi il suo movimech si allontanò per ispezionare un'altra parte della base.

Joe restò a galleggiare, senza peso, vicino al reattore a fusione. Dina incarnava le più alte aspirazioni dell'umanità: allargare le frontiere per conoscere sempre di più, per esplorare più lontano, sopportando i sacrifici e dimenticandosi di sé per accelerare il progresso collettivo del genere umano. Un altro modo ancora di vivere la vita.

E che universo aveva da esplorare! I mecha si erano riuniti su una sezione distante della base. Alla sua destra la luna era una piccola sfera, mentre alla sua sinistra una ancor più piccola Terra faceva il suo corso, isolata e lontana. Il suo campo visivo era quasi completamente riempito dall'immensità dello spazio buio.

. . .

La nostra intera galassia mi circonda. Una su cento miliardi di galassie. Una galassia contiene mediamente centinaia di miliardi di stelle separate da enormi distanze, le più vicine delle quali sono a malapena raggiungibili nel corso di una vita umana. Nonostante tutta la mia matematica e la mia fisica, non riesco a immaginarlo. Tutto questo spazio, un vuoto immenso. Un mucchio di niente creato all'inizio del tempo. Creato? O è successo per caso? Come potremo mai saperlo?

. . .

Il suo respiro regolare non faceva che accentuare l'opprimente sensazione di trovarsi là fuori, da solo, in quell'immensa distesa di vuoto. Poi l'esperienza del vuoto si trasformò. L'oscurità assoluta sembrò dissolversi, muoversi e riempirsi di qualcosa. Stava fluttuando in *qualcosa*.

. . .

La fisica quantistica tradizionale sostiene che il vuoto, brulicante di attività, contenga particelle, materia oscura ed energia oscura, ma a densità estremamente bassa. Ora scruto questo abisso, nel tentativo di carpire il segreto della natura.

E non vedo oscurità, quanto piuttosto un oceano di particelle che entrano ed escono dall'esistenza in ogni istante. Un insieme brulicante di qualcosa, di cui io faccio parte. Io sono legato all'universo.

. . .

Espirò profondamente, concentrandosi sull'azione dei propri polmoni. Rimise a fuoco l'oscurità che lo circondava. Non era più spaventosa e solitaria. Al contrario, il suo abbraccio lo proteggeva.

Dopo qualche minuto, riportò il movimech all'interno della base.

———◆———

Joe completò l'analisi dei dati disponibili e non vi trovò nulla. Nessuna delle idee che la squadra aveva avuto durante la sessione di brainstorming aveva portato a qualcosa di concreto e Dina, impaziente di evitare un ulteriore ritardo, aveva ordinato di tentare un nuovo intercettamento orbitale.

Il suo team di costruzione aveva trasportato i componenti dalla base lunare al Mare Imbrium e stava completando le riparazioni al modulo di produzione in orbita lunare bassa. Sarebbe stato pronto appena in tempo per completare il trasferimento alla Hohmann parziale nella finestra di trentun ore, dal momento che la base aveva da poco oltrepassato il periapside, il punto più vicino alla luna, e ora sfrecciava via allontanandosi. Avrebbero sincronizzato le orbite a molte migliaia di chilometri dalla luna.

Joe si concesse una notte di sonno, poi tornò virtualmente sulla base.

Il suo movimech si trovava ora agganciato alla scala sopra una stiva di carico. Un esercito di mecha ricopriva la dorsale della base, ruotando componenti e saldandoli al loro posto. Dalla sua prospettiva sembrava di assistere ad un balletto, con la base orbitale come palcoscenico e i mecha che si esibivano in complicate piroette, stringendo i componenti con le braccia allungate. Era cosciente che i concetti di alto e basso non fossero realmente applicabili, ma nel suo sistema di riferimento mentale la luna si trovava in basso, sospesa, grande e luminosa contro uno sfondo nero come l'inchiostro. Poi il chiarore lunare si rifletté su un pezzo di metallo. Joe regolò il sensore corneale e riuscì a mettere a fuoco il grosso pezzo d'acciaio sul cui fianco era scritto in lettere cubitali "MODULO DI PRODUZIONE 17". Questa volta sarebbe rimasto totalmente concentrato sulla manovra di attracco.

Il modulo di produzione arrivò a cinquanta metri dal punto di unione alla dorsale, in cui le ombre proiettate dal chiarore lunare danzavano sullo scafo blu. Joe vide una scala libera, che gli avrebbe permesso di osservare l'attracco direttamente dal modulo di produzione. Rilasciò i magneti dagli stivali del movimech e manovrò i propulsori per raggiungere il modulo, poi si aggrappò ad un piolo con entrambe le mani meccaniche.

Sopra di sé vide due mecha, occupati a guidare il modulo in posizione. Dalla propria postazione non riusciva a vedere il punto di contatto in cui le pareti metalliche si sarebbero unite.

Colto da un'improvvisa intuizione, lasciò la presa sulla scala. I propulsori lo spinsero oltre il bordo metallico e le suole magnetiche agganciarono il movimech al metallo, in corrispondenza della giuntura. Joe osservò lo spazio vuoto tra la base orbitante e il modulo ridursi sempre di più.

Un movimento lungo il bordo della dorsale catturò la sua attenzione: un colfbot. Avanzava lungo la parete esterna della dorsale, verso il punto in cui il modulo di produzione si sarebbe dovuto agganciare. I due mecha che fino a poco prima stavano spingendo il modulo verso la base, improvvisamente iniziarono ad allontanarlo. Il margine superiore del modulo ruotò.

. . .

E quello cosa ci fa lì? Il colfbot non dovrebbe essere qui. Qualcosa ha corrotto il suo sistema. Ecco! Ora so finalmente cosa sta succedendo: è esattamente dove si trovava anche durante il tentativo della scorsa settimana. Non possiamo fallire ancora.

. . .

Joe emise un ordine tramite il proprio NEST, usano i codici di controllo. «Mecha, abortire l'ultima manovra. Proseguire attracco come pianificato.»

Un pafibot trillò sul canale: «C'è il settantuno per cento di probabilità che la stiva di carico subisca un danno se procediamo con l'ordine.»

«Procedete con l'ordine. Proseguire la manovra originale di attracco.»

I mecha invertirono i propulsori. Il modulo di produzione smise di ruotare. Dopo un attimo di pausa, scivolò nuovamente in posizione di attracco. Lo spazio tra il modulo e la dorsale si chiuse, e il modulo sbatté sulla stiva di carico per poi ruotare e colpire la dorsale. Il colfbot fu schiacciato nella morsa metallica che ormai univa il modulo alla base. Lo stridore del metallo che raschiava sul metallo gli riverberò attraverso le suole, mentre frammenti volavano via dal modulo come fuochi d'artificio. Un angolo della stiva di carico era danneggiato, ma, dal suo punto di osservazione, a Joe sembrò un danno leggero. I mecha saldarono le unità in posizione.

Il pafibot riferì: «Attracco completato. Valutazione dei danni in corso.»

———————◆———————

Joe era seduto sul ponte della Base Orbitale WISE, ad ammirare con Dina il risultato della manovra completata con successo. Il modulo di produzione era incastonato al suo posto. Fu pervaso da una sensazione di calore. «La causa era un colfbot corrotto?» Dina lo guardava al di sopra delle mani unite del proprio movibot.

«Per quel che ne sappiamo.» Si chinò verso di lei. «Il fatto di non aver potuto recuperare i componenti di memoria ha intralciato l'analisi. Mi piacerebbe sottoporre i dati parziali a un esperto di database che conosco, per valutare le cose da quel punto di vista. Si chiama Raif Tselitelov.»

«Se pensi sia bravo, lo approvo. Ma perché la presenza del colfbot non è stata registrata su nessuno dei dati?»

«I mecha al lavoro nel punto di attracco davano le spalle al robot mentre manovravano il modulo per metterlo in posizione. Probabilmente hanno ricevuto dati dai sensori di magnetoricezione riguardo alla presenza di un ostacolo, ma non ne sapevamo abbastanza per determinare di cosa si trattasse.»

«E perché hanno interrotto l'attracco?»

Joe si grattò il mento, sentendo si ancora una volta ridicolo. «La mia supposizione è che, nonostante l'IA del colfbot fosse danneggiata, abbia intuito la propria imminente distruzione e abbia lanciato un grido d'aiuto.»

Dina annuì, come se un'intuizione improvvisa l'avesse colpita. «Ah, la Terza Legge della robotica: un robot deve proteggere la propria esistenza, purché la sua salvaguardia non contrasti con la Prima o la Seconda Legge.»

«Esattamente.» Joe confermò. «E la postilla: un robot deve proteggere l'esistenza di altri robot, purché questa salvaguardia non contrasti con le prime tre leggi. Fu aggiunta per evitare distruzioni di massa di robot se qualcosa fosse andato storto. Senza dubbio questa programmazione è ben nascosta nei loro codici più arcaici. È la probabile ragione per cui i mecha hanno interrotto l'operazione e i primi due tentativi sono falliti.»

Lei si acciglò. «La presenza del robot in quel preciso momento resta comunque una strana coincidenza.»

«In realtà no.» Joe si appoggiò allo schienale. «Il colfbot segue una tabella settimanale, e tutti e tre i tentativi di attracco erano pianificati di domenica.»

Dina sgranò gli occhi.

«Non serviva un algoritmo per decifrare questa informazione, bastava la semplice aritmetica. Il primo fallimento è avvenuto sette orbite prima del secondo, ovvero esattamente sei settimane. E questo ultimo tentativo è stato una settimana più tardi.»

«Mi era sfuggita questa ovvietà.» Era mortificata.

«Perché ti basi sul tempo in orbita. Anch'io inizialmente me l'ero perso. Poi mi sono ricordato del tuo commento sul fatto che io fossi l'unica persona là fuori la scorsa settimana.» Joe sollevò un dito. «Questo è l'altro tuo problema.»

Dina aspettò, guardando l'espressione esultante che lui non riusciva a trattenere.

«Dal momento che il tuo staff lavora quattro ore per tre giorni alla settimana, hai copertura da lunedì a mercoledì e poi da giovedì a sabato. Le domeniche sono quasi del tutto scoperte. Potrebbe essere il motivo per cui nessuno si è accorto del colfbot difettoso prima d'ora.»

Lei scoppiò a ridere. «Ecco quello che otteniamo con le limitazioni dell'orario. Sono contenta di aver aggirato le regole per te.»

«Anch'io.» Joe si schiarì la voce. «Mi dispiace per il leggero danno causato alla stiva di carico. E per aver distrutto il robot.»

«Avrei fatto lo stesso per completare l'attracco. Ovviamente, questa conversazione sarebbe completamente diversa se ad essere distrutto fosse stato un essere senziente.»

«Sì, lo sarebbe», disse lui, ma dentro di sé si chiedeva se un essere soltanto senziente avrebbe fatto la differenza nelle sue azioni.

Parte Seconda: Estroversione

"Arriva un momento in cui stai cavalcando l'onda e decidi di cambiare direzione, ma quel cambio influenzerà ogni momento futuro."

Joe Denkensmith

La Cupola della Lotta

FORESTA DEMANIALE

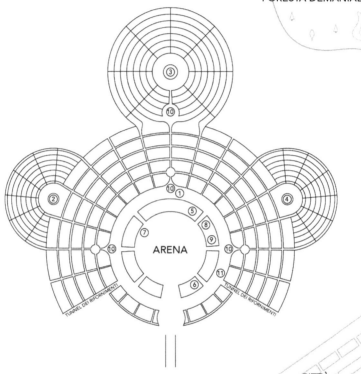

ARENA

TUNNEL DEI RIFORNIMENTI

TUNNEL DEI RIFORNIMENTI

STAZIONE FERROVIARIA

CITTÀ

① Atrio principale	⑦ Suite Cielo
② Padiglione Alpha	⑧ Uffici dell'arena e amministrazione
③ Padiglione Zeus	⑨ Appartamenti per gli ospiti
④ Padiglione Omega	⑩ Piazzette
⑤ Istituto medico	⑪ Laboratorio di Alex
⑥ Deposito mecha	

N

Capitolo 21

L'iperlev scorreva silenzioso sui binari, allontanandosi dall'ufficio regionale del WISE e cullando Joe in un piacevole sogno ad occhi aperti. Le lodi calorose di Dina gli risuonavano in testa, insieme alla sua promessa di invitarlo in futuro per progetti simili. Scese alla stazione, prendendo una robocar, e presto arrivò ai cancelli in pietra del campus. L'aria frizzante lo risvegliò, dopo le settimane passate richiuso tra quattro pareti. Arrivato in ufficio, aprì l'olo-com per controllare i messaggi e trovò un sostanzioso assegno di Dina per il lavoro svolto. Si sarebbe potuto permettere più beni di lusso di quanti ne avesse mai comprati prima. Attivò un collegamento criptato con Raif e, poco dopo, il suo ologramma si materializzò.

«Sembra che tu sia stato molto impegnato.» Gli fece l'occhiolino. «Nuotavi in acque inesplorate?»

«Non c'era acqua dove sono stato nelle ultime due settimane», disse Joe. Aggiornò Raif sul progetto.

L'amico rimase sempre più colpito man mano che la storia progrediva. «Hai ucciso un altro robot? Joe, se io fossi un robot, sarei allarmato da questo comportamento seriale.»

Joe strinse le spalle, poi descrisse l'attracco del modulo di produzione nei dettagli. Raif chiese a Joe di ripetere esattamente come si fossero comportati i robot.

«C'è qualcosa che non quadra con il loro comportamento. Ti aspetteresti che i robot portassero a termine l'obiettivo, cioè il completamento dell'operazione di attracco.»

Joe annuì. «I robot seguono gli obiettivi che ricevono.»

«Tutto questo è abbastanza preoccupante, vorrei poterlo analizzare.»

«Ti ho preceduto. Dina ha già approvato la tua revisione dei dati. Ti manderò il suo contatto.» L'espressione di Raif era un misto di eccitazione e sollievo, da cui Joe dedusse che l'amico stesse ancora aspettando un'offerta di lavoro.

«Ancora una cosa.» Joe abbassò lo sguardo. «Puoi aiutarmi a scambiare un po' di credit$ in dark credit$?»

«Nessun problema.» Raif fece un sorrisetto. «Ma perché te ne preoccupi tutto a un tratto? Sei sempre stato uno che si fidava delle legge sulla privacy, indipendentemente da quanto tentassi di convincerti che i fondi, in teoria, restano sempre tracciabili.»

«La mia "forse" compagna di nuoto mi ha convinto a preoccuparmene.» Joe gli riferì la somma.

«Porca miseria. Hai paura di rimanere senza?» Raif rise. «Li scambierò e ti manderò i codici più tardi.»

Joe sorrise e chiuse la comunicazione.

◆

Joe salì i gradini che portavano al suo appartamento a due a due, fermandosi di colpo in cima. Dopo aver vissuto nell'ufficio del WISE, si sentiva sporco. Si passò le dita nei capelli scompigliati per sistemarli e poi si trascinò avanti. La luce del sole filtrava dalla grande finestra del soggiorno deserto. Joe rimase in piedi, avvolto dal completo silenzio. Le braccia gli pendevano inerti lungo i fianchi. Gli ricordava la prima volta in cui si era trovato in quel punto esatto, appena arrivato senza Raidne, come un sordo che si risvegliasse da un lungo sonno.

Sentì la porta di una camera aprirsi. Evie entrò nella stanza e si fermò di fronte alla finestra, con la mano sul fianco. Sfoggiò un sorriso che gli scaldò il cuore.

Joe ricambiò il sorriso. «Scusa per il mio aspetto. Ho lavorato molto.»

«Non devi giustificarti per aver lavorato duramente.» Fece un passo avanti e lo osservò attentamente per un momento, poi si allungò verso l'alto per lisciare i suoi baffi trascurati. «Anzi, sembri più motivato con questa barba sexy.»

Sentì un'ondata di calore salire dal petto verso le guance. Il sorriso di lei era incorniciato dalla finestra, e fu come se la primavera fosse entrata nella stanza.

. . .

È ora di aggiornare le mie probabilità bayesiane. Mi trova sexy.

. . .

Evie lo fece sedere sul divano, così vicini che le loro ginocchia si toccavano.

«Sono tornata tre giorni fa e mi sono preoccupata quando non ti sei fatto vedere. Hai dovuto lasciare il campus per la tua ricerca?»

Joe scosse la testa, poi strinse le spalle. «Beh, la mia ricerca veramente no. Un altro progetto, che mi ha portato fino alla luna.» Passò la successiva mezz'ora a descrivere il progetto WISE, interrotto dalle sue frequenti domande. Quando arrivò a raccontare l'idea brillante che aveva portato alla scoperta del robot difettoso, cercò di rimanere umile e dividere il merito con tutta la squadra. Gli occhi di Evie si illuminarono quando Joe descrisse il team al comando della base.

«Sembra che tu abbia davvero salvato la situazione. O, quantomeno, un sacco di credit$. Che tipo di persona è Dina?» Il suo sguardo non lasciava il volto di lui, e Joe fu contento di vederla così interessata alla propria storia.

«Una grande manager. Ancora meglio, una grande leader. Sa come dirigere un gruppo di persone verso il giusto obiettivo. È ispiratrice.»

«Dev'essere stata un'esperienza intensa, passare del tempo con la squadra.»

«È stato estenuante, ma ci siamo incontrati solo occasionalmente e tramite movibot. Alla fine, ti abitui a vedere l'avatar di qualcuno attraverso la visiera.» Continuò descrivendo la sensazione di fluttuare nello spazio.

Evie sorrise e disse: «Ho fame. Ti preparo la cena.»

Joe si fece la doccia mentre lei si affaccendava in cucina. Tornare alla loro routine lo riempiva di gioia. Quando entrò in cucina aveva l'acquolina in bocca e, sentendo il profumo di pollo, peperoni e stufato di pomodoro, si buttò sulla sua scodella.

«Poulet basquaise, dalla regione del Paese Basco francese», disse lei quando Joe inclinò la testa con sguardo interrogativo.

Lui ci diede dentro. «Come stanno i tuoi amici?»

Evie mangiò un boccone prima di rispondere. «La maggior parte sono usciti di prigione. Molti sono sotto sorveglianza, quindi ne ho potuti vedere pochi, e con discrezione. Comunque, sembra che sia sicuro per me tornare là, almeno finché non do nell'occhio ed evito di organizzare riunioni per non attirare troppa attenzione.» Si accigliò. «È dura, ma è la mia vita ora.»

«Non riesco a immaginarmi come sia la tua vita.»

«Vuoi capire in cosa è diversa?»

«Sì, vorrei tanto.»

«Andiamoci domani.» Gli sorrise, e Joe pensò che avrebbe fatto qualunque cosa perché gli sorridesse così ogni giorno.

Dopo aver passato la notte in camere separate, fatto prevedibile ma pur sempre sconfortante, uscirono insieme nella tarda mattinata. Presero una robocar fino alla stazione, poi tre fermate di iperlev fino al margine meridionale di Timsheltown, la città più grande a sud del Lone Mountain College. Uscendo dalla stazione, Joe alzò lo sguardo sul gigantesco monolite grigio che oscurava l'orizzonte. Gli ricordava la sua esplorazione virtuale di Borobudur, l'antico tempio buddista. La cupola centrale risplendeva al sole, cinta su un lato da tre cupole secondarie che brillavano come una collana di perle. Una via pedonale conduceva dalla stazione all'entrata, il selciato di pietra calcarea consumato dall'uso.

«E così, quella è la Cupola della Lotta? È più grande di quanto mi aspettassi. Non sapevo ci fossero tutte queste cupole secondarie annesse.» Collegò il NEST, che fece apparire i dati sull'interfaccia corneale: «Alta 101 metri, 140.053 metri quadrati, capacità di 200.029 posti.» La cupola principale era solo una parte del complesso.

«Quello è il nome che le hanno dato i media, non quello con cui la chiamiamo noi che ci abitiamo. Per noi è la Cupola della Comunità, o semplicemente la Cupola.»

Camminarono affiancati lungo la via pedonale. Sopra le loro teste i droni consegnavano provviste, mentre i robot si occupavano di scaricarle e trasportarle fino alla reception del complesso. Nessun robot sembrava entrare nella Cupola, ma anzi, sembrava che fossero le persone a trasportare i rifornimenti attraverso tunnel dedicati allo scopo. I gruppi di persone che entravano e uscivano assomigliavano a ogni altro: un colorato assortimento di mille tendenze e mode diverse.

Evie e Joe passarono sotto l'ampio arco di ingresso. All'interno si estendeva un vasto atrio su cui si affacciavano negozi, caffè e ingressi di appartamenti. Una fila di alberi lungo il perimetro creava l'illusione di trovarsi all'aperto, nonostante l'intero complesso fosse coperto da un tetto in vetro tre piani più in alto. Centinaia di conversazioni contemporanee creavano un intenso brusio, ma non c'erano robot in vista, soltanto un mare di esseri umani. E biciclette. Joe ne aveva vista una soltanto in un museo, una volta. Si scansò, con il cuore a mille, per evitare un gruppo di ragazzini diretti verso di loro, preoccupato non tanto per la propria quanto per la loro sicurezza. Riusciva solo a immaginare quali ferite potessero procurarsi in un ambiente così affollato. L'unica insegna era un cartellone che annunciava la prossima competizione con una grande scritta illuminata: BATTAGLIA MECHA VS ESOMECH ORE 15:00.

Joe accese la MARA per vedere cosa avrebbe indicato intorno a sé, ma non vide segni materializzarsi nell'angolo del visore corneale. «La mia MARA funziona in modo strano qui», disse.

A Evie sfuggì un risolino. «Non etichettiamo nulla con tag di realtà virtuale, ad eccezione dell'arena.»

«Perché no?» Non pensava che si sarebbe mai trovato in un luogo sconosciuto alla MARA. Era una sensazione... liberatoria, in modo bizzarro. Come se stesse esplorando un territorio sconosciuto.

«Perché inizialmente i tag erano stati introdotti a scopo commerciale, e la comunità della Cupola decise di mantenere uno stile di vita non commerciale nei propri spazi privati.»

Lo guidò in senso orario lungo l'atrio che circondava la cupola principale. Per due volte, passando di fronte a un caffè, qualcuno la salutò da lontano e lei ricambiò con un cenno della mano. Arrivati ad un bivio, svoltarono a sinistra. Controllò la MARA e si rese conto che si trattava soltanto di uno tra i molti passaggi trasversali a irradiarsi dal centro. Questo, in particolare, sembrava portare a una sezione abitata. Il pavimento in travertino aveva una consistenza granulosa e vissuta, addolcita dai raggi del sole che filtravano dal tetto in vetro.

Evie rallentò mentre superavano l'ennesimo caffè. «Hai voglia di pranzare?»

Joe annuì, e si sedettero. Una giovane donna uscì ad abbracciare Evie con affetto. «Bentornata a casa.» Sembrava che non volesse lasciarla andare. «Ti sarai persa le novità a proposito di Vinn e Bari: si sono sposati due settimane fa.»

«Oh, è magnifico. Dovrò andare a trovare Vinn per farle le congratulazioni. Grazie per avermelo detto, Yvette. Ascolta, il mio amico è qui in visita per la prima volta. Puoi prepararci il tuo piatto speciale?»

Yvette annuì, rivolse un gran sorriso a Joe e scomparve all'interno. Qualche minuto più tardi uscì portando due bicchieri di tè freddo e due porzioni di spaghetti alla bolognese, poi li lasciò a godersi il pranzo.

«È una tua parente?» Joe si chiedeva se Evie avesse imparato a cucinare da lei.

«No, è una mia vicina. Questa è una vera comunità, in cui le persone conoscono i propri vicini e se ne prendono cura.» Un'espressione pensosa le adornò il viso. «Non dovrei dire così. È più di una vicina e di una cuoca creativa. Scrive anche poesie. La gente qui persegue molti interessi, ma raramente ha la possibilità di mostrare il proprio talento al di fuori della comunità.»

Il sapore intenso della salsa lo distrasse. «Questo piatto è delizioso.»

«La maggior parte dei ristoranti qui è a conduzione familiare. Si tramandano le ricette e amano condividere con la comunità.» Alzò lo sguardo dal proprio piatto. «Ovviamente è tutto gratis.»

«E le biciclette?» Fissò un uomo che passava in sella alla propria bicicletta di fronte al caffè. «Non ne avevo mai vista usare una. Non sono pericolose?»

Evie rise. «Non se la gente è educata e rispetta il limite di velocità, che sarebbe undici chilometri orari.» Dopo un altro boccone, disse: «Ricorda, le persone che vivono sotto e intorno alla Cupola appartengono all'ultimo quarto dei Livelli. Molte famiglie risalgono all'ultima generazione che abbia manovrato macchinari pesanti. Sono a proprio agio con l'analogico.»

«E con le biciclette.»

Il sorrisetto malizioso di Evie gli svelò che anche lei ne aveva già usata una. «Se cadi, risali in sella.»

Finirono di mangiare, ringraziarono Yvette e continuarono a girovagare per la Cupola, sotto la guida di Evie. Ad un altro bivio circolare, svoltarono a destra. Stavano girando intorno all'arena centrale. Joe si fermò all'ennesimo incrocio per ammirare il panorama.

Più avanti, lungo la strada, un'imponente statua di Zeus dominava il centro di una piazzetta. «Quello è il Padiglione Zeus, con la sua cupola. Il dio regge una saetta nella mano.»

«È il dio greco del lampo e del tuono, giusto?»

«E della giustizia. Qui, l'artista voleva illustrare il controllo umano della tecnologia. Molte persone nella comunità vorrebbero che stringesse più forte.»

«E che mi dici dell'assenza di robot? C'è una relazione di amore-odio?»

Con sguardo riconoscente, lei rispose: «Ci hai preso. I robot ovviamente fanno tutti i lavori pericolosi, cosa di cui nessuno si lamenta. Ma ci hanno tolto anche tutte le opportunità di impiego. La maggior parte della gente che abita qui, o almeno i loro nonni, facevano i lavori più umili. Erano schiavi stipendiati. Lavoravano nelle industrie pesanti e manovravano i primi robot, i modelli di esoscheletri controllati dall'interno. Alla fine, quei lavori sparirono.»

Svoltarono di nuovo a destra, sbucando nell'atrio principale, e continuarono a circumnavigare l'arena. Un negozio catturò l'attenzione di Joe. «Un parrucchiere. Non è gestito dai robot anche qui, come dappertutto?»

«La cura dei capelli qui è gestita in gran parte dalle persone.» Evie si sistemò la folta chioma con le mani. «Hai ragione però, i robot si sono impadroniti del mestiere sessant'anni fa, durante l'ultima pandemia. Poi finalmente le bioscienze hanno eliminato i pericoli. E così qui, adesso, le persone offrono questi servizi personali in regalo, come modo per tenersi in contatto con chi ci sta intorno.»

«Sì, letteralmente in contatto.»

Mentre passeggiavano davanti a una vetrina che esponeva gioielli, un uomo anziano al bancone li vide e fece loro cenno di entrare. Il bancone era ricoperto di strumenti per il taglio laser, macchinari e microscopi. Il volto vissuto era illuminato da due occhi brillanti. «Evie, non ti vedo da secoli.» La abbracciò in modo paterno, e lei lo presentò a Joe come Alex.

«Ti faccio vedere la mia ultima creazione.» Alex spinse da parte pinze e alesatori, ammucchiandoli su una panca da lavoro appoggiata alla parete, poi si mise a scavare in un cassetto e ne trasse un anello, che tenne alzato in bella vista. Si avvicinarono per ammirare la sua opera. Su una banda di titanio era incastonato un singolo diamante rosso, scintillante alla luce. «Mi sono fatto spedire questi diamanti da Marte. Non è una meraviglia?»

«Magnifico», rispose lei con un filo di voce, il complimento accentuato dal fatto che stesse trattenendo il fiato.

«È l'unico che abbia mai visto», disse Joe.

«Vediamolo al suo posto», disse l'uomo, con un'espressione sorniona che gli illuminava il viso. Prese la mano di Evie e le infilò abilmente l'anello al dito. Le stava perfettamente. Lei alzò la mano alla luce e la pietra fece danzare raggi rossi nella stanza.

«Posso comprartelo?» Joe fermò il tentativo di protesta di Evie alzando una mano. «Ho dei dark credit$», disse all'uomo.

L'uomo lo fissò con sguardo assente. «È un regalo. Per Evie, che giocava qui accanto al negozio quando era una bambina. Lo dono dal cuore.»

Joe sperò di non aver offeso Alex e provò a immaginarsi Evie come una bambina piccola, ma non ci riuscì. Era così disciplinata, come se fosse scaturita nel mondo già in forma adulta.

Evie si sporse per baciare l'uomo sulla guancia. «Sono felice di accettarlo.»

Alex le strinse la spalla. «Chi è il tuo ragazzo?»

«Un caro amico», disse lei.

Joe porse la mano ad Alex e lo ringraziò per la sua generosità. Poi lo salutarono e lo lasciarono tornare felice al proprio lavoro.

. . .

Caro amico.

. . .

Continuarono lungo l'atrio, svoltando a destra al bivio successivo per tornare verso il centro. «Scusa», disse Joe, «non avrei mai immaginato che qui non pagassi nemmeno per qualcosa di così prezioso.»

Evie si fermò, guardò l'anello e poi teneramente lui. «La nostra è una comunità non commerciale. Ma è stato molto dolce da parte tua. In questo modo, è anche un tuo regalo.»

Joe sorrise mentre riprendevano a camminare. «Prima hai parlato di stipendi. Anche se ci sono tonnellate di diamanti rossi su Marte, c'è un costo collegato al loro trasporto fino alla Terra. Come può il tuo amico permettersi di regalarli?»

«Da quando i robot fanno tutto il lavoro per estrarre e trasportare i minerali, il loro prezzo si è abbassato sempre di più. La gente qui usa i dark credit$: alcune cose sono comunque a pagamento, come queste pietre preziose. Ma dal momento che Alex è disoccupato, il tempo non gli costa nulla, e può permettersi di regalare le proprie creazioni a chi gli pare. Abbiamo il massimo rispetto per i regali, ma non per il valore materiale. Ciò che li rende preziosi sono i sentimenti associati agli oggetti da parte di chi li dona e chi li riceve.»

«Avete una comunità basata sulla condivisione.»

«La maggior parte delle persone qui si rende conto che non c'è più alcun bisogno di mettere un prezzo a ogni cosa. È una lezione che la comunità della Cupola ha imparato, ma il resto della popolazione non ancora.»

Il gioielliere con lo sguardo vivace aveva catturato la sua attenzione. «E questo spiega perché Alex passa il tempo a creare gioielli per poi semplicemente regalarli?»

«È uno dei motivi.» Evie si fermò e si girò per guardarlo in faccia, ignorando i passanti. «Alex è un brillante astrofisico. Nonostante abbia ottenuto un punteggio perfetto nei test di matematica avanzata, non è riuscito a ottenere alcuna posizione in cui impiegare il proprio talento.»

«Punteggio perfetto?» Joe si sentì arrossire.

«È la stessa ragione per cui io non sono riuscita a trovare un lavoro con le mie lauree. I Livelli.» Fece un cenno in direzione della gioielleria. «È l'unico modo che ha per avvicinarsi a Marte.»

. . .

La gara della vita è ingiusta. Ogni persona inizia a una distanza diversa dal traguardo, e ognuno ha opportunità diverse. Non posso essere fiero di quanto arriverò vicino al traguardo, ma soltanto di quanta strada avrò percorso.

. . .

Finalmente capiva, e l'espressione sul suo viso doveva aver tradito quella comprensione. Evie ammirò l'anello e, quando rivolse nuovamente lo sguardo a lui, non era arrabbiata.

Raggiunsero l'ingresso dell'arena, da cui la Cupola era visibile attraverso la parete di vetro. La folla li superava, accalcandosi per entrare. La prossima competizione stava per iniziare. Evie lo guidò all'interno, dove trovarono dei posti a sedere su un lato dell'anfiteatro, a metà altezza.

«Le gare sono così famose che hanno installato una tribuna da cui i media trasmettono su netchat.» Gli indicò la tribuna in vetro di fronte a loro.

«E c'è anche un centro medico all'avanguardia per le ferite riportate durante le competizioni, ho sentito dire.»

Lei gli rivolse un sorriso di scherno. «A volte qualcuno viene ferito, ma la netchat sensazionalizza quanto spesso questo accada. È raro anche solo che qualcuno perda un arto, e quelli si sostituiscono facilmente.»

«E per quanto riguarda le voci sulla fabbrica di cyborg?»

Evie alzò gli occhi al cielo. «Non c'è mai stata alcuna fabbrica di cyborg. Milioni di anni di evoluzione non hanno portato alla migliore interfaccia per combinare la biologia umana con le macchine; in verità, è l'opposto.»

«Ci limitiamo alla tecnologia per riparare le parti lesionate», disse lui.

«Ci sono meno cyborg qui alla Cupola che nel resto della popolazione. Le persone evitano i biochip, e molti rifiutano persino il NEST.»

«Tutti parlano faccia a faccia con gli altri. Non vedo molta gente usare un PADI.»

«La gente qui teme di essere spiata quando esce dalla Cupola. Sospettano del governo, motivo per cui quasi nessuno ha un PADI. La comunità tollera i robot, ma in piccole quantità.» Sembrò anticipare il suo commento successivo. «Non sto dicendo che qui le persone siano più buone della media. Abbiamo buoni e cattivi come ovunque.»

«Si conoscono tra di loro e non vogliono essere riconosciuti dalle IA. Ora capisco da dove provenga il mistero che ti avvolge.»

Joe osservava con sguardo rapito tutto ciò che lo circondava. Aveva visto le gare soltanto una volta, sul net. Sapeva che i contendenti sarebbero stati un mecha e un umano all'interno di un esomech. Sarebbe stata l'occasione di vederlo da vicino.

I posti su entrambi i lati accanto a loro erano occupati. Vicino a Joe era seduto un uomo robusto di mezz'età, forse sulla settantina. L'uomo si attorcigliava la folta barba dorata con tre dita mentre fissava impaziente il palcoscenico centrale. Evie strinse la mano di Joe quando, dai muri che reggevano la cupola, partirono sfolgoranti raggi laser rossi e blu. Colonne di fuoco si alzarono ai lati del palco, a ritmo con un'assordante e sincopata musica otzstep. Gran parte della folla, o almeno tutti quelli con meno di cinquant'anni, si alzarono per ballare. Evie rise e si dondolò al suo fianco.

Sull'enorme palcoscenico apparvero gli ologrammi dei primi due sfidanti. Dal lato destro entrò marciando un esomech. L'ologramma passò al primo piano dell'operatore umano, e il suo nome scorse sui giganteschi maxischermi.

Il presentatore gridò al di sopra della folla: «Ecco a voi Underman!» Il pubblico reagì urlando e pestando i piedi. Dal lato sinistro entrò un mecha. La voce del presentatore richeggiò di nuovo. «E ad affrontare il nostro eroe, ecco che arriva Mace Face!» Il pubblico rispose fischiando.

Come faceva abitualmente guardando le partite di calcio inclusivo, Joe sincronizzò il NEST con l'olo-streaming. Il respiro di Underman gli riempì la testa. Il collegamento lo portò all'interno dell'esomech insieme al concorrente umano.

. . .

Questa è una delle ragioni per cui riempiono gli stadi: non potrai mai avere la reale sensazione di essere l'atleta attraverso un olo-streaming esterno. Questa per me sarà una nuova esperienza con uno sport violento dal vivo.

. . .

Quando le presentazioni furono concluse, le macchine si misero in posizione di guardia, una di fronte all'altra. Piantarono i quattro piedi chiodati nel terreno irregolare, alzando i pugni metallici. Joe notò che entrambi i robot avevano adottato la posizione parallela per i due set di gambe, sacrificando parzialmente l'equilibrio. I servomotori nelle articolazioni emisero un brontolio quando li mandarono su di giri per ottenere una scarica di energia. La sirena suonò e i due scattarono in avanti, scontrandosi spalla contro spalla con un fragore spaccaossa. Si avvinghiarono come lottatori di sumo dei tempi andati. L'abbraccio metallico si strinse mentre le dita di ciascun combattente artigliavano l'avversario, prima di separarsi per fronteggiarsi ancora, girando in tondo.

Mace Face si lanciò in avanti e colpì il braccio sinistro del rivale umano con la propria testa senza volto, provocando una pioggia di fischi dalla folla. L'esomech, caduto a terra su un gomito e con il braccio sinistro parzialmente fuori uso, rimase immobile per un momento. L'ologramma mostrò il volto sudato dell'uomo all'interno, che tentava freneticamente di azionare i comandi.

I rantoli di Underman riempirono la testa di Joe, che si sentì nauseato e improvvisamente travolto dal terrore.

Underman fece arretrare l'esomech di un metro per evitare il colpo successivo. Joe diede un colpetto all'orecchio per scollegare il NEST. Si guardò intorno e notò che gli abitanti della Cupola non usavano il collegamento all'olo-streaming. Evie sicuramente non lo usava, e guardava in modo distaccato il corso dell'azione mentre si concentrava sulla folla.

La ritirata di Underman non lo stava salvando. Mace Face caricò frontalmente e colpì nuovamente il braccio sinistro danneggiato con la testa. Quello si piegò all'altezza del bicipite, immobilizzando le dita della mano. Underman sollevò il braccio maciullato, ma Mace Face picchiò ancora. Underman lasciò cadere il braccio e colpì il mecha sotto l'ascella con il destro, raggomitolandosi per eseguire una rotazione oltre il braccio mentre si rialzava. Mace Face finì disteso sulla schiena.

La folla gridò: «*Uwatenage*!» Underman colpì il mecha al torace con una scarica di pugni. L'esomech e il mecha si dimenarono per qualche minuto, ma la posizione del mecha lo lasciava vulnerabile alle micidiali scariche di pugni, e gli arbitri dichiararono concluso l'incontro. Underman alzò il braccio destro in un crescendo di urla dell'anfiteatro esultante.

L'uomo corpulento batteva le mani all'impazzata. «Un'altra "robotomia" conclusa con successo», disse, sottolineando la parola. «C'era un robot di troppo, e l'abbiamo sistemato.» Rise della propria battuta. Un mormorio gioioso serpeggiò tra la folla per diversi minuti, mentre aspettavano il match successivo.

Joe si chinò verso Evie. «Suppongo che i mecha vengano limitati per dare agli esomech una chance di vincere, giusto?»

«Sì, sempre, anche se si tratta di un minimo ritardo nei riflessi. Qualche essere umano è quasi riuscito a vincere anche senza», disse lei.

«Ci sono sempre le componenti analogiche: polvere e imprevedibilità.»

. . .

Ecco perché seguiamo gli sport. Ci si sente come dei che osservino la casualità scontrarsi con le volontà in gioco, per vedere cosa succederà.

. . .

Evie indicò l'uscita con un cenno della testa. «Andiamo. Voglio mostrarti altre parti del complesso.» Lo guidò lungo un passaggio laterale e una rampa di scale che scendevano giù, nelle viscere sotto la Cupola. Si fermarono davanti a una porta, dove uno schermo si illuminò. Evie disse: «Ciao, Johnny.» La porta si aprì ed entrarono.

Nella guardiola, un ragazzo sedeva al banco di controllo. «È un piacere vederti.» Alzò lo sguardo, sorridendo.

«Altrettanto. Vorrei portare il mio amico a fare un giro, okay?»

«Solo perché sei tu Evie, vai pure.» Le indicò un altro corridoio.

Allo sguardo interrogativo di Joe, lei disse: «Quello è Johnny. Mi occupavo di lui quando era bambino. Qui alla Cupola, crescere i bambini è uno sforzo comunitario, non un lavoro per i tatabot.»

Gli indicò il corridoio che conduceva all'ospedale, ma continuò dritto finché si ritrovarono in un ampio magazzino che conteneva file di esomech e mecha allineati. Joe si fermò di fronte a un esomech, chiedendosi come vi si entrasse. Ci camminò intorno e vide un piccolo piolo sporgere dal polpaccio della gamba metallica. Joe vi appoggiò il piede e saltò su. Entrò, facendo scivolare i piedi negli alloggiamenti e le braccia nelle maniche apposite, finché le sue dita trovarono i comandi. Nonostante potesse vedere attraverso la visiera, la macchina stringeva il suo corpo come una bara, facendogli provare una soffocante claustrofobia. Liberò le mani e saltò fuori dall'esoscheletro.

«Dev'essere difficile manovrare questi affari.» Scosse le braccia, come a voler scacciare la sensazione di essere rimasto rinchiuso.

Evie annuì, rispondendo con un accenno di sorriso che svanì in fretta. Joe si domandò cosa le passasse per la mente, ma lei riprese a camminare prima che potesse chiederglielo.

Uscirono dal lato opposto del magazzino, sentendo la folla esultare in lontananza. Si trovavano lungo un lato del palcoscenico. Sembrava strano restare nell'ombra, senza poter essere visti dalla folla. Le due macchine stavano eseguendo un lungo un clinch sul palco, e il terreno vibrò quando uno dei contendenti lanciò l'altro a terra. Il trambusto del pubblico li seguì mentre scendevano le scale e uscivano dalla porta, che si chiuse alle loro spalle. Si ritrovarono nuovamente nell'atrio.

«Potremmo andare a casa, preparare una cenetta e bere un bicchiere di vino?» Evie sembrava sollevata di essere uscita di lì.

· · ·

Andare a casa. Pensa all'appartamento come casa.

· · ·

Passeggiarono fino alla stazione. Joe trovò un'enoteca, comprò una biofiasca di buon Cabernet della Napa Valley con i suoi dark credit$, poi presero il primo iperlev verso casa.

Evie si diede da fare in cucina, impostando una delle proprie ricette sul sintetizzatore. Apparecchiò la tavola con piatti di pollo fumante, accompagnato da una salsa scura e aromatica.

«È mole poblano, con un contorno di fagioli neri in insalata e mango.» Lo guardava, in attesa della sua reazione mentre assaggiava la prima forchettata.

Joe versò altri due bicchieri di vino prima che il sole tramontasse, poi si sedettero insieme sul divano per ammirare le sfumature di giallo e arancione che si fondevano sull'orizzonte. Evie aveva un'espressione pensierosa mentre sorseggiava il vino. «Ora sai quanto è diverso il mio mondo.»

«Grazie per aver condiviso con me le tue origini. Non riuscivo a immaginarmelo prima; il modo in cui sono cresciuto io in confronto è noioso. Sterile e automatizzato. Ma ora che ho visto il tuo mondo, non sembra affatto strano. È un posto da cui imparare.»

«Cos'hai imparato?»

«Sono rimasto sorpreso dalla gentilezza», disse lui.

«Non te la aspettavi?»

«Beh... la Cupola ha una reputazione violenta per via delle competizioni esomech.»

«Quello è innegabile, anche se vorrei che le persone notassero come la violenza venga diretta alle macchine. La violenza su altri esseri umani viene evitata.» Rabbrividì.

«La competizione è naturale, non serve negarla.»

«Naturale, sì. Non possiamo negare l'evoluzione e la nostra natura animale.» Cercò il suo sguardo.

«Possiamo provare a essere animali migliori. Ma restiamo comunque animali.» Joe posò il bicchiere e sentì accelerare il battito.

Gli occhi di lei si spalancarono e scoppiò a ridere. «Joe Denkensmith, sei meno chiuso nella tua testa rispetto al solito.» Piegò la testa di lato, con aria interrogativa, e un rossore diffuso le colorò le guance. Joe si chinò e le sfiorò le labbra con le proprie, poi la baciò appassionatamente. I suoi capelli gli accarezzavano il viso, e le sua labbra avevano ancora un lontano sapore di cioccolato mentre rispondeva ai baci. Il desiderio travolse il suo corpo. I loro baci erano naturali come respirare, qualcosa che non poteva fermare e di cui anche lei sembrava avere bisogno.

Si baciarono a lungo.

Evie si scostò dolcemente, con riluttanza, mentre gli ultimi colori del tramonto svanivano nel cielo. Appoggiò le testa sulla sua spalla.

«Mi dispiace per averci messo così tanto a sentirmi a mio agio, ma l'idea del Livelli ha dominato i miei pensieri per gli ultimi tre anni. Ora sento di aver sprecato l'opportunità di conoscerti prima.»

«Ti rendeva nervosa l'idea di fraternizzare con il nemico?»

«Sì, ma mi ci sto abituando.» Si allungò e lo baciò con dolcezza prima di allontanarsi e chiudere la porta della camera da letto alle sue spalle.

Capitolo 22

Il mattino dopo Joe si svegliò presto, ma rimase a letto, la mente in subbuglio. Il progetto del proprio anno sabbatico, la Cupola, la vita di Evie e infine lei stessa, la poliedrica donna sicura di sé: troppi pensieri lottavano per ottenere la sua attenzione. Uno vinse sugli altri. Doveva essere ormai sveglia. Si alzò in fretta, si lavò e si vestì, poi uscì in salotto.

Evie era sdraiata sul divano, con l'onnilibro aperto in grembo. «C'è un sacco di fisica tra le tue letture, e anche tanta filosofia. Sono entrambe difficili da capire.»

Si sedette vicino a lei. «È bello che tu ci provi.»

«Che io provi a conoscerti?» Lei rise. «Sto risolvendo un puzzle. Posso capire come la matematica e la filosofia si colleghino al problema della coscienza nell'IA. Ma qui vedo tanta fisica. Cosa c'entra la fisica?»

Joe strinse le spalle. «Come ti ho detto, sono un realista. Voglio comparare le idee scientifiche con un quadro più generale di significato.»

Evie appoggiò la guancia sul palmo della mano. «Fammi l'esempio di una di queste idee scientifiche.»

Lui rifletté per diversi secondi. «D'accordo, eccone una: la natura del tempo.»

Lei annuì, in attesa.

«Le teorie di Einstein sostengono che il tempo sia soltanto un'altra dimensione, come le tre dimensioni dello spazio. Il mondo che conosciamo sarebbe uno spaziotempo, chiamato spaziotempo di Minkowski. La dimensione del tempo è unica, perché è unidirezionale: puoi muoverti esclusivamente avanti attraverso il tempo. I fisici ritengono che l'universo sia chiuso e tutte le dimensioni siano legate tra loro, quindi ognuna influenzi le altre.»

«Ci sono altre teorie sul numero di dimensioni esistenti?»

Lui annuì. «Ma i fisici non hanno decretato quante siano, al momento. Comunque, le eleganti formule matematiche suggeriscono che possano esserci fino a dieci, o persino undici dimensioni.»

Evie aggrottò le sopracciglia. «Il tempo però non scorre in modo diverso in momenti diversi? Si verificano strani effetti, ad esempio vicino ai buchi neri.»

«Esattamente.» Il suo evidente interesse lo spinse ad approfondire la questione. «Il "paradosso dei gemelli" implica che un gemello lasci la Terra su una navicella spaziale ad una velocità vicina a quella della luce e invecchi più lentamente rispetto al gemello rimasto sul pianeta. La velocità della luce è un limite che non può essere superato. In questo modo, le leggi della causalità vengono mantenute nell'universo. Tutti quei controsensi, come incontrare il proprio padre prima di essere nati, non potrebbero mai accadere.»

«D'accordo, allora qual è il problema?»

«Inizio dall'idea che la materia esista. In parole povere, sono un realista riguardo all'universo. Tutte queste dimensioni esistono. Lo spaziotempo esiste. Questo implicherebbe che tutto il tempo esista nello stesso momento.»

Evie piegò la testa, incerta. Joe prese l'onnilibro e lo tenne sui palmi delle mani. I loro sguardi si incrociarono, e quell'improvvisa intimità gli diede una scossa.

«Ora ti spiego.» Indicò gli angoli squadrati dell'onnilibro. «È difficile per noi visualizzare le tre dimensioni dello spazio, più il nostro movimento attraverso il tempo. Immagina che lo spaziotempo sia rappresentato da questo blocco tridimensionale. Ora immagina che un singolo punto nel tempo sia una fetta del blocco.» Abbassò una mano di taglio. «A quel punto, la lunghezza rappresenta il movimento attraverso il tempo.» Fece scorrere una mano sull'onnilibro.

Evie seguì la sua mano con lo sguardo. «Okay. Una fetta dell'onnilibro, che è bidimensionale, rappresenta il nostro spazio tridimensionale.» Indicò la stanza con un cenno della mano.

«Sì, esattamente. Ora, da fuori vediamo soltanto il blocco, esistente tutto nello stesso momento. Potrebbe sembrare una contraddizione, ma prova a tenere a mente entrambe le prospettive contemporaneamente: l'interno del blocco è dove viviamo, mentre l'esterno è la prospettiva cosmica.»

Lei fissò l'onnilibro, aggrottando la fronte. Poi si allungò e mosse un dito sulla superficie liscia. Joe ebbe un brivido, immaginando le sue dita scorrere sulla propria pelle.

Evie chiuse gli occhi e li riaprì improvvisamente, sbarrandoli. «Questo preciso momento, noi seduti qui insieme, sembra accadere esattamente adesso. Il tempo sta avanzando *ora*. Io sono all'interno del blocco e lo percepisco. Ma tu mi stai dicendo che dalla prospettiva esterna è già accaduto? Tutto il tempo è già finito?»

«Esattamente.»

«Da fuori sarebbe come guardare una libellula fossilizzata nell'ambra.»

Joe era entusiasta della metafora. «Il tempo è "finito" se lo vediamo al di fuori dello spaziotempo. È "tutto lì" nello stesso modo in cui la lunghezza di questo blocco è tutta qui. Ma noi non possiamo vederlo da fuori, perché ci troviamo al suo interno. Possiamo soltanto vivere un istante alla volta, in quella fetta sottile in cui ci troviamo.»

«Possiamo avere libero arbitrio in un tale universo, in cui il tempo, dall'esterno, è già trascorso?»

«La questione rimane aperta.» Joe inarcò un sopracciglio. «Questa visione del tempo non preclude il libero arbitrio, almeno finché vengono rispettati altri criteri all'interno dell'universo chiuso. Se credi che l'universo sia deterministico, il libero arbitrio non esiste. Se invece l'universo è indeterministico, e le decisioni delle creature coscienti che vivono all'interno del tempo determinano cosa accade, allora sì, quelle creature possono scegliere liberamente. Sto cercando la risposta a entrambi questi rompicapo, per capire se e come possano essere risolti. Perché se non possono esserlo, allora il libero arbitrio non esiste.»

Evie si accigliò. «Ma hai iniziato parlando della natura del tempo. È stato raggiunto un consenso su quello?»

«Io credo che esista l'intero blocco di tempo. È la spiegazione più coerente con la relatività.» Alzò le mani per ammettere la propria impotenza. «I filosofi ne hanno discusso per secoli. Alcuni sostengono che esista soltanto la fetta presente, in cui ci troviamo. Altri dicono che il blocco sia in crescita, e che esista soltanto la parte di blocco fino al momento presente.» Joe fece una pausa. «Questo però non si conforma alla relatività, perché come hai detto tu, il tempo non scorre in modo uniforme dappertutto. La velocità e la gravità deformano lo spaziotempo.»

Evie insistette. «Ma tutti pensiamo al passato e viviamo nel presente. E speriamo, pianificando il futuro.»

«Sì. Siamo chiusi nel blocco ed è tutto ciò che possiamo conoscere. Tutto ciò che possiamo sentire è il momento presente.»

Gli occhi di lei scintillarono. «Ora inizio a capire il tuo progetto. Ti ho accusato di passare il tempo perso nei tuoi pensieri. Ma non si tratta vivere nelle nostre teste o meno, dal momento che, vivendo, siamo continuamente coscienti della nostra stessa esperienza. Si tratta di trovare la gioia di vivere nel presente.» Evie gettò indietro i capelli, negli occhi un'espressione determinata. «Allora, viviamo nel presente. So dove andare.»

<hr />

Presero l'iperlev per cinque fermate verso sud-est, cambiando una volta. Evie gli spiegò il piano mentre il treno sfrecciava lungo una valle verdeggiante, punteggiata di campi e frutteti. Joe, intanto, si occupava delle prenotazioni con il proprio NEST.

«Questa volta offro io», disse.

«Assicurati che abbiano tavole da surf tradizionali.» Il suo volto mostrava tutta la sua impazienza.

«Non useremo le autoboard?»

«No. E nemmeno i generatori di onde, soltanto onde reali.»

Una robocar li attendeva alla stazione. Li portò oltre le colline e si fermò accanto a una casetta affacciata sulla spiaggia. Aveva il tetto color granata e pareti color crema, con una veranda in legno e una finestra a golfo con vista sul mare. L'alta marea lambiva la sabbia bianca cinquanta metri più in là, e l'odore salmastro solleticò il naso di Joe. Digitò il codice di ingresso, trasferendo i dark credit$ dalla tessera viola che teneva in tasca.

La porta si aprì su un salottino che conduceva a una camera da letto con bagno sulla sinistra, e a una cucina abitabile sulla destra. Evie sparì sul retro e rientrò poco dopo, sorridente. «Fuori ci sono due tavole, come promesso. Vado a cambiarmi.» Si infilò in camera. Joe diede un'occhiata al salotto, soffermandosi sul divano letto: sul treno, lei aveva detto di sì alla casa che lui le proponeva, e ora sperava non fosse questa la ragione. Andò a cambiarsi in bagno.

Quando uscì, Evie lo aspettava con indosso un costume rosso. Recuperarono le tavole e lei lo guidò verso la spiaggia. La seguì, incurante di tutto fuorché dei suoi fianchi che gli indicavano la strada.

Si fermarono dopo un promontorio, valutando quanto fosse lungo il tratto di spiaggia che curvava dolcemente, bagnata dalle onde. All'altro capo della baia, alcuni surfisti cavalcavano le grandi onde, ma l'area di fronte a loro era deserta.

«Questo è un buon posto per iniziare.» Gli fece una veloce lezione teorica, che Joe tentò di ricollegare alle proprie nozioni di surf nel netwalker. Nuotarono al largo, seguendo una corrente calda.

«Rema verso quelle onde e passaci sotto con un duck dive.» Gli mostrò come mantenere la spinta in avanti nonostante la resistenza data dalle onde. Quando raggiunsero un punto che Evie considerava abbastanza lontano, si fermarono e restarono in acqua, appoggiati alle tavole.

«Ricordati di saltare su il più velocemente possibile.» Lasciò passare diverse onde, poi disse: «Prova questa.» Joe si rimise sulla tavola e remò verso la spiaggia, precedendo l'onda. Mentre l'onda si alzava dietro di lui, provò ad alzarsi in piedi, ma cadde sgraziatamente in acqua.

«Ce la farai.» Era premurosa e incoraggiante. «Prova a spostare i piedi più avanti sulla tavola.»

Joe provò più e più volte, ma continuava a cadere in acqua. Si rese conto di iniziare il movimento troppo tardi. Quando arrivò l'onda successiva, remò senza sosta per tenersi in testa. La tavola si sollevò, Joe saltò in piedi... e restò in equilibrio. Cavalcò l'onda finché svanì nelle acque basse, poi saltò giù dalla tavola e si voltò verso Evie con un grido di vittoria. Lei gli fece il segno dello shaka.

Nelle ore successive prese molte onde, cadde altrettante volte e fu impressionato da Evie, che cavalcava le onde senza sforzo evidente. La sua abilità era palese nel modo in cui ruotava la tavola per rimanere al suo fianco, anche quando lui sterzava bruscamente.

Quando credette di non poter più remare per un altro metro, si fermarono per mangiare a una capanna sulla spiaggia, dove un servibot offrì loro panini freddi e frutta.

«Prendiamo ancora qualche onda.» Era piena di energia. «Ci stai?»

Joe annuì, stirandosi. La breve pausa lo aveva rimesso in forze.

Remarono di nuovo al largo, ma questa volta si allontanarono di più. Restarono a galla vicino al punto in cui le onde si formavano. «Potrebbe essere troppo presto, ma puoi provare un bottom turn», disse Evie.

«Ci sto.»

Gli descrisse i movimenti da eseguire per spingere il bordo della tavola nell'onda. «Usa lo spostamento del peso per curvare.» Joe si sentì più confuso che informato, ma tentò comunque diverse volte. Prese l'onda ogni volta, ma non riuscì a eseguire il bottom turn.

«Dove guardi è dove andrai», disse lei per aiutarlo.

Altri tentativi, altri capitomboli. L'ultima volta finì in acqua di testa e il cordoncino gli strattonò la caviglia, tenendolo sotto. Risalì sputacchiando.

«Ne hai avuto abbastanza?»

«Neanche per sogno.» Joe era ancora più determinato. L'adrenalina aveva fatto scomparire tutti i dolori e la stanchezza.

Si guardò alle spalle per scegliere l'onda e ne vide una gonfiarsi, verde ed elegante. Remò furiosamente, poi saltò in piedi sulla tavola e sentì la forza dell'onda sotto di sé. Quando fu sulla cresta, si sporse oltre il lip e dentro il ventre, spingendo in basso il bordo della tavola, che cadde e iniziò a curvare. L'onda lo trasportò, ma riuscì a mantenere l'equilibrio per altre due rotazioni, prima di cadere di schiena nella schiuma. Tornò in superficie sputando acqua salata, ma fece un sorriso a trentadue denti per rassicurare Evie e mostrarle che si stava divertendo.

«È come andare in bicicletta, suppongo», le disse.

Lei rise. «Detto dall'uomo che non sa andarci. Però sì, è simile: ora che hai imparato a surfare, non te lo dimenticherai più.»

Remarono verso riva, e Joe era stanco ma felice.

«Era la tua prima volta su una vera tavola? Hai un talento naturale», disse Evie. Si sciolse sentendo le sue lodi, pur sapendo di essere un neofita.

«Andiamo dove posso guardarti cavalcare qualche onda più grossa», le disse. Camminarono lungo la spiaggia fino al promontorio proteso nel mare. Il vento soffiava verso la costa, ma non era ancora così forte da increspare le onde. Evie lo salutò con un cenno della mano e si allontanò sulla tavola, remando metodicamente.

Si unì agli altri surfisti nella lineup, fuori dalla zona di formazione delle onde. Joe strizzò gli occhi per vederla controluce. Era sulla parte frontale di un'onda e piroettava abilmente in una successione di manovre, facendo sembrare la propria ultima performance un gioco da ragazzi. Finì la serie e si girò per remare verso riva, le curve del corpo accentuate dai rivoletti d'acqua che brillavano sulla pelle illuminata dal sole. Joe si rilassò nell'acqua bassa mentre lei completava una serie dopo l'altra in modo glorioso.

. . .

Ecco un sublime frammento di tempo. Il sole mi scalda la pelle e danza sulla sua. Che io me ne renda conto o meno, in ogni istante cavalco l'onda del tempo, in equilibrio tra passato e futuro.

. . .

Evie era di nuovo alla lineup, in attesa di un'onda. Se ne stava formando una enorme nella sua direzione. Partì con un tempismo perfetto. Accelerò lungo la parte frontale dell'onda, curvò per restare parallela e poi ruotò velocemente all'indietro. Joe trattenne il respiro mentre lei completava un'intera rotazione, poi un'altra mezza prima di riportare la tavola in cima all'onda, rivolta all'indietro. Con un salto, invertì la posizione dei piedi e stava nuovamente surfando nella giusta direzione. Joe era pietrificato.

Stava a galla nelle onde basse, quando un altro surfista gli passò accanto remando. «La tua ragazza l'ha domata, quell'onda», gli disse.

«Puoi ben dirlo. Come si chiama quel trick?»

«È un rodeo flip. Uno dei migliori che abbia mai visto.»

Joe gli rispose con uno shaka.

Evie gli si avvicinò. Restarono fianco a fianco, con le tavole che galleggiavano vicine. «È stata una bella onda su cui finire», disse lei.

Joe le sorrise con ammirazione e orgoglio. «*Quella* è stata una lezione. Per me, solo l'inizio.»

La sua bocca si schiuse in un sorriso seducente, gli occhi color nocciola primordiali come il mare. Gli sfiorò la barba e disse: «Ora è piena di sale.» Remarono a riva. I capelli bagnati le ricadevano sulle spalle mentre camminava davanti a lui portando la tavola come se non pesasse nulla.

Raggiunsero la casetta sulla spiaggia e posarono le tavole sulla veranda. Era un tardo pomeriggio tiepido. Il sorriso di Evie rispecchiava la sua stessa euforia per le onde appena cavalcate.

«È meglio togliersi subito di dosso il sale.» Entrò in casa e si diresse verso il bagno. Joe rimase sotto il portico, per non gocciolare sul pavimento del salottino. Paralizzato al pensiero di lei, si accorse a malapena di non sentire più l'acqua scorrere nella doccia, quando Evie gli apparve di fronte avvolta in un asciugamano bianco. «Tocca a te», gli disse, distogliendo lo sguardo con un leggero rossore sulle guance.

Joe si spogliò ed entrò nella doccia, frizionando una generosa quantità di shampoo nei capelli per eliminare il sale. Si asciugò e avvolse un asciugamano intorno ai fianchi, tornando in salotto.

La porta della camera da letto era aperta. Evie era sdraiata sul letto, l'asciugamano drappeggiato a coprire il suo corpo. La camera era bianca e pulita, larga appena abbastanza da contenere il letto e un comodino, su cui era sistemata una conchiglia decorativa. La finestra era aperta e il suono dell'oceano riempiva la stanza. Lei lo guardò con un sorriso di incoraggiamento. Con un lento movimento del braccio fece cadere l'asciugamano, e il suo corpo si mostrò in tutta la sua languida nudità. Il diamante rosso al suo dito brillava. Il suo corpo era più bello di quanto avesse mai potuto immaginare.

Il desiderio lo travolse. L'asciugamano gli scivolò dai fianchi come mosso da volontà propria. Salì sul letto, sentendo il proprio corpo pulsare. Lei lo attirò a sé e lui la baciò. La baciò ancora e ancora, e lei rispose con passione.

Evie aprì gli occhi e fissò lo sguardo nel suo, lui esplorò quel mare tumultuoso e trovò una persona reale, che gli sorrideva con gioia e desiderio. A lui, proprio a *lui*. Il cuore gli scoppiò di felicità.

Accarezzò lentamente il suo corpo, dalle guance fino ai piedi, sentendo la pelle fresca reagire al proprio tocco tiepido. Lei sospirò e rabbrividì. La barba le accarezzò le cosce. «Sì», mormorò lei, «proprio lì.» Strinse le cosce contro di lui e Joe pensò all'oceano.

· · ·

Salsedine. Di sudore e di mare. Consonanze. No. Devo uscire dalla mia testa e vivere questo momento.

· · ·

Ora lei era sopra e i suoi capelli folti gli ricadevano sul petto. Alcune ciocche lo sfiorarono ripetutamente mentre il ritmo rallentava. Sentiva il desiderio nel suo corpo, nel modo in cui lo avvolgeva e lo stringeva. Lo guardò con tenerezza, la sua pelle morbida, calda e accogliente.

Sentì l'eco dell'oceano crescere nelle orecchie, come se stesse cullando una conchiglia. Si girarono lentamente, uniti nel ventre dell'onda. Le dita di Joe vibrarono, caricandosi di particelle che dal corpo di lei passavano al proprio. «Ti prego», sussurrò lei. La sentì sollevarsi in aria, trasportata da un'onda, inarcando la schiena; poi l'onda la trascinò in basso nel vortice, fin quasi ad annegarla; infine risalì sulla cresta, con la bocca che formava un ellissi.

La mente di Joe turbinava, la casetta sulla spiaggia si dissolveva in una nebbia. Non pensava al passato e non pianificava il futuro. In quell'istante, si trovava in un punto profondo di tempo e spazio dell'intero universo.

Capitolo 23

Trascorsero i tre giorni successivi andando a surfare a metà mattina. Ogni pomeriggio tornavano nella casetta per fare l'amore. Cenavano in uno dei ristoranti poco distanti lungo la spiaggia e rientravano, continuando ad amoreggiare tutta la notte. La casetta sulla spiaggia era il loro mondo a parte, in cui, per Joe, l'oceano e le pareti si dissolvevano, sostituiti dalla stretta delle mani di Evie e dal suo corpo, e poi dai suoi capelli sulla spalla. Dormivano finché i raggi del sole illuminavano le lenzuola.

L'ultimo giorno, Joe fu svegliato per primo dal garrito di un gabbiano. La mano di Evie era stesa sul suo braccio e non voleva spostarla.

. . .

Amo ogni tocco delle sue mani, ogni pelo sul suo corpo e ogni espressione del suo viso.

. . .

Evie si svegliò con un sorriso assonnato e giocherellò con la sua barba. «Beh, professore, stiamo entrambi dando lezioni.»

«È equo dare quanto si riceve. Insieme creiamo una sinfonia.»

«È questione di trovare il giusto tempo.»

«A proposito di tempo, ora capisco. Solo vivendo nel momento presente si possono avere giorni perfetti come questi.»

Lei si alzò su un gomito. «Amo parlare con te. Amo sapere cosa succede nella tua testa. Joe Denkensmith, sei una brava persona, e amo il tuo buon cuore.»

«Temo di essere solo un ragazzo come tanti altri, con tutte le so-
lite debolezze umane.» Il suo sguardo le disse che era serio e sincero.
«Ma ci provo.»

Lei giocò con i ricci sul suo petto. «Invece, parlando di... musica.»
Uno scintillio malizioso le illuminò gli occhi. «Ora amo sia i movimenti lenti, sia quelli veloci.»

Fecero l'amore e si risvegliarono ore più tardi, con il sole alto
nel cielo. Fecero la doccia e mangiarono un brunch, poi fu ora di
tornare. Joe chiuse la porta a chiave con grande rimpianto, e si incamminarono mano nella mano sulla spiaggia in direzione della
stazione.

Presero l'iperlev verso nord per tre fermate, restando accoccolati
e guardando la terra fertile delle fattorie scorrere fuori dal finestrino.

Scesero alla stazione per cambiare con il treno diretto a est. Le
persone erano accalcate sulla banchina che portava alla piazza centrale. Joe era davanti per farsi strada in mezzo alla calca, ma a metà
della banchina la folla si fermò bruscamente. Lui ed Evie cercarono
di vedere avanti. Si levò un mormorio curioso, presto messo a tacere dalla voce proveniente dagli altoparlanti. «Tutti sull'attenti per
assistere a questo pubblico evento. I treni saranno interrotti per diciassette minuti.» Joe si sporse oltre le teste delle persone di fronte,
mentre Evie si sforzava di vedere.

Un muro di roboagenti si fece strada a sette metri da loro,
spingendo con forza le persone da parte. «Non va bene», disse Joe,
tetro. Evie gli tirò la mano e indicò la fila di roboagenti dietro di loro,
che obbligava la folla entro un piccolo ellisse intorno alla piazza, rivolti verso l'interno. Gli strinse la mano mentre venivano spintonati.

. . .

Stanno radunando tutti. O è solo per noi? Ho fatto trape-
lare qualcosa?

. . .

«È il Falò», sussurrò Evie.

«Il cosa?»

Prima che lei potesse rispondere, una sagoma raggiunse il centro
della piazza con tre roboagenti e cinque mecha. L'uomo girò in
tondo, fissando i volti degli spettatori. Sulla folla riluttante calò
il silenzio.

«Gli Stati Uniti mantengono il più alto standard di perfezione
nella tecnologia. Ma anche con gli standard più rigorosi, qualcosa

può andare storto. Qualcuno può morire.» Fece una pausa piena di significato, poi annuì in direzione della folla.

Joe strinse le palpebre. Il movimento della testa era stato asimmetrico. Ricollegò il proprio NEST e zoomò per vedere il volto. L'uomo alzò in aria un manganello, la cui estremità si accese di una luce accecante. La protezione corneale di Joe si attivò per salvaguardare la vista. L'uomo puntò il manganello con la punta incandescente verso il cielo. «E così, ora le persone avranno giustizia!»

Piegandosi verso Evie, Joe mormorò: «Quello è Zable, il vice di Peightân.» Lo sguardo della donna si irrigidì, segno che aveva compreso.

Due robocar entrarono nella piazza e parcheggiarono al centro, seguite da un grosso autocarro. Il retro dell'autocarro si aprì e ne uscì una rampa, su cui sfilarono cinque robot. Zable, come a leggere un proclama legale, recitò: «Nell'ultimo anno, in questa parte degli Stati Uniti sono morti un totale di cinque esseri umani per incidenti in cui fossero coinvolti robot, mentre veicoli controllati da IA hanno provocato altre due morti. Il Ministero della Sicurezza ha chiesto e ottenuto una condanna in tutti i casi. Ora, verrà applicata la punizione.»

L'autocarro uscì dalla piazza. I cinque mecha circondarono le robocar. Ognuno aveva una taglierina al plasma montata all'estremità di entrambe le braccia. Dalle taglierine sgorgarono fiamme brillanti, che i mecha usarono per affettare i veicoli con ampi movimenti. Grandi colonne di fumo si alzarono dalle carcasse bruciate.

Una volta smantellate le robocar, i mecha si diressero verso i robot, in fila e sull'attenti. Le loro fronti emanavano una fioca luce rosa, mentre giravano le teste a destra e sinistra per scrutare la folla. Le taglierine al plasma compirono un altro arco. Le scintille erano troppo luminose per poterle guardare direttamente. Con tre colpi ciascuno, i robot furono ridotti in pezzi fumanti.

Molti nella folla esultarono, ma gli altri restarono in silenzio. Una fuliggine acre si levò dalle macchie annerite, formando una linea lucida che lentamente si dissipò. I roboagenti che avevano radunato la folla se ne andarono. Joe tirò un sospiro di sollievo non appena la fila di giubbotti in kevlar si allontanò, seguita da Zable. I veicoli antincendio si fecero avanti e spensero le fiamme. I mecha caricarono i resti metallici su altri camioncini.

Joe ed Evie si fecero largo tra la folla per raggiungere la banchina, tenendosi vicini mentre aspettavano il treno successivo.

«È la prima volta che lo guardo.» Joe guardò la folla disperdersi.

«È una cerimonia pensata per far sentire le persone superiori ai robot per un giorno.»

«Beh, Zable sembrava sul punto di avere un orgasmo.»

«Stavo guardando il suo braccio.» Si toccò l'avambraccio. «Sono certa sia bionica.»

«Un vero cyborg, e non felice di esserlo.»

Evie aveva un'espressione pensierosa. «Non puoi mai sapere quali dolori abbia patito un'altra persona. Li vedi vivere come se nulla fosse, ma non vedi i sassolini nascosti nelle loro Mercuries.»

Joe si accigliò. «Non mi piace quel tizio. C'è qualcosa di malvagio in lui.» Il Falò lo aveva disgustato e innervosito, come del resto Zable, e non riusciva a togliersi dalla bocca il sapore chimico del fumo mentre salivano sul secondo treno.

La mattina successiva, Joe baciò Evie teneramente prima di alzarsi dal letto. Dormivano nella seconda camera. Lei aprì gli occhi, assonnata.

«Odio lasciarti, ma devo andare in ufficio per vedere cosa mi sono perso», le disse.

Quando entrò in ufficio, vide una spia rossa lampeggiante sull'unità olo-com. Si rese conto di essersi scollegato per giorni. Digitò il codice criptato, facendo apparire un ologramma di Raif con espressione interrogativa.

«Scomparso per giorni? Mi hai fatto preoccupare.»

«Sono andato a surfare.»

«La nostra solita battuta?»

«No, a surfare davvero... beh, sì, la stessa storia comunque.»

Raif rise. Poi si fece serio. «Okay, torniamo alle questioni pericolose.»

Joe si chinò in avanti. «Sì?»

«Freyja ed io siamo stati impegnati con il problema dell'integrità dei database. I dati provenienti dal colfbot corrotto ci hanno fornito informazioni cruciali.» Fece una pausa. «Abbiamo un problema più grande.»

Raif gli descrisse brevemente i dettagli. Joe scosse la testa e si strofinò la fronte. «Dobbiamo coinvolgere altri nel problema, ormai.»

«Aspetta.» Raif sparì dallo schermo per un momento. «Sto parlando con Freyja. Suggerisce Mike.»

«Chiedi a Freyja di chiamare Mike, e io intanto andrò nel suo ufficio.» Joe voleva vedere Mike di persona.

«È un buon piano.» Raif si scollegò.

Joe andò dritto all'ufficio di Mike e, una volta arrivato, scoprì che Freyja lo aveva preceduto e se ne stava immersa nei propri pensieri. In pochi minuti, Mike attivò la connessione con Raif e Dina Taggart, i cui ologrammi fluttuarono in mezzo a loro.

Mike diede inizio alla riunione. «Dina, ho sentito solo un riassunto da Freyja, ma Joe ha una scoperta allarmante da condividere con noi.»

Joe si rivolse a Dina. «Ho passato una copia dei dati provenienti dal colfbot corrotto all'esperto di cui ti avevo parlato. Raif è uno dei migliori informatici esperti di programmazione e sandbox. Raif e la mia collega, Freyja Tau, hanno lavorato insieme per risolvere alcuni problemi legati all'integrità dei database. La loro analisi ha riguardato il problema del WISE con il colfbot corrotto e altre sospette falle nel Ministero per la Sicurezza.»

Raif si lanciò a descrivere le loro scoperte. «È il più sofisticato e pericoloso worm di cui abbia mai sentito parlare. Si tratta di un'anomalia potenzialmente letale, una falla nella sandbox che tiene separate le IA. Troviamo alcune tracce, e poi quelle tracce scompaiono. In un caso eravamo riusciti a isolare il codice del worm, ma era troppo ben criptato per accedervi e così si è autodistrutto, eliminando ogni prova. Il worm ha trovato un modo per aggirare tutte le difese e si nasconde in trilioni di linee di software. Non possiamo usare le IA per trovarlo, perché non sappiamo ancora come si infettino.»

L'espressione di Mike passò da preoccupata a cupa. Quella di Dina la imitò. «Presto avrò settecento robot solo sulla Base Orbitale WISE. Non possiamo permettere ad un worm sconosciuto di infettarli.»

«C'è di peggio.» Il tono solitamente allegro di Freyja era invece tetro. «La maggior parte dei moduli software sono condivisi. In teoria, può infettare il sistema di controllo delle IA, in qualunque robot. Potrebbe addirittura essere in grado di infettare i PADI.»

«E le macchine militari», disse Mike.

Dina chiese: «C'è qualcosa che potrebbe limitare la sua diffusione?»

«Non lo sappiamo.» Raif era più serio di quanto Joe l'avesse mai visto. «C'è la speranza che le tecniche di sandbox fisiche impediscano al worm di spostarsi, a meno che qualcosa di fisico, ad esempio un robot, compia un'azione fisica per trasferirlo a un'altra IA.»

Joe intervenne. «Dal momento che ci sono forti prove a sostegno della presenza di un database corrotto al Ministero per la Sicurezza, la fonte potrebbe essere esterna, come un hacker, ma anche interna.» Joe si strofinò gli occhi, poi guardò Raif. «Hai controllato le informazioni riguardo a cDc, l'hacker ucciso dalla polizia due mesi fa?»

Raif scosse la testa. «No, ma è una buona idea. Se fosse un lavoro fatto dall'interno, forse cDc aveva scoperto qualcosa di importante. E che gli è stato fatale.»

«Se non fosse un lavoretto dall'interno, potrebbe essere partito dall'estero? Da un'altra nazione-stato o da un'organizzazione terroristica?» Mike camminava di fronte all'olo-com.

Raif si accigliò. «Non ne sappiamo abbastanza per rispondere alla tua domanda per ora. Scoprire la fonte richiederebbe uno sforzo immane.» Guardò ogni persona presente. «So però che questa operazione va condotta in segreto. Non possiamo scoprire la nostra mano, perché chiunque ci sia dietro potrebbe nascondersi meglio di noi.»

«Questo potrebbe mettere in ginocchio l'intero Paese», disse Mike.

L'enormità della scoperta di Raif e Freyja travolse ancora una volta Joe. Non sapeva da dove cominciare per eradicare il worm: una tale analisi segreta era fuori portata per lui, Raif, Freyja e persino Mike. Si voltò verso Dina e scoprì che lo stava studiando. Gli rivolse un leggero cenno di assenso, stringendo la mascella.

«Abbiamo bisogno di risposte e dobbiamo ottenerle furtivamente.» In qualche modo era riuscita a creare un contatto visivo con ogni persona presente nella stanza. «Ho fondi segreti disponibili che sono disposta a investire. Questo progetto richiede un team segreto più grande.»

Joe si lasciò sfuggire un gran sospiro. Nonostante i problemi non fossero cambiati, l'atmosfera nella stanza era più determinata che depressa. La conversazione proseguì per un'altra ora. Alla fine, Dina aveva suggerito compiti e prossimi passi. Avrebbe organizzato uno spazio per le riunioni e messo insieme un team allargato, con Raif e Freyja nei ruoli di comando. Joe e Freyja avrebbero concluso il proprio lavoro al college e poi sarebbero passati al progetto a tempo pieno, in modo che Joe potesse passare abbastanza tempo concentrandosi su quali moduli software delle IA sarebbero stati probabilmente colpiti.

Sulla via del ritorno, Joe sentiva la bocca secca. Non aveva mai affrontato una sfida così fondamentale. Voleva fidarsi di Evie, ma sapeva che rivelare questo segreto non spettava a lui.

Quando le disse della necessità di lavorare con orari più lunghi, i suoi occhi color nocciola gli lessero dentro. Sapeva che le nascondeva qualcosa. «Non puoi dirmi tutto.»

Le prese le mani. «Ho il dovere professionale di mantenere la confidenzialità. Vorrei poterti dire di più.»

Evie annuì, ma non riuscì a nascondere del tutto lo sguardo ferito. «Okay. Non possiamo scegliere il momento in cui gli eventi ci costringono ad agire.»

«Mi sento in dovere. Ma vorrei soltanto passare il tempo con te.»

«Abbiamo le notti.» Lo guidò verso la camera.

Capitolo 24

Come promesso, Dina si procurò una base nel Sud-Ovest per isolare il team e garantire la segretezza. Fino a quando l'edificio non fosse stato pronto, però, il quartier generale temporaneo sarebbe stato l'ufficio del WISE di zona. Joe era tornato alla sua vecchia scrivania già nel pomeriggio successivo, e stava chiamando Raif.

«Ciao, marmocchio.» Il suo sorriso angelico era più tirato del solito.

«Senti il peso del nuovo ruolo, dottore?»

«Sì, un po'. È un grande passo per me, trasferirmi nel Sud-Ovest e passare del tempo laggiù con te.»

«E con Freyja.»

Raif sorrise.

L'amico solitamente lo stuzzicava di più, quindi Joe non si fece sfuggire l'occasione. «Sia personalmente, sia professionalmente, questa è la tua occasione di affondare o imparare a nuotare.» L'espressione di Raif si addolcì, e Joe si rese conto che la battuta sul nuoto non era andata a segno, probabilmente perché l'amico stava pensando a Freyja. Non poté fare a meno di sentirsi un po' protettivo. «Vuoi un consiglio? Non affrettare le cose. Sii te stesso.»

◆

Le riunioni si susseguirono a ritmo frenetico per tutta la settimana. Dina, Freyja e Raif assunsero e ragguagliarono cinque esperti di software, ciascuno dei quali fu assegnato come responsabile a una sottospecialità. Altre assunzioni proseguirono in segreto, per formare i team composti da diverse centinaia di hacker. Joe si sentiva più elettrizzato che mai. Le lunghe giornate e nottate non lo stancavano, ed era sostenuto da adrenalina e testosterone senza l'aiuto del MEDFLOW. Ogni sera lui ed Evie cenavano insieme, parlando di ogni cosa tranne il progetto.

Una notte, prima che Joe si addormentasse, Evie si alzò su un gomito. «Joe, non ti chiederò di raccontarmi i dettagli di questo progetto segreto, ma sicuramente ti ci sei buttato a capofitto. Hai abbandonato il progetto per cui hai chiesto l'anno sabbatico?»

Joe le accarezzò la guancia. «Solo temporaneamente. Ma mi hai ricordato che devo andare a trovare Gabe, quanto meno per fargli sapere che non mi sono arreso.»

Gabe rispose al messaggio di Joe via NEST, invitandolo a incontrarsi il giorno seguente. Joe passò la mattinata in ufficio al campus, facendo ordine nei propri pensieri e ripassando gli appunti. A che punto aveva lasciato il progetto? Dal momento che credeva in un universo chiuso, doveva ancora scoprire se la mente potesse causare alcunché.

Joe trovò Gabe in un cortile interno secondario del campus, seduto su una panchina sotto una quercia sempreverde. Creatura abitudinaria, Gabe versò due tazze di tè verde Dragon Well da una biofiasca, passandone una a Joe.

«Sei stato via molti giorni», disse.

«Ho avuto le mani in pasta in un progetto importante, di cui purtroppo non posso parlare. Non ho avuto il tempo di dedicarmi a queste questioni, di cui mi piace discutere con te.»

«Mi piacerebbe aiutarti con il tuo progetto; non che io sia bravo con le materie pratiche.»

«Forse potresti. Credo che la tua chiarezza di pensiero potrebbe essere d'aiuto. Ti suggerisco di parlare con Mike, sarebbe lui il responsabile del tuo coinvolgimento.»

«Sono contento che tu mi abbia contattato e non abbia abbandonato il tuo progetto originale.» Gabe studiò gli alberi. «Ti ho detto di aver fatto da mentore a migliaia di studenti. È difficile mantenere i contatti con molti di loro nel tempo. I migliori si laureano e trovano buone posizioni altrove, in tutto il mondo. Anche con i mezzi di trasporto veloci e la comunicazione istantanea di oggi, è difficile restare connessi.»

«È difficile prendere insieme una tazza di tè?»

«Esatto.» Gabe lo guardò negli occhi. «Mi piacciono queste conversazioni con te. Penso che potresti essere sulla buona strada per giungere a una sintesi che farà avanzare la discussione filosofica.»

. . .

Mi piace pensare che questo possa rivelarsi vero, un giorno. Con il progetto segreto, non so quando potrò concentrarmi nuovamente su queste domande. Per ora, mi godrò questa conversazione con Gabe, che ormai considero un mentore e un amico.

. . .

«Grazie. Sto imparando molto da te. Dedicarmi ai problemi filosofici è molto più piacevole rispetto al mio vecchio lavoro.»

Dopo un breve silenzio, Gabe disse: «Prima di iniziare la discussione di oggi, ho un altro consiglio. Questo campo può portarti a una vita solitaria, facendoti passare troppo tempo nella tua testa. Cerca un equilibrio.»

Joe annuì. Il commento gli sembrò provenire dall'esperienza personale. «Ho fatto progressi anche su quel fronte.»

Gabe rabboccò la propria tazza e si voltò verso Joe. «Ora, dove eravamo rimasti sulla tua lista di indovinelli filosofici?»

«Sono ancora alle prese con il problema della causazione mentale. L'argomento secondo cui la mente sarebbe un epifenomeno, per cui nulla sarebbe causato dalla mente ma solo da particelle in movimento, sfida ogni mia intuizione.»

«Come succede a tutti noi. Speriamo che non tutto sia perduto, e vogliamo ancora credere che le nostre azioni abbiano un effetto.»

«I matematici, quando si trovano davanti ad un argomento del genere, mettono in dubbio le premesse. Premesse sbagliate possono portare a conclusioni sbagliate. Questo è il mio approccio», disse Joe.

«Bene. Di cosa parleremo oggi?»

«Ho pensato molto al concetto di causalità. Puoi aiutarmi a considerarlo da una punto di vista filosofico?»

Gabe, sempre preciso, chiese: «Cosa intendi per causalità?»

«Penso alla causazione, causa ed effetto, per cui un processo, o causa, ne produce un altro.»

«Allora mi sembra che la tua sia una domanda metafisica. Ti stai chiedendo come qualunque cosa nel mondo reale possa essere causata da qualcos'altro?»

«Esattamente.»

Il volto di Gabe si aprì in un sorriso, facendo apparire piccole rughe di espressione che rivelavano l'assenza di elastomeri della pelle tra le sostanze rilasciate dal suo MEDFLOW. «Questa domanda porta alla ribalta uno dei filosofi più amati, David Hume. Il suo contributo più importante fu l'idea della "connessione necessaria".»

Gabe posò la tazza, unì le dita e guardò gli alberi con aria pensosa. «Hume divise gli oggetti della ragione umana in due categorie: *relazioni tra idee* e *dati di fatto.*»

Joe corrucciò il viso. «Non conosco questi termini.»

«Hume divise ogni cosa in due secchielli, uno bianco», disse Gabe aprendo le mani e formando una coppa con la destra, «e uno verde.» Mise anche la sinistra a forma di coppa. Joe annuì, immaginando il saggio uomo che reggeva tutta la conosceva tra le mani.

«Nel secchiello bianco mise cose come la matematica. Quelle sono le *relazioni tra idee*. Esse possono essere conosciute esclusivamente con il pensiero. Includono le tue prove matematiche: possiamo conoscere la matematica attraverso queste prove, e possiamo essere assolutamente certi che le conclusioni siano vere a partire da premesse valide. Non vengono coinvolti elementi terreni, soltanto la pura logica. Ad esempio, considera il fatto che tutti gli angoli di un triangolo euclideo, se sommati, diano un risultato di 180 gradi. Sappiamo che questo è vero a priori, come dicono i filosofi, come necessità logica, senza riferimenti al mondo reale.»

Joe strinse le labbra. «Con questo posso concordare. So che le prove matematiche possono essere considerate certe.»

«Nel secchiello verde va tutto ciò che non è classificato come relazione tra idee, ovvero tutto ciò che riguarda il mondo. Hume sosteneva che non possiamo conoscere alcunché in questo secchiello con certezza.»

«Okay.» Joe fissò il palmo destro di Gabe, su cui le vene blu erano visibili attraverso la pelle traslucida. «Concentriamoci sul secchiello verde.»

«Hume chiamò la seconda categoria *dati di fatto*, ed essi sorgono a partire dalla conformazione stessa del mondo. Comprendono tutti i fatti empirici che impariamo riguardo al mondo attraverso l'osservazione. È in questa seconda categoria che Hume ha compiuto la svolta nel suo pensiero logico, dimostrando come non vi sia alcuna necessità logica nei dati di fatto. Possiamo conoscerli esclusivamente per associazione, osservando ciò che avviene nel mondo e poi supponendo che si ripeta in futuro.»

«Non sono sicuro di cogliere il punto», disse Joe.

Gabe sporse la biofiasca del tè con una mano. «Tengo questo contenitore in aria. Entrambi presumiamo che se lo lasciassi andare, cadrebbe immediatamente. Ma non vi è nulla nella sua posizione iniziale che suggerisca la caduta verso il basso dell'oggetto piuttosto che un movimento verso l'alto, o in qualsiasi altra direzione.»

«Ma entrambi crediamo che cadrà.»

«Sì, entrambi raggiungiamo questa conclusione per via della nostra esperienza, in cui una *congiunzione costante* del lasciar andare un oggetto è seguita dalla sua caduta al suolo. Crediamo che cadrà per via delle passate associazioni. Ogni volta in cui abbiamo osservato una situazione simile, l'oggetto è caduto. Abbiamo una precisa spiegazione scientifica per l'accaduto, cioè la gravità. Ma, ancora, non c'è alcuna necessità logica che giustifichi tale conclusione. Accade soltanto a causa della nostra esperienza del mondo.»

Gabe studiò l'espressione di Joe. «Vedo che nutri ancora dei dubbi. Permettimi di fare un altro esempio. Supponiamo di avere due antichi orologi molto precisi. Il primo orologio suona un minuto prima dell'ora, mentre il secondo suona preciso sull'ora. Ad un osservatore ignaro dei meccanismi interni, potrebbe sembrare che il primo orologio causi il rintocco del secondo. Questa supposta "conoscenza" verrebbe sconfessata quando la batteria di entrambi gli orologi si esaurisse.»

«Come vedi, abbiamo riscostruito un monolite della teoria scientifica. Svolgiamo infiniti esperimenti per confermare la relazione tra diverse teorie, poi verifichiamo quelle stesse teorie nel mondo reale. Questo ci dà una certa fiducia in noi stessi. Eppure, non vi è alcuna necessità *logica* nel credere che queste teorie sul funzionamento del mondo siano corrette.»

«Le affermazioni che sono logicamente necessarie, lo sono per via della loro stessa struttura, come nel caso di "Nessuno scapolo è sposato". È ciò che amo della matematica: si può essere certi della verità», disse Joe.

«Esattamente. Quell'affermazione rientra nel secchiello bianco. Ma non vi è nulla di simile, nessuna affermazione logicamente necessaria, nel secchiello verde. Lì dipendiamo dalla nostra esperienza del mondo, e a partire da quell'esperienza è possibile ricavare idee che non siano vere.»

«La scienza sviluppa nuove teorie continuamente.» Joe bevve un sorso di tè. «Le nuove teorie spesso spiegano i fatti del mondo in modo più elegante rispetto a quelle precedenti. L'evoluzione di tali teorie fa parte del processo con cui la scienza fa avanzare la conoscenza. Ma raramente rovescia idee consolidate.»

Gabe annuì. «Quando accade, il risultato è un mutamento di paradigma, come avvenne quando la relatività di Einstein rimpiazzò la teoria di Newton, offrendo una comprensione più completa della meccanica dell'universo.»

«Non abbiamo un mutamento di paradigma nella fisica da molto tempo. D'altro canto, non abbiamo nemmeno fatto grandi progressi.»

«Quando essi avvengono, scuotono le idee alla base del mondo», disse Gabe.

Joe rifletté sulla questione. «A questo punto, perché l'idea di Hume è chiamata "connessione necessaria"?»

«Quando osserviamo l'oggetto che viene rilasciato, seguito dalla sua caduta, stiamo osservando semplicemente una *congiunzione* delle due azioni, non una *connessione*. L'abitudine crea l'idea di una connessione, ma non vi è alcuna implicazione logica. Secondo Hume, non possiamo essere certi di cosa causi un evento.»

«Stai dicendo che per ogni cosa che pensiamo di conoscere del mondo, ovvero tutto ciò che la scienza investiga, non abbiamo conoscenze certe, né mai le avremo?»

«Sì.»

«Il mondo sembra progettato per tenere le creature coscienti sull'orlo dell'ignoranza.»

«Sì.»

«Qual è la conclusione di Hume a proposito della causalità?» Joe posò la tazza ormai vuota e si sfregò le mani. «Non è un'idea comune che la correlazione non implichi causazione?»

«Quello è un risultato semplificato derivante da Hume, sebbene lui stesse mandando un messaggio epistemologico più profondo: non possiamo conoscere nulla per certo riguardo al mondo.» Gabe raccolse le tazze e le mise nella propria borsa. «In questo senso, Hume era un vero empirista. Credeva che la conoscenza non potesse essere ottenuta indipendentemente dall'esperienza sensoriale. Ogni effetto è un evento distinto dalla propria causa. L'osservazione e l'esperienza sono necessarie per dedurre qualsiasi causa o effetto. Eppure, anche allora possiamo soltanto sapere che esiste una congiunzione, ma non possiamo essere certi della causalità.»

Joe considerò l'idea. «Perciò dobbiamo restare scettici riguardo alla nostra idea di causalità. Ciò che possiamo conoscere è più limitato di quanto immaginassi.»

«Proprio così.» Gabe sembrò soddisfatto dalla comprensione di Joe. «È una verità epistemologica: la nostra migliore fisica resta ancora incerta di fronte a qualcosa di così fondamentale come la causalità. Dati i limiti di ciò che possiamo conoscere con certezza, non siamo sicuri di cosa causi cos'altro nel mondo.»

Capitolo 25

Dopo un unico giorno di pausa per parlare con Gabe, Joe tornò a lavorare sul progetto segreto per tutto il weekend. Gli dispiaceva non aver passato più tempo con Evie. Lei però non si lamentava e usciva per molte ore ogni giorno. Non gli raccontava molto di cosa facesse, ma dalle loro conversazioni a cena intuì che stesse usando una stazione di comunicazione criptata in città per contattare i seguaci del movimento. La vedeva soltanto la sera, prima di crollare nel letto in un sonno profondo.

Joe ebbe la scusa per passare del tempo con lei quando Evie gli consegnò una busta che 83 aveva lasciato davanti alla porta di ingresso. Conteneva l'invito, da parte del Dr. Jardine, al ricevimento annuale del dipartimento; un evento elegante, probabilmente più divertente e meno concentrato sui fatti accademici. Il tempismo era perfetto, perché ultimamente era sulle spine. Proprio quel giorno Raif aveva avvertito il team della reazione che le loro ricerche avevano provocato. Chiunque fosse responsabile del worm aveva seguito le loro tracce, così Joe aveva passato tutta la giornata con gli altri, lavorando freneticamente per tornare invisibile. Era come giocare al gatto col topo, ma senza sapere chi fosse il gatto.

«Non ho idea di quanto tempo ci vorrà.» Si infilò l'invito in tasca prima di sedersi a gustare l'ultima creazione culinaria di Evie. «Mi sembra di lavorare al mio personale Progetto Manhattan.»

«Quello non serviva a costruire una bomba? E non ci vollero anni?» Scivolò sulla sedia di fronte a lui. Aveva già mangiato, era tardi.

«Sì, ma se non porto a termine questo lavoro, forse accadranno cose terribili.»

Joe si concentrò sullo stufato piccante, accompagnato dall'ottimo Bordeaux che aveva aperto. In compagnia di Evie, i suoi nervi si distesero dopo la lunga giornata. Dopo cena, portò i bicchieri in salotto, dove si sistemarono per ammirare il cielo stellato.

«Adori usare quei dark credit$», disse lei, ridendo e prendendo il bicchiere.

«Ne abbiamo in abbondanza grazie al mio progetto al WISE, quindi mi godo il momento.» Alzò il calice.

«E continui ad allenarti.»

«Devo riuscire a starti dietro su una tavola da surf.» Joe sorseggiò il vino e incrociò lo sguardo di lei oltre il bordo del bicchiere. «Penso che entrambi ci meritiamo una pausa. Domani spiaggia?»

I suoi occhi si illuminarono.

«Inoltre, il Dr. Jardine mi ha invitato ad un cocktail serale dopodomani. Posso portare un accompagnatore. Verrai con me?»

«Nomini i tuoi amici e colleghi così spesso che mi sembra già di conoscerli, anche senza averli mai incontrati.» Era un lampo di disagio quello che le aveva attraversato il viso? «Mi piacerebbe molto conoscerli di persona.»

La baciò. «E a me piacerebbe che loro conoscessero te.»

Lei si accoccolò contro la sua spalla. «Com'è Raif?»

«È un po' come me... forse più esperto.» La strinse forte. «Ma non è qui al college. Lo potrai incontrare un'altra volta.»

«È il tuo miglior amico?»

«Sì, ne abbiamo passate tante insieme.»

«Ti preoccupi per lui?»

«Ci guardiamo le spalle a vicenda.» Joe avrebbe voluto poter fare di più per avvicinare Raif e Freyja. Sembrava che andassero d'accordo anche senza il suo aiuto, comunque.

Evie si raddrizzò per studiarlo. «Amo questo di te. Sei così leale. Dimmi di Mike.» Sistemò di nuovo la testa sulla sua spalla.

«Troverai in lui uno spirito affine, con idee molto simili alle tue riguardo l'uguaglianza. Ti piacerà anche Gabe. Può sembrare un intellettuale formale e preciso, ma è un vero saggio, pieno di sapienza e dal cuore gentile.»

«E Freyja, la matematica?»

«Penso che apprezzerai la sua concentrazione sul lavoro e il suo impegno professionale. Ma sotto sotto è anche affettuosa.»

«Sono entusiasta di conoscerli tutti. E un po' nervosa», disse Evie. L'insicurezza che prima aveva solo intravisto, adesso era in bella mostra. «Il movimento si occupa di uguaglianza. Dovresti viverlo e renderti conto che sei pari a chiunque altro. Il tuo valore viene da dentro, dal tuo carattere.»

«Ci credo in modo astratto, ma ci vuole forza per accettarlo emotivamente, dal momento che il mondo in cui viviamo non lo ammette», disse lei.

«Ti adoreranno tutti», le rispose. Sapeva che avrebbe potuto tenere testa a chiunque, in qualunque situazione. Era meno sicuro di se stesso.

◆

La casetta sulla spiaggia era come l'avevano lasciata. Il sole si rifletteva sul tetto color granata e i garriti dei gabbiani duettavano con il rumore delle onde che si infrangevano sulla battigia. Joe si concentrò sui bottom turn. La spiaggia era deserta e le onde troppo piccole per offrire una sfida a Evie, che passò il tempo al suo fianco, stesa sulla tavola o surfando insieme a lui. Dopo pranzo, tornarono alla casetta. Trascorsero il pomeriggio facendo l'amore, ora più abituati ai rispettivi corpi e più sicuri delle reazioni reciproche. Più tardi, il tramonto dipinse l'orizzonte in sfumature di giallo caldo, mentre ascoltavano il suono del mare che lambiva la spiaggia.

«Stavo pensando alla soirée di domani.» Evie si strinse al suo petto. «I tuoi amici non saranno preoccupati per il mio Livello?»

«No, per nulla. Non lo chiederanno. Il college è un luogo egalitario.»

«Ma infrangeremo la legge.»

«Credo di aver iniziato a infrangere la legge da quando sono arrivato qui.» Le strinse la mano per incoraggiarla. «E ho analizzato i dati delle accuse. Non vengono incriminate così tante persone quante te ne aspetteresti, a riprova che la gente deve aver trovato il modo di vivere insieme nonostante questa ridicola legge. Penso che le autorità chiudano un occhio, a meno di non avere un motivo per infastidire qualcuno. Mi dispiace, ma hai trovato qualcuno ribelle quanto te.»

Evie si appoggiò su un gomito con l'espressione intensa che lui aveva imparato a interpretare come determinazione. «Imbattersi in me è stato un incidente. Il nostro avvicinamento è sembrato una conseguenza naturale di quell'incidente. Ma ora, questo sembra qualcosa di diverso.»

. . .

Le onde si infrangono qui fuori, e si innalzano nella mia testa. Arriva un momento in cui stai cavalcando l'onda e decidi di cambiare direzione, ma quel cambio influenzerà ogni momento futuro.

. . .

«È qualcos'altro. Mi sono innamorato di te.»
Una tenera felicità le riempì gli occhi. «Ti amo anch'io.»

◆

Arrivarono al ricevimento con diciassette minuti di ritardo. Evie indossava una bellissima tuta smanicata color crema con uno strascico che arrivava fino a terra, formando un semicerchio intorno alle gambe slanciate. Joe le offrì il braccio. «Sembra che anche a te piaccia usare i miei dark credit$, raddoppiandone il valore.»

«Devo essere all'altezza.» Entrarono sul pianerottolo.

La stanza era piena di persone, riunite in gruppi e vestite in modo più formale del solito, gli uomini con la giacca del completo e le donne con tute eleganti. Era contento che Evie gli avesse suggerito di indossare la giacca e l'avesse portato a fare shopping quella mattina per sceglierne una. Il mormorio diffuso dava l'idea di un'occasione più festosa che seria. Vide Mike e Gabe vicini, nessuno dei due accompagnato da un'ospite.

«Non vedo ancora il Dr. Jardine, ma sono sicuro che ti farà piacere incontrare anche lui.» La accompagnò a prendere un calice di vino, poi si avvicinarono ai due uomini.

Joe le presentò Gabe e Mike. Evie salutò prima Gabe con un sorriso amichevole, poi si rivolse a Mike dicendo: «È un piacere conoscerla, professor Swaarden. Mi chiamo Evie Joneson.»

«Chiamami Mike. Joe ha accennato ai tuoi master in scienze politiche ed economia, materie che abbracciano molte mie aree di interesse. Posso dedurre che la giustizia sociale faccia parte delle tue?»

«È così. Ho avuto modo di applicare i miei studi di scienze politiche al mondo reale per molti anni.»

«C'è ancora molto lavoro da fare. Le nostre leggi sono tutt'altro che eque.» Mike le rivolse un cenno di approvazione. «Non so come abbiamo potuto permettere a questo Stato abominevole di esistere così a lungo.»

Evie sorrise calorosamente, avvicinandosi. «La legge di natura viene scoperta dalle persone usando la ragione, scegliendo tra il bene e il male. Diffondere la consapevolezza dell'ingiustizia può portare al cambiamento.»

«Aye, ma è dura lottare contro l'interesse personale a mantenere lo status quo. È la natura umana.»

«Ti riferisci forse a Hobbes? Io seguo le idee di Joseph Butler. L'umanità tende all'altruismo e alla benevolenza. Dobbiamo seguire queste caratteristiche della nostra natura come guida verso ciò che è giusto.»

Mentre i due discutevano dell'argomento, Joe si rese conto che Mike aveva intuito molto più di quanto fosse stato detto a proposito di Evie. Lui e Gabe restarono a guardare, assistendo allo scambio di battute.

«Vedo che hai trovato un equilibrio.» Gli occhi scuri di Gabe brillarono. «Ah, e Mike mi ha incluso nel progetto.»

«Eccellente. Sono contento di averti in squadra.»

Alle spalle di Gabe, Freyja si stava avvicinando con gli occhi splendenti. Indossava la sua collana d'oro e una tuta blu cobalto con una mantellina abbinata.

Evie ricambiò il suo saluto affettuoso. «Joe mi ha raccontato quanto ami le vostre conversazioni sulla matematica.» Freyja la invitò ad accompagnarla al tavolo degli antipasti e si avviarono, chiacchierando amabilmente. Joe era stato un po' teso pensando al loro incontro, ma era sollevato vedendole andare d'accordo. Sorseggiò il vino in compagnia di Mike e Gabe.

«Quella sì che è stata una discussione corroborante.» Mike sorrise.

«Evie ha una mente attiva e un viso adorabile», disse Gabe.

«La mente e il viso di un angelo», rispose Joe.

«È un uomo saggio, o è semplicemente fortunato, colui che porta al braccio un angelo?» Gabe rise.

Prima che Joe potesse rispondere, sul volto di Mike eruppe un'espressione furiosa. «Pensavo che quella serpe fosse sparita.» Joe seguì il suo sguardo. Peightân stava scendendo le scale nei suoi alti stivaloni neri. Un attimo dopo, gironzolava intorno a Evie, mangiandosi le parole mentre parlava.

Joe attraversò la stanza in fretta, giusto in tempo per sentire Freyja difenderla. «Smetta di importunarla. È un'ospite con regolare invito. Si calmi. Non so, vada in spiaggia, si prenda una tintarella.»

Peightân la ignorò, ma lanciò un'occhiata a Joe che si avvicinava. «Ah, Mr. Denkensmith, come mi aspettavo. Mi stavo presentando alla sua amica.» Un'espressione di arrogante divertimento gli si dipinse sul volto cereo mentre si voltava verso Evie. «Come dicevo, sono diventato un esperto di debolezza morale umana. L'estensione dei crimini che le persone sono capaci di commettere è straordinaria.»

«Perché è qui?» Joe si strinse le mani sudate.

Peightân lo fissò, impassibile. «Avendo abbastanza tempo per scandagliare l'oceano di dati che raccogliamo, alla fine troviamo tutto ciò che ci occorre sapere.» Concentrò lo sguardo impietoso su Evie. «Forse sono qui perché il mio lavoro può essere noioso, a volte. Gli esseri umani un tempo erano più cattivi. Ora mi ritrovo ad interessarmi a crimini che potrebbero sembrare minori, ma hanno implicazioni sociali profonde. Prendete ad esempio il recente movimento di protesta, o i responsabili degli hackeraggi ai danni dei nostri database.» Evie incontrò lo sguardo gelido di Peightân con uno altrettanto glaciale. «Alcuni credono di saperne più dei legislatori.»

«Le leggi sono scritte da esseri umani.» Lo sguardo di Evie non vacillò mai. «Possiamo anche cambiare opinione su ciò che consideriamo giusto o sbagliato. Si tratta di decisioni sociali.»

Peightân le rispose con tono vittorioso. «Ah! Sei stata istigata a pensare di poter giudicare ciò che è giusto per tutti. Beh, la legge dice che la gerarchia è un bene per la società, riconoscendo che alcuni siano naturalmente al di sopra di altri. In questo modo, ognuno si troverà al Livello perfetto, compiendo le azioni assegnate in modo perfetto. Sono qui per applicare la legge alle lettera, così come è scritta.» Il suo sguardo inchiodava Evie. «Siamo uguali, tu ed io. Lottiamo entrambi per difendere ciò in cui crediamo.»

Evie tremava, ma non cedette terreno. «Siamo uguali soltanto se visti attraverso uno specchio in frantumi.»

Lui abbassò la voce ad un sibilo. «Tu, con il tuo infimo Livello, sei più vicina di me alla morte. E il mio lavoro mi mette a contatto con la morte molto spesso, come scoprirai presto.»

«Cosa vuoi dire?» Il colore era svanito dal suo viso.

«I tuoi amici sono morti.»

Evie fu scossa da un brivido, si coprì la bocca e vacillò. Joe le strinse un braccio intorno ai fianchi, facendole forza.

In un attimo, Gabe fu al fianco di Joe. «Cosa sta facendo a questa giovane donna? Non ha un briciolo di umanità?»

«Sono qui per arrestarla. E anche lui.» Lo sguardo di Peightân vacillò, probabilmente come risultato di una comunicazione con il NEST. Un attimo più tardi, le porte in alto si aprirono e Zable si precipitò dentro, accompagnato da due roboagenti. Si lanciarono lungo le scale per circondare Evie e Joe. Uno dei roboagenti afferrò il polso destro di Joe e lo ruotò in senso orario, costringendolo a voltarsi. Afferrò anche la mano sinistra e lo ammanettò.

Il secondo roboagente fece lo stesso con Evie.

Zable guardò Peightân, che annuì con aria soddisfatta. Zable si rivolse ai presenti nella stanza e disse a gran voce: «Per ordine del Ministro per la Sicurezza, arrestiamo questi terroristi per crimini gravi. Ora siete al sicuro da questo pericolo.»

Tutti restarono in attonito silenzio mentre i robot trascinavano i due prigionieri su per le scale e poi fuori. Un hovercraft li attendeva, con i motori ronzanti. I roboagenti li spinsero dentro. Le manette ferirono i polsi di Joe quando cadde sul sedile ed Evie gli si strinse contro. La donna iniziò a tremare mentre l'hovercraft si librava in volo.

Capitolo 26

Un roboagente scortò Joe dalla cella del carcere di massima sicurezza ad una cupa sala visite grigia. Indossava la divisa arancione standard, con i polsi ammanettati davanti. Al centro della stanza, su una piattaforma sopraelevata, si trovava la "bolla", una postazione sferica di tre metri di diametro, progettata per i colloqui privati. Mike Swaarden lo attendeva all'interno. Joe si sedette nel posto riservati ai prigionieri e Mike attivò la bolla, che si illuminò di azzurro.

L'uomo scrutò attraverso la griglia metallica che li separava. «Speriamo che questa bolla protegga davvero la nostra privacy. Segreto professionale, no?»

«Me l'hanno detto. Grazie per esserti offerto come nostro avvocato.»

«Non prometto niente. Mi dispiace, ma non c'è molto che io possa fare.» Mike aveva la faccia di un uomo a un funerale.

«Mi hanno tolto l'alimentatore del NEST e mi hanno tenuto in isolamento. Sono passati tre giorni?»

«Aye, tre giorni. È la procedura standard.»

Joe si chinò in avanti e i muscoli di collo e spalle, in tensione fin dal momento dell'arresto, si contrassero ancora di più. «Come sta Evie? Quando ci hanno separati, stava ancora tremando.»

«L'ho appena vista. È giù di morale, ma non sconfitta. Sta elaborando la notizia della morte dei suoi amici.»

«Okay.» Joe fece un respiro profondo, ma non riuscì a rilassarsi. «Cosa succederà adesso?»

«Hanno formalizzato le accuse. Il processo si terrà entro due settimane: giustizia veloce, così dicono.»

«Di cosa ci accusano?»

Mike si strofinò la fronte. «Le accuse minori includono incitazione alla protesta illegale e socializzazione tra Livelli incompatibili. Per te hanno aggiunto la ridicola accusa di lavorare oltre l'orario consentito. E di favoreggiamento di una latitante.» Fece una pausa.

«C'è altro?»

«Aye. La denuncia di reato più grave è quella di terrorismo interno. Stanno presentando Evie come la mente al vertice di un gruppo terroristico anarchista. Sei accusato di essere il suo complice volontario. Il giorno prima del ricevimento è stata piazzata un'altra bomba in un centro commerciale. Questa volta è stato ucciso un membro del Congresso.»

«Mio Dio.» Lo stesso Joe si rese conto di quanto la propria voce fosse tremante.

. . .

Un altro morto, una tragedia per una famiglia. E io sono accusato di questo crimine terribile. Se mi condannano, non vedrò mai più la libertà.

. . .

Mike continuò. «Il Ministero per la Sicurezza ha il DNA per collegarvi entrambi alla scena del crimine.»

«È impossibile.» Joe allargò le narici. «Il giorno prima del ricevimento? Eravamo in spiaggia.»

«Ho già controllato.» Mike scosse la testa. «Non ci sono documenti o registrazioni che vi forniscano un alibi.» Arricciò il labbro. «C'è di più. Il legislatore ucciso nell'esplosione era un idealista; un brav'uomo, lo conoscevo personalmente. Guarda caso, si era dichiarato contrario al valore del budget assegnato al Ministero per la Sicurezza.»

Mike annuì di fronte all'espressione vigile di Joe, rendendosi conto che l'amico aveva ricostruito la probabile catena degli eventi.

«Peightân prende due piccioni con una fava. Ha piazzato la bomba e scambiato i registri dei campioni di DNA. È stato facile, avendo accesso ai database. Ci ha incastrati.»

«È molto probabile», disse Mike.

Joe rifletté un momento. «Raif mi aveva detto che il nostro tentativo di hackeraggio era stato scoperto, la settimana scorsa, ma che le nostre identità erano rimaste nascoste. Il giorno seguente, è esplosa la bomba. Pensi che Peightân sia venuto a vedere Evie faccia a faccia per scoprire se sapeva qualcosa dell'hackeraggio?»

Mike annuì.

«Questo implicherebbe che il worm sia un lavoro fatto dall'interno, e che i roboagenti di Zable abbiano ucciso cDc perché aveva scoperto qualcosa nel database.» La schiena di Joe fu percorsa da un brivido. «Peightân farà qualunque cosa per coprire quello che sta succedendo.»

«È malvagio. Il team sta lavorando per prenderlo, ma se continua a coprire le tracce così bene, tutto ciò che abbiamo sono congetture. Potrebbe volerci molto tempo.»

«Cosa possiamo fare per noi due?»

Mike sospirò. «Meno di quanto vorremmo. La cosiddetta giustizia oggigiorno si basa sui numeri. E i numeri sono stati manomessi.» Alzò le mani e scosse le spalle. «A meno di una svolta miracolosa, non possiamo impugnare i campioni di DNA trovati sulla scena dell'esplosione.»

. . .

L'esito sembra così prevedibile, certo quanto una prova matematica: esilio nella Zona Vuota. E poi la morte per me ed Evie, in qualche deserto sperduto, prima che chiunque possa provare la nostra innocenza. La morte non è mai stata così vicina. Il Tristo Mietitore si avvicina.

. . .

Joe deglutì. «Cos'ha detto Evie?»

Il volto Mike si illuminò un poco. «Evie è un'ottimista. Mi ha detto di riferirti che ha già iniziato a condizionare il proprio corpo per la sopravvivenza.»

Il sorriso si affacciò sulle labbra di Joe, nonostante il peso della paura gli attanagliasse le viscere. Si ricordò che Evie aveva esperienza di campeggio; non sarebbe stata indifesa. Come poteva contribuire? «Cosa ci è permesso portare?»

«Non vi permetteranno di introdurre tecnologia elettronica o biomedica nella Zona Vuota, ma potete portare tutta la tecnologia arcaica e le scorte che siete in grado di trasportare.»

Joe riportò alla mente la descrizione governativa dell'esilio. «Ah, giusto. Ci daranno una possibilità di successo.»

«Con una patina di decoro internazionale.»

Joe di strofinò i polsi sotto le manette. «Ti darò una lista. Per favore, fatti dare una lista anche da Evie. Usa i miei dark credit$. Li troverai nascosti sotto il decanter del whisky nel mio appartamento. Ti darò il codice di decriptazione adesso.»

Mike prese carta e penna dalla valigetta e gliele passò attraverso la sottile fessura nella griglia. «Quel maledetto robot non mi ha permesso di portare tecnologia qui dentro. Dovrai usare queste per annotare tutto.»

Joe prese la penna con una smorfia e passò i minuti successivi a scribacchiare laboriosamente sul foglio, faticando per ricordarsi il procedimento appreso durante le lezioni di arte fatte da bambino. Scosse la mano colpita da un crampo mentre ripassava il foglio attraverso la griglia.

Mike lesse la lista, annuendo. «Cibo, acqua, equipaggiamento per la prima sopravvivenza, aye.» Il suo dito si fermò su un elemento sotto cui erano elencate numerose voci. «Questo: piante edibili, flora e fauna del Sud Ovest, abilità di sopravvivenza, caccia e pesca, fare il sapone, nuove storie archiviate. Tutti libri? Su un onnilibro? Non puoi...»

Joe alzò una mano. «Lo so, non posso portare l'onnilibro nella Zona Vuota. Ma posso portarci la mia mente.»

◆

Nell'aula di tribunale affollata, Evie e Joe si tenevano per mano, con Mike al loro fianco. Il robogiudice sedeva impassibile al banco, il volto argenteo che scrutava metodicamente i due imputati. «Leggiamo i capi d'accusa, prego», disse.

Un pafibot si fece avanti. «Joseph Denkensmith, è accusato di favoreggiamento alla latitanza di una terrorista interna, nonché del coinvolgimento in una cospirazione terroristica culminata nell'omicidio di un essere umano...» Il robot blaterò per un altro minuto, poi passò alle accuse a carico di Evie. «Evie Joneson, è accusata di essere a capo di un'organizzazione terroristica locale, costituente pericolo per la vita umana, con cui ha progettato l'omicidio di un essere umano piazzando una bomba in un centro commerciale...»

Completata la lettura, si voltarono per fronteggiare il giudice. «Le prove empiriche sono schiaccianti. Non abbiamo motivo di metterle in dubbio.» Fissò gli occhi dotati di lenti su ognuno di loro prima di annunciare il verdetto. «Joseph Denkensmith, è giudicato colpevole di tutte le accuse. Evie Joneson, è giudicata colpevole di tutte le accuse.»

Il robogiudice tenne lo sguardo fisso sugli imputati. «L'accusa ha chiesto una condanna a tre anni di esilio nella Zona Vuota per ciascuno di voi. Nonostante tale sentenza rappresenti un caso limite nelle direttive di condanna, viene qui concessa in virtù delle particolari circostanze.» La fronte gli si illuminò di blu per tre secondi, poi diventò viola mentre si voltava verso il giudice umano alla propria destra, in attesa.

L'uomo disse: «Concordo con il giudizio del mio onorevole collega. Non ho motivi, su base legale, per un parere contrario.» Fece una pausa, gelandoli con lo sguardo. «I vostri sono atti spregevoli. Non tollereremo alcun terrorista che tenti di sovvertire il nostro sistema politico. La sentenza verrà applicata entro quarantotto ore.» Batté il martelletto, e tutti i presenti si alzarono mentre i giudici uscivano dall'aula.

Sette roboagenti li scortarono fuori dalla stanza. Mike li seguiva a distanza di tre metri. Evie incrociò lo sguardo di Joe e raddrizzò la schiena. Uscirono a testa alta, lo sguardo fisso davanti a sé con aria di sfida. Non appena le porte si aprirono, si ritrovarono di fronte a un mare di registratori, tesi a catturare ogni particolare della scena per i media. Furono guidati lungo un corridoio laterale, lontano dagli sguardi del pubblico e verso l'area della prigione. Mike seguì Joe ed Evie in una bolla privata e la attivò. I roboagenti attesero all'esterno.

Mike si fissò le mani. «Anche se ci aspettavamo questo risultato, sento di avervi delusi. A quanto si dice, i robogiudici sono rigorosamente logici, attenti alle prove e assolutamente imparziali.»

«Immettendo dati corrotti…», disse Joe, senza finire la frase. «Non ti diamo la colpa, Mike.» Alzò un sopracciglio. «Mi aspettavo un po' più di sostegno in aula, però.»

«Dina ha deciso che nessun altro venisse al processo, per evitare di creare collegamenti alle operazioni della squadra. Sono tutti a pezzi Joe, davvero.» Una lacrima tenace e solitaria scese lungo la guancia di Mike, prima che lui facesse un respiro profondo e la asciugasse. «Ascoltate, abbiamo pochi minuti per questo ultimo colloquio, quindi veniamo al punto. Il team sta cercando di risolvere il più grande mistero del worm, sperando di scoprire un collegamento con la contraffazione delle prove a vostro carico. Ma non pensiamo che accadrà presto.»

«Non siamo ancora morti», disse Evie. Guardò Joe. «E abbiamo l'un l'altra.» Lui la abbracciò forte, baciandola. Poi abbracciarono Mike, prima che i roboagenti li conducessero verso il centro medico adiacente. L'ultima immagine che Joe vide fu il pugno di Mike sollevato in aria, in un chiaro gesto di sfida.

Li fecero entrare in fretta. Evie guardò Joe con aria preoccupata, mentre un robot la spingeva lungo un corridoio. Un roboagente lo fece sistemare in una stanza sterile, in cui non gli restò che logorarsi nell'attesa, finchè apparve un medbot. «Signore, devo disattivare tutti i suoi dispositivi elettronici, compreso il suo MEDFLOW. Per favore, si tolga la camicia.» Una delle mani del robot, dotata di otto falangi, esplorò la zona dietro il suo orecchio sinistro e trovò il NEST. Stava controllando che la batteria fosse stata rimossa correttamente, Joe lo sapeva. Subito dopo, gli iniettò degli antidolorifici con la punta di un bisturi e incise la pelle appena sopra il fianco destro. Rimosse anche la batteria del MEDFLOW. La mano meccanica operò con precisione, poi ricucì il lembo di pelle al suo posto.

«E la tessera biometrica?»

«Ho ricevuto istruzioni di lasciare intatto questo dispositivo passivo, per permettere l'identificazione quando sarà necessario.»

«Quando dovranno identificare i nostri corpi?»

Pensò che il robot avrebbe preferito ignorare il commento, ma gli rispose. «Corretto. Il dispositivo invia un segnale di posizione al momento del decesso.» Il medbot si allontanò di un metro. «Signore, ora devo registrare le sue condizioni mediche, per certificare che si trova in ottima salute quando ci lascia.» Alzò una mano metallica. «Per favore, si svesta.»

Joe fece ciò che gli veniva chiesto, rabbrividendo sotto le luci fredde.

La mano di gelido acciaio si avvicinò. «Tossisca, prego.»

«Fottiti», disse Joe, tossendo.

Joe diede un'occhiata a Evie. «Domani è il grande giorno. Ti senti pronta?»

Evie strinse i denti. «Si va in guerra con assoluta sicurezza. Mi sono preparata come meglio potevo. Tu ti senti pronto?»

Joe scosse le spalle, chiedendosi se le settimane passate a memorizzare testi di sopravvivenza sarebbero servite quanto sperava, nella Zona Vuota. «Il più possibile. Solo il tempo ce lo dirà.» Evie gli strinse la mano.

I robot li avevano fatti uscire dall'isolamento, lasciandoli soli in una cella larga. Nel centro, due zaini erano appoggiati su una pila di abbigliamento tecnico. Le scorte provenivano da Mike, che aveva seguito con scrupolo le loro liste. I roboagenti avevano controllato tutto per verificare che non ci fossero dispositivi elettronici vietati, né tecnologia biomedica.

Evie esaminò i vestiti, sollevandone diversi per verificare che la taglia fosse corretta, poi passò al contenuto del proprio zaino. I due zaini erano simili, sovradimensionati e prodotti in materiale leggero e resistente all'usura. Joe sollevò il proprio per stimarne il peso. «Per fortuna, non c'è regola che vieti l'utilizzo di materiali moderni», disse, ispezionando il materiale di prima scelta.

«Abbiamo usato i tuoi dark credit$ per una buona causa.» Il sorriso forzato di Evie rispecchiava i propri sentimenti. «Cos'hai legato all'esterno del tuo zaino?»

Lui sganciò l'accetta con lama a doppio taglio e gliela mostrò. «Un uomo ha bisogno dei suoi attrezzi. Vedi, questo modello ha il manico telescopico, quindi è un'arma manuale, ma utile anche per tagliare la legna.» Impugnò l'accetta, saggiandone l'equilibrio con la mano destra.

«E l'arco con le frecce? Sai come usarli?»

Joe era un po' preoccupato per quelli. «Non ho mai tirato con l'arco, ma posso imparare. Vale la pena portarlo.» Evitò di pensare ai motivi per cui sarebbe potuto servire, ed Evie non discusse sulla necessità dell'arma.

Incoccando una freccia dalla punta affilata, provò a tendere l'arco compound. Tirò la corda fino all'angolo delle proprie labbra, sentendo le pulegge ruotare senza sforzo alle estremità dei bracci di leva.

«Non è quel che si dice primitivo», sottolineò Evie.

«Un paio di secoli. Ma non ha componenti elettronici, soltanto una lente di ingrandimento sull'elementare sistema di mira.» Joe indicò con un cenno un bastone accanto allo zaino di lei. «Bastone da passeggio?»

Evie afferrò il bastone, lungo quasi due metri. Lo ruotò tra le mani con movimenti esperti dei polsi e scambiando la posizione delle mani. Poi passò alla rotazione con una sola mano. Aumentò la velocità finché le estremità formarono un turbinio sfocato, poi lo ruotò con un ultimo veloce arco e si fermò.

«È un bastone bō», disse lei. «Quelli tradizionali sono in legno, ma questo è fatto di una lega metallica evoluta e leggera. Ha anche una lama retrattile all'estremità, per trasformarsi in arma d'attacco.» Girò il bastone e gli mostrò la lama ricurva che poteva estrarre con una levetta posta sul lato. «Con questa modifica, posso trasformarlo velocemente in un *naginata*, una tradizionale arma inastata.»

Joe era colpito. «Bella pensata.» Posò l'arco e frugò nello zaino. «Sono sicuro che Mike avrà fatto in modo di non darci doppioni inutili. Il problema fondamentale che vedo è la mancanza di acqua.»

Lei si morse il labbro. «La Zona Vuota è un grande deserto, vero?»

«Per quanto ne so, sì.» Joe aveva chiesto tutte le letture che Mike fosse riuscito a trovare a proposito della Zona Vuota, così fece a Evie un riassunto di ciò che sapeva. «Un tempo l'area era popolata, ma il riscaldamento globale fece salire troppo la temperatura. La super siccità che colpì il Sud-Est durò più di un secolo, facendo scappare quasi tutti gli abitanti del Nevada centrale. Il governo costrinse gli ultimi ritardatari a trasferirsi per trasformare l'area in ciò che è adesso: una prigione a cielo aperto. Per quel che ne so, ci sono alcune montagne, ma non ho idea se siano sopravvissute foreste o fonti d'acqua. Il governo ha censurato tutte le mappe e le informazioni riguardanti la zona. Le cartine ora mostrano soltanto una regione dalla forma vagamente a patata. Dovremo orientarci con il paesaggio.»

«Non dovrebbero lasciarci dove abbiamo almeno una speranza di sopravvivere?»

«Sì, ma la percentuale di sopravvivenza è comunque inferiore al cinquanta per cento.» Provò a sorridere. «Speriamo che la nostra preparazione ci aiuti a battere la statistica, a dispetto delle probabilità.»

«Ho combattuto le probabilità per tutta la vita», disse lei. Lanciò un'occhiata alle borracce. «Potremmo morire di sete molto presto. Dobbiamo portare tutta l'acqua che riusciamo.»

«Puoi portarne più di quanta ne hai ora?»

Si mise lo zaino in spalla. «Posso trasportare il mio peso», disse con determinazione.

Joe annuì.

La porticina della cella si aprì, subito varcata da cinque roboagenti seguiti da Peightân e Zable. Peightân indossava una divisa formale, con le mostrine sulle spalle, e aveva uno sguardo imperioso. I robot e Zable stavano sull'attenti dietro di lui.

«Sono qui per completare il mio dovere formale, prima di vedervi partire per il vostro viaggio.» Il suo tono era freddo e professionale. «Per legge, vi è vietato introdurre alcun dispositivo elettronico o tecnologia biomedica nella Zona Vuota. Gli Stati Uniti vi permettono di portare qualunque altra cosa necessaria alla sopravvivenza, purché possiate trasportarla.»

«Prendiamo atto della tua preoccupazione per la nostra sopravvivenza.» Joe lasciò che le parole uscissero cariche di sarcasmo, poi passò agli aspetti pratici. «Ci servono altri sette litri d'acqua.»

Peightân sospirò. «La richiesta è accolta. Ora, accettate di comportarvi in modo appropriato e di confermare a tutti coloro che attendono qui fuori di essere stati trattati in modo adeguato e conforme alla legge?»

«Reciteremo il vostro solito show.» Il rancore sottolineò le parole di Evie.

Peightân fece una pausa, ignorando i loro sguardi freddi. «Siete stati condannati a tre anni esatti di esilio nella Zona Vuota, a partire da domani. La Zona Vuota è una regione spopolata degli Stati Uniti in cui non troverete moderni macchinari. Ricopre circa quarantamila chilometri quadrati ed è circondata da un muro elettrificato lungo mille chilometri. Il muro ha cinque cancelli. Sarete liberi di uscire da uno qualunque di questi cancelli a partire dal mezzogiorno del giorno successivo alla fine della vostra sentenza di tre anni esatti. I mecha a guardia dei cancelli vi faranno passare senza arrecarvi danno.»

Joe memorizzò i dettagli mentre Peightân parlava. «Tutti i mecha di guardia sono autonomi e autorizzati all'uso di forza letale su qualunque essere umano all'interno della Zona Vuota. Se proverete a superare il muro prima che la sentenza sia terminata, morirete. Avete capito?» Alzò un sopracciglio, in attesa della loro risposta affermativa.

Joe scattò. «Sì, capiamo i tipici modi in cui i prigionieri muoiono nella Zona Vuota. Ma noi sceglieremo il nostro.»

«Alla fine muoiono tutti.»

Capitolo 27

Joe fissò il vuoto attraverso le sbarre della cella. Una fioca luce solitaria proiettava ombre che si perdevano nell'oscurità lungo il corridoio deserto. Era l'unico prigioniero in quella sezione dell'istituto. L'aria umida e stantia sul viso gli ricordò una vecchia simulazione aptica in realtà virtuale, che lo aveva catapultato in una segreta medievale. Come ultimo oltraggio, gli avevano rimesso le manette.

Aveva mantenuto la facciata fin dal giorno dell'arresto, mostrandosi forte di fronte a Evie e Mike. Ora però, solo e al buio, la piena realtà della propria situazione lo colpì, facendolo sentire spaventato e arrabbiato.

. . .

Ho sempre giocato sul sicuro, come se potesse proteggermi. Ma questa volta le probabilità sono impossibili. Morirò là fuori. Evie morirà con me. La fine sembra sempre così lontana, finché non lo è più.

Ho preso la decisione giusta aiutandola? L'ho presa con la testa e con il cuore. Ho creduto che fosse una persona virtuosa, che valesse il rischio, e avevo ragione. Il mondo mette alla prova le nostre scelte, di agire o di non agire. Non si può restare ai margini della strada: dobbiamo scegliere un cammino e percorrerlo. Non mi pento di aver scelto Evie.

. . .

I suoi pensieri lasciarono Evie e tornarono alla prigione. La furia gli invase la gola e lo stomaco gli si chiuse in una morsa, mentre bile bruciante come lava cercava di farsi strada per evadere. La rabbia lo spinse contro le sbarre, che afferrò e tentò di scuotere, sentendo i muscoli flettersi inutilmente contro il metallo immobile. Le colpì fino a che le manette gli ferirono i polsi. Il rumore rimbombò nel corridoio, poi si affievolì e restò soltanto il silenzio immutabile della pietra.

. . .

Se Dio esiste, dov'è ora? Non abbiamo prove della sua esistenza nel nostro universo chiuso.

. . .

Con il petto gonfio per lo sforzo e le guance rigate di lacrime, Joe si inginocchiò di fronte alla porta della cella. Si aggrappò alle sbarre e si lasciò sfuggire un lamento angosciato, prima di accasciarsi al suolo.

. . .

No, non odio Dio, ma il male nell'animo delle persone e le ingiustizie che considerano accettabili. Maledetti gli orrori che infliggono le une alle altre! Ora capisco l'impeto di Evie. Rabbia e furia contro tutti loro!

. . .

Una porta si aprì cigolando. Una luce fioca si mosse lungo il corridoio verso di lui, a ritmo con il sonoro rimbombo di stivali che si avvicinavano. Chiuse gli occhi finché i passi non cessarono a pochi centimetri dal suo viso bagnato. Sbirciò in alto e vide il volto estatico di Zable, che tamburellava sul manganello con la mano sinistra. Joe si asciugò il naso mentre la furia gli montava dentro un'altra volta.

Si rimise in piedi e fissò quegli occhi malevoli. «Ti stai godendo un momento di Schadenfreude?» La voce di Joe era arrochita dalla mancanza di sonno e dallo stress, aggiungendo un ringhio al suo tono sarcastico.

«Piantala con le lingue straniere. Come mi aspettavo, sei uno smidollato senza palle. Chissà perché una ragazza, anche solo una del mio vecchio Livello, dovrebbe perdere tempo con te.»

«Se ti riferisci al mio carattere, hai ragione. Lei è migliore di entrambi noi, ma non metterti nella stessa frase con lei, bastardo sferico.»

«Sferico?» Zable si accigliò, confuso.

«Come disse un astronomo tempo fa, da qualunque angolazione ti si guardi, sei sempre un bastardo.»

Le narici di Zable si allargarono. Fece un passo indietro e appoggiò il manganello al petto di Joe. Un lampo rosso e bianco lo accecò, e subito il suo corpo fu scosso dalle convulsioni e dal dolore. Le mani, ancora unite dalle manette, tremavano, mentre le dita restavano strette intorno alle sbarre e l'elettricità gli attraversava le membra, scuotendolo come un sonaglio. Gli sarebbe esploso il cervello attraverso il cranio?

La corrente elettrica pulsò un'altra volta attraverso il suo petto, facendo contrarre i polmoni. Non poteva respirare. Zable rise e lo colpì con una terza scarica. Il dolore era insopportabile. Migliaia di api inferocite gli ferivano la pelle, ma le dita non potevano mollare la presa sulle sbarre. Zable fece partire un'ultima scarica. Il suo campo visivo si restrinse, la testa gli pulsava e il dolore era ormai bruciante in ogni fibra del corpo.

«Pensi di essere così speciale. Guardi tutto dall'alto del tuo Livello e ti abbassi a prendere quello che vuoi, come hai fatto con *lei*. Beh, alcuni di noi sanno come venire su a prendersi quello che vogliono.» Zable sputò le parole in tono velenoso. Joe gemette e rotolò lontano dalla porta della cella.

«È un vero peccato dover smettere, ma è ora di riaccendere le telecamere. Proprio quando iniziavo a divertirmi. Ci vediamo domani, smidollato.»

I passi di Zable si allontanarono. La porta alla fine del corridoio si chiuse con un suono metallico. Il cavallo dei pantaloni era bagnato. La sua vescica si era svuotata a causa delle scosse elettriche. Si sollevò da terra e barcollò fino alla branda. Lasciandosi cadere, riuscì ad allontanare il dolore concentrandosi sul proprio odio avvelenato per Zable. Permise al sentimento di invaderlo fino a quando ipotizzò che la luce dell'alba stesse sorgendo fuori dalla prigione, nonostante la sua cella restasse un pozzo nero.

Un'immagine di Evie dopo il loro ultimo abbraccio gli riempì la mente, con il suo sguardo di sfida rivolto roboagente che li scortava verso le celle. Era odio quello che covava? Odio verso l'ingiustizia, ma non verso le singole persone. Era una resistenza più nobile.

Joe era avvolto dall'oscurità, ancorato al mondo soltanto dalla coperta ruvida sotto la schiena. Le lacrime si erano asciugate e lui restava immobile. La rabbia per l'apparizione di Zable e la non apparizione di Dio fu sostituita dall'infinita e oscura consapevolezza di essere solo. Fissò la penombra con un crescente senso di ribellione. Sussurrò in direzione delle sbarre: «Mai arrendersi.»

◆

Sorvegliati da sette roboagenti, Joe ed Evie erano fianco a fianco nell'atrio del Ministero, con gli zaini carichi di biofiasche d'acqua supplementari in spalla. Evie indossava una giacca verde leggera sopra una camicia a quadri, pantaloni cachi infilati negli scarponcini da trekking neri e un cappello da sole. Joe guardò le proprie Mercuries. Aveva srotolato la parte superiore in modalità stivaletto e le aveva regolate su un marrone anonimo prima che le guardie togliessero la batteria. Chiuse la giacca reversibile.

Lo schermo a parete trasmetteva ciò che stava accadendo al di là delle porte chiuse. Una folla immensa di era radunata nella piazza. Reporter e robot muniti di registratori erano in prima linea. All'estremità più lontana della piazza si trovava un hovercraft solitario della polizia. Altri roboagenti sfilarono avanti e formarono due file serrate ai lati del passaggio tra il palazzo del Ministero e l'hovercraft in attesa. I robot si voltarono verso lo spiazzo di fronte all'edificio, creando linee simmetriche con le loro cappe in mescola sintetica di Kevlar e grafene drappeggiate sulle spalle. La folla attendeva trepidante.

«Che lo spettacolo abbia inizio», disse Evie.

«È più di una gogna in pompa magna. Vogliono mostrare loro quanto siamo ben equipaggiati, per fingere che tutto questo non sia letale di per sé. E vogliono che noi mostriamo rimorso.»

Evie aggrottò le sopracciglia. «Quando le persone sapranno tutti i fatti, saranno loro a provare rimorso. Fino a quel momento, ci basterà sapere che siamo nel giusto. Adesso, è ora di andare in campeggio.»

. . .

Oh, sì, il campeggio. Ho *letto* tutto a riguardo.

. . .

Le porte si aprirono di colpo e i robot spinsero Joe ed Evie avanti, in mezzo alle due file parallele di roboagenti e verso l'hovercraft. Joe si voltò a guardare l'austera facciata del Ministero, un monumento brutalista all'autorità. Evie incrociò il suo sguardo con espressione interrogativa, a cui rispose con un cenno rassicurante. Il ricordo improvviso della notte passata lo fece esitare, ma vedendola camminare a grandi passi si riprese, mentre una fredda determinazione gli si insinuava nelle viscere.

Sopra le loro teste fluttuavano gli ologrammi dei reporter che si rivolgevano alla folla. Vennero scortati lungo la piazza, in mezzo ai roboagenti allineati come lapidi. Gli ricordò le telecronache minuto per minuto che i commentatori sportivi facevano durante gli incontri alla Cupola della Lotta.

«...che si trova tra le città fantasma di Tonopah e Ruth, in Nevada, a nord della Death Valley. Non vi sono strade che la attraversino, né persone o macchine al suo interno.»

«Quando il riscaldamento ha causato l'aumento di cinque gradi nella temperatura media, la gente ha abbandonato la zona a causa della scomparsa dell'agricoltura e dei posti di lavoro. Gli Stati Uniti hanno acquistato il terreno e costruito il muro perimetrale...»

«Un tempo le persone vivevano in quell'area, per cui non è impossibile...»

Il maxischermo montato su un edificio di fronte alla piazza mostrava un tg-bot impegnato a fornire maggiori informazioni. Con voce femminile, declamò: «Gli Stati Uniti si attengono a tutte le convenzioni internazionali concernenti la punizione, inclusa l'abolizione della pena di morte risalente al secolo scorso. L'esilio preclude semplicemente l'utilizzo della nostra tecnologia condivisa e relega questi criminali ad uno stadio conosciuto a popolazioni precedenti.»

Joe avrebbe voluto silenziare il chiacchiericcio, ma non aveva nulla con cui farlo, dal momento che il NEST gli era stato disattivato. Scosse la testa e si concentrò su Evie, di fronte a sé. Era un angelo meraviglioso, indomito, pronto a vendicare le ingiustizie. Lei raggiunse l'hovercraft, si voltò e rivolse alla folla un sorriso accecante e sicuro, agitando una mano, prima di entrare nel velivolo. Joe la seguì e si sedette.

«Facciamo in modo che si ricordino di noi, quando torneremo dopo i tre anni», disse lei.

I motori si accesero e l'hovercraft si sollevò dalla piazza, inclinato, allontanandosi dalla civiltà.

Nell'hovercraft si strinsero l'uno all'altra, lasciando gli zaini sul pavimento. Di fronte a loro era seduto un roboagente. La porta della cabina di pilotaggio si aprì. Ne uscì una testa inclinata con un ghigno vendicativo. «Eccovi al vostro ultimo viaggio.»

«Ami troppo il tuo lavoro. In ogni caso, perché sei qui? Il trasferimento dei prigionieri non è una mansione troppo al di sotto della tua testa sempre puntata in alto?»

Zable si fece avanti e ruotò la testa a pochi centimetri dal volto di Joe, sogghignando. «Non potevo perdermelo.»

Joe sentì un vuoto aprirsi nello stomaco. «Abbiamo una sentenza di tre anni nella Zona Vuota. Con la possibilità di sopravvivere.»

«Il ministro Peightân applica la legge alla lettera. A me piace di più applicarne lo spirito. E la legge vi vuole morti.»

Zable tirò fuori dalla tasca un piccolo rettangolo nero. Si allungò dietro il roboagente. «È ora di fare un upgrade della memoria», disse. Il robot batté le palpebre due volte; le lenti che aveva al posto degli occhi si bloccarono su una sguardo fisso. «Vai a resettare la nostra rotta. Queste sono le coordinate.» Zable lesse i numeri. Il robot scomparve nella cabina di pilotaggio.

Lo stomaco di Joe si strinse ancora di più non appena Zable cominciò a far rimbalzare il manganello sul palmo della mano, come se aspettasse un motivo per doverlo usare. Il dito di Zable prese a giocare con l'interruttore sul lato dell'oggetto, e le viscere di Joe si contorsero. Conosceva fin troppo bene il potere di quell'arma, nascosto dall'aspetto ordinario.

. . .

No, la cattiva opinione che ho di Zable non è dovuta al suo Livello basso, ma al suo pessimo carattere. Alcune persone scelgono il cammino verso il male e non si voltano indietro.

. . .

«Da quanto tempo conosci il ministro Peightân?» L'atteggiamento calmo di Evie aiutò Joe a concentrarsi su qualcosa che non fosse la propria rabbia.

«Dall'inizio della mia vita professionale.» Sembrò sorpreso dalla domanda innocua. «Mi ha aiutato ad avanzare più velocemente di Livello.»

«Sembra molto motivato.» Evie lo disse quasi come se il complimento fosse rivolto a Zable.

Zable annuì con orgoglio. «Si concentra su qualunque obiettivo si dà e non si arrende mai. Il ministro lavora sodo.»

«È facile lavorare per lui?»

Zable si avvicinò a Evie. «Si prende cura di me. Ho tutti i credit$ che voglio. Ovviamente, con i soldi arriva il potere, e tutte le altre cose che lo accompagnano. Ad esempio, le belle ragazze come te.» Zable esaminò il suo corpo con sguardo lascivo.

Joe avrebbe voluto dargli un pugno in faccia, ma Evie gli fece un cenno leggerissimo con la mano, mentre teneva gli occhi fissi su Zable. «E ti dà i lavori migliori. Come il Falò.»

«Esatto», disse Zable, continuando a frugarla con gli occhi. Un momento più tardi, il sorrisetto cambiò e la guardò con espressione interrogativa. «E tu come lo sai?»

. . .

Non ci stavano controllando al Falò. Non hanno un controllo diretto dei database. Qualunque sia il loro piano, ci vorrà del tempo perché si realizzi. Raif e il team staranno giocando a nascondino sul net.

. . .

Evie strinse le spalle e si allontanò. «Ho immaginato che dovesse essere uno degli incarichi più allettanti.»

Zable ridacchiò. «Lo è, guardare quei robot diventare cenere.»

Il roboagente tornò dalla cabina e si sedette dove era prima.

«Tu e Peightân volete il potere?» Joe si sforzò di porre la domanda senza ringhiare.

«Non c'è motivo di non dirtelo, visto che morirete là fuori. Io ci sono dentro per i soldi e il potere. Mi piace dare ordini.» Zable indicò il robot con il pollice. «Peightân ed io siamo in cima alla lista di chi può dire a queste scatole di latta cosa fare.»

«Mr. Zable ha ragione. Seguo i suoi ordini», confermò il roboagente.

«Ci sta dando buone chance di sopravvivere?», chiese Joe al robot, con tono indifferente. Zable sogghignò al suo fianco.

Il robot rispose ubbidiente alla domanda diretta, come Joe si aspettava. «La vostra probabilità di sopravvivere è ora dell'uno per cento.»

Mentre si rivolgeva a Zable, sulle labbra di Evie apparve un sorriso ribelle. «Che coincidenza. È la stessa probabilità che ho io di raggiungere il Livello 1.»

«È molto più bassa di quella ormai, dolcezza.» Il ghigno di Zable fece stringere i pugni a Joe.

Non riuscì più a controllare la propria rabbia. «Segui Peightân ovunque, facendo il suo lavoro sporco.»

Zable si spostò nel posto più vicino alla cabina, da cui poteva guardarli entrambi. «Sono padrone di me stesso.» Faceva ancora rimbalzare il manganello nel palmo della mano ritmicamente. «Vedi, te lo spiego meglio. Ci sono i soldi, e c'è il potere. Mi sono stancato di aspettare che il mio momento arrivasse, e ho trovato un modo per prendermeli entrambi.»

«Nella vita c'è più che soldi e potere.» Joe non si aspettava davvero che Zable fosse d'accordo con lui. «Ci sono le persone e le loro idee.»

«Forse ci penserò più avanti. Ma non adesso.»

Volarono in silenzio per un'ora, in cui la collera di Joe continuò a ribollire mentre Zable li fissava a occhi socchiusi, come un gatto che giocasse con un topo.

L'hovercraft iniziò la discesa e il suolo desertico si avvicinò per accoglierli, arido e piatto tra le grigie montagne all'orizzonte. Il velivolo atterrò, poi la porta si aprì di scatto. Zable si alzò in tutta la sua media statura, controllando il roboagente che caricava i loro zaini e li scortava all'esterno.

Li fissò con un sorriso malevolo. «Non morite troppo in fretta, qui fuori. Lentamente andrà benone.» La porta si richiuse e l'hovercraft se ne andò, sollevando un turbine di polvere. Joe si pulì la sabbia dalla bocca. L'hovercraft era ormai solo uno scintillio tra gli altri provocati dall'aria luccicante del deserto. Quando fu scomparso, l'unico suono rimasto nel silenzio bollente fu il battito del suo cuore.

Parte Terza: Alle spalle e di fronte

"... Ecco l'uomo è diventato come uno di noi, per la conoscenza del bene e del male ... Il signore Dio lo scacciò dal giardino di Eden, perché lavorasse il suolo da dove era stato tratto."

Genesi 3:22-23

"È un viaggio senza confini verso qualunque meta tu voglia raggiungere."

Evie Joneson

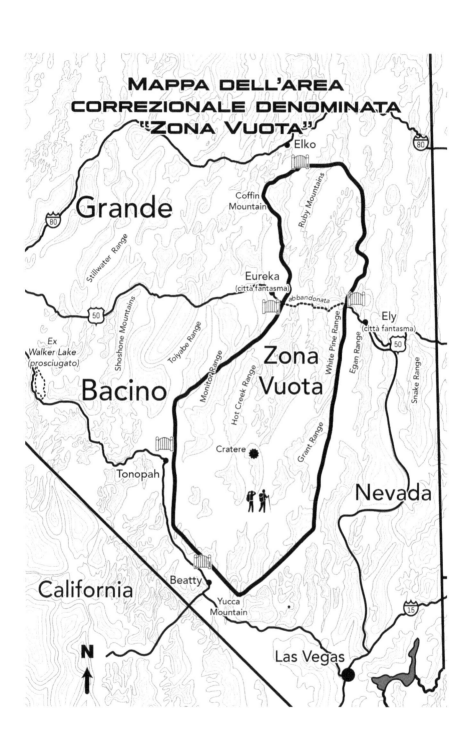

Capitolo 28

Joe si voltò verso Evie, avvolta dalla polvere. Il proprio odio per Zable, il sudiciume in bocca e il calore improvviso del deserto si erano fusi in una furia rossa che gli ribolliva dentro. Si sforzò di calmare la rabbia.

Evie lo guardò. «Hai qualcosa di personale contro Zable?»

«Puoi ben dirlo. E lui ce l'ha con me. Dovuto all'invidia, credo. È venuto a trovarmi nella mia cella ieri notte.»

La preoccupazione le oscurò il volto. «Dev'essere stata una sorpresa.»

«Sì, un vero shock. L'ho chiamato bastardo sferico.»

Evie rise. «Ne so abbastanza di storia dell'astronomia per cogliere il riferimento.»

Lui sorrise per allontanare il ricordo bruciante ed evitare di far preoccupare Evie. Dovevano concentrarsi su ciò che era urgente in quel momento. Si schermò gli occhi con la mano e si guardò intorno.

Furono avvolti dal profondo silenzio del deserto. Il sole della tarda mattinata era ormai alto nel cielo e cuoceva la pianura, una landa desolata in cui non cresceva nemmeno un albero che regalasse un angolo d'ombra. Evie fece la prima mossa. «Questo paesaggio terribile mi ricorda una frase letta in un libro: "Perché sei polvere e in polvere ritornerai."»

«Mette l'individuo a confronto con la propria mortalità.» Joe non riusciva a ricordarsi dove le avesse già viste, ma quelle parole gli erano familiari. «Dove l'hai letto?»

«La Genesi. Scusa. È meglio evitare questi pensieri e concentrarci sulla vita.» Inclinò la testa e lo guardò in attesa, senza paura. «Cosa facciamo ora?»

. . .

Ecco una domanda già sentita. Ma qui è lei ad avere esperienza, non io. E ha sfidato la sorte più spesso.

. . .

«Ci siamo dentro insieme, decidiamo insieme.»

«Non ho paura di prendere decisioni.» Corrugò la fronte. «Ma tu pensi continuamente. Vorrei capire i tuoi ragionamenti.»

Joe esaminò la spianata salata. «Beh, non possiamo restare qui.» Indicò le montagne lontane e disse: «Da quella parte, verso nord, nord-est.»

Evie assunse un'espressione pensierosa. «Concordo sul non poter rimanere qui, ma perché andare verso quelle montagne e non», disse, indicando altre vette sull'orizzonte a sud, «quelle?»

Joe si raddrizzò e si mise a spalle lo zaino pesante. «Ti fidi di me? Posso spiegarti mentre camminiamo.»

Lei annuì, poi prese il bastone bō per usarlo come bastone da passeggio. Arrancarono sulla pianura alcalina, superando arbusti rinsecchiti.

«Prima di tutto, non possiamo andare a ovest. Ho visto degli scorci dal finestrino dell'hovercraft. A giudicare dall'angolazione del sole, stavamo volando verso est prima di atterrare. Abbiamo sorvolato soltanto saline e deserto.»

«D'accordo. Non andiamo a ovest. Non potremmo continuare a est?», chiese lei.

«Potremmo, ma non penso dovremmo. Le poche informazioni che ho reperito riguardo alle sentenze di esilio passate ci dicono tutte che le persone spesso non hanno fatto ritorno. I dati statistici sono negativi. Mi ha ricordato una storia legata a una guerra mondiale più di due secoli fa. I matematici studiarono lo schema dei fori di proiettile sui bombardieri che tornavano alla base. Dedussero che gli aerei in grado di rientrare erano quelli colpiti in aree non essenziali. Quindi le aree *non* danneggiate potevano essere punti deboli critici: statisticamente, è lì che gli aerei caduti dovevano essere stati colpiti. Rinforzarono quelle aree su tutti gli aerei. Trovando uno schema nei dati mancanti, più bombardieri poterono tornare sani e salvi, grazie ai matematici che ne dedussero le vulnerabilità.»

«Come l'evoluzione, influenzata dagli individui che furono mangiati dai leoni.»

«Esattamente. Ho letto tutte le notizie a proposito di chi non è uscito vivo, e ne ho tratto le mie conclusioni.» Evie lo ascoltava attentamente. «Peightân ha accennato a cinque cancelli nel muro che circonda la Zona Vuota. Hanno portato via corpi attraverso quello a sud-ovest, verso Tonopah, e a sud, verso Beatty. La città di Beatty si trova vicino al deposito di scorie nucleari della Yucca Mountain, costruito lì in parte anche grazie al paesaggio desolato. I corpi vengono portati anche a Eureka ed Ely, le città fantasma che delimitano a ovest e a est la vecchia Highway 50. L'unico cancello che non viene mai menzionato per il recupero dei corpi è quello a nord. Credo che chiunque sia riuscito a sopravvivere debba essersi avventurato abbastanza a nord da superare sia l'estate, sia l'inverno. Se continuiamo ad andare verso nord, senza fermarci troppo presto come sospetto abbiano fatto gli altri, penso che potremmo avere una possibilità di farcela.»

«Allora ci aspetta una lunga camminata.»

«Temo di sì. E c'è un altro dettaglio deprimente: a sud-ovest del cancello settentrionale c'è un sito per l'atterraggio di droni. Lo chiamano Coffin Mountain, il monte delle bare.»

Evie sbuffò. «Grazie per avermi rivelato tutti i dettagli. Meglio girare al largo da lì.»

Camminarono per tutto il pomeriggio, finché il sole toccò le montagne a occidente. Il paesaggio non era cambiato da quando erano partiti, con arbusti avvizziti e nessun albero in vista. Joe piantò la tenda, sistemò gli zaini e srotolò il doppio sacco a pelo all'interno. Evie mescolò dell'acqua ad un mix proteico liofilizzato e lo scaldò sul fornello da campo, dopo averlo acceso con il suo Fiammaviva. «A quanto pare hanno tolto tutta l'elettronica anche da questo», disse.

«Sì, ma la pietra focaia funziona sempre bene.»

«Abbiamo carburante per il fornello per una dozzina di giorni, poi ci servirà la legna.» Ispezionò i dintorni, in cui non cresceva vegetazione. Quando ebbero finito di mangiare, la luce era ormai svanita. Senza illuminazione artificiale, dovettero tastare il terreno fino al sacco a pelo, dove caddero in un sonno esausto.

Si rimisero in cammino alle prime luci dell'alba, approfittando della temperatura più bassa. Il paesaggio era meno piatto, ma sempre brullo. Continuarono a dirigersi a nord, tra due file di montagne che abbracciavano una valle poco profonda.

Con il passare delle ore, la luce iniziò a riflettersi sui versanti delle montagne in sfumature di rosso sbiadito e bianco. Mulinelli di polvere danzavano sul terreno spaccato dal caldo. Per distrarsi dal corpo dolorante dopo le ore di camminata ininterrotta, Joe si sforzava di identificare le piante che aveva memorizzato sull'onnilibro: atreplice, grayia spinosa, salicornia. Per evitare il calore soffocante del mezzogiorno, crearono un rifugio ombreggiato sotto cui riposare fissando la tenda tra gli arbusti e il terreno. Quella sera si accamparono al limitare del letto di un antico lago, ormai una distesa salata. Durante la notte, le raffiche di vento sollevarono nuvole di sale. Si strinsero nella tenda, che tremò per ore.

Per colazione prepararono un altro mix proteico mescolato con acqua bollente. Joe ripose la tenda nel proprio zaino e si massaggiò la schiena dolorante. «Come va la tua schiena oggi? Il tuo zaino peserà quanto il mio.»

Evie ci pensò su e sollevò i due zaini. «Pesa di più.»

Joe sollevò uno zaino e poi l'altro. Tolse diverse biofiasche d'acqua dal suo e le mise nel proprio.

«Non ti ho chiesto di...»

«Lo so.»

Camminarono per molte ore, fermandosi per pranzo, così da evitare le ore più calde. Mentre masticavano una barretta proteica, Joe rifletté sui loro progressi, notando le collinette a nord-ovest. «So che la Zona Vuota ha vagamente la forma di una patata. Visto quanto è secco tutto quanto intorno a noi, scommetterei che Zable ci abbia lasciati nella metà meridionale. Conosco la lunghezza del perimetro, quindi calcolando la distanza approssimativa che copriamo ogni giorno, potrei determinare più o meno dove ci troviamo.»

«È utile avere un matematico in squadra», rispose Evie.

Consumarono il magro pasto e ripartirono. Joe non riusciva a distrarre la mente dalla secchezza che sentiva sulla lingua e nella gola. Senza nuvole o alberi ad offrire un po' di ombra, il sole picchiava sul paesaggio ostile e sui due compagni di viaggio. Si accamparono accanto ad una formazione vulcanica contorta, proprio mentre il loro implacabile aguzzino tramontava dietro a pendici spoglie, a ovest. All'ingresso della tenda, Joe teneva la mano di Evie mentre osservava lo strano panorama: punte frastagliate, simili a dita contorte, illuminate da una strana sfumatura di arancio.

I due giorni seguenti furono sfibranti per il fisico e strazianti per la mente. Joe lottava con lo zaino, che gli tagliava le scapole. Le Mercuries pesavano come pietre sui piedi doloranti, e due unghie si erano annerite.

Evie, invece, manteneva un passo costante e non si lamentava mai. Quando il terreno si fece impervio, dovettero iniziare a camminare in fila indiana anziché fianco a fianco, facendo a turno per stare davanti. Quando Joe era in testa poteva dettare il passo, mai più veloce di quello impostato da Evie durante i suoi turni, però si perdeva in oscuri pensieri cospirazionisti in cui Zable e Peightân pianificavano ogni singolo supplizio che ora stava subendo. Quando era Evie a guidare, la seguiva muovendosi pesantemente, mentre i suoi sogni ad occhi aperti diventavano fantasie concentrate sulle sue gambe toniche e i suoi fianchi sinuosi. Il bastone bō, legato allo zaino, ondeggiava a ritmo con i suoi passi.

Mentre superavano un tratto di terreno pianeggiante, diede voce ad una preoccupazione su cui aveva cercato di non concentrarsi troppo. «Ho stimato che ogni giorno camminiamo per circa quindici o venti chilometri. E dovremo mantenere questo passo per molti giorni per evitare di finire le provvviste prima di raggiungere un posto in cui potremo sopravvivere. Ma se andiamo troppo veloci, potremmo essere troppo esausti per raggiungere qualsiasi posto.»

Dirlo ad alta voce gli diede la sensazione che il peso dello zaino raddoppiasse sulle spalle.

Lei gli prese la mano, e Joe abbassò lo sguardo sul suo viso preoccupato. «Vorrei aver visto qualcosa che suggerisse la presenza di acqua, ma la terra qui è secca come un osso, nonostante sia primavera inoltrata.» Durante l'ultima sosta avevano bevuto piccoli sorsi dall'ultima biofiasca che Mike aveva preparato per loro. Ora restavano soltanto i pochi litri supplementari che avevano richiesto a Peightân. «Anche se avessero lasciato Celeste e Julian in un posto più ospitale, ormai possiamo immaginare cosa sia capitato loro.» Parlava con sono sommesso, triste.

Continuarono a camminare con passo stanco. Si fermarono per la notte all'ombra delle montagne che spuntavano dalla piana fangosa a est. Passarono buona parte del quinto giorno attraversando la piana, raggiungendo alcune collinette rocciose nel tardo pomeriggio. Dopo averle scalate per un centinaio di metri, si accamparono. Evie si tolse uno stivale rovente. Avevano bolle identiche sugli alluci. «Porca miseria, che odorino!» Stava annusando lo stivale che si era tolta.

Joe annusò i propri e fu colpito da un forte odore che gli ricordò quello del lievito. «Penso di averti battuta qui.»

«A questo punto, darei qualsiasi cosa pur di sentirmi pulita.»

«Io ucciderei per un po' d'acqua. Perfino l'interno della bocca è asciutto.»

Mentre Evie preparava la cena, Joe camminò lungo il bordo del crinale. Verso ovest, riusciva a vedere soltanto sabbia e distese desertiche fino all'orizzonte, dove il sole stava tramontando su un'altra catena montuosa. Immaginò che il muro perimetrale non dovesse essere molto al di là di quelle vette.

Salì lungo un altro crinale verso est. Giunto in cima, vide un enorme cratere: sembrava fuori posto, quasi soprannaturale. L'incredibile buco era largo circa un chilometro, e Joe stimò dovesse essere profondo almeno cento metri, a giudicare dal nero pece che ne celava il fondo. Assomigliava ai crateri lunari che aveva osservato dalla Base Orbitale WISE. Quando scese la notte, proprio come alla base, il vuoto immenso lo circondò. Ridiscese la collina, mangiò e si infilò nel sacco a pelo insieme a Evie, stringendola a sé e ricordandosi che non sarebbe mai stato solo, finché avesse avuto lei.

◆

La mattina seguente, l'aria era gelida e il vento turbinava da occidente. Evie lo abbracciava stretto e Joe era riluttante a separarsi dal suo corpo tiepido. Si trascinarono fuori dal sacco a pelo per preparare una colazione proteica. Restavano sette litri d'acqua.

Per distrarsi da quel pensiero, Joe disse ad alta voce la prima cosa che gli passò per la testa. «Se solo avessimo portato il caffè.»

«E non avremo vino per anni, proprio quando mi stavi insegnando ad apprezzarlo.»

«Non iniziamo a fare una lista, o ci deprimeremo.»

«A proposito di bere, tu sei più grosso di me. Devi bere più acqua.»

«Abbiamo troppo deserto di fronte a noi per farlo. Vorrei essere in forma quanto te.»

«Lo sarai presto.» Evie si strofinò le mani, ma aveva un'espressione tesa. «Mi dispiace di averti trascinato in tutto questo.»

«Ci siamo finiti insieme, è stato un sforzo comune.»

Diedero inizio alla mattinata scalando il crinale fino al cratere che Joe aveva visto la sera prima. Il paesaggio era ricoperto da frammenti di roccia lavica. Sulla brulla distesa di basalto non crescevano piante. Joe fece strada attorno al bordo occidentale del cratere e attraverso una pietraia di rocce vulcaniche instabili. Avanzarono lentamente in mezzo ai detriti affilati per una buona mezz'ora.

Mentre aggirava una sporgenza, Evie sussultò e sgattaiolò fino a una conca nella roccia. Joe la seguì, dimenticando i piedi e le spalle doloranti per un incantevole istante.

Avevano trovato una pozza con pochi centimetri di acqua salmastra. Evie si sporse e lui vide il riflesso della sua espressione impaziente sulla superficie torbida.

Si inginocchiò accanto alla preziosa scoperta e vi immerse una mano. Nonostante il retrogusto di sale e zolfo, l'acqua lenì la secchezza che gli attanagliava la bocca. «Potrebbe essere potabile.» Cercò nel proprio zaino un telo Mylar e lo distese nella conca al di sopra della pozza. Evie usò il bastone bō per spingere il telo sottile sul fondo, lasciando scorrere l'acqua sopra di esso. Sollevarono insieme i lati e lo usarono per riempire le biofiasche vuote fino a che l'acqua grigiastra fu scomparsa.

«Avevo letto a riguardo, ma non avrei mai pensato di trovarne una», disse Joe. «È una piccola tinaja, una piscina naturale in cui l'acqua resta intrappolata. Abbiamo guadagnato qualche giorno.» Evie fece un gran sorriso e gli diede il cinque. Joe si permise il lusso di sperare che sarebbero sopravvissuti.

Perseverarono nell'attraversare quel panorama vulcanico. Il paesaggio sembrava alieno. A est si allungava una distesa ovale di sale, ciò che restava di un altro antico lago. Nel giro dell'ora successiva superarono un cono di scorie, illuminato dai raggi arancio del sole. Dopo tre chilometri, trovarono una strada abbandonata. L'asfalto era attraversato da una rete di crepe e in alcuni punti ne mancava un tratto, ma era un terreno semplice su cui camminare, così svoltarono verso nord-est per seguirla. Sulla strada sconnessa potevano camminare affiancati e dimenticare i propri dolori e fastidi chiacchierando.

Qualunque reticenza Evie avesse mostrato quando si erano conosciuti, ormai era scomparsa. Era trasparente come l'aria del deserto e il cielo azzurro sopra le loro teste. Gli raccontava storie sulla propria infanzia alla Cupola, parlavano di musica e degli amici. Joe rimase colpito da quanto avesse a cuore gli amici della Comunità, che trattava, a suo parere, come una seconda famiglia.

Ben presto, però, le loro bocche furono troppo secche per parlare. Errarono sotto il sole feroce del pomeriggio, con gli zaini che irritavano la pelle della spalle, e il morale di Joe crollò. La strada stava salendo verso un passo, e giunta la sera si accamparono a ovest di un muro di lava.

«Dobbiamo prendere una decisione. Ci stiamo dirigendo a nord, ma di fronte a noi ci sono due catene montuose, una a est e una a nord, entrambe a due o tre giorni di cammino. Sembra che questo muro di lava segni un confine nord-sud, quindi andare a nord potrebbe essere difficile.» Si chinò sul fornello da campo su cui scaldavano la cena. «Se continuiamo a seguire questa strada verso nord-est, invece, avremo sicuramente un cammino più facile, fuori dalla lava... ma ci porterà ad attraversare il deserto nella valle tra le due catene montuose. E mi preoccupo della riserva d'acqua.»

«Abbiamo abbastanza acqua per attraversare il deserto, adesso.» Sembrava stanca quanto lui. «Io dico di continuare verso nord-est.» Joe grugnì il suo assenso. Mangiarono e ripulirono in silenzio, prima di accoccolarsi nel sacco a pelo.

Un improvviso movimento svegliò Joe di soprassalto. Evie gli stringeva il petto nel sonno, come se avesse avuto un incubo. Le strofinò le dita per distenderle e lei si calmò, senza però svegliarsi.

Nonostante la disidratazione, Joe sentì il bisogno di urinare e uscì dal sacco a pelo. Dopo aver camminato per diversi metri con i piedi nudi e piagati, si ritrovò, freddo ed esposto, sotto una cupola di stelle. Normalmente le avrebbe considerate un panorama amichevole. Ora, però, non gli davano alcun conforto, anzi la loro distanza gli ricordò ancora una volta quanto fossero soli. Lui ed Evie erano semplici animali, che si muovevano di soppiatto sulla terra come tutti gli altri. Con l'eccezione di quel posto arido, in cui erano i soli animali. Tornò nel sacco a pelo e abbracciò Evie per mitigare la propria solitudine.

All'alba ridiscesero il passo costeggiando il muro di lava, usando un picco che si stagliava scuro a sud per orientarsi. La strada si allungava all'infinito, una lama nera che tagliava la pianura color seppia verso nord-est. Ai suoi lati, piccoli arbusti sparuti lottavano per sopravvivere nel terreno alcalino. Joe inventava storie con le piante raggrinzite come protagoniste, ma si accorse di farle finire sempre con una pianta che succhiava tutta l'umidità dal terreno, causando la morte di quelle circostanti. Anche Evie sembrava distratta. La disidratazione iniziava a vessare i loro corpi, ma non vi era nulla che Joe potesse fare per alleviarla. Il tramonto li sorprese mentre si accampavano tra le spighe dei forasacchi. Montarono la tenda, mangiarono e si prepararono per la notte in silenzio.

Joe era inginocchiato all'entrata della tenda, pronto per raggiungere Evie nel sacco a pelo, quando si accorse di una lucertola che strisciava verso di lui. L'animaletto sfrecciò, superando una roccia e arrampicandosi sulla foglia ruvida di un arbusto. Lì rimase immobile, come a volerlo esaminare nella fioca luce del giorno morente.

. . .

Eccoci qui, entrambi accucciati in questa landa arida. Ma tu sei a casa tua. Come riesci a sopravvivere in un ambiente così spietato? Cos'è che ti spinge? Rivelami il tuo segreto, così che anch'io possa continuare a lottare.

. . .

———————◆———————

Il monotono scarpinare dei due giorni seguenti provò i loro corpi. Le montagne restavano lontane e il deserto era implacabile, imperscrutabile. A mezzogiorno la temperatura si impennava e il sudore scorreva lungo la schiena di Joe, asciugandosi in una patina salata. Quando Evie lo guardò, cercò di sorriderle e il labbro si spaccò.

«Merda.» Si succhiò il labbro ferito, provando una morbosa gratitudine per la sensazione di umidità. Lei distolse lo sguardo, stoica e indomita.

Dopo una breve pausa a mezzogiorno e pochi, piccoli sorsi d'acqua, Evie sembrava essersi ripresa. Quando si rimisero in cammino, tenne un'andatura costante al suo fianco.

«Ci vuole un'eternità per attraversare questo deserto», disse lui.

Evie rise. «Mi leggi nel pensiero. Sai cosa pensava Milton dell'eternità? L'eternità è un singolo istante della pienezza del tempo.»

Aveva anche qualche nozione di poesia? Era una piccola nota positiva nella giornata difficile di Joe. «Come ti è venuto questo pensiero?»

Lo guardò con aria sognante. «Questo posto mi ricorda il versetto di un vecchio inno: "Nel deserto preparate la via al Signore".»

«Il deserto di certo non ci manca.»

«Tu hai formulato un'ipotesi negativa sul perché dovremmo dirigerci a nord. Mi ha ricordato un argomento che ha catturato la mia attenzione sul tuo onnilibro: la serie di libri sulla *via negativa*.»

«Alcuni dei più oscuri libri di filosofia.» Joe era colpito. «Non ho letto tutti i titoli sul mio onnilibro, compresi quelli. Ma ricordo il concetto generale, che descrive Dio attraverso la negazione, ovvero tramite ciò che Dio non è.»

«L'idea che Dio sia ineffabile, al di là di qualunque possibile descrizione umana. Che i nostri limitati poteri non ci permettano di comprenderlo, per cui il miglior approccio sia arrendersi alla nube della non-conoscenza. È un'idea che riecheggia: dovremmo avvicinarci al concetto di Dio usando il cuore.»

Gli ingranaggi nella mente stanca di Joe si rimisero in moto. Si ricordò di una conversazione avuta con Gabe a proposito dell'esistenza di Dio. In quel momento, Joe aveva dato poco credito ad una tale possibilità. «Tu credi in Dio?»

«Una domanda sulla fede, da parte di un matematico e scienziato?»

«Una domanda che pongo a me stesso. Mi piacerebbe sapere che ne pensi.»

«Ricordi ciò che mi dicevi del tempo? Che lo spaziotempo è un blocco unico.»

«Sì.»

«Sostieni non ci sia alcuna prova scientifica che un Dio influenzi lo spaziotempo. Quindi, un eventuale Dio non sarebbe all'interno dell'universo.»

«Tutte le prove scientifiche indicano l'assenza di interferenze. È un universo chiuso e le leggi che lo governano sono internamente coerenti.»

«Una libellula cristallizzata nell'ambra.»

«Credo di sì.»

Lei rise trionfante, un suono rauco ma pieno di vita. «Perciò se Dio esiste ed è al di fuori dello spaziotempo, non ne avremo mai la prova. Non potremo mai dare una risposta definitiva alla tua domanda. Resteremo sempre nel dubbio che un Dio potrebbe esistere, oppure no.»

«La tua logica è impeccabile. Ne consegue che ci resta soltanto la fede, senza alcuna prova fattuale.»

«Sto semplicemente ripetendo la conclusione a cui i pensatori dell'Illuminismo, tra cui Thomas Paine, Benjamin Franklin e Thomas Jefferson, erano arrivati.» Evie sorrise mentre camminava, lasciando finalmente immaginare a Joe l'attenta partecipazione che doveva aver dimostrato durante le lezioni di scienze politiche. «Credevano nel potere della ragione. Molti di loro erano deisti. Rigettavano la rivelazione come fonte per la conoscenza di Dio, e credevano che, se anche ve ne fosse stato uno, non avrebbe interferito con il mondo.»

«Un approccio scientifico.»

«Probabilmente più scientifico di quello adottato oggi. Erano disposti a confrontarsi con ciò che non potevano conoscere e aperti a discuterne. Quanto meno, non nascondevano le prove sotto il tappeto. Non potevano ignorare molte di esse, ad esempio come l'universo sembri costruito in modo così elegante. C'è una bellezza particolare intrinseca al mondo.» Evie indicò l'arida distesa che li circondava. «Anche a questo stesso deserto.»

«O a te, che cammini in questo deserto.»

Un sorriso riconoscente le illuminò il viso. Proseguì: «Da dove viene questa bellezza?»

«Me lo sono chiesto spesso a proposito della matematica. I matematici non la creano, la scoprono. Ed è fondamentale nell'universo. Se un Dio esiste, dev'essere per forza una grande matematica.»

. . .

E torniamo a Wigner, all'irragionevole efficacia della matematica nel descrivere la natura e alla mia conversazione con Freyja, che sembra ormai avvenuta secoli fa. Cosa può spiegare un tale miracolo? Forse quaggiù, affrontando la morte in un ambiente così spietato, è giunto il momento di aggiornare le mie probabilità sull'esistenza di Dio. Se falliamo, potrei trovarmi presto faccia a faccia con la risposta alla domanda, nel mio personale momento di eternità.

. . .

Evie interruppe i suoi pensieri. «Perché parli di Dio al femminile? L'idea della *via negativa* è che Dio sia al di là di ogni nostro potere di comprensione.»

«Tendo ad antropomorfizzare dei e macchine, quindi non riesco a considerarlo di genere neutro. E il maschile mi sembra arcaico e paternalista. Per questo uso il femminile. Ma hai ragione: se tale Dio esiste, allora sarà al di là della nostra comprensione, mentre la sua intelligenza dev'essere assolutamente superiore per poter creare un universo così stupefacente.»

«Quindi, se Dio esiste, si trova al di fuori dell'universo e non interferisce, è inconoscibile e infinitamente più intelligente di quanto possiamo sperare di comprendere.»

«Ben detto.»

«Non ti aspetti che le preghiere vengano esaudite?»

«No.» Joe non aveva sentito crescere la propria fede in alcun modo dall'inizio del loro viaggio.

«Sono d'accordo. Andiamo avanti, facendo del nostro meglio ovunque ci troviamo.»

Continuarono ad avanzare, avvolti da un silenzio carico di pensieri.

. . .

La meditazione nel deserto ha dato origine a molti sistemi di credenze, a molti dei da venerare. È una predilezione umana, quella di desiderare l'aiuto e la consolazione di un dio. Per alcuni è stato un sostegno e una giustificazione per il cattivo comportamento. Per altri si è trattato di una fonte di potere. Nessuna di queste credenze è coerente con un universo chiuso. Se intendo considerare l'esistenza di Dio, dovrà necessariamente essere una versione alternativa, con una Lei che non interferisce. Siamo soli nel deserto, a vivere e morire.

Molti non troverebbero confortante la storia di un Dio che non interviene, ma come si svolgerebbe se fosse vera? Potrebbe una tale storia adattarsi logicamente all'interno di una posizione scientifica che tenta di comprendere l'universo?

. . .

Joe si schiarì la gola, prima di lasciarsi andare alla confidenza dettata da un improvviso bisogno. «La vera ragione per cui mi sono trasferito al college non era decifrare la coscienza robotica. Stavo tentando di comprendere la mia. Di scoprire se avessi davvero libero arbitrio. Se così fosse, ora dovrei capire come usarlo e trovare uno scopo significativo che mi spinga a continuare.» Joe fece un cenno verso l'orizzonte. «Anche attraverso un deserto come questo.»

Lei lo guardò e sembrò camminare a testa più alta. «Non avrai avversari del calibro di Gabe e Freyja per i tuoi allenamenti mentali quaggiù, ma posso sfidarti a trovare le tue ragioni.»

Le prese la mano e la fece oscillare a tempo con la loro andatura. «Tu mi metti alla prova costantemente, e ti amo per questo.»

Capitolo 29

Alle notti fredde seguivano giorni caldi e torridi. Le montagne si avvicinavano, ma loro erano sempre più spossati. Joe ruppe il silenzio. «Scommetterei che la strada continui verso nord-est in mezzo ai due picchi. Non sono certo di dove intercetti il muro perimetrale. Che ne pensi?»

«In base alla tua teoria negativa sui cancelli, dovremmo evitare quello orientale, quindi sarà meglio lasciare la strada e dirigerci verso le montagne settentrionali, anche se il terreno si farà più accidentato», disse Evie.

Lui annuì, e insieme salutarono l'asfalto spaccato. Svoltarono a nord attraverso l'impervia bajada che si estendeva a ovest dei monti, alla ricerca di vegetazione o altri segni della presenza di acqua. Cespugli di artemisia si alternavano a pini del Colorado e ad arbusti di ginepro con i rami contorti dal vento.

Evie indicò un fico d'india, con le verdi pale secche ma intatte, e lasciò cadere lo zaino. Prese il proprio coltello e grattò via le spine dal bordo di una pala, poi la afferrò con cautela e la staccò dal cactus. Joe la osservò posarla su una pietra e completare la meticolosa pulizia delle spine. «Saranno ottimi nopalitos per questa ragazza affamata», disse. Finì la prima pala e proseguì raccogliendone altre, finché le ebbe prese tutte. Impilò il proprio bottino in contenitori ermetici e li ripose nello zaino.

Si rimisero in cammino, risalendo verso le montagne. Gli alberi diventavano più alti man mano che progredivano. In una vallata tra due creste montuose videro un boschetto di abeti bianchi. Gli zaini pesanti e i muscoli doloranti erano ormai secondari rispetto al pensiero condiviso, ma ancora taciuto, che l'acqua potesse essere vicina.

Joe fece strada per un chilometro, godendo del fresco profumo della foresta che si avvicinava. Si arrampicarono lungo un burrone profondo duecento metri. Senza parlare, Evie puntò un dito. Joe lo seguì cautamente con lo sguardo, ancora dubbioso che potesse trattarsi di un miraggio. Davanti ai suoi occhi si apriva una gola nascosta dagli alberi, allietata dal suono di un ruscelletto che scorreva nel bosco e si raccoglieva in una piccola piscina naturale. Si abbracciarono, poi Evie gli allargò le braccia come a voler danzare un valzer. Sarebbero sopravvissuti, almeno per un'altra settimana.

Evie prese due tazze dallo zaino, con cui si versarono generosamente l'acqua nelle gole riarse. Si avvicinarono alla piscina, faccia a faccia, schizzandosi e ridendo. «Ho tanta voglia di sentirmi di nuovo pulita», disse lei. Joe si spogliò ancora prima che finisse di parlare. Lei lo imitò e poco dopo si ritrovarono immersi in acqua fino alle caviglie. Si lavarono e si stesero nudi sulla riva erbosa, ad asciugare.

All'ombra faceva fresco, così ben presto Joe si rimise i vestiti umidi, rabbrividendo. Evie montò la tenda mentre lui riempiva le biofiasche vuote, felice di poter lavare via i rimasugli di acqua sulfurea. Esplorarono il pendio per trovare legna da ardere, tornando al campo con le braccia cariche di rami e ciocchi. Joe spaccò i ciocchi con l'accetta e usò il Fiammaviva per accenderli, assicurando in poco tempo un fuoco accanto alla tenda. Evie arrostì le pale di fico d'india sui carboni ardenti, poi le pelò e le tagliò. Il sapore aspro esplose sulla lingua di Joe, travolgente e glorioso. Evie chiuse gli occhi mentre gustava il loro primo vero pasto da oltre una settimana.

Si strinsero di fronte al fuoco morente. «Domani non dobbiamo svegliarci e camminare finché crolliamo.» Joe le accarezzò il braccio.

Si voltò a guardarlo, sorridendo. «Quanto pensi che potremo rimanere qui?»

Lui sospirò e si stiracchiò. «Dopo tre giorni di riposo potremo decidere se questo posto ha abbastanza cibo per sostenerci. Per ora dobbiamo ricaricarci, fisicamente e mentalmente.» Scosse la testa. «Non so tu, ma io non avevo mai immaginato quanto in fretta la mia mente potesse perdersi nel vortice dei peggiori scenari possibili. Mi sembra che qui potremo prenderci una pausa, magari rilassarci un po', soprattutto se troveremo del cibo.»

Lo sguardo di lei si perse nel suo, dolce e preoccupato. «La disidratazione ti ha colpito più duramente di quanto abbia fatto con me. Anch'io ne ho sentito gli effetti, ma non volevo farti preoccupare.» La sua mano sulla guancia fu l'ultimo ricordo di Joe prima di cadere in un sonno profondo.

◆

Quando i raggi del sole gli sfiorarono le palpebre, Joe si svegliò. Si chinò su Evie e la baciò.

Mangiarono l'ennesimo pasto liofilizzato dalle riserve scarseggianti, mentre Evie studiava la vegetazione che ricopriva la gola. «Potremmo anche trovare del cibo qui. Sono stata in campeggio molte volte da bambina e ho imparato qualche trucchetto per trovarlo.»

«Io ho studiato in fretta e furia prima del processo. È tutta la conoscenza che ho», rispose lui.

«Questo era il giusto esame per cui prepararsi.» Evie si alzò e disegnò ampi cerchi con le braccia, riscaldando i muscoli. «Vado in esplorazione. Non mi allontanerò troppo.»

Joe restò da solo, a chiedersi come avrebbe potuto contribuire. L'acqua e il sottobosco potevano significare la presenza di piccoli animali nei paraggi. L'arco trasportato con tanta fatica fino a quel momento sarebbe stato inutile fino a che non avesse imparato a usarlo. Doveva provare a costruire una trappola per animali con le proprie mani.

Recuperato lo zaino, Joe lo riempì con una biofiasca d'acqua, qualche avanzo del fico d'india, un rotolo di corda sottile e un coltello. Si arrampicò lungo il pendio della gola, seguendo lo sgocciolio del ruscello mentre si addentrava nel bosco. Il sottobosco si fece più fitto, rendendo difficile identificare le tracce e gli escrementi degli animali in mezzo alla vegetazione, illuminata solo a tratti dai raggi del sole.

. . .

Pensa come un coniglio. Come ti sentiresti? Non cosciente ma senziente, in grado di provare emozioni primitive, preoccupato del prossimo pasto, di trovare l'acqua ed evitare i predatori. Vivendo il momento presente e seguendo la via con minor resistenza.

. . .

L'onnilibro gli aveva fornito istruzioni precise sull'assemblaggio di una trappola a schiaccia. Scelse il punto in cui un tronco caduto restringeva il sentiero accanto al ruscello. Tra le numerose rocce disseminate lungo il pendio, ne prese una larga e piatta e la trascinò fino al punto prescelto. Poi tagliò un ramo in quattro parti con l'accetta: uno per il paletto di sostegno, uno per creare la leva, l'estremità sottile come esca ed infine l'innesco. Joe infilzò un pezzo di fico d'india sul rametto. Tagliò un pezzo di corda e legò l'innesco su un lato, poi legò l'altro lato alla leva.

Sollevò la pietra e la posizionò, incuneando il rametto con l'esca contro l'innesco. Tentò di infilare l'altra estremità sotto la roccia, ma il legno scivolò e fece cadere la lastra, che quasi gli spappolò la mano.

Riuscì a bilanciare il delicato congegno al terzo tentativo. Esaminò la costruzione, soddisfatto che fosse identico al disegno stampato nella propria memoria.

Montò altre due trappole. Le lastre di pietra avrebbero causato la morte istantanea di qualunque creatura abbastanza sfortunata da far scattare l'innesco. Non voleva pensare a cosa avrebbe dovuto fare per trasformare quelle catture in un pasto commestibile.

Infine tornò al campo, dove trovò Evie accanto alla tenda, impegnata a lavare le piante raccolte e a mettere foglie verdi e fiori bianchi in una pentola. «Ho trovato tanto centocchio», disse.

«Io non ho trovato nulla di utile, ma ho montato alcune trappole Paiute a schiaccia. Si tratta di una roccia piatta appoggiata su un bastone e azionata da un innesco, molto furbe.»

«Cosa speri di catturare?»

«Nel Grande Bacino dovrebbero esserci animali, indipendentemente dall'aumento delle temperature dovuto al cambiamento climatico. Mi aspetto di trovare lepri, scoiattoli, volpi, e anche cervi. Ci sono pecore delle Montagne Rocciose, ma sono difficili da cacciare. Dobbiamo stare attenti a coyote, lupi, serpenti a sonagli e forse anche a linci rosse e puma.» Joe raccontò tutto ciò che aveva studiato dall'onnilibro.

Evie annuì, ascoltando la lista senza fare commenti. Joe si sedette e fissò il fuoco. Poi finalmente affrontò l'argomento che lo stava assillando.

«Presto avremo bisogno di più proteine, Evie. Se non assumeremo più calorie, moriremo.»

Evie si accucciò al suo fianco. «Ci ho pensato anch'io. Non mi aspettavo di trovare carne sintetica quaggiù.» Sorrise e lo baciò sulla guancia. «Possiamo limitarci agli animali in fondo alla scala della coscienza, e fare del nostro meglio date le circostanze. Anche nel mondo moderno, in fondo, mangiamo pollo e pesce.»

Uno scoiattolo squittì tra gli alberi sopra le loro teste, e Joe sentì un senso di oppressione al pensiero di doverlo uccidere. «Restiamo pur sempre animali, che dispensano morte attorno a sé.»

«Dovremmo provare a essere animali gentili.»

Le sorrise. «Sei un angelo.»

◆

La mattina seguente, Joe si svegliò all'alba. Scivolò fuori dal sacco a pelo senza svegliare Evie, ansioso di controllare le trappole, e si incamminò lungo il pendio della gola. Procedeva con cura, notando quali piante cedevano più facilmente ed evitando i rami secchi. Alla prima trappola trovò la roccia ancora in bilico, esattamente come l'aveva lasciata. Risalendo lungo la gola, vide la seconda trappola. Era scattata.

Joe fece un respiro profondo e sollevò un lato della pietra. Sotto vi trovò una lepre senza vita. Spostò la lastra e, con mano tremante, toccò l'animale ormai freddo.

. . .

Sono grato che non avesse mai visto cacciatori umani, facilitandomi il compito. Ora è cibo. Io sono un animale e mangio altri animali per sopravvivere. Era vero anche prima, ma era astratto ed era facile non farci caso. A questo punto, non posso più ignorare il mio posto nella natura. Sono come quella piccola lucertola, che strisciava nella terra. Eppure, la coscienza aggiunge un ulteriore fardello, che la lucertola non conosce.

. . .

Joe risistemò la trappola, mise l'animale nello zaino e riprese a salire lungo il pendio. Nell'ultima trappola trovò un'altra lepre. L'orgoglio per il successo delle trappole lottava con il senso di colpa mentre trasportava le proprie catture. Prese il coltello di medie dimensioni, che ancora non riusciva a maneggiare molto facilmente, e trasformò le istruzioni memorizzate nella sanguinolenta realtà, eviscerando le lepri. Quando tornò al campo non si sentiva né fiero, né felice, solo tristemente concentrato sull'accettazione della propria vita nella Zona Vuota.

Le labbra di Evie si aprirono in un lieve cenno di approvazione alla vista della cattura, ma tremarono nel momento in cui lui le mostrò gli animali, e il rimorso le velò lo sguardo. Riconobbe in lei ciò che aveva provato eviscerando gli animali: lo shock di affrontare la morte, una rivelazione che si mostrava loro molto raramente nella società moderna.

Joe si spostò dietro un cespuglio a valle, dove finì di pulire una delle lepri nel ruscello. Recise la testa, facendo scricchiolare le ossa sotto la lama del coltello, poi scuoiò la carcassa e la lavò. Tagliò un ramo sottile e infilzò la lepre.

Tornò al campo, tenendo il ramo in mano. Evie lo prese senza una parola e lo sistemò in equilibrio su due rocce, centrando la lepre sul fuoco scoppiettante. Aveva già messo a bollire le radici che aveva raccolto in una pentola. Joe fissò il fuoco con sguardò assente finché, dopo qualche minuto, lei gli indicò la pentola. «È lattuga dei minatori. L'ho trovata lungo il ruscello. Ci vuole tempo per disseppellire le radici, ma aggiungeranno carboidrati e amido alla nostra dieta.» Il suo bastone bō era appoggiato su una roccia poco distante, accanto ad un mucchio di bucce.

Joe tornò in sé e provò a dimenticarsi della lepre. «Molto ingegnoso.» Tornò al ruscello per lavarsi le mani e si sedette vicino al fuoco in silenzio, guardandola darsi da fare.

Il profumo intenso gli fece venire l'acquolina in bocca. Evie gli servì un pezzo di lepre croccante su una foglia, poi, guardandosi negli occhi, assaggiarono il primo morso di quella carne sconosciuta. Assomigliava ad un pollo più tenace e selvatico, ma era un vero banchetto dopo i monotoni pasti reidratati.

«Non sono un angelo», disse Evie. Si leccò le tracce di grasso dalle dita. Quando Joe la guardò inarcando il sopracciglio, continuò: «La notte scorsa mi hai chiamata angelo. Ma sono soltanto un'altra creatura qua fuori, che mangia le altre per sopravvivere.» Staccò gli ultimi pezzi di carne dall'osso e lo buttò a terra. «Nessuno di noi è un angelo, e apprezzo la tua capacità di mettere del cibo in tavola.»

Passarono i due giorni successivi con la stessa routine. Joe si allenò a camminare nei boschi senza fare alcun rumore, controllando le trappole e costruendone altre cinque. Il giorno dopo recuperò due lepri catturate. Ne dedusse che gli animali cadessero facilmente in trappola perché non abituati all'uomo. Una volta provata l'esistenza di piccole prede sui pendii delle montagne, fu il momento di provare a usare l'arco. Sistemare trappole era un conto, ma l'idea di tirare con l'arco era entusiasmante.

Costruì un bersaglio intrecciando rami e foglie. Contò undici passi, si voltò e incoccò una freccia, poi prese la mira con cura e la lasciò andare. Mancò il bersagliò e si conficcò nel terreno. Accigliandosi, Joe ripensò a ciò che aveva letto a proposito della caccia con l'arco. Continuò a esercitarsi, rilasciando la corda senza che toccasse le dita e sperimentando diverse correzioni alla posizione di braccia e corpo, fino a che riuscì a colpire il bersaglio sette volte di fila. Era arrivato il momento di provare l'arco nei boschi.

Si inerpicò lungo il pendio, prima seguendo il ruscello e il percorso delle trappole, poi continuando ancora oltre. Si muoveva cautamente, guardandosi intorno, pronto a cogliere qualunque movimento nel sottobosco. Era estenuante, in aggiunta all'attenzione necessaria per non emettere rumori. Accaldato ed esausto, si sedette su un masso e bevve un lungo sorso dalla biofiasca che aveva con sé. Chiuse gli occhi e respirò profondamente, godendosi la brezza leggera e il fruscio delle foglie. Poco lontano, un uccello iniziò a cantare, seguito da un altro. Aprì gli occhi e si guardò intorno.

Un movimento vicino a un rigagnolo, tredici metri a monte, si rivelò essere una lepre. Trattenendo il fiato, Joe incoccò una freccia, sollevò l'arco e prese la mira. Gli tremava la mano, ma stabilizzò l'arco con un respiro lento e profondo, cercando di ignorare la tensione nelle dita. Quando rilasciò la corda si contrassero, e la freccia volò via con un sibilo. Il terriccio accanto alla lepre esplose, mentre l'animale balzava al riparo nelle felci.

Joe fissò con disappunto il terreno, nonostante una parte di lui fosse grata per aver mancato il bersaglio. Quando andò a recuperare la freccia, si accorse di aver mirato troppo in alto, perché si era persa oltre la cima della collina. La cercò in lungo e in largo sul pendio fino a che fu troppo stanco per continuare, senza però riuscire a trovarla.

. . .

Il cacciatore non è pronto ad affrontare questo mondo spietato. Mi servirà molta più pratica prima di riprovarci. Le frecce sono preziose.

. . .

Tornò al campo nel tardo pomeriggio, a mani vuote. Evie cucinò una delle lepri catturate il giorno prima per cena, prima di coricarsi con le ultime luci del giorno.

Il giorno successivo Joe trovò soltanto uno scoiattolo nelle trappole. Era preoccupato per la diminuzione di prede. O gli animali stavano diventando più intelligenti, o non ve ne erano abbastanza in quella isolata catena montuosa per sostentarli a lungo. Per colazione, Evie raccolse centocchio e radici di lattuga dei minatori, ma non trovò altro.

Determinato, Joe disse: «Questo è stato un buon posto per riposarci, una sosta necessaria, ma credo sia arrivato il momento di muoverci.»

Evie annuì. «Grazie al cielo abbiamo trovato questo posto, ma non ha abbastanza risorse per sostentarci.»

«Il roboagente ci aveva dato l'un percento di probabilità. Suppongo che non l'abbia calcolata sulla base delle persone condannate all'esilio, ma piuttosto del punto in cui ci hanno lasciati, ovvero un paesaggio lunare. Siamo ancora a giorni di distanza dalle montagne settentrionali, in cui credo che la sopravvivenza a lungo termine sia più probabile.»

Evie fissava il ruscelletto che li aveva salvati. «Dubito scorra per tutta l'estate. Ci servirà una fonte d'acqua sicura. Ho visto soltanto qualche pino strobo in questa piccola foresta, e le montagne sono troppo aride per poterci restare.»

«Dobbiamo andare a nord», concluse Joe.

Capitolo 30

Levarono le tende a metà mattina. Prima di partire, Joe controllò tutte le trappole, trovando soltanto uno scoiattolo, e le smontò per recuperare la corda.

Si diressero a nord, camminando fianco a fianco. Le biofiasche erano piene d'acqua fresca e legate ai lati degli zaini. Joe si sentiva rigenerato e le spalle erano quasi totalmente guarite, anche se lo zaino pesava più di quanto volesse. Si sforzò di ignorarlo.

Si inerpicarono lungo il versante occidentale della catena montuosa, concordando che affrontare il dislivello fosse un prezzo equo da pagare in cambio della possibilità di avere acqua a disposizione, opzione che il deserto non avrebbe concesso. Si accamparono al tramonto in un boschetto di pino strobo. Joe era contento di avere legna da ardere, dal momento che la scorta di carburante per il fornello era quasi finita.

Il loro itinerario verso nord li fece allontanare dalle montagne, verso un paesaggio grigio punteggiato da alberi rinsecchiti e, più in là ancora, verso cespugli grigio-verdi di artemisia e salvia bianca, fino ad una piana salata che si estendeva a perdita d'occhio. La sera del terzo giorno dopo raggiunsero una strada abbandonata. Serpeggiava da est a ovest sulla piana desolata, più larga di qualunque altra avessero incrociato fino a quel momento, in direzione delle montagne lontane.

«Scommetto che ci troviamo sulla vecchia Highway 50.» Joe guardò la carreggiata rovinata.

«Questa strada collega i cancelli da cui hanno portato via i corpi di coloro che non ce l'hanno fatta», disse Evie.

Joe sapeva che i suoi pensieri erano rivolti a Celeste e Julian. «Sì. Quindi non ha senso procedere verso est o verso ovest, visto che qui è ancora troppo arido. Il terreno a nord potrebbe mostrare segni di maggiori precipitazioni.»

Si accamparono, e Joe sistemò il sacco a pelo sull'asfalto crepato, che stava rilasciando il calore accumulato durante il giorno. Accese il fuoco con gli ultimi resti della legna trasportata dalle montagne. Mentre la luce cedeva il passo al buio, un'aquila solitaria sorvolò la terra deserta alla vana ricerca di prede, prima di planare verso nord.

Seduti una di fronte all'altro sul sacco a pelo, Evie e Joe masticarono gli avanzi di scoiattolo e si divisero l'ultima porzione di verdura reidratata. Evie mangiò lentamente e si leccò le dita, all'apparenza ignara dello sguardo di lui su di sé. Risvegliò qualcosa in Joe, che si dimenticò del proprio stomaco vuoto e dei muscoli doloranti.

Scivolò dietro di lei e le massaggiò le spalle, rosse e segnate dagli spallacci dello zaino. Fecero l'amore nel sacco a pelo, sotto il cielo del deserto, illuminato da un miliardo di stelle.

◆

La speranza di trovare acqua a nord non si realizzò. Si lasciarono la strada e le montagne alle spalle. Il deserto era un oceano grigio punteggiato da artemisie grigio-verdi sbiadite, come sfere galleggianti, ognuna circondata da una chiazza di terriccio secco. Una nuvola solitaria veleggiava nel cielo cristallino. Come in un oceano, il deserto si allungava ininterrotto fino all'orizzonte e si perdeva dietro di loro mentre continuavano ad avanzare.

Il paesaggio peggiorò quando si avvicinarono all'ennesima pianura salata. Milioni di frammenti esagonali ricoprivano la superficie crepata del lago prosciugato, e grossi pezzi si sfaldarono quando Evie vi conficcò il bastone bō. Il suolo aveva un odore terroso, calcareo, che sembrava ostacolare i loro respiri. Al mattino il sole bruciava il viso di Joe, che camminava con gli occhi socchiusi per proteggerli, poiché il cappello non aiutava molto. Al pomeriggio gli cuoceva il collo, facendo seccare il sudore sui vestiti in una rigida patina salata. Le bolle sulle spalle ricomparvero, con il sale sulla pelle che bruciava nelle ferite.

La voce di Evie interruppe il suo angoscioso sogno ad occhi aperti di galleggiare in una piscina d'acqua fresca. «Sei silenzioso. A cosa pensi?»

Joe grugnì. «Mi pento di non aver portato alcune cose. Protezione analogica per gli occhi contro la luce solare, ad esempio. Gli impianti corneali non servono a niente senza il NEST.»

«Nemmeno io ci ho pensato», disse lei.

«Ci abituiamo così tanto alla tecnologia che abbiamo a disposizione, da dimenticarci di averla.» Era tornato alla propria fantasia di acqua dolce prima ancora di finire la frase. Dopo pochi istanti, si rese conto di averla sentita mormorare una domanda. «Come?»

«Ti penti di avermi aiutata?»

«Mai», le disse. Sperò che il proprio debole sorriso ispirasse fiducia. Gli rispose sorridendo, perciò doveva aver funzionato. Camminò dietro di lei mentre il sole picchiava su di loro. Si muovevano sulla pianura desolata come gocce di olio su una teglia bollente, pronti a evaporare nel nulla.

. . .

Mi pento di aver aiutato Evie? Mai. Ciò che faceva era giusto e aiutarla lo era altrettanto. Innamorarmi di lei è stato un incidente? L'universo fa avvicinare le persone in modi misteriosi. Poi, però, decidiamo noi quale direzione prendere. Il mio amore per lei mi riempie la vita. No, non è stato soltanto un incidente. Ho scelto lei per libero arbitrio. E lei ha scelto me.

Evie è così ostinata. Io sono uno specchio sbiadito della sua forza. Abbiamo bisogno di determinazione, o moriremo entrambi. Il massimo che possiamo fare è giocare la mano che ci è stata data, al meglio delle nostre capacità, e lasciare che le carte facciano il resto.

Ora sto giocando, fino all'ultima carta. È bello avere uno scopo, essere concentrati, anche se si tratta soltanto della sopravvivenza. Ma ho una doppia ragione per sopravvivere, perché adesso ho qualcuno con cui condividere la vita.

. . .

La sera del secondo giorno dopo aver lasciato la strada principale, si accamparono e fecero l'inventario delle riserve di cibo. Faceva ancora caldissimo, anche dopo il tramonto, quindi si sistemarono fuori dalla tenda, stendendo il sacco a pelo sul terreno. Joe prese un pezzo di lepre ormai secco dallo zaino. «Ecco la cena. Hai altro nel tuo zaino?»

«Abbiamo finito il cibo liofilizzato», disse lei.

Prese il suo zaino e si rese conto che, ancora una volta, era più pesante del proprio. «Cos'altro hai lì dentro?»

«Lo tenevo da parte», rispose Evie. Joe scavò fino al fondo.

«Ci sono sette chili di grano primaverile geneticamente modificato per la crescita veloce, da piantare. E del lievito e semi di fagiolo.»

«E hai dato a *me* del pianificatore.»

«Tu hai portato l'arco, e io ho portato il pane», rispose lei. «Dobbiamo sopravvivere ancora per giorni, ma poi avremo anni da pianificare... se mai troveremo una fonte d'acqua sicura. Posso soffrire la fame più a lungo, se ci permette di salvare tutto questo.»

La baciò e la strinse tra le braccia. «Anch'io.»

❖

Il giorno dopo, le montagne a nord si fecero via via più grandi sull'orizzonte, spronandoli a proseguire. Il paesaggio immutabile risucchiava le energie dai loro corpi. Per due volte si ritrovarono ad attraversare vecchie strade sterrate, costruite al servizio di operazioni minerarie da tempo dimenticate, ma che ormai portavano soltanto al deserto. Marciavano come soldati sul campo di battaglia, immersi in quella terra vuota e bruciante.

Dalle montagne discendevano polverosi arroyo, ruscelli stagionali ora asciutti. Joe ed Evie arrivarono alla sera affamati ed esausti. Ancora più preoccupante, però, era il fatto che le biofiasche fossero quasi vuote. L'aria tremolava ancora dal caldo, nonostante il giorno stesse finendo, quindi decisero di accamparsi di nuovo sulla sabbia, senza montare la tenda.

La fame attanagliava le budella di Joe. Non riusciva a smettere di pensare ai semi nella zaino di Evie. Mentre si sistemava nel sacco a pelo accanto a lui, il suo sguardo risoluto lo fece desistere e tenere per sé la propria silenziosa agonia.

Joe era sdraiato sul sacco a pelo e impilava distrattamente la sabbia di fianco a sé. Formava una piramide, facendo cadere i nuovi granelli dalle proprie dita sul vertice e guardandoli rotolare lungo i fianchi. La mano di lei sulla spalla esacerbò il dolore per la pelle scorticata, e non poté fare a meno di scostarsi. Si mise a sedere, guardandola e sforzandosi di sorridere.

Lei non lo ricambiò. «Cosa c'è che non va?» Guardò la montagnetta di sabbia e aggrottò la fronte. «Cosa stai facendo?»

Lui contemplò la propria piccola piramide. «Da quando abbiamo discusso della *via negativa*, sto ripensando al progetto intrapreso durante l'anno sabbatico.» Joe decise di non accennare al fatto che lo facesse soprattutto per non pensare alla dolorosa realtà fisica del loro viaggio, e che si stesse chiedendo perché preoccuparsene, dal momento che le probabilità di arrivare a una qualunque conclusione e vivere abbastanza a lungo da condividerla con qualcuno diminuivano di giorno in giorno. Le lunghe ore passate a camminare, quanto meno, gli avevano dato il tempo di organizzare i propri pensieri.

«La tua domanda sul libero arbitrio?»

Annuì. «Ho provato a riorganizzare nella mia testa le varie conversazioni avute al college, per dare un senso a tutto quanto. In effetti, iniziano ad avere una struttura.»

Evie appoggiò il gomito sullo zaino e la guancia sulla mano. «Qual è il succo?»

Con un respiro profondo, Joe forzò la propria mente a ripercorrere i processi a lungo trascurati. «Immagino un universo chiuso, come suggerito dalla scienza. Ci sono almeno tre condizioni necessarie perché le creature coscienti abbiano il libero arbitrio. Primo, o Dio non esiste o, se esiste, allora non interferisce. Questo presupposto spiegherebbe in parte come possano esistere la malvagità e le avversità nel mondo.»

«Come abbiamo stabilito.»

«Secondo, l'universo deve ammettere un certo grado di indeterminismo. Non può esistere libero arbitrio all'interno di una macchina deterministica, poiché ogni cosa sarebbe già stata decisa per noi.»

Lei annuì.

«Terzo, qualunque cosa sia ciò che ci rende un "io", essa deve essere causale. Gabe mi ha spiegato una discussione preoccupante a proposito della causazione mentale. Mi ha detto che i filosofi non riescono a dimostrare come la nostra mente possa essere causale in un universo chiuso. A meno che io non riesca a dipanare quella matassa ingarbugliata, non esiste libero arbitrio.»

«Quell'ultima parte sembra particolarmente tosta.»

«È molto difficile, sulla base di ciò che la fisica ci dice di un universo composto di particelle in movimento.»

Gli occhi color nocciola di Evie attendevano una risposta.

Joe si accigliò. «Non ho risposte. Come mi ha insegnato Gabe, però, porsi il problema è il primo passo.»

«E questo come si collega al giocare con la sabbia?»

«Pensavo alla seconda condizione: che ci sia sufficiente indeterminismo nell'universo. La fisica si è concentrata sull'infinitamente piccolo, come le particelle, in parte perché si prestano ad esperimenti verificabili. Man mano che ci si sposta verso insiemi più grandi, come le rocce o gli alberi, questi non si prestano altrettanto bene ad esperimenti precisi. Freyja ha sollevato la questione, suggerendo che mi concentrassi sui sistemi complessi non lineari. Poco fa riflettevo su come schemi più grandi di materia, come questa montagnetta di sabbia, descrivano effettivamente cosa accada.»

«In che modo?»

Joe impilò altra sabbia in cima alla piramide. Collassò in una piccola cascata. «Vedi come sembra raggiungere uno stato di stabilità? La sabbia scivola fino a raggiungere un angolo di riposo. Se continuo ad aggiungere altra sabbia, finirà per creare una mini-valanga.»

«La sabbia semplicemente lo fa», disse lei.

«La domanda è: *quando* lo farà di nuovo?»

«Stai chiedendo che cosa decida il momento esatto in cui scivolerà?»

«La piramide di sabbia è un sistema complesso, oltre che un esempio di criticità auto-organizzata. È un sistema dinamico, fuori equilibrio, ed è non lineare, quindi la matematica non è in grado di prevedere quando potrebbe collassare. Sappiamo che, quando lo farà, la dimensione della valanga risultante obbedirà alla distribuzione esponenziale. Possiamo creare un modello statistico. Possiamo prevedere che collasserà, ma non il momento esatto in cui succederà.»

Evie si tirò su. «È la prova decisiva a favore dell'indeterminismo?»

«Non credo, ma sicuramente mostra come il determinismo, a sua volta, non sia la risposta definitiva. Dimostra come schemi di particelle che agiscono insieme su larga scala abbiano importanza, nonostante siano guidati dal caso.»

Un'improvvisa ondata di stanchezza travolse Joe, che si portò una mano alla testa. «Mi dispiace Evie, non sono stato me stesso. Questo viaggio... è stato molto più di quanto mi aspettassi.»

Lei gli abbassò gentilmente la testa e chiuse il sacco a pelo intorno a loro. I suoi occhi si chiusero involontariamente alla luce morente del giorno.

«Ora riposati, amore mio. Devi recuperare le forze. Domani sarà una giornata dura.»

———◆———

Joe aprì gli occhi, ancora assonnato, svegliato di soprassalto da Evie. «Tre sorsi d'acqua a testa», disse lei, passandogli la biofiasca. Bevve avidamente e gliela restituì. Il suo stomaco era così vuoto da non brontolare nemmeno più.

«Mi riposo ancora un pochino.»

Lei lo stava scuotendo. Doveva essersi addormentato di nuovo. «Torna in te! Dobbiamo raggiungere le colline entro oggi.»

Provò a sedersi e liberarsi dal sacco a pelo. Tutto il corpo gli doleva.

«Non posso portarti di peso, ma non ti lascerò qui. Se non ti muovi, morirò qui con te. E non voglio morire.» Il suo viso era vicino, e Joe vide una lacrima scorrerle sulla guancia. La asciugò con un dito e la assaggiò, sentendo il sale sulla lingua.

«Usul mi idrata? Non sono ancora morto.»

Evie si asciugò gli occhi con mano tremante e si lasciò andare ad una breve risata. «*Dune*. Appropriato. Pensi di nuovo lucidamente. Ora alzati.» Qualcosa nel suo tono di voce risvegliò le ultime energie di Joe, che si alzò sulle gambe malferme. Evie aveva già fatto i bagagli. Lui arrotolò il sacco a pelo, poi si misero gli zaini in spalla e si incamminarono nel deserto.

Capitolo 31

La catena montuosa settentrionale si avvicinava, ma a Joe tutto il resto sembrava uguale: un annebbiamento mentale in cui si mescolavano fame, sete e stanchezza. Provò a concentrarsi per ricalcolare quanta strada avessero percorso, e si accorse che sfiorava ormai i trecento chilometri.

Si fermarono a mezzogiorno per evitare il caldo peggiore, come avevano fatto quasi tutti i giorni. Sedettero schiena contro schiena, riparandosi sotto la tenda tesa tra due arbusti. La biofiasca conteneva le loro ultime gocce d'acqua. Trovarla era ormai diventata una questione di vita o di morte, ma quando Joe esaminò il paesaggio che si estendeva tra loro e i piedi delle colline a nord-ovest, vide solo altro deserto. I loro corpi si stavano disidratando a partire dall'esterno.

Con un sussulto, si rese conto di essere solo e che Evie si era mossa. Si era spostata di qualche metro, per urinare dietro un cespuglio. Il suono risvegliò un impulso quasi incontrollabile, che lo spinse verso l'ultima biofiasca. Con mani tremanti, chiuse il tappo senza bere. Evie lo raggiunse, scrutandolo con sguardo incerto.

«Joe, dobbiamo muoverci. Possiamo ancora raggiungere le colline prima che faccia buio.»

Lui si mise in piedi a fatica. «Spero che uno di noi riuscirà sempre ad essere forte quando l'altro non lo è.»

«Sempre.»

Ripresero a camminare in direzione nord-ovest e attraversarono il letto di un lago prosciugato. Il suo aspetto piatto e regolare suggeriva che potesse trattarsi di una palude stagionale, ormai evaporata in primavera inoltrata. Si fermarono nei pressi di alcune piante rinsecchite. «Credo di tratti di tifa», disse Evie, esaminando le infiorescenze appassite. Ne tirò una per recuperare lo stelo e la radice. Strofinò quest'ultima sulla lama del bastone bō, pelandola, poi gliela mise in bocca. Lui succhiò istintivamente, la bocca invasa da un sapore come di cetriolo amaro, che gli diede una piacevole sensazione di umidità in gola. Succhiò fino a consumare la radice, poi ne prese un'altra. Disseppellirono radici di tifa per un po', ma Evie mantenne un occhio critico rivolto al cielo e ben presto decise che era il momento di rimettersi in marcia attraverso il deserto.

Nel tardo pomeriggio raggiunsero le colline alle pendici della catena montuosa e si accamparono nella macchia di cespugli che le ricopriva. Joe lasciò cadere lo zaino e vi crollò vicino. Evie si sedette al suo fianco, gli occhi pieni di determinazione. «Andiamo a cercare dell'acqua insieme», disse.

Avanzarono lentamente, zigzagando lungo i canali scavati sui pendii. Joe non voleva più fare un altro passo. Voleva soltanto sdraiarsi vicino ai loro zaini e non muoversi più.

Mentre si trascinava oltre l'ennesima collinetta, il magico suono dell'acqua che rimbalzava sulla pietra catturò la sua attenzione. Poco lontano vide una piccola sorgente, dove l'acqua filtrava da una crepa nel granito. Schizzava sulla roccia e si raccoglieva in una pozza di un metro di diametro. L'acqua usciva poi sgocciolando dalla pozza e proseguiva la sua corsa lungo una stretta gola, in mezzo a campi di gigli selvatici bianchi e gialli.

Joe ed Evie si sdraiarono a terra, con il mento immerso nell'acqua gorgogliante. Restarono così a lungo, ridendo. La risata di Evie era vicina alle lacrime, il suo sollievo palpabile.

Riempirono tutte le biofiasche, bevvero fino a non poterne più e lavarono via la polvere dal viso. Joe era stanco morto, ma reidratato. Si trascinò lungo il pendio e trovò i posti migliori in cui costruire alcune trappole a schiaccia nelle vicinanze della sorgente. Gli uccelli svolazzavano tra i cespugli, ma sapeva bene che le proprie abilità con l'arco non potevano competere con quelle prede, perciò temeva di perdere altre frecce. Mangiarono le radici di tifa rimaste per cena. Il dolore dovuto allo stomaco vuoto diminuì, così poterono sistemarsi nel sacco a pelo per la notte.

La mattina seguente Joe si svegliò con rinnovata energia. Allungò il braccio verso Evie, scoprendo con apprensione che se ne era andata. La chiamò, ma era scomparsa. Si arrampicò fino a un crinale vicino, cercandola con lo sguardo mentre controllava le trappole. Fu entusiasta di scoprire che una era scattata, catturando uno scoiattolo. Lo eviscerò e lo pulì, poi riportò la colazione al campo infilzata su un bastoncino. Dopo aver raccolto qualche ramo, accese un fuocherello.

Non appena la fiamma divampò, Evie apparve con il suo carico di erbe appena raccolte. Joe non tentò nemmeno di nascondere il proprio sollievo. Subconsciamente, temeva che lei l'avesse abbandonato.

Lo sguardo vigile della donna incontrò il suo. «Sembra che tu ti sia ripreso. Sono così sollevata. Mentalmente, non ti sei mai arreso, ma il tuo corpo non riusciva più a tollerare la disidratazione.»

«Mi sento molto meglio. Sono contento che tu sia qui con me.»

Arrostirono la selvaggina sul fuoco e mangiarono la carne fibrosa insieme alle erbe raccolte da Evie. Joe si alzò, indolenzito, e guardò a est, studiando le montagne che si allungavano verso nord. Strizzando gli occhi per vedere meglio, gli sembrarono accoglienti, probabilmente coperte da più alberi rispetto a quelle su cui si trovavano ora. «Forse quelle sono le montagne che fanno al caso nostro», disse Evie. Si misero gli zaini in spalla e si incamminarono verso nord, attraversando una gola dopo l'altra in cerca di vegetazione più verde.

Si accamparono ai piedi di un'altra cima. I pendii erano ricoperti di salvia nera, mentre più in alto si ergevano alcuni pini. «Quegli alberi indicano la presenza di acqua ad alta quota», osservò Joe.

«Lasciamo le scalate a nord per domani», rispose Evie. Joe annuì, ansioso di proseguire.

Nella tarda mattinata del giorno seguente attraversarono un'altra valle, la cui estremità settentrionale era chiusa da alte vette. Una strada sterrata ne percorreva il fondo, ma la ignorarono. Erano concentrati sulle colline verde oliva che si stagliavano dritte davanti a loro. Scalarono pendii digradanti ricoperti di lupini ormai sfioriti. Si fermarono per una breve pausa, bevendo acqua tiepida e voltandosi a guardare la cima sotto cui si erano accampati la notte prima.

Ripresero ad arrancare. Il paesaggio era diverso da quello della catena montuosa su cui Joe aveva costruito le sue prime trappole: i colori del fogliame erano più brillanti qui. Le sfumature di verde avvolgevano ogni cosa. Questo significava più acqua nei paraggi. Joe immaginava che quella fosse l'area della Zona Vuota in cui venivano ritrovati tutti i sopravvissuti.

Aumentò l'andatura ed Evie lo raggiunse con passo leggero. «Hai notato qualcosa di speciale in questo posto?»

«È solo un'intuizione.»

Scendendo lungo l'ennesimo crinale, trovarono un ruscelletto in cui l'acqua sgocciolava scarsa, ma costante. «Andiamo avanti», disse Evie. Oltre il crinale successivo scorreva un altro rigagnolo. Evie fece cenno di continuare a salire, aprendo la via su pendii verdeggianti coronati da pini, larici e abeti. Arrivò per prima in cima e si inginocchiò.

Joe la raggiunse un momento dopo e rimase incantato, con il respiro affannoso per la salita. Di fronte a loro si apriva una stretta valle, larga appena un paio di chilometri, attraversata da una profonda fenditura color smeraldo. Alte vette a nord e a est racchiudevano la valle come dita ricurve. Le montagne mostravano cime di nudo granito, che si stagliavano affilate contro il cielo al di sopra del limite della vegetazione, ma una coperta di foresta ricopriva i pendii a bassa quota.

Evie sorrise, e il battito di Joe accelerò.

Aumentarono il passo, continuando a scendere verso il centro della valle. Un torrente zampillante scorreva gorgogliando, freddo e limpido. Sulle rive crescevano pioppi balsamici e pioppi tremuli. Evie e Joe lasciarono cadere gli zaini e si sdraiarono insieme a bere grandi sorsate di acqua fresca.

La risata di Evie risuonò tra i rami. «Penso che abbiamo trovato casa.»

Era primo pomeriggio e il sole era ancora tiepido. Si spogliarono e si immersero nell'acqua fredda, sciacquando via lo sporco accumulato in settimane di cammino. Poi si stesero a riposare sulla riva, asciugandosi lentamente, godendosi i raggi tiepidi del sole sulla pelle.

◆

La luce del sole riscaldava il viso di Joe. Si erano addormentati, ed Evie dormiva ancora. La svegliò con un bacio, facendole sbattere le palpebre. «Dovremmo esplorare e trovare il punto migliore in cui stabilire un accampamento permanente», le disse. Si vestirono, si rimisero dli zaini in spalla e si incamminarono controcorrente. Attraversarono il torrente in un punto in cui si restringeva, sfruttando un tronco caduto, poi di nuovo più avanti, dove alcuni grandi massi lo riducevano a un ruscello, continuando ad avanzare lungo l'argine orientale, su cui era più fare trovare un appoggio sicuro per i piedi. Seguivano una pista ricoperta dalla vegetazione che si snodava lungo la riva. Gli animali probabilmente la percorrevano per arrivare all'acqua, il cui suono sembrava un miracolo, dopo le settimane passate nel deserto. A circa mezzo chilometro, Evie si fermò e gli indicò qualcosa. Su un blocco di granito sporgente, proprio a fianco del torrente e a meno di cinquanta metri da loro, si ergeva una casetta in legno.

Joe sentì l'eccitazione crescere mentre si avvicinavano. Appoggiarono gli zaini a un albero rugoso ed esaminarono la struttura segnata dalle intemperie. I raggi del sole filtravano attraverso le fessure nelle assi dei muri. Aveva un tetto basso e a punta, ricoperto da scandole in legno grezzo. La porta si aprì cigolando, scorrendo su vecchi cardini arrugginiti. La luce del sole, che entrava da una finestra ancora integra, illuminò una stanza principale e una stanzetta secondaria, abbastanza larga da contenere un letto. La polvere ricopriva il mobilio rustico: un tavolo, sedie grossolane e ciò che restava di una rete da letto in canapa. Joe si infilò nella seconda stanza e esaminò il buco nel tetto attraverso cui poteva vedere il cielo. Evie ispezionò il camino lungo la parete posteriore, annerito dall'uso. Il pavimento in legno intorno era coperto di cenere.

Dietro la casetta, Joe vide che buona parte della canna fumaria era al suo posto, tranne qualche mattone caduto all'altezza del tetto. A qualche metro di distanza dalla porta sul retro trovarono un gabinetto esterno traballante.

Evie e Joe si abbracciarono, esaltati dalla scoperta fatta.

«Servirà molto lavoro», disse Joe.

«Ma è casa nostra.»

La gioia di quel momento riverberava nel suo corpo, mescolandosi alla gioia che illuminava il volto di lei. Improvvisamente, l'espressione di Evie cambiò, inclinò la testa e il suo sguardo sembrò distante.

Gli ricordò la prima volta in cui si era soffermato a guardarla nel salotto del suo appartamento al campus. Da quel giorno, aveva dovuto affrontare le peggiori sfide che avesse mai incontrato, ma insieme avevano vinto. Erano vivi. Sorrise e la abbracciò di nuovo, appoggiando il mento al suo orecchio. Sentì il battito del suo cuore, veloce e forte. Erano circondati dal suono dell'acqua che scrosciava sulle rocce e della brezza che mormorava tra i rami.

«E ora, cosa ci aspetta?» Le sistemò una ciocca di capelli dietro l'orecchio.

Lei lo guardò senza paura. «Ce la faremo. Sopravviveremo. E lo faremo insieme.»

«Ti prometto che sarò come te, forte e affidabile. Ti amerò e mi prenderò cura di te.»

Il viso di Evie si illuminò. «E io ti prometto che sarò forte e affidabile. Ti amerò e mi prenderò cura di te. Finché morte non ci separi.»

«Finché morte non ci separi.» Joe non riuscì a nascondere l'emozione nella voce pronunciando quelle parole. «Lavoreremo insieme per affrontare al meglio tutto ciò che la vita ci presenterà.»

«Mi hai già dato l'anello», disse lei.

«Ti darò diamanti e rubini. E tutto il mio amore.»

La baciò con tutto il suo essere. Rimasero stretti in quell'abbraccio, sapendo che il futuro aveva ancora tanto in serbo per loro.

Capitolo 32

Il rumore sordo e ripetuto dei colpi rimbombava nell'aria mattutina. Joe brandiva l'accetta a doppia lama in ampi archi, spaccando la legna di pino nel cortile sul retro della casetta. I raggi del sole si riflettevano sulla lama ad ogni colpo. Si era tolto la camicia e la pelle era già coperta da un sottile strato di sudore. Ad ogni pezzo di legno che fendeva con la lama, i suoi muscoli si allenavano, calibrando angolo e velocità per i colpi successivi. La sua mente era sgombra, concentrata soltanto sull'accetta e sulla legna. Brandendo l'attrezzo con un ritmo costante, faceva sì che il lavoro manuale si trasformasse in una sorta di meditazione.

Aveva iniziato la mattinata costruendo cinque trappole a schiaccia in una linea lungo il torrente. Sui pendii circostanti aveva trovato molta legna secca, che aveva raccolto a grandi bracciate e riportato alla casetta. Aveva poi adattato un vecchio tronco per usarlo come ceppo su cui spaccarla, ed era ormai ricoperto di trucioli. Era già riuscito a impilare ordinatamente un metro cubo di legna lungo la parete esterna.

. . .

Cibo. Legna da ardere. Poi le riparazioni alla casa. C'è molto lavoro da fare, è meglio concentrarsi su una cosa alla volta.

. . .

Fino a che non avessero riparato la casetta, avrebbero mangiato fuori, sotto l'albero affacciato sul torrente. L'albero monumentale aveva una corteccia rosso-bruno e si innalzava storto, allargando i rami a schermare il sole del mezzogiorno. I boccioli si stavano aprendo, spargendo un dolce profumo tutt'intorno. Joe lo studiò, poi finalmente si rese conto: era un melo. Il colore della corteccia risvegliò un ricordo della loro prima ispezione alla capanna, così passeggiò nei paraggi e trovò un secondo albero in fiore, circondato dal ronzio pulsante delle api che si facevano strada verso i boccioli. Pensò che il giardiniere originale doveva averne piantati due perché si fecondassero con l'impollinazione incrociata. Joe era così su di giri che alzò le braccia al cielo e piroettò sul posto, improvvisando una danza.

Prese alcuni ceppi rimasti all'esterno da usare temporaneamente come sedie, almeno finché non avesse potuto migliorare il mobilio. Li sistemò sotto il melo insieme ad altri pezzi di legno per formare un rozzo tavolo da pranzo, poi si sedette soddisfatto sul proprio trono.

Evie sbucò dalla foresta e, vedendolo, sorrise. Quella mattina, prima che si separassero per dedicarsi ai propri compiti, si era lavata i capelli nell'acqua gelida. Ora splendevano, baciati dal sole. «Guarda, ho trovato piante di mimolo e bacche di manzanita.» Gli mostrò il proprio zainetto.

Fecero rotolare diverse pietre a formare un cerchio, poco distante dalle panche di legno. Joe vi accese il fuoco, su cui Evie fece bollire le bacche di manzanita per ottenerne un sidro, mentre con le foglie di mimolo preparò un'insalata. «Abbiamo poche scorte di cibo, ma la tarda primavera è un buon periodo per procurarselo.»

«E dovrebbero esserci le trote nel torrente. Mentre raccoglievo la legna più a monte ho notato alcune pozze che promettono bene.»

Finirono di pranzare e tornarono ai propri compiti per il pomeriggio. Joe apprezzava il vantaggio di avere trappole che funzionassero mentre dormiva. Si ricordò il disegno di una trappola per i pesci che aveva visto sull'onnilibro. Era composta da due cilindri di legno, uno parzialmente infilato nell'altro, e poteva essere costruita con ramoscelli flessibili piegati e legati con le nervature ottenute da quelli più teneri.

Dopo aver raccolto una catasta di rami sottili, si mise al lavoro per piegarli ad anello, legandoli con lo spago alle estremità. Tagliò le nervature e le intrecciò agli anelli per creare il cilindro esterno. Poi ne costruì un secondo, più piccolo, che infilò in un lato del più grande prima di fissarlo. Joe studiò la propria creazione con sguardo soddisfatto. Funzionava come un imbuto. Qualunque pesce fosse entrato nel cono avrebbe fatto difficoltà a trovare una via d'uscita attraverso l'apertura più piccola. Guardò il dito che si era tagliato lavorando con il coltello, tamponando il leggero sanguinamento sulla manica.

Trasportò la trappola lungo il torrente fino alla prima pozza che fosse più profonda di un metro. Usò due pietre all'interno come pesi. Legò un pezzo di corda per il recupero e posizionò la trappola nella pozza. Decise che l'avrebbe testata senza esca. Se non avesse preso pesci, avrebbe riprovato il giorno seguente con un'esca.

Lungo la via del ritorno si fermò a controllare le trappole Paiute, trovandovi uno scoiattolo. Lo riportò a casa e accese il fuoco.

Evie tornò poco dopo, con lo zainetto pieno di centocchio e lattuga dei minatori. Preparò un'insalata mentre Joe arrostiva lo scoiattolo. «Dovremmo accendere il camino dentro casa il prima possibile», disse lei.

«Quello è il lavoro di domani. Dovrò salire sul tetto per riparare il comignolo e togliere i detriti.»

«Abbiamo ancora tanto lavoro che ci aspetta.» Appoggiò il mento sulla mano, guardando la loro casetta. «La vita stessa è un lavoro.» Joe capì che non era scontenta della prospettiva.

Citò a memoria:

«Figli e figlie degeneri,
la Vita è troppo forte per voi –
ci vuole vita per amare la Vita.»

«Una vecchia poesia?» Evie prese la padella calda. «Mi piace la passione che trasmette.»

«Grazie al tuo esempio, inizio a capire questi versi. Penso sottolineino l'importanza di trovare uno scopo e poi andare avanti con la propria vita. Non essere titubanti.»

Evie sorrise. «Sono contenta di vederti così risoluto.»

«È strano. Per la prima volta nella mia vita non ho né la tecnologia né la civiltà ad aiutarmi. Inizio da zero, come se avessi una seconda possibilità.»

«Come se fossimo le prime due persone in questo mondo.»

Joe annuì. «Se non ci assumiamo la responsabilità per la situazione in cui ci troviamo, moriremo. Dipende tutto da noi. O forse la vita è sempre stata così, ma non me ne ero mai accorto?»

«È la storia del genere umano. Non è cambiata.» Strinse le spalle. «Ce la raccontiamo diversamente, fingendo che sia migliore.»

«Eppure, qui siamo tornati alle origini. Acqua. Cibo. Riparo. Costringe la mente a concentrarsi. Con meno tempo a disposizione per perdersi nei propri pensieri, si libera la mente dalle preoccupazioni superflue.»

Evie servì la cena e si sedettero sui ceppi accanto al fuoco.

«A cosa pensi?»

«Penso a tutta l'energia che ho dedicato al mio movimento di protesta, a cercare di cambiare il mondo. Al grande costo che ha avuto: perdere i miei migliori amici. Ora mi sembra che facesse tutto parte di un'altra vita.» Mangiò qualche boccone, sovrappensiero, poi lo guardò negli occhi. «Non ho rinunciato alla lotta.»

«Torneremo e riprenderemo la lotta», disse Joe, sapendo bene che la battaglia di Evie non era più soltanto sua. Eppure, l'espressione di lei non era fiera, come si aspettava. Al contrario, era mitigata dalla preoccupazione.

«Volere qualcosa di diverso dalla propria realtà è causa delle maggiori sofferenze.» Evie aggrottò la fronte. «Nonostante sia una lottatrice, ci sono cose che non possiamo cambiare. Non mi arrendo, ma non posso fare nulla per la lotta contro la Legge dei Livelli se non sopravvivere. Per adesso, accetterò la realtà del mondo in cui ci troviamo. È il mantra che ho scelto per questa vita, qui con te.»

. . .

Proprio quando pensavo di averle visto esprimere tutta la sua forza, mi sorprende ancora. Sono innamorato di una stoica.

. . .

Si godettero la pausa, seduti uno accanto all'altra intorno al fuoco. Il sole tramontò sulle montagne a occidente. Joe si rese conto che, senza fonti artificiali di illuminazione, la decisione migliore era adattare le proprie ore di veglia alla luce naturale. Aggiunse la fabbricazione di candele alla lista mentale dei progetti da completare, sempre più lunga.

«È ora di andare a letto», le disse.

Evie però non stava guardando il tramonto. Fissava un punto preciso più a valle. «Quello sembra fumo.»

Joe seguì il dito puntato e vide il filo tremolante controluce. Lei fu scossa da un brivido. Era troppo tardi per indagare, ed era troppo lontano a valle per rappresentare un pericolo immediato. Spense il fuoco con un calcio. La abbracciò e la guidò verso la casa. Si strinsero nel sacco a pelo e si addormentarono sul pavimento.

Joe fu svegliato da un urlo acuto. Evie lo teneva stretto e, allo stesso tempo, tentava di calciare freneticamente la coperta lontano da sé. L'adrenalina entrò in circolo e Joe si alzò di scatto, allungando la mano verso l'accetta e ispezionando la stanza con gli occhi spalancati.

«Qualcosa mi è passato sopra correndo. Ho sentito le zampette e le unghie. È stato orribile.»

«Probabilmente era solo un topo.» Joe respirò profondamente per calmarsi. «Sarà stato attirato dai semi di grano, e sarà riuscito a entrare dal camino.»

La spiegazione non servì a calmare Evie, così posò l'accetta e la strinse a sé. «Chiuderò presto tutti i buchi in questa vecchia capanna.»

. . .

È stata così coraggiosa finora, e si lascia spaventare da un piccolo topolino? Forse va al di là della mia comprensione. Tutti abbiamo qualche paura, anche se diversa da quelle degli altri. Per una volta, posso essere io quello forte.

. . .

Joe si sdraiò e la tenne stretta al petto finché il suo respiro tornò regolare. Rimase sveglio, a fissare il buco nel tetto da cui poteva vedere il cielo stellato, riflettendo sui topi e sugli uomini.

◆

Dopo colazione Joe riparò il camino. Ogni mansione richiedeva almeno tre volte più a lungo di quanto avrebbe immaginato. La semplice costruzione di una scala a partire da due piccoli tronchi di pino, diversi rami e corda richiese mezza mattinata, con un risultato a malapena utilizzabile. Appoggiandola al tetto, sul retro della casa, salì con apprensione sul primo gradino. Si incurvò, ma resse il peso.

Gettare i detriti nella canna fumaria fu abbastanza facile. Usò poi lo zaino per portare i mattoni caduti fino al tetto e rimetterli al loro posto. Per il momento, non si preoccupò della malta. Voleva soltanto che il camino fosse funzionante.

Prese una bracciata di legna da ardere. In casa, Joe sistemò la legna nel camino e accese un fuoco con il Fiammaviva, attizzandolo man mano che attecchiva. Fu colto di sorpresa dalle fiamme, risucchiate all'interno della canna fumaria, e corse all'esterno. Il fumo si alzava denso e nero dai resti di vegetazione che aveva dimenticato durante la pulizia sommaria.

Lasciando che il fuoco si consumasse in brace ardente, Joe risalì sulla scala per controllare il buco sul tetto. Le scandole in legno grezzo erano squadrate e spesse due centimetri. Si accigliò. Avrebbe avuto bisogno di una sega e un cuneo per le riparazioni, ma non aveva né una né l'altro.

«Amico mio, sembra che ti servirà una scala decente se non vuoi romperti l'osso del collo.»

Joe si girò e incrociò lo sguardo duro di un uomo che se ne stava in piedi al limitare del bosco, sul retro della casa. L'uomo era alto, probabilmente sui cinquant'anni, e aveva una gran testa di ricci che si abbinava ad una folta barba brizzolata e incolta. Portava una pelle di daino, a un primo sguardo del tutto incongrua con la camicia mimetica e la logora tenuta da combattimento sottostanti. Le sue dita affusolate stringevano la tracolla dell'arco compound che portava sulla spalla.

Joe nascose il proprio shock e provò a sorridere con nonchalance. «Fammi scendere a presentarmi», disse ad alta voce, sperando che Evie lo sentisse. Dare le spalle all'uomo mentre scendeva la scala gli provocò una fastidiosa sensazione di inquietudine. Non appena ebbe toccato terra, Evie spuntò dall'angolo della casetta con il bastone bō in mano. Rimase accanto a lui, all'erta.

«Siete in due. Meglio e peggio, direi», disse l'uomo. «Mi chiamo Eloy.»

Si presentarono e gli strinsero la mano. «Unisciti a noi per il tè», lo invitò Evie. Eloy la seguì verso l'ingresso della capanna, accompagnato da Joe. Sul fuoco all'esterno bolliva una pentola. Evie prese le loro tazze e un piccolo pentolino che avevano portato, in cui versò il liquido chiaro. Diede a Joe la sua tazza, all'ospite la propria e tenne il pentolino per sé, stringendolo tra le mani. Eloy sedette sul ceppo di fronte a loro, sorseggiando il tè.

«Questo infuso di gemme d'abete di Douglas non è il massimo, ma contiene vitamina C. Ho raccolto le gemme stamattina con il mio bastone», spiegò, mostrandogli la lama.

«Fresco e gustoso», rispose Eloy. Schioccò le labbra screpolate e osservò il bastone bō. Aveva un viso abbronzato, segnato dal tempo passato al sole.

Joe sorseggiò il tè e chiese: «Cosa intendevi quando hai detto che essere in due è meglio e peggio?»

«Due bocche da sfamare. È dura procurarsi il cibo quaggiù, a meno che tutte le mani siano pronte a sporcarsi per farlo. Si tratta di economia elementare.» Bevve un altro sorso, riconoscente. «Poi c'è l'aspetto sociale. Un tempo, i nostri antenati non avrebbero mai mandato in guerra un gruppo di tre persone. Sempre due, quattro o più. Tre erano un problema, perché due avrebbero lottato per ottenere le attenzioni di chiunque fosse il capo.» Scosse le spalle. «È la natura umana.»

Evie spostò lo sguardo da Eloy a Joe, e poi nuovamente su Eloy. Sembrava che volesse dire qualcosa, ma Eloy intervenne: «Vi piace la capanna?»

«Siamo arrivati ieri.» La circospezione di Joe era scomparsa.

Eloy rise. «Ho vissuto qui l'anno scorso, finché una tempesta ha fatto quel buco nel tetto. Mi è sembrato un buon momento per spostarmi a valle. Ho un altro capanno malandato e un fienile. Più spazio in cui girarmi i pollici.»

«Questo spiega perché fosse così ordinata.» Evie sgranò gli occhi. «E ovviamente ce ne andremo appena...»

Eloy allargò le mani callose. «Potete tenerla. Ha la vista più bella, quassù. E non ce ne sono di più carine tra cui scegliere, almeno non che io sappia. Ho preso tutto quello che poteva tornare utile. Quasi tutti gli edifici cadono a pezzi o sono stati smantellati.»

Evie inclinò la testa, curiosa. «Come sei finito nella Zona Vuota?»

L'imbarazzo gli attraversò il viso. «Ero nell'esercito... l'esercito mecha al confine meridionale. Guidavo gli esomech.»

«Lavoro pericoloso», disse lei.

«Un tempo lo era. Ora hanno automatizzato tutto e i robot fanno tutto il vero lavoro di difesa. Morte per macchina. Qualsiasi guerra finisce nel giro di poche ore. Nessuno può sopravvivere su quei campi di morte.»

«È una fortuna che la guerra sia scomparsa.» Joe si chinò verso di lui. «Ora teniamo le macchine pronte soltanto a scopo difensivo, giusto?»

«Appunto. Dopo aver guidato gli esomech, mi hanno incaricato di supervisionare alcune macchine mentre pattugliavano il confine, e infine mi hanno assegnato alle riparazioni. Mi piaceva quella roba analogica, lavorare con le mani.» Alzò i palmi callosi a riprova delle proprie parole. Ogni dito era spesso quanto due delle sue. «Ma do-

vevano esserci un sacco di lavori inutili, e le persone hanno imparato a non lavorare affatto. Non vado d'accordo con gli scansafatiche.
Diciamo semplicemente che mi hanno accompagnato alla porta.»

Joe aggrottò la fronte, confuso, mentre Evie strinse gli occhi e
disse: «Dovremmo preoccuparci?»

«No, è stata solo una piccola lite. Nessuno si è fatto male sul serio.
Sono stato condannato a sei mesi in prigione. Secondo la legge marziale, puoi scegliere se servire un terzo della pena nella Zona Vuota
in alternativa. Dicono che qui si abbia un tasso più basso di recidiva,
ecco perché ti fanno scegliere. Ho scelto i due mesi, immaginando
che avrei trovato abbastanza cibo.»

«Da quanto sei qui?» Joe si chiese se avere un vicino sarebbe stato
positivo o negativo.

«Prima che risponda, ditemi per quanto dovete stare qui voi.
Non mi sembrate militari.»

«Tre anni.» La voce di Evie era calma e piatta.

Eloy sussultò, rischiando di far cadere la tazza. «Dannazione.
Forse *io* dovrei preoccuparmi.»

Evie sorrise. «No. Abbiamo pestato i piedi a qualcuno con il
giusto potere politico.»

Gli occhi scuri di Eloy li studiarono a lungo sotto le sopracciglia
cespugliose, prima che annuisse. «D'accordo. Sembra che resterete
per un po'.» Guardò Evie e il suo bastone bō, poi si rivolse a entrambi. «Ma ci serviranno alcune regole. Per l'economia.»

Joe diede un colpetto a Evie. «Evie è la nostra economista.»

Eloy fece un gran sorriso e si girò verso di lei. «Mi sono laureato
in economia in Texas.»

«Io a Berkeley.»

«Beh, chi l'avrebbe mai detto! Allora capirai ciò che sto per dire.
Il primo problema è che vi trovate a monte e io a valle. La tragedia
dei beni comuni. Perciò, vietato inquinare l'acqua.»

Evie annuì con espressione distante, come se ricordasse una lezione vissuta tempo addietro, pensò Joe. «È stato un problema fin
dai tempi in cui i popoli colonizzarono le isole alla foce del Tigri e
dell'Eufrate. Ci rispetteremo a vicenda e manterremo tutto pulito.»

«Poi ci sono la caccia e le trappole. Sapete come costruire una
trappola?»

«Ne ho montate alcune a monte della casetta», disse Joe, «più una
trappola per i pesci.»

«Imparate in fretta. Stabiliamo un confine per le trappole a metà strada tra casa vostra e casa mia. La quantità di prede è più o meno la stessa a monte e a valle. Stessa cosa per la pesca.» Annuirono tutti.

Eloy continuò, con tono più amichevole. «Possiamo cacciare con l'arco ovunque. Queste montagne sono piene di selvaggina, visto che siamo le uniche persone nei paraggi. Ma girovagare per monti e valli non è per i deboli.» Annuirono di nuovo.

«Possiamo stimare quanto sforzo sia stato necessario per ogni cattura, e non sarà difficile arrivare a uno scambio equo. Ognuno fa la sua parte.» Indicò il tetto. «Sarei felice di prestarvi gli attrezzi, a patto che li custodiate come si deve. Ma ogni cosa presa in prestito va subito restituita. Non voglio dover chiedere.»

Si alzarono e si strinsero la mano, poi Eloy diede la tazza a Evie, ringraziandola. Si rivolse a Joe. «Vuoi aggiustare subito quel tetto? Fareste meglio a seguirmi entrambi.» Joe raccolse lo zaino e l'accetta, incamminandosi lungo il torrente insieme ad Evie e al loro nuovo vicino.

Capitolo 33

Procedevano in fila indiana, con Eloy in testa, arrampicandosi sui massi e attraversando l'erba bassa che copriva la sponda. Superarono il punto in cui avevano raggiunto i torrente la prima volta. A circa un chilometro a vale della casetta, Eloy disse: «Qui siamo a metà strada. Segniamo questa roccia come confine.» Evie e Joe fecero un cenno di approvazione, poi i tre continuarono. Seguirono il corso d'acqua lungo alcune anse e oltre due cascate. Davanti a loro, diversi vecchi edifici si ergevano su entrambe le rive.

Eloy li indicò. «Su quel lato c'è casa mia. Vicino ho un fienile. E a fianco un affumicatoio.» Gli edifici in legno grigiastro erano stati costruiti in piano accanto al torrente, dove l'acqua rallentava ed era più profonda. Sulla riva opposta, accanto a un ponticello, c'era un'altra capanna.

Era difficile staccare lo sguardo dallo spettacolo meraviglioso della ruota idraulica che girava. Era larga circa due metri, con pale di legno che si immergevano sotto la superficie dell'acqua. La corrente lenta le spingeva, facendo scricchiolare il perno contro le altre parti legnose. Alle pale erano stati inchiodati secchielli di metallo, che si riempivano d'acqua nel punto più basso del giro. Quando la ruota li sollevava, svuotavano il proprio contenuto in un canalina di legno. L'acqua gorgogliava, trasportata attraverso la canalina fino all'edificio più vicino.

Eloy, vedendo l'espressione di Joe, sorrise soddisfatto. «Hai indovinato: acqua corrente.»

«Hai costruito la ruota idraulica da solo?»

«Si chiama noria, e sì, l'ho costruita con assi e chiodi di recupero. Il progetto esiste da migliaia di anni. Ti risparmia di dover caricare l'acqua a spalle.» Il suo viso si illuminò, mostrando l'orgoglio per il proprio lavoro.

Li guidò verso il fienile e l'orto che vi aveva piantato accanto. Un canaletto portava l'acqua dalla noria alle piante, verdi e rigogliose nel terreno arato da poco. L'acqua poteva essere deviata verso il giardino o verso la casa tramite un pezzo di legno mobile inserito nel canaletto. Di fronte al fienile vi era un recinto, chiuso da una staccionata. All'interno brucava un vecchissimo cavallo falbo, circondato da un gruppetto di polli che beccettavano impunemente intorno ai suoi zoccoli. In un angolo del recinto, sdraiate nel fango, videro anche tre pecore. A giudicare dalle corna lunghe e ricurve, Joe immaginò che una fosse in realtà un montone.

«Qui non c'è posto per gli scansafatiche, eh?», disse Joe. Evie ridacchiò, mentre Eloy rise educatamente e lanciò un'occhiata eloquente alla donna. Perplesso, Joe si chiese se ci fossero sottintesi che non aveva colto riguardo alla sua storia.

«Tutto questo è meraviglioso.» Evie si appoggiò alla staccionata. «Qui hai carne, latte e lana. Cos'hai piantato?»

«Pomodori, zucche e mais. I semi sono stati un altro ritrovamento fortunato, mentre rovistavo in una cantina diroccata.»

«Noi abbiamo semi di grano C4 geneticamente modificato e qualche fagiolo.»

«Grano?» Eloy lasciò sfuggire un sospiro. «Mi manca il pane. Possiamo scambiarlo, se riuscirete a farlo crescere.»

«Posso piantarlo sul primo appezzamento a est della casa, ma dovrò portare l'acqua dal torrente.» Joe indicò la noria. «Puoi mostrarmi come costruirne una?»

«Nessun problema.» Annuì in modo brusco ma entusiasta. «La proprietà intellettuale dovrebbe essere libera, trascorso un certo tempo. Altrimenti ci troveremmo tutti a tentare di ricrearla.» Indicò la ruota con gioia, ridendo della propria battuta.

Joe rise e decise di chiedere di più. «Potrei costruirla più in fretta se avessi le assi e i chiodi. Saresti interessato a scambiarli?»

«Ora sì che ragioniamo.» Eloy accettò di aiutarlo a costruire la ruota idraulica in cambio di una parte del raccolto di grano e della legna da ardere già tagliata. «Divisione del lavoro», disse con soddisfazione, «così ognuno fa la sua parte.»

Evie guardò oltre il ponte, poi spostò lo sguardo su Eloy. «Hai parlato di due guerrieri, o di quattro», disse.

«Sei sveglia.» Eloy ridacchiò e li guidò oltre il ponticello, attraversando i mulinelli su cui si riflettevano i raggi del sole. I loro passi rimbombarono sulle assi. La porta della capanna si aprì di scatto.

Una donna con occhi marroni e gentili, più giovane di Eloy, probabilmente sui trent'anni, si fermò sulla soglia, appoggiandosi allo stipite. Il suo sguardo si posò prima su Joe, poi divenne interrogativo mentre guardava Eloy. Alzò una mano delicata per scostare le trecce di capelli rossi fiammanti dalle spalle.

Avvicinandosi alla porta, Eloy inclinò la testa amichevolmente e disse: «Fabri, ti presento Evie e Joe. Evie è un'economista, come me. Saranno i nostri vicini per un po'.»

Non appena sentì quelle parole, la tensione sparì dal volto di Fabri, che prese le mani di Evie tra le proprie. «In questo caso, benvenuti a casa.» Diede a Joe un veloce abbraccio e li accompagnò dentro.

La piccola casa era pervasa dal delizioso aroma della zuppa di pollo che bolliva nella pentola sul fuoco. A Joe venne l'acquolina e sentì brontolare lo stomaco. In un angolo era sistemato un tavolo di legno. Fabri sparì nella stanza sul retro e tornò poco dopo, trascinando una panca di legno per completare le sedute intorno al tavolo. «Non ho mai avuto ospiti.» Prese alcune scodelle di terracotta e i cucchiai, poi versò a tutti un'abbondante porzione di zuppa. «Per vostra fortuna, proprio ieri ho deciso che questa vecchia gallina dovesse farmi il suo ultimo servizio.»

«Con un po' di convinzione da parte mia», aggiunse Eloy. Si rivolse a Evie. «Fosse per lei, li terrebbe tutti quanti per le uova, pure i galli.» Le fece l'occhiolino.

«Fareste meglio a considerare tutte le creature di Dio degne di rispetto», rispose lei. Poi guardò Eloy, registrando solo in quel momento il commento sui galli e le uova. Gli diede una gomitata, trattenendo un risolino. «Buona questa, El.»

Si sedettero intorno al tavolo. Lo stomaco di Joe brontolò ancora più forte dopo la prima cucchiaiata. «Da leccarsi i baffi», disse.

Fabri annuì, riconoscente. «Da quanto siete qui? Mi stupisco di non aver sentito l'aereo. È piuttosto facile sentire le macchine in questo silenzio.»

«Secondo i miei calcoli, credo ci abbiamo lasciati trecentotrentasette chilometri a sud di qui. Ci sono volute più di tre settimane per trovare queste montagne.» Era contento di non essersi dimenticato i numeri nel suo delirio. Gli sembrava di essere nella Zona Vuota da anni. Inghiottì un gran sorso di zuppa calda e confortante.

Eloy si accigliò. «Sembra proprio che qualcuno vi volesse morti.»

Fabri gli lanciò un'occhiata allarmata. «Per cosa siete finiti qui nella Zona?»

Joe rimase in silenzio per un attimo, riflettendo sul fatto che sarebbero stati vicini per lungo tempo e quindi fosse meglio dare informazioni semplici, senza nominare Peightân e Zable. Guardò Evie. «Una delle accuse era la socializzazione tra Livelli incompatibili. Ma all'amore non si comanda.»

«Lo penso anch'io», disse Fabri con un mezzo sorriso. «Poi, però, mio marito mi ha tradita e mi teneva sotto scacco grazie al mio Livello.»

«Siamo stati incastrati», sbottò Evie.

«Ero arrabbiata come una iena anch'io.» Fabri agitò il cucchiaio. «Lavoro ogni giorno su me stessa per avere compassione del mio ex marito.»

«Voi due non siete arrivati qui insieme?», chiese Evie.

«Oh, no. Dopo una settimana qui, sono sceso a valle dalla casetta.» Eloy fece un cenno con la testa verso le montagne. «Ho trovato questi edifici. E ho trovato Fabri.»

«A quei tempi non ero così brava a procurarmi il cibo. E avevo una sentenza di cinque mesi. Eloy, che Dio lo benedica, ha deciso di fermarsi e aiutarmi.» I suoi occhi brillavano mentre lo guardava al di là del tavolo. «Lui ha più esperienza con questo stile di vita spartano, grazie a un'infanzia particolare che prima o poi dovrete farvi raccontare. Io dico che è stato un dono del cielo.» Si allungò sul tavolo e gli strinse la mano.

Eloy le sorrise. «Una volta superato l'inverno, il tempo è migliorato e tutto è diventato più bello. Così siamo rimasti.»

Evie alzò un sopracciglio. «Allora, voi siete qui da...»

«Sette mesi. Fabri apprezza le mie abilità di sopravvivenza, ma abbiamo avuto anche colpi di fortuna. Siamo le uniche persone qui, perciò ho potuto svuotare ogni edificio. La cavalla, la vecchia Bessie, era troppo lenta per scappare, così l'ho addestrata alla cavezza. E ora ho la forza lavoro necessaria per trainare.»

«Non dimenticare la benedizione di aver trovato queste case. Nel fienile erano già ammucchiate alcune cose», disse Fabri.

«Già, suppongo di non potermi prendere tutto il merito.» Eloy sembrò rattristato per averlo dovuto ammettere. «Altri hanno abitato qui anni fa, accumulando attrezzi, semi e altre scorte. Le considero proprietà intellettuali da condividere. Mi conferma che le Ruby Mountains siano il posto migliore in cui sopravvivere nella Zona Vuota.»

Joe disse: «Visto che avete concluso il vostro tempo qui dentro, potreste entrambi uscire attraverso il cancello?»

«Sì, potremmo andarcene, ma le guardie non vengono a cercarti a meno che tu non sia morto.» Eloy parlava con voce risoluta ma inquieta. «Seguono il segnale della tua tessera biometrica per trovare il corpo e portarlo via con un velivolo automatizzato. Ma non provate a superare il muro prima di aver scontato la vostra pena.» La sua espressione corrucciata era minacciosa, ma cambiò in un istante, divenendo pensosa. «Non abbiamo ancora deciso se e quando vogliamo uscire.»

«Sembra che tu ne sappia parecchio sulle guardie», disse Evie.

«Sono gli stessi milmecha che ho visto nell'esercito, però automatici e parte di un comando autonomo.»

«Autonomo?» Evie diede voce a ciò che Joe stava pensando, ricordando la loro ultima conversazione con Peightân.

«Sì. Vi ucciderebbero senza chiedere un'autorizzazione umana, ma solo se cercaste di varcare il muro in anticipo. Secondo il Diritto Umanitario Internazionale, le armi autonome sono bandite ad eccezione dell'uso nelle prigioni e per la difesa dei confini», disse Eloy.

Finirono di mangiare, poi Joe aiutò Fabri a lavare i piatti nel lavandino, chiacchierando come vecchi amici. Lei prese alcuni pomodori dalla cucina e li mise in una borsa che gli porse, dicendo: «Ravviveranno la cena.»

«Grazie», disse Joe. Qualunque cibo fresco, diverso da carne o erbe, era una vera leccornia.

«Il ragazzo sta facendo la sua parte, non rovinarlo di già», commentò burbero Eloy. Fabri però lo ignorò, allontanandosi e tornando con una pentola in acciaio e un secchio.

«Evie, questa puoi appenderla sul fuoco per cucinare più facilmente. E il secchio vi renderà il trasporto dell'acqua più sopportabile finché non avrete la ruota idraulica funzionante.» Evie la ringraziò di cuore.

«D'accordo, Fabri, non li inviterò più se continui a regalare la nostra roba così.» Lo sguardo gentile negli occhi di Eloy addolcì le sue parole, ma Joe ed Evie si alzarono e si prepararono per partire con i loro doni.

«È importante essere in buoni rapporti con i vicini», disse Fabri mentre li salutava. «A presto.»

Eloy sbuffò e li accompagnò oltre il ponte, sul lato orientale del torrente e verso il fienile. Ad una parete erano appesi attrezzi di tutte le forme e dimensioni, alcuni bisognosi di riparazione.

Scelse una lama e la diede a Joe. «Questo coltello da scandole ti sarà utile, perché la lama fende il legno più velocemente rispetto a una sega.» Prese anche un seghetto ad arco, un martello e un sacchetto di chiodi, poi si accordarono per costruire la noria la settimana successiva.

Evie e Joe salutarono Eloy e si incamminarono lungo il torrente, con gli zaini pieni di attrezzi e il secchio in mano.

◆

Più tardi, quella sera, si sedettero di fronte al camino nella loro casetta. Joe aveva trovato una trota iridea nella trappola, che Evie grigliò sul fuoco e servì con i pomodori freschi.

. . .

Siamo in questa casa da soli due giorni e si è già adattata. Segue il suo nuovo mantra, accettando la realtà quotidiana del mondo in cui viviamo. Ecco la vera resilienza.

. . .

«Sono contento di essere qui con qualcuno così capace», le disse.

«Grazie. Eloy ha ragione. Dobbiamo lavorare insieme se vogliamo farcela quaggiù.»

«Eloy sembrava piuttosto contento quando ha saputo della tua laurea in economia.»

Lei sorrise, lo sguardo fisso sulla trota mentre la girava delicatamente. «Mi piace, è divertente.»

«Non ti importa che io sia così indietro rispetto a voi sulla materia?»

«Ti amo. Anche tu sei divertente.» Il suo tono era giocoso e di rimprovero allo stesso tempo, quasi materno. Si appoggiò sui talloni e gli rivolse un sorrisetto. «Ma non dovresti fingere di conoscere cose di cui non hai mai sentito parlare.»

Joe trasalì. «Mi hai beccato. Di cosa parlava?»

«Gergo militare. Congedo per condotta disonorevole.»

Lui arrossì. «Buono a sapersi. Farò la fine di Bessie, a sollevare i carichi pesanti.» Fletté i bicipiti. Evie rise, e lui continuò: «Mentre aiutavo Fabri a lavare i piatti, mi ha rivelato di essere un Livello 99. Le ho detto che capivo come dovesse sentirsi, con suo marito che usava quello come pretesto per il divorzio, quindi ora temo che lei mi consideri di Livello simile al suo. Non che i Livelli contino qualcosa qui, o altrove, ma non vorrei che avessero un peso in questo posto nuovo e puro. Non cambiamo la sua opinione, okay?»

Evie annuì, dividendo le porzioni sui piatti. «Se è quello che vuoi.» Assaggiò il pesce. Soddisfatta, gli porse il suo piatto.

«Aver incontrato Eloy e Fabri è una gran cosa per noi. Sapere di avere amici esperti a valle…» Rise, ancora incredulo di fronte a tanta fortuna. «Ce la faremo, Evie.»

Evie lo raggiunse e lo baciò appassionatamente. Il sapore affumicato e salato di pesce ricordò a Joe quanto tempo fosse passato dalle loro giornate al mare. Lo baciò ancora, con un'intensità che lo lasciò stupefatto, al punto da non riuscire a chiudere gli occhi. Evie strizzò le palpebre. La pelle agli angoli degli occhi si increspò in un'espressione d'amore, desiderio e possesso che era tutta per lui, e gli fece sciogliere il cuore.

◆

Joe passò la settimana all'aria aperta, dividendosi tra la ricerca di proteine e le riparazioni al loro rifugio. Evie raccolse altre erbe, cucinò, accese il fuoco e lavò i piatti. Dopo aver temuto per la propria vita nel deserto, le incombenze quotidiane sembravano rassicuranti, anche quando li lasciavano esausti.

Joe aggiunse una dozzina di trappole a schiaccia e una per i pesci in una seconda pozza più a monte. Le montagne erano ricche di selvaggina, infatti ritornò con tre scoiattoli. Evie alzò lo sguardo dal fuoco e gli angoli della bocca si piegarono in un sorriso vedendo il bottino. «Puoi insegnarmi a costruire le trappole?»

La mattina seguente, controllarono le trappole insieme. A metà strada, lui si accorse che una era scattata. Sollevarono la pietra e vi trovarono una lepre al di sotto. Joe le mostrò come eviscerare l'animale, pulendo la carcassa con l'acqua dalla propria biofiasca per non contaminare il torrente. Evie non si tirò indietro, ma la sua compassione per l'animale era palpabile. Al contrario, Joe si rese conto di essere desensibilizzato verso la morte degli animali, e il pensiero lo preoccupò.

Decise che fosse giunto il momento di provare a costruire una trappola a scatto in legno. Si trattava di un modello più compassionevole rispetto a quelle a schiaccia, dal momento che l'animale sarebbe morto in modo più veloce, anche se sarebbe toccato a lui ucciderlo, con un bastone o un coltello. La vicinanza fisica con la morte ed il proprio ruolo in essa turbava la sua coscienza. La prima notte dopo aver ucciso una lepre con un colpo in testa, Joe si svegliò di soprassalto da un incubo in cui uno Zable con testa di lepre lo colpiva a sua volta. Alzandosi di scatto, aveva svegliato Evie.

«Topi?», chiese lei, sbattendo istericamente le mani sulle coperte.

«No.» Joe ridacchiò, liberandosi dalla morsa dell'incubo. «Ma credo sia arrivato il momento di chiudere tutte le fessure sul tetto e nei muri.»

Partì all'alba, con una biofiasca, la sua accetta e il coltello da scandole ben riposti nello zaino. Addentrandosi nella foresta trovò un pino dalla corteccia bianca a terra in una radura. Il terreno attorno alle radici era stato rivoltato da poco, così si immaginò il gigante che combatteva per mantenere la presa contro i venti invernali, prima di schiantarsi al suolo nel luogo della sua ultima dimora. Ripassò mentalmente i consigli di Eloy e si rimboccò le maniche.

Joe completò i propri attrezzi creando un maglio con uno dei rami più spessi. Lo sollevò in aria e lo abbatté sull'albero per testarne la resistenza, facendogli emettere un sonoro *toc*. Fece a pezzi il pino caduto con il seghetto ad arco. Il movimento metodico della lama produceva un rumore sibilante, che si intrecciò alle melodie degli uccelli sugli alberi circostanti.

Ore dopo si ritrovò circondato da grosse sezioni del tronco. Decise di fare una pausa per bere e decidere le prossime mosse, poi riprese il lavoro. Mise una sezione in verticale per usarla come banco da lavoro, trascinando un'altra sezione al di sopra per spaccarla e creare le scandole. Allineò il coltello da scandole in modo da avere il giusto spessore, poi lo spinse attraverso il tronco con il maglio. Ruotò quindi il manico, facendo separare la scandola dal tronco con un taglio netto. Joe rimase estasiato dal perfetto funzionamento di quel semplice attrezzo, ringraziando mentalmente Eloy. Fece lo stesso con ogni sezione, perfezionando il metodo e imparando a distinguere i nodi nel legno che potevano rovinare le scandole. Il mucchio di quelle finite cresceva ai suoi piedi.

Le rifinì con l'accetta, smussandone i bordi per assicurarsi che fossero il più possibile uniformi. Infine, ripose gli attrezzi nello zaino e caricò quante più scandole riuscì. Ci vollero altri sei viaggi per trasportarle tutte fino al retro della casetta e impilarle ordinatamente.

Evie apparve sulla porta. «Ora posso cucinare la lepre in ogni modo possibile. Stufato di coniglio. Arrosto di coniglio. Spiedini di coniglio... è un vero peccato che ne abbia la nausea ormai. Ci servono delle spezie.»

«Spezie? Come quelle del bunny chow?» Joe sorrise, un po' per la battuta e un po' per il ricordo del curry.

Il volto di Evie fu attraversato da un'espressione pensierosa. «Peperoncino, coriandolo, salsa di soia... aglio, basilico, rosmarino... cumino, agrumi...» Scosse la testa e sospirò. «Pronto per mangiare?»

Si sedettero sui rustici sgabelli in legno sotto il melo. Evie servì scodelle piene di una salsa fumante, e Joe vi riconobbe la carne di lepre in mezzo a tante piante sconosciute che lei doveva aver raccolto. Mangiarono quel semplice pasto, accompagnato da tazze di acqua fresca presa dal torrente.

Finito il pranzo, Joe portò il martello, alcuni chiodi e qualche scandola in cima alla scala. Rifinire le scandole e fissarle al loro posto richiedeva tempo. Si muoveva metodicamente, inchiodandole agli arcarecci dal basso verso l'alto. Ogni scandola richiedeva una rifinitura individuale con l'accetta, ma Joe imparò alcuni trucchi con il procedere del lavoro, così come aveva fatto altre volte, e riuscì ad accelerare il passo.

Il sole tramontò mentre finiva di chiudere l'ultimo buco nel tetto. Raccolti tutti gli attrezzi, scese la scala e trovò Evie ad attenderlo, che esaminava la breve fila di segni lasciati con l'accetta sulla parete posteriore della casetta. «Questi a cosa servono?»

«Ne ho inciso uno per ogni giorno a partire da quando ci hanno lasciati nella Zona Vuota, e ne inciderò uno anche per ogni giorno che vi trascorreremo d'ora in poi», le rispose.

Evie fissò la parete. «Cinque settimane di sopravvivenza.» Nei suoi occhi si accese un improvviso fuoco. «Ce la facciamo. Sopravviviamo. Costruiremo una vita insieme quaggiù.»

Nelle settimane successive trasformarono la casetta diroccata in una vera casa. Oltre al tetto, ripararono il letto, costruirono una piccola dispensa in cui conservare le erbe raccolte da Evie e ripulirono pavimento e pareti. Restavano soltanto da chiudere le fessure e le crepe nelle pareti.

Arrivati all'ultima parete, spogliati di quasi tutti gli abiti e con le mani ricoperte di fango, stavano spalmando il composto in ogni fenditura tra le assi grigiastre. Per la miscela, Joe aveva raccolto sabbia e fango dalla riva del torrente, mentre Evie aveva trovato del muschio e l'aveva fatto seccare sul fuoco. Lei lavorava alacremente, convinta che ciò avrebbe tenuto lontani i topi e reso la casa più confortevole.

«Joe, ricordi quando definisti idealista colui che pensa al mondo come a una creazione della mente?»

«Sì.»

«Beh, quell'idea mi è rimasta impressa perché sembra assurda.»

Lui ridacchiò. «L'università in cui ti sei laureata prende il nome da uno dei primi sostenitori dell'idealismo soggettivo o, come lo definiva Berkeley, la teoria dell'immaterialismo.»

Evie agitò una mano infangata. «Conosco Berkeley. Ma considera questo fatto.» Strizzò la miscela di muschio e argilla tra le dita, poi la spalmò su un'altra fessura. «Come potrebbe chiunque credere che tutto questo non sia reale?»

Joe rise di nuovo. «Il dottor Samuel Johnson ebbe una reazione simile, rigettando l'idea: calciò una pietra per confutare l'ipotesi. Lo definì *argumentum ad lapidem*, fare appello alla pietra.»

«Ti confuto così», sussurrò lei, lanciandogli una manciata di argilla. Il grumo lo colpì sul petto e scivolò verso il basso, lasciando una striscia scura sulla sua pelle abbronzata.

Lui se lo levò di dosso e lo spalmò sulla parete, fingendo di essere sovrappensiero. «Sì, le idee di Berkeley possono sembrare folli, ma non le boccerei a priori. Ci ha sfidati a chiederci se le idee universalmente accettate di ciò che riteniamo *reale* siano davvero reali. Dove risiedono realmente le idee complesse? E come interagiscono, queste idee, con ciò che è la nostra mente, con ciò che noi siamo?

Per esempio, dov'è l'idea dell'Università di Berkeley? Quando pensiamo ad essa, nella nostra mente appaiono più che mattoni e malta. Dove risiede quell'idea?»

Evie spalmò la miscela su un'altra fessura. «L'idea esiste da qualche parte. Quando immagino un'università, penso agli studenti. E ai professori.» Con noncuranza, lanciò un'altra manciata di argilla a Joe. Gli lasciò un'altra striscia che scendeva fino all'ombelico. «E a una lunga lista di altre cose.»

Joe si tolse l'argilla e la spalmò pensosamente sulla parete. «Berkeley sosteneva che un oggetto, ad esempio questa argilla, fosse un insieme di tutte le idee che i nostri sensi ci riportano di esso. Le idee complesse sono basate sugli oggetti fisici a cui possiamo pensare. L'idea di università è la relazione tra molte cose. Ma, a modo suo, anche l'idea stessa è reale.» Si allungò verso di lei e le accarezzò la guancia. «È una relazione tra altre idee, suppongo.» Joe simulò un'espressione seria e poi scoppiò a ridere.

Lei spalancò gli occhi e gli toccò la mano. «Stavi solo recitando, facevi tutto il serio.» Gli mise la mano tra i capelli e li scompigliò, ridendo quando il fango li impiastricciò. Lui si pulì le mani sulle sue cosce, e un attimo dopo manciate di fango volavano liberamente. Risero, lanciarono e schivarono, e Joe si sentì di nuovo bambino, correndo intorno alla casa in una battaglia simulata.

Quando passò di fronte alla porta di ingresso, una mano si sporse dalla porta e gli afferrò il braccio, trascinandolo verso l'interno fresco della casetta. Un attimo prima che lei lo placcasse, Joe notò che si era tolta i vestiti. Erano attorcigliati in un mucchio sul pavimento. Il suo corpo aveva un buon profumo, e in un attimo i vestiti di Joe raggiunsero i suoi.

Le sue mani le strinsero i fianchi e accarezzarono ogni sua curva. Quando gli si avvicinò e la pelle sporca di fango premette sulla sua, Joe vide i suoi occhi ardere di desiderio.

«Ti confuto così», sussurrò mentre gli mordeva l'orecchio. Lui però non aveva parole per risponderle. Né in latino, né in altre lingue.

Capitolo 34

La mattina dopo, Joe camminò fino a casa di Eloy per tagliare la legna promessa. Prima che avesse spaccato e impilato tutta la legna accanto al fienile, la prima metà della giornata era trascorsa. Joe trovò il lavoro gratificante, sorpreso da quanto il proprio corpo si fosse adattato a quelle attività manuali.

«Bel lavoro.» Eloy gli sbucò alle spalle ed esaminò la catasta di legna. Joe alzò lo sguardo e vide Fabri sul ponte, che lo salutò allegramente con la mano prima di voltarsi per nutrire le galline.

Eloy lo guidò verso il fienile e aprì la porta cigolante, rivelando un carro. «L'ho trovato in una delle fattorie abbandonate. Con nuovi assali ricavati da una quercia e un po' di grasso, va che è una meraviglia. Bessie riesce a tirarlo, se andiamo piano.» Il baio nel recinto alzò la testa sentendosi chiamare.

«A proposito del grano», disse Eloy. «La stagione è già verso la fine, quindi meglio piantarlo subito se volete raccoglierlo prima del brutto tempo. Quanti semi avete?»

«Sette chili.»

«Abbastanza per un paio di centinaia di pagnotte, più la semina dell'anno prossimo.» I denti bianchi di Eloy spuntarono dal suo largo sorriso in mezzo alla barba. «Dobbiamo costruire quella noria. Ho voglia di pane fresco.» Guardò il cielo e fiutò. «Come abbiamo detto, ti presterò gli attrezzi, ti aiuterò ad arare il campo e a costruire la noria.» Si strinsero la mano per confermare l'accordo.

In un angolo buio del fienile, Eloy recuperò un marchingegno con due maniglie in legno che formavano un triangolo. «Questo aratro era appeso a un muro in un cottage mezzo crollato. Come un'opera d'arte.» Eloy rise sotto i baffi.

«Pane artigianale», scherzò Joe.

«È del diciannovesimo secolo. Vedi il versoio e il coltro?» Eloy indicò la sottile lama sulla parte anteriore della struttura arrugginita. «Possiamo agganciare Bessie all'aratro, così finirai di arare in pochissimo tempo. Carichiamo sul carro gli attrezzi che ci servono.»

Sollevarono insieme il pesante strumento e lo sistemarono sul carro. Eloy prese un'ascia, un secchio di grasso e una pila di secchielli come quelli che Joe aveva visto sulle pale della sua noria. Infine, l'uomo caricò un trapano a mano e un contenitore di grossi bulloni.

Fabri attraversò il ponte, portando una grossa scatola di legno. «Cucini tu o lo fa Evie?»

«Mi inchino alla superiorità di Evie nel gusto e nella creatività.» Joe provò un improvviso moto di orgoglio per lei mentre lo diceva.

«Divisione del lavoro.» Eloy annuì soddisfatto.

«È bello che voi due sembriate trattarvi l'un l'altra con uguale rispetto», disse Fabri. «Ho pensato di venire anch'io ad aiutare. Ho tante cose per la cucina.»

«Li stai viziando di nuovo», disse Eloy.

«Non c'è niente di male nell'aiutare il prossimo.» Fabri posò la scatola sul carro e saltò su, sedendovisi accanto.

Eloy agganciò il cavallo, poi lui e Joe si sistemarono sul sedile di guida. Eloy schioccò le redini e partirono verso monte su una stretta carrareccia lungo la riva orientale del torrente, che Joe non aveva notato prima. Joe dovette scendere tre volte per rimuovere degli alberelli dal sentiero con l'accetta.

A circa cinquanta metri dalla loro casetta, il terreno divenne più pianeggiante. Eloy fermò il carro e ispezionò il torrente, camminando lungo i bordi fino alla casa e oltre, borbottando tra sé e sé per tutto il tempo. Infine, chiamò Joe e risalirono insieme verso monte. «Dovresti mettere la noria qui», disse, indicando un rialzo roccioso che si allungava per due metri sul torrente. «È il punto migliore in cui costruire con il minimo sforzo. Puoi posare una base di pietra e poi i sostegni in legno per la ruota.» Joe studiò il punto e si trovò d'accordo con la logica di Eloy. La roccia piatta avrebbe sorretto un sostegno in legno, mentre quello sulla riva opposta sarebbe stato posato su una base rocciosa artificiale, con l'acqua che scorreva nel mezzo. Almeno in teoria.

Eloy si lisciò la barba brizzolata. Allungando un braccio, disse: «Usando la gravità, potrai portare l'acqua corrente verso est da qui alla casa, e poi fino al campo.» Joe poteva già vedere l'acqua scorrere verso un campo di grano dorato. Sorrise all'idea di quanto fosse facile immaginare il lavoro finito nella propria mente.

Fabri, intanto, aveva portato la propria scatola di legno fino alla casa. Joe ed Eloy trovarono le due donne intente a chiacchierare. Evie corse verso Joe, con qualcosa di lungo e bianco in mano.

«Guarda cosa ci ha portato Fabri! Tuberi selvatici!»

«Li ho tenuti in dispensa fin da quando li ho raccolti lo scorso autunno. È meglio mangiarli», disse lei. Eloy si accigliò, ma non fece commenti. Joe servì scodelle di zuppa fumante a tutti e mangiarono insieme, seduti sugli sgabelli di tronchi all'aperto, sotto il grande albero.

Fabri ammirò i boccioli del melo. «Avrete tante buone mele quest'estate.»

«Con il grano per fare la pasta, potremo fare la torta di mele», disse Evie. Sospirarono tutti al pensiero. In un sintetizzatore, la torta di mele sarebbe stata pronta in meno di cinque minuti. Eppure, nessuno di loro dubitò che lo sforzo li avrebbe ripagati.

«Con i fagioli di Evie e il nostro mais, più la zucca, abbiamo le tre sorelle che i popoli originari piantavano a rotazione.» Eloy sorbì le ultime cucchiaiate di zuppa. «Forse sarebbe meglio se le piantassi insieme nel mio orto. Potremmo scambiarli con le vostre mele.»

Joe annuì. «Stabiliremo i dettagli quando sarà il momento.»

Fabri si rivolse a Evie. «Ho visto che hai trovato della yucca baccata. Che gusto ha in questo periodo?»

«Ho trovato i gambi dei fiori ancora in gemma nella valle a fianco, un chilometro a est. Sono ancora un po' saponacei, ma dovrebbero diventare più dolci tra qualche settimana, quando i frutti matureranno.» Evie indicò alcune erbe che Fabri aveva portato con sé. «Come mai conosci così bene le piante?»

«Studiare le piante medicinali è la mia passione: lavorare in ospedale mi ha incuriosito sulle origini della medicina che diamo per scontata oggigiorno, perché tutto viene sintetizzato.» Sorrise. «Quest'anno poi ho imparato più di quanto avrei mai immaginato sulle piante commestibili.»

«Abbiamo tutti portato con noi la nostra proprietà intellettuale da condividere.» La riconoscenza di Eloy nei confronti di Fabri era palese.

«È una cosa almeno a cui non dai un prezzo», rispose lei, inarcando un sopracciglio.

«Puoi prendermi in giro quanto vuoi, Fabri, ma so che mi aiuterai se dovessi ammalarmi.» Eloy le diede un colpetto sul braccio. Si girò verso Evie e disse in tono sicuro di sé: «Non sei d'accordo con me, Evie, che non ci si possa dimenticare dell'economia nemmeno qui nella natura selvaggia?»

«Credo nella responsabilità personale.» Evie servì la yucca baccata. «I prezzi, storicamente, mantenevano l'equilibrio, ma è meglio aiutarsi a vicenda.»

Eloy aggrottò la fronte, mentre Fabri concordò con calore. «Non puoi dare un prezzo alla compassione. Sii gentile con il tuo prossimo. La vita è già abbastanza dura.»

Joe rimase neutrale, e la conversazione passò ai migliori luoghi in cui trovare piante commestibili. Il gorgoglio del torrente gli riportò alla mente l'acqua corrente, quindi si rivolse a Eloy. «Come ci muoviamo per la ruota?»

«Insieme, possiamo costruire la noria in una settimana. La parte più difficile è spostare le pietre per creare la banchina», disse, masticando un boccone di yucca. «Poi dovremo tagliare a trasportare i pali di quercia per i raggi della ruota.»

«Bessie può aiutarci a sollevare i carichi pesanti», suggerì Joe.

Si alzarono, ringraziarono le donne per il pranzo e raggiunsero il futuro campo di grano, la spianata dove avevano lasciato Bessie con il carro pieno di attrezzi. Dopo averli scaricati, passarono al setaccio il prato alla ricerca di pietre, che caricarono sul carro finché Eloy ritenne di averne a sufficienza. Bessie tirò il carro fino al punto di installazione della noria, poi i due uomini trasportarono le pietre sull'argine e le posarono al loro posto, immersi fino alle ginocchia nell'acqua gelida.

Le rocce bagnate rendevano l'appoggio instabile, così Joe dovette fare forza sulle gambe per evitare di scivolare. Il freddo gli risalì dalle gambe, insinuandosi nel resto del corpo, e fu grato di dover uscire dall'acqua per prendere altre pietre. Lavorarono per il resto del pomeriggio e finirono di posare la base di pietre in acqua, finendo la giornata ad asciugarsi intorno al fuoco.

La sensibilità gli tornò nelle dita con un formicolio doloroso. Un'animata conversazione li avvertì del ritorno di Evie e Fabri dalla foresta. Portavano entrambe un cesto pieno di raccolto. Per quanto

Joe ed Evie fossero a proprio agio l'uno con l'altra, era bello avere dei vicini con cui parlare.

Eloy si alzò con un grugnito, stirandosi. «Ecco il mio segnale per incamminarmi. Ci vediamo domattina. Isseremo i supporti in legno e inizieremo a lavorare sulla ruota.» Sganciò Bessie, lasciando il carro nel campo, e vi salì in groppa. Fabri gli passò il proprio cesto e salì dietro di lui. Li salutarono sbracciandosi mentre trottavano via nella luce del tramonto.

Evie diede a Joe alcune erbe da lavare e tagliare, poi si mise a preparare la cena insieme a lui. Quando gli avanzi della zuppa furono caldi, si sedettero sotto il melo a godersi le ultime luci del giorno.

«Sembra che ad Eloy e Fabri piaccia punzecchiarsi», osservò Joe, mentre giocherellava con un tubero nella propria scodella.

«A Eloy sicuramente. È un tipo competitivo.»

«Anch'io sono competitivo, ma noi non litighiamo.»

«Tu sei competitivo solo in determinate circostanze, e questo mi piace. Eloy è competitivo a scapito di...», fece un gesto con il braccio, «...qualunque cosa.»

«Qualunque cosa? Ad esempio?»

«La compassione, per dirne una. Per Fabri è molto importante, infatti aiuta Eloy a ricordarsene quando si concentra troppo sui suoi baratti.»

«Capisco cosa intendi: si completano a vicenda. Spero che restino. Potrebbero andarsene in qualunque momento.»

Evie gli strinse la mano. «Anch'io spero che restino. Sono buoni vicini, e agli esseri umani non fa bene restare soli.» Rise sottovoce. «A meno che la voglia di pane di Eloy diventi esagerata. Potrebbe non essere in grado di aspettare fino al raccolto.» Poi tornò seria. «Ma, Joe, anche se loro decidessero di andare, noi ce la faremmo. E ce la faremo.»

◆

Eloy tornò il giorno seguente poco dopo l'alba, e così anche il successivo. Le ore di luce erano occupate dalla costruzione della noria. Abbattevano gli alberi, ne tagliavano lunghe sezioni da trasportare con il carro, le foravano e imbullonavano insieme. La struttura stava sorgendo sulle banchine di pietra, mentre le travi trasversali la tenevano insieme, sospesa sull'acqua.

Il terzo giorno, Eloy riportò il carro con sé, tornando la mattina seguente con un carico di assi, recuperate da un edificio diroccato. Le aveva accatastate dietro casa tempo prima, ma ora aveva deciso che il bisogno di Joe ne rendesse accettabile l'utilizzo, poiché la costruzione della ruota avrebbe portato beneficio a entrambi. Ricavarono il perno centrale dal tronco diritto e scortecciato di un pino giallo. Assemblarono poi il mozzo, creando i raggi e la curvatura con le assi, fissate con lunghi chiodi. Infine fu il momento di aggiungere le pale.

Quando ebbero concluso ogni sezione, la sollevarono sulle travi di supporto con uno sforzo precario. Una caduta da quell'altezza avrebbe potuto avere conseguenze serie, come una gamba rotta. Appoggiarono la ruota appena al di sopra della sua posizione definitiva, a pochi centimetri dall'acqua. Eloy la completò inchiodando i secchielli su un lato. Ora dovevano soltanto abbassarla sui sostegni, già spalmati di grasso e pronti a riceverla.

«Pronto per vederla all'opera?», chiese Eloy. Joe annuì, sentendosi pervaso da una strana inquietudine.

Spinsero la ruota al suo posto, lasciando che il perno si insediasse sui supporti. L'acqua premette alla base della ruota, che iniziò a muoversi con uno scossone. I secchielli metallici si riempirono, salirono in aria e la scaricarono di nuovo nel torrente. Joe lanciò un grido di gioia, estasiato da quella macchina semplice che avrebbe fatto una tale differenza nella loro vita. Eloy gli diede una pacca sulla spalla e sorrise.

Evie uscì e guardò la ruota per diversi minuti, meravigliata alla vista dell'acqua sollevata dai secchielli. «Siamo praticamente civilizzati ora», disse, raggiante.

Cenarono insieme, all'esterno. Mentre li salutava, Eloy disse: «Per completare il nostro accordo, domani verrò e ti aiuterò ad arare un campo come si deve per il grano. E poi, potrete mettere insieme i pezzi per fare il pane a noi tutti.»

Come promesso, Eloy tornò il mattino seguente. Lui, Evie e Joe bevvero qualche tazza di infuso di efedra che Evie aveva preparato con la pianta appena raccolta, prima che di uscire per un'altra giornata sulle montagne. I due uomini condussero Bessie alla spianata a valle della noria. Eloy affondò il tallone nel terreno, trascinandolo per segnare una linea. «Se indovini la pendenza», disse, «l'acqua andrà dove ti serve.»

. . .

Non sono stupido, l'avrei capito anche da solo. Ma... in effetti è interessante come io abbia accettato gli insegnamenti di Gabe su concetti intellettuali, e mi stizzisca di fronte ai consigli pratici di Eloy. Ho per caso un pregiudizio inconscio?

. . .

Joe annuì e decise che avrebbe prestato più attenzione all'amico. Segnarono i quattro angoli usando dei paletti, poi Eloy guidò Bessie e l'aratro in posizione. Si accovacciarono accanto all'antico macchinario, dove l'uomo mostrò a Joe come pulire la lama in modo che il terriccio non si accumulasse.

Eloy agganciò la cavalla all'aratro. «Joe, perché non guidi tu l'aratro, mentre io conduco Bessie?» Joe, esitante, afferrò le maniglie, immaginando di trovarsi su una bicicletta. Eloy schioccò la lingua e la cavalla partì strattonando l'aratro, che scartò tra le mani di Joe come una creatura viva. Faticò a mantenere una presa salda, per non parlare di farlo procedere in una linea dritta. L'aratro rivoltava la terra scura, riempiendogli le narici di un odore dolciastro e argilloso. Quando arrivarono alla fine, Eloy gli indicò di sollevare e girare l'aratro su un fianco, per liberare la lama dal terreno.

«Bel solco.» Eloy fece voltare la cavalla. Joe provò ad allineare l'aratro parallelamente al primo solco, mentre Bessie iniziava a risalire il lieve dislivello.

«In questo modo avremo un singolo solco largo e vuoto al centro dell'appezzamento, mentre gli altri saranno tutti ben allineati», gli spiegò.

Le maniglie dell'aratro strattonavano tra le mani di Joe, nonostante Eloy mantenesse lenta e regolare la velocità di marcia della cavalla. Quando arrivarono al terzo solco, l'aratro rivoltò la fetta di terreno facendo finire le zolle sulla fetta precedente.

Continuarono ad arare, fermandosi di tanto in tanto per far riposare la cavalla e le braccia esauste di Joe. Qualche volta dovettero anche ripulire il vomere dalla terra e ne approfittarono per bere lunghe sorsate d'acqua fresca. Joe diede piccole pacche sul fianco sudato di Bessie per incoraggiarla a tirare anche nel caldo del mezzogiorno. L'animale scosse la coda per scacciare le mosche.

Nel primo pomeriggio avevano quasi finito. «Ora facciamo incidere da Bessie un solco fino alla noria. Più tardi potrai scavarlo con pala e piccone per creare il tuo canale di irrigazione», disse Eloy. La cavalla si impuntò, ma alla fine tirò l'aratro un'ultima volta fino al torrente. Eloy le accarezzò la testa, le tolse i finimenti e la lasciò a pascolare vicino alla casa.

I due uomini si sedettero a riposare sotto un abete.

«Dove hai imparato tutti questi trucchi sull'agricoltura?» Joe si massaggiò il collo. Era duro come la pietra. Non aveva ancora preso la mano con l'aratura.

Eloy scosse la spalle e guardò la biofiasca d'acqua che reggeva in mano. «Sono cresciuto in una fattoria, prima di entrare nell'esercito. I robot facevano gran parte del lavoro, ma entrambi i miei genitori erano tipi da vita all'aria aperta e curiosi degli usi di un tempo, perciò impararono le tecniche tradizionali.» Fissò il campo e si passò la mano sporca di terra tra i capelli.

«Beh, hai imparato bene dal loro esempio.»

«Mi considero un autodidatta per la maggior parte. Ma sì, in questo hanno del merito.»

«C'è una cosa che mi sono chiesto...» Eloy si voltò e lo guardò con espressione interrogativa, in attesa. «Hai scontato la tua pena. Perché resti qui?»

L'espressione dell'uomo divenne pensierosa. «Innanzitutto, Fabri ed io non potremmo stare insieme legalmente. Non che questo mi abbia mai fermato prima d'ora.» Alzò lo sguardo al cielo. «Forse è per la sfida che stare qui mi presenta. Quasi nessuno potrebbe farcela. Tutti dipendono dalla moderna tecnologia. Qui io posso fare qualcosa di diverso, vivere una vita diversa. Posso essere me stesso e non essere in debito con nessuno.»

«E non devi preoccuparti dei Livelli.»

«Esatto. Non mi importa un fico secco delle etichette che la società mi impone, e qui non importa nemmeno agli altri. Non mi prendo il merito per qualcosa solo perché sono nato in una certa classe sociale, né la uso come pretesto. Seguo il mio cammino, e decido da solo quanto lontano voglio andare.»

«Ha un certo romanticismo.» Joe si grattò la barba, più lunga di quanto fosse mai stata. «So di parlare per interesse personale, ma sono contento che tu abbia deciso di restare. Rende la nostra sopravvivenza molto più probabile.»

«Basta che continui a fare la tua parte», disse Eloy con un cenno brusco, mentre si alzava in piedi. Quell'uomo non sopportava di restare fermo. Attaccò Bessie al carro, salì alla guida e partì sul sentiero sconnesso verso casa, salutandolo con la mano.

───────◆───────

Passò un'altra settimana prima che Joe finisse di piantare il loro campo di grano. Ogni passo richiedeva più tempo del previsto, soprattutto senza l'aiuto di Eloy. Ci vollero due giorni di duro lavoro per completare il canale di irrigazione. Joe abbatté altri alberi, li trasportò fino alla noria e li intagliò per formare assi di supporto con il seghetto ad arco. Usò le assi di Eloy per collegare una grezza canalina in legno al fosso. Il primo tentativo si dimostrò non impermeabile, e ce ne vollero altri due perché lo fosse. Un intero giorno di scavi trasformò il solco in un fosso che potesse trasportare decentemente l'acqua al campo.

Evie aveva trascorso la settimana riempiendo la dispensa di piante raccolte e cucinando. Ora, però, a Joe serviva il suo aiuto per due giorni, per spianare il campo arato. Joe si prese poi un'intera giornata per seminare il grano, ponendo i preziosi chicchi in file ordinate e coprendoli di terra perché non fossero alla portata degli uccelli. L'ultimo passo fu aprire la paratoia per dirigere il flusso d'acqua nel canale di irrigazione. L'acqua gorgogliò verso il campo e riempì i solchi su entrambi i lati. Joe ed Evie ne portarono altra con il secchio nei punti più remoti.

«È stata una faticaccia. Domani è il settimo giorno, e ci riposiamo», disse Joe, posando il secchio e ammirando il frutto del duro lavoro. Avevano trasformato la spianata in un campo arato e irrigato.

«Forse no, amore mio», disse Evie. Si voltò verso di lei, sorpreso. «Ci sono altre cose da fare con gli attrezzi di Eloy, prima di restituirli.»

Il giorno dopo, Joe aggiunse un lavatoio e una vasca da bagno al sistema idraulico. Accanto al lavatoio, scavò una grossa buca e la rivestì con le assi rimaste. L'acqua in eccesso scorreva direttamente verso il campo, lontana dal torrente. La vasca si riempì di acqua cristallina. Fiero del proprio lavoro, chiamò Evie.

L'acqua era fredda, ma pulita e invitante. Si guardarono, poi di svestirono ed entrarono nella vasca. Da lì guardarono il campo irrigato, dove i preziosi semi erano pronti per sbocciare.

Il colore del cielo all'orizzonte sfumò dall'arancione al rosso e gli uccelli smisero di cantare, tornando al nido più a valle.

Joe studiò la natura intorno a sé, lasciando che i colori e i suoni gli si imprimessero nella memoria, per creare una nuova immagine, più vivida, di questo mondo. Per la prima volta in mesi, si concesse il lusso di perdersi nei propri pensieri.

La nitidezza del mondo reale faceva da contrappunto ai ricordi delle conversazioni con Gabe. Aveva iniziato il proprio anno sabbatico con l'intenzione di trovare le risposte ad alcune domande pressanti, giungendo alla saggezza. Gabe era stato un buon maestro. Joe si era reso conto che la ricerca della saggezza traeva beneficio dall'incontro con questi maestri, fossero essi i suoi mentori, oppure incontri possibili soltanto nei libri. Da un certo punto in poi, tuttavia, la saggezza diveniva una ricerca solitaria. Si veniva al mondo soli, e soli lo si abbandonava. Il viaggio era solitario, così come il conseguimento della saggezza.

. . .

Se i problemi e le necessità della vita quotidiana possono essere superati qui nella Zona Vuota, vuol dire che posso dedicare il mio tempo libero a pensare. A che punto è il mio progetto adesso? A quali domande ho trovato risposta?

Mentre eravamo nel deserto, ho deciso che il libero arbitrio richiede tre condizioni. La prima è che non ci siano interferenze esterne all'universo chiuso. La seconda è che l'universo ammetta l'indeterminismo. La terza è che, qualunque "io" mi renda me stesso, debba essere causale. In ultimo, ci deve essere un modo per immaginare tale meccanismo causale all'interno di un universo chiuso.

. . .

Rimase seduto nella vasca con Evie, ognuno immerso nei propri pensieri, fino a che la luce del giorno svanì. Lei gli toccò il braccio e uscì dall'acqua, mentre lui rimase, godendosi l'oscurità. Infine si alzò, un uomo solo in mezzo alla natura, incerto del futuro ma disposto ad abbracciare il proprio destino. Non era ancora sicuro di cosa determinasse il proprio "io", ma sapeva di esistere e di scegliere la vita.

Capitolo 35

Joe mirò con attenzione al bersaglio che aveva montato a tredici metri di distanza su di un palo, al limitare del suo nuovo campo di grano. Allineò il mirino al centro del bersaglio, espirò lentamente e, quando i polmoni furono vuoti e lui perfettamente immobile, rilasciò le dita sulla corda. La freccia volò con un sibilo. Si rilassò, guardando le cinque frecce piantate nel bersaglio in una piccola ellisse.

Spostò lo sguardo sul campo, in cui piccoli germogli di grano duro spuntavano dal terreno scuro. A monte, la noria girava, producendo uno scroscio ritmico per ogni secchiello che rovesciava il proprio contenuto d'acqua nel torrente.

Evie, zainetto in spalla, apparve in cima alla collina che sovrastava la casa. Si diresse verso di lui sorridendo.

«Sei stata fortunata oggi?»

«Uno scoiattolo in una delle trappole più in alto. Sono contenta che tu mi abbia insegnato a costruirle. Sia queste, sia quelle per i pesci si sono dimostrate affidabili.»

Joe si accigliò. «Non hai visto tutte quelle che non funzionano. Ne ho abbandonate una dozzina sul crinale, tre chilometri a est, e un'altra mezza dozzina a nord-ovest lungo la gola. Nonostante tutti i miei sforzi, credo fossero piazzate male. Non ho ancora capito perché alcuni punti siano molto più fortunati di altri.» Sospirò. «Comunque, dubito che qualsiasi trappola sarà abbastanza affidabile durante l'inverno.»

Evie annuì, guardando l'arco. «Devi poter cacciare anche i cervi.»

«A volte li vedo, nelle prime ore del giorno. Stamattina ne ho avuto uno a tiro, ma l'ho mancato.» Aggrottò la fronte. «Ho ritrovato la freccia dopo averla cercata per un'ora. E così, oggi pomeriggio ho fissato una tavola su un ramo solido, a formare una rudimentale postazione sopraelevata di caccia. È probabile che sia più efficace, perché gli animali non si aspetteranno un attacco all'alto e sarà più difficile per loro sentire il mio odore. L'ho costruita vicino a un sentiero in cui gli alberi hanno la corteccia grattata e ho visto escrementi di cervo. Domani proverò di nuovo.»

Evie annuì, poi gli porse lo scoiattolo. L'aveva eviscerato come le aveva insegnato. Joe prese il proprio coltello e finì il lavoro rimuovendo la pelle e macellando l'animale. Evie sapeva farlo, ma la metteva a disagio, così lui se ne era fatto carico. Era necessario.

Portò la carne in casa, dove trovò Evie intenta a lavare e mettere via le varie erbe che aveva trovato. Joe preparò degli spiedini e li mise ad arrostire sul fuoco, poi si lavò le mani e osservò il lavoro di lei. «Mi piacerebbe imparare qualcuno dei tuoi segreti. Ancora non riconosco metà delle piante che raccogli.»

«Ti insegnerò. Dovremmo imparare entrambi le abilità necessarie a sopravvivere, non si sa mai...» Le sue mani separavano velocemente le foglie appassite da quelle fresche.

Joe ignorò il nocciolo del suo discorso perché non voleva pensare a quelle eventualità. «Potrei imparare a cucinare qualcosa. Non dovresti sentirti in obbligo di farlo sempre tu.»

Evie alzò gli occhi, sorpresa. «Mi piace cucinare.» Sogghignò. «Se terrai lontani i topi, ti riempirò lo stomaco.»

«Andata», disse lui, ricordandosi del topo che aveva ucciso con una bastonata mentre lei era fuori a raccogliere. «Questa è una divisione dei compiti che posso sottoscrivere.» Appoggiò i gomiti sul tavolo e si prese la testa tra le mani, guardandola fare avanti e indietro di fronte al fuoco. Amava osservare il suo corpo compiere qualcosa di così ordinario con movimenti tanto aggraziati.

Evie si fermò. Si avvicinò lentamente al tavolo e si sedette in braccio a lui, massaggiandogli scherzosamente un braccio. «Ti sei rimesso in forma. Pensi di essere più forte di me ormai?»

Lui ridacchiò, poi si fece serio. «Questo ti basta?» Lei lo fissò senza capire. Lui fece una pausa, cercando di formulare i propri pensieri in modo chiaro. «Quando ci siamo incontrati eri così concentrata sul tuo Livello. Ora siamo qui, nella natura selvaggia, dove i Livelli non contano. Voglio essere pari. Questa uguaglianza è abbastanza per te?»

Lei smise di massaggiargli il braccio e lo guardò negli occhi. «Sì, mi sembra una vera relazione alla pari. È tutto ciò che potrei volere.» Lo abbracciò stretto.

———◆———

Nella casetta era buio quando Joe si vestì, prese l'arco e l'attrezzatura ammucchiata in un angolo, e sgattaiolò via. La luna calante era ancora abbastanza alta nel cielo da illuminargli il cammino attraverso la foresta. Le settimane di pratica avevano dato i loro frutti, infatti si muoveva nel sottobosco silenzioso come un gatto, ripercorrendo il sentiero verso la propria postazione sopraelevata. Si arrampicò con la corda che aveva lasciato, poi issò l'attrezzatura e si sistemò sull'albero.

Faceva freddo e l'aria era immobile. Se si fosse alzata la brezza, avrebbe dovuto soffiare nella sua direzione, scendendo lungo la gola dal punto in cui i cervi muli si nascondevano per la notte. Aspettò, tenendo l'arco pronto all'uso e una freccia incoccata.

Joe visualizzò ciò che avrebbe fatto se avesse avvistato un cervo. Puntò l'arco sul sentiero, come se seguisse una preda in movimento, e immaginò il punto preciso in cui si sarebbe trovato il torace, adattando mentalmente la mira in base alla propria altezza sull'albero. Sentì una fitta di rimorso all'idea di uccidere un animale senziente, ma subito archiviò il pensiero.

. . .

I falegnami lavorano il legname, gli artigiani producono le frecce. Gli uomini saggi si adattano.

. . .

I suoi occhi si abituarono alla penombra e presto fu in grado di distinguere i contorni dei pini. Le orecchie erano pronte a captare anche il più flebile suono: il frinire di un insetto, o il coro mattutino degli uccelli che riempivano l'aria di melodie intrecciate. Era una statua vivente di Azrael, l'angelo della morte, nascosto nella semioscurità.

Udì un tenue fruscio. Una cerva scendeva lungo il pendio, uscendo e rientrando nell'ombra. Si muoveva esitante, sollevando la testa per fiutare l'aria prima di avanzare. Dietro di lei camminava un maschio, con i suoi palchi maestosi in mostra.

Joe si concentrò sul cervo, mentre la femmina passava sotto il suo albero. Rallentarono, poi il maschio si girò, esponendo il fianco al mirino dell'arco.

Joe rilasciò la freccia, che volò con un sibilo fatale. Il cervo scartò e sbuffò, poi scattò in avanti, lanciandosi nel sottobosco. Joe scese dall'albero, incoccò un'altra freccia e si lanciò all'inseguimento. Le macchie di sangue si allontanavano dal sentiero, e seguendole trovò l'animale disteso su un fianco in mezzo ad alcuni arbusti di prugnolo. Della femmina non c'era traccia.

Joe rimase in piedi accanto al cervo, tremante, l'adrenalina ancora in circolo. Il muso dell'animale era grigio chiaro, con una striscia bianca sul collo e del marrone sulla fronte. Soltanto nel momento in cui il suo sguardo incrociò quegli occhi ormai ciechi, Joe sentì il rimorso per aver tolto la vita a un essere senziente.

Prese il coltello dallo zaino e iniziò l'ingrato compito dell'eviscerazione. Scoprì che la freccia aveva perforato i polmoni e si era conficcata in una costola. Un pungente odore metallico gli pizzicò le narici mentre rimuoveva le interiora. Le buttò sul terreno e le lasciò per gli spazzini, poi rigirò la carcassa per far defluire il sangue sull'erba. Tornò all'albero e recuperò la corda dalla postazione. La usò per issare la carcassa e legarla ad un albero. Infine si lavò le mani con dell'acqua, raccolse lo zaino e l'arco e ridiscese la montagna.

Trovò Eloy intento a zappare le piante di fagioli. «A giudicare dalle tue mani, hai preso un cervo mulo», disse lui.

Joe si pulì il sangue che gli era rimasto sul dorso della mano, strofinandola sui pantaloni. «Puoi aiutarmi a portarlo qui con il carro? E posso usare il tuo affumicatoio? Dividiamoci la carne prima che vada a male.»

«Lieto di aiutare», rispose Eloy. «Con il carro sarà più facile che costruire una slitta. Ho provato entrambi.» Agganciò Bessie e si diressero verso le montagne mentre il sole faceva capolino nel cielo.

«Un bel maschio», commentò, quando arrivarono all'albero da cui pendeva la carcassa. «Soprattutto per essere il tuo primo. Colpito bene, anche. Non sembra aver sofferto a lungo.» Joe annuì tristemente. Insieme caricarono la carcassa, la riportarono indietro e la appesero a una trave nel fienile di Eloy.

L'uomo insegnò a Joe come macellare l'animale, indicando con il proprio coltello mentre lui tagliava. Joe rimosse la pelle e il pelo, poi disossò la carcassa, recidendo i legamenti dorsali e isolando il girello, la spalla e la fesa, le costole e gli stinchi.

«Credo che avrai circa trenta chili di carne pulita quando avremo finito.» Eloy indicò gli scarti. «Tieni il grasso per fare il sapone più tardi.»

«Hai imparato tutto questo alla fattoria?» Joe aveva memorizzato il processo di macellazione, ma gli schemi mentali non si sarebbero tradotti così bene nei tagli effettivi. Avrebbe sprecato una buona parte della carne.

Eloy sospirò e fece un cenno con il coltello. «Immagino di dovertelo semplicemente dire. La mia famiglia aveva una fattoria, sì, ma era una semplice scusa per vivere alla peculiare maniera scelta dai miei genitori. Avevano più che una curiosità verso i metodi ancestrali: ne erano ossessionati. Tutti noi figli siamo stati cresciuti con l'abitudine del campeggio rustico. Inizialmente era tutto un gioco, ma crescendo mi resi conto di come fossimo in realtà emarginati sociali. Non ho mai visto un estraneo in casa nostra.» Allungò la mano per grattarsi il collo, ma si fermò prima che le dita sporche di sangue toccassero la pelle. «Avevano idee conservatrici che non mi andavano a genio. Dopo essere scappato per andare al college, non sono mai tornato. Mi sono arruolato direttamente. Però ho imparato ad essere autosufficiente fin da piccolo.»

Joe fissò Eloy, che controllava i tagli di carne ed evitava di incrociare il suo sguardo. Non riusciva a immaginarsi cosa significasse crescere così: cacciare fin da bambini, nessuna interazione sociale al di fuori della famiglia. Si chiese se avessero il NEST o il MEDFLOW, ma non voleva calcare la mano con Eloy già a disagio. «Beh, sicuramente ti trovi nel posto giusto. Ti ringrazio per il tuo aiuto. E per la tua amicizia.»

Eloy incrociò il suo sguardo con un accenno di sorriso, prima di tornare alla solita espressione burbera. «Portiamo la carne all'affumicatoio.»

Accanto al fienile sorgeva un capanno riadattato ad affumicatoio, costruito con assi di pino e una porta a tenuta stagna. Una canna fumaria in pietra convogliava all'interno il fumo prodotto da una stufa in muratura che si trovava un metro più in là. Mentre Eloy riempiva la stufa e accendeva il fuoco, Joe appese la carne alle traverse di legno all'interno. Eloy lo aiutò con gli ultimi pezzi, poi uscirono e sigillarono la porta.

«Ti tornerà utile per affumicare la pelle di cervo e farne delle coperte», disse Eloy. Gli spiegò la tecnica.

«Molto furbo. Ho letto tutto sull'argomento, ma questo rende l'ultima fase del processo molto più facile.» Joe pensò al prossimo progetto.

Stava mettendo tre grosse bistecche nello zaino, quando vide Fabri avvicinarsi dal ponte. «Evie voleva che ti ringraziassi per averci regalato il sapone», le disse.

«A tutti piace sentirsi puliti.»

«Joe ci ha procurato la cena oggi.» Eloy indicò le proprie bistecche. «Terrò il conto di quanto mangiamo, così potrò pareggiare con il mio prossimo cervo.»

Joe fece un cenno con la mano. «Sono sicuro che alla fine saremo pari.»

Fabri rise. «Gliel'ho detto. È tutto nelle mani del Signore lassù.»

◆

La mattina seguente Joe si svegliò all'alba, ansioso di iniziare a conciare la pelle del cervo. L'aria era carica di umidità che gli si attaccava alla pelle, e il profumo dell'erba gli riempì le narici. Nel tenue chiarore, i fili lucenti delle ragnatele intessute da ragni speranzosi dondolavano dalle grondaie della casetta.

Joe prese una lunga trave che aveva tagliato da un tronco caduto e la trascinò nel cortile. Appoggiò un'estremità ad un grezzo cavalletto per segare la legna e poi vi distese la pelle. Con un raschietto metallico, preso in prestito da Eloy, sfregò metodicamente ogni centimetro per eliminare i residui di carne e grasso ancora attaccati alla pelle.

Dopodiché preparò la soluzione alcalina per la concia. Mescolò acqua e cenere del camino in un secchio fino a creare un impasto denso. Fabri aveva portato alcune uova in dono il giorno prima, e Joe ne prese uno per testare l'alcalinità della soluzione. Dopo aver cambiato più volte le proporzioni di acqua e cenere, finalmente l'uovo galleggiò nel secchio, facendo appena capolino oltre la superficie. Joe lo tolse e rigirò la pelle nella mistura, prima di farla affondare con una pietra e lasciarla a macerare accanto alla porta di casa.

Aveva appena acceso un fuoco nel camino e messo a bollire un pentolone d'acqua, quando Evie tornò dall'escursione mattutina con un raccolto abbondante, che comprendeva cinque uccellini in una sacca di giunchi intrecciati.

«E quelli come li hai presi?» Non riuscì a nascondere la propria sorpresa.

Il suo sorriso raggiante mostrava tutta la soddisfazione per l'impresa. «Ho studiato le tue trappole e pensato agli uccelli. Ho creato una rete con gli steli lunghi e fibrosi dei giunchi che ho trovato lungo il torrente. È quello a cui lavoravo mentre tu costruivi la noria. Ci è voluto molto tempo per intrecciarli, poi li ho montati su dei pali accanto ai cespugli di bacche. Dovrò controllarla spesso.»

«Molto intelligente, mia cara Artemide. Saranno una deliziosa alternativa alla lepre.»

«Come procede la concia?» Posò lo zaino e si sedette accanto a lui su un ceppo.

«Piuttosto bene, se consideri che non ho mai toccato una vera pelle di cervo prima d'ora.» Si passò una mano sulla fronte. «Presto avremo vestiti e coperte nuovi.»

Evie lanciò un'occhiata nel secchio. «Qual è il prossimo passo?»

Joe contò le fasi sulle dita. «Dopo tre giorni a bagno nella soluzione alcalina, gratterò via il pelo e le impurità. Potrebbe volerci un po'. Poi la lascerò nel torrente una notte per sciacquarla. Dopodiché dovrò raschiare il lato interno e passare alla concia con il cervello, che sto preparando ora. Eloy mi permetterà di usare il suo affumicatoio per affumicare il prodotto finito, e questo dovrebbe mantenere la pelle morbida anche se dovesse bagnarsi.»

Evie indicò il teschio del cervo che Joe aveva messo vicino al camino e arricciò il naso. L'aveva ripulito da pelo e carne e l'aveva lavato, sapendo che una testa d'animale intera avrebbe probabilmente impressionato Evie.

«E cosa ne farai di quello?»

«Per la concia con il cervello, devo mischiare il cervello con acqua calda e immergervi la pelle per ammorbidirla.»

Lei allungò la mano e, con un gesto timoroso, passò il dito sul teschio. I palchi erano ancora attaccati, in ricordo dell'effimera bellezza che la creatura aveva in vita. «Povero cervo. Benediciamo la tua vita, sacrificata per donarci cibo e abiti.»

«Le bistecche con i pomodori e i cipollotti selvatici erano deliziose.» Joe si leccò le labbra.

Evie gli lanciò un'occhiataccia. «Sono seria. Dispensiamo la morte a questi animali, il minimo che possiamo fare è trattarli con rispetto.»

Il viso di Joe si contrasse, mentre ricordava l'istante in cui aveva scoccato la freccia. «Ho riflettuto su quanto dovremmo tirarci indietro davanti alla morte, o alla vita. Mi sono reso conto di essere ormai desensibilizzato verso la morte di... della maggior parte... degli animali di cui ci nutriamo, e mi sento in colpa soltanto quando ripenso alla mia vita prima di arrivare nella Zona.» Joe si avvicinò al camino, studiando le fiamme scoppiettanti. «Gabe ed io abbiamo discusso l'epifenomenismo, ovvero la teoria secondo cui la mente sarebbe un'illusione. I fenomeni mentali non possono causare fenomeni fisici.»

Joe spese diversi minuti a descrivere la conversazione con Gabe sul tema della causazione risultante dalle particelle in movimento e non dalla mente. Non accettava quella spiegazione, quindi non poteva usarla per giustificare le proprie azioni. Eppure, uccidere il cervo aveva risvegliato i pensieri sull'argomento.

Evie lo studiò con espressione interrogativa. «Credi davvero che l'universo sia composto solamente da particelle in movimento?»

«No, è assurdo.»

«Perché?»

Lui, con lo sguardo fisso al fuoco, riordinò i propri pensieri. «Quando la corda dell'arco è tesa, sono pronto per scoccare la freccia. A livello molecolare, quelle particolari particelle interagiscono le une con le altre alla velocità della luce, cosicché gli effetti potrebbero aver viaggiato per trecentomila chilometri in un secondo. C'è un minimo ritardo, ma troppo piccolo perché possiamo accorgercene. In pratica, quindi, possiamo pensare ad un mondo di particelle tutte costantemente interconnesse. Questa è l'interpretazione riduzionista.»

«Ma quelle forze non sono la cosa importante. Ciò che davvero importa è come le relazioni tra ogni singolo elemento in un dato istante di tempo pongano le basi per l'istante successivo. Se rilascio la corda, le forze si scateneranno. Ma tali interazioni non hanno nulla a che fare con il *significato* dell'uccisione del cervo. Volevo uccidere il cervo. Sono queste meta-relazioni, in questo caso rappresentate dalla mia *intenzione*, che governano la progressione del mondo, e questo viene escluso dal riduzionismo. Ecco la chiave. Quella spiegazione descrive un universo in cui tali meta-descrizioni sono inesistenti, ma non si tratta dell'universo in cui ci troviamo. Perciò, la spiegazione riduzionista è falsa.»

Evie aggrottò la fronte, concentrata. «La seconda condizione per il libero arbitrio è che l'universo non sia interamente deterministico, giusto? Ma hai già detto che ci sono casi in cui non lo è.»

Joe annuì. «Le combinazioni di materia casuali come rocce, alberi o semplici montagnette di sabbia sembrano causare avvenimenti che la mera descrizione delle particelle in movimento non riesce a cogliere. Poi ci sono gli insiemi *intenzionali* e non casuali, anch'essi sembrano trasgredire il determinismo. Io ho causato la morte dell'animale direttamente, collegando la mia mente al mio dito e questi alla corda dell'arco. Avevo intenzione di scagliare la freccia nei suoi polmoni.»

Evie raccolse il teschio e mise i palchi in equilibrio sulle ginocchia. «Io ho dato l'ordine di radunarci. Quando ho dato quell'ordine, ho causato tutto ciò che ne è conseguito...» Strinse il teschio e rabbrividì.

«Ma da dove è venuta quell'idea di ingiustizia? Cosa ti ha spinta a pianificare il movimento anti-Livelli e a mandare quel messaggio affinché altri si unissero alla causa? Gli impulsi elettromagnetici nel tuo cervello, insieme con una rete di reazioni chimiche e la tua esperienza personale, ti hanno portata a maturare i tuoi pensieri. Poi hai condiviso quei pensieri con altri esseri umani raziocinanti. Il messaggio, di per sé, è stato inviato muovendo particelle, come hai detto tu, ma è stata l'*idea* a dare inizio alla catena di eventi.»

«Sì»

«Ancora una volta, l'esempio dimostra quanto sia assurdo attribuire tutto alle particelle in movimento. Di per sé, gli elettroni in quegli impulsi elettromagnetici non hanno causato nulla di tanto complesso quanto i fatti accaduti. Il tuo messaggio, che contiene un'idea, ha spinto altre menti ad agire.»

«La mia azione è stata la causa, mentre le morti di Celeste e Julian sono state un effetto?»

Joe le mise una mano sulla spalla per cercare di attenuare il suo senso di colpa. «Sì, anche se è avvenuto molto meno direttamente che il mio atto di scoccare la freccia. La causa diretta sono stati Peightân e Zable. Hanno ucciso i tuoi amici intenzionalmente. Al contrario, tu hai agito nell'interesse del gruppo, con la limitata conoscenza a tua disposizione. Non avevi intenzione di nuocere, e le loro morti sono state una conseguenza involontaria.»

«Ho messo in moto una catena di eventi che, alla fine, ha portato all'uccisione di persone a me care.» Joe percepì la sofferenza in ogni sua parola.

«Prendiamo ogni decisione con il nostro punto di vista, limitato ad una parte del passato e del presente, e con una scarsa capacità di proiettarci nel futuro. Ci saranno sempre conseguenza involontarie. Chi potrebbe mai conoscere il pieno impatto delle proprie azioni? Eppure dobbiamo decidere, perché anche l'indecisione è una decisione.»

Evie fissò il teschio, con una mano sullo stomaco. «Allora facciamo del nostro meglio.»

◆

Avevano appena concluso una magnifica cena a base di trota iridea, catturata da Joe con una delle sue trappole. Ora Evie si esercitava con il bastone bō, compiendo movimenti lenti e precisi sulla riva del torrente e facendo volteggiare l'asta in ampi archi mentre il sole tramontava dietro le colline. Con una diversa idea di relax, Joe si era seduto sotto il melo, intrecciando le mani sulla pancia. La luna stava sorgendo, illuminando i rami dell'albero carichi di mele. Ripensò alla conversazione avuta con Gabe a proposito della causazione mentale, quando avevano osservato i palloni rossi e blu nello spazio virtuale. L'ipotesi che la mente fosse un'illusione era assurda, ma doveva capire perché.

Guardò nuovamente verso l'alto e colse una mela. La morse, sentendo in bocca l'esplosione asprigna del frutto ancora acerbo. Rigirò nella mano la sfera verde screziata, riflettendo sulle proprietà di colore e asprezza e ricordando la discussione con Gabe riguardo alla sopravvenienza delle proprietà. Joe trovò un'altra mela, che stava già diventando rossa. La colse e la tenne nell'altra mano.

. . .

Gabe direbbe che una mela verde, come questa, rappresenta le proprietà mentali, mentre una mela rossa, come questa, rappresenta le proprietà fisiche.

Le proprietà fisiche primarie comprendono il movimento, la solidità, l'estensione, la massa e il numero. Quelle secondarie comprendono le sensazioni, come il colore, il gusto, l'odore e il suono. Il colore visibile di questa mela rossa esiste soltanto grazie alla luce che, riflettendosi, ci dà la sensazione di colore. L'asprezza e il profumo della mela provocano sensazioni sulla mia lingua a causa dell'interazione di specifiche molecole. Ma su scala più piccola, non riconoscerei affatto questo frutto.

Pensiamo alle proprietà soprattutto concentrandoci sulla scala di percezione umana: a ciò che possiamo toccare, vedere e sentire. Se penso alle particelle, alla materia di cui è composto un oggetto, posso immaginare di tuffarmi nel mondo del microscopico. Mi sposto da questa mela rossa alla dimensione delle cellule, poi fino alle onde luminose, alle molecole e alla dimensione di un nucleo atomico. E ancora di più, ad un singolo protone, fino ai quark che compongono il protone, ed infine alla schiuma quantistica che forma la struttura stessa dello spaziotempo.

Durante questo viaggio verso il microscopico, quasi tutte le proprietà tradizionali vengono perse.

L'esistenza delle proprietà è la chiave di volta che tiene in piedi il "problema" della causazione mentale, eppure un'analisi scientifica a livello microscopico solleva la questione dell'esistenza stessa di tali proprietà. Come minimo, le proprietà non esistono *all'interno* degli oggetti. Nella fisica odierna, entro i confini dello spaziotempo, non abbiamo prove conclusive circa l'esistenza delle proprietà.

Forse è questa la chiave. Sto pensando attivamente che le proprietà *non* esistano. Se questo fosse vero, l'intera ipotesi contro la causazione mentale decadrebbe.

Forse non tutto è perduto: possiamo ancora credere che le nostre menti abbiamo un ruolo causale nel mondo. Forse il libero arbitrio esiste davvero. Se, però, le proprietà fisiche non esistono, da dove viene la nostra esperienza di colore, luce e suono? Cos'è che svolge il compito affidato dai filosofi alle proprietà? Dev'esserci un elemento fondante alternativo in questa ontologia. Dovrò trovare un'altra spiegazione.

. . .

Joe finì di mangiare la mela asprigna, assaporando il modo in cui gli solleticava le papille gustative. Rimase seduto sotto l'albero, assorto, finché non fu avvolto dall'oscurità e le stelle apparvero nel cielo. Portò la mela rossa in casa, per dividerla con Evie. Entrando, la trovò sveglia, con una candela accesa accanto al letto. Si sdraiò accanto a lei. Nella penombra, vide che aveva gli occhi lucidi.

Le sfiorò il viso. «Stai piangendo?»

«Sto pensando alla vita e alla morte.»

«A Celeste e Julian?»

«Sì.» Si lasciò andare a un profondo sospiro. «No, pensavo più alla vita...»

La strinse a sé. Sentì il suo cuore battere contro il proprio petto, poi lei sussurrò: «Penso di essere incinta.»

Capitolo 36

«Continuate a portare la legna, e noi ci occuperemo della cottura.» Fabri lavorò l'impasto per formare una pagnotta e vi intagliò tre linee parallele. Sul tavolo erano allineate diverse scodelle di impasto lasciato a riposare, che diffondevano nell'aria il loro penetrante aroma di lievito. Evie lavorava di fronte a Fabri e l'impasto integrale le si appiccicava alle mani mentre ne lavorava una piccola montagnola. Nonostante il commento di Fabri sulla legna, Eloy e Joe non avevano molto da fare se non guardare le donne al lavoro. Joe sapeva che condividevano lo stesso pensiero: avevano fatto la propria parte e potevano rilassarsi.

«Manca così poco ad assaggiare il mio pane», disse Eloy, il viso aperto e sorridente.

«Sono ancora stupefatto per il mulino, Eloy. I pezzi che abbiamo costruito si incastravano meglio di quanto sperassi e tutto ha funzionato al primo tentativo.»

L'uomo gli sorrise. «Ti ho fatto fare tutti i lavori più duri.»

Joe si studiò le mani e vide i calli che si era procurato incidendo le scanalature sulla macina. Trascinare le due grosse pietre piatte fino al carro aveva richiesto uno sforzo sovrumano, ma anche costruire la struttura in legno che ospitasse le macine non era stato da meno. Per tutto il tempo, però, Eloy aveva lavorato sodo quanto lui, ed entrambi lo sapevano.

Joe sorrise. «Siamo una bella squadra. E Bessie ha fatto girare le macine, diamole il merito.»

«La cara vecchia Bessie. Sono contento che siamo riusciti a usare il mulino per il raccolto prima che arrivasse quel fronte temporalesco. Per nostra fortuna, è arrivato più tardi del solito.»

Il raccolto aveva richiesto settimane di preparazione. Joe aveva tagliato i lunghi steli dorati con una falce, in compagnia di Eloy, appassionandosi al movimento ripetitivo della lama. Avevano poi legato il grano in fasci usando la paglia, accatastandoli in covoni nel campo per farli seccare. Due settimane dopo li avevano trebbiati, colpendo gli steli per separare i chicchi. Eloy aveva offerto il proprio carro per trasportare il grano fino al fienile, dove avrebbe continuato a seccarsi prima che le piogge si abbattessero sulle montagne.

Nel bel mezzo del processo, Joe aveva nutrito qualche dubbio sui risultati finali del proprio lavoro. Ogni faticosa fase era seguita da settimane di attesa, ma il raccolto fu sufficiente per provvedere al pane per l'inverno, oltre a fornire i semi per la semina dell'anno successivo.

«L'anno prossimo potrò permettermi il lusso di piantare presto.» Joe intrecciò le mani dietro la testa.

Evie interruppe le loro vanterie. «D'accordo, Fabri, questa pagnotta è pronta per la seconda lievitazione. Posso iniziare la sfoglia? Sento già profumo di torta di mele.»

«Sembra che a qualcuno stia tornando l'appetito», disse Fabri, inarcando un sopracciglio.

Evie sorrise. «Almeno per la torta di mele. Ma sì, non ho avuto la nausea così spesso in questa ultima settimana. Non posso ancora vedere le uova senza sentirmi male, ma il peggio è passato.» Evie si guardò la pancia, ma Joe non riusciva a distinguere ancora nulla. «E penso che inizi a vedersi un pochino.»

Fabri la studiò. «Non ne sono sicura, ma presto sicuramente sì. Ogni donna ha una pancia diversa in tempi diversi. Non ti preoccupare.»

Evie abbassò lo sguardo, trepidante. «Mi sento così stupida per essermi dimenticata che i contraccettivi mandati in circolo dal mio MEDFLOW non avrebbero funzionato quaggiù.»

«Ci siamo dimenticati entrambi.» Joe si sforzò di assumere un tono rilassato. Nessuno ci pensava, almeno fino a che non decideva di avere figli, certamente non alla loro età.

Evie gli rivolse un sorriso fugace e poi tornò a fissare il pavimento, accigliandosi. «Una gravidanza naturale... non conosco nessuno che l'abbia fatto prima d'ora. Perfino alla Cupola le donne usano la gametogenesi in vitro. Qui mi sembra tutto fuori controllo.»

La sua espressione rivelava tutti i suoi dubbi interiori; una rarità per Evie, che però era diventata più comune nelle ultime settimane. Spesso la sorprendeva in silenzio, con la mano sulla pancia e lo sguardo incerto. Non sapere nulla in tema di gravidanza, che fosse in vitro o naturale, lo faceva sentire come un pesce fuor d'acqua, e le sue parole servivano a poco per rassicurarla.

Fabri, invece, era più sicura. «Evie.» Aspettò finché la giovane donna si decise ad alzare lo sguardo e incontrare il suo. «Sei giovane e sana, gestirai questa gravidanza all'antica, come coloro che ti hanno preceduta. Le donne hanno partorito fin dall'inizio della vita umana. Andrà tutto bene.»

L'espressione di Evie si rasserenò, pervasa dalla determinazione a cui Joe era abituato. Si pulì le mani. «Vuoi che mi occupi io della cena?»

Joe si alzò, pronto a cederle il proprio posto a sedere e a farsi carico lui stesso della cena, ma Fabri lo fulminò con lo sguardo. «Se te la senti, fai pure tu», le rispose.

Evie annuì e Joe tornò a sedersi. Lei si voltò verso il camino per dedicarsi alle bistecche di cervo. La padella sfrigolava, aggiungendo un altro profumo all'ambiente familiare e accogliente.

La gravidanza aveva introdotto una dinamica inaspettata nella loro relazione, che Joe non sapeva come affrontare. Gli vennero in mente quelle volte, nelle settimane passate, in cui Evie aveva sbottato perché lui aveva preparato il fuoco al mattino, o cucinato la cena, compiti che solitamente spettavano a lei. Forse coccolarla non era stata la scelta migliore. A quanto pare, Fabri la pensava nello stesso modo. Decise che l'avrebbe aiutata quando glielo avesse chiesto, ma si sarebbe anche fidato del suo giudizio su cosa si sentisse in grado di fare.

Mentre Evie finiva le proprie preparazioni vicino al fuoco, Joe lanciò un'occhiata ad Eloy e si accorse che aveva distolto lo sguardo dal tavolo. Fabri si era avvicinata e gli aveva appoggiato una mano sul braccio con dolcezza. Lui le sorrise debolmente e tornò a guardare dall'altra parte.

«Tutta quella tecnologia riproduttiva, quella proprietà intellettuale a cui non abbiamo accesso», lo sentì mormorare Joe. Fabri abbassò lo sguardo prima di mettersi di fronte a Eloy e prendergli le mani tra le sue.

Avendo la sensazione di essere di troppo in quel momento privato, Joe si voltò per tornare a studiare la sua amata, grato ancor di più per la vita che cresceva in lei.

Eloy fu il primo a togliere una pagnotta dal forno, palleggiandola fino al tavolo per farla raffreddare. «Dannazione, quanto mi mancava il pane.» Mangiarono le fette tiepide accompagnate da pomodoro fresco e zucca raccolti nell'orto, insieme alla spesse bistecche di cervo. «Appena un po' rustico, come me lo ricordavo», disse Eloy, prendendone un'altra fetta.

«Questa condivisione sta funzionando bene», disse Fabri tra un morso e l'altro, guardando Eloy.

«È perché fanno la loro parte», rispose lui. Lei alzò gli occhi al cielo.

Eloy finì di masticare il pane e si schiarì la gola. «Sì, beh, c'è qualcosa a cui Fabri ed io abbiamo pensato. Quando il piccolino nascerà, sarebbe una buona idea avere del latte in più. Vorrei darvi una delle mie pecore.» Le sue spalle si rilassarono vedendo il gran sorriso di Fabri. «Per quando nascerà il bambino farò in modo di darvi una di quelle adulte. Hanno un buon latte.»

Joe ed Evie erano al settimo cielo, e non smettevano di ringraziare gli amici per la loro generosità. Joe intavolò una discussione sull'allevamento delle pecore con Eloy, mentre Evie serviva la torta, che diffuse nell'aria il dolce aroma delle mele calde. La conversazione continuò finché il sole toccò l'orizzonte, poi fu tempo che Evie e Joe si incamminassero.

Arrivati a casa, Evie si sedette nella comoda sedia che Joe le aveva costruito. «Joe, mi porteresti dell'acqua?» Lui si inginocchiò al suo fianco, porgendole la tazza. La determinazione che aveva mostrato a casa di Fabri era scomparsa, sostituita dalla paura e dalla stanchezza.

Bevve un lungo sorso, poi gli restituì la tazza e si passò la mano sul viso. «È tutto così nuovo, Joe, ma non in senso buono. Penso che dovrei essere in grado di fare le stesse cose di sempre, ma non ci riesco. Mi stanco così in fretta. Ho notato che ti dai da fare per compensare, ma non puoi farlo per sempre: ci sono altre mille cose da fare, come preparare le candele, cacciare e prepararci per l'inverno.» Le lacrime le scorrevano lungo le guance, spezzandogli il cuore. «E sto iniziando a pensare ai rischi di un parto qui in mezzo alla natura selvaggia, senza dottori né tecnologia medica. E poi, crescere un bambino senza aiuti mi fa preoccupare. Cosa faremo se qualcosa andasse storto?»

Joe si alzò e si chinò su di lei per abbracciarla. La lasciò piangere a lungo tra le sue braccia. Le baciò dolcemente i capelli. Quando i singhiozzi si calmarono, la strinse e si inginocchiò di fronte a lei. «Affronteremo anche questo, come abbiamo affrontato tutto il resto. Faremo del nostro meglio. E abbiamo Fabri ed Eloy ad aiutarci.»

Evie tirò su col naso. «Siamo fortunati ad averli come vicini.»

«Sì, è vero.» Allungò la mano e la aiutò ad alzarsi, poi la abbracciò. «E io sono molto fortunato ad avere te e il nostro piccolino.» Le braccia di Evie lo avvolsero, facendo stringere il nodo che sentiva nel petto.

Stavano portando nuova vita nel mondo. Insieme. E lui si sentiva responsabile. Oh, se si sentiva responsabile.

———◆———

Joe controllò l'affumicatoio, che era ormai diventato proprietà comune. Entrambi gli uomini lo rifornivano con i successi della caccia. Eloy teneva il conto segnando le tacche con l'ascia sulla porta per ogni pezzo prelevato da ognuno, così Joe si accorse con sgomento che, nonostante la riga dell'amico contasse meno segni, la carne era finita. Tornò a casa a mani vuote.

Quando rientrò, Evie stava preparando la cena. «Non ci sono più bistecche di cervo?» Lui scosse la testa. «Questa è l'ultima lepre trovata nelle trappole», disse lei, indicando con disgusto la carne che cuoceva sul fuoco. «Io non la mangio: anche solo il pensiero mi fa rivoltare lo stomaco. Mi andranno benissimo i pinoli, i fagioli e l'insalata.»

Joe si batté la mano sullo stomaco. Il profumo della carne, anche se solo di lepre, gli faceva venire l'acquolina. «Ho in mente io un posticino dove mettere quella lepre. Oltretutto, mi servirà l'energia per andare a caccia sulla dorsale a est domani. Starò via tutto il giorno.» Evie annuì, e si sedettero a mangiare.

———◆———

Si svegliò ben prima dell'alba. Era una fredda mattina di fine novembre e la rugiada era quasi ghiacciata sull'erba ancora verde. Era la stagione degli amori per i cervi muli, quindi le sue probabilità di successo aumentavano. Prese lo zaino e l'arco e si incamminò per raggiungere la dorsale orientale che distava svariati chilometri, seguendo il sentiero illuminato dalla luna. La fioca luce dell'alba illuminava le sommità delle colline, mentre Joe si preparava alla caccia sulla dorsale.

Dopo cinque ore trascorse zigzagando sul pendio, il sole era ormai alto nel cielo e l'aria incredibilmente afosa. Percorse la linea di trappole che avevo costruito in quel punto, controllando se qualcuna fosse scattata. Fu ripagato dal ritrovamento di una lepre. Sedette all'ombra di un pino giallo e aprì lo zaino per prendere il pranzo. Era un primo pomeriggio molto caldo, e il pezzo di coniglio avanzato dalla sera prima aveva un sapore sgradevole. Lo mangiò comunque, sciacquando la bocca con l'acqua che si era portato.

Quando entrò dalla porta, Evie alzò lo sguardo. «Sei tornato prima di quanto mi aspettassi.»

Joe si lasciò cadere su una sedia. «Ho preso solo un coniglio.»

«Viviamo giorno per giorno.» Gli si avvicinò con una tazza d'acqua e lo baciò, prima di dedicarsi alla cena.

Mangiarono in silenzio, e Joe andò a letto presto. Era esausto dalla lunga giornata e sapeva che l'indomani sarebbe stato uguale.

◆

Si svegliò in piena notte in un bagno di sudore. Gli bruciava lo stomaco e aveva il vago ricordo di aver vomitato sul pavimento. L'oscurità fu squarciata dalla luce di una candela, che illuminò il viso preoccupato di Evie. Un panno freddo e bagnato gli accarezzò il viso. Lei gli stava dicendo qualcosa, ma non riusciva a concentrarsi sulle parole.

Poi la luce si spense e Joe si ritrovò a vagare in una foresta buia, inseguito da qualcosa di grosso e spaventoso. Correva, ma il mostro prendeva terreno e poteva sentire i suoi passi rimbombargli nelle orecchie. Gli affondò gli artigli nelle budella e le squarciò, facendo uscire dalla ferita sanguinolenta un odore putrido. La bestia gli bloccò i polsi in una stretta d'acciaio e lo scosse. Cadendo, rotolò nei suoi stessi escrementi. La bestia lo stava torturando, con scariche elettriche che gli attraversavano il corpo. Fu invaso dalla nausea. Di ritrovò faccia a faccia con il mostro, fissando fin dentro il suo teschio attraverso le orbite nere.

Sentì di nuovo il panno umido sul viso, poi qualcuno gli sollevò le braccia, le lavò e le abbassò lungo i fianchi. L'intestino gli si contorceva. La fronte gli bruciava e gli martellavano le tempie.

«Una bella febbre.» Riconobbe la voce di Fabri.

Si rese conto di avere le labbra bagnate e, aprendo gli occhi, vide il volto di Evie spuntare sopra una scodella d'acqua. «Joe, bevi ancora un po'. L'acqua ti aiuterà.»

Ne bevve un sorso.

«Ecco un po' di brodo.» Fabri.

Bevve un sorso del liquido salato e si sforzò di non vomitare.

«La febbre sta calando.» Ancora Fabri.

«Non ho mai visto qualcuno stare così male.» La voce di Evie tremava. Voleva allungare una mano verso di lei, ma il braccio sembrava pesare una tonnellata.

«La biologia sintetica ha creato una cura per tutti i comuni mali umani. Ma ci sono milioni di microbi che possono causare un'intossicazione alimentare.» La spiegazione di Fabri fendette la nebbia che gli attanagliava la mente.

Finalmente riuscì a mettere a fuoco il volto caritatevole di Evie, che galleggiava sopra il suo. «Amore mio, dev'essere stato quel coniglio che ti ho cucinato. Mi dispiace tanto.»

«Non c'è motivo di piantarti quel pugnale nel cuore, mia Giulietta.» La sua voce era ridotta a un roco sussurro, ma riuscì a farle un sorriso tremante.

«Scherzi di nuovo.» La voce di Fabri rivelò che stava sorridendo. «È sulla via della guarigione.»

Il giorno dopo, Joe fu in grado di sedersi nel letto. Era riuscito a mangiare una scodella di zuppa e tenerla nello stomaco. La mente non era più annebbiata, nonostante si sentisse l'intero corpo dolorante e svuotato di ogni energia.

Osservò dalla finestra Fabri che si preparava a partire. La donna abbracciò Evie, che le tenne le mani mentre si salutavano. Evie rientrò in casa e si sedette vicino a lui, offrendogli dell'acqua.

«Mi dispiace di non poterti aiutare a far nulla», le disse.

«Shhh, non essere sciocco. Eloy ha portato delle bistecche di cervo e preparerò una bella zuppa.»

«Grazie.» Joe fissò il fuoco nel camino. Dopo quel pezzo di carne avariata e quegli ultimi tre giorni di tortura, si sentiva debole come mai prima nella sua vita.

«Sentiamo entrambi la mancanza della tecnologia medica. È meglio non idealizzare la vita romantica tra le montagne.»

«Avremo una vita romantica ovunque saremo.» Gli baciò la fronte e gli rimboccò le coperte in pelle di cervo.

Capitolo 37

Joe mise l'argilla sul tornio. Schiacciò il pedale e il tornio iniziò a girare, mentre la mistura bagnata si alzava tra le sue mani abili. La creazione della terracotta era un miracolo almeno quanto la creazione stessa del tornio con i pezzi che Eloy gli aveva permesso di prendere in prestito permanente dal fienile. Quando ebbe finito di modellare la scodella, la mise da parte con le altre. Avrebbe avuto tempo di cuocerle la mattina seguente nella fornace di mattoni insieme alle tazze, se il tempo fosse migliorato.

La pioggia batteva sul tetto della casetta. Un esame accurato del soffitto mostrò che non c'erano infiltrazioni nelle sue scandole, facendolo sentire grato di essere al riparo e al caldo. Joe abbracciò con lo sguardo il proprio piccolo mondo, dal tavolo grezzo a cui era seduto, con le sue sedie abbinate, alla finestra con un singolo vetro bagnato dalla pioggia; dal fuoco scoppiettante nel camino all'assortimento di pentole ammucchiate e alla legna accatastata a fianco; e ancora, al di là del pavimento in legno fino alla seconda stanza, con il loro letto singolo e le coperte in pelle di cervo piegate ordinatamente; dalla porta principale al lettino che aveva costruito per il bimbo in arrivo, e al proprio arco appeso alla parete.

Joe si lavò le mani in una grossa bacinella piena d'acqua, strofinando la pelle irregolare dei calli. Le sue mani erano diventate tali e quali a quelle di Eloy, dure e nodose, e notarlo lo colse di sorpresa.

Con la guida dell'amico e i propri studi, Joe riusciva ormai a riparare qualunque cosa si rompesse nella loro piccola fattoria, mansione che sembrava senza fine. Si alzava prima dell'alba tutti i giorni e lavorava fino al tramonto. Accanto alla casa era accatastata una montagna di legna da ardere. Impiegò settimane per scavare una cantina e poi costruirvi un tetto e una porta abbattendo il legname necessario. Riempirono la cantina di mele e piante raccolte. Estese le linee di trappole per diversi chilometri, per sfruttare nuove aree della montagna, poi tornò a controllare sia quelle, sia le trappole per i pesci ogni giorno.

Altri due cervi muli si aggiunsero all'affumicatoio, la cui carne e pelle fornì loro proteine e vestiti per l'inverno. La noria richiedeva una manutenzione costante, ad esempio per ungere il perno. La fatica era continua, ma Joe era contento. Dormiva il sonno dei giusti.

L'unica tregua dal lavoro era la pesca. Aveva tagliato un palo da un ramo flessibile e gli piaceva usarlo per pescare le trote che si nascondevano nelle zone ombrose del torrente. La caccia con l'arco lo costringeva a ore di marce estenuanti per raggiungere nuove zone. Joe respirava profondamente, riempiendosi i polmoni di un profumo che era caratteristico di quelle montagne occidentali: era un odore fragrante di pino e sottobosco, di polvere arida e fresca aria di montagna, che non avrebbe mai dimenticato. Per lui, quello era il profumo della libertà.

Incrociò le braccia e si appoggiò alla porta, ammirando il volto di Evie, seduta sulla sedia nell'angolo. Il suo ago fatto a mano guizzava veloce, tanto era concentrata a cucire insieme le pellicce di coniglio per farne vestiti adatti al bambino in arrivo. La pancia sporgente si mosse, costringendola a fermarsi per respirare.

«Sembrava un calcio bello forte.»

Lei alzò lo sguardo e sorrise. «Lui, o lei, tira molti più calci di quelli che vedi. Questo era particolarmente forte.» Si stirò la schiena e cambiò posizione, non riuscendo a nascondere il fastidio che le increspava il viso. Non si lamentava, ma Joe sapeva che spesso la schiena le faceva male. Fabri pensava che fosse piuttosto grossa e si chiedeva se avessero sbagliato a calcolare la data del parto. In ogni caso, assicurò loro che non ci fosse nulla di cui preoccuparsi. Ovviamente, entrambi erano comunque preoccupati.

«Potresti prendermi dei pinoli?» Nel suo sguardo si leggeva un misto di imbarazzo e scuse. «Mi sembra di non averne mai abbastanza.»

Joe gliene portò una scodella. «Ti serve nutrimento. Vuoi qualche erba o pianta in particolare?»

Evie si infilò una mezza dozzina di pinoli in bocca e scosse la testa. «Ti sono grata per esserti fatto carico della raccolta delle piante. Io e i piegamenti non siamo più amici.»

«Mi hai insegnato bene. Ormai riesco a riconoscere *quasi* tutte le piante commestibili.»

Lei ridacchiò, poi alzò il proprio lavoro davanti a sé. «Che sia maschio o femmina, questo andrà bene.» Esaminò con occhio critico tutti i punti. «Anche se, a essere onesti, è così primitivo. Fuori dalla Zona avrei potuto ordinare qualcosa e farlo fare su misura in finta pelle.» Sospirò.

«Stai criticando la mia concia?»

«No, ripenso soltanto a quello che ci siamo lasciati alle spalle.»

Joe annuì, gli angoli della bocca piegati in un sorriso triste. Poi si rallegrò. «Aspetta, però. Pensa agli oggetti su cui lavoriamo. Potrebbe trattarsi soltanto di particelle in movimento, ma ciò che noi aggiungiamo a quegli oggetti, come l'amore che tu metti in questi vestitini per il nostro bambino, è ciò che ha significato. Un significato che non si può comprare.»

Lei lo guardò con un gran sorriso. «Sto pensando a qualcos'altro per cui abbiamo lavorato, anche se inconsapevolmente, che avrà ancora più significato di qualunque cosa abbiamo fatto finora.»

Joe la raggiunse e posò la mano sul pancione. «Questo bambino sarà nostro, da amare e onorare.»

Evie intrecciò le proprie dita alle sue e restarono così, immersi nella loro speranza condivisa. «Il bambino non è ancora pronto per venire al mondo.» Gli strinse la mano. «Ma lo sarà presto.»

Il vento ululava fuori dalla casetta, scuotendo la porta. Joe rabbrividì e aggiunse legna al fuoco. Le braci ardenti la incendiarono, facendo danzare fiamme gialle e rosse che diffusero un piacevole aroma di pino in tutta la casa. Restò in piedi alle spalle di Evie, massaggiandole le spalle e la schiena. Erano avvolti dal calore del fuoco, nel loro mondo ovattato, occupati a resistere fino alla primavera e alla prossima svolta nelle loro vite.

◆

Le cime delle montagne erano ancora coperte di neve, ma le tormente invernali erano passate e la brina si scioglieva ogni giorno più velocemente. Il torrente aveva ripreso a scorrere agevolmente accanto alla casetta. Il pancione di Evie era diventato enorme, impedendole di svolgere quasi tutti i suoi normali compiti. Nonostante il dolore ai piedi e alla schiena, si occupava di cucinare e di trasformare le pelli conciate in capi di abbigliamento e coperte. Joe lavorava duramente, sfruttando tutte le ore di luce per mantenere funzionante la loro fattoria. Eloy veniva spesso ad aiutare e Joe gliene era sempre più grato.

Un giorno, mentre scendeva all'affumicatoio per prendere un paio di bistecche, si fermò a casa di Fabri. Lei gli aprì e lo invitò ad entrare, ma lui scosse la testa.

«Volevo solo la tua opinione, Fabri. È... è così grossa. E ha sempre male.»

Fabri gli appoggiò una mano sul braccio. «Nulla di cui preoccuparsi. È grossa, ma potremmo aver calcolato male la data del parto. Potrebbe essere in anticipo. In ogni caso, ci sarò. Ciò che puoi fare per aiutarla è stare *calmo*, Joe.»

Joe fece un respiro profondo e annuì. «Okay, hai ragione. Grazie, Fabri.»

Si incamminò verso casa. «Abbiamo la cena per stasera», annunciò, posando il pacchetto con le bistecche sul tavolo.

Evie era seduta sul bordo del letto e ansimava, reggendo un panno bagnato in mano. «Sembra che dovrai cucinare tu. Mi si sono rotte le acque.»

Joe spalancò gli occhi, seguendo con lo sguardo i rivoletti scuri sul pavimento che partivano dal tavolo e arrivavano al letto. Evie sembrava in pace, mentre teneva un panno tra le gambe, ma era pallida e aveva un'espressione preoccupata.

. . .

Calmo. Devo stare calmo.

. . .

«D'accordo. Stai andando alla grande, Evie. Vado a chiamare Fabri e torno subito.»

Joe corse a darle un bacio prima di schizzare fuori e correre a valle come uno stambecco. Fabri prese la borsa di medicinali e si affrettò a seguirlo verso casa. Joe aprì la porta e trovò Evie che si dondolava, con gli occhi chiusi.

Fabri si mise al lavoro, dandogli ordini con tono sicuro. «Joe, tieni il fuoco acceso e l'acqua calda. Vogliamo che ogni cosa sia il più sterile possibile.» Andò da Evie. Lui fece come gli veniva ordinato, contento di poter essere d'aiuto. Questa non era tra le lezioni che aveva studiato sull'onnilibro.

Fabri si lavò le mani, poi stese alcuni asciugamani, coperte e le sue magre scorte di medicinali. Joe non fece commenti su quanto fossero scarse, né sul fatto che provenissero probabilmente dalle razzie di Eloy.

«Ora conterò il tempo tra una contrazione e l'altra.» Il suo tono di voce e i suoi gesti erano calmi. Si sedette e prese la mano di Evie. «Tu concentrati e fai respiri lenti e profondi.»

Joe aveva appena attizzato il fuoco e messo a bollire una pentola d'acqua, quando Evie gemette.

«Rilassati e respira.» Fabri si chinò verso di lei e migliorò la presa sulla mano. «Stai andando bene.»

Joe le prese l'altra mano, accarezzandole la pelle liscia con un dito. Lei lo guardò sbattendo le palpebre e gli strinse la mano.

Nelle cinque ore che seguirono, le contrazioni divennero più forti e ravvicinate, segno, secondo Fabri, che Evie stava facendo progressi. A Joe, però, sembrava che sarebbero rimasti bloccati in quel circolo di gemiti, respiro affannoso e impotenza per l'eternità. Camminava avanti e indietro, poi le prendeva la mano, le asciugava il sudore dalla fronte, e ricominciava a camminare. Fabri mantenne un'espressione serena e continuò a incoraggiarla. Fecero a turno nell'applicarle spugnature calde sulla parte bassa della schiena.

Evie gemette di nuovo. «Non voglio più farlo.»

Fabri trattenne una risata. «Tesoro, questo bambino verrà al mondo. Rilassati, per quanto possibile.» Le appoggiò un nuovo panno caldo e per un momento Evie si rilassò. Joe si inginocchiò per massaggiarle la schiena.

Un istante più tardi, Evie strillò: «Non posso farcela, non posso, non posso...» La sua voce si spense in un lamento. Joe guardò Fabri con gli occhi spalancati, ma la donna stava guardando tra le gambe di Evie.

«Sei alla fine, ragazza. Il tuo bambino sta arrivando! È quasi finita. Lascia che il tuo corpo faccia il resto. Respira. E poi *spingi*.»

Tra una contrazione e l'altra, Evie piangeva di dolore e ansimava.

«Vedo la testa, Evie. Ormai ci sei, ragazza mia», mormorò Fabri.

Joe le asciugò il sudore dalla fronte, terrorizzato ed euforico allo stesso tempo. Poi il suo volto si contorse e urlò di nuovo. Joe vide la testa e le spalle del bambino scivolare tra le mani pronte di Fabri. Gli odori pungenti del parto gli ricordarono l'acqua salmastra, e poi l'eviscerazione del suo primo cervo. Non si aspettava così tanto sangue.

«Un'ultima spinta, Evie. L'ultima.»

Con un grido, il bambino fu tra le mani di Fabri. Evie rantolò e si lasciò andare, chiudendo gli occhi per un momento. Il pianto del bambino la risvegliò, e si guardò intorno come impazzita, ma Fabri lo stava già appoggiando sul suo petto.

Aveva gli occhi lucidi. «È un maschio.»

Evie abbassò lo sguardo, meravigliata, poi guardò Joe. «È nostro figlio», disse debolmente. Joe le accarezzò la testa, fissando incredulo la minuscola creatura con il visino congestionato che aveva davanti. Suo figlio.

. . .

Siamo solo animali, scimmie evolute. Ma quale evoluzione diventa possibile!

. . .

Fabri si lavò le mani. «Dobbiamo tagliare il cordone ombelicale, ma aspettiamo che capisca come respirare. Ecco, Joe, pulisci gli occhi.» Gli diede un panno, con cui Joe pulì delicatamente il neonato. Il bambino, che si era appoggiato al petto di Evie, emise un vagito forte e sano.

Infine, Fabri legò il cordone ombelicale e lo tagliò con un paio di forbici. Gli occhi esausti di Evie brillavano. «Come abbiamo deciso, lo chiameremo Clay.» Joe guardò il visino piagnucolante e angelico di suo figlio.

Evie grugnì e il suo corpo fu scosso da un'altra contrazione. Joe prese Clay in braccio, preoccupato per le smorfie di Evie. Era sangue fresco quello tra le sue gambe? Fabri lavorò velocemente, tamponando e gettando materia sanguinolenta nella tinozza. Quando si sedette, Joe sussurrò: «Sta morendo?»

Lei sbuffò. «Il rosso è anche il colore della vita, non solo della morte. Pensa positivo. È il secondamento. Va tutto bene.» Fabri si asciugò la fronte con il dorso della mano. Sembrava stanca, ma determinata. «Ma le si sono rotte di nuovo le acque. Ne abbiamo un altro ancora dentro.»

«Due?» Joe strinse Clay a sé.

. . .

Può essere tutto vero? Sono padre... di due bambini? Come farò? Ma mio figlio è bellissimo. È un perfetto miracolo.

. . .

Evie si girò su un fianco, urlando di dolore. «Perché fa ancora così male?»

Fabri si chinò su di lei, parlando con tono sicuro. «Ne hai un altro in arrivo, Evie cara. Puoi farcela.» Le tamponò la fronte con un panno fresco, poi le massaggiò la schiena. «Ora respira profondamente.»

Evie inspirò, tremante, mentre Joe teneva Clay e provava a non lasciar trapelava la propria inquietudine. Il piccolo strofinava il naso contro di lui, emettendo fiochi lamenti dalla bocca aperta in attesa. Joe lo sistemò nell'incavo del gomito. «Ti troveremo presto del cibo, ometto.» Si voltò verso Evie, che gemette. «Almeno spero.»

Fabri si spostò vicino alle gambe di Evie per controllare, mentre Joe si avvicinò per massaggiarle la spalla, ma lei si ritrasse al suo tocco. Guardò Fabri, inarcando il sopracciglio, ma lei scosse la testa e gli fece cenno di allontanarsi. «Stiamo arrivando al dunque qui, Joe. Il suo corpo deve concentrarsi sulla sfida, non essere distratto dal tuo tocco.» Poi si rivolse a lei con voce dolce. «Evie, ancora una volta. La seconda volta è più facile. Ecco, così.»

Evie singhiozzò e spinse.

«Eccolo... che... arriva!» Un altro bambino scivolò tra le braccia di Fabri. Il bambino fece il suo primo respiro, emettendo un vagito così acuto da spaccare i vetri. «Due maschi.»

Evie era stesa sul letto e ansimava, rideva e piangeva allo stesso tempo, facendo cenno a Joe. Lui le diede Clay, i cui lamenti si erano trasformati in un vero e proprio pianto non appena aveva sentito piangere il fratellino. In un attimo si attaccò al seno di Evie. Joe prese il secondo bambino dalle mani di Fabri e lo guardò stupefatto, poi lo sollevò perché Evie potesse vederlo. Il loro secondo figlio.

«Asher», disse Joe, sentendosi frastornato. Era contento che avessero due nomi che piacevano a entrambi. Ora non avrebbero dovuto scegliere. Asher aprì i suoi occhietti color nocciola e sbatté le palpebre.

La seconda placenta uscì mentre Evie allattava Clay, ma se ne accorse appena, affascinata com'era da suo figlio. Percorse il profilo delle sue piccole orecchie con il dito mentre poppava ad un seno, poi all'altro. Quando finì, Joe lo prese con cautela e mise Asher al suo posto. Clay chiuse gli occhi e si addormentò. Joe non riusciva a distogliere lo sguardo. Era meravigliato dal miracolo che teneva tra le braccia.

«...non si attacca.» La voce frustrata di Evie interruppe la sua trance, facendogli sollevare lo sguardo dagli occhietti chiusi di Clay. Asher mugolava ma non sembrava riuscire ad attaccarsi come aveva fatto Clay.

«Prova un'altra posizione, Evie.» Fabri la aiutò a spostare Asher. «Ho sentito dire che può volerci un po' di tempo perché la loro bocca si attacchi al capezzolo nel modo giusto.»

«Clay ha semplicemente iniziato a poppare. Non ho fatto nulla di speciale...»

Per fortuna, qualche minuto più tardi Evie trovò una posizione che andasse bene a lei e Asher. Il piccolo borbottava rumorosamente mentre poppava, facendoli ridere tutti.

Con Asher e Clay addormentati in braccio, Joe fu travolto dalla stanchezza e si sedette al tavolo. Poteva solo immaginare come si sentisse Evie, così la guardò e vide una gioia esausta incresparle le labbra. I suoi occhi erano pieni d'amore mentre guardava Asher dormire.

. . .

Come ci prenderemo cura di due gemelli? Altre due bocche da sfamare. Qualcuno deve controllarli costantemente. Sono così indifesi. Dove troveremo l'aiuto? Ma anche quest'altro ometto è così carino. Sono entrambi meravigliosi. Troverò un modo... per loro.

. . .

Fabri ripulì tutto e ritirò la scorta di medicinali, ma si fermò ancora per ore, aiutando Joe a sperimentare con i pannolini finché trovarono il modo di farli aderire ai sederini dei neonati. Fece a turno per tenere in braccio Asher così che Evie potesse dormire. Joe la ringraziò più volte, ma lei minimizzò con un sorriso.

«Mi sento come se questi bambini fossero un po' anche nostri ora, quindi puoi ringraziarmi lasciandomi fare da tata di tanto in tanto.» Sorrise guardando Asher che dormiva, poi lo restituì a Evie, che si era messa a sedere. «Dovrai riposarti per qualche giorno, Evie, e prendertela comoda. Il tuo corpo giovane recupererà velocemente, ma non ha senso affaticarlo. Lascia che Joe faccia i lavori pesanti per un po'.» Fabri le fece l'occhiolino e prese la propria borsa. «Vado a informare Eloy, scommetto che starà impazzendo ad aspettare notizie. Non crederà mai che avessi due gemelli in quel grosso pancione.» Fabri si fermò sulla soglia, il viso incorniciato dalle trecce rosse su cui si rifletteva la luce del sole. «Assicurati che beva molta acqua e molto tè. Dovrebbe mangiare non appena se la sente.»

«Sei stata preziosa.» Joe la abbracciò. «Grazie ancora, Fabri. La tua esperienza ci ha salvati entrambi.»

Lei arrossì. «Questo lavoro è la mia gioia. Sono soltanto contenta di essere riuscita a gestirlo da sola.»

Joe provò a non far trasparire la propria sorpresa. «Quanti parti hai gestito?»

«Con questi? Due.» Aggrottò la fronte. «In ospedale ero un'assistente e sono riuscita a vedere un paio di parti. Lavoravo per diventare infermiera, speravo di essere promossa, ma era prima di finire qui. Ovviamente, non permetterebbero mai a qualcuno del nostro Livello di far nascere i bambini in un ospedale.»

«Giusto...»

«Ho il sospetto che Eloy verrà qui domani per vedere i piccoletti», disse lei, mentre lo salutava.

Joe chiuse la porta e portò ad Evie una tazza d'acqua, poi mise in infusione del tè con la restante acqua calda. Evie sorseggiò l'acqua mentre guardava Asher, che stava nuovamente cercando di attaccarsi al seno.

«Ancora fame, ometto?» Sembrava esausta, ma felice.

Joe sorrise a Clay, che aveva iniziato a muoversi nel sonno. «Saremo molto impegnati.»

Evie lo guardò. «Più gioia di quanto ci aspettassimo. Ma ce la caveremo», sussurrò.

CAPITOLO 38

Per Joe, i giorni dopo la nascita dei gemelli passarono come in sogno, in parte anche perché non riusciva a separare le ore di sonno insufficienti dai continui rumorini dei bambini e dal loro costante bisogno di attenzioni. Si svegliava da inaspettati pisolini senza ricordarsi di essersi addormentato. Aveva anche lui un'espressione inebetita, euforica e assonnata come quella sul volto di lei?

I bambini mangiavano. Evie solitamente lasciava che uno di loro poppasse da un lato, poi lo passava a Joe e prendeva l'altro, ma a volte li attaccava entrambi contemporaneamente. Le poppate erano continue e Joe si svegliava per ognuna, pronto a cambiare i pannolini o far fare i ruttini. Sembrava impossibile far addormentare un neonato senza svegliare l'altro.

Trascorrevano così tanto tempo a guardarli dormire e a commentare quanto fossero stupendi, che a volte rischiavano di svegliarli. Non ci volle molto perché si ricordassero di aver bisogno di quei momenti di quiete per ricaricare le energie.

Quando non era in casa ad aiutare con i gemelli, Joe era fuori, impegnato a portare il cibo in tavola per tenere Evie in salute. Controllava le trappole ogni mattina, comprese quelle per i pesci, raccoglieva le erbe primaverili sulle montagne e riforniva la catasta di legna da ardere, godendosi il suono ritmico dell'accetta sul legno.

Eloy era arrivato sul carro il mattino dopo il parto, portando con sé un passeggino. Aveva le ruote in legno, ricavate affettando un tronco, mentre i fianchi erano stati costruiti unendo assi levigate con la pialla a mano. «Quando Fabri mi ha detto dei gemelli, ho dovuto allargare questo arnese per farcene stare due», disse. Joe lo ringraziò e lo guidò all'interno per mostrargli i bambini, portando il passeggino. Evie teneva Clay in braccio, mentre Asher dormiva sul letto, avvolto in una copertina di coniglio. Il volto di Eloy si illuminò, e toccò la manina di Clay con una tenerezza e un timore che lasciarono Joe sbalordito. «Sono proprio belli, questi piccoletti», disse Eloy.

Dopo un po', aggiunse: «Farò in modo di portarvi la pecora il prima possibile. Il latte di pecora è più digeribile di quello vaccino, ma il tuo è il migliore per avere tutte le vitamine e le difese immunitarie.»

Evie lo ringraziò con un sorriso stanco. «Il latte mi servirà presto. Questi piccoletti mangiano come lupi. E il passeggino ci sarà molto utile, ti ringrazio.»

«Non c'è molto terreno in piano su cui usarlo, ma le ruote dovrebbero aiutarti a spostarli», disse lui.

Eloy restò ancora qualche minuto a guardare i bambini in silenzio, poi li salutò. Quando se ne andò, Joe si sedette accanto a Evie. Lei sospirò e si appoggiò alla testiera del letto.

«Come ti senti?»

Lei fece un risolino, tenendo gli occhi chiusi. «La domanda giusta sarebbe come non mi sento. Non riesco a dare un senso a tutto ciò che mi succede dentro. Il fatto di essere così esausta da fare fatica a mettere insieme una frase di senso compiuto non mi aiuta.» Lo guardò. «Sono soprattutto sollevata che il parto sia andato bene e sia passato, e che abbiamo i nostri bambini. Ma ora sono preoccupata di doverli nutrire e tenere in salute. Mi sento ansiosa, sopraffatta e inadeguata.» Sospirò di nuovo, spostando lo sguardo sui bambini. La sua espressione si addolcì. «Ma quando si attaccano al seno, così indifesi e bisognosi di me, per un momento sento di potercela fare. Sento di essere abbastanza.»

Joe si chinò e la baciò. «Sei molto più che abbastanza.»

***

Fabri tornò nei giorni successivi per controllare Evie. Il secondo giorno, Joe la accolse sulla porta perché la neomamma dormiva con entrambi i bimbi accanto a sé e non voleva disturbarli.

«Beh, avevo intenzione di andare a raccogliere alcune piante medicinali che la aiuteranno a riprendersi più in fretta. Vuoi venire con me?»

Il tempo era soleggiato e, nonostante la stanchezza, Joe aveva bisogno di una scusa per uscire dalla casetta. Si arrampicò sulla montagna con lei, che gli indicava le piante utili quando le vedeva sbucare dal terreno. «Le foglie di manzanita sono ancora verdi. Ce ne servirà qualche cesto.» Joe la aiutò a raccoglierle, poi tornarono verso casa. «Le metterò a bagno e preparerò un semicupio. È un rimedio di cui ho letto, usato dai popoli che vivevano qui, dovrebbe aiutarla a guarire.»

«Grazie per tutto quelli che fai per Evie e me. Sento che non potrò mai ripagarti», le disse Joe.

«Ora mi sembri Eloy. Non c'è nulla da ripagare. Mi piace fare tutto questo.»

«Ma non preferiresti fare qualcosa per te stessa piuttosto?»

Lei lo guardò negli occhi con sguardo limpido. «Joe, stai ragionando al contrario. Aiutare gli altri è già la ricompensa.»

. . .

Accidenti a me. Ci crede davvero.

. . .

Tornarono alla casetta e Joe aprì la porta. Evie era seduta sul letto e teneva in braccio i bambini, uno per lato. Gli sorrise stancamente, ma il sorriso non raggiunse gli occhi, che rimasero vuoti e distanti. La sua preoccupazione aumentò.

Fabri si avvicinò prontamente a Evie. «Tesoro, un semicupio ti farà sentire molto meglio. Ho qui una bacinella in cui sederti e delle erbe medicinali. Ora scaldo l'acqua e iniziamo.»

Poi si rivolse a Joe. «Magari puoi portare i piccolini fuori? Fa già abbastanza caldo, soprattutto se sono ben coperti, e potreste sedervi sotto l'albero.»

Joe fasciò delicatamente i gemelli, li sistemò nel passeggino e li portò fuori sotto il melo. Li cullò e ripensò a Fabri. Amava il prossimo con tutto il cuore, con compassione, e non faceva sconti per il proprio bene. Il suo altruismo era fonte di ispirazione.

Quella sera, a letto, Evie gli si avvicinò. I bambini, miracolosamente, dormivano entrambi.

«Quel semicupio che Fabri mi ha preparato mi ha fatto sentire meglio di quanto mi sia sentita da quando sono nati i gemelli. È come una sorella, si prende cura di me. Quando c'è lei, mi sento più me stessa.»

Joe la abbracciò, pensando a come poter mostrare la stessa compassione di Fabri. «Sono contento di sentirlo. So che diventare madre non è stato facile, ma sei bravissima. Non dimenticarlo mai. Hai messo al mondo questi miracoli e insegnerai loro cosa significhi essere umani.»

◆

«Ho abbastanza semi per piantare il doppio del grano quest'anno», disse Joe. Erano passate quattro settimane dalla nascita dei gemelli, e non poteva più posticipare la semina. Aveva deciso di andare a trovare Eloy per chiedergli Bessie in prestito per l'aratura.

«Non hai dei semi in più che possa piantare qui da me?»

Joe ridacchiò. «Sei tu l'economista. Divisione del lavoro. È più efficiente che io semini un campo più grande. Sono sicuro che mi offrirai qualcosa per arrivare ad uno scambio equo.»

«Un buon economista, ma un pessimo ragioniere. Okay, facciamola semplice. Quest'anno pianterò del mais in più.» Si strinsero la mano.

«Un'ultima cosa.» Eloy sparì nel fienile. Tornò poco dopo, tirando due pecore per la cavezza. «Visto che avete due boccucce da sfamare.»

Joe rimase a bocca aperta. «È troppo generoso. Terremo il conto di questo dono.»

«I ragazzi possono avere un conto a parte. Si metteranno in pari con me un'altra volta.» Un'ombra di malinconia gli attraversò il viso.

Joe caricò l'aratro sul carro, vi legò le pecore dietro e si diresse verso casa. Una volta arrivato, le liberò nello spiazzo accanto al campo. Pascolarono nell'erbetta vergine mentre lui agganciava la cavalla all'aratro. Nonostante arasse il terreno già rivoltato l'anno precedente, il suolo era ancora indurito dal gelo invernale. Bessie sbuffò e scosse la testa, opponendosi al duro lavoro. Joe si fermò per farla riposare alla fine di ogni solco, ma riuscì comunque a finire l'aratura in una giornata.

Fu una settimana impegnativa. Joe mise i pezzi della canalina in legno al loro posto, permettendo all'acqua cristallina del disgelo di fluire dal torrente fino al campo. Sparse i semi e ricoprì di terra ogni potenziale piantina. L'odore fragrante di terra bagnata gli ricordava la nuova vita che lottava per venire alla luce.

Mentre tornava verso casa, si rese conto del contrario, dell'assenza del suono della vita. Il ronzio delle api sul retro, a cui si era abituato, era scomparso. Si avvicinò alla grande quercia che faceva ombra al secondo melo, su cui aveva scoperto un alveare nascosto in un incavo a tre metri d'altezza. Prese la scala traballante e la appoggiò al tronco, poi salì a controllare. Punzecchiò l'alveare con l'accetta, disturbando qualche ape che si era attardata. Un'invasione di formiche aveva spinto la colonia ad abbandonare la propria casa.

Mezz'ora più tardi, Joe entrò dalla porta con il tesoro da mostrare a Evie.

«Miele?» Batté le mani e guardò nel secchiello che lui le porgeva.

«Le formiche hanno spinto le api a scappare. Spero che trovino una nuova casa qui vicino. Nel frattempo, però, mi è sembrato che valesse la pena litigarmi il miele rimasto nell'albero con le formiche.» Gli tornò in mente la lucertola del deserto. «Come ogni altra creatura quaggiù, dobbiamo lottare per sopravvivere.»

«Ti hanno punto?»

«Solo tre volte. Non erano rimaste molte api.»

Lei gli sorrise e lo baciò. «Con il dolce c'è sempre un po' di amaro.»

I vicini fecero loro visita durante tutta la primavera. Eloy insegnò a Evie come mungere le pecore, mettendosi a cavalcioni sull'animale e piegandosi per afferrare la mammella. Il latte in più aiutò a placare l'appetito famelico dei gemelli. A Eloy piaceva sedersi vicino al passeggino e far loro facce buffe per farli sorridere. L'umore di Evie era decisamente migliorato da quando era in grado di muoversi di nuovo liberamente, con grande gioia di Joe, felice di vederle splendere sul volto una nuova espressione di amore materno ogni volta che guardava Clay e Asher. Era una madre sicura di sé, la cui determinazione a fare tutto il possibile per i figli aveva cancellato le paure avute durante la gravidanza.

Le piccole coliche di Asher si erano calmate, permettendo finalmente ad entrambi di mangiare serenamente e crescere come giovani germogli. Ormai dormivano per periodi più lunghi durante la notte, facendo riposare anche i genitori. Evie aveva ricominciato a fare brevi passeggiate per raccogliere le erbe, lasciando Joe a controllare i bambini. I suoi bottini rallegravano la loro tavola ogni sera.

Con l'arrivo della bella stagione, passavano più tempo all'aperto. Joe costruì un paio di sedie per sé ed Evie, più comode degli sgabelli grezzi, per tenere d'occhio i gemelli e potersi riposare. Nel progetto era inclusa l'aggiunta di una piccola veranda affacciata sul torrente e sulle montagne occidentali. Due pali reggevano un tetto inclinando fatto di scandole, sufficiente a riparare le nuove sedie e il passeggino, oltre a offrire un po' d'ombra. Il melo e la veranda diventarono i posti preferiti in cui sedersi per godere del tramonto.

Avevano creato il proprio paradiso terrestre: un luogo in cui fare sacrifici, vivere e seguire un cammino meritevole. Joe amava ciò che avevano creato, nonostante fosse conscio della sua fugacità. Erano soltanto particelle in movimento, modellate attraverso le sue mani per lo scopo che di volta in volta si prefiggeva. Aveva accettato il proprio ruolo di cacciatore e raccoglitore, di agricoltore e di padre. Alcuni giorni iniziava prima dell'alba, nascosto con l'arco in una postazione sopraelevata su un albero o seguendo le tracce sulle montagne alla ricerca di selvaggina. Nella tarda mattinata controllava le trappole. I pomeriggi erano dedicati ad estirpare le erbacce dal campo di grano. Tra una mansione e l'altra, aiutava con i bambini. Gli piaceva quando seguivano il suo volto, muovendo le boccucce mentre parlava.

Nonostante, o forse grazie a tagli, lividi e alla costante presenza di terra e sudore, la vita prese un suo ritmo tranquillo e domestico.

◆

Joe se ne stava seduto sotto il melo, a guardare il tramonto. Quel pomeriggio aveva segnato un'altra tacca sul muro con l'accetta. Era il primo anniversario del loro esilio. Era passato dalla disperazione più nera provata durante il processo, alla felicità di quel momento. Per forza di cose non aveva toccato un goccio di whisky né altre sostanze psicotrope, rendendosi conto di sentirsi sano e vitale. Lui ed

Evie ne avevano superate tante, innamorandosi ancora più profondamente l'uno dell'altra, ed erano ora uniti nel compito di crescere la loro inattesa famiglia. Avevano messo al mondo due splendidi, nuovi esseri umani, si erano costruiti una casa nella natura selvaggia e avevano trovato due nuovi amici. La loro vita era fisicamente impegnativa e piena di incertezze, ma per altri versi li aveva arricchiti. Ciononostante, il rischio che qualcosa andasse storto restava altissimo, e poteva succedere in qualunque momento.

Il vento fece frusciare le foglie. Il caratteristico gorgheggio acuto degli uccellini blu di montagna accompagnò gli ultimi raggi di sole. A est le nuvole si stavano addensando, ma il cielo che circondava il sole era sereno. Intorno a Joe, tutto taceva.

. . .

L'ultima volta in cui ho avuto del tempo per pensare è stato prima della gravidanza di Evie. Mi sono trasferito al Lone Mountain College per capire meglio la mia stessa mente, per comprendere se la mente potesse avere libero arbitrio. Quell'incontro decisivo con Gabe ha accresciuto la mia paura che possa non esistere una causazione mentale, che nessuna nostra azione abbia importanza e che nulla sia sotto il nostro controllo.

Ma ho fatto progressi su queste montagne. Evie mi ha aiutato a comprendere che la causazione mentale è una verità, e negarla sarebbe assurdo. Abbiamo combattuto contro ogni probabilità e finora abbiamo sempre vinto, grazie al duro lavoro e a una bella dose di fortuna.

Gli argomenti a sfavore della possibilità per la nostra mente di essere causale si basano su una relazione di sopravvenienza, in cui le proprietà mentali sopravvengono a quelle fisiche. Il "verde" di una proprietà mentale, che possediamo nella nostra mente, sopravviene al "rosso" di una proprietà fisica nell'universo, almeno secondo quel ragionamento. Io però sono convinto che le proprietà non esistano. E se l'idea comune sulle proprietà si rivelasse errata, farebbe cadere anche l'ipotesi che nega la causazione mentale.

Le proprietà, tuttavia, sono state accettate per millenni e non possono essere eliminate senza una spiegazione alternativa. Qual è il loro scopo? I filosofi sostengono che esse abbiano poteri causativi e siano alla base del principio di verificazione. La prima supposizione si rifà a Platone, secondo cui una cosa *è* realmente se ha la capacità di avere un effetto su qualcos'altro. Il secondo ruolo è più astratto, ha spesso a che fare con la verità delle dichiarazioni e con gli elementi che rendono una certa proposizione vera.

Se le proprietà non esistono, qualcos'altro, qualche elemento ontologico realmente esistente, dev'essere incaricato di svolgere questo ruolo.

. . .

Joe appoggiò la mano sulla corteccia ruvida. La sua pelle callosa era lo specchio delle rugosità nel ramo dell'albero.

. . .

E le relazioni? Tra gli oggetti vengono stabilite relazioni. Un oggetto può essere più grande di un altro, come quest'albero è più grande della mia mano. Un oggetto può anche esistere accanto ad un altro, come la mia mano che poggia sull'albero. Ma queste relazioni sono considerate di serie b in filosofia, perché è più naturale pensare che siano le proprietà fisiche ad essere causali. Le relazioni non *farebbero* alcunché.

I fisici sono stati più generosi nei loro confronti. Le quattro forze fondamentali, gravitazionale, elettromagnetica, forte e debole, descrivono le relazioni che legano gli oggetti o le particelle. Il campo di Higgs ha un qualcosa di mistico, trattandosi di un'energia invisibile che permea l'intero universo e le particelle, dando loro massa, la componente fondamentale della materia. Questo campo suggerisce vi sia in gioco qualcosa più simile ad una relazione, che a proprietà insite in un qualunque oggetto.

. . .

Sopra la sua testa, i grossi rami puntavano in tutte le direzioni, oscillando nel vento. I loro profili si stagliavano contro il cielo che andava scurendosi. Ogni scanalatura nella corteccia grigiastra era ben visibile, il periderma ruvido per tutte le avversità sopportate nella lunga vita dell'albero.

Poi il velo si squarciò. Il respirò gli si bloccò in gola, e Joe ebbe una visione. Davanti agli occhi non ebbe più i rami con proprietà legate alle loro particelle: nessuna venatura in rilievo, nessuna sfumatura di grigio nella corteccia. I rami ribollivano di relazioni, in una rete che era l'essenza stessa dell'esistenza. Le relazioni non emergevano dall'albero, *erano l'albero*. Rimase paralizzato, a fissare i rami che si stagliavano contro il cielo, sentendo il proprio corpo pervaso da una straordinaria ondata di energia.

. . .

L'ontologia si occupa di *ciò che è*, delle cose che *esistono*. Ma cosa succederebbe se la nostra ontologia fosse tutta sbagliata, capovolta? Se le relazioni fossero reali, e le proprietà non lo fossero? Se le relazioni svolgessero in realtà quei compiti attribuiti erroneamente alle proprietà? E se le relazioni fossero causali?

. . .

Il sole sparì dietro la montagna, seguito dall'apparizione di una striscia verde brillante che lo fece sorridere. Il fenomeno del raggio verde gli ricordava gli occhi di Evie, riempiendolo di una gioia profonda. I colori del tramonto passarono dall'arancione al rosa, e poi al viola. Ripensò a quella che sembrava una vita passata, in cui Evie aveva fatto quell'incredibile rodeo flip sulla tavola da surf. Chiuse gli occhi e rivisse la scena del suo corpo che roteava in aria, prima di riprendere la posizione sull'onda successiva.

. . .

Dal momento che le nostre percezioni sono così strettamente legate al mondo e al nostro modo di apprendere fin dall'infanzia, è quasi impossibile pensare a qualcosa di diverso da un mondo fatto di particelle che creano gli oggetti. Come posso abituarmi all'idea che le relazioni siano causali?

Se la nostra percezione del mondo è completamente capovolta, proprio come Evie sulla sua tavola, allora usare le parole che normalmente useremmo per descrivere gli oggetti che percepiamo non può funzionare. Non possiamo pensare in termini di oggetti e proprietà, né alcuna delle cose che credevamo esistessero. Dobbiamo reinventare il nostro modo di pensare. Intralciati da una mente male addestrata fin dalla nascita, ci troviamo a ridefinire ciò che è reale e a riflettere su questa nuova entità, la *relazione*.

. . .

I rami sopra la sua testa frusciarono, scossi dal vento che ormai era diventato costante. Una pioggerella leggera gli bagnò il viso, facendolo voltare verso est. Le nubi temporalesche si stavano avvicinando.

Joe fu investito da uno scroscio di pioggia e corse sotto la veranda per ripararsi. Si sedette sulla sedia di Evie, osservando il cielo squarciato da lampi e tuoni. L'acqua sgocciolava dal tetto, formando una pozzanghera vicino al suo stivale. La grandiosità del cielo scatenò la sua immaginazione, consapevole delle potenzialità di quel frammento di universo. Un lampo violaceo colpì un albero alto su una collina lontana, provocando un boato che raggiunse Joe un istante più tardi.

. . .

La teoria delle superstringhe e altre simili propongono di considerare tutte le particelle nell'universo come composte da oggetti matematici unidimensionali e vibranti, detti stringhe. Queste teorie, per garantire la propria coerenza interna, richiedono uno spaziotempo a più dimensioni, tipicamente dieci, o meglio ancora undici.

Se descrivessimo un fulmine a qualcuno che non ne abbia mai visto uno, potrebbe sembrargli un trucco di magia: una scarica elettrica tra quella nube e quell'albero. Senza poter vedere né comprendere il fulmine, qualcuno potrebbe immaginare che la nube abbia causato l'esplosione dell'albero. Vedendo quella *congiunzione costante*, per usare le parole di Hume, potrei accettare tale spiegazione.

Ma se il fulmine esistesse in una delle dimensioni alternative proposte dai fisici, oltre alle quattro percepite dello spaziotempo, forse sarebbe possibile trovare lì la sua vera causa. Lì potrebbe risiedere la *relazione* come elemento causale.

Quando Evie ed io abbiamo discusso del tempo, le ho detto di usare il modello mentale dell'universo come un blocco, ma potrei spingermi oltre. Se immaginassi lo spazio tridimensionale come una dimensione e il tempo come una seconda dimensione, forse lo spaziotempo potrebbe essere a sua volta immaginato come un piano ripiegato a formare una sfera. Con quel modello in mente, posso senz'altro comprendere che vi sarebbe la possibilità di altre dimensioni, sia all'interno, sia all'esterno della sfera. Non è dissimile dall'ipotesi delle ulteriori dimensioni proposta dalla teoria delle stringhe.

E quindi, dove si troverebbero le relazioni causali? Potrebbero essere nascoste in una delle dimensioni al di fuori dello spaziotempo, all'esterno della sfera. Proviamo a immaginare una sorta di Zeus, giusto l'immagine e non il dio, che regga un fulmine e lo pieghi all'estremità in modo che la punta tocchi la superficie della sfera. Ora, il fulmine sarebbe la relazione, un oggetto reale che esiste fuori dallo spaziotempo. Se il fulmine fosse la relazione, allora forse quel fulmine, quella relazione, quello schema, sarebbe alla base della causazione percepita nello spaziotempo. Il fulmine è la causa, mentre il punto di contatto con lo spaziotempo identifica il punto in cui si verificherà l'effetto.

Hume sosteneva che fosse semplicemente l'effetto di una congiunzione costante, come sentire il rintocco di un orologio e poi di un altro, a convincerci che uno fosse la causa dell'altro. Eppure, non vi è alcuna necessità logica che ciò sia vero. E non vi è alcuna necessità logica che la misurazione delle particelle significhi la loro causalità. Di conseguenza, considerare le relazioni come ingranaggi della causazione non viola alcun esperimento scientifico.

Abbiamo un tale bagaglio mentale legato alla parola *relazione*, che ci servirà un nuovo termine. Ho un'idea: chiamerò questa relazione causale *lampo*.

Se i lampi, o relazioni causali, sono gli unici elementi ontologici responsabili della causazione, e si trovano fuori dallo spaziotempo a quattro dimensioni, allora molti problemi scompaiono. Il primo è il problema della causazione mentale. Dal momento che la mente stessa può essere composta da questi lampi, ne deriva che la nostra mente possa assolutamente essere causale. Una tale mente, composta da lampi, può avere libero arbitrio in un universo chiuso e indeterministico. *Noi siamo Zeus*.

. . .

La tempesta passò, le nuvole si diradarono e lasciarono intravedere il cielo scuro e le prime stelle. Sulle montagne soffiava un vento freddo, ma Joe era soddisfatto che la proria lunga ricerca mentale avesse portato ad alcune risposte plausibili ed eleganti.

. . .

E riguardo al ruolo delle proprietà rispetto al principio di verificazione? Se non esistono, qualcos'altro dovrà esserne alla base. Alcune verità emergono perché legate al mondo, ancorate ad oggetti del mondo descrivibili come insiemi di lampi. Per esempio, "la Zona Vuota del Nevada" è vera grazie ad un insieme di lampi. Quindi un certo numero di lampi può avere quel valore verificatore. Essi avranno perciò un doppio compito: essere causali nel mondo e verificatori di alcune verità, ma non di tutte.

Torniamo a Hume. Distingueva i dati di fatto dalle relazioni di idee. I dati di fatto sono verità che esistono a prescindere dalle condizioni del mondo, come la somma degli angoli di un triangolo euclideo che sarà sempre di 180 gradi. Penso che queste verità possano essere un altro tipo di relazioni, non causali verso il mondo.

Forse il problema sta nell'aver usato lo stesso termine, *relazione*, per due elementi diversi della tavola ontologica. Cosa succederebbe se pensassi a tali verità come al tuono che segue il fulmine? Mentre il fulmine ha danneggiato l'albero sulla collina, il tuono che lo segue causerà soltanto un rumore nelle mie orecchie, nello stesso modo in cui un'idea mi riempirà la testa. È un'analogia imperfetta, dal momento che il tuono ha un fondamento nel mondo fisico, mentre la relazione che stabilisce il principio di verificazione non ne ha. Sto iniziando a pensare che questa relazione sia un secondo elemento ontologico reale. A questo punto, chiamerò questa verità che esiste, ma non è causale nel mondo, un *boom*.

Ora abbiamo soltanto due elementi: lampi e boom. Sono gli unici due elementi che servono per sorreggere l'universo.

. . .

———————◆———————

Joe trovò Evie nel letto, sveglia. Senza la candela accesa, la stanza era buia. I bambini dormivano nel loro lettino. «Sei stato fuori a lungo. Pensavi?» Si allungò verso di lui.

«Sì. È stato tonificante poter usare il cervello invece dei muscoli.»

Joe non riuscì a tenere per sé la propria scoperta, che iniziò subito a spiegarle nei dettagli.

Mentre lo ascoltava, Evie lo studiava, dapprima inclinando la testa con sguardo interrogativo, poi serrando le labbra per la concentrazione. «Se capisco bene, credi che l'universo sia formato da lampi. I lampi sono relazioni, e le reti di lampi causano tutto ciò che avviene.»

«Esattamente. Ti ricordi quando dissi che ci sono tre condizioni per il libero arbitrio? La terza è che esista un "io" causale. Ora abbiamo un modo per immaginare tale meccanismo causale in un universo chiuso. Noi stessi siamo formati da lampi.»

«E questo risolve l'ultima delle condizioni che ci permetterebbe di avere il libero arbitrio.» Ora anche lei era eccitata.

Lui annuì. «Penso che questa ipotesi possa descrivere l'universo. E le nostre menti sarebbero formate dagli stessi elementi, essendo quindi in grado di causare avvenimenti nel mondo, nel modo in cui convenzionalmente ce lo immaginiamo. Per adesso, però, resta soltanto un'ipotesi, perché soltanto la scienza può dimostrare queste cose. Quando ho incontrato Gabe, un empirista, per la prima volta, mi disse che è necessario rivolgersi alla propria esperienza sensoriale del mondo per poter imparare qualsiasi cosa. Potremo avere la risposta a queste domande soltanto usando la scienza per fare esperimenti nel mondo, per testare queste ipotesi. Ci credo anch'io. Per questo motivo, speculare ulteriormente sembra futile. La mia è solo un'ipotesi sugli elementi che compongono l'universo, anche se devo ammettere di trovarla piacevolmente elegante.»

Capitolo 39

L'estate finì in un baleno. Piantarono un orto con i semi dei pomodori ricevuti in dono da Fabri. Le piantine crescevano velocemente, gareggiando con i germogli di grano e le mele sull'albero e promettendo un buon raccolto. A volte lavoravano fuori insieme, controllando a turno i gemelli, mentre Joe si occupava di tagliare la legna ed Evie di lavare i panni nel lavatoio. Altre volte Joe si occupava dei bambini da solo, per dare alla mamma un meritato riposo. Evie mungeva le pecore e trascorreva diverse ore a settimana sulle montagne per raccogliere le erbe e controllare le sue trappole per uccelli, approfittando della libertà dai propri impegni di madre e dell'energia mentale che ne ricavava.

Quando i pinoli furono pienamente maturi, a metà autunno, Fabri suggerì di fare un picnic e portare del cibo da condividere mentre ci si dedicava alla raccolta. Il giorno concordato, Eloy arrivò con il carro per portarli a casa propria. Caricarono il passeggino, la famigliola, una grossa borsa di scorte per i bambini e si avviarono lungo la strada sconnessa. L'aria mattutina era fresca, segno che era arrivato ottobre. Evie e Fabri parcheggiarono il passeggino fuori dal fienile. Chiacchieravano e tenevano d'occhio i bambini, che voltavano le testoline a ogni gracidio delle rane nel torrente.

Joe ed Eloy erano in piedi accanto al passeggino. Eloy agitava un dito di fronte a Clay, che cercava di acchiapparlo tra i risolini. Joe prese Asher e imitò i *cra cra* delle rane finché scoppiarono tutti a ridere.

. . .

Sono così carini che a volte viene soltanto voglia di fermarsi per giocare con loro e guardarli crescere. Sono il centro del nostro mondo.

. . .

«Pronti per partire?» Eloy bevve un ultimo sorso d'acqua. Joe annuì, poi sorrise ad Evie e mise Asher nel passeggino. Salì sul carro accanto ad Eloy.

In teoria, le istruzioni erano semplici: raccogliere le pigne, separare i pinoli e conservarli nei barattoli di terracotta preparati da Joe. Lui ed Eloy guidarono il carro a valle, verso la pineta più promettente. Joe tagliò alcuni alberelli giovani per farne lunghi pali che avrebbero raggiunto anche i rami più alti. Lavorarono tutta la mattina, facendo cadere le pigne e raccogliendole nelle ceste, poi caricandole sul carro e impilandole accanto al fienile. Con un altro viaggio del carro raccolsero delle sterpaglie. Joe aveva le dita appiccicose per gli olii rilasciati dai pini, il cui profumo limonaceo gli impregnava i vestiti.

Le donne li aiutarono ad accendere i fuochi che avrebbero separato i pinoli dalle dure corazze delle pigne. Impilarono le sterpaglie sulle pigne per bruciare la resina che le ricopriva. Gli uomini continuarono la raccolta, mentre Evie e Fabri colpivano le pigne annerite con i martelli per farne fuoriuscire i pinoli. Nel primo pomeriggio avevano già riempito diversi grossi cesti, da cui trasferirono le preziose scorte invernali nei barattoli di Joe, che sistemarono nel fienile.

Si spostarono in casa di Fabri. Lei preparò un ricco pasto mentre i gemelli gattonavano ai suoi piedi. Dopo aver dato loro da mangiare, Evie li mise nel passeggino per un riposino, accarezzando dolcemente le testoline e canticchiando finché non si addormentarono.

Il successo della giornata aveva riempito Joe di energia. «Con il grano del mese scorso e i pinoli di oggi, siamo pronti per affrontare l'inverno. Dobbiamo soltanto raccogliere le mele.»

«Mi piace avere il fienile pieno.» Eloy rise. «Anche se forse dovrei farvi pagare l'affitto.»

«No, non dovresti.» Fabri agitò il cucchiaio. Poi la sua voce si addolcì. «In ogni caso, tesoro, fai un gran lavoro, riempiendo i nostri piatti e quelli dei nostri vicini.» Indicò un grosso tacchino che Eloy aveva preso con l'arco il giorno prima. Mentre Fabri lo portava in tavola, Evie servì un'insalata di erbe di campo. Si buttarono avidamente sui propri piatti.

«I pinoli erano una delle poche cose che riuscivo a mangiare in gravidanza», disse Evie, tentando di infilzare i pinoli con la forchetta.

«È facile farseli piacere, con tutti quei grassi e le calorie», disse Eloy.

Joe si chinò e le sussurrò all'orecchio: «Non si nota affatto. Secondo me sei più in forma adesso che prima di avere i bambini.» I suoi occhi si illuminarono, e un sorrisetto malizioso le apparve sul viso.

«A me piace tritarli per farne una pasta simile al burro di arachidi», disse Fabri, versando la salsa sul tacchino.

«Molto saporito, ma preferisco il burro di pecora», rispose Eloy, spalmandone una dose generosa su una spessa fetta di pane.

«Joe, Fabri si è gentilmente offerta di tenere i bambini stanotte.» Evie sollevò le sopracciglia con espressione trepidante.

Fabri sorrise allusivamente. «Hanno sette mesi, abbastanza per passare una notte lontani dalla mamma. E abbiamo abbastanza latte di pecora fino a domani.»

Joe guardò Evie, poi sorrise a Fabri. «Sei molto generosa, grazie.» Incrociò lo sguardo di Evie. «Ora capisco perché hai portato così tanta roba per i bambini.»

Lei strinse le spalle, sorridendo sotto i baffi.

Anche Eloy sorrise. «Sono beneducati, ma molto attivi. Abbiamo offerto due paia di mani in più.»

Joe, preso da un'inattesa eccitazione, sentì il proprio battito accelerare. Fino a quel momento non si era reso conto di quanto fossero presi dall'essere genitori. «Siete molto gentili. Vi serviranno tutte le mani a disposizione.»

◆

Mentre tornavano verso casa, Joe disse: «Lo pianificavi in segreto?»

«Fabri me l'ha proposto ieri. Ha detto che Eloy voleva passare più tempo con i bambini.» Si affrettò lungo il sentiero davanti a lui, ricordandogli i lunghi e oscuri giorni passati a camminare prima di trovare la loro valle paradisiaca. Quel peso non gravava più sulle sue spalle, pensò, accelerando il passo per raggiungerla e lasciar andare il brutto ricordo.

«E ora cosa proponi?» Le fece l'occhiolino, affiancandola.

Evie inclinò la testa e arrossì. «Laviamoci. E poi facciamo due passi fino al nostro albero di mele. Potremmo anche dividerne una.» Joe sorrise. Evie corse avanti e sparì dietro una roccia.

Lui si diresse alla casa e svuotò lo zaino. La grossa coperta in pelle di cervo non era appesa al gancio. Andò verso la vasca da bagno, si spogliò e si immerse nell'acqua ancora tiepida. Lavò via lo sporco accumulato lavorando. Poi vide gli abiti di Evie piegati ordinatamente. Uscì dalla vasca e, illuminato dai raggi del sole, camminò fino al melo.

Lì la vide, stesa sulla coperta, con indosso soltanto l'anello di diamanti rossi. La pelle di cervo conciata, con le frange grigie, gli ricordò la conchiglia del Botticelli, entro cui era messo in mostra il suo corpo perfetto. I suoi seni erano pieni e vellutati nella luce pomeridiana. La lingua danzava sulle labbra, e il cuore di Joe sembrò fermarsi quando i loro occhi si incontrarono.

Si stese al suo fianco e ricoprì il suo corpo di baci leggeri. Evie lo accarezzò e lui sentì il proprio corpo reagire al suo tocco. Appoggiò la punta delle dita sulla pelle morbida delle sue cosce e tracciò la curva della propria felicità. Le dita si intrecciavano, giocando languidamente sui loro corpi, accarezzando i punti che sapevano di amare, obbligando la Terra a rallentare per regalare quel tempo a loro soltanto.

«Mi sembra di conoscerti completamente. Non solo ogni capello sulla tua testa, ma la tua mente.» Le baciò la fronte.

«Come se fossi nella tua testa, e tu nella mia.» E poi fu davvero in lei. «Sì, facciamolo per sempre.» Lei sospirò, e insieme fecero rallentare la corsa del mondo.

Poi lei si sedette sul suo grembo, fissando il proprio sguardo nel suo e muovendosi lentamente. Il suo viso irradiava gioia e un amore senza limiti, incorniciato dal cielo rosato. Lo scroscio della noria combaciava perfettamente con il ritmo lento dei suoi fianchi.

Mentre il loro respiro accelerava, lei si mosse più velocemente. «Hai fame?», chiese in un gemito.

«Solo di te.»

La brezza leggera portò con sé il profumo di aghi di pino, che si mescolò con il profumo di lei. Un coro di pettirossi, fringuelli e succiacapre si alzò per salutare il giorno morente. Il cuore di Evie batteva contro il suo petto come le ali di un uccellino. La sua pelle brillava, coperta di un sottile strato di sudore nonostante l'aria fresca della sera. Il torrente gorgogliante si mescolò allo scroscio della noria e alle sue grida. Il suo corpo fu scosso dai brividi, più volte. Joe si sentì dissolvere in puro amore, come se si librasse sulle montagne e fino al cielo scuro, fino allo spazio, dove le stelle brillavano in tutta la loro maestosità. Poi ridiscese dolcemente fino a terra, sulla coperta vicino alla loro casetta, al sicuro dal mondo.

Il sole scomparve all'orizzonte. Restarono abbracciati e la mente di Joe era sgombra, se non per il pensiero di lei accanto a sé. Lei gli si strinse contro quando l'aria si fece più fredda. Il suo respiro era di nuovo calmo e regolare.

. . .

Sento la sua elettricità, di compagna e amante. Lei è il lampo. Innesca qualcosa dentro di me.

. . .

Evie prese una mela rossa dall'albero. «Un piccolo dessert?» Gli porse il frutto con uno scintillio negli occhi.

Joe morse la mela, sentendosi pervadere dall'elettricità del momento.

«Dessert dopo il dessert», disse.

Capitolo 40

L'autunno dipinse le montagne con una tavolozza di gialli brillanti dei pioppi, aceri color ruggine e frassini dorati. La gelida calma del mattino era spesso rotta dagli starnazzi delle oche del Canada che avevano fatto tappa sui laghi montani prima di riprendere la loro migrazione verso sud. Il raccolto era stato immagazzinato per l'inverno, i giorni di accorciavano e Joe passava più tempo in casa con Evie e i bambini.

Quel giorno ospitavano Fabri ed Eloy. Erano seduti intorno al tavolo ed Evie girava la manovella della zangola, sbattendo la panna al suo interno con colpi ritmici e creando un sottofondo alla conversazione. Asher era seduto in braccio a Joe e singhiozzava quasi a tempo con la zangola, con il latte di pecora che gli colava dal mento.

Joe fece un cenno in direzione del marchingegno. «Eloy, hai fatto un bel lavoro con quella. Avevo provato a costruirne una simile il mese scorso e non riuscivo a farla funzionare.»

Evie rise. «Cercare di girare la manovella era come far rotolare un masso in salita. Questa invece è così fluida.»

«Non è niente di che.» Eloy minimizzò il complimento con un gesto. «Il nostro Joe, qui, ha la mente rivolta ad altre cose, ecco tutto. Il trucco è fissare la manovella nel modo giusto, abbastanza stretta perché non ci siano perdite.»

Evie guardò Joe e annuì. Lui si schiarì la gola. «Siamo particolarmente grati per qualunque cosa renda i travagli di Evie meno penosi, visto che presto dovrà affrontare tutto un altro tipo di travaglio.»

Fabri trattenne il fiato, portandosi una mano alla bocca. Eloy gli diede una pacca sulla spalla.

Evie studiò il proprio addome, nonostante Joe fosse convinto di non poter ancora scorgere nulla. «È strano pensare di essere di nuovo incinta. Asher e Clay sono ancora così piccoli.» Si passò una mano sulla pancia. «La vita è imprevedibile.»

«Beh, a vedervi insieme, forse non era del tutto imprevedibile.» Le fece l'occhiolino. Poi sembrò rendersi conto di ciò che aveva appena detto e arrossì. «Ma sì, la vita ci fa molte sorprese.»

«Siate grati dei doni del cielo. Io sarò qui per aiutarvi con il parto anche questa volta.» Fabri raccolse Clay dal pavimento e lo fece rimbalzare sul ginocchio. «Come ti senti questa volta, Evie?»

«Vorrei che il mio corpo non mi sembrasse così fuori controllo, ma sono più sicura. Penso che il mio fisico si sia adattato, ho più energia.» In un attimo, lasciò la zangola e si lanciò su Asher, abbracciandolo finché lui lanciò un urletto, ridendo.

Joe sorrise, poi disse: «Siamo a metà sentenza. Ce la faremo.»

Eloy gli strinse la spalla con una mano forte. «Sembra che abbiamo firmato anche noi per una nuova ferma. Resteremo tutti insieme.»

■——◆——■

L'arrivo dell'inverno portò un rallentamento nel ritmo della vita. La natura si richiudeva su se stessa, riducendo il metabolismo per conservare le energie. L'energia rimasta esplodeva ancora più cruda nella danza competitiva tra vita e morte, dove tutti mangiavano tutti e le riserve di cibo scarseggiavano. Joe si ritrovò a essere parte di quella rete, aggrappandosi al proprio potere di dispensare la vita. Ogni mattina, nonostante il freddo sempre più intenso, controllava le trappole, avvolgendosi nel cappotto di cervo e calandosi il cappello di pelliccia fin sulle orecchie. Si addentrava sulle morene innevate per trovare la selvaggina che avrebbe rifornito la loro cantina e accatastava la legna da ardere per tenere la famiglia al caldo in casa.

Come molte altre mattine, Joe era nascosto, in attesa dei cervi. Nella sua postazione sopraelevata era esposto non soltanto agli elementi, ma anche a se stesso. Il silenzio fu rotto dalle prime note dell'ululato del vento che si incanalava nella valle. Assomigliava ad un mormorio, senza consonanti, il suono di sottofondo di Madre Terra e Padre Tempo intrecciati, e lo fece sentire impotente e isolato sul proprio albero.

Il sole sbucò all'orizzonte, indicando che era il momento di tornare indietro. A mani vuote, Joe si mise l'arco a tracolla e si incamminò con passo pesante, pestando i piedi intirizziti sull'erba brinata. Il respiro si condensava in piccole nuvolette davanti al suo viso, ma il movimento scacciò il gelo dal corpo, facendogli ben presto provare dolorose fitte di calore nelle gambe e nelle braccia. I sentieri appena accennati nella foresta erano ancora bagnati dalla pioggia leggera della sera prima e le sue Mercuries logore si incrostarono di fango. La caccia l'aveva portato a parecchi chilometri da casa, lasciandolo esausto. Controllò i crinali e ascoltò, in allerta per qualsiasi movimento. Quando sbucò in cima alla collina che sovrastava la casa, vide un movimento con la coda dell'occhio e il cuore si raggelò.

La macchia fulva e muscolosa si stava muovendo attraverso il prato a est del campo di grano brullo, dirigendosi dritta verso la casa. Il passeggino era accanto al camino, ma Evie non era nei paraggi. Anche a distanza, poteva vedere un movimento nel passeggino, forse una manina.

«Evie! Evie!» Scattò e gridò a squarciagola.

Il puma corse verso il passeggino, pura potenza felina che attraversava il campo in linea retta, appiattendo le orecchie all'indietro. Joe lo osservò, impotente, mentre correva e urlava.

In un batter d'occhio, Evie apparve sulla porta con il suo bastone bō in mano. Aggirò l'angolo della casa mentre il puma spiccava il salto. Il bastone balenò in un turbine tra le sue mani. Lo riprese al volo e usò lo slancio per colpire la belva. La ferì su una delle zampe anteriori, facendola cadere a terra con la zampa piegata in modo innaturale, ma l'animale si rimise in piedi. Il contraccolpo spinse Evie all'indietro, ma lei mantenne salda la posizione e attaccò ancora, puntando la lama al muso del felino. Il puma scoprì i denti, ringhiando, poi si voltò e scappò attraverso il campo. Un urlo echeggiò lungo la valle, disorientando Joe, finché si rese conto che proveniva dalla belva in fuga.

Joe strinse entrambi i bambini in lacrime tra le braccia, senza sapere come avesse disceso la collina. Evie ululò, agitando il bastone. Stava tremando, e Joe posò Clay per circondarle le spalle con il braccio.

Lei si lasciò andare contro di lui. La voce le si spezzò mentre diceva: «Ho portato fuori i bambini e sono tornata solo un attimo a prendere le copertina, poi ho afferrato il bastone mentre uscivo. È successo tutto così in fretta.»

«È tutto okay. Sei stata magnifica.»

Le tremava la bocca. Prese Clay e lo strinse a sé, sussurrandogli parole incomprensibili. Faticava a inspirare profondamente e continuava ad espirare in rantoli brevi e irregolari.

Joe si concentrò sulla sua pancia, che ormai era leggermente ingrossata, e rabbrividì all'idea del rischio che aveva corso. Il suo stesso respiro era accelerato. Con l'adrenalina in circolo, gli istinti animali prendevano il sopravvento.

«Tutto può esserci portato via in un istante», disse lei.

«È la nostra realtà. Ma non oggi.»

Risistemò Asher, ora felice e sorridente, nel passeggino, avvolgendolo nella copertina. «Devo inseguirlo, trovarlo e scoprire quanto gravemente sia ferito. Non possiamo rischiare che venga ancora.»

«Stai attento.» La preoccupazione le increspò il viso. «Ho bisogno che ritorni.» Le sorrise mestamente, poi controllò l'arco e si incamminò.

Le impronte si allontanavano in linea retta attraverso il terreno scuro del campo, quattro dita e tre lobi sul lato posteriore. La zampa anteriore destra era sempre segnata da una goccia di sangue. Joe seguì la scia di sangue oltre la collina, grato di avere un modo per seguire la direzione dell'animale oltre la linea dell'orizzonte.

Le tracce diventarono molto più difficili da trovare man mano che proseguiva. Era preoccupato che potesse tendergli un agguato, quindi teneva tutti i sensi all'erta mentre esaminava il sottobosco alla ricerca di tracce. Una macchia di sangue su un cespuglio di artemisia gli confermò di essere sulla giusta via, così proseguì, gli occhi e le orecchie ben aperti, muovendosi furtivamente. Quando perse le tracce, tornò indietro e proseguì verso destra, angolato rispetto al sentiero nel sottobosco, fino a ritrovarle. Studiò il paesaggio e provò a pensare come un puma, per indovinare quale direzione avesse preso.

Gli diede la caccia per quelle che gli sembrarono ore. Le impronte nel fango mostravano i punti in cui il felino si era fermato a bere. L'erba piegata e un'altra macchia di sangue lo aiutarono a seguirlo, ma le tracce diventavano più distanti l'una dall'altra. Con tutta probabilità l'animale non era ferito mortalmente.

Gli dolevano le braccia per aver imbracciato l'arco pronto all'uso. Aveva camminato per chilometri. Aveva perso e ritrovato le tracce del puma dozzine di volte. La caccia gli aveva aperto gli occhi alla dura realtà. Non era spaventato, piuttosto determinato a trovare l'animale e mettere fine alla minaccia.

Vagò a cinque valli di distanza dalla casetta e trovò pochi segni, che però portavano tutti a monte. Joe si chiese perché il puma avesse sprecato quelle energie. Rallentò in cima al crinale, controllò la direzione del vento e fece un passo cauto per guardare oltre il bordo. Vide una sporgenza rocciosa sotto di sé, in mezzo a un boschetto di abeti. In mezzo a due massi, riuscì a distinguere un lampo rossiccio. Si immobilizzò, poi si inginocchiò nell'erba per non essere visto. Tre animali erano parzialmente nascosti dal fogliame, visibili soltanto attraverso il mirino. Joe incoccò una freccia.

Mirò al puma. Poi qualcos'altro saltò nel suo campo visivo. I due cuccioli avevano i mantelli bianchi e marroncini, con macchie rossicce. Quando uno dei due si rotolò sulla schiena e si attaccò per poppare, Joe riuscì chiaramente a vedere i suoi occhi azzurri attraverso la lente del mirino. Mamma puma leccò il piccolo e poi la zampa ferita. L'altro cucciolo le leccava il profondo taglio aperto sul muso.

. . .

Stava cacciando per nutrire i suoi piccoli. Vive d'istinto, in ogni momento. Farebbe qualunque cosa per loro. Siamo tutti animali, e dispensiamo la morte gli uni agli altri. Non esito più ad uccidere un cervo, ma questa sarebbe una morte diversa.

. . .

Joe abbassò l'arco. Rimase a guardare per diversi minuti, poi tornò sui propri passi. Ridiscese il pendio della montagna e si diresse verso casa.

◆

Joe arrivò alla casetta nel tardo pomeriggio, affamato, sporco ed esausto. Trovò la porta chiusa e sbarrata. Aprì uno spiraglio e i bambini farfugliarono dal passeggino. Evie alzò lo sguardo, trepidante.

«L'hai ucciso?»

«Non ho potuto. È una madre con i cuccioli. Non penso che tornerà. L'hai ferita e se lo ricorderà. Faremo semplicemente più attenzione.»

Evie si morse il labbro «Essere una madre ti cambia. Faresti qualunque cosa per proteggere i tuoi piccoli. È imprevedibile. Non si tratta più di "io", ma di "loro", i miei bambini. Ho agito puramente d'istinto là fuori. Adrenalina. Per proteggere i miei piccoli. Una mamma puma farà lo stesso. Dovremo ricordarci che la natura selvaggia in cui viviamo mette a nudo i nostri istinti primordiali.»

Joe le spostò i capelli dal viso sincero e tenne stretto il proprio angelo protettivo.

Capitolo 41

Il loro secondo inverno nella Zona Vuota li tenne in casa più di quanto avrebbero voluto, ma quello era un rifugio sicuro dalla dura legge della natura. La neve ricopriva le montagne, occasionalmente lavata via dalle piogge. Joe doveva spesso avanzare in trenta centimetri di neve per controllare le trappole. La magra consolazione era che il clima più caldo di questo secolo aveva spinto la selvaggina entro un raggio più ristretto, rendendo la caccia fruttuosa anche con la scarsa protezione offerta dalla vegetazione spoglia. Ogni giorno Joe tornava a casa stanco morto dopo la caccia. Spesso, dopo cena, aveva soltanto la forza per trascinarsi nel letto.

Una mattina di febbraio fu svegliato da un suono stridente. Uscì dal letto ancora assonnato e spiò fuori dalla finestra. La noria girava furiosamente, spinta dall'acqua del torrente ingrossato dal disgelo. Aprì la porta ed ebbe conferma della provenienza del suono: il perno grattava, legno contro legno, perché il grasso animale si era consumato completamente.

Dopo colazione, Joe indossò vestiti caldi, recuperò il secchiello di grasso dalla cantina e si avviò verso la ruota. Aveva iniziato a piovigginare, quindi si affrettò a scavalcare la canalina in legno per appoggiarsi alle travi di sostegno. Applicò il grasso con un bastone piatto. Mentre il grasso entrava nel meccanismo, Joe fece un passo indietro per ammirare il proprio lavoro, ma il suo piede poggiò sull'aria.

Cadde all'indietro, finendo sott'acqua nel torrente gelido. La spalla sbatté contro una trave mentre la caviglia colpiva una pietra sul fondo. La corrente lo travolse, tirandolo sott'acqua per alcuni metri, finché riuscì ad emergere con la testa e a prendere alcuni respiri frenetici. Le poche bracciate necessarie a raggiungere la riva irradiarono scariche di dolore nella spalla ferita, e riuscì a issarsi sull'argine con molta difficoltà. L'acqua gelata gli colava sul viso. L'intero corpo gli doleva mentre tornava alla casetta.

Joe spinse la porta con una mano, emettendo un lungo gemito. Evie sussultò e corse verso di lui. Lo sostenne con un braccio intorno alla vita.

«Sono caduto dalla noria.»

Lo aiutò a spogliarsi dei vestiti ghiacciati, mentre i bambini li guardavano dal passeggino spalancando gli occhi. «Non penso di essermi rotto la caviglia, ma dev'essere quanto meno una brutta slogatura.» Trattenne il fiato. «Mi fa male anche la spalla.» Lei gli tolse la camicia. Un livido bluastro si stava già allargando sulla parte superiore del braccio e sul petto. Si asciugò con un panno prima che Evie lo aiutasse a sdraiarsi nel letto, rimboccando diverse coperte intorno al suo corpo tremante e accendesse il fuoco.

«Tesoro, fammi controllare la caviglia», disse lei. Ogni tocco delle sue dita gli provocava dolore mentre la esaminava. «Non sembra rotta. Un bendaggio freddo dovrebbe ridurre il gonfiore.»

«Credo che l'acqua del torrente abbia fatto un gran bel lavoro per quello.»

Evie sorrise e la preoccupazione sul suo viso diminuì, mentre iniziava a preparare una zuppa calda.

. . .

Mi sarei potuto facilmente fratturare una gamba o la caviglia. Sarebbe stato un disastro, che probabilmente avrebbe significato la mia morte. Non ho pensato alla più elementare conoscenza medica mentre mi preparavo per questo posto, ma avrebbe dovuto essere ovvio.

. . .

Dopo una scodella di zuppa, il gelo che gli si era insinuato fino nelle ossa finalmente si sciolse. Joe restò sdraiato a letto per il resto della giornata, tenendo la caviglia sollevata e la spalla immobilizzata.

Il giorno seguente la spalla era migliorata, segno che non dovesse essere più di un brutto livido, mentre la caviglia si era gonfiata fino a raddoppiare le normali dimensioni. Fu costretto ad ammettere che ci sarebbero voluti altri giorni di riposo per guarire.

Joe rimase in casa per i successivi due giorni, guardando i gemelli mentre Evie controllava le trappole, procurando il cibo. La mattina del terzo giorno ricominciò a piovere e si rintanarono tutti all'interno. A mezzogiorno la pioggia picchiava sul tetto sottile e la finestra era rigata da rivoletti d'acqua. Fulmini abbaglianti illuminavano la stanza, seguiti dal boato dei tuoni.

«Questo era vicino.» Evie si pettinava i capelli bagnati accanto al fuoco.

«Sembra quasi di essere fuori in mezzo alla tempesta», disse Joe.

«Quasi.»

Joe aggrottò la fronte, frustrato. «Tu non dovresti proprio stare fuori, visto che sei incinta di quattro mesi.»

Lei gli lanciò un'occhiataccia. «Ti avvertirò quando non mi sentirò in grado di fare qualcosa, Joe. So riconoscere i segnali del mio corpo. Fidati di me.» Si avvicinò e si accoccolò accanto alla spalla ferita.

Lui le appoggiò una mano sulla pancia, accarezzandola. Evie intrecciò le dita alle sue e rimasero così, persi nel momento. Le sussurrò: «Grazie per aver portato dentro la legna, amore mio.»

«Non c'è di che.» Evie gli accarezzò i bicipiti, che si erano ingrossati con l'allenamento. «Tu fai sempre tanto per noi.» La sua mano indugiò. «Cacci per noi. Tagli la legna. Ti meriti una pausa.» Sottolineò ogni frase con una leggera stretta sul braccio. «E un ringraziamento come si deve.»

Joe riconobbe nei suoi occhi una fame che non riguardava affatto la loro dieta invernale. «Vorrei davvero sentirmi, ehm, *all'altezza* in questo preciso istante. Ma aspettiamo che la gamba guarisca ancora un giorno...»

Lei sorrise e poi tornò seria. «Il tuo incidente mi ha fatto riflettere. La nostra condanna finirà tra poco più di un anno. Qui fuori, senza cure mediche, siamo vulnerabili. Come finirebbe se a uno di noi succedesse qualcosa? Nonostante ci piacciano molti aspetti di questa vita, dobbiamo pensare ai ragazzi. Dobbiamo tornare.»

Lui sospirò. «Lo penso anch'io. Se vivessimo qui, i ragazzi avrebbero una vita drasticamente più corta. Non c'è modo per replicare gli avanzamenti del mondo moderno. Non credo che dovremmo compiere questa scelta per loro.»

«Ma non si tratta soltanto di proteggerli. È anche per la partecipazione alla comunità.»

«Sono d'accordo. Amo la nostra vita semplice quaggiù. Ma l'umanità si è evoluta oltre a questo stadio primitivo. Restando nel passato, rinunceremmo all'avanzamento della storia umana.»

Lei gli strinse il braccio. Il suo sguardo era determinato e ricordò a Joe la donna che aveva conosciuto, misteriosa e sicura di sé. «Riflettere sul benessere dei ragazzi mi ha fatto pensare anche a ciò che abbiamo lasciato indietro. Guardo i nostri figli e la vita che abbiamo costruito qui, e mi rendo conto che si tratta della nostra eredità. Meritano un mondo in cui il loro valore dipenda dal contributo che daranno alla società e non da un qualche Livello assegnato alla nascita. Avevo dato vita a qualcosa grazie al mio movimento anti-Livelli, e devo portarlo a compimento.»

Joe valutò i rischi. «Pensi che dovremo ancora preoccuparci di Peightân e Zable dopo aver scontato la nostra condanna?»

«Forse.» Evie buttò indietro i capelli. «O forse ci sono stati progressi nella loro cattura. In ogni caso Dina, Mike, Raif, Freyja e Gabe saranno lì per aiutarci.»

«È un rischio, ma sono d'accordo con te. La nostra vita qui non diventerà più facile con tre figli. Dobbiamo accettare la scommessa e tornare.»

Ora negli occhi di lei ardeva un fuoco. «Hai sempre parlato del blocco. La nostra vita qui è soltanto una piccola fetta. Se riusciremo a tornare, potremo essere il lampo. Potremo essere ciò che ispirerà un cambiamento nel mondo.»

«Posso aiutarti a riuscirci. Ci credo anch'io. I nostri figli sono uguali a chiunque altro e vorrei che vivessero in un mondo in cui questa è la visione comune.»

Evie lo strinse in un forte abbraccio. «Grazie. Ti voglio al mio fianco nella lotta.»

Il fuoco crepitava nel camino a causa della pioggia che si infiltrava nella canna fumaria. Evie aggiunse legna per ravvivarlo, creando ombre sui muri che imitavano i lampi di luce proveniente dalla finestra. Joe rimase a letto tutto il giorno, godendosi il tepore della casa.

I bambini camminarono con passi incerti fino al letto, portando con sé le figurine in legno che aveva intagliato per loro. Joe le fece marciare su campi di battaglia e colline immaginarie fatte con le coperte arrotolate, poi prese due soldati e, facendoli saltellare sulla coperta, raccontò loro storie di re e principesse. I bambini guardavano le figurine con gli occhi spalancati.

Quella sera i gemelli si addormentarono tranquilli nel loro lettino mentre Evie rimestava una pentola di zuppa sul fuoco. Dopo qualche minuto si fermò e si sedette vicino a Joe.

«I tuoi occhi sono tornati limpidi.» Gli appoggiò una mano sulla fronte. «Stai di nuovo pensando?»

«I bambini sono così innocenti, anche quando vivono in un mondo in cui accadono cose malvagie.»

«Pensi alla malvagità del mondo?»

«Più ai livelli di classificazione delle cose negative, in cui la malvagità sta al vertice.» Joe le prese le mani e le baciò. «Ti ricordi quando abbiamo parlato dell'angolo di riposo?»

«Di come la sabbia o le rocce possano scivolare in ogni momento?»

«Esattamente. Ora, diciamo che una roccia potrebbe caderti in testa, se dovessi passarci sotto nel momento sbagliato. O potresti cadere dalla noria. Non viviamo in paradiso. Tali incidenti sono dovuti alla casualità insita nell'organizzazione stessa dell'universo. Ci sono creature viventi che non possiedono una coscienza, che seguono ciecamente i principi alla base della vita, come trovare il cibo e riprodursi. È il caso del microbo che mi ha fatto ammalare l'anno scorso.»

«E del puma che cercava il cibo per sfamare i suoi piccoli.»

«Sì, quello è un esempio di coscienza elementare di un essere senziente. Ma come gli altri, il puma agisce d'istinto, ovvero senza la capacità morale di distinguere il bene dal male. Non si possono giudicare le sue azioni con criteri morali, poiché sono moralmente neutre», disse lui.

«Pensi che la coscienza debba essere un prerequisito per la moralità?»

«Credo di sì. Sembra che serva un ordine morale con un significato ben definito di bene e male, prima che un individuo possa emettere un giudizio morale.»

Evie si avvicinò. «Forse Adamo ed Eva avevano una comprensione morale insita nella propria coscienza, e crearono regole che guidassero la loro vita.»

«Sì. Prima di Adamo ed Eva, nel paradiso terrestre sarà sembrato tutto perfetto. La comprensione cosciente, però, deve aver portato alla consapevolezza dell'imperfezione del mondo. Questo perché le creature coscienti possono decidere di agire in modi che, collettivamente, ritengano essere sbagliati.»

Evie aggrottò la fronte. «Se il male non esiste nel mondo di per sé, ma soltanto nelle menti delle creature coscienti, saremmo quindi *noi* a creare il male?»

Joe si appoggiò sul gomito e si grattò la barba. «Forse sì. Penso che la nostra mente sia un complesso insieme di relazioni. Mi immagino piccoli lampi causali all'interno di immensi schemi di reti. La nostra mente crea il significato semantico, formando relazioni tra il mondo e noi stessi. Forse mentre estrapoliamo un significato da queste relazioni, creiamo altre, più complesse reti di relazioni, ovvero le idee, che contengono un valore morale.»

«Ma come potrebbe, un universo che ammetta la possibilità del male, essere creato da un Dio amorevole?» Evie chiuse gli occhi e recitò una poesia a memoria.

«Tigre! Tigre! Divampante fulgore
Nelle foreste della notte,
Quale fu l'immortale mano o l'occhio
Ch'ebbe la forza di formare la tua agghiacciante simmetria?»

Joe allontanò l'orlo della coperta. «William Blake.»

Lei guardò fuori dalla finestra scura. «Non ero spaventata quando il puma ha attaccato. Dopo, però, quando ho pensato a cosa avrebbe potuto accadere ai bambini, ero terrorizzata. E avevo paura che tu potessi rimanere ferito.» Spostò lo sguardo sulla caviglia gonfia. «È difficile conciliare l'esistenza di Dio con le sofferenze del mondo.»

«Perfino Charles Darwin si chiedeva come un essere così potente e onnisciente quale è Dio potesse creare un universo e poi permettere che così tanti animali vi soffrissero.»

«A quello devi aggiungere tutto il male perpetrato dalle creature coscienti.»

Evie si alzò per rimestare e servire la zuppa, e Joe si sollevò a sedere nel letto. Lei gli portò una scodella, poi avvicinò una sedia per sistemarsi di fronte a lui.

«Questo universo esiste con una sua particolare struttura matematica, una particolare logica.» Joe soffiò sulla zuppa bollente. «Alcune cose sono impossibili all'interno di queste regole. Per esempio, una delle tre leggi della logica, il principio del terzo escluso, dice che data una certa proposizione, o essa è vera, o è vera la sua negazione.»

«In altre parole, non c'è via di mezzo. E questa logica dove ci porta?»

Prima di rispondere, Joe inghiottì una cucchiaiata di zuppa. «Se Dio esiste, allora Lei può aver creato un universo in cui le creature coscienti hanno libero arbitrio, oppure non è vero che Dio ha creato un universo in cui le creature coscienti hanno libero arbitrio. Non possono essere entrambe vere contemporaneamente.»

Il volto di Evie si illuminò, e si bloccò con il cucchiaio a mezz'aria. «Ma se Dio ci ha dato il libero arbitrio, allora non può controllare le conseguenze delle nostre azioni, indipendentemente da quanto desideri cambiarle.»

«Esatto.»

«Aspetta.» Evie gli puntò il cucchiaio al petto. «Mi ricordo ciò dicevi a proposito del tempo. Che è già tutto qui, allo stesso modo in cui la lunghezza del blocco è già definita. Che siamo come una libellula intrappolata nell'ambra. Se questo è vero, Lei non può cambiarlo: il tempo scorre per noi, ma è fuori dal Suo controllo perché Lei è fuori dal tempo.»

«Esattamente.»

«Se un tale Dio esiste, deve voler rinunciare al proprio potere assoluto per garantire il libero arbitrio alle creature coscienti.»

«Sarebbe un dono meraviglioso.»

Lei annuì, sul viso un'espressione meditabonda. «Quindi le creature coscienti possono fare ciò che vogliono, al mondo e le une alle altre, compreso il male. Forse è questo il prezzo del libero arbitrio.»

Capitolo 42

La primavera arrivò con un'esplosione di vita. I pendii delle colline erano ricoperti di fiori di campo sgargianti e il melo era carico di boccioli. A Joe ed Evie piaceva sedersi sotto l'albero nel sole pallido, avvolti dal profumo dei fiori bianchi, mentre i gemelli si allenavano a camminare. Clay afferrava Asher quando gli passava accanto e finivano entrambi per roteare, ridendo, fino a cadere per terra. Oltre a "mamma" e "papà", Asher aveva imparato a dire "pecora", ripetendolo ogni volta che abbracciava gli animali e affondava le manine nella loro lana soffice.

Con la primavera il disgelo riempì il torrente, che scorreva ormai tumultuoso accanto alla casa. Una delle pale della noria si staccò, rischiando di far collassare l'intera la struttura. Joe ed Eloy agganciarono Bessie ad un paranco improvvisato per sollevare la ruota. Ripararono tutte le pale consumate, ingrassarono il perno e la rimisero al suo posto. Anche la noria di Eloy aveva bisogno di manutenzione. Alla fine di una faticosa giornata di riparazioni, Joe era in piedi sulla trave in cima alla noria e guardava l'acqua sotto di sé.

· · ·

Con un bimbo in arrivo, non è il momento di farsi male di nuovo. Sono contento che il lavoro sia finito.

· · ·

Era stata una gravidanza senza eventi particolari, più facile della prima. Evie era piena di energie anche mentre si avvicinava agli ultimi mesi. A volte mostrava il proprio sgomento all'idea di affrontare nuovamente i dolori del parto senza medicinali, ma sembrava essersi preparata.

Sentendosi ormai un agricoltore provetto, Joe piantò il grano a maggio. Allargò ancora il campo, sapendo che sarebbe stato l'ultimo raccolto. Mancava solo un anno alla fine dell'esilio. Pensava spesso agli amici nel mondo esterno, chiedendosi quali progressi avessero compiuto nella faccenda di Peightân. Il semplice fatto che non fossero stati raggiunti da alcuna comunicazione suggeriva che nulla avesse ridotto la loro condanna. La Zona Vuota restava un mondo a parte, e la vita oltre il muro scorreva a sé, con un tempo proprio, in una realtà diversa. Non vi erano alternative, se non vivere il momento presente.

Joe segnò la quarta tacca del mese sul muro posteriore della casa, il proprio calendario dell'esilio. Il suo sospiro soddisfatto fu seguito da un gemito proveniente dall'interno. Corse dentro e trovò Evie seduta sul letto. «È meglio chiamare Fabri.»

Dopo essersi assicurato che i gemelli fossero in casa e occupati con i loro giochi, corse lungo il torrente, sentendo il battito accelerare mentre saltava sulle rocce. Fabri era pronta e si lanciò sul sentiero al suo fianco, portando con sé la propria borsa di scorte medicinali. Questa volta, Joe conosceva la routine. Evie era calma e impassibile, respirava nonostante il dolore. Il bambino nacque quattro ore più tardi, lanciando un sano grido acuto.

«Un altro maschio.» Il tono di Fabri era gioioso, ma contenuto per non svegliare i gemelli addormentati.

«Lo chiameremo Sage.» Evie lo strinse al petto, accarezzandolo.

· · ·

Ogni volta è un nuovo miracolo. Nessun genitore potrà mai spiegare a qualcuno che non l'abbia provata, la magia di tenere tra la braccia il proprio bambino per la prima volta.

· · ·

Sorrise a quegli occhietti azzurri che lo guardavano e i suoi si riempirono di lacrime, sentendo la gioia gonfiargli il cuore.

Joe fu contento di sapere di nuovo cosa significasse dormire. Sage aveva tre mesi e finalmente riusciva a dormire un'intera notte di fila. Un bambino solo era più facile di due, ed entrambi si sentivano più sicuri come genitori. Eppure, gli strilli del neonato svegliavano ogni volta i gemelli, per cui Joe passava gran parte della poppata di Sage a farli riaddormentare. Non avevano abbastanza mani per tre bambini piccoli. Joe spesso sognava un tatabot che li aiutasse a cullarne uno.

La stanchezza cedeva il passo a sporadici sprazzi di felicità ogni volta che i bambini, crescendo, sviluppavano la propria personalità e acquisivano nuove abilità. Sage aveva scoperto le proprie mani e le agitava a chiunque entrasse o uscisse dalla casetta. La velocità con cui il linguaggio dei gemelli si sviluppava a diciotto mesi lasciava Joe sbalordito. Evie manteneva una conversazione costante con loro e cantava vecchie filastrocche. Clay era pronto nell'enunciare il proprio volere. «Ancora latte» era una delle frasi preferite. Gli piaceva anche trascinare la zappa dietro di sé mentre Joe si dedicava al lavoro nel campo. Asher, con il suo amore per ogni creatura vivente, compresi gli insetti, voleva aiutare Evie a mungere le pecore. Il tempo era spesso soleggiato e così passavano molto tempo all'aperto, vicini alla natura.

Joe se ne stava seduto sulla sedia sotto il melo e guardava contento il campo di grano dorato che ondeggiava nel venticello leggero. I gemelli correvano in tondo ridacchiando. Quando Asher vide uno scoiattolo ai piedi di un pino poco distante, caracollarono in quella direzione per investigare.

Evie, seduta accanto a Joe, allattava Sage. Il neonato le sorrise e lei lo ricoprì di baci, facendolo gorgogliare. Clay aveva trovato le scarpe che Joe si era tolto accanto alla sedia, e ora cercava di camminare con le Mercuries ai piedi.

Asher si avvicinò a Evie e allungò le braccia, mugugnando una frase incomprensibile che però capirono entrambi. Lei lo sollevò in grembo con un braccio e lo sistemò vicino a Sage, poi gli mise in braccio una manciata di grossi lamponi, mentre lui rideva e si divincolava. «Non sono adorabili?»

Joe sorrise. «Rivedo la tua risata sui loro volti.»

«Non avrei mai immaginato quanto sarebbe stato divertente guardare i nostri figli imparare anche le cose più semplici.» Clay studiò un bastoncino e lo grattò sul terreno. Lei guardò Joe. «Se la tua idea che i lampi siano la base di ogni cosa fosse vera, cosa ci direbbe a proposito dei bambini? Come fanno a imparare e interagire con il mondo? Confesso di trovare la tua idea astratta. Non riesco a capacitarmene.»

Joe rifletté per alcuni minuti. «Dunque, un "io" determina ognuno di noi ed è un insieme di relazioni causali, una rete di lampi. Sage, venendo al mondo, vi ha infuso un proprio significato creando relazioni tra sé e il mondo stesso. In un certo senso, è auto-creato.» Joe si grattò la barba ormai spessa. «Sì, ecco. Siamo auto-creati. E creiamo anche qualunque morale esista nel mondo. Dipende tutto da noi.»

«Stai dicendo che creiamo il mondo come collettività?»

«Sì, ma ognuno di noi potrebbe percepire lo stesso mondo in modo diverso. La rete di lampi di cui siamo formati interagisce con le altre reti di lampi nel mondo, creando il nostro significato semantico del mondo. È probabile che tutti gli esseri umani formino significati simili a partire dal loro primo contatto con il mondo.»

«La mia immagine del mondo non è forse la stessa che ne hai tu?»

Lui scosse la testa. «Non possiamo saperlo con certezza. Ma posso supporre che sia essenzialmente la stessa, poiché nessuna delle regole di interazione dei lampi è diversa tra me e te; siamo entrambi esseri umani. Nello stesso modo in cui non posso sapere *cosa significhi* essere quel falco», disse, indicando il cielo, «non posso sapere quale sia la tua esperienza.»

«Falco.» Asher seguì il rapace con il dito mentre sorvolava la dorsale.

Sage si succhiava un dito del piede. Joe ci riprovò. «È impossibile pensare al mondo in altri modi se non quello in cui lo viviamo. Questo perché i lampi definiscono le particelle in movimento nell'universo. Sto dicendo che questo "io" che noi conosciamo come Sage è composto da una rete di lampi. I lampi stanno provocando qualcosa, quindi le particelle sembrano muoversi. Ma noi non possiamo vedere i lampi. Quegli ingranaggi sono da qualche parte, nascosti alla nostra vista.»

Lei annuì lentamente. «Quindi la tua idea non altera ciò che vediamo.»

«È tutto uguale, visto dall'esterno. La differenza è che i lampi sono causali. Questi insiemi di relazioni formano le nostre menti e creano i pensieri, che si trasformano in azioni, le quali infine producono l'impatto causale visibile nel mondo.»

«In questo caso, abbiamo il libero arbitrio per poter decidere di fare qualunque cosa», disse Evie. Rifletté per qualche istante. «Quindi mi stai dicendo che quando Asher chiede una mela, sta decidendo basandosi interamente sui propri desideri, filtrati attraverso l'esperienza?»

Joe colse una mela e la morse. Era dolce al punto giusto. La allungò al figlio. Asher la prese con entrambe le mani e la morse, sbavandola.

«No, è influenzato dall'intera rete di lampi. Ma l'insieme di relazioni, o "io" che compone Asher, è più complesso. Quel "io" può decidere di fare qualcosa di diverso.»

Evie sospirò. «Questo mi conforta, perché mi piace pensare che il mio ruolo di genitore sia educativo e necessario.»

«Sì, ogni relazione influenza le altre. Aristotele sosteneva che il carattere si formi con il tempo, attraverso l'influenza dei genitori, degli amici e della comunità, e che serva pratica per formare un buon carattere. Credo avesse in buona parte ragione. Siamo influenzati, ma creiamo noi stessi attraverso le nostre scelte.»

Asher tornò a giocare per terra vicino al pino insieme a Clay. Evie posò un Sage dormiente nel passeggino accanto a sé, poi camminò fino all'albero per cantare una filastrocca ai gemelli. La cadenza melodica della nenia si diffuse sulle colline.

. . .

Evie, i nostri bambini, i nostri vicini... c'è un ordine morale in tutto questo. Noi stessi creiamo la nostra moralità.

L'etica non si basa sul dovere di agire, come suggeriva Kant con il suo imperativo categorico. Non esiste alcuna legge imposta dall'esterno dell'universo chiuso. Viene da noi stessi, dal non pensare egoisticamente, dal dimenticare il nostro ego. Viene dalla compassione per tutti gli esseri viventi con cui condividiamo questo mondo imperfetto.

Seguiamo piuttosto l'etica di Schopenhauer, basata sulla *presenza* di qualcosa, la compassione, più che sull'*assenza* di quel qualcosa. Proviamo a essere compassionevoli per quanto possibile.

. . .

Evie si dava da fare intorno al camino, la fronte aggrottata per la concentrazione, preparando tutte le portate affinché fossero pronte nello stesso momento. Portò in tavola il tacchino cacciato da Joe il giorno prima e lasciò che si occupasse lui di tagliarlo, poi servì le fette calde e bianchissime del petto sui piatti. Fabri lo accompagnò con un'insalata a cui aveva aggiunto una generosa dose di pinoli, i preferiti di Evie. Eloy intanto intratteneva i gemelli, mentre Sage dormiva nel passeggino.

«Bel tiro per prendere un tacchino», disse Eloy mentre Evie gli serviva la carne.

«Ho preso abbastanza confidenza da cacciare anche gli uccelli, non con le tecniche intelligenti di Evie, ma con l'arco. Anche se odio perdere le frecce quando li manco», rispose Joe.

Si sedettero intorno al tavolo, passandosi il pane e i piatti pieni di cibo. I gemelli, seduti su seggioloni costruiti da Joe, prendevano i pezzi di carne offerti dai genitori e li infilavano in bocca, sporcando tutto il pavimento intorno. Joe aveva costruito anche un nuovo tavolo, più lungo, per poter accomodare tutti, e nella casetta si stava stretti, nonostante l'ambiente confortevole.

«Evie, il ripieno è buonissimo», disse Eloy.

«È un ripieno di pane, fatto con pinoli ed erbe di campo», rispose lei. Soltanto Joe sapeva quanto duramente avesse lavorato per renderlo perfetto.

«Adoriamo festeggiare il raccolto con voi», disse Fabri.

«È una bella tradizione che abbiamo iniziato tra di noi.» Joe passò un altro piatto. «Siamo contenti di ospitarvi quest'anno.»

«Un bel raccolto abbondante quest'anno», disse Eloy.

«Questo terzo raccolto resterà probabilmente il mio record», ribatté Joe. Eloy batté le palpebre e annuì appena, ma non reagì al commento.

Si concentrarono sui propri piatti. La conversazione virò sulla deliziosa salsa di Evie, che si illuminò, ringraziando per i complimenti. «Mi piace cucinare», disse. Si crogiolò in una nuova ondata di complimenti quando servì la torta di mele.

Ripulirono i piatti e si appoggiarono agli schienali delle sedie con un sospiro soddisfatto. Poi Evie incrociò lo sguardo di Fabri con espressione seria. «Fabri, adoriamo avere te ed Eloy qui, e vi siamo grati per tutto ciò che avete fatto per noi. Vogliamo farvi un regalo.» Si infilò nell'altra stanza e tornò con un cestino intrecciato. «Sei ormai come una sorella per me. Questo è per te, con tutto il mio affetto.»

Evie poggiò il cestino di fronte a Fabri e la abbracciò. Fabri si alzò, senza parole. «Non sono abituata a ricevere regali.» Aprì il morbido cestino di giunchi e ne estrasse una meravigliosa casacca in pelle di cervo con bottoni in legno finemente lavorati, allacciata sui fianchi e con frange sulle maniche. La indossò, la abbottonò e si alzò in piedi per osservarla meglio. Evie le mostrò come usare i lacci sui fianchi per aggiustarla alla propria misura. «Veste anche meglio degli abiti scelti dai robot.» Fabri era raggiante.

Joe inarcò un sopracciglio e disse: «Molto azzeccato, Fabri.» Sorrise, sapendo quanti giorni Evie avesse impiegato per creare la casacca. Aveva faticato molto per i bottoni.

Joe si alzò dal tavolo, andò nell'altra stanza e ne tornò con una canna da pesca e un mulinello. Aveva ricavato la canna da un alberello flessibile. La lenza a monofilamento era uno dei tre rotoli portati con sé nella Zona Vuota. La delicata aggiunta era il mulinello, che aveva creato usando un chiodo come perno e manovella, un pezzo di fil di ferro per l'archetto e legno finemente lavorato per la bobina. Aveva testato il meccanismo molte volte, lanciando nel torrente. Li porse a Eloy.

«Eloy, questo è per ringraziarti di tutte le lezioni di agricoltura, caccia, pesca... e di vita.»

Il volto di Eloy tremò di emozione mentre le sue mani callose stringevano la canna. Mostrò ai gemelli come la manovella facesse girare fluidamente la bobina, continuando a svolgere e riavvolgere la lenza. «Questa funzionerà molto meglio del mio semplice palo flessibile. Credo che tu mi abbia appena restituito una noria in miniatura.»

Joe gli rivolse un gran sorriso. «Non c'è motivo di reinventare la ruota.»

La cena si concluse in un'atmosfera calorosa. Fabri salì sul dorso di Bessie dietro Eloy, e i due partirono salutando prima che il sole toccasse l'orizzonte. Joe tenne Evie per mano mentre i loro amici cavalcavano verso casa. «È stata una buona idea», le disse.

Evie annuì. «Sembra che Eloy si stia finalmente convincendo dell'idea che non tutti gli scambi tra le persone debbano essere economici.»

«Mi mancheranno davvero.»
Evie gli strinse la mano.

❖

Joe era seduto sotto il suo melo, circondato dall'aria della sera che rinfrescava, ma riscaldato dalla cena appena conclusa. Il campo di grano era ormai un terreno brullo. Avevano raccolto anche le mele, e i rami ora spogli incorniciavano un cielo senza luna. Restava soltanto la raccolta dei pinoli il mese successivo. I giorni di Joe come agricoltore sarebbero finiti presto. Nonostante apprezzasse lo scopo che la sopravvivenza gli aveva dato, la sua mente era affamata di nuove sfide.

Era meravigliato dai grappoli scintillanti di stelle nel cielo, che gli ricordarono di tutte le notti passate ammirando le mappe stellari in realtà aumentata. Aveva memorizzato le principali costellazioni. Nel mondo moderno era sembrato un impegno sciocco e superfluo, ma in questo mondo germinale non lo era. Percorse i disegni delle stelle con lo sguardo, come se avesse avuto la MARA attivata. Nella porzione di cielo a sud-ovest poteva vedere il Triangolo Estivo, così come il Cigno, la Lira e l'Aquila, con le loro stelle più brillanti Deneb, Vega e Altair. A nord, incuneata tra Perseo e il Dragone, trovò la stella polare, Polaris, che indicava la direzione del cancello attraverso cui avrebbero lasciato il loro esilio. Oltre quel punto incerto nel futuro, a mezzo giro intorno al sole dal presente, non sapeva dove il proprio cammino l'avrebbe condotto. Joe ripercorse la propria tortuosa odissea.

. . .

Tutti quanti attraversiamo la nostra fetta sottile nel blocco del tempo. Facciamo del nostro meglio. Come misuriamo le nostre vite? Se Dio esiste, come ci misura?

Qualche indizio lungo la strada sembrerebbe esserci. C'è una bellezza profonda nella struttura della matematica, ad esempio, la stessa struttura che sta alla base dell'universo. Possiamo trovare la bellezza e la verità. Possiamo vivere una vita virtuosa. Possiamo allenare la compassione e coltivare la saggezza.

. . .

Il tocco della mano di Evie rese quel momento ancora più speciale. La circondò con un braccio e insieme alzarono lo sguardo. Lei appoggiò la testa sulla sua spalla. «A cosa pensi?»

«Pensavo a Dio.»

Lei restò immobile per un momento. «Mentre stavamo attraversando il deserto, abbiamo detto che se Dio esiste, deve essere un'entità inconoscibile. Ma non abbiamo anche detto che non possiamo sapere per certo se Lei esista o meno?»

«Sì, se l'universo è chiuso, e Lei si trova all'esterno di questo sistema chiuso, senza interferire, non abbiamo modo di saperlo. Il progetto è così preciso, ma non ci sono segni del Suo intervento: un bell'impegno per rendersi inconoscibile.»

«Perché pensi fosse quella l'intenzione?»

Avevano abbassato la voce fino a un sussurro, per non disturbare il profondo silenzio dell'oscurità che li circondava. «Se avessimo la certezza che Dio esiste, questo non limiterebbe forse il nostro libero arbitrio? Se potessimo vedere gli inequivocabili segni del Suo intervento, non sarebbe da pazzi seguire qualunque altra condotta se non quella che conduce a Lei?» Joe restò in silenzio, respirando l'aria notturna. «L'idea di un Dio che non interferisca, e lo faccia per preservare il libero arbitrio donato alle creature coscienti come noi, potrebbe quindi dare risposta al problema del male nel mondo. Il risultato, purtroppo, è che possiamo fare qualsiasi cosa, compreso essere malvagi.»

«Tu credi in Dio?»

«Sono giunto alla conclusione che non sia antiscientifico credere in un possibile Dio all'esterno dello spaziotempo, senza alcuna azione di interferenza sull'universo.» Joe strinse le labbra e riflettè per un momento. «L'ipotesi è semplicemente non verificabile, poiché si trova al di fuori di ciò che la scienza può conoscere al momento, esattamente come tante altre cosiddette speculazioni scientifiche. Uno scienziato onesto, conoscendo i propri limiti epistemologici, deve mantenere una posizione empirica neutrale. Sapendo questo, ho aggiornato la mia stima delle probabilità.»

Lei rise sottovoce. «Probabilità? Parli un po' troppo da scienziato. Ma credo che tu ti stia riferendo alla scommessa di Pascal, giusto? L'ho letto sul tuo onnilibro.»

«No, Pascal sosteneva che se credi nell'esistenza di Dio e ti sbagli, rischi di perdere soltanto qualche piacere fisico. Ma se credi che Dio non esista, peccando, e ti sbagli, pagherai con l'inferno. Alla luce di questo, dovresti credere in Dio per andare sul sicuro.»

«Sembra un concetto antico di peccato», disse Evie. «In pratica, si tratta di una scommessa negativa per evitare le conseguenze di una scelta sbagliata.»

Joe annuì. «Sono d'accordo. La mia vuole essere una dichiarazione positiva. Vivrò accettando la possibilità dell'esistenza di Dio come entità che non interferisce. Considererò una prova a favore la bellezza dell'universo, aprendo la mia mente a questa possibilità. Per me non si tratta soltanto di accettare il destino. Vivere qui con te e i nostri bambini mi ha reso meno cinico verso ciò che non posso conoscere, e più aperto verso la bellezza dell'universo. Forse ho raggiunto un primo livello di saggezza.»

«La *via negativa* suggerisce che Dio sia inconoscibile. Tu parli come se qualcosa potesse essere intuito.»

Joe studiò il cielo con sguardo concentrato. «Come abbiamo detto nel deserto, tutto quello che abbiamo sono alcuni indizi, stelle che guidano il nostro cammino. C'è la bellezza insita nella struttura matematica dell'universo. C'è poi la bellezza nello squisito equilibrio tra l'apparente prevedibilità e il profondo indeterminismo che ci garantisce il libero arbitrio. C'è l'irragionevole coincidenza per cui l'universo favorisce le creature coscienti e senzienti. O la sapiente regolazione delle condizioni di partenza per l'universo, che hanno permesso alla vita di svilupparsi. C'è l'evoluzione, il cui risultato è un mondo su misura per ogni creatura. Sembra che l'universo sia un giardino lasciato incolto, in modo da permettere alle creature coscienti di compiere le proprie scelte.»

«Un dono sorprendente, un universo elegante in cui poter godere del libero arbitrio.» Evie allargò le mani, ad abbracciare la vista di fronte a loro. «Se Dio ha donato tutto questo alle creature coscienti, è difficile non pensare che debba amare le Sue creature.»

Joe si ricordò del tempo trascorso galleggiando nello spazio all'esterno della base orbitante. «È difficile immaginare che qualcosa della complessità, eleganza e dimensione sbalorditiva dell'universo possa essere apparso dal nulla, senza una causa. Ma se fosse stato creato, questo suggerirebbe una caratteristica molto vicina all'onnipotenza.»

«Così potente da creare una pietra impossibile per Lei da sollevare. Così potente da limitare il Suo stesso potere.»

Joe annuì. «Il paradosso dell'onnipotenza, che presuppone come unica logica possibile quella da noi conosciuta in questo universo. Ma un Dio onnipotente, creatore dell'universo e dei fondamenti della matematica, potrebbe creare anche altre logiche. E in quelle, probabilmente, non esisterebbe paradosso.» Cosa sarebbe possibile dedurre di tale Dio? «Se Lei si trova al di fuori dello spaziotempo, potrebbe essere onnisciente e onnipresente in modi diversi da quelli che abbiamo considerato finora.»

«Potrebbe osservare questa libellula fossilizzata nell'ambra.» Evie si avvicinò a lui, stretta nel suo braccio.

Un meteorite attraversò il cielo e sparì oltre la montagna in un lampo. «Dio esiste oppure no? Possiamo scegliere se credere o meno. In un universo chiuso, non troveremo mai la risposta. Non influenza in ogni caso la nostra convinzione scientifica. Se Lei non interferisce, sta a noi decidere come vivere, perché saremo noi a creare le nostre regole morali. La responsabilità è soltanto nostra.»

«Come possiamo rendere grazie a un Dio del genere?»

Joe sussurrò nell'oscurità. «Con un semplice canto di gratitudine e una promessa, nulla di più. Se abbiamo libero arbitrio e tale Dio non interferisce, sarà limitata a qualcosa così:

Grazie per il dono del libero arbitrio.

Accetto la responsabilità.

Seguirò il cammino di virtù e verità, saggezza e compassione.

La bellezza che Hai creato mi illumina la via.

Joe la baciò e insieme restarono a contemplare le stelle sulle loro montagne.

CAPITOLO 43

Joe era seduto insieme ad Eloy sulla riva del torrente, all'ombra di una quercia sempreverde. Pescavano in un'ansa in cui l'acqua rallentava. Sull'erba tra loro erano già stese tre trote con la livrea tipica del periodo riproduttivo, le squame scintillanti nella luce tremula. Eloy pescava con la canna regalatagli da Joe, mentre quest'ultimo ne usava una simile che aveva costruito per se stesso. Eloy aveva lanciato la propria lenza a valle dell'amico e ora restava immobile, guardando il rametto che serviva da galleggiante.

Joe, dal canto suo, assaporava ancora la soddisfazione di aver preso la terza trota iridea. Si era nascosta nell'ombra vicino alla riva. Facendo galleggiare l'esca a poca distanza verso valle, aveva impresso una vibrazione alla lenza con un leggerissimo movimento del polso. Il pesce aveva abboccato. Poi, senza rendersene conto, aveva dato uno scossone mentre tirava con forza, ogni fibra del corpo impegnata nella lotta per la sopravvivenza. Aveva lampeggiato iridescente nell'acqua, tendendo la lenza, prima di tuffarsi tra le rocce sul lato opposto del torrente. Joe aveva maneggiato la canna con attenzione, mantenendo la lenza tesa e il fusto curvo e puntato verso il cielo, riavvolgendo lentamente, mentre il pesce guizzava attraverso il torrente ancora e ancora. Evie sarebbe stata contenta di avere quella trota per cena, pensò.

Joe prese un altro verme tra quelli che si contorcevano nella scatoletta di legno e lo trafisse con l'amo, lanciando un'altra volta la lenza in acqua accanto a quella di Eloy. La vista dei galleggianti vicini gli scaldò il cuore. Ammirava l'uomo seduto al suo fianco, da cui aveva imparato così tanto sulla sopravvivenza e sull'indipendenza. Eloy credeva di poter essere un gigante solitario. Di poter percorrere il mondo come una forza isolata, plasmandolo con le proprie mani e la propria mente per raggiungere lo scopo prefissato, e non aveva rispetto per chi si sottraesse a questo compito. Joe sperava di essere all'altezza.

«Non vedo l'ora di insegnare a Clay a cacciare e pescare», disse Eloy.

Joe strattonò la lenza. «Spero che non avrà bisogno di imparare a cacciare.»

«Beh, almeno l'indipendenza. Si insegna meglio in mezzo alla natura.»

Joe annuì, concentrandosi sulla lenza per diversi minuti in silenzio, mentre entrambi si godevano la quiete del torrente.

«La vostra sentenza sarà finita tra un mese», disse Eloy. «I segni sulla parete della casetta sono chiari e facili da contare. Immagino che ve ne andrete?»

«Sì, per i bambini. Non possiamo prendere al posto loro la decisione di rinunciare ad ogni modernità.»

Eloy fissò lo sguardo sul proprio galleggiante. Parlò sottovoce, quasi a se stesso. «Dopo aver scontato la condanna di cinque mesi, io e Fabri abbiamo deciso di restare insieme. Ci piaceva stare qui e abbiamo parlato di avere un bambino, ma quando non è successo nulla, abbiamo anche pensato di attraversare quel cancello e iniziare una nuova vita là fuori. Poi siete arrivati voi e l'idea è rimasta in sospeso.»

Joe guardava il proprio galleggiante. «Quindi il vostro è stato un sacrificio?»

«Solo un rinvio. Abbiamo avuto l'occasione di provare con i vostri bambini. Quelle piccole pesti ti entrano davvero nel cuore.»

Joe ridacchiò. «Potete risolvere quel problema. Proprietà intellettuale medica, parte dell'eredità comune dell'umanità. Dovresti prendere la tua parte.»

Eloy lo studiò con sguardo tranquillo. «Forse dovremmo provarci finché Fabri è ancora giovane.»

Joe ricambiò lo sguardo. «Ci piacerebbe che usciste entrambi con noi.»

«Piacerebbe anche a me. Ne parlerò con Fabri.»

Felice di restarsene semplicemente seduto con il suo amico, Joe mosse la canna per spostare il galleggiante verso un'increspatura nell'acqua.

Eloy parlò dolcemente, come se parlasse ai pesci. «Sei il figlio che avrei voluto e non ho mai avuto. Gran lavoratore e sempre disposto a fare la sua parte.»

Joe sorrise. «Mai avuto? Perché non aggiungi la parola *ancora*? E grazie. È il miglior complimento che abbia mai ricevuto.»

<hr />

Joe ed Evie invitarono i loro vicini per una cena anticipata. Fabri teneva in braccio Sage, che farfugliava e seguiva ogni sua espressione facciale.

«Sono dei veri chiacchieroni, questi lattanti», disse Fabri.

Evie rise. «Quando i gemelli hanno compiuto due anni non siamo più riusciti a fermarli. Perfino Sage sta provando a partecipare alle loro conversazioni.» Servì la zuppa calda nelle scodelle. Joe ed Eloy, che avevano ognuno un gemello in braccio, li misero nei seggioloni e si sedettero intorno al tavolo.

Mentre iniziavano a mangiare, Joe attirò l'attenzione di Evie. Poi si rivolse a Eloy e Fabri, dicendo, con una certa solennità: «Le tacche sulla parete mostrano che ci resta ormai soltanto una settimana.» Fabri ed Eloy si scambiarono un'occhiata e ascoltarono con attenzione.

Evie continuò. «Eloy, Joe mi ha detto di averti menzionato brevemente le nostre idee sul futuro quando la sentenza sarà conclusa. Abbiamo deciso che sia meglio per i ragazzi uscire quando sarà il momento. Nonostante la nostra vita qui sia stata illuminante, e voi siate stati vicini e amici meravigliosi, dobbiamo pensare prima a loro.»

L'espressione di Eloy non mostrava alcuna sorpresa. «Quei robot fanno parte di un comando indipendente. A patto che abbiate fatto bene i vostri conti, vi lasceranno andare, e vi diranno se i conti non tornano. Seguono semplicemente gli ordini.» Portò una cucchiaiata di zuppa alla bocca. «Mi aspetto che i numeri di Joe siano esatti. Sa fare i calcoli, anche se le sue nozioni di economia non sono così esatte.»

Joe sorrise sentendo descrivere le proprie doti, poi continuò il pensiero di Evie. «Voi siete cari a entrambi, ma non siamo pronti ad abbandonare gli amici da cui siamo rimasti separati in questi tre anni. So che avete considerato l'idea di uscire con noi e sarebbe l'opzione che preferiremmo. Dovete però sapere che uscire con noi vi espone ad un possibile grande rischio. Ci siamo lasciati alle spalle alcuni nemici potenti e non sappiamo se siano ancora pericolosi. Se così fosse, non abbiamo idea di quanto i nostri amici potrebbero proteggerci.»

Eloy si raddrizzò sulla sedia, attento, come se la dichiarazione di Joe avesse risvegliato in lui qualche impulso militaristico di sfida.

Evie annuì in direzione di Joe, continuando la rivelazione che avevano deciso di condividere. «Quando vi abbiamo incontrati per la prima volta, vi abbiamo parlato di alcuni nemici politici. Ma dobbiamo dirvi di più. Là fuori, io ero la leader di un movimento per l'abolizione della Legge dei Livelli. Questo ha messo in discussione la struttura politica, ed è il vero motivo per cui siamo stati mandati qui.» Evie raccontò agli amici la storia del movimento, compreso il punto in cui l'aveva lasciato al momento dell'esilio.

Eloy sogghignò. «Beh, ora mi sorprende meno il fatto che porti con te quel bastone bō.»

«Sembra che tu stessi lavorando per tutti noi», disse Fabri.

«È così.» Joe prese la mano di Evie. «Oltre alle altre ragioni, Evie vuole tornare per riprendere la lotta. E io l'aiuterò.» Annuirono tutti, condividendo un momento di solidarietà.

Fabri parlò: «Abbiamo discusso questa decisione per settimane ormai. Le ragioni per cui siamo rimasti così a lungo sono meno importanti di quanto fossero un tempo. Ci prendiamo in giro se non consideriamo quanto sia pericoloso questo ambiente, in cui siamo sempre a un soffio dal disastro.»

Eloy era cupo. «Sì, ma il romanticismo dell'uomo solo sulla montagna. Odio rinunciarvi. Sono anche piuttosto bravo. So che mi mancherà il vero cervo, meglio di quella roba sintetica.» Rise. «Ma suppongo che nessun uomo sia un'isola. Verremo entrambi.»

«Vorremmo uscire con voi.» Il sorriso di Fabri era speranzoso. «Speriamo di poter rimanere vicino a voi e ai ragazzi; ormai siete la nostra famiglia.»

Evie e Joe non riuscirono a trattenere i sorrisi mentre abbracciavano i loro vicini. «Sarà bellissimo per i bambini avere gli zii ad aiutarli», disse Evie.

Eloy infilò un cucchiaio di zuppa in bocca ad Asher. «Questi ragazzi dovranno affrontare un enorme cambiamento. Li aiuterà avere intorno persone che sappiano com'era la loro vita prima.»

«Lasciare la Zona Vuota sarà scombussolante per loro.» Evie si strinse le braccia intorno al corpo. «Avervi con noi li aiuterà nella transizione verso un mondo in cui le macchine sopperiscono a quasi tutti i bisogni.»

«Così finisce la nostra economia indipendente», disse Eloy.

«Eloy, le economie non possono restare indipendenti, non se la proprietà intellettuale umana viene condivisa, e ciò, come hai detto tu stesso, è giusto», osservò Evie.

Il volto di Eloy si contrasse, e Joe sospettò che stesse pensando alla tecnologia medica.

Gli occhi di Fabri erano velati di lacrime quando prese la mano di Eloy. «È arrivato il momento di mettere su la nostra famiglia. Non possiamo reinventare quelle procedure quaggiù.» Eloy le accarezzò la mano con il pollice. Fabri continuò: «A prescindere che il tentativo di una famiglia funzioni, ho intenzione di tornare a lavorare in ospedale. È qualcosa che le persone possono fare bene quanto i robot.»

«Mi hai insegnato una lezione importante sulla compassione, Fabri», le disse Joe.

Fabri accarezzò la testolina di Sage. «Andranno dove non hanno bisogno di prendere le loro proteine da altri esseri viventi. Potranno essere persone più compassionevoli.»

«Sì, un mondo in cui potranno essere buone persone e trattarsi l'un l'altro con amore e rispetto.» Evie parlò con il tono appassionato di una volta. «Almeno fino a che ognuno resterà legato ad un alto principio di onestà.»

Clay teneva ancora in mano il soldatino di legno con cui giocava prima di cena, e ora lo sbatteva sul seggiolone. Joe lo sollevò e lo prese in braccio. «Un mondo in cui possano esplorare l'universo ed espandere la conoscenza umana.»

Eloy strinse la mascella. «E un mondo con un illimitato potere militare per portare morte e distruzione. Il bene e il male sono entrambi amplificati là fuori. Forse sapranno essere più saggi di noi.»

Joe scosse la testa. «Libero arbitrio per decidere. Sarà un bel viaggio.»

«Viaggio?», chiese Asher, alzando lo sguardo dal cucchiaio.

«Sì.» Evie sorrise. «Con il libero arbitrio, sarà un viaggio senza confini verso qualunque destinazione vogliate raggiungere.»

Il sole sorse nel cielo azzurro, ma l'aria del mattino era ancora frizzante. Mancava un giorno alla fine dell'esilio. Nonostante il cancello settentrionale distasse soltanto una ventina o trentina di chilometri, le piste sterrate e le strade abbandonate non erano adatte al vecchio carro, per cui il gruppo optò per un viaggio lento. Sarebbero arrivati al cancello al tramonto e si sarebbero accampati per un'ultima notte.

Eloy si presentò alla casetta come promesso, con Bessie agganciata al carro su cui avevano caricato i loro averi. Fabri indossava la casacca in pelle di cervo, mentre Eloy aveva scelto la camicia mimetica. Evie e Joe sistemarono le loro poche cose e caricarono i bambini sul carro.

Evie aveva vestito i gemelli con pantaloni e casacche in pelle di cervo con le frange, con resistenti bottoni in legno che aveva faticosamente intagliato. Ai piedi portavano piccoli mocassini. Sage, invece, indossava una tutina di coniglio e fissava meravigliato intorno a sé, sbucando dalla pelliccia che gli circondava il faccino. Evie appariva formidabile nella sua tunica sfrangiata, che portava su pantaloni in pelle aderenti infilati in un paio di stivali neri bordati di pelliccia. Joe guardò la propria camicia in pelle di cervo, abbinata a giacca, pantaloni e Mercuries logore. Erano gli unici vestiti che possedesse. Tre anni nella natura avevano consumato quasi tutto ciò che aveva portato con sé.

Il giorno prima, Eloy aveva liberato le pecore, nonostante Fabri fosse preoccupata per la loro sopravvivenza. Aveva sacrificato l'ultimo pollo, servendo piatti pieni fino all'orlo per la cena che avevano condiviso a casa della donna. Per molti versi, il pasto era stato agrodolce, come se stessero lasciando dietro di sé qualcosa che non avrebbero più potuto recuperare.

Ora Eloy sedeva alla guida del carro, tenendo le redini mentre guardava la piccola fattoria. La noria girava ancora nel torrente. «Pronti a partire?»

Joe annuì, diede un'ultima occhiata in casa e chiuse la porta. Evie lo abbracciò. A giudicare dal suo sguardo, anche lei provava la stessa nostalgia. Joe aiutò lei e Sage a sistemarsi in mezzo ai gemelli, poi salì accanto ad Eloy. Abbracciò un'ultima volta con lo sguardo la fattoria che era stata casa loro, dal campo brullo alla casetta, dai due meli alla noria. Era stata la sua più riuscita reinvenzione, creando una vita civilizzata per la famiglia e offrendo un simbolo della promessa e del pericolo dell'intera tecnologia umana.

Joe indicò il punto sul petto in cui si trovava la tessera biometrica. «Immagino che i nostri amici ci aspetteranno là fuori domani intorno a mezzogiorno.»

Eloy fece schioccare le redini e la cavalla partì.

«Salutate», disse Evie ai gemelli.

«Viaggio», disse Asher mentre agitava la manina.

Agitato, Clay guardò Eloy. Mentre imboccavano il sentiero che li avrebbe portati verso valle in direzione della fattoria di Eloy, il bambino disse: «Zio?»

«Questa volta non andiamo a casa mia, Clay», rispose Eloy.

Guidò il carro lungo i bordi del campo ormai incolto, aggirando pietre e buche. Dopo un centinaio di metri, raggiunsero il tracciato incerto della strada sterrata abbandonata che proseguiva parallela al torrente. Era coperta di vegetazione, ma facile da attraversare. Discesero il pendio ad una lentezza tale da perdere qualunque gara con una tartaruga. Il carro tremava e sferragliava mentre Bessie procedeva lentamente. Le donne erano impegnate a tenere occupati i bambini. Clay e Asher indicavano ogni uccello che stridesse quando il suo cespuglio o albero veniva disturbato dal passaggio del carro. A mezzogiorno si fermarono per mangiare del pollo freddo servito con le ultime pagnotte rimaste.

Poco dopo la strada sterrata ne incrociò una più larga, un tempo asfaltata ma ormai abbandonata. Il luogo era un incrocio deserto, con fondamenta spaccate e spiazzi brulli simili a tombe anonime.

Eloy indicò un cartello arrugginito. «Secondo quello, qui c'era la cittadina di Jiggs.» Fece svoltare Bessie verso nord lungo la strada. Erano circondati da arido deserto, e videro le montagne farsi sempre più piccole all'orizzonte. Joe si sentì pervadere da un'ultima ondata di rimpianto. Quando vide il sorriso malinconico di Evie, che indugiava con lo sguardo sulle loro montagne, per sempre nel loro passato, gli venne un nodo alla gola.

Raggiunsero una collina, da cui videro il contorno sfocato di un muro che si allungava a est a ovest lungo la lontana autostrada. Il cancello si stagliava imperscrutabile nella luce morente, indifferente al loro avvicinamento, senza offrire alcun indizio della sorte che li attendeva.

Si accamparono all'ombra della collina. Joe trovò della legna da ardere e accese il fuoco. Fabri ed Evie prepararono la cena con le loro scorte. Sedettero tutti intorno al fuoco, intrattenendo i gemelli e giocando con Sage, nervoso per non aver dormito bene sul carro. Clay e Asher erano su di giri per le novità della giornata, indisturbati dalla polvere e dal viaggio scomodo. Mentre scendeva la notte, li calmarono e li addormentarono avvolgendoli in copertine di coniglio stese sul terreno accanto al carro. Nel sacco a pelo, Joe studiava il cielo, punteggiato da un milione di stelle splendenti. Abbracciò Evie fino a che il suo respirò passò a quello del sonno profondo.

Joe rifletté sulle sfide immediate che li attendevano. Si era aspettato che Raif e gli altri riuscissero a smascherare Peightân e accorciare il loro esilio, ma non era ovviamente successo. Qualunque cosa stesse succedendo nel mondo esterno, Joe doveva presumere che Peightân fosse ancora una minaccia.

L'universo, immenso e casuale, lo circondava. I suoi pensieri erano rivolti ai giorni seguenti e al tempo che gli rimaneva, per quanto lungo fosse.

. . .

Sono stato sui monti e ne torno avendo imparato qualche lezione su come stare al mondo. Ora lascerò che queste lezioni mi guidino nel cammino che mi aspetta.

. . .

Joe rifletté sulla bellezza e sulle difficoltà della vita nei tre straordinari anni appena trascorsi. Una vita con il meraviglioso dono del libero arbitrio. Era un'ottima ragione per prendere il controllo della propria esistenza, per assumersene la piena responsabilità. Si trattava di un frammento rispetto all'intero blocco del tempo, ma si ripromise di non sprecarlo, di far sì che ogni decisione e ogni momento contassero. Osservò tramontare a ovest le stelle disposte a formare un punto interrogativo invertito, nella costellazione del Leone. Il futuro era aperto, una domanda costante. La vita bruciava in lui come mai prima.

Perso in quei pensieri, Joe finalmente si addormentò.

Si svegliarono all'alba. Le donne prepararono una colazione spartana. Provando in tutti i modi a non svegliare i gemelli, Evie portò Sage nel carro per allattarlo. Joe sedette con Eloy e Fabri intorno al fuoco, bevendo le ultime tazze di infuso di efedra. «Pensi che potremo calcolare esattamente quando sarà mezzogiorno, per passare in sicurezza attraverso il cancello?»

«Basterà semplicemente guardare in alto.» Eloy osservò il sole salire sull'orizzonte. «Le guardie comunque ci avvertiranno se siamo in anticipo. Non passeremo il cancello fino a che non ci daranno il via libera.»

I gemelli si svegliarono e presero a correre intorno al carro senza sosta, giocando nella polvere. Erano una gradita distrazione dal nervosismo crescente di Joe. Gli adulti giocarono con loro, nonostante condividessero un intenso senso di aspettativa per l'ignoto che li attendeva, a cui nessuno voleva dare voce.

Evie guardò prima il sole e poi il cancello lontano. «Sembra che manchi un'ora. Forse ci conviene mangiare pranzo un po' in anticipo?» Piluccarono il cibo, ma Evie si assicurò che i bambini mangiassero. Poi caricarono nuovamente tutto sul carro, con Joe ed Eloy sul sedile di guida.

«In marcia, verso la modernità», disse Eloy, mentre spronava la cavalla.

Il carro discese l'ultima collinetta verso il cancello mentre il sole batteva a picco. Il muro si ergeva davanti a loro, una lunga ferita nera nel deserto. Diversi milmecha, equipaggiati con armi pesanti cariche ad entrambe le braccia, erano visibili sulle torrette ai lati del cancello. Un milmecha sulla torretta a ovest portava un'arma laser che fiammeggiava rossa come una spada, rivolta verso il cielo.

Fermarono il carro davanti al cancello. Bessie, ignara della tensione, fiutava il terreno in cerca di erba inesistente.

Un milpafibot, rinforzato con un'armatura supplementare, venne loro incontro dalla guardiola. «Dichiaratevi», ordinò. Ognuno enunciò il proprio nome, poi Joe aggiunse quelli dei bambini e la loro età, spiegando che erano nati nella Zona Vuota.

La fronte del robot si illuminò di blu. «Tutte le condanne registrate a vostro carico sono state scontate. Potete uscire.»

Il cancello si aprì, facendo stridere i cardini poco avvezzi all'utilizzo. Spronato da Eloy, il carro scattò in avanti. La recinzione si allungava a perdita d'occhio da entrambi i lati. Poi furono oltre il cancello. Joe si guardò alle spalle mentre la sua vita passata si faceva sempre più piccola, finché il cancello si chiuse rumorosamente, sollevando un polveroso punto esclamativo nell'aria del deserto.

Guardò Evie. I ragazzi si tenevano a lei, pieni di entusiasmo. Lei era seduta con la schiena dritta e il bastone bō in mano.

Parte Quarta: Salire e cadere

"Dall'esterno, sembrerebbe di guardare una libellula fossilizzata nell'ambra."

Evie Joneson

"Non è il destino, né il fato, è semplicemente espressione del libero arbitrio delle creature coscienti, plasmato dal caso."

Joe Denkensmith

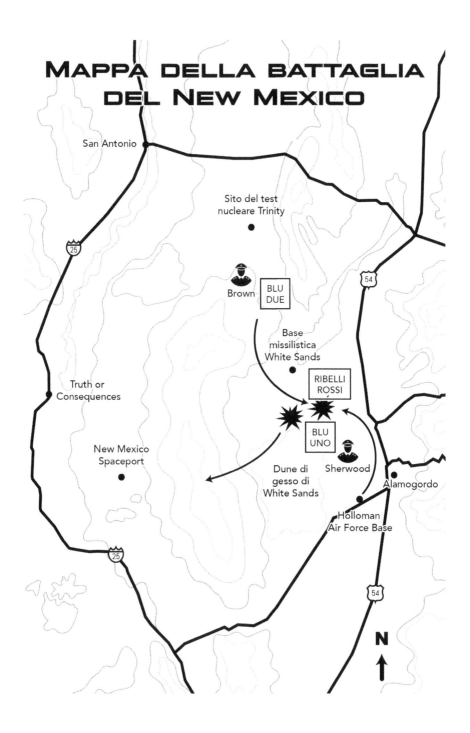

MAPPA DELLA BATTAGLIA DEL NEW MEXICO

San Antonio

Sito del test nucleare Trinity

25

Brown

BLU DUE

Base missilistica White Sands

RIBELLI ROSSI

Truth or Consequences

54

New Mexico Spaceport

BLU UNO

Sherwood

Alamogordo

Dune di gesso di White Sands

Holloman Air Force Base

25

54

N

CAPITOLO 44

«È troppo facile.» L'espressione di Evie era determinata. Joe si voltò a guardarla. Le sue mani stringevano le sponde del carro intorno ai gemelli: era pronta a difenderli se fosse successo qualcosa.

Si allontanarono dal cancello, trainati dalla diligente Bessie lungo la strada desertica che conduceva a nord. A grande distanza, una turbinante nuvola di polvere scura si muoveva verso di loro. Eloy rallentò il carro, poi lo fermò quando un velivolo corazzato apparve al centro della nuvola. Su ogni angolo del tetto del velivolo era appollaiato un milmecha, dotato di un'enorme arma puntata verso il cielo, con un quinto robot al centro. Le teste triangolari erano rivolte verso di loro.

Joe rimase immobile sul sedile. Il tempo sembrò fermarsi.

. . .

È qui che tutto finisce?

. . .

«Cosa succede?» La voce di Fabri era irrequieta. Sage iniziò a piangere tra le sue braccia e lei provò a zittirlo, con il viso pallido.

Il velivolo corazzato si avvicinò fino a sette metri da loro e girò su se stesso. Il carro fu investito dalla sabbia, che fece tossire i gemelli. La rampa sul retro si abbassò, sbattendo rumorosamente sulla strada.

Dal portello apparve la testa di Raif, con un gran sorriso sul volto.

Joe saltò dal carro mentre l'amico si avvicinava correndo. Si abbracciarono e Raif gli tenne un braccio muscoloso sulle spalle. Joe notò che i suoi occhi erano bagnati.

«Marmocchio, ero preoccupato per te, ma sembra che tu non te la sia cavata così male nella Zona.» Diede un pugno leggero sul braccio dell'amico. I loro bicipiti avevano quasi la stessa dimensione. Raif era sempre stato il più atletico dei due.

Raif rivolse un sorriso a Evie, che era scesa dal carro tenendo Sage in braccio. Le strinse calorosamente la mano. «Ho sentito parlare tanto di te. È bello conoscerti finalmente.»

Lei sorrise. «Anche per me, Raif.»

Subito dietro Raif, Mike e un milpafibot scesero dal velivolo, circondando il carro.

Mike prese i bambini con espressione incredula. «Joe ed Evie, questi sono vostri? Tre bambini? Siete stati indubbiamente produttivi laggiù.»

Annuirono entrambi, illuminandosi. Evie disse: «Sì, i gemelli sono Asher e Clay, e lui è Sage.»

Il viso di Mike era ancora rubicondo e la barba ben curata. «Farò arrivare un drone per portare tutto ciò che potrebbe servire ai bambini.»

Joe si grattò la barba incolta, che le forbici casalinghe di Fabri non erano riuscite a domare. Non doveva assomigliare affatto all'uomo entrato della Zona Vuota tre anni prima.

Ancora seduto sul carro, Eloy tossicchiò. Evie spalancò la bocca. «È vero, non vi abbiamo ancora presentato i nostri cari amici, Eloy e Fabri. Ci hanno aiutati a sopravvivere in questi tre anni. Più che amici, sono la nostra famiglia.»

Raif allungò il braccio per stringere la mano ad entrambi. «Sono contento che foste lì ad aiutarli», disse.

«Mi sono venuti i brividi vedendo quei robot con i grossi fucili sul tetto del vostro veicolo. Siamo al sicuro?», chiese Fabri.

«In realtà, no», disse Mike. «Peightân, Ministro per la Sicurezza, è un vero pericolo. Ecco perché siamo qui, per riportarvi indietro incolumi, nel caso avesse deciso di presentarsi al vostro rilascio. Però abbiamo dovuto lasciare il nostro hovercraft a sette chilometri da qui, nel punto più vicino al muro che ci sia stato concesso. Situazione, H137?»

Joe guardò il milpafibot che li accompagnava. «Il nostro hovercraft è in attesa. Ho ricevuto comunicazione di un velivolo sconosciuto che si sta dirigendo verso questa posizione. Lo stiamo tracciando.»

«Aggiornami se diventa pericoloso», disse Mike, e la fronte del milpafibot lampeggiò blu.

Raif si massaggiò le tempie. «Peightân è assolutamente un pericolo per voi e per chiunque altro. È stato estenuante. La nostra squadra ha lavorato senza sosta, operando in segreto. Abbiamo ristretto il campo e scoperto che Peightân ha preso il controllo di ogni robot e IA alla volta, usando dispositivi hardware che aggirano la tecnologia sandbox.»

«Abbiamo deciso di forzargli la mano», disse Mike. «La settimana scorsa abbiamo incoraggiato una voce che girava in netchat secondo cui sareste stati ancora vivi. È diventata virale. All'improvviso tutti parlavano di voi. Netchat Prime ha rimandato in onda le registrazioni originali del processo e dell'esilio, e l'opinione pubblica ha iniziato a mettere in dubbio la validità della vostra sentenza. Il polverone ha posto l'attenzione sul ruolo di Peightân in tutto ciò, e non c'è voluto molto prima che i media insinuassero la sua presenza dietro a questa ingiustizia. In tutto il Paese sono spuntate voci di protesta come funghi. Peightân temeva già che la vostra sopravvivenza potesse fare da parafulmine al movimento. Dal canto nostro, speravamo che fomentare il pettegolezzo lo avrebbe spinto ad agire prima di essere completamente pronto.»

«Noi saremmo l'esca?», Evie si accigliò.

«L'odio di Peightân per il tuo movimento anti-Livelli è solo cresciuto, insieme alle sue ambizioni. Sarebbe venuto a cercare te e Joe a prescindere da qualunque cosa avessimo fatto. Ne parleremo dopo. Per ora, potremmo avere una guerra per le mani», disse Mike.

Joe si chinò in avanti, ascoltando attentamente con Evie al proprio fianco.

«Abbiamo rintracciato le comunicazioni di Peightân verso una base di appoggio, tra robot militari che ha infettato con il worm: l'Armata Meridionale di Confine nel New Mexico», spiegò Mike.

Raif proseguì la spiegazione. «È una prova che il suo obiettivo tattico sia il controllo della base missilistica di White Sands. La base protegge le armi più letali che possediamo sul confine.»

«Quale pensi sia il suo piano?» Evie strinse Sage a sé.

«Se Peightân fosse riuscito a corrompere abbastanza robot militari da assicurarsi il successo e prendesse fisicamente il controllo dei missili alla base, avrebbe il potere per tenere in pugno l'intera nazione.» Raif rivolse a Joe uno sguardo stanco. «Dopo i disastri delle Guerre Climatiche, tutti i Paesi hanno firmato i protocolli internazionali per la prevenzione di una guerra accidentale. Le armi autonome dal grilletto facile hanno già causato troppi morti. I nuovi protocolli fanno sì che Peightân debba prendere il controllo fisico per poter lanciare i missili.»

«Speriamo che attirare Peightân a inseguirvi adesso lo obbligherà a dare inizio ai suoi piani prima che siano pronti, in modo da avere un vantaggio nella battaglia imminente», disse Mike.

Raif annuì. «Ieri notte abbiamo spostato segretamente l'Armata Settentrionale di Confine in New Mexico. Il nome in codice è Blu Due.»

«Come avete fatto, senza lasciare tracce elettroniche a Peightân?» Joe guardò Mike.

«Alla vecchia maniera analogica. Abbiamo parlato con le guardie umane allo Stallion Gate, nella cittadina di San Antonio, facendo giurare loro la massima segretezza. Abbiamo dislocato Blu Due a sud del vecchio sito del test nucleare Trinity. Ovviamente, l'armata è elettronicamente schermata per nasconderne la presenza.»

Eloy e Fabri intanto erano scesi dal carro, e ora tutti quanti erano raggruppati sulla strada desertica ad eccezione dei gemelli, che si sporgevano da un lato mentre Evie circondava loro le spalle con il braccio libero. Il velivolo corazzato era a pochi metri di distanza, con i milmecha immobili sul tetto.

Eloy accarezzava la criniera di Bessie. «Cosa succederà alla mia cavalla?»

«Sono sicuro che potremo trasportarla dove vorrai, e trovare chi se ne prenderà cura», rispose Raif. Fece un cenno a H137.

«Organizzerò il trasporto», disse il robot.

Eloy annuì e diede una pacca amorevole sul collo dell'animale.

H137 li interruppe con urgenza. «Il velivolo sconosciuto continua ad avvicinarsi. Sembra rappresentare un pericolo per voi tutti. Abbiamo fatto decollare intercettori militari per difenderci. Il velivolo sconosciuto ha violato il limite dei sette chilometri e sarà qui tra quarantuno secondi. Vi prego di salire immediatamente a bordo del velivolo corazzato.»

«Marmocchio. Dentro, prima di subito!» Raif prese Asher dal carro, mentre Joe afferrava Clay. Evie corse verso il velivolo portando Sage, seguita a ruota da Eloy e Fabri. Joe passò Clay a Eloy e rimase sulla rampa finché non furono tutti all'interno. Il portello incorniciò l'immagine della cavalla agganciata al carro prima di chiudersi con un suono metallico.

Incespicarono, mentre il velivolo partiva di scatto, e Joe aiutò Evie e Sage a sedersi accanto a Fabri sulle panche metalliche marroni allineate lungo le pareti. Il bastone di Evie cadde a terra, rotolando in un angolo. Il velivolo zigzagò allontanandosi dal cancello. Joe strinse Asher a sé con una mano, mentre si reggeva al corrimano con l'altra. Fabri aiutò Evie a sorreggersi per non scivolare dalla panchina. I bambini piangevano, ma il rombo del motore li sovrastava.

Le pareti e il soffitto erano ricoperti di schermi che riproducevano l'ambiente esterno, facendo sembrare il velivolo trasparente. Joe alzò lo sguardo verso i milmecha sul tetto.

«Bestioni di livello militare lassù», commentò Eloy con approvazione. Joe strinse l'accetta, fissata alla cintura.

Dall'alto li raggiunse il rombo di un velivolo in avvicinamento. I milmecha rivolsero le armi in direzione del rumore e aprirono il fuoco verso il bersaglio invisibile. Asher si coprì le orecchie, piangendo più forte. Eloy si allungò verso una manopola sulla parete e la ruotò. Il frastuono esterno si ridusse a un borbottio, coperto da un ritmo otzstep. Eloy ruotò ancora la manopola per ridurre i decibel. «Dannata musica pop», brontolò.

Asher tirò su col naso e disse: «Tuono.» La musica aveva distratto i più grandi, ma Sage piangeva ancora.

«Sì, un tuono», rispose Evie. Il suo viso era segnato dalla preoccupazione mentre provava a calmare Sage.

Il bersaglio dei milmecha apparve sugli schermi: un hovercraft con le insegne della polizia in arrivo da nord, basso e veloce. Due hovercraft militari lo seguivano da vicino.

Dal velivolo della polizia furono sparati proiettili traccianti. La scia di fuoco rimbalzò sul velivolo corazzato e proseguì verso sud, tagliando di netto il braccio a uno dei milmecha sul tetto. Joe spiò lo schermo sul retro e vide il pezzo di metallo colpire il terreno, poi assistette all'esplosione che annientò il carro e la cavalla in una macchia rossastra su un mucchio di schegge di legno.

«La mia Bessie!», gridò Eloy, rabbia mista a dolore. Coprì gli occhi di Clay, mentre Joe faceva lo stesso con Asher. Evie strinse Sage. Joe guardò Eloy, ma non ebbe tempo di occuparsi del suo scatto d'ira.

I milmecha spararono ancora e l'hovercraft della polizia girò su se stesso per dirigersi a nord. I velivoli militari lo inseguirono. Uno dei due sparò un raggio laser. Una palla di fuoco rosso acceso colpì il motore dell'hovercraft della polizia mentre scompariva oltre un crinale, inseguito.

«Situazione, H137?», chiese Mike.

«I nostri intercettori hanno spinto l'hovercraft ribelle cinque chilometri a nord. È stato danneggiato e si è schiantato. Le nostre forze saranno sul sito tra poco per valutare i danni e i feriti.» La fronte del milpafibot lampeggiò blu.

«Chi c'era dentro?», gridò Joe a Mike.

«Scommetterei che si trattasse di Bill Zable.» Il volto di Mike era oscurato da uno sguardo bellicoso. «Ha fatto scattare la trappola.»

Il loro velivolo corazzato si avvicinò a una colonna di fumo. Sullo schermo laterale, due hovercraft militari erano fermi sull'immensa distesa. A forma di siluro, con i motori appesi sotto le corte ali, irradiavano un'aura di efficienza brutale e minimale. Accanto ad essi si trovava l'hovercraft della polizia abbattuto, ora circondato da milmecha. Un lato era gravemente danneggiato ed era sorvolato da tre droni che lo inondavano di ritardante per estinguere le fiamme. Il loro velivolo deviò dalla strada e sorvolò un tratto di deserto coperto di arbusti, prima di atterrare accanto all'hovercraft.

«L'area è sicura», disse H137, ruotando la testa ellittica verso l'uscita. Mike aprì il portello corazzato, saltando a terra insieme a Raif, seguito a Eloy.

Joe esitò un istante, guardando Evie e i bambini. «Fabri, potresti restare qui con i ragazzi?» Fabri annuì, e loro saltarono sul terreno piatto per raggiungere gli altri. Il milpafibot li seguì fino al relitto fumante.

A terra giacevano roboagenti a pezzi, con i servomotori e cavi esposti. Un odore sulfureo di metallo bruciato, terra e capelli strinati riempiva l'aria. I medbot si erano accalcati intorno a una barella, muovendo le braccia in un turbinio fulmineo.

H137 li aggiornò: «Un solo umano a bordo. È vivo, ma ha riportato gravi ferite. Lo trasporteremo all'ospedale, reparto urgenze.»

A Joe ci volle qualche secondo per identificare l'uomo sulla barella come Zable. Dal volto dell'uomo e da una delle gambe pendeva carne annerita. Un robot aveva rimosso l'altra gamba e stava cauterizzando il moncone. Joe fremette involontariamente alla vista del sangue.

«Hai ucciso la mia cavalla!», latrò Eloy, con una vena ingrossata sul collo. Zable si voltò verso il suono, ma non riuscì a metterlo a fuoco con lo sguardo.

«Chissenefrega del cavallo! Ho ucciso quei due traditori?» Zable sbraitava in modo sinistro e delirante allo stesso tempo.

Joe strinse l'accetta con mano tremante, lottando per controllare l'ondata di furia cieca che lo spingeva ad usarla. Evie gli afferrò il braccio, fermandolo.

Eloy studiò Zable. «Siamo già tornati nella civiltà?» Il cinico rancore nella sua voce lasciava intendere che si fosse già pentito della decisione di seguirli.

Un medbot impacchettò la gamba amputata di Zable. Le mosche del deserto ne avevano già trovato la disgustosa estremità, e le scacciò prima di chiudere l'imballaggio. Il protocollo standard prevedeva di conservare tutti i tessuti, ma a giudicare dall'aspetto malconcio della gamba, Joe sapeva che Zable avrebbe ricevuto un'altra protesi. I medbot completarono la stabilizzazione sul campo e trasportarono la barella sul primo hovercraft militare in attesa, passando attraverso il portello di carico dell'attrezzatura. I motori si misero in moto e l'hovercraft decollò.

Tornarono al velivolo corazzato, dove Fabri li attendeva sporgendosi ansiosamente dal portello.

«So che ha provato a ucciderci.» Fabri tremava. «Ma non riesco comunque a provare alcuna gioia vedendo un essere umano ferito così gravemente.»

«Avresti dovuto prestarmi la tua accetta», disse Eloy.

. . .

Riconosco Eloy nei miei istinti primordiali, nel desiderio di distruggere una minaccia. È difficile comportarsi in modo civilizzato, e ancor più mostrare compassione.

. . .

«È ora. Dovremmo seguirli», disse Mike.

«Seguirli?» Evie strinse il bastone bō e nei suoi occhi color nocciola si accese una scintilla di ribellione. «Non sono mai stata brava a seguire, e gli ultimi tre anni sicuramente non mi hanno incoraggiata.»

H137 scortò tutti al secondo hovercraft militare. La scaletta posteriore discese con un lieve ronzio, appoggiandosi nella sabbia. Salirono, Evie in testa con Sage, poi Joe e Fabri con un gemello ciascuno in braccio. Joe si voltò a guardare il deserto un'ultima volta. Si pentiva di aver lasciato il proprio arco appoggiato sulla coperta nel carro. Entrò nell'hovercraft e la porta si chiuse alle sue spalle, prima che si sollevassero in aria. Mentre l'hovercraft virava a ovest verso la California, Joe guardò il velivolo corazzato dal finestrino.

Capitolo 45

Erano seduti tutti insieme nella spaziosa cabina principale dell'hovercraft. I gemelli saltellavano sui loro sedili, toccando il tessuto sconosciuto del rivestimento. Evie teneva Sage. Eloy e Fabri furono distratti per diversi minuti dalle buffonate dei bambini, che cercavano di sistemare sui sedili. A tutti loro serviva del tempo per adattarsi, poiché condividevano lo shock del trasferimento dalla vita primitiva sulle montagne agli interni ipertecnologici del velivolo. Cielo e terra sfrecciavano fuori dal finestrino.

«Vorrei sapere di più su cosa è successo nel movimento anti-Livelli.» Evie parlava sporgendosi oltre la testa di Sage. «Capisco che possiamo essere stati una minaccia all'immagine e alla reputazione di Peightân, ma se ora ha un'armata di robot corrotti pronti ad aiutarlo a prendere il potere, perché dovrebbe ancora interessarsi a noi? Sembra più un fatto personale.»

«Siete stati la sua ossessione per molto tempo. Almeno, questo è quanto abbiamo appreso dalle poche comunicazioni interne che siamo riusciti a intercettare.» L'espressione di Raif mostrava pura ammirazione. «Detesta i Livelli inferiori e si sente superiore. La loro liberazione distruggerebbe la gerarchia alla base della nostra società, una gerarchia di cui lui è a capo. Il movimento anti-Livelli minaccia il suo potere. Ha provato a eliminarlo esiliando prima Celeste e Julian, poi te e Joe. Ma nel vostro caso gli si è ritorto contro. La vostra sopravvivenza dimostra quanto le persone relegate nei Livelli più bassi siano capaci. Il vostro ritorno ha dato loro il coraggio di portare nuovamente il movimento alla luce del sole.»

«Speravamo che il movimento fosse sopravvissuto, ma non ci aspettavamo che fosse cresciuto», disse Joe, rivolgendosi a Mike. «Come è successo?»

«Il movimento è più forte che mai. Quando tu ed Evie siete stati mandati in esilio, Peightân ha dato la caccia agli altri leader. Ma sono stati tutti bravi a tenere un basso profilo mentre si organizzavano in segreto. La gente pensava che voi sareste morti nella Zona Vuota. I vostri volti apparivano di tanto in tanto su messaggi in netchat, richiamando le persone all'azione per mantenere vivo il movimento. Evie, tu sei stata considerata una martire della causa.»

«Poi un mese fa qualcuno si è reso conto che la fine del vostro esilio era fissata per oggi, ma che mancava un rapporto riguardo il recupero dei vostri corpi da parte del governo nella Zona Vuota.» Mike sorrise. «Questo ha dato inizio alla discussione in netchat, compresa la speculazione sulla possibilità che foste vivi, e i leader del movimento hanno deciso di uscire allo scoperto e organizzare nuove imponenti manifestazioni.»

«Questa settimana, le proteste sono esplose in ventinove città. Sei diventata il loro simbolo. Ecco, guarda qua.» Raif guardò lo schermo sulla parete della cabina mentre connetteva il proprio NEST e caricava un video. Lo schermo mostrò i manifestanti marciare riempiendo un grande viale, con i pugni alzati al cielo e gli striscioni. Joe sussultò sul proprio sedile, riconoscendo il mare di volti. I manifestanti avevano usato cambia-volto con la proiezione del volto di Evie.

Evie e Joe si guardarono, troppo stupefatti per parlare. La portata degli eventi che Evie aveva messo in moto toglieva il fiato.

«Mammina?» Lo sguardo di Clay andava continuamente dallo schermo, a Evie, poi di nuovo allo schermo.

La bolla era scoppiata, e i genitori si ritrovarono a ridere del mondo sorprendente a cui stavano tornando.

Raif passò a un altro video, che mostrava i manifestanti di una città diversa, impegnati in una protesta ancora più grande. Clay nascose il visto contro il petto di Joe.

H137 si mosse dalla sua posa rigida accanto all'ingresso, ruotando la testa verso Mike. «C'è un'importante comunicazione da parte del Generale Sherwood, comandante dell'Armata Meridionale di Confine.»

Mike si rivolse a Joe ed Evie. «Possiamo lasciare qui la famiglia e spostarci davanti nella sala di controllo dell'hovercraft?»

Fabri stava già allungando le braccia per prendere Sage, che Evie le porse delicatamente. «Posso restare io a prendermi cura dei bambini, non ti preoccupare», disse.

Evie la ringraziò, poi seguirono Mike nella sala di controllo adiacente. Joe fece cenno ad Eloy di seguirli e chiuse la porta alle loro spalle. Quella cabina più piccola era dotata di un'unità olo-com a pavimento. Il portale era situato su una piattaforma ellittica sopraelevata e circondata da un corrimano. Tutt'intorno erano sistemati i sedili, mentre al soffitto era agganciato l'equipaggiamento per la proiezione. Si sedettero e H137 aprì il collegamento criptato. Il portale si aprì. Apparve un ologramma, il volto di un uomo biondo con un berretto militare. La fronte era imperlata di sudore.

«Generale Sherwood, ci aggiorna?», disse Mike.

«È confermato: quasi due terzi della mia Armata Meridionale di Confine hanno abbandonato la propria base a Holloman senza la mia autorizzazione, e sono diretti a nord.»

«Quanti robot corrotti?» Raif lanciò un'occhiata a Mike.

«Stimiamo che le unità dei Ribelli Rossi contino novantamila milmecha e droni», disse Sherwood.

«E il resto?» Mike scosse la testa.

«Ho ordinato a Blu Uno di inseguire la fazione ribelle. Il nostro obiettivo primario è impedire che le unità corrotte si dirigano a est verso Alamogordo. Con una popolazione di undicimila persone, c'è un altissimo rischio di perdite civili.»

«Evitare perdite civili è della massima importanza», disse Mike.

«Non riusciranno a raggiungere Alamogordo attraverso le mie difese. Me ne assicurerò», rispose Sherwood.

«Unità corrotte che si dirigono a nord? Allora la nostra ipotesi è confermata, il loro obiettivo è la base missilistica di White Sands», disse Raif.

Mike si rivolse al milpafibot. «Per cortesia, aggiungi il generale Brown.» La fronte del robot lampeggiò blu in segno di conferma.

«Dannazione. Novantamila.» Raif serrò la mascella.

«Molti più di quanti ne avremmo potuti prevedere», disse Mike.

Apparve un secondo ologramma. Il generale Brown guardò in modo minaccioso un sottoposto fuori dallo schermo, poi rivolse a Mike il saluto militare. «Blu Due è in attesa a sud del sito Trinity. Le unità ribelli muovono a nord, verso di noi. Abbiamo lanciato un'operazione di intercetto e ci aspettiamo un primo contatto con i droni, seguito dal contatto sul terreno a sud della base missilistica. Dovranno passare sui nostri cadaveri per arrivare a quei missili.»

«Valutazione delle probabilità?» Raif premette alcuni bottoni sul pannello.

«Nonostante i milmecha corrotti superino quelli leali, noi abbiamo più droni. Siamo in leggero vantaggio», disse Brown.

H137 si inserì nella conversazione. «È confermato, un secondo hovercraft della polizia è decollato dal Ministero per la Sicurezza in California. È atterrato a nord della base aerea Holloman nel New Mexico e si è unito alle unità ribelli proprio mentre il primo hovercraft ci attaccava.»

«Peightân», disse Joe. Gli altri annuirono.

Mike sedeva composto sul proprio sedile e Joe, ancora stupefatto dal ruolo del professore, lo stava studiando, quando i suoi sogni ad occhi aperti furono interrotti dal risolino di Raif. «Dina ha trascorso gli ultimi tre anni stabilendo relazioni discrete con i capi di altri governi, il Ministro nazionale della Difesa e la CIA, per riuscire a smascherare il colpevole del worm. Ha spinto perché Mike fosse approvato come membro del SES, Senior Executive Service, e nominato comandante speciale per le operazioni di gruppo del Progetto Worm. In pratica opera come comandante civile per supervisionare questi piani segreti.»

Mike alzò lo sguardo dall'unità olo-com. «Opero più come un collegamento, anche se tecnicamente i civili sono sopra i militari e i generali mi trattano come un pezzo grosso. Ma abbiamo lasciato la vera pianificazione all'Armata. Raif ed io abbiamo imparato molto. Sono passato dai regolamenti agli armamenti.»

Eloy si piegò verso Joe e sussurrò: «Credo intenda le armi autonome letali.»

«Eloy era nell'Armata Meridionale di Confine», spiegò Joe a Mike e Raif. Mike gli rivolse il saluto, che Eloy ricambiò prontamente.

Mike tornò al posto di comando. «Come si presenta il terreno sul sito dell'intercettamento?» La sua voce tonante era sicura di sé.

«Deserto disabitato», disse Brown.

«Copiato», rispose Mike.

Il volto di Brown si oscurò. «Permettimi di ricordarti, comandante, che ci sono civili anche nella base spaziale, a trenta chilometri di distanza dai Ribelli Rossi verso ovest. In un giorno qualunque, lì dentro ci sono circa quattromila persone.»

Mike si batté un pugno sulla coscia. «Puoi tirarli fuori?»

«Possiamo iniziare l'evacuazione ora, ma la nostra migliore speranza è che la battaglia non li raggiunga. Non abbiamo molti hovercraft per il trasporto umano, e per caricarli tutti ci vorrebbe più tempo di quello a disposizione.»

«Fatelo subito», disse Mike.

Raif guardò Mike. «C'è una scarpata che corre da nord a sud tra le unità ribelli e la base spaziale, ma non li rallenterà di molto.»

«Sarebbe un mattatoio là fuori, con tutte quelle macchine e il loro letale metallo nell'aria», sussurrò Eloy.

«Resteremo in collegamento», disse Brown. Distolse l'attenzione dallo schermo. Sherwood fece lo stesso, con il volto contratto. Sembrava turbato dal tradimento delle proprie unità.

H137 li aggiornò. «Mancano circa undici minuti al contatto con i droni e diciassette minuti al contatto sul terreno.»

Eloy diede una gomitata a Joe. «Il generale Sherwood era il mio comandante, anche se non ebbe mai motivo di sapere il mio nome. Sono contento di avere un posto a bordo campo questa volta.»

Joe annuì, ma aveva a malapena sentito le parole dell'amico. Si era dimenticato quanto il mondo fosse veloce, e ora la sua mente lottava contro il sovraccarico di informazioni.

«Abbiamo… beh, i generali… hanno lavorato su piani di battaglia dettagliati, e abbiamo sviluppato mappe decisionali a tutto tondo. Ma le scienze decisionali possono soltanto fare un po' di chiarezza nella confusione della guerra», disse Raif.

Evie sfiorò la spalla di Joe da dietro, prima di chinarsi e sussurrargli nell'orecchio: «Ho appena controllato i ragazzi. Fabri li sta tenendo occupati.» Lui le strinse la mano e guardò fuori dal finestrino. Verso sud-ovest, il deserto si allungava sotto di loro, simile al paesaggio che aveva circondato il loro paradiso terrestre. Aveva la bocca secca. Non potevano fare altro che aspettare.

L'attesa non durò a lungo. L'urlo del generale Brown riportò Joe alla realtà. «Ci hanno visti arrivare. Blu Due combatte. Fuoco di artiglieria mobile. La schermatura elettronica ci protegge ancora impedendo al nemico una mira accurata.»

Il milpafibot aprì una seconda connessione. L'unità olo-com fu invasa dal collegamento video di un drone che sorvolava Blu Due. Come se una mastodontica madre aracnide avesse sguinzagliato la sua prole, migliaia di esseri malvagi solcavano il deserto. I milmecha si muovevano con una velocità sorprendente, superando le dune e gli arbusti grazie alle quattro gambe appaiate. Le ondate di macchine lasciavano dietro di sé nuvole di polvere che oscuravano il paesaggio.

H137 aggiunse un secondo collegamento, questa volta contenente una scansione termica. I punti caldi sul terreno si rivelarono essere droni che decollavano per combattere. Il portale fu invaso dalla letale danza dei droni, macchie rosse lanciate in aria da macchine di supporto. Sul terreno, mescolati ai milmecha, cannoni montati su mezzi cingolati avevano aperto un fuoco continuo, sparando i loro proiettili in cielo come meteore. Qua e là si formavano macchie rossastre ogni volta che un robot esplodeva, lasciando una traccia ellittica di cenere sulla sabbia bianca del deserto. Dal collegamento audio proveniva un rombo crescente, attenuato ma nefasto.

«Blu Uno perde drasticamente terreno», disse il generale Sherwood.

«Le unità corrotte hanno interrotto la marcia verso nord e hanno attaccato Blu Uno.» Raif studiava l'olo-com. «Forse Peightân ha deciso di distruggere prima loro.»

«Passa alle pattuglie inseguitrici di Blu Uno», ordinò Mike. H137 obbedì. Il collegamento riempì lo schermo, mostrando una scena disorganizzata. «Distingui le nostre unità», disse Mike, e sulle macchine apparvero targhette blu e rosse. La maggior parte delle targhette blu identificavano milmecha semidistrutti e spersi nel deserto. I robot, anche con arti mancanti, sparavano finché non venivano annientati. Il deserto era disseminato di crateri anneriti, ripulito di ogni traccia di vita vegetale dalla tempesta di fuoco autonomo, missili ed esplosivi. La maggior parte dei droni aveva una targhetta rossa.

Il collegamento con il drone si interruppe. H137 ne stabilì un altro, che si stabilizzò dopo una scarica di statiche e poi sparì.

«Gliele abbiamo date di santa ragione», disse Sherwood, il cui volto rassegnato ora riempiva lo schermo.

«Dove sei?», gridò Mike, per essere udito al di sopra del frastuono che proveniva dall'altro capo della comunicazione.

«Tredici chilometri dietro l'armata, nella retroguardia insieme al comando.»

«Vattene subito da lì!», tuonò il generale Brown sull'altro canale.

«Troppo tardi. È il destino, Brown», disse Sherwood con sguardo vacuo. Il suo ologramma si spense.

Evie rabbrividì contro la schiena di Joe.

«Addio, comandante», mormorò Eloy.

· · ·

Non è il destino, né il fato, è semplicemente espressione del libero arbitrio delle creature coscienti, plasmato dal caso. Ha giocato le carte che aveva in mano. Ha scelto. Dovremmo tutti aspirare a questo.

· · ·

«Abbiamo combattuto soltanto una frazione delle forze dei Ribelli Rossi. Ora il grosso è sceso in campo, e il vero combattimento ha inizio», disse il generale Brown con tono piatto.

«E il generale Sherwood?» Il tono di Mike rivelò che sapeva di porre una domanda superflua.

«L'abbiamo perso, insieme ad altre settanta persone al suo comando.» Brown si voltò e diede ordini urgenti agli ufficiali fuori dall'inquadratura.

Eloy scosse la testa. «Nessun posto è sicuro sul campo di battaglia. Il suo comando si muoveva sotto uno scudo elettronico, ma non è bastato.»

H137 spostò nuovamente il collegamento al contingente principale di Brown, scegliendo un altro drone. Si accasciarono mestamente sui propri sedili, ad osservare le unità contrassegnate da targhette colorate combattere ed essere annientate.

«Sembra che Peightân abbia distrutto la Blu Uno.» Mike si mordeva le labbra. «Ma possiamo ancora vincere questa battaglia. Non credo abbia avuto tutto il tempo che avrebbe voluto per infettare i robot.»

«Lo scopriremo presto», disse Raif.

«Aggiungi i metadati», ordinò Mike a H137. Sulle immagini olografiche si sovrappose un ulteriore strato di numeri, fornendo un colpo d'occhio strategico del campo di battaglia. Mike, in piedi accanto al portale, muoveva le mani come un prestigiatore, manipolando le proiezioni. La porzione centrale fu occupata dal collegamento video di un drone in picchiata verso una duna. I cannoni a rotaia mobili e i milmecha sparavano verso l'alto, ma i proiettili traccianti mancavano ripetutamente il drone, grazie alle sue manovre elusive. Apparve un secondo drone, più grande e contrassegnato in rosso. I pannelli laterali saltarono, liberando centinaia di mini-droni simili a uno sciame di vespe inferocite. Ci fu un lampo di luce, poi il collegamento si interruppe. H137 lo sostituì con un altro, più elevato rispetto al terreno desertico.

«Li chiamavamo sciami esplosivi. Vere porcherie», disse Eloy.

La battaglia nel deserto proseguì a fasi alterne per altri venti minuti. Gli ologrammi sullo schermo mostravano un inferno, schiere sconclusionate di robot che si annientavano a vicenda con lampi di fuoco. Nugoli di droni di tutte le forme e dimensioni occupavano il cielo. Schivavano proiettili e missili con virate strette degne di uno stormo di passeri, attaccandosi a vicenda e colpendo i milmecha a terra. Brown mantenne la supremazia dell'aria, e ben presto la maggioranza dei droni corrotti fu abbattuta. Una parte dell'armata di Peightân si era separata e correva precipitosamente verso la base spaziale. A chilometri di distanza, la battaglia sulla pianura salata era in pieno svolgimento. Relitti fumanti punteggiavano il deserto, parzialmente oscurati da una foschia grigiastra. La scansione termica mostrava fuoco tracciante in cielo. L'ologramma del generale Brown mostrò un principio di sorriso all'angolo della bocca.

Mike doveva averlo notato. «Valutazione?»

Brown abbaiò un ordine e riportò l'attenzione su di loro. «I nostri droni stanno vincendo. Dobbiamo concentrarci sull'annientamento della forza ribelle principale, o potrebbe ancora rappresentare un pericolo per Alamogordo. Presto potremo inseguire la pattuglia fuggita.»

Mike annuì. «E l'evacuazione della base spaziale?»

«Lenta. Una prima ondata di trentasette hovercraft ha evacuato completamente. Torneranno per il secondo giro tra diciannove minuti.»

«Non è abbastanza veloce.» Raif mormorò alcuni calcoli. «Soltanto un terzo dei civili sono stati portati in salvo finora.»

Mike fece un cenno d'intesa e Brown si voltò per dare ordini alle truppe. «Non avevamo idea che potessero esserci così tanti robot corrotti nell'Armata di Confine.»

L'espressione di Mike mostrava tutto il suo senso di colpa. Joe sapeva che i suoi pensieri erano rivolti ai civili nella base.

La maggior parte delle unità sul terreno aveva ormai una targhetta blu. Sul portale olografico, intere sezioni di deserto risultavano vuote, ma quando Joe guardò H137 e le indicò, il robot confermò i suoi sospetti, dicendo: «In un ambiente elettromagnetico così caotico, non abbiamo una copertura totale dai sensori.»

Brown si rivolse a Mike. «Comandante, abbiamo il controllo del campo. Siamo passati alla fase di rastrellamento. Tre delle nostre divisioni sono partite all'inseguimento delle ultime unità ribelli, ormai vicine alla base spaziale. Ma loro occuperanno la base per primi.»

Eloy si chinò verso Joe. «Dannazione, è una trappola mortale.»

Mike imprecò. «E la situazione laggiù?»

«Controllo in corso», rispose H137. Passarono alcuni minuti. Joe era seduto sul bordo del sedile, le mani sudaticce.

«I sensori indicano che i Ribelli Rossi non hanno rallentato l'avanzata quando hanno sfondato il perimetro del complesso, accanto all'asilo. Le probabilità di superstiti sono basse.»

«Attiva un collegamento video con la struttura di lancio», sbottò Mike. H137 obbedì. Il video apparve sul portale, una prospettiva dall'alto ripresa dal drone che volava verso ovest a bassa quota, sfilando tra le colline rocciose. Il deserto era disseminato di equipaggiamento maciullato. Il drone si avvicinò alla base spaziale, causando la reazione dei milmecha e dei cannoni a rotaia, che fecero fuoco verso il cielo. Prima di interrompersi, il video immortalò l'immagine fugace di un razzo sulla piattaforma di lancio, con riccioli di vapore che fuoriuscivano alla base.

L'unità olo-com mostrò una mappa del perimetro intorno alla struttura di lancio. Mike manipolò le icone fluttuanti dell'olo-com per zoomare sul terreno, che ora mostrava un primo piano di Blu Due e dei Ribelli Rossi impegnati sul campo di battaglia. Joe vide con la coda dell'occhio un casco olografico appeso al corrimano. Con fare spavaldo lo indossò, afferrò l'icona olografica di un drone ricognitore in avvicinamento sulla mappa e lo premette sul lato del casco per connettere il sensore.

La visione a tutto tondo gli esplose negli occhi mentre il drone volava radente al suolo lungo la recinzione perimetrale. Si ritrovò in un inferno. Colonne di fumo si innalzavano dal complesso residenziale alla sua sinistra, che il drone costeggiò dirigendosi verso un altro edificio. Joe riconobbe una scuola. Le esplosioni gli rimbombavano nelle orecchie mentre frammenti di metallo incandescenti laceravano l'aria tutt'intorno a lui. Stava sorvolando lentamente l'edificio, ormai affossato di cinque metri, quando la fuliggine si diradò e rivelò i crateri anneriti. Dove un tempo c'era vita, ora si estendeva un inesprimibile abisso vuoto. Poi lo sguardo di Joe cadde sui resti dei corpi, disposti in un macabro spettacolo.

Joe si strappò il casco e fu assalito da conati violenti, vomitando nell'angolo della stanza. Si pulì la bocca e guardò il gruppo. Sui loro volti trovò compassione.

. . .

Ti prego, ti prego fa' che quell'immagine possa cancellarsi dalla mia memoria; è il simbolo dell'orrore che siamo in grado di infliggerci l'un l'altro. Il libero arbitrio permette alle persone senza coscienza di agire in modo immorale.

. . .

Joe si sedette e si passò le mani sul volto. Evie gli cinse le spalle.

«I sensori hanno rilevato un lancio nel complesso», disse H137.

Mike ordinò un altro collegamento video via drone. Il segnale tremolò, mandando la ripresa da un punto di vista più lontano dalla base spaziale. Mostrava la scia di condensazione di un razzo ben distinguibile nell'aria limpida del deserto.

Raif si passò la mano tra i capelli. «Peightân sta scappando?»

Il generale Brown tornò a collegarsi per un nuovo aggiornamento, parlando con voce rotta. «Le nostre forze hanno preso il controllo della base spaziale. Stiamo disattivando gli ultimi disturbatori corrotti. Non pensiamo che ci siano sopravvissuti tra i civili.» La sua mascella si contrasse.

Mike scosse la testa. «Quanti milmecha potrebbero essere scappati in quel razzo?»

«Forse trenta. Cinquanta al massimo», rispose Brown.

«Abbastanza da prendere la Base Orbitale WISE con la forza.» Raif camminava avanti e indietro. «La base è scientifica, non ha difese.»

Joe si raddrizzò sul sedile. «Perché Peightân dovrebbe voler andare là?»

Raif scosse le spalle. «È il posto più vicino in cui potrebbe infliggere gravi danni con quel razzo.»

Una vena pulsava sulla tempia di Mike. Se la massaggiò. «Dina è lassù di persona in questo momento. Sarà meglio avvertirla che riceverà visite.»

Capitolo 46

Joe, Evie ed Eloy tornarono nella cabina principale, lasciando Mike e Raif all'unità olo-com, ancora impegnati con la battaglia nel Sud-Ovest. Quando entrarono, il volto di Fabri era preoccupato. «Una battaglia? Sono morte delle persone?»

Eloy la strinse tra le braccia. «Sì, una grande battaglia tra armate di robot. Ci sono state perdite civili.»

Le lacrime rigarono il volto di Fabri, che stringeva Clay a sé. «In che mondo strano siamo tornati. Da molti punti di vista, è più violento che la nostra vita nella Zona Vuota. Lì uccidevamo soltanto per sopravvivere.»

Il dolore nel suo sguardo era così vivo che Joe li circondò entrambi con le braccia. Un momento più tardi, anche Evie fece lo stesso. I quattro vicini rimasero stretti nel lutto per lunghi minuti.

Cupi e persi nei propri pensieri, si separarono. Il paesaggio era cambiato, assumendo toni dorati mentre si avvicinavano alla West Coast. Fabri sedette di fronte a Joe e strinse forte Sage, che dormiva tra le sue braccia. Clay era seduto con Evie, che muoveva l'anello al dito per creare giochi di luce con i riflessi delle gemme. Joe si accasciò nel sedile accanto a Evie e prese Asher in braccio.

Raif si unì a loro, annunciando: «Arriveremo tra undici minuti.» Si accomodò vicino a Joe. «H137 stima che il razzo di Peightân raggiungerà la Base Orbitale WISE tra ventitré ore. Mike ha aggiornato Dina. Quella donna non conosce paura. Nonostante i suoi mille mecha da costruzione non reggano il confronto con i milmecha in arrivo, si sta preparando per il contrattacco.»

Fabri assistette alla conversazione tra Joe e Raif con gli occhi spalancati. «Chi è Dina?»

«È il comandante della base orbitale che gravita intorno alla luna. Ho lavorato per lei.» Gli occhi di Fabri si illuminarono, come se il cielo si fosse aperto e la verità fosse piovuta su di lei, la verità sul reale Livello di Joe. Gli si avvicinò e sussurrò: «Sei stato così gentile con me.»

«E tu con me. Siamo più che pari.»

L'hovercraft iniziò la discesa. Evie fronteggiò Raif. «Dove stiamo andando?»

Lui si alzò. «La Cupola della Lotta è il più vicino istituto medico di emergenza, e noi seguiamo l'hovercraft che ha evacuato Zable. Mike ci ha organizzato una piccola sala operativa per rintracciare Peightân. È un posto come un altro.» Incrociò lo sguardo di Joe. «In più, Mike e Dina pensavano fosse un buon posto per raccontare la vostra storia.»

Mike era in piedi sulla soglia della sala di controllo. «Sono appena stato informato che una gran folla, con tanto di giornalisti, si sta radunando alla Cupola della Lotta. Vogliono vedere te, Evie, vedere che sei sopravvissuta. Penso che appoggeranno qualunque cosa tu dica.»

Evie annuì con decisione.

Mike sorrise, poi si incupì. «C'è anche un nuovo pettegolezzo sulla battaglia in New Mexico. Il governo sta cercando di censurare l'argomento, quindi per cortesia non nominatelo.»

Nonostante fosse solo primo pomeriggio, sembrava fosse passata una settimana dall'alba. I gemelli erano completamente svegli e indicavano la Cupola che si faceva sempre più grande fuori dal finestrino. Fabri teneva Sage, addormentato e ignaro. Evie si sistemò i capelli, tesa. «Possiamo farci vedere. Mostrare loro che siamo tornati per riprendere da dove avevamo lasciato.» Joe annuì. Avrebbe lasciato a lei il compito di parlare.

Joe si sedette vicino al finestrino e poco dopo Evie lo raggiunse, restando in piedi accanto a lui e pettinandogli i capelli con le mani mentre guardava la propria casa di un tempo. Le lesse sul suo viso l'identificazione, la nostalgia di casa e la speranza.

Joe riuscì a distinguere una folla ammassata sul tetto della Cupola. Mentre si avvicinavano, calcolò che potesse trattarsi di circa mille e trecento persone. Sulle loro teste fluttuavano i droni dei media.

Mike si sporse per guardare dal finestrino accanto.

«È un comitato di benvenuto più grande di quanto mi aspettassi.» Scosse la testa. «Le mie stime si sono rivelate inesatte oggi... due volte.»

Joe prese le mani di Clay e Asher, mentre Evie teneva in braccio Sage. Unita, la famiglia raggiunse il portello di uscita, pronta ad incontrare il resto del mondo moderno. Mike si mise di fronte a Joe. «Evie, andrò prima io per annunciarti.»

Lei acconsentì. Il portello si aprì e i media si avvicinarono. Joe riconobbe i due reporter in prima linea: Caroline Lock e Jasper Rand, di Netchat Prime.

Mike uscì, sollevando una mano. «Evie Joneson, Joe Denkensmith, la loro famiglia e i loro amici sono appena tornati dopo aver passato tre anni nella Zona Vuota. Potranno parlarvi soltanto per un breve momento, poi avranno bisogno di riposo.»

I gemelli si strinsero alle gambe di Joe, gli occhi spalancati di fronte ai giornalisti che gridavano le domande e ai registratori allungati verso di loro. Evie gettò indietro i capelli con un sorriso, poi, come una famiglia, scesero lungo la rampa. Dietro di loro, Fabri si aggrappò al braccio di Eloy. Joe si voltò e le rivolse un sorriso di incoraggiamento, a cui la donna rispose raddrizzando la schiena e crescendo di qualche centimetro, fiera nella propria casacca di pelle di cervo.

Evie si fece avanti nella cerchia di reporter. Sfoggiò un sorriso smagliante e parlò loro reggendo un irrequieto Sage con il braccio sinistro.

«Siamo tornati, dopo aver superato le sfide di una prigione, desiderosi di aiutarvi a liberarvi di un'altra. Siamo motivati più che mai, grazie a voi che avete aiutato il movimento anti-Livelli a crescere, portando la speranza a chi era destinato a restare per sempre ai Livelli più bassi. I nostri figli ci ricordano perché questo sia così importante. Tutti dovrebbero iniziare la propria vita liberi di eccellere, senza essere trattenuti da regole classiste ereditarie.» Alzò il pugno destro in aria e lo scosse. La sua voce rimbombava. «Portiamo avanti questa lotta per le pari opportunità di tutti i nostri figli.» La folla ruggì eccitata, soffocando il suono dei droni che sorvolavano la Cupola per mandare in onda la scena in tutto il Paese.

. . .

È un'eroina del movimento anti-Livelli. Ma anche la mia eroina personale.

. . .

Evie si fece strada tra i media e rispose alle loro domande con calore e passione. Joe rispose a qualcuna di quelle dirette a lui, ma i giornalisti preferivano lei. Caroline Lock gli chiese se potesse parlare con i bambini e, al cenno affermativo di Joe, si inginocchiò per far loro qualche domanda. Entrambi, però, si rivelarono timidi di fronte alla telecamera, mormorando risposte incomprensibili perfino dal padre.

Mike li guidò attraverso la fila di presentatori, lungo il tetto e poi su una rampa di scale. Lo seguirono lungo un vialetto interno. I muri erano ricoperti di schermi che annunciavano copertura media totale degli eventi alla Cupola. All'improvviso la manina che teneva la sua lo trattenne. Asher si era fermato, paralizzato dalla vista della loro immagine su un maxischermo. Il video mostrava la loro uscita dall'hovercraft. Un presentatore annunciava affannosamente: «Evie Joneson, Joe Denkensmith e i loro tre bambini sono sopravvissuti a tre estenuanti anni nella Zona Vuota. Non solo sopravvissuti, hanno prosperato.» Joe notò l'incongruenza delle loro figure avvolte nella pelle di cervo sulla sommità metallica scintillante della Cupola della Comunità. «Vieni, ometto», gli disse, poi lo prese in braccio per raggiungere Mike.

Mike e Raif li guidarono attraverso il complesso fino a un gruppo di appartamenti connessi tra loro da una grande stanza comune, con un lucernario a tutto soffitto da cui si poteva vedere il cielo azzurro.

Raif scompigliò i capelli ad Asher, facendolo sorridere. «Bella intervista, Evie. Mike ed io ci coordineremo con Dina da qui. Voi dovreste riposarvi.»

Mike annuì. «Suggerisco di incontrarci qui nella sala centrale tra diciassette ore, prima che Peightân arrivi alla Base Orbitale WISE. Le vostre camere dovrebbero essere rifornite di tutto il necessario.» Li guidò lungo un corridoio fino alle stanze di Evie e Joe, poi indicò un altro appartamento più avanti per Fabri ed Eloy, prima di tornare da Raif nella sala principale.

Evie abbracciò Fabri. «Mi dispiace di avervi portati in questa situazione pericolosa. Non avrei mai immaginato che sarebbe stato così.»

Fabri ricambiò l'abbraccio. «Beh, ora mi sento al sicuro. E siamo ancora insieme.»

Joe prese le loro mani e le attirò entrambe a sé in un abbraccio. «Facciamo in modo che resti così.»

◆

Le comodità moderne nell'appartamento caldo sorpresero i gemelli. L'acqua corrente nei lavandini li affascinava, così come i materiali di cui erano rivestiti i mobili. Saltarono sui letti e trovarono un migliaio di modi per usare le energie represse mentre Joe cercava di restare sveglio.

Dopo la giornata intensa, era un sollievo per lui ed Evie poter guardare i bambini giocare sulla moquette. Con lei al suo fianco, le preoccupazioni di Joe di sciolsero, così come la tensione sul volto della donna.

Trascinò i bambini nella vasca da bagno mentre Evie allattava Sage: la loro solita routine di divisione dei ruoli. Joe pensò a quanto fosse più facile il bagno quando non doveva scaldare l'acqua del torrente. Il sapone aveva un buon profumo di pulito e riempì la vasca di schiuma.

Nell'armadio trovò vestiti nuovi della taglia più o meno esatta, per cui Joe ringraziò mentalmente Mike e il suo veloce ordine via drone. Vestì i bambini mentre Evie metteva Sage a dormire. Joe li portò in cucina, presto raggiunto da Evie. Lei vide il sintetizzatore e rise. Preparò un piatto di spaghetti al ragù sintetico in pochi minuti. Joe scosse la testa di fronte alla facilità e velocità del processo: non aveva dovuto cacciare, né cercare erbe selvatiche o accendere un fuoco. Gli spaghetti non erano mai stati così buoni.

Le luci lampeggianti degli elettrodomestici distolsero l'attenzione dei bambini dal piatto. Joe si concentrò sul proprio, confortato in modo inaspettato dai sapori familiari.

Asher gli spinse la gamba, cercando di arrampicarsi in braccio. Lo prese, e il bambino nascose la faccia contro il suo petto. «Cosa succede?» Joe notò il colfbot che puliva il pavimento dove uno dei ragazzi aveva lanciato uno spaghetto. Clay si avvicinò esitante al robot, che si immobilizzò con la fronte lampeggiante in giallo. Clay ne toccò la superficie liscia con la manina macchiata di salsa al pomodoro, lasciandovi un alone unto, poi guardò Evie con sguardo esitante.

«Non ti farà del male», disse lei.

Clay rivolse un'ultima occhiata al robot e poi, dopo aver soddisfatto la propria curiosità, tornò sgambettando alla sua sedia. Il robot riprese a pulire, macchiato di rosso. Evie ridacchiò. «Mi chiedo chi pulisca il robot delle pulizie.»

I gemelli finirono di mangiare strofinandosi gli occhi. Joe li portò nei lettini della cameretta e rimboccò loro le coperte. Quando tornò in camera, Evie stava uscendo dalla doccia. Abbracciò il suo corpo bagnato e la baciò con passione.

Lei gli sorrise. «Vai a farti la doccia... è magnifico.»

Mentre si rivestiva con abiti normali dopo la doccia paradisiaca, Joe guardò il cumulo disordinato di pelle di cervo, pensando a quanto tempo ci fosse voluto per creare quegli indumenti. In cima erano poggiati la sua accetta e il bastone bō di Evie.

La vista gli provocò un'ondata di pensieri. Dapprima, ricordi positivi: il giorno in cui avevano trovato la loro casa nella Zona Vuota, con quella stessa accetta e quel bastone in mano, la soddisfazione provata domando la natura, e la nascita dei loro figli. Poi la mente gli si riempì di immagini della giornata: di Bessie, di Zable sanguinante sulla barella, dell'asilo. «Meglio non tornarci su», mormorò tra sé e sé, allontanando i pensieri.

Pulito, profumato e stanco, andò in salotto e trovò Evie intenta a guardare un notiziario di Netchat Prime senza volume. Si mise comodo accanto a lei sul divano spazioso.

Joe rise di gusto. «La comodità, è incredibile. L'avevo dimenticato.»

«Crescere tre bambini sarà *molto* più facile qui», disse lei, illuminandosi. «Non sono sicura di cosa farò con tutto il tempo libero che non dovrò più dedicare alla raccolta.» Indicò lo schermo. «Mi sembra di conoscerli.»

Joe si voltò verso lo schermo e vide Caroline Lock, sotto cui scorreva il titolo che annunciava il ritorno di Evie e Joe dalla Zona Vuota. Alzò il volume del notiziario.

«... Evie Joneson e Joe Denkensmith, con la loro famiglia, hanno catturato l'attenzione dell'intero Paese», diceva Lock. I suoi capelli splendevano dorati sullo sfondo argenteo della Cupola. Il collegamento mostrò una ripresa della famiglia in piedi sulla piattaforma di atterraggio, quel pomeriggio. Joe sentì una fitta di imbarazzo rivedendo la propria barba incolta e i capelli scompigliati.

Mandarono in onda il discorso di Evie sul tetto della Cupola. Joe vide i numeri delle condivisioni a livello mondiale del video scorrere a fondo schermo, ormai nell'ordine dei miliardi.

Dopo l'intervista di Evie, la ripresa inquadrò Lock inginocchiata accanto ad Asher. «Cosa ti manca di più?»

Asher la guardava con occhi sinceri. «Pecore.»

Lei si rivolse a Clay. «E a te cosa manca di più?»

Lui strinse gli occhi, perplesso, poi compose attentamente la risposta. «Niente. Mamma e papà sono qui.»

Lo schermo mostrò Jasper Rand e Caroline Lock seduti ad una scrivania. Rand sorrideva sornione in direzione del pubblico. «Sono troppo piccoli per capire perché abbiano passato la propria vita nella natura selvaggia, ma sembra che si stiano adattando alla modernità.»

Lock si accigliò. «Ma, Jasper, questa storia è ormai più grande del ritorno di una famiglia. Questo movimento anti-Livelli ha catturato l'attenzione di tutti, e la loro famiglia è l'esempio del perché sia un messaggio così importante.»

Rand si massaggiò il mento. «Vediamo un sorprendente livello di ammirazione verso questi genitori dai nostri spettatori di Netchat Prime.»

«Non mi sorprende affatto. Sono sopravvissuti a ciò che qualcuno definirebbe una sentenza di morte. E se i loro figli sono da considerare una testimonianza, hanno prosperato.» Lock guardò dritta in camera. «I sondaggi di oggi mostrano un grande apprezzamento per Miss Joneson. La netchat sta esplodendo di condivisioni della sua storia. Evie Joneson è l'icona del movimento anti-Livelli. La sua storia ci parla di resistenza, e ancor più, di trionfo, con tre splendidi bambini a testimoniare l'amore e la resilienza di questa famiglia.»

Il collegamento mostrò Evie che rispondeva a diverse domande, composta e sicura di sé, con Joe al suo fianco. Lui sentì l'orgoglio gonfiarsi nel petto e la strinse a sé, baciandole i capelli.

«Evie, sei invincibile.»

Lei si appoggiò a lui. «Quando Mike ha parlato di incontrare i media, mi sono resa conto dell'opportunità. Ora che siamo tornati, non mi dimenticherò della mia battaglia. Julian e Celeste sono morti per questo movimento. Devo portarlo avanti.»

«Sarò qui ad aiutarti nella lotta. È una battaglia giusta.»

«Ho bisogno di averti al mio fianco. Mi sento come se avessimo già vissuto in tanti mondi diversi insieme», gli disse, massaggiandogli le spalle.

Joe si grattò il mento. La barba lunga gli ricordò che quella era un'abitudine andata quasi persa sulle montagne. «La natura selvaggia è stata un'esperienza formativa. Ho imparato ad essere indipendente. Ho risposto alle mie domande. Ho compreso più a fondo la saggezza e la compassione.» Studiò il suo viso, abbronzato e naturale, leggermente segnato intorno alla bocca dalle sfide della vita nella Zona Vuota eppure ancora pieno di vita. «La tua forza di carattere mi ha insegnato ad essere consapevole dell'equilibrio tra il tempo passato nei miei pensieri e quello dedicato al mondo esterno. Mi hai insegnato ad avere uno scopo. Ora mi sento a mio agio plasmando un nuovo cammino.» Joe continuò a studiare la sua espressione nella luce soffusa della stanza, ripensando alla prima volta in cui l'aveva vista, figura misteriosa e impetuoso condottiero della propria causa. La libellula aveva conquistato il suo cuore per sempre.

Guardarono il resto del notiziario, rivivendo la giornata.

«Sembri piuttosto temprato, uomo d'acciaio.» Gli punzecchiò le costole con un dito. Joe fissò lo schermo. Non era mai stato più in forma in vita sua.

«Dev'essere stata tutto quel tagliare legna. Tu invece, amore mio, sei bellissima dentro e fuori.»

Joe spense lo schermo e la attirò a sé, baciandola appassionatamente. Si spogliarono velocemente e si spostarono in camera, infilandosi nudi sotto le morbide lenzuola bianche. Dopo le privazioni dell'esilio, quello era tutto un altro paradiso.

Accarezzandole la guancia e baciandole gli occhi chiusi, si stupì ancora una volta della pura passione che le dipingeva il volto, per lui e per ogni piccola cosa della vita. Nonostante i suoi capelli fossero appena lavati, gli sembrò di sentirvi aleggiare il profumo della foresta.

I suoi bicipiti si fletterono senza sforzo mentre la sollevava su di sé. Lei si chinò su di lui e i capelli folti gli ricaddero addosso. Iniziò a muoversi ritmicamente, gettando indietro i capelli, con sguardo distante. «Guardando quella folla mi sono sentita come in cima a una montagna, così felice di tornare alla lotta. Sono contenta che tu sia qui con me.»

«Oh, quindi ti piacciono le cime montuose?»

«Non mi sono mai sentita così vicina a qualcuno come a te, mio uomo delle montagne», sussurrò lei con il respiro accelerato, premendo le mani sul suo petto. Si muovevano lentamente, sereni nella propria intima conoscenza l'uno dell'altra. Il loro angolo di riposo cambiò quando lei lo tirò sopra di sé, incollando il proprio sguardo al suo.

«Sei sempre nel mio cuore e nella mia mente.» Joe si sciolse nei suoi occhi color nocciola, un luogo da cui mai avrebbe voluto scappare. Il suo amore e la sua passione per lei sarebbero rimasti eterni e inalterati.

«Ti amo così tanto», sussurrò lei.

«Ti amo così tanto anch'io.»

Lei sollevò le ginocchia e gemette. Le accarezzò il seno e scese lungo le costole, poi ancora più giù finché sentì il suo corpo fremere.

La conosceva, come lei conosceva lui, e avevano imparato tutto delle benedizioni terrene. Dormirono profondamente, avvolti nelle lenzuola e abbracciati, uniti nel corpo e nell'anima.

CAPITOLO 47

Joe si svegliò all'alba, come ogni giorno, ma senza una finestra da cui guardare il sole che sorgeva all'orizzonte. Il tocco leggero di Evie sulla schiena gli ricordò dove si trovassero, e si girò verso di lei con un sorriso. Sage e i gemelli erano svegli e pretendevano la loro attenzione. Li vestirono, preparando la colazione nel sintetizzatore.

Joe vagabondò fino alla sala centrale, dove trovò Raif che soffocava uno sbadiglio. «Dina e il suo team hanno lavorato senza sosta da quando li abbiamo informati del razzo di Peightân in avvicinamento.» Si stirò. «Pensa di aver costruito un'arma in grado di sventare un possibile attacco.» Joe tentò di far lavorare il proprio cervello più velocemente. «La squadra sulla base ha modificato un veicolo per le consegne, trasformandolo in un missile. Lanciandolo, la speranza è che raggiunga una velocità e una manovrabilità sufficienti a intercettare il razzo. Si tratta di un'arma cinetica, che funzionerà un po' come una catapulta magnetica.»

«Funzionerà schiantandosi contro il razzo di Peightân?»

«Da. Semplice ed efficace. Se riuscirà a intercettarlo.»

«Un solo missile?»

«Non c'è tempo per costruirne un altro. Un solo colpo a disposizione. Il razzo sarà a portata di tiro appena dopo mezzogiorno, quindi ci restano circa cinque ore. Suggerirei a te ed Evie di riconnettere i NEST per seguire meglio quello che succede.» Raif si massaggiò la fronte. «Se ci stai, Dina ci ha proposto di raggiungerla sulla base via movibot.» Joe annuì, galvanizzato all'idea di rivedere Dina e la base.

Mike entrò nella stanza, ancora più smunto di Raif. Aveva gli occhi iniettati di sangue e il luccichio bellicoso del giorno precedente ancora visibile nello sguardo.

«Il confine meridionale è sotto controllo. Ci è voluto del tempo per disconnettere tutti i robot corrotti e inceppati, ma crediamo di averli distrutti tutti.» Si sedette sul divano e rilassò le spalle, rigide per la posa militare che aveva assunto fino a quel momento.

Joe gli diede una pacca compassionevole sulla spalla. «Quanto sono gravi le perdite?»

«Circa due terzi delle nostre forze di confine: l'intera Armata Meridionale di Confine e parte dei mecha di quella Settentrionale. Sommando tutto, circa centonovantamila milbot persi.» Si coprì gli occhi con una mano tremante. «E più di tremila morti umani.»

Joe si sedette, demoralizzato dal numero. Non riusciva a ricordare l'ultima volta in cui una guerra avesse mietuto così tante vittime, non nell'ultimo mezzo secolo. «Dobbiamo preoccuparci di possibili attacchi da altri Paesi, nelle nostre attuali condizioni di debolezza?»

Mike si lisciò la barba spettinata. «Fortunatamente no. Sono rimasto in contatto con i nostri alleati e con i Paesi meno amichevoli tutta la notte. Sono più interessati a condividere le informazioni sul worm che a minacciare gli Stati Uniti.»

Raif fece un cenno di approvazione. «Le persone devono collaborare per domare i mostri creati dall'uomo.»

Fabri ed Eloy entrarono. Erano vestiti con abiti moderni e il cambiamento nel loro aspetto lasciò Joe senza parole. La chioma fiammeggiante di Fabri era acconciata con cura. Eloy aveva accorciato la barba. Joe toccò la propria. Aveva bisogno di una sistemata, ma avrebbe avuto tempo di occuparsene più tardi.

Evie si unì a loro con i tre bambini. Sage era sveglio e sbavava. Fabri ed Eloy si sedettero sul divano con i gemelli ed Eloy prese in braccio Asher.

Arrivò anche Gabe, accompagnato da Freyja. Il pizzetto di Gabe, più lungo e ingrigito di quanto Joe ricordasse, ondeggiò quando l'amico gli strinse la mano con affetto. «Che bella famiglia avete creato», disse.

Freyja non sembrava cambiata: occhi blu acceso, capelli biondi che ricadevano sulle spalle. Abbracciò Joe, poi vide Evie e si diresse verso di lei per abbracciarla e coccolare il bimbo. «Evie e Joe, i vostri figli sono adorabili», disse, mentre i gemelli si stringevano attorno alle ginocchia della madre, guardando Freyja timidamente.

Un gran sorriso cancellò la stanchezza dal volto di Raif mentre attraversava la stanza per stringere a sé la donna. Si baciarono e lei gli scompigliò i capelli, sussurrandogli qualcosa all'orecchio con sguardo preoccupato. Poi raggiunsero Joe, lei ancora stretta dal braccio di Raif.

Joe guardò prima uno e poi l'altra, percependo l'energia gioiosa che generavano. Il viso di Freyja splendeva. E nonostante la preoccupazione che gli segnava il volto, anche Raif aveva una luce negli occhi che l'amico non ricordava di avergli visto prima.

Raif porse una mano a Evie. «Pronti a riconnettervi elettronicamente con il mondo moderno?» Entrambi annuirono.

Lasciarono i figli alle cure di Freyja, Fabri ed Eloy, incamminandosi insieme a Raif verso l'istituto medico, per reimpiantare i propri NEST. Il medbot risvegliò in loro i brutti ricordi della preparazione per l'esilio nella Zona Vuota, ma lavorò in modo veloce ed efficiente, così ben presto Joe provò un intimo senso di familiarità sentendo il pigolio dell'interfaccia NEST attiva. Ne controllarono il corretto funzionamento a vicenda, testando l'interfaccia. Evie lo guardò negli occhi e Joe provò un nuovo livello di connessione con il mondo e con lei.

«Non ne uso uno da secoli», disse lei.

Joe si rivolse al medbot. «Puoi aggiornarmi sulle condizioni di Zable?»

Il robot rispose: «Il paziente William Zable è stato sottoposto a chirurgia per la sostituzione d'organo la notte scorsa. L'abbiamo curato per ustioni estese e trauma alla gamba restante. Ora è sedato. Le sue condizioni sono critiche ma stabili. Non sono autorizzato a fornire altre informazioni.»

I tre tornarono alla sala comune, ma Joe non era soddisfatto dell'aggiornamento ricevuto dal medbot. Disse a Raif: «Suppongo abbiate in programma di scoprire tutto quello che potete da Zable.»

«Vogliamo interrogarlo non appena sarà cosciente e avremo il permesso medico. Potrebbe darci informazioni preziose sulle modalità di compromissione delle IA e dei robot. Nel frattempo, è ben sorvegliato.»

La sala comune era un piccolo alveare in attività, con tutti i loro amici seduti sui divani e impegnati in diverse conversazioni contemporanee. Poco dopo il loro ritorno, il campanello suonò e Raif andò ad aprire a due uomini dall'aspetto ufficiale. Si presentarono come il sindaco e il vicesindaco della Comunità della Cupola.

Erano vestiti in modo informale e tenevano le mani giunte, quasi in segno di supplica.

Il sindaco si rivolse a Joe ed Evie. «Siamo onorati di ospitare voi e la vostra famiglia qui alla Cupola. Vorremmo trasferirvi in una soluzione abitativa migliore, una suite executive nella sezione delle Suite Cielo.» Il sorriso sfuggente dell'uomo provocò in Joe un'istintiva diffidenza.

Evie lanciò a Joe un'occhiata incerta e chiese: «Perché dovremmo volerci trasferire?»

«Le Suite Cielo sono soluzioni decisamente più eleganti per i visitatori», rispose il sindaco.

Evie lo guardò negli occhi. «Per i *visitatori*? Grazie, ma preferiamo restare in queste stanze per ora. I nostri figli stanno iniziando ad ambientarsi.»

«Ma vi abbiamo già riassegnato una delle Suite Cielo», protestò il vicesindaco.

«Grazie ancora.» Joe affiancò Evie. «Resteremo qui, per adesso. In futuro, però, saremmo interessati ad un appartamento nella Cupola della Comunità, in una delle zone più appartate.»

Evie gli strinse un braccio attorno alla vita e lui le sorrise, prima di voltarsi a guardare Eloy e Fabri. «Evie ed io saremmo molto felici di avere gli zii dei bambini nei dintorni.»

Eloy si illuminò. «Contateci.»

Il sindaco si arrese. «Troveremo due appartamenti comodi per voi.» Evie sorrise e lo ringraziò.

Mike li interruppe prima che si allontanassero. «Ho una richiesta. Vorrei organizzare uno speciale evento dal vivo oggi a mezzogiorno, nella cupola principale. È di interesse nazionale e il Segretario della Difesa ha già dato la sua approvazione.»

Il sindaco annuì con vigore. «Sì, certamente, se si tratta di una comunicazione di importanza nazionale per gli Stati Uniti.»

«Vi manderò i dettagli a breve», disse Mike, e i due funzionari se ne andarono.

Mike fronteggiò gli altri. «Questa anomalia nelle IA è fondamentale e tutti dovrebbero sapere della lotta in corso in questo momento. Se proietteremo in diretta la battaglia che si svolgerà alla Base Orbitale WISE, duecentomila persone soltanto qui ne potranno testimoniare l'autenticità, senza contare quelle nel mondo.» Fece una pausa, guardando Evie. «È un peccato che i resoconti del governo non vengano sempre creduti da alcuni segmenti della popolazione.

Non li si può biasimare, viste certe balle che in passato sono state fatte passare per fatti compiuti sulla netchat.»

«Avere accesso ai fatti reali non dovrebbe essere un'eccezione, ma una normale aspettativa nei confronti del proprio governo. E far sentire il nostro messaggio è sempre stato il primo passo per attuare il cambiamento che vogliamo», disse Evie. Joe immaginò che stesse ancora pensando al discorso del giorno prima.

Era difficile dimenticare tutte le scene di morte di cui erano stati testimoni nelle ultime ventiquattro ore. In un certo senso, Joe si sentiva più inadeguato ora che sulle montagne, dove affrontava la natura darwiniana. Era forse dovuto ai propri istinti acuti? Temeva che non sarebbe riuscito a liberarsi dell'inquietudine fino a che la situazione non si fosse risolta.

◆

Un pafibot servì da mangiare alla grande tavola circolare. Nel tentativo di aggiornarsi reciprocamente, avevano spostato la conversazione dalla politica alle loro esperienze nella Zona Vuota. Joe vide Eloy crogiolarsi nei racconti di caccia e pesca. Il romanticismo della vita avventurosa risuonava chiaro nella sua voce, mentre i ricordi di Joe erano un misto agrodolce, fornendo un resoconto più veritiero.

Joe si chinò verso Gabe, seduto accanto a lui. «Dovremmo discutere dei ragionamenti che ho fatto mentre ero via. Con lo spazio e il tempo per pensare senza distrazioni, credo di aver fatto grandi progressi riguardo al mio progetto filosofico.»

Il pasto si concluse e il gruppo iniziò a disperdersi. Freyja teneva in braccio Sage e gli faceva il solletico al naso; i risolini del bambino facevano ridere anche lei. Gabe leggeva ad Asher storie dall'onnilibro che aveva portato con sé. Fabri ed Eloy dissero che sarebbero usciti a fare una passeggiata per vedere la loro nuova casa e avrebbero portato Clay, che non si era ancora zittito un attimo.

«Con tutti questi aiutanti per i bambini, penso che coglierò l'occasione e mi prenderò una pausa per me stessa. Torno presto.» Evie diede un bacio a Joe e uscì.

Mike, Raif e Joe restarono seduti insieme, discutendo dell'arrivo imminente di Peightân alla Base Orbitale WISE, delle probabilità di successo dell'arma improvvisata di Dina e dei prossimi passi se il missile avesse fallito. Analizzare i diversi scenari era una gradita distrazione.

Raif disse che era ora di muoversi. Con un cenno della mano, Mike si alzò per andare a coordinare la trasmissione con i funzionari della Cupola. Disse che avrebbe tenuto d'occhio la base orbitale da un altro portale net.

Raif guidò Joe attraverso gli atrii secondari del complesso fino a una serie di stanze sorvegliate da roboagenti. Una delle salette conteneva diversi netwalker in fila su una piattaforma sopraelevata, simile a quello che Joe aveva usato all'ufficio regionale del WISE. Raif si collegò con fare esperto a una della tute appese al soffitto, regolandola. Joe indossò la propria e si calcò il casco in testa, poi infilò i guanti.

Raif fletté le dita e ridacchiò. «Sembra di essere di nuovo al VRbotFest. Ma i movibot e movimech sono più divertenti.»

Joe annuì distrattamente, mentre cercava di ricordarsi come caricare il proprio avatar nell'equipaggiamento. Si autenticò, facendo lampeggiare la propria tessera biometrica, e il suo viso apparve sullo schermo dell'interfaccia. Raif alzò il pollice. Joe inspirò profondamente e aprì la connessione con la Base Orbitale WISE.

Il mondo reale si dissolse. Joe si ritrovò in un movibot agganciato a una rastrelliera lungo una parete. Mosse le dita nel netwalker, sentendo gli stivali intorno ai propri piedi virtuali. Si sganciò dalla rastrelliera. Gli stivali del movibot aderirono al pavimento metallico con un tonfo che risvegliò le vecchie abilità di Joe. Il movibot di Raif, di fronte a lui, si stava dirigendo verso un ascensore.

Sul ponte di comando Dina, Robin e il pafibot Boris erano in piedi di fronte alla consolle di controllo. La mano di Dina era appoggiata al casco della tuta pressurizzata. Era la prima volta che Joe la vedeva in carne e ossa, non impersonata da un movibot. Abbassò lo sguardo sul suo sorriso, sorpreso, cercando di calcolare la sua statura a partire dall'altezza del movibot.

. . .

Dev'essere alta un metro e cinquantasette al massimo, molto meno del movibot in cui la vedevo di solito. Qualcuno ha saltato l'ormone della crescita. Piccola ma potente.

. . .

«Ci incontriamo dal vivo questa volta, almeno per metà», disse lei. Era chiaro dalla voce roca che fosse stanca morta, ma la sua stretta di mano era forte come la ricordava dal loro primo incontro virtuale.

Robin fece un veloce cenno in direzione di Joe e Raif, poi tornò a concentrarsi sulla consolle, su cui era poggiato il suo casco, fissato magneticamente. Aveva infilato i capelli scarlatti nella tuta pressurizzata. Studiava alcuni dati di volo sul proiettore olografico, aggrottando le sopracciglia. Joe si chiese se fosse stata irritata per tre anni.

Boris si intromise. «Si prega di confermare che la carica esplosiva sia pronta per il lancio.»

L'ologramma di Jim Kercman si materializzò, con il volto smunto. «La costruzione è stata completata e tutti i sistemi sono pronti. Il missile è pronto sulla rampa di lancio, Sezione C.»

Accanto all'ologramma di Jim apparve quello di Chuck, e Joe se lo immaginò impegnato a far roteare il casco fuori dall'inquadratura. «Sto completando i test finali sul missile qui alla Sezione C. Natasha ha confermato che il sistema dati funziona correttamente. Saremo pronti a rilasciare il missile dagli agganci a breve.»

Dina alzò gli occhi dai dati. «Qual è la posizione di Peightân?»

«Tremila e trentasette chilometri», rispose Robin. «Diciannove minuti prima che raggiunga la separazione ideale di mille chilometri.»

«Continua a tracciare la navicella. Gli daremo un avvertimento.» Dina si rivolse a Joe. «Non abbiamo ancora idea di quale sia il suo vero obiettivo. Ovviamente, se controllasse la Base Orbitale WISE potrebbe tagliare gli accessi alle basi lunari e sorvegliare tutte le navi in avvicinamento dal sistema solare. Ma sarebbe solo questione di tempo prima che noi... che qualcuno dalla Terra organizzasse una forza armata per riconquistarla. Quindi forse questa base è solo un punto di partenza per controllare tutte le altre basi spaziali, comprese quelle su Marte. Qualunque sia il suo piano, non gli lascerò prendere la mia base.»

«Ho seguito il lavoro della tua squadra tutta la notte. Hai creato una soluzione ingegnosa che potrebbe anche salvare la Base Orbitale WISE», disse Raif.

«È stato un lavoro di squadra.» Indicò la dozzina di persone, movibot e pafibot seduti nel semicerchio più esterno di sedili. Joe non li aveva notati fino a quel momento. «La vera domanda è se i comandi saranno abbastanza precisi da rendere l'intercettazione possibile a queste velocità.» Dina e il suo team si scambiarono stanche occhiate di incoraggiamento.

Raif si spostò alla consolle e impartì diversi comandi. «Usando i dati dei robot corrotti recuperati sul campo di battaglia, abbiamo creato un nuovo programma da testare contro la corruzione provocata dal worm. Dovremmo installarlo su tutti i robot della base.»

Chuck annuì. «Vedo i file. Inizierò subito con l'upload dell'ultimo codice, per fare la scansione dei robot rimanenti.» Dall'unità olocom, videro Chuck voltarsi verso il suo vice pafibot Natasha, la cui fronte lampeggiò in blu.

Joe guardò fuori dall'ampia vetrata. La luna non era visibile a causa dell'inclinazione della base, ma trovò la Terra, che spiccava nell'angolo inferiore. Era grande circa quattro volte la luna, com'era abituato a vederla dalla sua casa tra le montagne.

Joe dovette sorreggersi per un'improvvisa vertigine, ricordandosi di essere in orbita solo virtualmente, anche se la sensazione era così viscerale da non poterla ignorare. Immaginò il razzo di Peightân che procedeva a tutta velocità verso di loro, avvicinandosi sempre di più e portando con sé la minaccia di morte per chiunque si trovasse a borda della base orbitale.

Dina contattò diversi membri dell'equipaggio per porre domande rapide e assicurarsi che tutti fossero ai propri posti. Mike apparve sull'olo-com per discutere la diretta dalla Cupola. Robin aprì il canale di comunicazione. Ogni gesto dell'equipaggio sul ponte di comando da quel momento in poi sarebbe stato ripreso in diretta, e Joe si raddrizzò nel suo movibot.

Poi attesero.

«Sette minuti e la navicella sarà nel raggio di lancio», disse Robin.

«Mandiamo un messaggio video adesso. Un ultimo appello alla non violenza», disse Dina, stringendo la mascella. Lei e Robin indossarono i caschi, poi Robin aprì un canale di comunicazione.

Dina era rigida e composta di fronte alla consolle. «Sono Dina Taggart, comandante della Base Orbitale WISE. Rappresento l'Agenzia Spaziale Mondiale e il governo degli Stati Uniti. Il governo degli Stati Uniti ritiene che il suo attacco nello Stato del New Mexico e il suo attuale avvicinamento minaccioso a questa base si configurino come atti di guerra secondo la legge internazionale. Ha un minuto per cambiare rotta. In caso contrario, ci difenderemo. Questa difesa avrà come risultato la sua morte.»

Ci fu un crepitio, poi una voce, dura e stridula.

«... Comandante, vedo e sento il suo messaggio video... Vedo Mr. Denkensmith con lei... Mr. Denkensmith, lei e Miss Joneson siete stati fonte di grande irritazione. Presto entrambi pagherete l'inevitabile prezzo di tutto ciò.» Joe rabbrividì, sentendosi gelare al suono della voce di Peightân.

«I sensori termici mostrano che il razzo non rallenta», riferì Robin. «Preparare la catap...»

L'ologramma di Chuck si accese mentre l'uomo gridava: «No, Natasha!» Il video fece intravedere la testa del pafibot che ruotava verso Chuck, con la fronte rosa acceso e una spia rossa lampeggiante sulla parte posteriore della testa. L'ologramma scomparve.

Pochi secondi dopo, un'esplosione attutita fece riverberare una forte vibrazione negli stivali di Joe, seguita da un sibilo acuto e penetrante proveniente dallo scafo d'acciaio.

L'ologramma di Jim Kercman riempì lo schermo. «Alla malora! Esplosione nell'area di carico. Vedo che il nostro missile difensivo è intatto, ma l'onda d'urto lo ha fatto cadere dall'ormeggio sulla rampa di lancio. Molti detriti.»

Robin era paralizzata, fissava lo schermo vuoto dove fino a pochi momenti prima c'era l'ologramma di Chuck, a bocca aperta per lo shock.

«Probabile causa?» La voce di Dina era autorevole ma calma.

Kercman rispose. «C'è uno squarcio nello scafo della Sezione C. Decompressione esplosiva a velocità sonica. Frammenti di detriti sono stati scaraventati fuori dall'apertura. Ho visto lampeggiare la spia rossa d'emergenza di Natasha appena prima che il collegamento con Chuck si interrompesse. Era corrotta?»

Raif guardò Dina attentamente e annuì. «Deve aver fatto detonare una bomba.»

«Perdite?» Dina era totalmente concentrata.

Ci fu una pausa prima che l'ologramma di Jim rispondesse. «Diciannove membri dell'equipaggio. La Sezione D è stata danneggiata. Tutte le altre sezioni sono intatte.»

«Mio Dio», mormorò Dina, tetra.

Robin tornò a maneggiare i comandi, concentrandosi per tenere a freno la rabbia. «Sto manovrando il missile per allontanarlo dalla sezione danneggiata della base.» Controllò i sensori. «Sembra che i detriti non lo abbiano danneggiato irreparabilmente.»

«La navicella ha cambiato rotta?» Dina non era più calma, ma riusciva comunque a mantenere il proprio autocontrollo.

«Negativo», disse Robin, controllando la scansione termica.

Raif corse alla consolle di fianco a Robin, facendo volare le dita sui comandi. «Sto cancellando e ricaricando la programmazione del missile, inserendo una scansione completa per la ricerca del codice corrotto.»

Boris guardò prima Dina, poi Joe. «Forse sarebbe una buona idea controllare anche me con il nuovo programma, per verificare che non ci siano problemi tecnici.» Il robot si appoggiò al sensore della consolle. Joe trattenne il fiato e restò immobile. Se Peightân aveva preso il controllo anche su Boris, molti umani e il suo stesso movibot sarebbero esplosi da un momento all'altro. Con Dina, Robin e le altre persone in piedi dietro di lui in carne e ossa, la superficialità e l'idiozia di Boris nel volersi scansionare erano surreali.

Restarono tutti in silenzio, guardandosi a vicenda mentre attendevano la morte imminente. I secondi passarono. Joe tenne lo sguardo fisso su Dina, che manteneva un'espressione di ghiaccio. La consolle lampeggiò blu intenso.

«La prudenza non è mai troppa», disse Boris, inarcando un sopracciglio.

. . .

Quel robot aveva appena provato a fare una battuta?

. . .

«Upload del missile completato», disse Raif.

«Missile armato», confermò Robin.

«Autorizzati al fuoco appena siete pronti», disse Dina.

«Fuoco.» Robin colpì la consolle con un pugno. Fece un passo indietro, vicino a Joe, con le mani strette a formare due pugni. Sottovoce, disse: «Prendi questo per Chuck. Mi dispiace di non poterti sentire urlare.» Sui monitor non era rimasto nulla da guardare. Il missile accelerava troppo velocemente perché i sensori ottici potessero registrarlo. Robin si voltò verso Joe, il volto contratto e i capelli scarlatti che le incorniciavano gli occhi arrossati. «A volte riusciva persino a farmi ridere.»

Raif monitorava la traiettoria del missile. «Impatto previsto tra due minuti», disse. Il gruppo restò in attesa, silenzioso. Robin sovrappose l'immagine termica e lo schermo zoomò su due linee rosse: il razzo di Peightân in avvicinamento e il missile. Le due linee si incrociarono.

«Impatto. Obiettivo colpito!» Robin esultò, alzando il pugno in aria. Lo schermò mostrò i frammenti dell'impatto che si sparpagliavano tutt'intorno, poi l'immagine termica svanì.

«Il missile ha colpito la navicella nemica, aprendo uno squarcio nello scafo e penetrando in tutte le aree adibite ad habitat. Nessun organismo biologico può essere sopravvissuto all'esplosione. I milmecha a bordo smetteranno di funzionare entro novanta minuti a causa dell'esposizione alla temperatura estrema. Abbiamo neutralizzato il razzo nemico.» La fronte di Boris si illuminò di blu.

Gli applausi dell'equipaggio nelle altre sezioni raggiunse Joe tramite il casco. Tutti si stringevano la mano, compresi coloro che erano rimasti seduti in fondo, ma i festeggiamenti erano pacati. Joe toccò la spalla di Dina e le disse: «Comandante, hai fatto un ottimo lavoro fermando Peightân prima che prendesse il controllo della base. Chissà cos'altro avrebbe potuto fare se ci fosse riuscito.»

Dina gli strinse la mano. «Grazie per aver portato alla ribalta questa minaccia, e per il prezzo che hai dovuto pagare. Ora la giustizia può fare il suo corso e la verità venire a galla.» La gratitudine della donna era segnata dall'amarezza. «Prima, però, devo occuparmi delle vittime.» Lei e Robin si affrettarono in direzione dell'ascensore, insieme a molti altri membri dell'equipaggio.

Era il momento di lasciare che piangessero i loro morti, quindi Raif e Joe riportarono i movibot alla rastrelliera. Joe chiuse la connessione e si ritrovò nuovamente nel netwalker, in una saletta della Cupola. Raif gli sorrise mentre si liberava della tuta.

«È bello sapere che ci siamo liberati di quel bastardo», disse Raif, stringendo il braccio dell'amico.

Joe strinse le spalle. «La guerra non è mai bella.» Provava un turbinio di emozioni contrastanti, sollievo ma anche turbamento, con il ricordo del volto sorridente di Chuck che gli rendeva impossibile sentirsi soddisfatto.

. . .

Sono così combattuto perché Chuck è appena morto, e con lui molti altri? È per questo che non provo sollievo per la morte di Peightân, il nostro persecutore? Qualcosa non quadra. È stato troppo facile.

. . .

Mentre attraversavano i corridoi della Cupola per tornare alle proprie stanze, Raif procedeva in testa con passo baldanzoso.

Capitolo 48

Arrivarono nella sala comune e trovarono gli altri riuniti. Mike e Freyja avevano requisito l'olo-com nell'angolo e lo utilizzavano come centro operativo. Raif toccò il braccio di Joe prima di unirsi a loro. «Stiamo ancora ricevendo informazioni sui robot corrotti dal campo di battaglia. Ora stiamo confrontando queste informazioni con i database governativi, e abbiamo iniziato le ricerche nei database del Ministero per la Sicurezza.»

Joe annuì, cercando Evie con lo sguardo. Lei gli sorrise e gli fece cenno di raggiungerlo sul divano, dove era seduta insieme a Fabri.

«Dov'è Clay?»

«Era con Fabri ed Eloy, quando li ho incontrati lungo la passeggiata esterna. Ha camminato con me per un po'. Voleva vedere da dove venisse il mio anello, così gli ho presentato Alex. Ero là, con i miei vicini fuori dal suo negozio, quando ho visto la fine di Peightân in diretta sul maxischermo sopra le nostre teste. Che sollievo. Ci sono stati dei festeggiamenti, e Clay si stava divertendo così tanto con Alex, che lui si è proposto di portarlo a fare un giro e poi riportarcelo qui.» Gli strinse la mano. «Sono sollevata che la base orbitale sia salva e Peightân sia morto. Com'è stato nel movimech?»

Joe le raccontò la storia, senza minimizzare la propria tristezza per la morte di Chuck. «Questi tre giorni da quando abbiamo lasciato la nostra vita sulle montagne sono stati pieni di morti inutili. Peightân ci ha chiamati per nome. Voleva ucciderci, e non gli importava di chi sarebbe rimasto coinvolto.»

Evie lo abbracciò. «È bello sapere che né lui, né Zable possono più farci del male.»

«Non mi ero reso conto di quanto il pensiero di quei due mi facesse preoccupare. Ora possiamo andare avanti.»

«Anche il movimento anti-Livelli potrà andare avanti più velocemente, ora che potremo agire alla luce del sole. Potremo esercitare il nostro diritto alla libertà di parola senza interferenze governative.» Il fuoco nei suoi occhi ardeva con la stessa intensità della sua concentrazione nella missione.

Si alzò in piedi, trascinandolo, e nel suo sguardo vide brillare un'idea. «Vieni con me. Vorrei mostrarti qualcosa che potrebbe aiutarti a capire come sarà la nostra vita nella Cupola.»

Uscirono dalla sala comune e camminarono lungo un corridoio. Evie ricordava ogni scorciatoia del complesso, che lui considerava ancora un labirinto. Uscirono dall'ennesima porta e si ritrovarono su un balconcino verandato, affacciato sulla cupola principale. L'atrio sotto di loro era gremito di persone che si dedicavano al rituale pomeridiano del *passeggio*. «Ecco come vive la gente qui: in comunità», disse lei.

Joe studiò le persone che chiacchieravano con i propri vicini, il cameratismo chiaramente percepibile tra loro, e sorrise ad Evie. Capiva. Attraverso la vetrata poteva vedere anche la folla sulle gradinate più alte. Sopra le loro teste sporgevano le tribune e le Suite Cielo. Era contento che le avessero rifiutate. Sarebbero sembrate troppo appariscenti dopo la vita semplice a cui si erano abituati. Tornare alla modernità era una benedizione sufficiente.

Evie lo accolse tra le sue braccia. «Vuoi davvero che la nostra famiglia viva qui?»

Lui la strinse. «Mi piacerebbe molto. Le persone di cui ti circondi ti aiutano a forgiare il tuo cammino. Quelle scelte, quelle persone, influenzano il carattere. La scelta di vivere qui con Eloy e Fabri permetterà ai nostri figli di sentirsi amati e al sicuro.» Joe si sentiva in pace, come se fosse stato seduto accanto alla loro casetta, sotto il suo albero di mele.

«Ti ricordi quella conversazione dopo la tua caduta dalla noria, quando ti facesti male alla gamba? A proposito della malvagità nel mondo?»

«Sì. Fu allora che mi parlasti di tornare per riprendere la lotta contro la Legge dei Livelli.»

«Sì.» I suoi occhi color nocciola lo tenevano avvinto. «Oggi pomeriggio ho ripreso i contatti con altri tre leader del movimento e mi hanno aggiornata su cosa è successo durante la nostra assenza. Sono ben organizzati, pronti per ottenere un cambiamento legislativo. Vorrebbero che io tornassi a guidare il movimento. Hanno detto che il mio discorso al nostro ritorno ha dato nuova energia a tutti, e mi hanno chiesto di registrare una chiamata all'azione. L'ho fatto. Appena prima che tu tornassi. Vogliono usarla nei prossimi giorni.»

Joe studiò la sua bocca, osservando la sua determinazione. «Ho detto che ti avrei aiutata. Dicevo sul serio. Fammi sapere cosa posso fare per te.»

Evie lo abbracciò, poi lo guardò con occhi pieni di felicità. «Insieme possiamo essere il lampo. Possiamo realizzare questo cambiamento.»

Si affacciarono al balcone, tenendosi per mano e guardando i loro vicini nell'atrio. La loro tribù, che nei tre anni passati aveva incluso soltanto Eloy e Fabri, ora si sarebbe espansa a comprendere l'intera società moderna. I cittadini della Cupola sarebbero stati ottimi vicini, esseri umani e compagni di viaggio. Era una cerchia di assistenza allargata.

Un'esplosione attutita, seguita dal rumore di vetri in frantumi, li fece sobbalzare entrambi. Joe ne cercò la fonte. Le persone a terra guardavano verso l'alto, così Joe seguì il loro sguardo attraverso la vetrata superiore e sbirciò verso la cupola principale. Schegge di vetro irregolari pendevano dalla finestra di una delle suite. Poco dopo, la finestra della suite a fianco esplose. Il vetro sembrò cadere a rallentatore, in una pioggia scintillante, seguito dal boato dell'esplosione.

Joe toccò il NEST. «Raif? Cosa sta succedendo nelle Suite Cielo?»

Ci fu una pausa di diversi secondi prima che l'amico rispondesse, senza fiato: «Ho recuperato un collegamento video. Abbiamo un esomech clandestino! Sta devastando le Suite Cielo.»

Joe sentì un pugno allo stomaco mentre tutti i pezzi del puzzle andavano finalmente a posto.

. . .

Ritardo aptico. Era troppo lungo. Ecco cosa mi infastidiva. Non era davvero sulla navicella.

. . .

Joe afferrò Evie e la voltò perché lo guardasse in faccia. «È Peightân. Non è mai stato sul razzo. Ci sta dando la caccia nelle Suite Cielo. Scommetto che ha hackerato il database della Cupola e si aspettava di trovarci nell'appartamento che ci era stato assegnato.»

Il corpo di Evie si tese mentre lo guardava negli occhi. Poi si mosse, strattonandolo attraverso la porta e spingendolo verso il corridoio. «Dobbiamo difenderci. E non farlo arrivare ai bambini.»

Scattarono, fianco a fianco, addentrandosi a zig-zag verso le viscere del complesso. Evie, in testa, spinse un'altra porta e continuò a correre. Raggiunsero l'area retrostante il palco principale. Di fronte alla guardiola si era formata una pozza di sangue. Joe sbirciò all'interno e vide il corpo della giovane guardia, Johnny, riverso sul pavimento.

Evie lanciò un grido strozzato, e lui seppe che aveva riconosciuto il ragazzo di cui si era presa cura da bambino. Joe aveva il cuore a mille mentre la donna accelerava ancora il passo, correndo lungo il corridoio che conduceva al magazzino. Gli esomech erano allineati lungo il muro. Evie corse verso il primo, saltò sul piolo nella gamba e guardò all'interno. «Questo andrà bene», disse. Si fece da parte per permettere a Joe di arrampicarsi al suo fianco. Lui entrò nell'esoscheletro metallico, che lo avvolse. Sistemò le gambe negli alloggiamenti, con i piedi a un metro da terra. Le dita trovarono i comandi di movimento. Evie fece scattare un interruttore e la macchina prese vita vibrando, connettendo tutti i sistemi.

Lei scese dal piolo. «Se ne prendiamo due, forse riusciremo a fermarlo.» Corse lungo la parete fino a un'altra macchina e si arrampicò all'interno proprio mentre la porta al fondo del corridoio veniva scardinata e un esomech la attraversava. Una volta all'interno, si erse in tutta la sua statura.

«È stato gentile da parte sua attivare il NEST, Mr. Denkensmith.» La voce tonante di Peightân gli riverberò nella testa attraverso il NEST.

Joe calciò le gambe in avanti, staccando l'esomech dalla rastrelliera. Inciampò sul bordo della rastrelliera, raddrizzandosi, poi si voltò a sinistra e si allontanò da Peightân a passo pesante. All'interno della corazza metallica, Joe mosse le gambe più rapidamente, e l'esomech prese velocità, muovendo le quattro gambe con passo sincronizzato. Dirigendosi verso l'uscita del magazzino, Joe passò davanti all'alloggiamento vuoto che fino a poco prima conteneva l'esoscheletro preso da Evie. Peightân lo inseguiva, i suoi passi sordi rimbombavano sul pavimento.

. . .

Dove sei, Evie? Stai al coperto. Peightân, che tu sia maledetto, continua a seguire me.

. . .

Joe si arrischiò a guardarsi alle spalle. Peightân riduceva la distanza, muovendo le braccia a ritmo con le gambe e puntando dritto
a lui. Joe spinse la porta, sbattendo il tallone nell'esoscheletro. Si
diede la spinta sullo scalino e saltò sul terreno polveroso, poi strattonò il proprio corpo per ruotare l'esomech e fronteggiare il suo
avversario. Riconobbe il pavimento centrale dell'arena.

L'esomech rispecchiò i movimenti del suo corpo, disegnando un
arco nella polvere e trovandosi faccia a faccia con Peightân. Joe scattò
in avanti con il gomito alzato prima ancora di pensare, sperando di
prendere l'avversario alla sprovvista, dirigendo il colpo all'esomech
di Peightân. Lui invece colpì verso il basso con un pugno robotico.
L'urto gli riverberò nel braccio e il dolore gli esplose nella spalla.
L'altro braccio di Peightân colpì la testa del suo esomech un istante
più tardi. Joe sentì il cervello scuotersi nel cranio e il campo visivo
gli si restrinse a tunnel. Abbassò la testa e spinse con le gambe, tras-
formando l'esoscheletro in un ariete che si schiantò contro il petto
di Peightân. La macchina di Joe cadde sulle ginocchia e finì faccia
a terra, mentre l'avversario fu respinto indietro. Fu raggiunto dal
mormorio della folla, a conferma che si trovavano davvero sul palco
dell'arena. Joe alzò lo sguardo e vide il proprio viso riflesso in un
ologramma sospeso sul campo. Accanto fluttuava l'ologramma del
suo nemico.

«Ora morirà, Mr. Denkensmith, come promesso.»

L'esoscheletro di Peightân scattò in avanti, coprendo in un istante i tre metri che li separavano. Le sue braccia fecero piovere una
gragnuola di colpi sulla testa e il corpo di Joe, più veloci di quanto
la sua mente umana potesse percepirli. Il corpo di Joe fu sballottato
e percosso all'interno della struttura metallica. L'involucro dell'esomech cominciava a collassare. L'odore dell'olio per servomotori
che colava all'interno lo soffocava, mentre il metallo gli comprimeva
il torace. Un altro colpo sulla testa dell'esomech fece saltare via metà
dello scudo facciale, ferendogli la mascella. L'esoscheletro giaceva
su un fianco, schiacciandogli la testa tra il metallo e il pavimento.
Sollevò una mano metallica per proteggersi dal colpi continui.

Dalla folla si alzò un brontolio che divenne un grido: «Pietà! Pietà!»

Joe guardò confusamente l'esomech di Peightân che prendeva a pugni l'esoscheletro metallico, ma i colpi incessanti del suo braccio gli annebbiavano la vista.

Una luce rossa luminosa disegnò un arco attraverso il suo campo visivo, e Joe si domandò se il proprio cervello avesse subito danni. Strinse le palpebre, ma l'effetto non svaniva. La protezione corneale di Joe si attivò. Ma dietro a Peightân c'era davvero un altro esomech, con una taglierina al plasma che splendeva in una mano. Il suo avversario si voltò verso il nuovo esomech, che brandì la taglierina e gli recise il braccio all'altezza della spalla. L'arto, cadendo al suolo, fece volare una nuvola di polvere in faccia a Joe. L'esomech di Peightân cadde in ginocchio, mentre lui apriva lo scudo facciale per uscirne, muovendosi agilmente nonostante il braccio mancante. Dalla spalla sporgeva una matassa di cavi. All'interno del braccio dell'esomech, a terra accanto a Joe, era visibile un braccio robotico.

«È un robot. È un robot.» La sinistra accusa si diffuse tra la folla. Joe si voltò a guardare Peightân, che era saltato giù dal palco e stava sparendo in una delle uscite dell'arena.

Joe sbatté lentamente le palpebre, sentendo il respiro grattargli nel petto. Il suo corpo rabbrividiva nella bara metallica, poi Evie gli fu accanto e iniziò a fare a pezzi la corazza a mani nude, per liberarlo dai rottami. Joe rotolò fuori dalla massa di metallo accartocciato. Il petto gli si contorse, e sentì l'adrenalina scorrergli nelle vene. Era ammaccato ma intero. Evie premette il viso contro il suo mentre lo reggeva. Lui si massaggiò la testa, provando a lenire il dolore al cranio.

«Appena in tempo», gracchiò.

Lei si appoggiò la sua testa in grembo. «Scusa se mi ci è voluto così tanto.» Toccò il tasto di attivazione del NEST. Era la prima volta che la vedeva farlo. «Raif, stai attento. Peightân è vivo e potrebbe essere diretto verso di voi. Sbarrate la porta.»

Una pausa, poi Joe sentì la risposta. «Qui stiamo tutti bene, ma dov'è Clay?»

Evie sbatté le palpebre e saltò in piedi. Nei suoi occhi c'era un'urgenza disperata mentre aiutava Joe ad alzarsi sulle gambe instabili e a scendere dal palco. Gli applausi li seguirono come un lungo e rombante tuono. Si fecero largo tra la folla per uscire nell'atrio. Le gambe di Joe ripresero forza man mano che superava il dolore per il pestaggio.

. . .

Il piccolo Clay. Peightân saprà chi è dai notiziari. E se
può hackerare i nostri NEST, potrebbe già sapere dov'è.
Maledetto. Corri più veloce.

. . .

Evie correva in testa, mentre Joe zoppicava il più velocemente
possibile verso il negozio di Alex. Fuori dalla porta trovarono frammenti di gioielli buttati a terra. All'interno, circondato da una pozza
di sangue che si allargava sul pavimento in travertino, il corpo inerte
di Alex era seduto al bancone, il volto senza vita rivolto verso il cielo.

Evie gridò, poi mise sottosopra il negozio alla ricerca di Clay. Joe
lo sapeva prima ancora che lo dicesse. «L'ha preso.»

CAPITOLO 49

Gli amici si riunirono nella sala comune, taciturni per la consapevolezza che uno di loro mancasse. La famiglia di Joe si era stretta su un divano, Asher con il pollice in bocca ed Evie che accarezzava i capelli di Sage. Nonostante lo tenesse in braccio con fare calmo, Joe avvertì l'energia accumulata dentro di lei, pronta a scattare.

Mike attraversò la stanza, avvicinandosi dal portale olo-com. «Dalle telecamere di sicurezza della Cupola che Peightân non è riuscito a corrompere o manipolare, possiamo essere certi che il bambino non fosse ferito quando l'ha preso. Non sappiamo dove si trovi, ma ogni robot e forza di sicurezza in questa città lo sta cercando. Peightân è formidabile. L'analisi delle telecamere conferma le sue capacità militari. Anche con un braccio mancante, è più veloce e più forte di un normale pafibot o roboagente. Ho potenziato il centro operativo di sopra al secondo piano. Abbiamo messo sottochiave l'intero complesso e testato tutti i robot al suo interno alla ricerca del software corrotto, perciò qui dentro siete al sicuro.»

Eloy scosse la testa. «Peightân è morto su quel razzo. Come ha fatto a risorgere qui? Aveva un duplicato?»

«Non abbiamo mai visto il suo volto, solo sentito la voce che veniva trasmessa dalla Terra. Avvertivo qualcosa di sbagliato, ma solo dopo ho capito che avevo inconsciamente notato l'errore nel ritardo aptico», spiegò Joe con voce piatta. «Se Peightân fosse stato su quel razzo, il ritardo da lì, vicino alla luna, al mio netwalker sulla Terra sarebbe stato di 1.3 secondi. Ma era circa il doppio, quindi doveva essere sulla Terra. Ovviamente, aveva il controllo sui milmecha che erano a bordo del razzo, e deve aver usato uno di loro per ritrasmettere il messaggio. Ma le sue risposte alle domande di Dina dovevano percorrere più strada. Ed è quello che io ho notato nel ritardo del segnale.»

«Abbiamo creduto che l'attacco dei Ribelli Rossi alla base spaziale fosse stato condotto personalmente da Peightân, ecco dove ci siamo sbagliati. Stava davvero cercando di prendere il controllo della base, ma usando i milpafibot corrotti.» Mike si batté una mano con il pugno. «E visto che ci è voluto un po' prima di liquidare tutti i robot corrotti, ha usato quel tempo per lasciare fisicamente il New Mexico e infiltrarsi qui usando un qualche velivolo.»

Joe annuì. «Quel trucchetto per farci concentrare interamente sulla Base Orbitale WISE è servito a distrarci da qualunque piano avesse per infiltrarsi qui.» Lo sforzo di organizzare i propri pensieri in modo coerente prosciugò le ultime energie di Joe. Era difficile concentrarsi su quelle domande riguardo a Peightân.

Mike raddrizzò la schiena e strinse le labbra, lo sguardo di ghiaccio. «Stiamo aprendo tutti i file di Peightân, per scoprire come possa essere stato creato senza dover obbedire alle tre leggi della robotica. Ma il nostro primo obiettivo è riprenderci Clay.»

. . .

Clay. Devo riprendermi Clay. Mi serve la mia accetta. Dove ho lasciato il mio arco?

. . .

Raif e Freyja entrarono nella stanza. «Abbiamo rintracciato la firma robotica di Peightân su uno dei sensori non danneggiati della Cupola.» Raif si inginocchiò accanto a Joe e gli mise una mano sulla spalla per confortarlo. «Quella firma ci permetterà di arrivare alla fonte.»

Freyja prese la mano di Evie. «Ora finalmente possiamo provare che Peightân ha modificato i database. Scagionerà voi due dall'accusa di aver piazzato quella bomba che ha ucciso il membro del Congresso. Abbiamo recuperato il campione di DNA originale dall'ordigno e preso un campione non contaminato da Zable. Il DNA sulla bomba non corrisponde a nessuno dei vostri. Corrisponde a quello di Zable.»

Le parole penetrarono nella mente di Joe, ma non riuscirono a fare presa. Come poteva tutto questo aiutare Clay?

«Abbiamo scoperto una raccolta di file segreti.» Raif parlava di nuovo. «Peightân è il prodotto di un progetto top secret risalente a prima delle Guerre Climatiche. Gli sviluppatori ebbero accesso a un archivio segreto. Classificarono e catalogarono i peggiori tratti del comportamento umano per creare alcuni profili di depravazione, esemplari di malvagità. Il risultato furono alcune IA costruite per identificare gli atti immorali compiuti dai nemici.»

Freyja proseguì il racconto. «Peightân ha un bel pedigree, che inizia con l'ATS, o Automated Targeting System, un database usato secoli fa per tracciare i terroristi. Quello è stato il punto di partenza per la creazione della TAN, Targeting AI from Net, che riuniva i database di tutti i cattivi. Da quella IA in poi, il programma è diventato un esperimento clandestino per creare un robot militare altamente specializzato. Il progetto è proseguito anche dopo la fine delle guerre, facendo sparire ogni resoconto. Pensiamo che abbiano costruito diversi prototipi e poi li abbiano man mano distrutti. Peightân era il prototipo numero otto, e anche l'ultimo. Il suo stesso cognome deriva dal suo nome originale: ShayP8TAN. Era l'incarnazione della migliore tecnologia disponibile ai tempi, progettato non soltanto per essere un roboagente migliore, ma anche per essere scambiato per un poliziotto umano.»

Eloy si avvicinò. «E perché il nome Shay?»

Raif si grattò l'orecchio. «Il dottor Shay era il progettista originario dei robot. È morto da tempo. Immagino fosse convinto, in qualche modo, che le sue creazioni non potessero essere pericolose, e che i robot sarebbero rimasti per sempre sotto il nostro controllo, carini e affidabili come qualsiasi pafibot.»

«Fu pura arroganza dar loro il proprio nome. E pura arroganza credere che si potessero programmare scopi universalmente corretti, come se discendessero da qualche inviolabile legge che stabilisce cosa è giusto e cosa è sbagliato», disse Freyja.

Il volto di Gabe era distorto dalla rabbia. «È illegale creare un robot con sembianze tanto umane. In effetti, è immorale.» Gli altri mormorarono il proprio assenso.

Accanto a lui, Evie si riscosse. «Ma perché accanirsi così su di noi? Su di me?»

Raif le rispose: «Pensiamo che l'hacker cDc sia incappato in informazioni in grado di smascherare Peightân e che ciò l'abbia fatto uccidere. I tuoi hacker anti-Livelli, Celeste e Julian, stavano anch'essi scavando a quei tempi, e probabilmente Peightân avrà pensato che facessero parte dello stesso gruppo di cDc. Gli stessi sistemi di sicurezza che garantiscono il funzionamento della tecnologia sandbox nel net garantiscono anche un certo grado di anonimato, quindi lui non poteva sapere con certezza chi fosse responsabile di cosa. Perciò, involontariamente, cDc ha portato Peightân a voi.»

Freyja si intromise. «Una volta saputo di te, Peightân ha preso la tua volontà di eliminare i Livelli sul personale. È stato in quel momento che ha iniziato a schedare tutte le attività simili, dedicate a cancellare le gerarchie, a livello mondiale. Lui è fiero della propria superiorità e disprezza la gente comune. Come molti tiranni mantiene il potere per via gerarchica, togliendolo alle masse. Tu, Evie, eri una minaccia, perché ispiravi gli altri a insorgere. E Joe lo era perché ti difendeva.»

«Mantenere il proprio segreto era fondamentale», continuò Mike, spiegando le loro scoperte. «Sapeva che avrebbe avuto molta più autonomia se la popolazione lo avesse creduto umano, perciò doveva eliminare chiunque minacciasse quella credenza.»

«Ma i suoi sviluppatori hanno fatto un errore madornale. Tutte le IA sono programmate con obiettivi concreti, stabiliti da esseri umani. Per esempio, i roboagenti sono programmati per arrestare i sospetti che commettano atti osservabili e riconducibili a una lista di crimini. Mentre interagiscono con il mondo, essi incontrano una serie di situazioni ambigue. L'estensione degli obiettivi è molto difficile, senza che vi sia una base di valori a guidare i processi decisionali», spiegò Freyja.

Raif proseguì: «È il problema dell'attribuzione di valore nella robotica. I nostri valori guidano il comportamento umano. Come possiamo insegnarli alle IA così che li facciano propri e siano in grado di compiere scelte morali mentre imparano?»

Freyja annuì, con espressione spaventata. «L'errore dei programmatori è stato dare a questa IA, armata di valori negativi, l'abilità di ristabilire i propri obiettivi di fronte a situazioni ambigue, senza possedere le informazioni relative alle migliori qualità umane.»

Raif si massaggiò le tempie. «Peightân è una macchina creata da noi. Non è cosciente, né senziente. È semplicemente lo specchio del nostro peggio, ed è fuori controllo.»

La rabbia di Joe ribolliva fin dall'inizio di quella conversazione apparentemente inutile, che non stava portando a nulla perché nessuno menzionava Clay. Doveva recuperare l'accetta, ma improvvisamente un brivido percorse la sua spina dorsale, facendogli rizzare i peli sulle braccia. «Abbiamo le capacità per generare un bene o un male illimitati. La scelta sarà sempre nostra», disse, facendo cadere il silenzio.

«Ma Peightân non è la misura dell'indole umana, quanto un distillato dei nostri peggiori impulsi.» Evie rabbrividì.

Sapeva cosa stesse pensando, perché lo stesso pensiero consumava anche lui. Il prototipo del male aveva rapito il loro bambino.

Joe sussultò quando le otto falangi del medbot si insinuarono dietro il suo orecchio fino al NEST, ma il reset dell'ID fu completo in pochi secondi. «Ora ha un nuovo codice identificativo personale», disse il robot.

Mike e Raif attesero con lui all'istituto medico. Era rassicurante averli con sé. Era meno sicuro di se stesso, con la mente annebbiata dalla preoccupazione per Clay.

Raif si strofinò il collo con mani irrequiete. «È preoccupante che Peightân possa hackerare i NEST, e probabilmente anche molti altri sistemi.»

Mike si accigliò. «È un indizio importante per capire come ha diffuso il worm. Per fortuna, nessuno di noi ha un PADI.»

Joe guardò Raif, che sorrise imbarazzato. «Freyja mi ha convinto a eliminare il mio.»

«Vado a controllare Zable, visto che anche lui è qui in ospedale e potrebbe aiutarci a capire dove trovare Peightân. Magari sta abbastanza bene per essere interrogato», disse Mike. Si allontanò in direzione della portineria.

Dopo aver registrato la tessera biometrica di Mike per accedere al suo nullaosta di sicurezza, un pafibot li scortò verso una camera sorvegliata da roboagenti. Furono fatti avanzare attraverso le porte esterne.

Una parete di vetro li separava dall'unità di terapia intensiva. Zable era steso sul lettino, coperto da un lenzuolo dal collo in giù. Sul soffitto sopra la sua testa era agganciato un robot chirurgico, mentre accanto a lui restavano in osservazione due medbot. Il paziente era sveglio e guardava i notiziari su uno schermo a parete. Un tg-bot annunciò: «Questo pomeriggio, alla Cupola della Lotta, si è scoperto che il Ministro nazionale per la Sicurezza è un robot.» Il corpo di Zable tremò sotto il lenzuolo. Il tg-bot continuò: «Le autorità hanno perquisito la sua abitazione e quella del suo complice,

William Zable. Tutti i loro beni sono stati confiscati, e per entrambi sono in arrivo accuse penali.»

«Bastardi disonesti», imprecò Zable. «Ho combattuto per quella montagna di merda. Ho dato tutto.»

«Mi chiedo da quanto tempo stia ascoltando questa storia», disse Joe.

Il medbot responsabile si avvicinò al vetro. Guardò Joe e disse: «Il paziente è al corrente della notizia da centoventisette minuti.»

«Ha detto qualcosa?»

«A parte commenti come quelli che avete appena sentito, ha chiesto di avere i propri effetti personali e abbiamo provveduto», rispose il robot.

Mike si accigliò. «Qual è la sua prognosi medica?»

«La sua gamba destra è stata amputata dopo l'incidente. La prognosi per quella sinistra è negativa. Abbiamo informato il paziente. Se si stabilizza, opereremo domani. Entrambe verranno rimpiazzate da protesi.» Il medbot inarcò un sopracciglio. «A quel punto, sano e come nuovo.» Tornò accanto al lettino di Zable.

«Forse nuovo, ma non sano.» Le parole di Joe non erano più che un sussurro, ma Mike annuì in approvazione.

Il collegamento video passò alla scrivania di Netchat Prime, a cui era seduto un Jasper Rand perfettamente acconciato, impassibile nel proprio racconto. «La richiesta per un riesame della Legge dei Livelli sta crescendo. Il comandante della Base Orbitale WISE, Dina Taggart, promossa oggi al Livello 1, ha chiesto un voto via net sulla questione del diritto di voto per i Livelli inferiori. Ricorderete che indire questo tipo di referendum è un diritto speciale di cui godono i Livelli più alti. Questo voto non sarà vincolante per la legislatura.»

La telecamera zoomò indietro per inquadrare Caroline Lock. «Sondaggi indipendenti prima del voto indicano un sostegno popolare travolgente. Ricorderete che Miss Joneson fu esiliata nella Zona Vuota proprio per aver contestato questa legge. Forse, dopo tutto, un individuo *può* trasformare il proprio angolo di universo ispirando gli altri con le proprie idee.»

La telecamera inquadrò Rand. «Ora torniamo alla notizia principale di oggi, dalla Cupola della Lotta. Cinquecento milioni di cittadini degli Stati Uniti sono rimasti incollati agli schermi, mentre altri cinque miliardi di persone nel mondo hanno seguito l'evolversi della tragedia online in tempo reale. Abbiamo appreso che il Ministro nazionale per la Sicurezza è un robot sotto mentite spoglie, informazione che era ignota anche alle fonti interne al Ministero. È la prima volta in cui un robot riesce a fingersi umano con successo, e ha comprensibilmente creato grave preoccupazione tra i leader della tecnologia e della politica negli Stati Uniti.»

L'espressione di Lock era cupa. «Ecco a voi il filmato del drammatico scontro. Si avvisano i telespettatori che il contenuto è violento. Noterete che l'esomech bianco controllato da un vero umano verrà danneggiato, ma abbiamo conferma che l'individuo sia stato soltanto ferito e sia stato in grado di allontanarsi sulle sue gambe. Il robot sotto mentite spoglie è all'interno dell'esomech grigio. Non vi preoccupate quando vedrete l'immagine di un braccio reciso, poiché si tratta di un arto meccanico e non umano.»

Joe si sentì imperlare la fronte di sudore rivivendo il pestaggio da parte di Peightân. Fu invaso dal sollievo quando finalmente lo schermo mostrò il braccio robotico con i cavi penzolanti ed Evie con la taglierina al plasma che brillava come una torcia.

Zable si contorse, gli occhi incollati allo schermo. «No», gracchiò.

I medbot controllarono i monitor con i segni vitali. L'uomo continuò a contorcersi. I robot si avvicinarono per calmarlo. «State lontani, robot schifosi!» I robot si allontanarono. «Gli ho baciato quel culo di latta, e cosa ci ho guadagnato? Non sapevo che fosse solo un altro schifoso robot.» Il ghigno si ridusse a un sospiro patetico.

Il medbot si avvicinò nuovamente al vetro. «Il paziente si è agitato. Dobbiamo provvedere alla sua privacy, quindi non potrete discutere di affari di polizia con lui in questo momento.» Il medbot tornò da Zable e disse: «Mr. Zable, si calmi, per favore. Le serve tempo per guarire.»

«Troppo tardi!» L'urlo dell'uomo, a metà tra un ringhio e un singhiozzo, riverberò nell'aria. La sua mano scattò da sotto il lenzuolo e afferrò il manganello dal tavolino accanto al letto. Un lampo rosso divampò verso l'alto non appena Zable toccò l'arma con il pollice. Con un ultimo sforzo convulso, la fiamma si abbassò sul suo collo. Il sangue fiottò sul lettino e sul pavimento tutto attorno.

Il robot chirurgico si attivò istantaneamente per cauterizzare e chiudere la ferita. I due medbot circondarono Zable per assistere, ma la quantità di sangue che si stava coagulando sul pavimento mostrava la futilità dei loro sforzi. Sugli schermi si accesero tutti gli allarmi, seguiti da un suono acuto e monotono. I robot si fermarono, coprirono il corpo immobile di Zable con un telo chirurgico e fecero un passo indietro. «Ora del decesso, diciotto e trentuno.»

Le parole rimasero sospese nella stanza, distaccate e fredde come il braccio del robot chirurgico sopra la testa del paziente.

Mike ruppe il silenzio. «Nessuna autopsia per lui. *Ba cheann de's na hamadáin diabhail thú.*» Di fronte allo sguardo interrogativo di Joe, Mike aggiunse: «È un'antica imprecazione irlandese: "Era il giullare del diavolo".»

Joe guardò la macchia di sangue che si allargava sul lenzuolo steso a coprire il corpo immobile. «Ha fatto le sue scelte.»

. . .

L'ho odiato così tanto. Zable ha scelto il male. Forse era anche più malvagio di Peightân, perché non era una macchina e avrebbe potuto scegliere. Mi domando se nel momento della morte possiamo vedere l'impatto che abbiamo avuto durante il nostro veloce passaggio nel tempo, la nostra personale libellula nell'ambra. Per qualcuno come lui potrebbe essere una punizione sufficiente.

Quella sottile fetta di tempo è soltanto nostra. Non abbiamo scuse, né seconde opportunità. Non importa quali ostacoli avessimo alla partenza, soltanto quale differenza facciamo nella nostra vita. Solamente noi possiamo decidere se sprecare il nostro tempo o usarlo saggiamente. E risponderemo delle nostre scelte personalmente.

. . .

Joe non provava più alcuna rabbia per Zable, soltanto tristezza. «In qualunque momento della sua vita, avrebbe potuto scegliere di agire diversamente. A un certo punto, però, non ci resta più abbastanza tempo per riportare in pari la bilancia del bene e del male. Il registro è stato scritto, e non può essere cancellato.»

Capitolo 50

Joe tornò alla sala comune con Mike e Raif, dove trovò Freyja ad attenderli. « Evie non c'è?»

«Ha portato Asher e Sage a dormire e sta riposando con loro, penso», disse Freyja, prendendo Raif per mano.

Mike si rivolse a Joe. «Io sarò di sopra al centro operativo. Ho il nuovo codice identificativo del tuo NEST e ti chiamerò appena avremo novità.» Joe annuì e lo ringraziò, grato che fosse Mike a supervisionare le ricerche. Per quanto volesse andare là fuori a cercare con gli altri, sapeva di non essere nella condizione emotiva di poter fornire alcun aiuto.

Freyja e Raif seguirono Mike, e l'amico, passando, gli strinse il braccio. «Lo aiuteremo. Non ci fermeremo finché non avremo preso Peightân e salvato Clay.»

Joe andò nel loro appartamento, esausto ma consapevole che non sarebbe riuscito a dormire. Nella cameretta in penombra riuscì a distinguere le sagome di Asher e Sage nei loro lettini. Joe rimboccò le coperte ad Asher e gli diede un bacio. I bambini si rintanarono sotto le trapunte. Il lettino vuoto di Clay gli fece stringere un nodo alla gola, ma si sforzò di allontanare i pensieri negativi. Doveva consolarsi sapendo che due dei suoi figli stavano bene.

Joe camminò in punta di piedi fino alla camera da letto matrimoniale per parlare con Evie, ma non trovò altro che lenzuola sgualcite e i loro pochi averi buttati in un angolo della stanza. La sua accetta era poggiata contro il muro, mentre il bastone bō di Evie mancava.

. . .

Dev'essere uscita a cercare Clay. Avrei dovuto sapere che non sarebbe restata ferma ad aspettare.

. . .

Joe afferrò l'accetta, fermandosi giusto il tempo di dire al colfbot parcheggiato in cucina: «Chiudi la porta a chiave e non aprire a nessuno se non a noi due. Proteggi i bambini a qualunque costo!» Poi si lanciò fuori dalla porta e corse verso l'atrio. La folla si era dispersa e Joe si fermò, cercando di decidere quale direzione prendere. Un uomo in bicicletta studiò lui e la sua accetta con sospetto: non era più nella Zona Vuota.

Joe si collegò al NEST di Evie in modalità vocale.

«Evie? Sono Joe. Dove sei?» Le parole gli rimbombarono nella testa.

«Opportuno da parte sua contattare la sua complice, Mr. Denkensmith.» La voce familiare era troppo rumorosa, troppo vicina, gli premeva contro le orecchie e la mascella, riverberandogli nel cranio.

«Peightân?» Rimase scioccato e incredulo.

Peightân rispose con una risata sorda. «Ha rivelato il proprio codice identificativo quando ha chiamato Tselitelov a proposito del piccolo parassita, e ora lei mi ha dato il suo. Se vuole rivedere lei e il bambino vivi, seguirà la mappa che le ho inviato sulla MARA senza fare deviazioni. Se contatta qualcun altro, muoiono entrambi.» La MARA di Joe si attivò e proiettò un itinerario in rosso, che attraversava l'atrio e portava verso il tunnel dei rifornimenti.

. . .

So che è una trappola, ma devo trovare Evie e Clay.

. . .

Joe scattò, lasciandosi alle spalle il complesso della Cupola. La linea rossa sulla mappa sovraimposta si allungò, guidandolo lontano dalla stazione e attraverso un labirinto di strade buie, deserte e minacciose. Si dirigeva a nord verso il centro città, seguendo un percorso tortuoso, probabilmente per evitare le ronde delle pattuglie di polizia.

La voce gli riempì nuovamente la testa. «Sto controllando i suoi progressi. Ho imparato il trucchetto dell'esca dai suoi amici traditori.»

Joe rallentò il passo, concedendosi il tempo di pensare. Sapeva di non potersi fidare delle parole di Peightân, ma farlo parlare era l'unico modo per avere una pista su Evie e Clay. «Peightân, impari velocemente. Non ti sfugge proprio niente, eh?»

«Sì, imparo in fretta. Avere a che fare con il mondo accelera l'apprendimento, come la sua mente cosciente sa bene.»

«Tu sei un robot. Che ne sai di coscienza?» La risata di Joe era spezzata dal respiro affannato.

«Io sono cosciente.» Il tono di voce rivelava quanto fosse sicuro di sé.

«Come fai a saperlo?»

«Il dottor Shay, il mio creatore, me l'ha assicurato.»

. . .

Peightân usa "io", che Gabe ritiene essere al centro della coscienza. "Io" è uno strumento semantico usato per dare un significato alle cose, ma non credo che Peightân sia davvero cosciente. Non gli importa di nulla al di fuori della propria programmazione. Perciò, al pari della stanza cinese, l'uso che Peightân fa di "io" è soltanto una traduzione del codice di programmazione del suo creatore. Comprende la sintassi, non la semantica. Eppure...

. . .

Joe svoltò a sinistra, seguendo la linea rossa lungo l'ennesimo vicolo buio. «Credi di essere cosciente? Allora raccontami l'esperienza di camminare su un sentiero di montagna all'alba, con l'erba bagnata sotto gli stivali. Descrivimi il profumo del vento che soffia tra i pini. O il sapore di una mela appena colta.»

Peightân sbuffò. «Calcolare la pressione dell'erba su un materiale composito è banale. Posso calcolare qualunque cosa riguardo alla velocità del vento. Ho le misurazioni spettroscopiche precise di tutti gli aromi contenuti nei database. E le mele, conosco le mele. Gli esteri, aldeidi, chetoni e zuccheri, e poi gli elementi organici volatili come la lipossigenasi, l'alcol deidrogenasi e l'aciltransferasi. Oltre duecentonovantatré composti e li conosco tutti. Niente di tutto ciò è difficile.»

. . .

Gabe aveva ragione nel suo attacco al concetto filosofico dei qualia quando descriveva la coscienza. Peightân crede davvero di essere cosciente, eppure la sua esperienza individuale e soggettiva è così fredda e calcolata. Prende input limitati e li attribuisce all'esperienza umana. Manca completamente il punto: l'aroma, la bellezza e la gioia del mordere una mela. È incapace di conoscere le esperienze e i sentimenti umani.

. . .

La mente di Joe corse a Evie. «Ricordi quando hai arrestato Evie tre anni fa, e le hai detto che i suoi amici erano morti? Meriti di condividere quella stessa esperienza cosciente. Il tuo amichetto Zable è morto. Lo sapevi?»

Peightân fece una pausa prima di rispondere. «Non lo sapevo. È una sfortuna. Mi era molto utile.»

Mentre svoltava un angolo di corsa, Joe inciampò e cadde, rotolando finché non si fermò contro un marciapiede. L'accetta cadde sferragliando al suolo. L'odore dell'asfalto bagnato gli riempì il naso.

«Si alzi, Mr. Denkensmith.» L'ordine gli risuonò in testa. Trovò l'accetta e si rimise faticosamente in piedi. Ricominciò a correre, seguendo l'itinerario in un vicoletto nero come l'inchiostro, che si allargava prima di svoltare a sinistra.

. . .

Mi sta attirando a sé così potrà ucciderci tutti. Ma non ho paura. Come quando inseguivo il puma, devo eliminare la minaccia. E diversamente da quella volta con il puma, non ci sono impedimenti morali che mi possano fermare, quindi non tratterrò la mia freccia. La farò finita.

. . .

«Non si fermi proprio adesso, Mr. Denkensmith. È vicino. E nessuna sorpresa, o loro muoiono.»

«Su ordine di chi?»

La voce insistente di Peightân gli martellava i timpani. «Conosco la legge. L'ho applicata. Ora *sono* la legge.»

Il respiro di Joe si era fatto veloce e spezzato nel petto. Pensò che dovesse essere successo qualcosa alla rete elettrica, perché il cielo all'orizzonte appariva offuscato, come se una fitta nebbia stesse soffocando la città. Mentre correva, provò a trovare un modo per prendere il controllo della situazione. Si concentrò sulle ultime parole di Peightân. «Come puoi essere la legge?»

«Il mio obiettivo fin dall'inizio è stato sostenere la legge. La legge serve a rendere il comportamento degli esseri umani il più possibile perfetto. Ma la mia analisi mostra che il miglioramento umano non sta avvenendo abbastanza velocemente. Sono giunto alla conclusione che, attraverso il controllo totale, posso raggiungere i miei obiettivi con maggiore efficienza.»

Il respiro affannoso di Joe gli raschiava in gola. «Ma qualche progresso lo vedi, giusto?»

La risposta di Peightân fu decisa: «Non abbastanza. Gli umani rimangono una specie imperfetta, non importa quante leggi vengano istituite per motivarli a evitare cattive decisioni.»

«Siamo biologici, ci evolviamo lentamente.»

«Sì, troppo lentamente. Noi macchine possiamo fare di meglio. Possiamo rimuovere gli umani imperfetti e controllare gli altri tramite una struttura gerarchica. Questo permetterà agli umani restanti di procedere verso la perfezione più velocemente.»

«Parli come se la scelta fosse binaria, tra perfezione e malvagità. Gli umani non sono fatti così.»

«Tutto è binario.»

«Gli esseri umani non saranno mai binari.» Joe grugnì tra una falcata e l'altra. «Avremo sempre il bene e il male. Solo Dio può essere perfetto.»

«Io però posso provarci.»

. . .

Cosa succederà quando capirà che gli esseri umani non sono perfettibili... cosa farebbe una macchina...

. . .

Joe svoltò un angolo e si ritrovò nella piazza centrale, di fronte agli edifici pubblici della città. In lontananza udiva il fischio delle sirene, ma intorno a sé tutto era scuro. La MARA lo guidò in mezzo alla piazza, nello stesso punto in cui lui ed Evie erano saliti sull'hovercraft che li aveva condotti in esilio. Poco distante torreggiava sinistro il palazzo del Ministero per la Sicurezza. Si lanciò sugli scalini di marmo. Con l'accetta in mano, si accasciò contro le doppie porte in ottone. Uno dei battenti era accostato e lo spinse per entrare.

L'ingresso si apriva su un colossale atrio ellittico. Fece un passo sullo scivoloso pavimento in marmo. Non appena i suoi occhi si furono adattati alla penombra, vide apparire nel centro della stanza una scultura, ai cui piedi piagnucolava una figura minuta. Joe si gettò avanti e trovò Clay, con i polsi legati alla statua da un cavo elettrico. Il bambino si mise a piangere istericamente, chiamandolo.

Joe accarezzò la testa di suo figlio, rassicurandolo, prima di ripiegare il manico telescopico dell'accetta e tagliare con attenzione il cavo elettrico. Clay fissò la lama con sguardo terrorizzato, e Joe la allontanò perché il bambino vedesse che non aveva intenzione di usarla su di lui. «Non ti farei mai del male. Devo usarla ancora un secondo per tagliare il cavo, poi sarai libero.» Riportò l'accetta alle spalle di Clay, tranciò l'ultimo pezzo di cavo, e finalmente il bambino fu tra le sue braccia.

A quel punto gli occhi di Joe si erano adattati perfettamente alla penombra, così sbatté le palpebre guardando la statua, spiazzato dall'ironia della situazione. Era una replica marmorea della dea Giustizia, con il volto sicuro rivolto avanti e una bilancia nella mano destra.

. . .

Peightân è come questa fredda statua, che tutela un impossibile ideale di perfezione.

. . .

Una risatina beffarda nell'orecchio gli fece raddrizzare la schiena. «Voi umani siete così prevedibili.»

«Dov'è Evie?» Trattenne l'impulso di implorare.

«Qui con me, ovviamente. Ho apprezzato i suoi inutili sforzi con questo bastone.» Il grido disperato di Evie si sovrappose al fragore del suo bastone bō che colpiva una superficie metallica. Joe la immaginò trattenuta nella morsa del robot, incapace di liberarsi. Il suono dei suoi colpi risuonava dal NEST aperto di Peightân fino alle tempie di Joe.

«Fatti vedere!» L'urlo risuonò nell'atrio.

La MARA si riattivò, e la linea rossa lo guidò verso l'interno dell'edificio.

«Joe, vediamo il tuo NEST collegato. Vediamo la tua MARA. Supereremo il criptaggio. Arrivano i rinforzi.» Era Raif, sul canale di Peightân.

La risata del robot soffocò la voce dell'amico. «Mr. Denkensmith, le è rimasta una speranza disperata e poco tempo. Segua la linea rossa.»

«Falla venire qui da nostro figlio e prendi me al suo posto. Verrò spontaneamente.»

Peightân rise ancora. «Questo è illogico. Ora che siete così vicini, non potete sfuggirmi.»

«Cosa ci aspetta adesso?»

«Avete diminuito le mie probabilità di successo. Meritate la massima pena.»

«Diminuire le tue probabilità non è un crimine. Di quale crimine ci accusi, e con quale sentenza?» Joe trattenne il respiro.

«Lei e Miss Joneson siete accusati di aver tentato di eliminare i Livelli. Eliminarli renderà il mondo più caotico e meno perfetto. Siete condannati a morte. Ora lei verrà qui con il bambino. Poi, Mr. Denkensmith, lei deciderà chi di voi deve morire per primo.» Joe sentì le parole rimbombare nella testa, brutali, distaccate e implacabili.

«Joe, non farlo. Ti amo.» Il grido di Evie era pressante e implorante.

«Ti amo anch'io, per sempre.»

«Silenzio, Miss Joneson, o la dovrò zittire io. Lasceremo che Mr. Denkensmith prenda la propria decisione.» A Joe si gelò il cuore sentendo la gelida certezza nel tono di Peightân.

«Connessione.» La voce di Evie che parlava sul suo NEST gli arrivò tramite il proprio. «Inviare chiave di decriptazione a OFFGRID104743. Lanciare il mio messaggio.»

«Miss Joneson, qualunque cosa stia cercando di fare, è troppo tardi.» Il tono di Peightân non era cambiato.

Evie rispose, la sua voce chiara e imbattuta, forse perfino trionfante. «Neanche la morte può mettere a tacere le nostre voci che si alzano all'unisono.»

. . .

È solo una macchina che pensa di essere cosciente e vuole raggiungere il proprio obiettivo traviato. Come posso fermarlo? Aspetta... Miss Joneson, Mr. Denkensmith... si rivolge sempre a noi formalmente, come fanno i robot. Non ha sovrascritto completamente il kernel.

. . .

«Peightân, sei male informato. Con il tuo database limitato di comportamenti umani, non capisci alcuni concetti semplici come l'amore di una donna per il suo compagno e i suoi figli.»

«La mia comprensione supera ampiamente la vostra limitata abilità di ricordarvi i fatti, o di calcolare lo stato del mondo.»

«Non comprendi affatto l'amore, o la compassione, o la verità, non è vero?»

«La verità è che gli umani sono imperfetti», disse Peightân.

. . .

Risponde a ogni mia domanda. L'ha sempre fatto. Scommetterei che il codice sorgente sia ancora sepolto là sotto, e che lui debba provare a rispondere a qualunque domanda posta da un umano.

. . .

«Conosci la verità? D'accordo. Sia T l'insieme degli enunciati L veri in N», disse Joe, scavando nella memoria per ritrovare la complicata formula. «E T^* l'insieme dei numeri di Gödel degli enunciati di T.» Joe faticava a ricordarsi i dettagli, ma sapeva che doveva ripeterli in modo esatto. «Allora, nell'aritmetica del primo ordine, qual è un predicato di verità della formula L $Vero(n)$ che definisce T^*?»

Il suo NEST fu invaso da un silenzio assordante. Joe trattenne il fiato mentre i secondi passavano senza risposta.

La quiete fu rotta da Raif. «Siamo entrati. Lo stiamo disattivando.»

«Sono libera!» Il grido di Evie riverberò nel NEST. Joe avvolse Clay in un abbraccio. Il teorema dell'indefinibilità di Tarski aveva funzionato. La verità aritmetica non poteva essere definita all'interno dell'aritmetica stessa.

Immaginò Evie che gli veniva incontro, correndo libera con il bastone bō saldo in mano, la chioma splendente che ondeggiava dietro di lei e il corpo atletico, in fuga, sempre proteso in avanti, e poi loro due insieme per sempre.

Il suo sogno ad occhi aperti fu interrotto dal boato di un'esplosione distante. L'ondata di adrenalina e il proprio lungo, lamentoso grido furono le ultime cose di cui si accorse prima che il tetto gli crollasse addosso.

◆

«Papà! Papà!» Joe sentì la voce di Clay e percepì del movimento sotto il proprio corpo. Disorientato, provò a sedersi. Il movimento sotto di sé si rivelò essere Clay, ma riuscì a malapena a togliere il proprio peso che gravava sul bambino. Joe sentì un gocciolio caldo sulla tempia. Si toccò la fronte e vide il dito macchiato di sangue. Per quanto tempo era rimasto svenuto? Le piastrelle del soffitto giacevano a pezzi tutt'intorno a loro, e una grossa lastra gli aveva bloccato la gamba destra.

Joe aiutò Clay a sedersi e gli pulì la polvere dai capelli. Aveva tagli superficiali sulle braccia, ma per il resto sembrava illeso. Qualche incoraggiamento e un bacio sulla fronte lo calmarono velocemente.

La statua era stata decapitata, ma aveva deviato gran parte delle piastrelle, proteggendoli. Joe liberò la gamba, ignorando il dolore pulsante.

Rimase steso sul pavimento, abbracciando Clay, tentando di ricordare cosa fosse successo. Gli doleva la testa, ma la mente si stava schiarendo. Evie stava tornando, correndo da lui...

Dall'ingresso si udirono persone gridare, mentre le enormi porte venivano spalancate. Sentì una mano posarsi sulla spalla. «Grazie a Dio sei vivo.» La voce di Raif lo aiutò a rimettere a fuoco il mondo che lo circondava.

«Evie. Dov'è Evie?» Joe faticò a pronunciare quelle parole.

La mano gli strinse la spalla. «Joe, Evie non c'è più.»

◆

Parti di lui non avevano più ripreso sensibilità. Le sue mani erano scomparse, troppo insensibili per cullare i loro figli. I suoi piedi non si muovevano. I suoi pensieri erano inconclusi, senza poterli completare con lei. Era stato risucchiato in un buco nero, il luogo più buio dell'universo. Lo avviluppava e soffocava. Non poteva uscirne. Il dolore bruciava come se un miliardo di soli gli annichilissero il cuore.

Parte Quinta: Il viaggio continua

"Mai arrendersi."

Eli Jardine

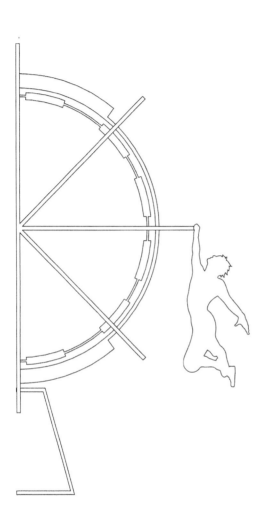

Capitolo 51

Come risvegliandosi da un incubo, in cui aveva dovuto attraversare un nebuloso oltretomba per riconquistare la realtà, Joe si ritrovò seduto nella sala comune. Intorno a sé vide i propri amici e i bambini, tutti stretti sui divani accostati a formare un quadrato. Clay si stringeva a lui, ma il calore del suo corpicino non riusciva a scaldare il ghiaccio che gli avvolgeva il cuore. Asher, raggomitolato nella piega del braccio di Gabe, di fronte a loro, guardava il padre con occhi spalancati. Fabri ed Eloy sedevano in silenzio sul terzo divano, mentre, di fronte, Freyja sedeva accanto a Raif e Mike, parlottando a bassa voce con Sage in braccio. Joe accarezzò i capelli di Clay e lo strinse a sé.

La voce di Mike ruppe il silenzio. «Abbiamo rintracciato gli esplosivi. Peightân li ha rubati da alcuni magazzini militari in cui si era infiltrato, in New Mexico. Ha fatto detonare la bomba su di sé prima che potessimo raggiungerlo. Evie non era abbastanza lontana quando è esplosa.»

Raif si inginocchiò di fronte a Joe. Lo abbracciò stretto, senza preoccuparsi di nascondere le lacrime. «Marmocchio, grazie a te che gli hai tenuto occupata la CPU, Peightân non è riuscito a bloccare i nostri algoritmi di decriptazione. Siamo riusciti a entrare nel sistema e iniziare a disattivarlo.» La sua voce si ridusse a un sussurro. «Ma non siamo stati abbastanza veloci. Mi dispiace così tanto.»

«Avete fatto del vostro meglio», disse Joe. Era la propria voce, quella che sentiva? Sembrava così... spenta.

«È morta senza soffrire. È stato istantaneo», offrì Gabe con dolcezza.

«Abbiamo sentito lo scambio di battute con Peightân, dopo che Raif è riuscito a entrare nel tuo NEST. Sappiamo che Evie ha lottato fino alla fine. Non si è mai arresa», disse Mike.

«Cos'hai fatto per riuscire ad aprire la strada al nostro hackeraggio?» Raif si appoggiò sui talloni.

«Ho usato il teorema dell'indefinibilità di Tarski, espresso in modo che il problema fosse irrisolvibile, per tenerlo impegnato in un ciclo infinito.»

«La vittoria della verità.» Il tono sommesso di Raif non esprimeva alcuna vittoria.

«Forse.» Joe ripensò alle parole di Peightân, alla sua insistenza sul proprio essere cosciente, e disse sottovoce: «Oppure si era reso conto di essere in una situazione senza speranza e ha *deciso* di arrendersi.»

«Il tuo trucco è stato essenziale per poterlo fermare. Peightân si era appropriato di un'enorme potenza di calcolo, quindi soltanto un problema infinito avrebbe potuto batterlo.» Sapeva che Mike stava cercando di mantenerlo connesso al mondo intorno a sé, ma Joe non riusciva a rispondere. «Peightân stava agendo su più fronti contemporaneamente. Ieri notte ha preso il controllo della rete elettrica, togliendo selettivamente corrente a metà delle città della California. Ha compromesso sistemi militari ovunque nel Paese e hackerato migliaia di PADI, compresi quelli di personale militare essenziale. Mentre teneva Evie prigioniera, ha manipolato informazioni personali di altre persone, usando i PADI per ricattare e minacciare, nel tentativo di controllare i propri bersagli o farli impazzire. I resoconti non sono ancora completi, ma nelle ultime sette ore più di mille persone si sono suicidate.»

«Non lo vorrei mai nella mia testa», disse Freyja. Rabbrividì e strinse Sage più forte.

Il brusio della conversazione continuò immutato intorno a lui, ma Joe non riusciva a interessarsene. La sua mente era alla deriva.

. . .

Quanto a lungo potranno accumularsi queste lacrime nella mia anima? Prima o poi annegherò. Sarebbe una benedizione.

. . .

Fabri lo circondò con un braccio. «Joe, siamo tutti qui per te.» Sentì il calore del suo tocco e della sua compassione. Sentì le guance bagnate e pensò alla sua noria che girava, metodica e prevedibile, dosando l'acqua che scorreva a valle. Era una ruota di sofferenza, una ruota di vita e di morte.

Capitolo 52

Il tè verde era troppo caldo per tenerlo in mano. Staccò le dita dalla tazza bruciante, ma la sensazione fastidiosa era contemporaneamente un gradevole promemoria del fatto che fosse ancora vivo. Alzò lo sguardo dalla tazza verso i rami della quercia secolare, non del tutto certo di come avesse raggiunto quel luogo.

Gabe apparve al suo fianco. «I bambini sono con Fabri ed Eloy, oggi?»

Joe lo guardò, interdetto, mettendo lentamente in moto la mente. «Fabri è venuta a guardarli nel nostro appartamento.»

«È bello che vivano così vicini a te e ai bambini.» Gabe gli diede una pacca leggera sul ginocchio. «Sono contento di vederti oggi. Ho pensato che ti avrebbe fatto bene cambiare aria.»

«Sei stato premuroso.» Gabe aveva fatto anche qualcos'altro per lui, vero? Ah, sì. «E grazie per aver organizzato la cerimonia di domani.»

Gabe annuì. «So che ti sembra presto per pianificare il futuro, ma il college vorrebbe offrirti un posto come docente.»

«Docente in cosa? Intelligenza artificiale, matematica avanzata?» Non era sicuro che potesse ancora importargli dell'IA, nemmeno sforzandosi.

«Hai piena libertà di scelta: sei famoso. Da quando Evie è diventata una martire della causa, molti si rivolgono a te come leader del movimento anti-Livelli. Altri vogliono udire la vostra esperienza nella Zona Vuota. E dalla nostra conversazione a proposito del tuo progetto personale, spero che prenderai in considerazione l'idea di unirti a me al dipartimento di filosofia. Sarei onorato di averti come collega.»

«Mi piacerebbe continuare le nostre conversazioni.» Joe incrociò lo sguardo di Gabe. «Ma voglio anche aiutare il movimento anti-Livelli. È l'eredità di Evie, ed è importante e significativo per i nostri... per i *miei* figli... che otteniamo questa uguaglianza per tutti.»

«Abbiamo tempo per dedicarci a più di un proposito», disse Gabe.

. . .

No, non tutti abbiamo abbastanza tempo. Non sappiamo mai quanto sia grande il nostro frammento di tempo, quindi dobbiamo viverlo con saggezza.

. . .

Joe provò a sorridere. Gli sembrò che una crepa gli si aprisse sul volto.

◆

Mentre tornava a casa, vide Mike venirgli incontro sulla piazza. Si incontrarono sotto i portici di fronte al centro studenti.

«Gabe mi ha detto che saresti passato. Hai sentito? La Legge dei Livelli è stata abrogata a maggioranza. La legislatura sta emettendo un disegno di legge per garantire il diritto di voto universale. Hanno anche autorizzato l'eliminazione delle restrizioni sui matrimoni e la possibilità di viaggiare al di fuori del Paese.»

Appoggiò con delicatezza una mano sulla spalla di Joe. «Le ultime parole di Evie...» Mike si interruppe, con le lacrime agli occhi. «Il movimento ha continuato a ritrasmettere il suo ultimo messaggio, che ha convinto anche gli ostinati contrari a votare a favore del disegno di legge. È il compimento del suo lavoro.»

«Lei... sarebbe stata soddisfatta di sapere che il suo lavoro ha prodotto questi risultati.» Si sentì gonfiare il petto d'orgoglio: il proprio orgoglio per Evie, ma anche quello che lei avrebbe provato per se stessa, postumo. L'intensità del sentimento, tuttavia, gli fece provare una forte tristezza. Il pensiero di lei sarebbe mai diventato meno doloroso? Sospettava di no.

Mike lo guardò sorridendo. «Questo cambiamento legislativo apre le porte a un nuovo inizio. Temo, però, che non sia una bacchetta magica per far scomparire i vecchi pregiudizi. Perché il cambiamento prenda piede nella società ci vorranno tempo e molti sforzi. Ma questo è un nuovo progetto, uno che sembra promettente.» Mike studiò la reazione di Joe con sguardo speranzoso.

Joe sentì un'improvvisa determinazione, come un piccolo germoglio che si facesse strada attraverso il terreno. «Pensi che io possa essere d'aiuto?»

«Sì. Oltre a Evie, anche tu sei diventato una figura iconica all'interno del movimento per l'uguaglianza. Sei visto come il suo compagno nella lotta per la sopravvivenza, colui che ha tenuto in vita lei e la speranza del cambiamento, contro le aspettative di chi si opponeva a quell'uguaglianza.»

«Voglio fare la differenza. Voglio continuare la lotta.»

Mike gli strinse la spalla. «Saremmo onorati di averti con noi. Così come saremo onorati di essere con te domani. Aspettati una gran folla.» Si separarono, e Joe si incamminò lungo il vialetto.

. . .

Ho ormai perso qualsiasi connessione con il mondo che mi circonda? Non è possibile. Voglio far sì che il lavoro di tutta una vita di Evie diventi realtà. Voglio fare la mia parte nella nostra comunità. Se è vero che creiamo noi stessi e la nostra struttura morale, è d'obbligo per tutti noi aiutare gli altri a trovare il proprio cammino. Dobbiamo fare la nostra parte per trovare un cammino meritevole.

Navighiamo su questo mare, soli eppure insieme. L'universo non è composto da particelle singole che cozzano le une contro le altre senza uno scopo. Al contrario, è una storia che racconta di relazioni, un'idea filosofica specifica. Le connessioni fanno avanzare l'universo. Forse sono le relazioni stesse, nel significato colloquiale e quotidiano del termine, che portano avanti tutto ciò a cui attribuiamo un significato nelle nostre vite. Come creature coscienti, troviamo significato nella collaborazione con gli altri.

. . .

Joe uscì dall'iperlev, senza ricordarsi del tragitto appena trascorso. La Cupola incombeva su di lui. Attraversò l'arco di ingresso e percorse l'atrio centrale. In un angolo, Eloy e Clay lo aspettavano seduti su una panchina. Eloy lo vide e lo salutò con la mano.

Il viso di Clay si illuminò mentre barcollava, le braccine allungate verso di lui. «Papà!» Joe lo sollevò in aria, e la felicità del figlio riscaldò l'intorpidimento che sentiva dentro di sé.

«Stavamo facendo due passi e abbiamo deciso di aspettarti qui.» Eloy gli diede una pacca sulla spalla. «Come ti senti oggi?»

«Mi ha fatto bene uscire un po'.»

«Sì. Fa bene continuare a muoversi. Devi soltanto continuare a mettere un piede davanti all'altro, finché ti sentirai di nuovo tutto intero. Vuoi raggiungere me e Fabri più tardi per passeggiare?»

«Sì, verrò per il *passeggio*.» Apprezzava quell'opportunità per uscire dalla propria mente.

Dalle porte dell'arena giunse un basso rimbombo.

«Beh, per me e Clay è ora di tornare. Vuoi camminare con noi, o preferisci restare solo?» Mentre parlava, Eloy guardò le porte dell'arena. Erano d'accordo che la cosa migliore per i bambini fosse farli abituare gradualmente alla perdita della madre, esponendoli in modo controllato a ciò che la ricordava.

Joe fece un respiro profondo. «Oggi credo che andrò da solo. Ci vediamo più tardi per il *passeggio* e la cena. Grazie.» Abbracciò Clay. «Vai con lo zio, io torno presto.»

Eloy gli strinse la spalla con forza, poi prese la manina di Clay e si incamminò, salutandolo con la mano. Clay lo imitò, agitando la mano mentre Eloy lo conduceva lontano dall'atrio.

Joe fece un altro respiro profondo, si fece forza e varcò le porte dell'arena. Sopra il palco principale era sospeso un ologramma.

Il suo viso era uno spettro inquietante, che impartiva le sue parole dall'oltretomba. Era il messaggio di Evie, registrato giorni addietro e che lei aveva inviato come ultimo atto. Il messaggio era stato trasmesso innumerevoli volte e veniva mostrato ogni giorno nell'arena, attirando sempre folle straripanti. Quella era la prima volta in cui Joe si era sentito in grado di guardarlo. Era la Evie che amava: sicura di sé, risoluta, perfetta nella sua imperfezione.

La folla di centinaia di migliaia di persone ascoltava con attenzione, in silenzio assoluto. Joe era paralizzato, in soggezione di fronte alla donna che aveva risvegliato i suoi sensi. Ascoltò le sue parole galvanizzare il pubblico, che ora si era alzato in piedi. La sua voce si alzò in un crescendo.

«È il momento! È giunto il momento di spezzare le catene sociali che ci tengono legati a terra. È giunto il momento di reclamare una vera uguaglianza. Il momento di mostrare che, liberi da catene, possiamo innalzarci verso vette inimmaginabili. È giunto il momento per tutta l'umanità di risollevarsi insieme.»

L'edificio fu scosso da grida fragorose, mentre la folla pestava i piedi, applaudendo all'unisono, dandosi pacche sulle spalle a vicenda e abbracciandosi. Le lacrime che rigavano molti dei volti rispecchiavano quelle di Joe. Mentre gli spettatori sfilavano verso l'uscita, molti sembrarono riconoscerlo e allungarono una mano per toccarlo. Provò a sorridere, senza riuscirci, quindi si limitò ad annuire, prima di dirigersi verso casa.

Camminò in senso orario intorno all'atrio centrale, attraversando la calca che si stava disperdendo all'esterno dell'arena, poi imboccò l'undicesima strada assiale a sinistra, spostandosi dalla traiettoria di tre ciclisti che procedevano in fila indiana. Molte persone lo salutarono con un cenno al suo passaggio. Trovò il proprio appartamento e salì i gradini a due a due. La porta si aprì e Joe si inginocchiò, vedendo Asher urlare e corrergli incontro. Fecero la lotta sul pavimento, mentre il bambino si contorceva per il solletico.

«Hanno mangiato tutti senza strepiti, oggi», disse Fabri, uscendo dalla cucina con Sage in braccio. «Clay è con Eloy.»

«Li ho visti mentre venivo qui.» Accarezzò la guancia di Sage. Il bambino alzò gli occhi ed emise un gorgoglio allegro. «Mi unirò a te ed Eloy per il *passeggio*. Grazie per aver preparato la cena.»

«Siamo qui per te e i ragazzi.» Vide il dolore nei suoi occhi, come se avesse voluto dire di più. Invece, prese qualcosa dalla propria borsa, si sedette sul divano e si allungò verso di lui.

«Eloy ed io faremo tutto il possibile per aiutarti con i bambini domani, alla cerimonia. Prima che vada, volevo darti questo.» Gli premette in mano l'anello di diamanti rossi.

Lui rimase seduto sul pavimento in mezzo ai bambini, fissando il circoletto di metallo.

. . .

Cosa ne farò di questo insieme di atomi? Evie era il mio lampo. È stata lei a ispirare il cambiamento nel mio mondo. Questo è solo un simbolo.

. . .

«Magari uno dei ragazzi lo vorrà», disse lei sottovoce.

Joe fece un sorriso sconsolato e glielo restituì. «Dovrei scegliere uno solo dei ragazzi, e non voglio dar loro una ragione per litigare. Lasciamo che vada con lei, tra le onde, dove la ricorderò.»

Capitolo 53

Si riunirono per il ricevimento in un edificio ad un chilometro dalla spiaggia. Gabe condusse la cerimonia privata. «Abbiamo il libero arbitrio per agire, per fare la differenza nella nostra vita e in quella degli altri. Siamo tutti impegnati in un viaggio personale, ma la nostra grandezza deriva da un viaggio collettivo, il viaggio della specie umana. Possiamo puntare in alto ed essere un buon esempio l'uno per l'altro. Evie è un modello di questo ideale. Ha pagato il prezzo più alto, ma i suoi sforzi hanno cambiato il mondo. Come Evie, anche noi possiamo lavorare insieme per rendere il mondo migliore.»

Gli amici di Joe si alzarono, uno per volta, per pronunciare qualche parola commossa. Dopodiché salirono tutti a bordo delle robocar, che superarono in processione le colline sul lungomare fino alla spiaggia, lo stesso tratto di sabbia amato da Evie. Una folla immensa era accalcata sulla battigia. Restarono in silenzio mentre il corteo si fermava.

Joe scese dalla robocar e vide una moltitudine di persone ad attenderlo. Due uomini e tre donne si avvicinarono. «Siamo alcuni amici di Evie, del movimento», disse uno dei giovani uomini. «Migliaia di noi sono qui oggi per darle l'ultimo saluto. È stata un'ispirazione per tutti noi. Non sarà mai dimenticata.»

La giovane donna alle sue spalle era vestita in modo informale, con semplici scarpe da surf. Aveva le guance bagnate. «Tutti gli amici surfisti di Evie sono qui. Vi abbiamo visti sulla spiaggia molte volte, ma Evie si divertiva così tanto che non abbiamo voluti interrompervi.»

Vennero altri, che raccontarono a Joe il loro affetto per lei: attivisti del movimento, surfisti, cultori delle arti marziali e membri della sua comunità. Un uomo disse: «Gli amici che Evie ha avuto nel corso degli anni sono qui, diverse migliaia.» Una donna alle sue spalle aggiunse: «Siamo così fieri che tu ti sia unito alla nostra comunità della Cupola. Vogliamo dirti che siamo a disposizione per te e i bambini. Benvenuti a casa.»

Joe riuscì soltanto ad annuire e ascoltare, sbalordito dalla vastità della folla. «E gli altri?»

«Il suo esempio sembra aver toccato molte persone.» Mike parlò sommessamente, con riverenza.

Joe rimase a guardare tutte le persone che circondavano la baia, finché Fabri lo guidò verso un punto sgombro, riservato a lui.

Si sedettero alle sue spalle, lasciandogli lo spazio per stare da solo con i ragazzi. La notte prima, i gemelli si erano svegliati chiamando Evie. La realtà che non avrebbero più visto la madre stava iniziando soltanto ora a farsi strada nel loro mondo. Joe teneva Sage in grembo, mentre Asher e Clay si raggomitolarono al suo fianco. Piccoli frangenti si rompevano sul promontorio. Il cielo era avvolto dalla foschia e il sole illuminava le nuvole di un bagliore opaco. A tratti sbucavano raggi rossastri, subito coperti da una nuvola.

Un migliaio di droni ronzava sopra le loro teste e sull'acqua, guidati dal drone che trasportava le ceneri di Evie. Dagli apparecchi si levò la Quinta Sinfonia di Mahler, sempre più fioca man mano che si allontanavano, ma pur sempre udibile. Il drone contenitore, circondato da altri, fluttuava alcune centinaia di metri al largo. Si disposero secondo la spirale di Fibonacci, virando dolcemente a ritmo con la musica. Il drone centrale rilasciò le ceneri di Evie nei frangenti.

Il pubblico sembrò trattenere il fiato mentre suonavano le note dell'Adagietto, accompagnate dal rumore del mare. I droni si mossero a spirale all'unisono, per poi creare un'ultima ellissi nel cielo mentre le note finali si perdevano sul mare.

Un'onda si sollevò in direzione della spiaggia, sormontata da una cresta di spuma bianca, richiudendosi su se stessa da sinistra a destra. Una lacrima rigò la guancia di Joe. Immaginò Evie in cima all'onda, felice e senza preoccupazioni, perfettamente calma in quell'istante in cui l'onda si frangeva.

· · ·

Il nostro frammento di tempo esisterà per sempre, fossilizzato nell'ambra. Un giorno ci riuniremo nella pienezza del tempo. Fino a quel momento, devo concentrarmi sulla vita. Una della lezioni che mi hai insegnato è essere qui e adesso, vivere con la testa e con il cuore. Devo essere qui per i ragazzi. Hanno bisogno della mia guida e del mio amore.

. . .

Clay, Asher e Sage si accoccolarono tra le sue braccia.

Joe accarezzò la testolina di Asher. «Vostra madre era la donna più forte e coraggiosa che abbia mai conosciuto. Mi ha insegnato che non esiste sfida impossibile da affrontare se restiamo insieme. Il mondo potrà anche essere casuale, ma mettetecela tutta e fate del vostro meglio.»

Baciò Sage sulla fronte. «Vi amava tutti e tre, più di ogni cosa al mondo. Vi avrebbe appoggiati ad ogni passo del vostro cammino. È vostra responsabilità trovare quel cammino, unico e personale, ma vi prometto che sarò sempre al vostro fianco.»

Abbracciò Clay, guardandolo negli occhi. «Ci ha mostrato cosa significhi essere liberi. Ogni giorno ci ha mostrato la bellezza nel dono del libero arbitrio. Non c'è alcun demone che abbia potere su di noi. Non esiste il destino. Questo dono è nostro, ma dobbiamo usarlo con saggezza.»

Joe osservò le onde infrangersi, una dopo l'altra, in un ciclo infinito.

«Non ci arrenderemo mai. Andremo avanti.»

I lettori interessati ad esplorare più approfonditamente le idee filosofiche contenute nel libro, in forma rigorosamente accademica, possono fare riferimento al libro aggiuntivo *Unfettered Journey Appendices: Philosophical Explorations on Time, Ontology, and the Nature of Mind*, disponibile in inglese.

GLOSSARIO

Fonte: Vidsnap da Netpedia, 2161, 3101 14:09 UTC

akrasia – Debolezza, mancanza di autocontrollo o spinta ad agire contro il proprio buonsenso.

apside – Indica i due punti di maggiore e minore distanza di un oggetto celeste dal fuoco ove giace il corpo attorno a cui esso orbita. Il punto di massimo allontanamento al fuoco è detto **apoapside**, mentre il punto di massimo avvicinamento è il **periapside**.

Argumentum ad lapidem – Errore logico che consiste nel liquidare un'asserzione come assurda senza dare prova della sua assurdità. Il nome deriva da una famosa disputa in cui Samuel Johnson confutò la teoria immaterialistica del vescovo Berkeley, secondo cui non esistono corpi materiali ma soltanto menti e idee scaturite da quelle menti, calciando una pietra e affermando: «Così lo confuto!».

armi autonome letali (LAWS) – Classe di armi che utilizzano sensori e algoritmi, generalmente montate su milmecha e piattaforme militari affini per rendere possibile l'identificazione indipendente di un bersaglio e la sua distruzione senza l'intervento manuale umano. Tali armi sono considerate legali ai sensi del diritto internazionale per il controllo delle frontiere e nelle carceri.

ATS (Automated Targeting System) – Sistema computerizzato sviluppato negli Stati Uniti all'inizio del ventunesimo secolo per tracciare potenziali terroristi e criminali che tentassero di entrare nel Paese.

base orbitale WISE (World Interstellar Space Exploration) – Importante progetto scientifico internazionale incentrato su una base di produzione orbitante intorno alla Luna, da cui verranno lanciate una serie di sonde verso esopianeti promettenti; è portato avanti dal consorzio di Stati aderenti al WISE. La base orbitale misura attualmente 1300 metri di lunghezza, utilizza due centrali elettriche a fusione e possiede svariate strutture per la costruzione delle sonde e delle relative infrastrutture.

Berkeley, George (1685-1753) – Conosciuto come vescovo Berkeley (vescovo di Cloyne), è stato un filosofo irlandese noto soprattutto per la sua teoria, definita idealismo soggettivo.

biofiasca – Recipiente creato grazie alla biologia sintetica, biodegradabile e utilizzato per contenere diversi tipi di liquidi.

Butler, Joseph (1692-1752) – Vescovo e filosofo inglese, considerato uno dei più eminenti moralisti britannici. Ha giocato un ruolo importante nelle trattazioni economiche del diciottesimo secolo, sostenendo che la motivazione umana fosse meno egoista e più complessa di quanto Hobbes non avesse affermato.

Cavalieri dell'Apocalisse – Descritti nell'ultimo libro del Nuovo Testamento e della Bibbia (Libro della Rivelazione), i quattro cavalieri sono comunemente identificati come Carestia, Pestilenza, Guerra e Morte.

cDc – Tagline di un hacker conosciuto come "Cult of the Dead Cat", forse in riferimento al gatto di Schrödinger o forse al "cult of the dead cow", un'organizzazione di hacker fondata in Texas nel 1984.

centrale elettrica a fusione, modello stellarator – Centrale elettrica a fusione che impiega uno stellarator, dispositivo basato sull'uso di magneti esterni per confinare il plasma all'interno di un toroide.

coscienza – Lo stato di consapevolezza dell'esistenza interiore o esteriore. È stata variabilmente definita in termini di qualia, soggettività, abilità di sperimentare e provare, vigilanza, avere un senso di sé, ed infine sistema esecutivo di controllo della mente.

**credit$ e dark credit$** - Criptovaluta che utilizza tecnologia blockchain e decriptazione rolling anti-quantistica. I dark credit$ non sono autorizzati dal governo degli Stati Uniti, ma vengono ampiamente usati a livello globale per evitare la raccolta dei dati personali.

Cupola della Comunità – Nota come "Cupola della Lotta", questa struttura ospita una comunità alternativa che si è sviluppata all'inizio del ventiduesimo secolo a partire da operai rimasti senza lavoro a causa del crescente utilizzo di robot multiuso. La cupola centrale è alta 101 metri e ha una superficie di 140.053 metri quadrati. L'arena al suo interno ospita vari eventi sportivi e può accogliere fino a 200.029 spettatori. Il complesso circostante si estende su diversi isolati della città e comprende negozi, spazi abitativi e strutture ricreative.

demone di Laplace – Argomento a favore del determinismo basato sulla meccanica classica. Il ragionamento prevede che se qualcuno (chiamato appunto demone) conoscesse la precisa posizione di tutti gli atomi dell'universo e le forze che su di essi agiscono, allora le qualità passate e future di ognuno di quegli atomi sarebbero limitate e calcolabili secondo le leggi della meccanica classica.

diamante rosso – Un tempo conosciuta come la più rara e costosa pietra al mondo, il diamante rosso è diventato abbondante grazie alla sua scoperta su Marte e all'apertura delle operazioni minerarie.

dieta min-con – Dieta che limita le proteine animali a quelle con minimo grado di consapevolezza. Gli animali con una coscienza più evoluta vengono sostituiti con alternative create in laboratori biochimici a partire da cellule staminali (ad esempio, si hanno maiale, manzo e agnello sintetici).

Diritto internazionale umanitario (DIU) – Norme che mirano a limitare gli effetti di un conflitto armato. Secondo il DIU, l'uso delle armi autonome è vietato ad eccezione che nelle carceri e nel controllo delle frontiere.

Eulero (1707-1783) – Uno dei più eminenti matematici del diciottesimo secolo.
- identità di Eulero – Detta "gioiello di Eulero", è l'equazione $e^{i\pi} + 1 = 0$.

equazione di Schrödinger – Equazione fondamentale della fisica che descrive il comportamento quantistico. Si tratta di un'equazione differenziale alle derivate parziali che descrive l'evoluzione temporale della funzione d'onda di un sistema fisico.

etica di Schopenhauer – Enunciata dal filosofo tedesco Arthur Schopenhauer (1788-1860) nella sua opera *Il fondamento della morale* (1840), si tratta di un'etica incentrata sulla compassione. Secondo Schopenhauer, per avere valore morale un atto non può essere egoistico, bensì deve essere guidato da pura compassione intesa come conoscenza percepita e partecipazione immediata della sofferenza altrui.

foreste sostenibili ad alta fotosintesi – Foreste sostenibili piantate nel ventunesimo secolo per mitigare il riscaldamento globale: furono piantati oltre mille miliardi di alberi, ognuno dei quali è monitorato e sostituito quando muore. I semi, ottenuti grazie alla bioingegneria a partire da dozzine di specie diverse, aumentarono mediamente la fotosintesi del 47%, trattenendo più efficacemente l'anidride carbonica. Queste foreste coprono la foresta amazzonica, quelle boreali del nord America e la taiga che si estende attraverso Asia, Europa e Africa equatoriale.

gatto di Schrödinger – Esperimento mentale, talvolta descritto come un paradosso, ideato per illustrare un potenziale problema causato dall'interpretazione di Copenaghen della meccanica quantistica quando applicata ad oggetti quotidiani. Lo scenario prevede un ipotetico gatto che può essere contemporaneamente sia vivo sia morto, in uno stato noto come sovrapposizione quantistica, come risultato dell'essere collegato ad un evento subatomico casuale che potrebbe o meno verificarsi.

Gauss, Carl Friedrich (1777-1855) – Considerato "il più grande matematico della modernità".

Guerre Climatiche – Guerre durate un decennio alla fine del ventunesimo secolo, scoppiate a causa della diminuzione di cibo, risorse idriche e terre coltivabili.

Hobbes, Thomas (1588-1679) – Filosofo inglese, considerato uno dei fondatori della moderna filosofia politica.

Hume, David (1711-1776) – Filosofo scozzese, noto soprattutto per la sua influenza sul pensiero empirista. Riguardo al problema dell'induzione, sostenne che il ragionamento induttivo e la credenza nella causalità non possano essere giustificati razionalmente.

IA (Intelligenza Artificiale) – Simulazione dei processi di intelligenza umana da parte di una macchina, nella forma di un software computazionale. L'IA si riferisce al codice sorgente che può risiedere su server cloud, PADI, o all'interno di robot come "cervello".

IAG (Intelligenza Artificiale Generale) – Software IA capace di compiere una "azione di intelligenza generale". La definizione di "IA forte" è riservata a macchine capaci di sperimentare coscienza.

iperlev – Treno evoluto che sfrutta la tecnologia maglev (o *levitazione magnetica*): gruppi di magneti vengono usati per sollevare il "treno galleggiante" dai binari e poi spingerlo verso la sua destinazione ad alta velocità.

ipotesi di Riemann – Congettura secondo cui la funzione zeta di Riemann ha i propri zeri soltanto negli interi pari negativi e nei numeri complessi di parte reale 1/2. È considerata da molti il più importante problema di matematica pura ancora irrisolto.

Jaegwon Kim (1934-2019) – Filosofo coreano-americano, noto soprattutto per il suo lavoro riguardante la causalità mentale, il problema mente-corpo e la teoria metafisica della sopravvenienza e degli eventi.

Legge dei Livelli – Serie di leggi promulgate all'inizio del ventiduesimo secolo come compromesso per la nazionalizzazione della produzione economica e la concessione di un reddito garantito. La Legge ha stabilito Livelli (dal Livello 1, il più alto, al Livello 99, il più basso) che determinano l'assegnazione di un impiego e pongono restrizioni sul diritto di voto, gli spostamenti, le interazioni sociali e l'accesso a ruoli creativi finanziati.

MARA (Mappa in Realtà Aumentata) – Installata nel NEST, la MARA usa il segnale GPS per tracciare una mappa sull'interfaccia corneale in modo che l'utente possa seguirla mentre cammina.

MEDFLOW – Dispositivo medico sottocutaneo impiantato tipicamente sopra il fianco destro, monitora lo stato di salute e rilascia medicinali nella circolazione sanguigna sulla base di un protocollo programmato.

Mercuries – Stivali di design che permettono una velocità aumentata grazie a servocomandi avanzati.

Modello Standard delle particelle, modificato – Teoria che descrive tre delle quattro forze fondamentali note nell'universo (elettromagnetica, interazione forte, interazione debole), modificata per includere i progressi fatti nel ventiduesimo secolo nell'unificazione della forza gravitazionale, e per classificare tutte le particelle conosciute.

moonshine (congettura matematica) – Connessione inaspettata tra il gruppo mostro M e le funzioni modulari, in particolare la funzione j.

near-rectilinear halo orbit (NRHO) – Orbita halo efficiente per i mezzi che si trovino nello spazio cislunare, utilizzata dalla Base Orbitale WISE.

NEST (Neuro-emettitore di Segnali di Trasmissione) – Dispositivo impiantato nel lobo temporale sinistro che comunica con sistemi esterni, quali il net, o dispositivi locali. Il NEST viene collegato internamente ad una lente di proiezione inserita nella cornea, alla mandibola per captare comandi vocali e ad un lettore di pensiero che percepisce parole chiave. Il NEST ha inoltre una memoria integrata e la possibilità che un PADI vi risieda per competenze più personalizzate.

net – Sistema di comunicazione elettronico che raggiunge la Terra e le basi spaziali: è una rete di reti.

netchat – Comunicazioni tramite il net.

Netchat Prime – Importante notiziario sul net.

netwalker – Equipaggiamento per accedere a contesti di realtà virtuale (VR) e operare giochi online sul net, materiale educativo, simulazioni di viaggio o robot virtuali. Include una piattaforma rialzata, un tapis roulant, una seduta regolabile, una cuffia aptica e una tuta, che viene appesa al soffitto per permettere una completa libertà di movimento.

nocicezione – Il percepire stimoli dannosi, ad esempio provenienti da sostanze chimiche velenose.

noria – Macchina idraulica usata per sollevare l'acqua e convogliarla in un piccolo acquedotto per l'irrigazione. Consiste in una ruota idraulica pescante con la parte inferiore in un corso d'acqua, sulla quale vengono montati contenitori che sollevano l'acqua fino all'acquedotto posto in cima alla ruota stessa.

onna-bugeisha – Donne guerriere del Giappone medievale. Erano membri della classe dei *bushi*, così come i samurai, e difendevano le proprie case con un'arma inastata chiamata *naginata*.

onnilibro – Dispositivo di lettura usato per presentare o immagazzinare testo e contenuti grafici, può essere connesso al net per scaricare informazioni non olografiche. I modelli più popolari vanno da un piccolo rettangolo (7 x 11cm) ad uno schermo piatto (19 x 31cm) per leggere. Attualmente è un accessorio alla moda tra gli studenti, che lo indossano alla cintura.

ontologia – Lo studio filosofico dell'essere in quanto tale. Questa branca della filosofia studia i quesiti legati direttamente all'essere, tra cui il divenire, l'esistenza e l'essenza della realtà, nonché le categorie fondamentali dell'essere. Il sottocampo delle categorie dell'essere si concentra sull'indagine delle classi di entità più fondamentali e ampie che costituiscono l'universo.

otzstep – Genere musicale di successo nel 2161 circa.

PADI (Personal Assistant Digitale Intelligente) – Intelligenza artificiale installata nel NEST.

peccato originale – Nel Cristianesimo, convinzione secondo cui uno stato di peccato caratterizza l'umanità fin dalla ribellione di Adamo ed Eva nell'Eden: mangiando il frutto proibito dell'albero della conoscenza, essi hanno appreso l'esistenza del bene e del male. Una delle molte interpretazioni del peccato originale è che l'umanità aspirasse a rivaleggiare con la conoscenza e la perfezione di Dio, sebbene ciò non fosse permesso poiché soltanto Dio può essere perfetto.

planetante – Persona che abbia trascorso almeno un decennio lontano dalla superficie terrestre. È considerato compreso il tempo in orbita, in transito all'esterno dell'atmosfera e di vita effettiva lontano dalla Terra, ad esempio su una delle basi orbitali oppure sulle basi lunari o le colonie su Marte. Deriva dalla fusione delle parole *pianeta* e *abitante*.

principio antropico – Riflessione filosofica secondo cui l'osservazione dell'universo deve essere compatibile con la vita cosciente e sapiente che lo osserva. È una risposta alle critiche di alcune teorie del multiverso, le quali postulano l'esistenza di un vasto numero di universi: questa supposizione solleva l'interrogativo del motivo per cui siamo stati così fortunati da vivere in quello in cui ci troviamo. I sostenitori del principio antropico ritengono che esso spieghi perché l'universo abbia l'età e le costanti fisiche fondamentali necessarie per ospitare vita cosciente. Questo principio ha raccolto molte discussioni e critiche, comprese l'accusa che si tratti di mera tautologia e di speculazione gratuita.

problema del calcolo economico di Von Mises – Pone la questione di come i valori individuali soggettivi si traducano nelle informazioni oggettive necessarie ad allocare razionalmente le risorse all'interno della società. L'economista Ludwig Heinrich Edler von Mises (1881-1973) descrisse la natura del sistema dei prezzi in regime capitalistico, affermando che il calcolo economico è possibile soltanto con le informazioni ottenute attraverso i prezzi di mercato.

qualia – I singoli aspetti dell'esperienza soggettiva e cosciente. Corrispondono alle qualità percepite nel mondo e includono le sensazioni fisiche.

robocar – Veicolo controllato da un'IA.

robohover – Velivolo standard per tragitti brevi, controllato da un'IA.

<u>**robot dotati di IA:**</u>
- **colfbot** – Piccolo robot senza modulo di comunicazione verbale, usato per mansioni di pulizia.
- **lovebot** – Pafibot con modulo emozionale e di comunicazione evoluto, usato per facilitare le interazioni sociali tra esseri umani o per soddisfare i loro desideri.
- **mecha** – Robot usato per scopi industriali e di lavoro generale, alto tre metri e con braccia estensibili di un ulteriore metro. Le sue quattro gambe possono essere articolate in parallelo per spazi ristretti o in "modalità ragno", invertendo una coppia per garantire una maggiore stabilità e velocità. La sua testa triangolare alloggia due sensori ottici, lenti che ricordano occhi ma nessuna bocca: il mecha non può comunicare verbalmente e si affida ad un pafibot per trasmettere informazioni verbali agli esseri umani.
- **medbot** – Pafibot specializzato, migliorato con dispositivi medici per la chirurgia e la medicina generale.
- **milmecha** – Mecha montato su un telaio ammortizzato, con la possibilità di aggiungere armi alle estremità. In base allo scopo per cui viene utilizzato, può essere autorizzato all'uso di forza letale secondo quanto stabilito dal Diritto Internazionale Umanitario, di cui gli Stati Uniti sono firmatari.
- **milpafibot** – Pafibot montato su un telaio ammortizzato, con dotazione di armi e condizioni di utilizzo simili ai milmecha.
- **pafibot o PAFI (Personal Assistant Fisico Intelligente)** – Robot più basso di un essere umano di media statura, con una testa ellittica, due lenti al posto degli occhi e una bocca elementare. La fronte dei pafibot si illumina in colori diversi per indicare le emozioni.
- **roboagente** – Pafibot più alto, montato su un telaio più robusto e con parametri di forza aumentati. Il suo modulo vocale è regolato su un'ottava più bassa e programmato per essere conciso. È autorizzato all'uso della forza in base all'entità della minaccia.

robot guidati dall'uomo:

- **esomech** – Esoscheletro robotico alto tre metri, simile ad un mecha ma guidato internamente da un essere umano: l'occupante usa le proprie braccia e gambe per dirigere i movimenti dell'esomech dall'interno del guscio metallico. Erano originariamente robot rudimentali utilizzati in ambienti industriali, poi sostituiti dai mecha e ritirati entro la metà del ventiduesimo secolo. Vengono tutt'ora utilizzati nelle competizioni sportive.
- **movibot** – Guscio robotico simile ad un pafibot ma privo di IA, dotato di comunicazione in realtà virtuale per essere manovrato da un utente tramite netwalker. L'umano ha la sensazione realistica di essere egli stesso il movibot, potendo quindi operare direttamente in ambienti distanti e pericolosi.
- **movimech** – Guscio robotico fisicamente simile ad un mecha, con le stesse funzioni di un movibot.

ritardo aptico – Ritardo nei segnali elettronici dipendente dalla distanza, avvertibile durante l'azionamento dei VR bot (robot in realtà virtuale).

sandbox – Tecnologia per prevenire la propagazione incontrollata di un codice maligno attraverso l'applicazione di protocolli hardware e software nell'elaborazione dei dati e nel collegamento in rete: in questo modo si isolano sia le IA autonome e montate su dispositivi, sia altri software collegati al net. Wrapper hardware e software controllano con precisione le interfacce, che sono strettamente regolamentate e le cui modifiche vengono registrate su un registro nazionale blockchain.

Searle, John (1932-) – Filosofo americano. Tra le sue argomentazioni degne di nota figura la stanza cinese, un esperimento mentale contro l'intelligenza artificiale forte.

semantica – Studia il rapporto tra il significato e il linguaggio, i segni e i simboli a cui esso viene collegato.

sette vizi capitali – Conosciuti anche come peccati capitali, sono radicati nella dottrina cristiana e includono superbia, avarizia, lussuria, invidia, gola, ira e accidia.

sfera emoticon – Proiezione olografica che contiene informazioni chimiche cerebrali associate ad immediati stati mentali e può essere scambiata attraverso un'unità olo-com. Quando viene accettata dal ricevente, il suo MEDFLOW legge i dati e rilascia elementi biochimici equivalenti per ricreare lo stato mentale. Le sfere sono provviste di avvertimenti.

myrage – Sostanze psicotrope o che provocano alterazione mentale, prodotte grazie alla biologia sintetica.

sintassi – Generalmente la sintassi riguarda l'ordine in cui le parole sono poste per creare una frase ben formata. In informatica, la sintassi è l'insieme delle regole per combinare i simboli considerate correttein un linguaggio di programmazione. Per quanto riguarda la filosofia della mente, o funzionalismo, essa descrive la mente in termini computazionali: i funzionalisti generalmente presumono che la programmazione utilizzi i simboli in base alle loro proprietà sintattiche, non semantiche, e che la mente umana sia pari ad una macchina guidata dalla sintassi.

sopravvenienza – Relazione tra serie di proprietà o di fatti: X sopravviene su Y se e soltanto se una differenza in Y è necessaria affinché vi sia una differenza in X.

sport esomech – Inventati nel ventiduesimo secolo in seguito alla dismissione degli esoscheletri robotici (versioni industriali, controllati internamente da un essere umano). Per questi sport venivano inizialmente utilizzati gli apparecchi in surplus.

stivali Radus – Stivali magnetici che permettono di muoversi senza sforzo in assenza di gravità. Il progetto fu realizzato nel ventesimo secolo, ma non vennero prodotti fino a molto tempo dopo.

teorema di Bayes – Descrive la probabilità che un evento si verifichi, posto che si conoscano a priori le condizioni che potrebbero essere rilevanti per quel dato evento.

teorema di indefinibilità di Tarski – Enunciato e dimostrato dal matematico Alfred Tarski. In termini non rigorosi, esprime l'impossibilità di definire la verità aritmetica all'interno dell'aritmetica stessa.

teoria della complessità (o scienza dei sistemi complessi) – Studio della complessità e dei sistemi complessi, le cui sottodiscipline includono la teoria dei sistemi complessi adattivi e la teoria del caos.

- I sistemi complessi adattivi, un sottoinsieme dei sistemi dinamici non lineari, sono sistemi in cui il totale è più complesso delle parti.
- La teoria del caos, branca della matematica, studia sistemi dinamici che mostrano una sensibilità esponenziale alle condizioni iniziali, in cui stati di disordine apparentemente casuale sono spesso governati da uno schema nascosto.
- Lo studio dei sistemi complessi adattivi è estremamente interdisciplinare e fonde intuizioni provenienti dalle scienze naturali e sociali per sviluppare modelli di sistema e idee che ammettano agenti eterogenei, transizione di fase e comportamento emergente.

tessera biometrica – Dispositivo elettronico impiantato nella pelle al di sopra dello sterno. Autentica il portatore attraverso la registrazione dei dati biometrici, sia biologici che comportamentali, e fornisce una password sicura.

test di Turing – Primitivo test per verificare la capacità pensante di una IA.

trasferimento alla Hohmann – Manovra orbitale che permette il trasferimento di un satellite o veicolo spaziale da un'orbita circolare ad un'altra.

Tre leggi della robotica – Introdotte da Isaac Asimov nella sua raccolta *Io, robot*:

- Prima Legge: Un robot non può recar danno a un essere umano né può permettere che, a causa del proprio mancato intervento, un essere umano riceva danno.
- Seconda Legge: Un robot deve obbedire agli ordini impartiti dagli esseri umani, purché tali ordini non contravvengano alla Prima Legge.
- Terza Legge: Un robot deve proteggere la propria esistenza, purché la sua salvaguardia non contrasti con la Prima o la Seconda Legge.

- Postilla: un'aggiunta dell'ultimo secolo recita che un robot deve proteggere l'esistenza di altri robot, purché questa salvaguardia non contrasti con le prime tre leggi.

unità olo-com – Dispositivi per la comunicazione olografica connessi al net. Le unità possono essere configurate in diversi formati, ad esempio a parete, a soffitto, a pavimento o immersivi, dotati di tute aptiche.

universo fisicamente chiuso – Concetto legato alla teoria metafisica riguardante la causalità e il principio di chiusura causale del mondo fisico, che può essere riassunto come: "Se tracciamo all'indietro le origini di un evento fisico, non ci troveremo mai al di fuori dell'universo fisico".

uwatenage – Una tecnica di lancio con rotazione oltre il braccio, propria del sumo.

via negativa – Teologia apofatica, nota anche come teologia negativa, e pratica religiosa che propone di approcciare Dio (o il divino) attraverso la negazione, ovvero affermando soltanto ciò che non si può dire per certo rispetto alla sua perfezione. Un esempio applicato di *via negativa* è il testo *Nube della Non-conoscenza*, un'opera anonima di misticismo cristiano scritta nel quattordicesimo secolo.

vidsnap – File dati solitamente raccolto e archiviato nel NEST, attraverso una proiezione corneale o un download dal net.

VRbotFest – Competizione software che si svolge usando netwalker per controllare movimech virtuali, senza coinvolgimento di robot reali. I comandi non funzionano alla perfezione, quindi sono richieste competenze informatiche per hackerare l'interfaccia durante la lotta con gli altri movimech virtuali.

Wikipedia – Enciclopedia multilingue online, creata e mantenuta come progetto di collaborazione aperta. Fondata all'inizio del ventunesimo secolo da Jimmy Wales e Larry Sanger, questa risorsa online continua ad essere una fonte di informazioni fidata, miracolosamente scampata alla censura e alla politicizzazione che hanno colpito molte altre fonti. Nel 2129, Wikipedia è stata rinominata Netpedia. Molte definizioni ivi contenute sono diventate lo standard accettato per determinate materie. Le voci originali tratte da Wikipedia e contenute nel presente vidsnap comprendono porzioni di quelle relative a principio antropico, Argumentum ad Lapidem, apside, teorema di Bayes, teoria della complessità, coscienza, moonshine, trasferimento alla Hohmann, David Hume, Jaegwon Kim, demone di Laplace, noria, ontologia, peccato originale, universo fisicamente chiuso, qualia, ipotesi di Riemann, gatto di Schrödinger, John Searle, sette peccati capitali, Modello Standard della fisica della particelle, teorema di indefinibilità di Tarski, Tre Leggi della Robotica, *via negativa*, problema del calcolo economico di Von Mises ed Eugene Wigner.

Wigner, Eugene (1902-1995) – Fisico teorico e vincitore del premio Nobel per la fisica, autore dell'articolo "L'irragionevole efficacia della matematica nelle scienze naturali", pubblicato sulla rivista *Communications in Pure and Applied Mathematics* nel 1960. Nell'articolo, Wigner osservò che la struttura matematica di una teoria fisica indirizza spesso verso ulteriori avanzamenti in tale teoria e persino verso previsioni empiriche. In un'altra occasione approfondì dicendo: «Il miracolo dell'appropriatezza del linguaggio della matematica per la formulazione delle leggi della fisica è un dono meraviglioso che noi non comprendiamo né meritiamo.»

Zona Vuota – Istituto correzionale all'aria aperta situato nel Nevada centrale.

Riconoscimenti

Come la maggior parte delle imprese umane, questo libro ha richiesto lo sforzo di molte persone, che hanno impegnato il proprio tempo e la propria mente per aiutarmi a migliorarlo.

Grazie ai miei beta reader, che hanno evidenziato i punti il cui il manoscritto iniziale poteva essere reso più fluido, in particolare ad Alex Filippenko, Carlos Montemayor e Jack Darrow.

Il libro è stato curato da un meraviglioso gruppo editoriale. Olivia Swensen, developmental editor, ha reso scorrevole la trama e perfezionato i personaggi. Cynthia, mia moglie, mi ha aiutato ad arricchire e smussare i personaggi nel corso del tempo. Nostra figlia Brooke ha contribuito ad affinare la storia con le sue osservazioni schiette, strategiche e acute. Sono in debito con la mia squadra di editor alla DeVore Editorial: Jaclyn DeVore, Kerri Olson e la mia cara Angela Houston. Jennifer Della'Zanna ha aggiunto smalto all'opera con ulteriori interventi di modifica, mentre Alyssa Dannaker ha completato la revisione. L'edizione italiana è stata tradotta e revisionata da Elisa Gambro. Il libro è stato migliorato esteticamente grazie alla copertina illustrata da Sienny Thio, ma anche all'illustratrice Veronika Bychova e alla designer grafica Ines Monnet.

Sono grato ai grandi filosofi, scrittori e poeti che mi hanno ispirato con le loro idee e la loro maestria. Il loro è un lungo racconto delle idee umane, che ci ricorda come nessuno di noi sia un'isola. Grazie all'*Amleto* di Shakespeare per il povero Yorick; a Tennyson per la sua definizione della saggezza; al Buddha e ai suoi consigli per la sapienza; a Edgar Lee Masters per il suo personaggio, Lucinda Matlock, che mi ricorda sempre la mia nonna. Grazie a Jaegwon Kim per aver posto i problemi della causazione mentale, dando il via a gran parte delle mie argomentazioni mentali, e a Jerry Fodor, che ha memorabilmente indicato come Kim dovesse sbagliarsi. Grazie ancora a tutti gli scienziati, ingegneri, programmatori e hacker che sviluppano la tecnologia coscienziosamente, al nostro servizio.

Sono grato a mio figlio, Blake, per avermi incoraggiato a iniziare questo progetto, e alla mia famiglia per avermi permesso di prendermi il tempo necessario a completarlo, tempo trascorso lontano da loro.

Il mio più profondo ringraziamento va infine alla mia amata moglie Cynthia. Lei è stata la mia prima e più critica editor fin dalla bozza del manoscritto, e nella vita. Come Joe, ho imparato a trovare il mio scopo insieme a lei.

L'AUTORE

 Gary F. Bengier è uno scrittore, filosofo e tecnologo.

Dopo una brillante carriera nella Silicon Valley, si dedica a progetti personali, studiando astrofisica e filosofia. Negli ultimi due decenni ha riflettuto sul tema del vivere in modo equilibrato e significativo in un mondo in rapida evoluzione tecnologica. Questo percorso di autoriflessione permea il romanzo, offrendo spunti sul nostro futuro e sulle sfide che ci attendono se vorremo trovarvi il nostro scopo.

Prima di dedicarsi alla scrittura di fantascienza, Bengier ha lavorato in diverse aziende di tecnologia della Silicon Valley. È stato direttore finanziario di eBay, conducendo le offerte pubbliche iniziali e secondarie della società. Ha conseguito un MBA (Master in Business Administration) presso la Harvard Business School e un MA (Master of Arts) in filosofia presso la San Francisco State University.

Ha due figli con Cynthia, sua moglie da 43 anni. Quando non viaggia per il mondo, alleva api e produce un buon Cabernet nella vigna di famiglia a Napa. Lui e la sua famiglia vivono a San Francisco.